SÃO PAULO:
CIDADE
DE GENTE
FELIZ
7:29

TERRA MORTA
INFECÇÃO

TIAGO TOY

1ª edição

Editora Draco

Sao Paulo
2014

TIAGO TOY

é escritor de suspense e terror, criador da série apocalíptica *Terra Morta* e contista presente na lista de mais vendidos da Amazon. Descoberto em 2009 em um blog, emplacou seu primeiro romance em 1º nos mais vendidos da Amazon por 4 semanas, e conquistou o prêmio Distopia do Ano de 2012. Nasceu por engano em uma cidadela no interior paulista. Em 2009 foi para a capital em busca de seu destino com R$50 e trinta miojos na mochila. Sempre que pode gruda na frente do notebook e passa horas escrevendo. Adora Johnny Cash e Britney Spears. É uma alma velha em um corpo jovem. Facebook.com/terramortaoficial

Publisher: **Erick Santos Cardoso**
Edição: **Cirilo S. Lemos**
Revisão: **Ana Lúcia Merege**
Produção Editorial: **Janaina Chervezan**
Ilustrações: **Celso Ludgero**
Capa e arte: **Ericksama**

Dados Internacionais de Catalogação na Publicação (CIP)
Ana Lúcia Merege 4667/CRB7

T 756

Toy, Tiago,
Terra morta: infecção / Tiago Toy. – São Paulo : Draco, 2014.

ISBN 978-85-8243-059-0

1. Ficção brasileira I. Título.

CDD-869.93

Índices para catálogo sistemático:
1. Ficção : Literatura brasileira 869.93

1ª edição, 2014

Editora Draco
R. César Beccaria, 27 - casa 1
Jd. da Glória - São Paulo - SP
CEP 01547-060
draco@editoradraco.com
www.editoradraco.com
www.facebook.com/editoradraco
Twitter e Instagram: @editoradraco

SUMÁRIO

Tiago Toy

Terra Morta

Anteriormente em Terra Morta

Encurralado em um freezer desativado, Tiago Rodrigues, um rapaz de vinte e dois anos, é um dos últimos sobreviventes do incidente que transformou todos os habitantes da pequena Jaboticabal, no interior de São Paulo, em infectados raivosos com fome de carne humana. Acreditando serem zumbis, Tiago utiliza técnicas de parkour para sobreviver, mantendo-se o mais longe possível do alcance das hordas que dominam as ruas cobertas de sangue e cadáv

Ao refugiar-se no Ginásio de Esportes em busca de água, conhece Daniela Silvestre, da mesma idade, uma jogadora de handebol de Araraquara que veio, junto com seu time, para o último jogo do campeonato regional. Daniela foi a única que sobrou após o massacre há duas semanas. Contrariando a vontade de Tiago, ela decide acompanhá-lo na fuga.

Após visitar rapidamente uma loja de pesca – o mais próximo que a cidade interiorana tem de uma loja de armas –, passar a noite em uma catedral, ser perseguida no supermercado local ao ir em busca de comida e quase ser morta pela gangue de Amarelo na periferia, a dupla encontra Ricardo, oriental de dezesseis anos, e aceita passar a última noite em Jaboticabal em sua casa. Quando Daniela descobre que o garoto mantém a mãe infectada no porão, atira através da porta e acredita tê-la matado.

No dia seguinte, os três partem de Jaboticabal no carro dos pais de Ricardo, apenas para serem interceptados na saída da cidade na saída da cidade pelo Coronel Peter e levados a uma base improvisada em uma região afastada. Lá conhecem Dra. Abigail Küsen, uma mulher misteriosa que parece esconder o que quer deles. Submetidos a exames, interrogatórios e vigília constante, descobrem que estão sendo mantidos em quarentena, e fogem no exato momento em que a mãe de Ricardo é encontrada no porta-malas do carro, colocada ali pelo filho na noite anterior sem que ninguém soubesse. Caos instalado, Abigail tenta detê-los com uma arma, mas Daniela é mais rápida e dispara contra ela, dando-lhes tempo para fugir.

Após passarem a noite abrigados no celeiro de um sítio abandonado, seguem para Araraquara. Na rodoviária pegam o dinheiro que encontram, e em seguida constatam que a cidade está sendo incendiada por homens em roupas especiais e armados com lança-chamas. Tarde demais, Daniela descobre corpos carbonizados em sua casa, e percebe que está sozinha no mundo.

Continuando a fuga que parece não ter fim, Daniela passa mal na estrada, onde vomita sangue, e acredita ser reação a algum experimento a que foi submetida enquanto estava inconsciente na base. Logo chegam a um posto de beira de estrada onde conseguem sequestrar um helicóptero do exército e obrigam o piloto a levá-los à capital. Sem escolha, o piloto Erico deixa-os no Parque Estadual do Jaraguá, e de lá eles fogem, passando a noite na rua.

No dia seguinte encontram um hotel barato, onde Ricardo sofre do mesmo mal de Daniela, vomitando sangue – nos dias seguintes, o ataque se repetiria para ambos. Tiago sai para esvaziar a mente, e, enquanto almoça em um restaurante, vê na TV que estão sendo procurados como foragidos infectados. A mídia divulga que o mal que assolou Jaboticabal veio de um vírus desconhecido na água, e que os jovens o carregam no organismo. Na semana seguinte seguem de pensão a pensão, o mais discretamente possível.

Numa tarde de domingo, Ricardo volta de uma lan house e conta que um amigo virtual ofereceu ajuda. Mesmo desconfiado, Tiago topa. Chegando ao local combinado, sofrem uma emboscada e Ricardo é pego. Tiago e Daniela fogem, mas armam um plano para resgatá-lo. Atraindo as pessoas que procuram por eles através de uma ligação anônima, chegam à LAQUARTZ, uma empresa farmacêutica localizada em uma região afastada na Zona Leste de São Paulo. Escondidos, veem Abigail deixando o complexo em um carro. Seguindo-a de táxi, cercam-na em uma estrada pouco movimentada e exigem a verdade, mas descobrem a armadilha tarde demais, e são abatidos pelos seus capangas.

Quando desperta, Tiago se encontra em uma mesa de operação, mas é salvo por uma desconhecida. Sem perguntar seu nome, foge e encontra Daniela trancada em outra sala. Juntos, obrigam Abigail a levá-los até Ricardo. Em uma câmara especial, encontram o amigo, agora um infectado. Na confusão, o garoto escapa e ataca os seguranças da empresa, espalhando a infecção. Inconsciente e sem ter como se defender, Abigail sucumbe ao ataque. Tiago e Daniela conhecem Pooh e Lizzy, invasores em busca de algo que permanece um mistério, enquanto procuram a saída do complexo. Fortemente armado, o casal escolta a dupla para fora, mas são cercados pelos funcionários da LAQUARTZ, transformados em infectados famintos. Quando pensam que é o fim, são surpreendidos pela imobilização repentina, inexplicável, dos canibais, que ficam como estátuas. Não dura muito, e logo são atacados novamente. Tiago e Daniela voltam ao prédio. Sem esperança de sobreviver, mas acreditando que ainda pode salvar o país de todo o mal com o qual foi obrigado a conviver em sua cidade, Tiago decide mandar o complexo para os ares.

Buscando meios de destruí-lo, encontram uma câmara subterrânea. Entretidos enquanto carregam galões de líquidos inflamáveis, não percebem a aproximação de uma figura coberta por uma parafernália metálica, que saiu de um container até aquele momento lacrado. Sua identidade é oculta por uma máscara de ferro. Os jovens são atacados pela criatura, e, quando Tiago tem a chance de matá-lo, descobre tratar-se de seu pai, transformado em um monstro. Prestes a desmaiar, Tiago puxa o gatilho e dá um fim a ele.

Em flashbacks, Tiago relembra a noite em que tudo começou em Jaboticabal, sua jornada em busca da família, a aparente cura dos ataques de asma na infância e o momento em que foi mordido na mão no segundo dia de sobrevivência. Nunca conseguiu entender por que não se transformou.

De volta ao presente, ao despertar, Tiago se encontra em uma sala com Pooh, Lizzy e Daniela, e descobre que o portão da LAQUARTZ foi derrubado. Os infectados escaparam em direção à cidade. Lá fora uma van os aguarda. Há um casal na frente, quatro pessoas e um cachorro na parte de trás. Ao longe, assistem à destruição de São Paulo.

COMEÇOU TUDO DE NOVO

Capítulo 1 - Sobreviventes

Terça-feira

Regina Ribeiro - 16h45min

Corredores de hospital passam a sensação de que você vai pegar qualquer doença ao simples toque na parede. Com tantos enfermos transitando todos os dias, é claro que fica alguma coisa para trás, não importa o quão boa seja a equipe de faxina. Há os dias de pico, geralmente feriados e finais de semana, mas a próxima sexta-feira estava longe e aqueles corredores estavam mais movimentados do que o costume. Macas traziam feridos como entregas expressas avariadas, grande parte vítimas de acidentes automobilísticos. Como se houvesse distribuição de cerveja grátis. A verdade era que a Zona Leste de São Paulo estava um caos, e ninguém havia explicado o motivo.

No quarto 415, Regina aguardava apreensiva em seu leito, com as mãos sobre o barrigão. Parecia prestes a explodir de tão esticada que a pele estava; logo entraria em trabalho de parto. Os longos e oleosos cabelos negros grudavam no ombro por causa do suor. Seria seu primeiro filho, a esperança de algum conforto, uma mudança boa na vida. Os últimos meses estavam longe de terem sido agradáveis.

Arrastados alguns minutos, Regina começou a incomodar-se com a demora. Não bastasse a ansiedade, ainda tinha que suportar a angústia da espera.

– Daqui a pouco você vai sair desse lugarzinho apertado, viu? – falou de maneira doce enquanto alisava a barriga. – Mamãe vai te proteger e mimar muito.

Um som distante e agudo – por um momento imaginou uma gralha invadindo pela janela, fugindo de pedras de um estilingue – chamou sua atenção. Observando, ouviu um estranho alvoroço começar.

O que é isso?, pensou.

Pela porta entreaberta Regina não via nada. Começou a estranhar o fato de ninguém ter passado recentemente por ali. O som se repetiu (era um grito, não um grasnado), bem mais próximo, ecoando pelo corredor. Com dificuldade levantou e se postou ao lado da cama, apreensiva. Com passos curtos, alcançou a porta. O longo corredor estava vazio.

Caminhando lentamente e se apoiando nas paredes chegou ao quarto vizinho, ocupado pela colega de gravidez que havia conhecido nas aulas de pré-natal, Darla. Era do tipo que se lamentava por tudo, desde as dores costumeiras nas costas até as coceiras difíceis de alcançar. Certa vez pedira a Regina que coçasse seus pés, com indícios de uma frieira que estava começando ou terminando.

O aposento estava mal iluminado; Darla não gostava de acordar com a luz do sol no rosto. Ao lado da cama, uma figura de cabelos grisalhos emitia um som curioso e irreconhecível enquanto Darla permanecia imóvel, provavelmente dormindo. A estranha, uma enfermeira, julgando pelas roupas, estava de costas.

– Com licença – chamou Regina, abrindo mais a porta e deixando a luz fria do corredor entrar. Notou no mesmo instante uma poça de sangue aos pés da mulher.

Esta se virou num pulo... Rosnando? Regina pensou se tratar de alguma doente mental fugida de outro setor e temeu que fosse perigosa, principalmente ao vê-la segurando algo. Não identificou o que de imediato, mas notou um pezinho se soltando da massa disforme e caindo no chão. Já não tinha dúvidas. Com um olhar curioso e feroz, a estranha deu um passo lateral, vacilante. Regina sentiu o estômago revirar e emitiu um grito mudo.

Darla jazia deitada – e assim permaneceria por muito tempo –, a barriga rasgada, destruída, como uma torta de maçã atacada por crianças antes da festa. Nacos estraçalhados de carne e tripas manchavam o lençol e uma expressão de choque preenchia seu rosto, os olhos vidrados. Havia permanecido viva enquanto...

Soltando o que sobrara do pequeno cadáver, o bolo de carne se espatifando no chão, a mulher investiu contra Regina, que conseguiu ser mais rápida e fechou a porta. Fortes pancadas faziam a madeira tremer, dando a impressão de que cederia logo.

– Enfermeira! – gritou. – Alguém! Tem uma louca aqui...!

Ninguém apareceu. Vasculhou ao redor e encontrou, bem ao seu lado, o carrinho onde eram servidas as refeições. Lutando para segurar a porta e aguentar as pontadas no ventre, alcançou a asa de metal do carrinho, alto o suficiente para impedir que a maçaneta girasse para baixo, e empurrou-o contra a porta, esperando para ver se funcionaria. Funcionou. A maçaneta girava, mas travava antes de completar a volta.

– Enfermei...

Uma contração cortou o chamado. Segurou a barriga, como se fosse cair, e voltou ao seu quarto. Percebeu pessoas se aproximando rápido pelo corredor, em uma briga descontrolada para ver quem chegava primeiro. Não eram enfermeiros querendo ajudá-la, teve certeza. Trancou-se a tempo de evitar ser vista.

Ouviu-os esmurrando a porta de Darla por pouco tempo. Seguiram, emitindo sons engasgados, e continuaram. Regina foi até a janela e viu o caos na rua, dois andares abaixo.

Uma ambulância, cujo motorista permanecia sobre o capô, imóvel e com as juntas contorcidas, derrubara um poste contra a vidraça da recepção. Pessoas corriam aos berros, clamando por socorro enquanto eram perseguidas. Havia muito sangue. Instintivamente Regina cruzou as mãos sobre a barriga em sinal de proteção.

– Deus...! Que merda é essa?

Yulia Smirnov – 16h47min

Sentada no último banco do vagão e com aquele típico gosto de sono na boca, Yulia deixou o iPod no volume máximo enquanto via, com a testa apoiada no vidro, as paredes do subterrâneo deslizando. Além de a música tornar a viagem mais curta – ao menos aparentemente –, evitava que puxassem papo. Após a longa viagem que havia feito, conversar não estava em seus planos. Tudo o que queria era cair em uma cama e dormir.

Vestia um casaquinho de couro marrom com buttons sobre uma blusinha curta de malha branca que deixava a barriga à mostra. O formato dos seios medianos e empinados estava bem delineado sob a blusa preta decotada; duas fitas vermelhas de cetim pendiam das laterais. A saia de pregas cinza deixava as coxas bem torneadas em exposição, e nenhum dos homens ao redor evitava olhar.

Admiravam descaradamente. Se não querem que olhem, não exponham como melões frescos na feira, caramba!

Apesar dos olhares famintos, Yulia cruzou as pernas, roçando as botas de couro sem salto. Puxou o capuz do casaquinho e fechou os olhos, ignorando o cara de terno, ao seu lado, que teimava em conversar – sem perceber estar sendo o protagonista de um embaraçoso monólogo – enquanto ela curtia a música.

Um solavanco repentino a derrubou de joelhos no assoalho. Assustada, levantou-se rapidamente e percebeu que não fora a única a cair. Várias pessoas se erguiam atordoadas sob as luzes vacilantes. Alguns xingavam, e ninguém ajudava ninguém; nem mesmo a senhora que caíra de costas contra a porta recebera qualquer tipo de atenção especial.

Yulia colocou a mochila nas costas e foi até ela, oferecendo as mãos como apoio. Com um sorriso grato ela aceitou, levantando-se com a dificuldade da artrite. Yulia procurou e não encontrou onde a coitada pudesse se segurar. O banco azul ao lado, destinado a passageiros especiais, estava ocupado por um rapaz cheio de correntes penduradas no cinto e ao redor dos pulsos, algumas unhas pintadas de negro e camisa estampada com um cara gritando e cuspindo. Nada amigável. Yulia o cutucou sem medo, apontando a idosa com a cabeça. O rapaz a olhou dos pés ao ninho de cabelos brancos e fechou novamente os olhos, ignorando. Sem paciência, Yulia o pegou pela camisa e o puxou, permitindo que a senhora sentasse. O rapaz não teve reação. Dificilmente encontrava pessoas estúpidas o bastante para contrariá-lo.

Yulia deu as costas e se dirigiu ao seu antigo assento, ainda desocupado, e não pareceu perceber o rockeiro empunhando um soco inglês. Não houve tempo para aproximações mais perigosas: o som de vidro quebrando, seguido de um grito feminino, chamou a atenção geral.

As pessoas se afastavam de um ponto onde estava acontecendo uma briga. Uma mulher gritava e esperneava enquanto um homem ensanguentado a puxava pelo braço. Yulia não acreditou que ninguém a socorreria. A situação só fez piorar quando um pedaço da carne do trapézio da mulher foi arrancado em uma só mordida. Todos se afastaram aos tropeços quando o estranho abandonou a mulher esvaindo em sangue e avançou em direção a novos alvos. Tornou-se impossível entender o que acontecia. Desde o solavanco, o metrô não voltara a andar. Enquanto mãos desesperadas socavam as portas, Yulia foi até a última janela e puxou a trava de segurança. Descolou a borracha ao redor do vidro e o removeu antes de sair, jogada para fora aos empurrões.

Segura na passagem lateral do túnel, notou vultos desconcertados se aproximando. Deviam ser os guardas da estação. Teve que recuar quando os passageiros escaparam pela janela como sardinhas inchadas saindo da lata. O tempo parece mais lento quando se está na escuridão, mas ali, a vibração da balbúrdia quase desenhando as formas ocultas no breu, o ataque veio num repente. As figuras avançaram, e Yulia só não foi pega graças à enxurrada de desesperados que vazavam pela janela.

Pelo túnel, iluminado por pequenas lâmpadas fluorescentes, ela seguiu a passos velozes. Não pôde deixar de notar membros humanos espalhados pelos trilhos, o motivo do acidente. O que aqueles infelizes faziam ali?

Procurou alguma saída de emergência, uma cabine ou posto de vigia. Qualquer coisa. Os gritos se distanciavam, substituídos por um silêncio aterrador.

Algum tempo depois, Yulia enxergou a luz no fim do túnel.

Conrado Ceschin – 16h55min

Enquanto o noticiário informava sobre os inexplicáveis ataques, a garota de quatro sobre a cama segurava as lágrimas a cada estocada de Conrado. Ele penetrava com violência, xingando nomes como "putinha" e "piranha" e, vez ou outra, aplicando fortes tapas nas nádegas já avermelhadas.

– Tá gostando, putinha? – sussurrava. – Diz que tá gostando, piranha!

Em êxtase, ignorava a TV sem volume. Cravou os dedos na pele sedosa da garota – que não devia estar muito além na maioridade – e começou a tremer e gemer alto. Ainda gozando, empurrou-a para o chão e caiu na cama apalpando o próprio membro. Contorceu-se um pouco até se acalmar num suspiro áspero.

– Vá se lavar, depósito de porra. Você está fedendo.

Ajoelhada sobre o carpete espesso, ela pegou as roupas espalhadas com a mão esquerda – o braço direito terminava em um toco enfaixado –, enxugou as lágrimas, que formaram olhos de guaxinim na maquiagem, e seguiu devagar para o banheiro.

– E deixe a porta aberta.

Conrado era um quarentão enxuto, de cabelos ralos e cinzentos e profundos olhos azuis. Os braços grossos lhe davam um ar jovialmente saudável. Enquanto alisava o peito coberto por pelos brancos e encharcado de suor, acendeu um charuto importado e bombardeou o quarto com o cheiro nauseante da fumaça.

Após algumas baforadas, o semblante adquirindo uma paz inquietante, encostou-se na cabeceira, abriu a gaveta do criado-mudo e enfiou a mão no fundo, onde pegou um revólver. Pela porta do banheiro, observava a jovem de costas enquanto lavava o rosto na pia, vez por outra soluçando. Dava-lhe prazer notar sua dificuldade em se lavar com apenas uma mão. Um fio de saliva deslizou pelo canto da boca.

Seus olhos se apertaram levemente. Inclinou a cabeça e uma expressão obscura, sexual, tomou seu rosto. Conrado estendeu a arma, mirando e movendo o braço de cima a baixo, num vaivém lascivo, como se alisasse a garota de longe. Inspirando profundamente, deslizou o dedo pelo gatilho, e foi quando algo explodiu do lado de fora – no mesmo momento em que um caminhão explodira no noticiário, tornando aquilo ainda mais estranho.

Da janela, presenciou a mesma cena, transmitida na tela da LED, cinco andares abaixo. Um caminhão de bombeiros destruíra tudo em seu caminho, deixando um rastro de devastação, e entrara com tudo no restaurante da esquina. O incêndio fora instantâneo. Pessoas corriam desesperadas, algumas em chamas. Atento, percebeu que várias daquelas pessoas atacavam outras, as quais, por sua vez, após um curto espaço de tempo, atacavam outras mais.

Conrado se virou e encarou a garota, já vestida e com resquícios da maquiagem borrada, parada na porta do banheiro. Estava trêmula, com uma expressão enjoada. Ignorando-a, voltou à cena logo abaixo. Ao ver um numeroso grupo invadindo pelo saguão do prédio, aumentou o volume da TV.

– *O motorista provavelmente morreu no impacto* – disse a repórter, tensa, andando em passos apressados e seguida pelo cinegrafista. – *Pelo que sabemos, um homem não identificado se pendurou na janela do veículo e atacou os bombeiros, causando o acidente. As pessoas continuam atacando sem razões aparentes. São Paulo está um caos! Não sei quanto tempo...*

– *Alice, corre!* – gritou uma voz rouca, própria de quem fuma há tempo demais.

Pelo vídeo trêmulo, Conrado pôde ver pessoas perseguindo os

jornalistas. Berravam. A repórter tropeçou e foi alcançada por um grupo desvairado. Enquanto a câmera se afastava, seus gritos perderam a força. No mesmo momento, pedidos de socorro foram ouvidos em algum ponto dentro do prédio.

Às pressas, ele vestiu a calça de linho, o terno cinza jogado sobre a cama e os sapatos sociais. Em seguida, correu até a porta e esbarrou no criado-mudo, derrubando-o. Diversas fotos, que estavam na gaveta, se espalharam pelo chão, de mulheres de todos os tipos: loiras, morenas, ruivas, brancas, negras, orientais. A garota se aproximou, curiosa, e encontrou sua foto em meio às outras. Havia um número impresso nas testas de cada uma delas – na sua, 219.

Conrado encontrou pessoas fugindo de seus quartos, e ouviu uma confusão em um ponto mais afastado. Chamando a garota com um sinal, ergueu o revólver e seguiram no sentido contrário.

Pouco haviam percorrido e um homem, que abandonara o quarto, voltou, sendo alcançado na esquina por um pequeno bando de homens e mulheres. Pareciam fora de si, como manifestantes de alguma macabra, desorganizada passeata. Amontoaram-se sobre o infeliz, que teve os gritos cortados por um ferimento na garganta – o gorgolejar era inconfundível. Outro passo e Conrado fez sua existência ser percebida.

Quando começaram a correr, percebeu que eram rápidos demais. Não teria muita chance. Um acidente alguns anos antes deixara o joelho paralisado por meses, e nunca voltara a ser o mesmo. Aguentaria correr no máximo por dois minutos. Havia uma única chance, a mais sábia: apontou a arma para a perna da garota e atirou, correndo em seguida. Escapou pela janela e desceu a escada de emergência. Sem remorso. Sequer deu uma última olhada ao seu depósito de porra. O único pensamento era sobre a sorte ao ter escolhido um prédio com escada externa de emergência.

Com uma mão segurou um degrau, firme; com a outra alcançou o celular no bolso e digitou. Precisava contatar o amigo policial para ajudá-lo a encobrir mais uma morte – depois de vir ajudá-lo, claro. Pagando bem, não haveria problemas. Nunca houve. Antes de chegar ao último número, porém, Conrado se assustou com um homem que surgiu na janela logo acima, gritando por socorro antes de se atirar em direção à morte, e se desequilibrou, soltando o degrau.

Cristiano Almudi - 16h56

Uma canção soou suas primeiras batidas ao longe. A melodia era conhecida, mas ainda estava distante. A cabeça girava. Em meio à escuridão, sentiu a boca seca. Tentou umedecer os lábios com a ponta da língua, mas de nada adiantou. Precisava de água. Quando a música atingiu uma altura desconfortável – seguida de uma vibração irritante sobre o criado-mudo –, Cristiano abriu os olhos. O teto rodava como um redemoinho.

– Preciso parar de beber.

Alcançou o iPhone sobre a mesinha e com um toque silenciou RuPaul. Pensou que o silêncio faria sua cabeça doer menos, mas se descobriu enganado. A ressaca era uma velha conhecida sua; sabia que, após pisar na jaca repetidas vezes na noite anterior, ela seria uma visita inevitável, e permaneceria em seu cangote ao longo do dia, sem hora para ir embora.

Apesar de a semana já ter começado, Cristiano não viu mal em comemorar com os amigos em plena segunda-feira. O fechamento mensal de sua empresa de investimentos trouxera-lhe lucros que requeriam um encontro com os mais chegados, algo para recordar. Achava o trabalho um saco, mas finalmente via que o retorno valeria a pena. Só não pensou que beberia tanto – nem conseguia recordar como voltara para casa. Apoiado nos braços doloridos, levantou-se e foi direto ao banheiro. Uma ducha fria o despertaria por completo.

Assim que girou a torneira, a lembrança dos compromissos retornou como um tapa. Enquanto a água gelada caía, olhou através do vidro do box em busca do relógio digital na parede. Passava das 16h, horário marcado para ir buscar os cães, Martin e Carlota, dois bulldogs franceses, no veterinário. Tinha-os levado no dia anterior para uma bateria de exames periódicos. Pensou em ligar para um dos sócios e pedir que fosse buscá-los, mas já haviam sido legais demais só pelo fato de ainda não terem ligado, xingando Cristiano por não ter aparecido. Seria muito abuso.

Molhou rapidamente os cabelos e desligou a ducha. Puxou uma toalha no caminho para o quarto e se enxugou enquanto tirava as primeiras peças que encontrou nas gavetas. Jeans, camiseta rosa e tênis. Não havia tempo para se embelezar. Nem penteou os cabelos.

Ao lado do iPhone apanhou o molho de chaves. Digitou uma mensagem avisando o veterinário de que estava indo e enviou o

SMS no instante em que chegou à garagem. Entrou no Jetta preto e acionou o comando para o portão automático subir. De ré, pisou fundo e alcançou o lado de fora. Ainda sob efeito do álcool, esqueceu-se de vigiar pelo retrovisor. Desatento, sentiu uma colisão da traseira, ao mesmo tempo que notava que o pneu havia passado sobre algo. Ouviu o som de alguma coisa se quebrando, e também um grito. Levou a mão à boca, os olhos arregalados. *Ai, meu Deus! Eu matei alguém*, pensou.

Com o freio acionado, saiu do carro e contornou-o. Sentiu a garganta, já seca, rachar (esquecera-se de beber água). A filha da vizinha, uma menina de treze anos, estava caída de bruços na entrada. Usava patins e capacete, e gritava. A roda do carro havia passado sobre uma de suas pernas. Havia sangue em sua boca.

– Ai, meu Deus!

Cristiano foi até ela, tremendo. A menina o encarava, os lábios retorcidos em dor. Abaixando-se diante dela, tentou erguê-la por baixo dos braços, mas ela parecia querer esbofeteá-lo. De relance viu o ferimento, uma fratura exposta na altura do joelho.

– Vivian, me desculpa – ele disse, a voz esganiçada. – Eu não te vi. Já vou te levar ao hospital.

Os braços finos da garota vieram em sua direção, e Cristiano imaginou que ela estivesse buscando um apoio para se levantar. Ele se aproximou, e então sentiu as delicadas mãos adquirirem força adulta ao se envolverem ao redor de seu pescoço.

– Calma, Vivian...

Ela ignorou suas palavras e emitiu um berro demoníaco. Arrastando-se em sua direção, agarrou-o pela barra da camiseta e aproximou-se. Cristiano desvencilhou-se e se afastou, caindo de costas, no exato momento em que ela cravaria uma mordida em sua barriga. Sentado na grama, observou-a, estarrecido. A criança parecia fora de si. Batia os dentes de modo frenético, arranhava o cimento, arrastava o queixo no chão na tentativa de agarrá-lo, mas parecia inapta para perceber que os patins impediam que ficasse de pé.

– Vivian, o que há com você?

Cristiano passou a mão nos cabelos molhados. Olhou ao redor. Seus vizinhos corriam, perseguidos... pelos outros vizinhos. Do outro lado da rua dois homens socavam Irene, a senhora de setenta anos que gostava de se encontrar com as amigas aos finais de semana para conversar sobre novelas. Na casa ao lado, um rapaz arrancava um pedaço do pescoço da mãe de Vivian com os dentes.

Ao longe, Cristiano divisou um prédio em chamas. Helicópteros o sobrevoavam, mas seus pilotos não pareciam interessados em salvar as pessoas que pediam socorro nas varandas, ondas de fumaça negra envolvendo-as.

Havia algo muito pior acontecendo em São Paulo.

Pablo Bianchinni - 16h59min

Exceto pela iluminação precária fornecida pelo abajur florido e cafona sobre a escrivaninha, ao lado da cama de solteiro bagunçada, o quarto se encontrava em total penumbra. Pablo encarava o pacotinho em sua mão, girando-o lentamente, como se analisasse o valor de um diamante. Uma gota de suor deslizou pelo rosto cansado e se perdeu entre os pelos do cavanhaque.

Abriu o saquinho. Fechou. Olhou ao redor. Abriu-o novamente. Aproximou do rosto. Contraiu os lábios. Fechou e o afastou. Pressionou os olhos com os dedos. Abriu mais uma vez. Fechou e o guardou no bolso. Por fim, se levantou e abriu a porta, deixando a luz do sol entrar.

Não havia ninguém no pátio exceto pelo ar abafado e pelo pastor alemão parado em frente à porta, como um guarda. Ambos se encararam, imóveis. Pablo cerrou as sobrancelhas e o animal balançou a cabeça duas vezes. Depois, encostou o focinho molhado no bolso da calça jeans, cheirando e ganindo baixinho.

– Relaxa, Thor – sussurrou Pablo em um meio sorriso, alisando a cabeça do cão. – Eu tô limpo.

Trancando a porta, saiu para uma volta, seguido fielmente pelo animal. Era possível ver as pegadas no chão empoeirado. O corredor sujo afastaria outros possíveis hóspedes, mas não Pablo. No momento, não havia lugar melhor. Vazio, escuro, esquecido. Ótimo para refletir. Perfeito para não ser lembrado.

Chegando à recepção, não encontrou o senhor que estava sempre ali fumando com cara de poucos amigos. Fora do ar, a TV emitia um chiado irritante.

– Seu Raimundo?

Ninguém. Debruçando-se sobre o balcão, percebeu que estava mesmo vazio. Que ótima gerência. Jogou a chave sobre um pequeno armário por trás do balcão e saiu.

A rua costumava ser pacata, mas aquilo era demais. Não havia vivalma nos arredores. Contudo, não foi a falta de pessoas que o alarmou, mas os carros batidos na esquina adiante. Bolsas caídas pela calçada, veículos abandonados com as portas abertas. Algo muito estranho acontecera.

Thor correu até a esquina, em sentido contrário ao que Pablo seguia. Procurou ao redor, mas não encontrou ninguém, apesar de ouvir uma agitação distante, como uma feira ou algo do tipo. Apalpou o bolso e constatou que o saquinho ainda estava ali, intacto.

Os latidos de Thor chamaram sua atenção. Eram como um aviso. *Corra.* Virou-se e engoliu em seco: uma pequena multidão despontou na esquina e corria atrás de Thor – e, consequentemente, também em sua direção. Recuou dois passos em falso, mas, assim que o cão o ultrapassou, percebeu que realmente havia algo de errado e correu.

– Cara, que viagem. Do que esses porras 'tão fugindo?

Procurou ao redor por algum policial ou alguém que soubesse o que estava acontecendo. Pablo não era o tipo esportista, e seu fôlego já começava a dar indícios de que o trairia. Pensou em parar e perguntar a eles qual o problema, mas a linha de frente da multidão não permitia aproximação. Podia ser ilusão de ótica, mas estavam ensanguentados. Alguns exibiam horríveis ferimentos. Um velho, por exemplo, não parecia ter idade para correr daquele jeito, mas corria, e nem precisava de metade da bochecha e um naco da coxa para fazê-lo. Berravam como animais. Corriam como animais. Algo dizia que o matariam como animais. Quanto mais corria, mais apareciam, vindos dos prédios ou surgindo de becos e esquinas. Alcançou a terceira quadra e, quase sem conseguir respirar, viu Thor voltando. Havia uma praça adiante, da qual despontava o teto de um coreto, e o lugar parecia uma feira. Uma aglomeração se amontoava ao redor do coreto, onde um casal tentava se proteger. Estavam armados. Pablo não distinguiu com o que, mas ouviu os tiros. Viu pessoas caindo, o que não impedia outras de avançar. Os disparos atraíam muitos mais, de toda parte; para seu azar, inclusive da ruela bem atrás. Contou rapidamente sete pessoas – todas haviam notado sua presença.

Seguindo um som ensurdecedor, correu pela calçada da praça e encontrou um carro parado no meio da rua. O motorista ainda estava nele, a testa contra a buzina. Pablo o chacoalhou, tentando reanimá-lo.

– Senhor, acorde.

O momento em que a buzina se calou, por incrível que parecesse, foi o que chamou a atenção de mais pessoas. E elas vieram como uma onda. Passavam sobre tudo o que estivesse no caminho, e Pablo logo seria o próximo. Felizmente, percebeu a chave no contato. Sem escolha, soltou o motorista do cinto e o empurrou com dificuldade para o lado do carona. Tão rápido quanto pôde, entrou, e, no momento em que deu a partida, Thor se enfiou pela janela traseira. Pelo retrovisor viu a multidão o perseguindo, uma grande porcentagem da praça desistindo do casal do coreto e optando pelo homem e seu cão. Thor não parava de latir. Estava agitado, e com razão. Que diabos era aquilo?

Na fuga, atropelou algumas pessoas, mas tentou manter o foco. Sabia que não era sua culpa: todas haviam se atirado contra o veículo, enlouquecidas de medo ou raiva. Pablo mantinha as mãos firmes envoltas na manga do moletom roxo contra o volante. Os olhos dançavam de um lado para o outro, quase sem piscar. Sentia o coração mais acelerado do que o normal. Até mais do que quando usava...

Ligou o rádio e levou um tempo para estabelecer sintonia.

–... *o que está acontecendo, mas estamos tomando as medidas cabíveis* – dizia uma voz que falhava em sua tentativa de parecer firme. – *Aconselhamos que não saiam de suas casas e não entrem em contato com estas pessoas. Elas são extremamente perigosas e atacam sem distinções. Não confiem em parentes ou amigos, e em hipótese nenhuma saiam de suas casas!*

Pablo assistiu uma mulher se debatendo contra a janela do segundo andar de um prédio. Estava sendo atacada por alguém.

– Grande ajuda ficar em casa – comentou, encarando Thor pelo retrovisor.

Passou por cima de algo estendido na rua (*Deus queira que não seja uma criança*) e perdeu a sintonia do rádio. Na tentativa de reajustá-la, não notou o cavalo surgir na esquina com alguém sendo arrastado pelo asfalto, um dos pés enroscado no estribo. Alertado pelos latidos, conseguiu desviar a tempo, invadindo o meio fio e se chocando contra uma enorme pilha de sacos de lixo. O cavalo saiu galopando com o homem perdendo partes do corpo pelo caminho, gritos de raiva e dor cortados.

Regina Ribeiro – 17h11min

Com a orelha cravada na porta, Regina não ouvia passos ou vozes do outro lado. Acreditou ser seguro sair. Pela fresta viu o corredor vazio. Pegadas vermelhas formavam um emaranhado de trilhas desnorteadas. No armário, pegou sua bolsa, conferiu os pertences e saiu. Não havia tempo nem para se trocar. O carrinho continuava bloqueando a porta de Darla, mas as pancadas cessaram. Regina pensou que o certo seria verificar a amiga, mas se convencera de que era tarde. Além disso, a assassina ainda estava lá. Regina não arriscaria a vida de seu bebê.

Quase voltou ao avistar pessoas no fim do corredor, perseguindo um homem de jaleco branco. Por sorte, seguiram para outro lado. Com cautela, alcançou o elevador e apertou repetidamente o botão.

Um grunhido chamou sua atenção. Vinha de outro quarto. Passos pegajosos alcançaram o corredor, e Regina se deparou com uma menina por volta dos treze anos. De uma das canelas magras a pele pendia junto a um naco de carne pendurado, o que Regina jurou ter sido provocado por uma mordida. A camisola hospitalar, suspensa de lado, deixava à mostra o torso nu e frágil, diferente dos olhos e dentes expostos: estes apresentavam uma agressividade animal. A menina investiu contra Regina e recebeu um pontapé no ferimento. Inútil. Era como se não sentisse dor. Outra tentativa e os dentes sujos se aproximaram perigosamente do barrigão. Reunindo forças ocultas, a grávida a segurou pelo pescoço e apertou. As mãozinhas finas puxavam a camisola de Regina, e perderam a força aos poucos. Assim que o alarme do elevador apitou e a porta se abriu, Regina jogou a pequena o mais longe que pôde. Antes que ela pudesse se recuperar, rosnando e babando sangue, a porta dupla se fechou.

No estacionamento do subsolo não havia ninguém, embora a escuridão não permitisse ter cem por cento de certeza. Vasculhou a bolsa até encontrar a chave presa ao emblema de uma estrela de xerife. Seguindo atenta entre os veículos, divisou seu carro, mas foi obrigada a se esconder atrás de um pilar quando um vulto passou vagando, como se procurasse algo.

Uma contração forte a fez gritar. As fisgadas vinham das costas ao pé da barriga. Os berros bestiais foram instantâneos, como em resposta. Regina o ouviu caminhar mais rápido, procurando. Segurando a barriga, respirou fundo repetidamente e se forçou a ir para trás de uma caminhonete, lutando para não gritar outra vez, os dentes cerrados. Ouviu-o bater do outro lado do veículo. Num ato de desespero, definiu o caminho e correu em direção ao seu carro, ouvindo o perseguidor logo atrás.

Com certa habilidade, destrancou a porta e entrou, salvando-se no último instante – ou talvez tenha acontecido tão rápido que era

03
03

essa a sensação. Completamente descontrolado, como se possuído, um homem de uniforme branco se debatia contra a porta.

– Vá embora!

Regina gritava enquanto tentava encaixar a chave no contato. Ao ouvir o motor, pisou fundo e saiu raspando nos carros, conseguindo derrubar o maldito. Sem frear, riscou a lataria nas guias da rampa e alcançou a rua. O carro foi logo cercado por dois homens. Enquanto um socava a janela, resultando em algumas trincadas, o outro subiu no capô e vomitou sangue no para-brisa. Chocada com a sensação de que aquilo tudo era maior do que imaginara, Regina saiu cantando pneu em meio a carros desgovernados que vinham de todos os lados. Tentou descobrir pelo rádio o que estava acontecendo, mas algo a fez arfar. As pernas estavam encharcadas e o chão do carro empoçado.

Sua bolsa havia estourado.

Cristiano Almudi – 17h12min

Os pneus roçaram a guia da calçada e lançaram lenços de fumaça que logo se dissiparam no ar. Cristiano nem desligou o carro – deixou a chave no contato e disparou em direção à entrada do pet shop. A rua estava vazia (de gente viva), mas percebeu seus perseguidores, reunidos ao longo do caminho de sua casa até ali, despontando na esquina adiante. Antes que fosse localizado por seus olhos anormalmente arregalados, adentrou o local.

A iluminação opaca de fim de tarde dava ao recinto um tom lúgubre. Não somente as gaiolas tombadas umas sobre as outras, mas todos os animais mortos que ali jaziam trouxeram lágrimas aos olhos de Cristiano. Adorador de animais, temia que Martin e Carlota estivessem sob as carcaças dos pobres bichos. Alguns grunhiam, a dor acalentando-os até que a morte garantida chegasse.

Cristiano não havia recebido resposta do veterinário. Olhou o iPhone. Nenhuma mensagem ou ligação. Pensou em discar seu número, mas o barulho vindo dos fundos chamou sua atenção. Alguém gritava. Metais se chocavam. Miados entrecortados ecoavam. Contornando o balcão da recepção, puxou a cortina de plástico amarela e penetrou a penumbra.

Levou um tempo para distinguir formas na sala – não por estar escuro, porque nem estava tanto. O problema foi a tontura repentina. Apoiou-se em uma mesa, o sabor do vômito roçando a goela. Respirou fundo. Precisava ser forte. Até que encontrasse seus cães – vivos ou... nem queria pensar –, não se permitiria fraquejar. Equilibrou-se sobre as pernas e caminhou por entre a bagunça de sacos de ração estourados e jaulas de todos os tamanhos espalhadas. Apesar de não enxergar detalhes tão vívidos quanto os que testemunhara na entrada, identificou animais mortos em meio aos metais retorcidos. Pobres coitados.

Adiante, um berro irrompeu. Cristiano o escutara antes, mas quem quer que estivesse gritando parara por um curto espaço de tempo, e de repente voltara a fazê-lo, a plenos pulmões. Aprofundando-se mais na sala, avistou o responsável pela zombaria. Reynaldo – ou *Doctor Rey*, como Cristiano gostava de chamá-lo – lançava com violência uma gaiola contra a parede, seus dedos enroscados nas grades. Em seu interior um siamês se debatia, desesperado, sem entender por que apanhava tanto. Não tinha mais forças para miar. Reynaldo parou com o ataque por uns segundos, mas, quando um fraco miau escapou da boca trêmula do bicho, a gaiola encontrou a dureza da parede em movimentos sucessivos.

Atrás do veterinário havia uma disposição de gaiolas. Os poucos animais que ali estavam permaneciam encolhidos, talvez entendendo que, se chamassem atenção do homem, seriam os próximos a entrar no terremoto de pancadas. Entre eles, enfiados na mesma gaiola, Carlota e Martin exibiam um olhar amedrontado. Cristiano arfou. No mesmo instante, ambos notaram sua presença. O sorriso de Cristiano morreu quando percebeu o que fariam. Tentou impedi-los levando o dedo aos lábios, mas era tarde. Em coro, os dois latiram.

O jaleco de Reynaldo dançou no ar quando o homem girou. Abandonou o gato; não havia mais vida naquela carcaça magrela. Antes que pudesse alcançar seu novo alvo, o louco foi impedido por Cristiano, que se atirou sobre o infectado sem que ele mesmo percebesse. Para ganhar vantagem, puxou o jaleco para cima e cobriu sua cabeça, abraçando-o por trás. A força do homem era descomunal. Cristiano não era acostumado com brigas; logo seria arremessado para longe. Precisava pensar rápido. Procurou ao redor. Encontrou um suporte com ganchos metálicos na parede, onde pendiam coleiras de diversos materiais. Num movimento rápido, esticou o braço e alcançou uma correia de aço, própria para cães grandes. Ainda rápido, focado em salvar seus cães, passou a corrente ao redor da cintura de Reynaldo, prendendo seus braços ao lado do corpo, e envolveu as pontas em um nó. O metal não era propício para a gambiarra; o laço se desfaria a qualquer momento. Na tentativa de ganhar tempo, empurrou-o sobre um monte de pacotes de ração. O infectado berrava, lutando para livrar-se da armadilha.

Cristiano correu até as gaiolas e libertou os cães.

– Meus amores! – disse, abraçando e beijando-os. Eles ganiam.

Colocou-os no chão, aos seus pés, e voltou às gaiolas. Precisava libertar todos aqueles animais, dar-lhes uma chance de viver. Uma calopsita escapou pela portinhola aberta e voou, batendo asas pela brecha entre a cortina e o umbral que levava à saída. Um persa branco o arranhou e encolheu-se no fundo, recusando o toque de suas mãos.

– Vem, gatinho.

Quando viu todos os animais livres, alguns com medo demais para se aventurar pelo desconhecido e se enfiando sob o amontoado de gaiolas adiante, Cristiano procurou seus cães. Martin, de pelagem cor de marfim, continuava encolhido, próximo. Carlota, mais abusada, mordia a mão de Reynaldo. Havia sangue entre seus dedos, mas não por causa dos dentes diminutos da cadelinha. Cristiano foi até ela e a pegou no colo.

– Papai já deu um jeito nele, bebê – ele disse, limpando o sangue que sujara seu focinho negro. Martin, que pulava em sua perna, também foi amparado. Carregando-os como crianças, Cristiano voltou à recepção, mas estacou próximo à cortina.

Seu carro havia-se tornado um alvo inalcançável. A rua estava repleta de pessoas vagando, a máscara do demônio em seus rostos. Doeu seu peito ver-se obrigado a abandonar o veículo – havia custado uma nota preta. Mas naquele momento sua prioridade era viver e proteger seus bebês.

Retornando pela sala, percebeu que, diferente do que pensara, Reynaldo ainda levaria algum tempo para se desvencilhar. Parecia desprovido de coordenação motora para entender que bastava encolher os braços de modo mais delicado para escapar.

Uma porta mais aos fundos levou-o à área de serviço. Não havia como sair pelas laterais, mas um muro baixo dava acesso a uma construção aparentemente abandonada. Sem dificuldade, passou os cães para o outro lado, e pulou. Os berros de Reynaldo ainda eram audíveis quando atravessou a porta destrancada, quase solta das dobradiças, e entrou.

– Ei, ei, ei – uma voz disse. – Calma aí, amigo.

Apesar de abandonada, a casa não era mal iluminada. O teto, parcialmente destruído, dava passagem aos últimos raios do sol. Cristiano viu um homem em posição defensiva encarando-o. Um pastor alemão rosnava, amedrontando Martin e irritando Carlota.

– Não consegui escapar por outro caminho – Cristiano disse.

– Tudo bem. Pensei que fosse um dos loucos.

– Qual seu nome?

– Pablo. E o seu?

Yulia Smirnov - 17h19min

Yulia chegou à estação ao passar sobre uma grade com uma placa de NÃO ULTRAPASSE. Havia todo tipo de pertences pessoais espalhados, de canetas e bolsas até um netbook com a tela destruída. Quando o sinal do celular deu sinal de vida, digitou um número e foi atendida pela secretária eletrônica. Ainda tentando, assustada, subiu rapidamente as escadas, desviando de obstáculos sem vida. Nunca vira tamanha atrocidade. Corpos enfeitavam os degraus como marionetes abandonadas. Dentro de um guichê, se escondeu e continuou discando. Observava o terminal como se assistisse a um filme de horror. Bandos de pessoas atacavam a mordidas e pancadas. Um pequeno vira-lata latia para uma mulher que mordia o pescoço de um rapaz como se mastigasse um sanduíche de colchão duro. Apesar de parecer mais forte, ele foi abatido pela louca sem chance de se defender. Ela possuía força e fúria animais. Yulia presenciara vários tipos de violência em outros países, mas não como aquilo. Era insano.

O celular foi deixado de lado. Ao verificar a área, levantando-se com cautela, deu de cara com um homem, seu olhar imerso em raiva. Num pulo, se levantou e não esperou o ataque inevitável. Golpeou a vidraça com o cotovelo e o agarrou pelo colarinho. Sem piedade, empurrou-o para baixo, fazendo o pescoço ser perfurado pelas lascas remanescentes. Ele tentou se desvencilhar, filetes de sangue se esvaindo, mas Yulia forçou até que a ponta atravessasse e saísse pela nuca.

Atacada por outro sujeito ao deixar o guichê, desviou e o empurrou pela escada rolante. Outros vinham. Percebeu uma viatura policial parada na saída, sua única chance. Saiu em disparada até o veículo, pulando grades e desviando dos que investiam. Alcançando-o, entrou e bateu a porta. Cercada por um incontável número de bocas escancaradas, abriu o porta-luvas e não se surpreendeu ao encontrá-lo vazio. Seria muita sorte uma arma ali. Disparos adiante entregaram a localização de um policial, o possível dono do veículo. Estava no meio da rua, disparando contra qualquer um que se aproximasse e falando por um pequeno rádio. Se tivesse percebido o ataque por trás, talvez durasse mais. Embora desarmada, Yulia não se sentia frustrada de todo. A chave continuava no contato. Tinha sorte em um dia de azar; desesperados e sem ter como avançar com seus carros, vários motoristas abandonavam seus veículos prontos para serem pilotados pelo próximo que os encontrassem. Com apenas um botão acionado, travou as portas e partiu a toda, passando por cima de quem estivesse na frente enquanto outros disparavam em seu encalço.

Resmungou qualquer coisa e afastou os cabelos dos olhos, seguindo um caminho qualquer. O olhar desorientado entregava o medo indescritível, algo que nunca sentira. Sempre esteve à frente de seus temores, segura em suas decisões. A viagem ao Brasil fora sua escolha. A consequência do destino que decidira trilhar seria sangue, sempre soube disso. Mas não daquela maneira. Seu maior desejo agora era estar em sua casa, em sua terra.

Ao atravessar uma avenida, não conseguiu evitar a colisão contra um carro em alta velocidade.

Conrado Ceschin – 17h21min

Correndo pelo beco, Conrado mancou até a fileira de carros, onde se escondeu. Não havia ninguém por ali, mas a rua adiante parecia uma pista de fórmula um. Sempre que alguém passava, Conrado suportava bravamente a dor no tornozelo ao se abaixar. Alcançando outra via deserta, assegurou-se de que o caminho era seguro. Ao atravessar a rua, ouviu berros direcionados a ele. Fora descoberto.

Poupando a munição que restava, seguiu rapidamente pela ruela, e pensou ter chegado sua hora quando um pastor alemão o atacou. De costas no chão, encarava os dentes afiados do cão, que rosnava. Assim que sentiu a saliva do animal escorrendo pelo rosto, uma voz ordenou:

– Thor, deixe o homem.

Obedecendo, o cão recuou e foi até Pablo, que estava dentro de uma construção abandonada, olhando por uma janela arrombada. Levantou-se rapidamente ao ouvi-los se aproximando.

– Rápido, amigo! – Pablo gritou.

Conrado ignorou a dor e correu, entrando pela janela. No chão do cômodo escuro, encostou-se em um móvel mofado e massageou os pés. Em silêncio, ouviram o grupo se afastar.

– O que está acontecendo? – perguntou Pablo, quase sussurrando.

– Como se eu soubesse – respondeu Conrado, levantando e limpando a poeira da roupa. – Aposto que sei tanto quanto você. Esse povo está maluco. Viraram assassinos.

– Assassinos? Acho que é mais complexo que isso. – Por entre as pernas de seu dono, Thor rosnou novamente para Conrado. Pablo observava pela janela.

– Carlota? – Cristiano chamou, de cócoras. Havia preocupação em sua voz. Até aquele momento Conrado não notara sua presença.

– Quem é esse? – perguntou.

– Carlota, o que você tem?

– O que houve? – Pablo aproximou-se.

– Ela tá tremendo – Cristiano respondeu. A cadelinha se contorcia no chão. As patas estavam travadas, como se acometidas por fortes caibras. Espumava sangue e baba. – Ai, meu Deus!

Não durou muito. De súbito Carlota parou de mover-se. Não havia mais dor em seu corpo. Estava em paz.

– Carlota! – Cristiano chamou novamente, chacoalhando-a. Não havia mais o que fazer.

– Sinto muito, amigo – Pablo disse, pousando a mão em seu ombro. Imaginava quão duro era para ele. Não sabia o que faria se perdesse Thor.

– Foi quando ela mordeu o Reynaldo...

– O quê?

– A Carlota mordeu, ou lambeu, não sei, a mão do veterinário. Ele estava agindo como essas pessoas. Tinha sangue no focinho dela. Acho que foi por isso que ela...

Enquanto Cristiano chorava, Martin se aproximou do cadáver da amiga. Cheirou-o. Ganiu. Em seguida, uivou. Thor armou posição de alerta.

– Cale a boca desse cachorro – disse Conrado. – Vão acabar nos descobrindo.

– Vá à merda! – Cristiano gritou.

Martin uivou mais alto.

– Amigo, é verdade – disse Pablo, procurando as palavras para dar razão a Conrado. – Ele precisa parar...

A janela atrás de Conrado foi arrebentada, e ele se afastou antes de ser agarrado pelas mãos ensanguentadas que entraram por ali. O berro do garoto de rosto ferido preencheu o cômodo. Atrás dele apareceram outros. E mais outros.

– Eu avisei – Conrado gritou.

Como que indicando o melhor caminho para Pablo, Thor disparou pela escadaria que levava ao segundo andar. Os degraus estavam repletos de cupins. Sem qualquer dúvida, Pablo seguiu o cão.

Assustado pela confusão de gritos, Martin seguiu para o outro lado, adentrando o casarão.

– Martin, volta!

Cristiano talvez tenha percebido que não era a melhor escolha, mas havia algo em seu interior, mais forte do que ele próprio, que o fez ir atrás do cão. Não havia qualquer iluminação no corredor que seguia. Martin latia em algum ponto no breu. Olhou para trás e viu Conrado parado, sem ideia do que fazer. Voltou à escuridão.

– Martin?

Não houve resposta. Assim mesmo, Cristiano penetrou a cortina negra.

– Se mexe, parceiro! – Pablo gritou do alto da escada.

Lá embaixo, Conrado parecia impossibilitado de comandar o próprio corpo. Ao chamado de Pablo, viu-o no alto, esperando-o. Quando o infectado que arrebentara a janela passou pelo peitoril e caiu de queixo no chão, conseguiu se mover e venceu os degraus. Assim que alcançou o último, a escadaria ruiu, levantando uma nuvem de poeira.

Yulia Smirnov – 17h25min

Atordoada, Yulia tentava se localizar. Um fio de sangue deslizava de um corte na testa. Tentou ligar o carro, mas não funcionou. Havia muita fumaça saindo do motor. Pegando a mochila, abandonou o veículo.

O lugar parecia um ferro-velho. Teve sorte em não bater antes. Veículos se amontoavam enquanto os poucos motoristas ainda vivos escalavam as ferragens, ignorando gritos de socorro. Em uma passarela sobre a rua, pessoas se penduravam por fora da grade a fim de escapar. Várias caíram, enquanto outras simplesmente se jogaram.

Afastando-se cambaleante, Yulia ouviu gemidos de socorro vindo do outro carro. Através do parabrisa estourado, viu alguém se mexendo. Aproximando-se, encontrou uma mulher, e ela estava grávida.

– Por favor... – falava ela, com dificuldade. – Meu bebê... A bolsa estourou.

Yulia não acreditou na responsabilidade adquirida em meio ao inferno em Terra. Tentava acalmá-la, mas era em vão, por dois motivos: primeiro, ela estava em choque devido ao acidente e, provavelmente, às contrações; segundo, nenhuma das duas se entendia.

Apoiando-a em seu ombro, conduziu-a até um McDonald's. Pareceu seguro somente após fechar a porta e bloqueá-la com uma mesa. Havia comida espalhada pelo chão e uma garota com metade do pescoço devorado sobre o balcão. O sangue pingava de um boné com o logo amarelo da lanchonete. Yulia podia imaginar a cena, a atendente vendo mais um cliente mal-educado chegando, forçando um sorriso e tendo a jugular dilacerada antes de registrar o pedido de outro McLanche Feliz.

Um gemido mais alto de Regina a alertou.

– Meu bebê... – Regina gritou, engasgando. – Preso! Meu bebê está preso.

Yulia tentava não tremer, mas era impossível. Quando Regina abriu as pernas, seus olhos quase saltaram das órbitas. Balançou a cabeça, dizendo algo ininteligível (que poderia ser entendido em sua essência como "por favor, Deus, me tire daqui"), mas as lágrimas da grávida a comoveram. Despindo a jaqueta e jogando-a ao chão, Yulia enxugou o suor dos olhos e se preparou, respirando fundo. Regina fechou os olhos e segurou com força os pés das mesas ao lado.

Yulia aproximou as mãos por entre as coxas meladas. Assim que o sentiu, virou o rosto em um misto de nojo e medo, e puxou. Os lamentos histéricos de Regina duraram pouco, permitindo que o choro do recém-nascido fosse o único som presente. Da bota, Yulia puxou uma faca, até então oculta. Limpando a lâmina no casaco, cortou o cordão umbilical com um deslizar preciso. Sua roupa se encheu de sangue, e uma blusa de seda branca em sua mochila serviu para estancá-lo.

Yulia chamou a mulher. Ela não se movia. Aproximando-se, chamou mais uma vez. Apertou-lhe o braço, mas era tarde. Seu semblante se contorceu em pavor. Era alguma brincadeira de mau gosto? Pegou um lençol branco na mochila e envolveu o pequenino enquanto pensava no que faria, tremendo.

Aos poucos os sons das pancadas na porta a fizeram voltar a si. A pesada mesa fora arrastada e um braço já conseguira invadir. Olhando uma última vez para a infeliz morta naquele chão imundo, Yulia jogou a mochila nas costas e seguiu para a cozinha com o bebê nos braços.

Saindo pelos fundos, chegou a um beco sem saída, onde o cheiro de gordura prevalecia. Lá dentro o som do arrombamento a apressou a trancar a porta. Estava mais frita do que as batatinhas murchas caídas no chão.

Pablo Bianchinni e Conrado Ceschin – 17h36min

– Onde é sua casa? – Pablo perguntou.

– Minha *cobertura* fica na Alameda Jaú, atrás do hotel Renaissance. Ei, preste atenção!

Conrado se escondeu atrás de alguns arbustos, e Pablo quase foi visto. Um homem de terno e porte de guarda-costas passou, espumando, e por um feliz acaso decidiu seguir pelo caminho contrário.

– Essa passou perto. – Pablo ainda não havia assumido a postura adequada à situação, e Conrado não estava gostando nada.

– Se prestasse mais atenção em vez de ficar conversando, não correríamos riscos.

– Riscos? – Pablo disse em tom amigável. – Meu chapa, sem ofensas, mas você já parou para olhar à sua volta? Não estamos em nenhuma Marcha das Vagabundas. Cada centímetro dessas ruas é perigoso, você estando de boca fechada ou não. Tua sorte é eu não te deixar aqui e ir ajudar o Cristiano. Nem sei se ele...

Com um sinal de silêncio, Conrado pegou o celular, vibrando, e analisou o visor. Depois de um breve silêncio, afastou-se o máximo que a segurança permitia e atendeu. Pablo se abaixou e afagou o pelo de Thor.

– Estamos em um pesadelo, parceiro? – disse, enquanto assistia à amostra grátis de massacre. Estava em toda parte. Para onde olhasse encontrava sangue, dor e morte. O pior inimigo daquelas pessoas era o medo. Não paravam para pensar, apenas gritavam e corriam. Se pudesse, ajudaria todas. Porém ele mesmo já estava no fundo do poço. Podia manter Thor a salvo. Fez uma nota mental e pregou-a na parte mais ligada de seu cérebro: nunca poderia deixar que o cão se aproximasse de algum dos loucos.

Ouviu os passos de Conrado retornando.

– Quem era? – perguntou, sem desviar o olhar das ruas.

– Vamos ao McDonald's. Um amigo nos buscará lá.

– Qual Mc?

– Óbvio que o mais próximo.

– E depois? Pra onde você estava indo? – Pablo perguntou.

– Pra casa.

– Lá é seguro?

Conrado ergueu uma sobrancelha, analisando-o pelas costas. Então, uma luz brilhou em sua mente. Ter companhia seria útil.

– Sim, é bem segura.

– Então vamos – sugeriu Pablo, abandonando o lugar. Antes de segui-lo, Conrado disfarçadamente ajeitou a arma sob o paletó. Não costumava ser tão paciente – especialmente com imbecis. Todavia, aquele imbecil poderia ser útil, assim como a "depósito de porra".

Yulia Smirnov - 17h41min

As vidraças haviam cedido, mas eram demasiado pequenas para que conseguissem passar. A porta seria a próxima, chacoalhando violentamente. Yulia desistiu de bloqueá-la e vasculhou ao redor, encontrando uma pilha de caixas. Pareciam frágeis demais, mas eram a única opção. Soltando a maçaneta, correu e escalou, enroscando a bota entre algumas ripas soltas. O bebê em seu colo fazia apenas dificultar, mas não tinha culpa. Tomando cuidado para não derrubá-lo, puxou a perna com força e continuou a árdua escalada. Um rato abandonou seu ninho e correu, passando pela porta no momento em que ela foi escancarada, e foi esmagado pelas dezenas de pés que invadiram.

Yulia se concentrou no alto do muro e, em um momento de "agora ou nunca", pulou.

Pablo Bianchinni e Conrado Ceschin - 17h42min

O McDonald's estava cercado.

A cada instante, a legião aumentava assustadoramente. Alguém lá dentro estava em sérios apuros.

– É aqui que seu amigo virá nos buscar?

– Infelizmente... – disse Conrado, os olhos fixos na lanchonete. Sussurrou consigo: – Não vale a pena.

– O quê?

– Eu disse que não vai valer a pena. O que tem aqui posso conseguir em outro lugar.

– Duvido que consigamos ajuda, aqui ou... Espere!

Thor estava de orelhas em pé, encarando o local. Pablo fazia o mesmo, mal acreditando em seus olhos. Pela janela, percebera que uma garota fora encurralada, e havia algo em seus braços. Seria mesmo o que parecia?

– Vamos embora – Conrado chamou.

– Não! Tem uma garota lá.

– Lugar errado, hora errada, "chapa".

– Tem um bebê com ela!

Conrado abriu a boca, incrédulo.

– Como assim? Bebê?

– Não podemos deixá-los. Eu não posso. Se quiser ajudar, será bem-vindo.

Pablo não esperou resposta e partiu, correndo abaixado em direção ao corredor da loja vizinha ao McDonald's. Thor o seguiu e Conrado se viu sozinho. Não valia a pena arriscar, mas valia manter um engodo. Verificou a arma e praguejou ao descobrir a pouca munição. Pouca bala para tamanha guerra.

– Eu devia matar esse idiota agora.

Assustado pelos gritos de socorro de uma senhora que o viu (*já viveu o que tinha que viver, sua múmia*), seguiu Pablo, contrariado.

No alto de um muro, uma garota se equilibrava enquanto lutava para livrar as pernas de alguém que a puxava.

– Ei! – Pablo correu até ela. – Me dá o bebê!

Yulia olhou para baixo e encontrou dois homens e um cão. Um deles estendia os braços, tão apavorado quanto ela. Não precisava entender português para pensar rápido. Raspando as pernas no cimento áspero, soltou o bebê apenas quando teve certeza de que era seguro. Enquanto Pablo o envolvia, Yulia continuou puxando a perna e por pouco não despencou. Livre, desceu e, sem meias palavras, pegou o bebê de volta.

– Você está bem, moça? – perguntou seu salvador.

Yulia o encarou por algum tempo. Queria agradecer, mas as palavras não vinham. Atrás dele descobriu outro homem, mais velho.

Encarava-a fixamente e emitia murmúrios mudos. Não parecia acreditar que ela fosse real. Yulia olhou sobre o ombro, como se procurasse alguém. Queria avisar sobre a mulher lá dentro; talvez ainda houvesse tempo para ajudá-la. Tentou explicar a situação, mas era grego para Pablo.

– Temos que sair daqui, agora – disse ele, e seguiu acompanhado pela bela gringa com a criança nos braços e Thor, que havia parado de latir, mas continuava agitado e curioso pela presença de Yulia. Conrado foi por último, os olhos colados na nova integrante do grupo.

– Só pode ser gozação – murmurou.

Alguns minutos depois, o grupo percorria um viaduto que, exceto pelos veículos tombados ou abandonados, estava vazio.

– Qual seu nome? – perguntou Pablo, olhando para Yulia.

Ela apenas balançou a cabeça, confusa.

– Eu sou Pablo. Ele é Conrado.

Yulia fitou-o por alguns segundos, o que o deixou bastante incomodado.

– Acho que ela não entende o que você fala – sugeriu Conrado. – Talvez seja estrangeira.

– Pode ser. De onde você é?

Nada.

– *Where... are... you... from*[1]? – perguntou em inglês, pausadamente, abrindo a boca de maneira exagerada a cada palavra.

Outro sinal confuso veio em resposta.

– Cara, sua vez. – Pablo desistiu. – Só sei inglês, e olhe lá.

Conrado se preparou para falar, mas se calou assim que Thor começou a latir.

– Thor, para. Quieto!

Um som distante, angustiado, veio da esquina. Parecia uma voz. Pareciam muitas vozes. Pablo estremeceu. Chamou seu cachorro de volta. Uma multidão irrompeu pela rua, correndo aos berros.

– Thor, volta! – gritou.

A linha de frente do exército infernal caiu, seus corpos pisoteados pelos lunáticos que vinham atrás. Não demorou e estes também caíram. Pablo não entendeu, até que sua audição captou um som

1 *De onde você é?*

distinto que não vinha das bocarras ensanguentadas. Do outro lado, sob um toldo, ao lado de uma van estacionada, três pessoas atiravam contra a multidão enfurecida.

– Venham rápido – chamava uma mulher, mulata com cabelo canecalon amarrado em uma trança.

Yulia foi a primeira a correr para o veículo, entrando na parte de trás com a ajuda de um homem negro e alto, bem parecido com um armário de mogno.

– O bebê está bem? – perguntou ele. Yulia simplesmente balançou a cabeça, sentando num banco dentro da van.

Pablo foi o próximo.

– Thor, vamos.

Assim que Conrado entrou, fecharam a porta. Thor se enroscou nas pernas de Pablo, o rabo entre as pernas.

– Nunca mais banque o herói. – Alisava o pelo do animal, com ternura. – Os corajosos sempre morrem.

– Segurem-se – avisou o motorista, um rapaz de cavanhaque e discretas entradas no cabelo loiro.

Em seguida pisou fundo, se afastando rápido.

– O neném tá legal, moça? – perguntou a garota do canecalon. Yulia sequer mexeu a cabeça; limitava-se a encarar o rostinho do pequeno em seus braços.

– Ela está bem – avisou Pablo. – Os dois estão.

– Beleza – disse a mulata. – Só paramos por causa dele. Quando essa parada passar, é por sua conta.

Um silêncio constrangedor.

Yulia mantinha os olhos na criança. Pablo afagava as orelhas de Thor, o focinho sobre sua perna. Conrado encarava Yulia fixamente. O negro alto colocava mais munição em sua submetralhadora. A morena se segurava no teto da van enquanto vigiava o retrovisor. E o motorista não deixava nada roubar sua atenção, passando por cima do que quer que estivesse na frente.

O veículo estacionou em frente a um extenso muro. O negro – que parecia ser o líder – saiu com a arma em punho. Não demonstrava medo.

– Ele é doido – o motorista cochichou com a mulata.

– Que lugar é esse? – Conrado não parecia nada satisfeito.

– Quieto! – a mulata resmungou.

Atento, o negro observou ao redor. O caos predominava. Cadáveres formavam uma trilha macabra, sem distinção de idade ou sexo. A guarita na fachada da LAQUARTZ estava vazia, as janelas quebradas. Em seu interior, sangue nas paredes. Invadindo o portão arrombado, notou alguns tipos vagando a passos rápidos, atarantados pelo vasto gramado. Nada que não pudesse resolver. Após equipar o silenciador, um a um os malditos caíram, sem saber de onde vinha sua segunda morte.

A grade que cercava o prédio havia sido derrubada. Um jaleco enroscado, manchado de sangue, dançava no compasso do vento. Bastou um garoto passar sobre ele e o tecido se desprendeu e sumiu por entre os arbustos. Era um menino oriental, jovem demais. Ao ver o homem tão próximo, atacou. Correu como se daquilo dependesse sua vida (se ainda possuísse alguma), sem se importar com obstáculos. Correr, correr. Matar, matar. Quase como um mantra. Antes que pudesse se aproximar o suficiente para sequer distinguir as feições de seu alvo, foi abatido com uma bala na maçã do rosto, e caiu de cara da grama.

Na van, o motorista mexia em um rádio transmissor.

– Pronto – respondeu a voz do outro lado.

– Pooh, já estamos aqui fora. Conseguem vir?

– Acho que sim, LC. Como está a situação?

– Bom, cara... – ele disse, e fez uma pausa. – Aqui está bem calmo. Pode vir sem medo. Não tô vendo ninguém.

– Ok.

Minutos depois, LC viu Pooh e Lizzy saindo pelo portão tombado. Não estavam sozinhos. Dois adolescentes os acompanhavam.

– Vocês não mencionaram companhia – disparou o rapaz, desconfiado.

– Está tudo bem, LC – disse Elizabeth.

A porta foi escancarada e os ocupantes viram os jovens fitando a cidade ao longe, entregues a um silêncio sepulcral.

Helicópteros sobrevoavam a grande São Paulo em meio à fumaça e fogo.

Destruição total.

Começara tudo de novo.

Capítulo 2 - Sob as ruas de São Paulo

Seus gritos têm força para esmagar o coração. Derrubam o que estiver pelo caminho, tornando o barulho da perseguição insuportável. Na van, vejo nos olhos de cada um que não restam dúvidas quanto à gravidade da situação.

– O que há de errado com essa gente? – LC grita, enquanto manobra habilidosamente pelas ruas congestionadas que lembram o cenário de um filme apocalíptico. Carros virados, ônibus em chamas, corpos irreconhecíveis, lixo e fumaça por todo lado. É o auge do meu pior pesadelo.

Pelo vidro traseiro observo a multidão enraivecida nos perseguindo. Assim que se aproximaram na LAQUARTZ, obrigando-nos a fugir às pressas, ninguém se arriscou a dar uma simples examinada neles; as pernas tomaram a palavra. Agora estão assustados demais para fazer qualquer coisa além de se segurarem para não cair. Sinto os choques na frente do veículo, os infectados se atirando contra o para-brisa, que apresenta uma película viscosa e vermelha, isso sem mencionar o calor infernal dentro da van. Depois que um homem agarrou o braço da mulata pela janela do carona, todas as possíveis entradas foram travadas. Sinto o ar denso, difícil de respirar, um nó na garganta prejudicando a filtragem.

Uma alça de couro presa ao teto serve para que eu não caia em mais uma curva fechada. Algo que me admira é a falta de interesse geral em ajudar a ruiva segurando o bebê. O único que lança breves olhares é o quarentão de olhos claros ao meu lado, mas sequer oferece ajuda, apenas a observa. Talvez sejam próximos.

Nem tivemos tempo para apresentações. Foi tudo tão rápido que bater a porta e ouvir o motor arrancar antes de nos alcançarem foi a primeira medida tomada. Fracassei em mantê-los naquela empresa maldita. Eu apenas precisava trancar aquele portão e impedir que saíssem, mas nem isso pude fazer. Algo tão simples, tão banal... Sou um imbecil. Agora tudo está perdido.

Num solavanco, meu olhar encontra o de Daniela. Sua expressão é de angústia e incredulidade. Sabe tanto quanto eu que é só o começo do fim se aproximando; um fim lento, cruel e injusto. Sinto pena de cada um dos ocupantes do veículo. Não fazem a menor ideia do que está por vir, de um terço do que passarão. Se estão com medo agora, nem quero pensar em como reagirão quando estiverem cercados, quando dependerem das próprias pernas para sobreviver, quando sua única alternativa for matar alguém. Sei bem do que falo. Conheço o peso de ter que acabar com uma vida para não ser dilacerado, mesmo que se trate de um desses canibais.

Nunca parei para descobrir se eles pensam, sentem ou sabem. Em meio a tanta correria não há tempo para tentar entendê-los; saber correr é o único predicado.

– Pra onde você tá indo, LC? – grita Pooh. Seu rosto lembra uma escultura de cera, sempre com a mesma expressão carrancuda.

– Se liga, Ivan. Fica na tua – responde Carla, lançando um olhar atravessado pelo retrovisor. – Essa treta tá um inferno.

Através do para-brisa embaçado observo o inferno que ela mencionou. Obrigado a avançar para o centro da cidade, LC nos conduz por paisagens destruídas e pintadas de sangue. Pessoas fugindo aos berros tornam tudo mais feio. Alguns mais espertos seguram-se no alto de árvores ou em postes, onde massas de infectados os cercam, as mãos para o alto, expressões de fome insaciável em seus rostos. Podem não fazer ideia de como chegaram ali, mas eu faço. Não é preciso ser expert em parkour para alcançar lugares tão altos. A vontade de viver – ou o medo, se assim preferir – nos torna capazes de muito. Até o pastor alemão sente o perigo; não para de latir um minuto. Dizem que animais têm uma sensibilidade maior, como as crianças, então ele deve saber que sua vida será mais difícil. Ou mais curta.

Os minutos se arrastam como a espera em um posto de saúde público. Ninguém arrisca proferir uma simples palavra, nem mesmo Lizzy ou Pooh. Cochichavam tanto no laboratório e disseram tão pouco depois que escapamos. Viram do que os infectados são capazes, mesmo que por um curto espaço de tempo. Encarar seus olhos injetados de raiva basta para o menos inteligente dos mortais saber com o que está lidando.

O negro no fundo da van se limita a observar pela janela. Sua expressão indecifrável não deixa margem para conversa, mesmo que não seja hora para conversar.

Outro fator que deixa tudo mais angustiante é o choro do bebê.

Parece tão frágil, tão indefeso, protegido pela ruiva, esta claramente insegura, quase o deixando cair por duas vezes. Parece jovem demais para ter um filho tão novo. Posso jurar que nasceu há pouco tempo. A boquinha emitindo o berreiro me aperta o peito. Não sou muito chegado a crianças, mas também não desejo ver uma sendo comida viva. Além de...

Num repente o mundo pende para o lado, e não há tempo para se segurar. Numa curva, a van acaba levantando sobre as rodas laterais, e então tomba. Sinto a cabeça zonza e um gosto de sangue na boca. A primeira coisa que procuro é o bebê. Encontro-o em meio ao tecido que o envolve, protegido pelos braços firmes da ruiva. O cara de capuz foi rápido e a amparou, evitando que o bebê sofresse o solavanco como os adultos.

– Estão todos bem? – pergunta Lizzy, ajoelhada sobre a janela da van tombada.

– Que diabo aconteceu? – grita Pooh, o rosto vermelho. Em seguida, tira um caco de vidro do antebraço sem expressar um mínimo de dor.

– Foi mal, galera. Não consegui controlar – explica LC, tentando se desprender do cinto de segurança que o mantém pendurado sobre Carla. – Tinha muitos corpos...

– Vamo' dá o pinote dessa porra! – orienta Carla, abandonando o carro pelo para-brisa destruído.

Saímos do veículo. A maioria sofreu pequenas escoriações. O susto foi maior do que os danos físicos.

Consigo sair primeiro – nesse tipo de assunto sou experiente. Ficar preso em escombros não é recomendado para a própria sobrevivência. Daniela vem em seguida, e lhe dou a mão, enquanto os outros vão saindo pelas janelas.

Observo ao redor e entendo por que LC não conseguiu controlar a direção. Os pneus devem ter derrapado no imenso tapete de sangue e pedaços de corpos que cobrem o asfalto. Houve uma carnificina no local. A violência e rapidez de como ocorre assusta.

Sinto como se tivéssemos visto a LAQUARTZ pela primeira vez há pouco. Num lampejo relembro Ricardo transformado e atacando Daniela. Como permiti que chegasse a tal ponto? Ricardo. Pobre coitado, queria apenas salvar a mãe. Estendeu a mão para nós e agora está morto. Abigail maldita. Se você não tivesse morrido no laboratório, morreria em minhas mãos – tenha certeza disso aí no inferno onde está.

Um grito me desperta do transe momentâneo. Um infectado saiu de trás de um ônibus e atacou a ruiva. Por sorte, o negro com jeito de líder foi mais rápido e usou sua arma, certeiro, na cara do infeliz, um senhor por volta dos cinquenta anos. A orelha esquerda não existe mais, deixando à mostra um buraco ensanguentado feito a mordidas.

– Você tá bem? – pergunta Lizzy à ruiva. Ela apenas encolhe os ombros, lançando uma expressão confusa e assustada à sua volta. Chega a abrir os lábios, mas nada fala.

– Você é muda? Fizemos uma pergunta – continua o líder.

Quando ela responde, em uma voz doce e madura, todos fazem cara de desentendidos. Que língua é essa?

– Você não é brasileira? – pergunta o encapuzado.

– Meio óbvio – debocha Carla, a testa brilhando de suor enquanto atira e derruba os infectados que se aproximam.

Toda a trupe de Lizzy e Pooh empunha o mesmo modelo de arma. Já a vi na internet, quando passava horas navegando. Adorava saber de tudo um pouco. Caso eu não esteja enganado, é uma submetralhadora Sub PM 12A, usada pela polícia de São Paulo e por criminosos em todo o país. O que me intriga é que nenhum deles parece policial, tampouco criminoso. Afinal, quem é essa gente? O que faziam na LAQUARTZ?

Minhas dúvidas dão lugar ao alerta quando percebo nosso erro. Não devíamos ter ficado tanto tempo expostos, principalmente depois do acidente: o som os atraiu, e nos cercaram por todos os lados. Vindo aos montes, são como um exército de predadores.

– Caralho, o que essa gente tem? – grita LC, erguendo a arma e disparando contra os mais próximos.

– Não hesitem em matá-los – explica Lizzy. – Eles não hesitarão.

Formando um círculo humano, Lizzy, Pooh, LC, Carla e o "negão" começam a descarregar incontáveis tiros contra os infectados. Quanto mais são derrubados, mais surgem. Parece não ter fim. O som é de estourar os tímpanos; lembra muito aqueles jogos de tiro nos quais nunca fui interessado. Dessa vez, torço como um fanático para que os players destruam os inimigos antes do game over.

Daniela e eu nos mantemos dentro do círculo, junto aos outros, seus olhos estampando os mais variados níveis de terror.

– Tiago, é o fim? – Daniela parece prestes a explodir em lágrimas.

– Não pode ser – respondo. Não pode mesmo terminar desse jeito. Simplesmente não pode.

Procurando ao redor, busco uma saída. Estamos praticamente cercados, é gente que não acaba mais, mas deve haver uma saída. Sempre há.

Atrás de uma grande árvore, avisto um beco por onde vêm poucos deles. É a chance mais garantida.

– Vamos por ali, Dani – aponto.

– Não tem outro jeito, né? – ela pergunta, no que confirmo com um aceno. – Mas e eles?

– Eles que nos sigam.

Quando me preparo para correr, o choro do bebê fica mais alto. Vejo o medo em seu rosto. Pode não saber o que se passa, mas sente. Olhinhos tão pequenos e transbordando tantas lágrimas. Não é justo. Não posso deixá-lo.

– Lizzy! – grito, ganhando sua atenção. – Vamos. Se continuarmos aqui, não teremos a mínima chance.

Aos berros ela faz todos entenderem o plano e em seguida me dá sinal para ir. Escoltado por Daniela, corro como corria em Jaboticabal. Assim que entramos na estreita via, sons de tiros vão explodindo atrás, como um bombardeio prestes a me alcançar. Remete exatamente ao que sinto: estar em uma guerra injusta, a esperança se despedaçando a cada esquina vencida. É uma sensação que já faz parte dos meus sentidos. Como um cervo fugindo do leão. A caça correndo do caçador. O ser mais inferior da cadeia alimentar.

– É dois p, cambada – grita Carla. – Pá, pum.

– Fácil falar, "rainha das ruas" – provoca o quarentão de olhos azuis, mancando. O encapuzado oferece apoio, mas é dispensado com um safanão.

– Rápido – apressa Lizzy.

Na parte de trás de um supermercado, pulamos sacos de lixo, latões revirados, caixas de madeira e cadáveres. É uma perseguição na pista da morte; sinto o fôlego se esvaindo. Meu cabelo suado gruda na testa à medida que avanço, destinado a sobreviver. Os tiros não cessam nunca, como munição infinita do tal jogo. Não que me desagrade, muito pelo contrário, mas seria bom se fosse tão fácil. Vamos precisar de toda artilharia disponível na cidade – ou no mundo – para exterminar todos. Isso se eles não resolverem ir para as rodovias. Nem quero pensar na possibilidade.

– Tiago, olha! – Dani grita ao meu lado, apontando para um ponto específico.

Em uma esquina não muito distante, vejo um cercadinho improvisado ao lado de um furgão da companhia elétrica. Um homem uniformizado permanece caído sobre uma parte do cercado, mas o que chama atenção é o bueiro aberto. Consigo até mesmo ver o começo de uma escada. O cão deve ter lido meu pensamento, pois vai na frente e late para o buraco.

– Thor! – grita o encapuzado.

Jogando-me quase de joelhos na boca do bueiro, Daniela para ao meu lado, quase sem fôlego. O cheiro que emana do fundo não é dos melhores, mas com certeza é mais seguro do que uma perfumaria. Um a um vão chegando e girando nos calcanhares, os perseguidores vindos de todo lado.

– Vocês vão entrar no esgoto? – retruca o quarentão, incrédulo.

– Não é esgoto, é uma galeria elétrica – explica LC.

– Se quiser, pode ficar aqui e jogar truco com eles – zomba Carla, atirando contra uma mulher perigosamente próxima.

Do beco, uns vêm capotando sobre os outros, lutando para ver quem chega primeiro ao banquete. Sem um pingo de curiosidade em descobrir, sou o primeiro a entrar pelo cano. Daniela me segue ligeira, quase pisando na minha mão por conta da pressa. Em seguida vem a ruiva estrangeira, com certa dificuldade em descer tendo o bebê em um dos braços. Ela não solta a criança por nada. Enquanto o encapuzado desce, trazendo com esforço o pastor alemão no colo, ouvimos os tiros do lado de fora. Lizzy e Carla descem logo depois do homem de terno, seguidas do restante do grupo. Pooh vem por último, dando um último disparo contra um infectado que o agarra pelo braço, e puxa a tampa do bueiro, privando-nos do sol.

O cheiro abafado domina meu olfato. É como se uma bomba de peido tivesse explodido sob um reservatório de água parada. Em algum ponto do chão úmido um rato molhado foge, assustado com a invasão. Nas laterais há suportes de pedra, onde alguns se sentam para recuperar o fôlego. A pouca luz que entra pelos bueiros nas sarjetas nos permite enxergar sem dificuldade. Ainda assim, LC e Carla acendem lanternas.

Permanecemos quietos por longos minutos, apenas respirando e limitando-nos a olhar para o alto. A algazarra que fazem lá é medonha. Parece que estamos sob um bando de animais selvagens brigando por comida. O bebê aos prantos não ajuda a tornar o lugar mais harmonioso.

– Alguém faz esse capetinha calar a boca – grita o quarentão, mais afastado.

Todos o encaram admirados, exceto a ruiva. Ela não deve entender nossa língua.

– Se estiver tão incomodado, pode voltar lá pra cima – diz calmamente o líder, equipando a submetralhadora. – Senhor...?

Sem resposta.

– Presumo que crianças e adultos estão em corpos trocados aqui – suspira o negro, virando-se em minha direção. – Obrigado. Sinceramente eu não sabia o que fazer após o acidente.

– Ele é experiente nisso, Victor – fala Lizzy, pondo-se ao seu lado. Pode ser impressão, mas parecem estar tentando puxar o meu saco.

– Como assim? – ele pergunta.

– Quer contar pra ele, Tiago? – ela sorri.

Olho para Daniela de soslaio. Encontro um olhar perdido, apagado. Onde está o brilho de quando a conheci?

– Bom, Victor – diz Lizzy. Finalmente o líder tem um nome. – Não sei o que vocês ouviram falar na TV sobre o incidente no interior.

– Incidente? – questiona ele. – Sobre o vírus na água que a mídia inventou? Qual era mesmo o nome da cidade?

– Jaboticabal – respondo. – Vim de lá. Nós viemos, Daniela e eu.

Ele dardeja um olhar confuso.

– Não houve vírus em água nenhuma. Na verdade, o que destruiu minha cidade é o mesmo que está destruindo a sua.

– Não entendo – diz ele, sem mover um músculo. Seu tamanho e feições me fazem lembrar um daqueles trogloditas de RPG. – Seja mais objetivo.

– Ok. As pessoas na minha cidade se tornaram assassinas canibais que mataram umas às outras. Não sobrou ninguém. É isso que está acontecendo em São Paulo. O vírus, ou o que quer que seja a causa disso, se espalhou dentro da LAQUARTZ.

– LAQUARTZ? – Não sinto tanta surpresa em sua voz quanto ele parece querer passar. – Quer dizer que...

– Abigail está envolvida, sim – completa Lizzy.

– O que podemos esperar daquela macaca velha? – reclama Pooh, logo atrás.

– *Estava* envolvida – corrijo. – Ela foi atacada. Não sei o que pretendia com isso, mas sei que ela foi a culpada por todas as mortes que aconteceram, estão acontecendo e vão acontecer. Não pensem que é fácil se manter vivo cercado por essas coisas te perseguindo o tempo todo, onde quer que você vá. Não é porque eu, um simples garoto, consegui que qualquer um poderá.

Aproveito a pausa para respirar fundo. Algumas péssimas lembranças brotam em minha cabeça.

– Vocês não sabem pelo que passei. Não imaginam um terço de tudo, todas as decisões que tomei pra poder estar aqui, mais uma vez, lutando pela minha vida. Nem todos aqui sobreviverão.

Fito-os pelo reflexo na água, e vejo-os intrigados, assustados.

– Eu discordo – Daniela me encara com um discreto sorriso nos lábios secos. – Confesso que só estou viva graças ao Tiago. Fiquei trancada por semanas em um ginásio esperando alguém vir me resgatar. Estaria esperando até hoje se não fosse por ele. Na verdade, eu estaria morta se ele não tivesse aparecido.

Sinto um nó na garganta. Mas o que é isso? Me emocionar com simples palavras nunca foi do meu feitio. Mantenho o semblante firme, encarando o reflexo de meus olhos na superfície aquosa de uma poça.

– Você me salvou, Tiago – Daniela pousa a mão trêmula em meu ombro. – Sei que pode salvar todos aqui. Assim como quis salvar o Ricardo.

– Eu não quero ser um herói! – explodo. – Eu não quero salvar ninguém! Você não entende? Coloca uma coisa na sua cabeça, Daniela: eu não quero ser a porra do cara bonzinho que todo mundo gosta. Eu só quero a minha vida de volta. Eu não preciso de... Eu não tenho... Eu...

As palavras fogem. Há muito tempo eu não deixava as emoções extravasarem dessa maneira. É sempre a constante tensão, a necessidade de sobreviver. Não há alternativa. É correr ou morrer. Que merda de vida é essa? Tantos caminhos que eu poderia ter trilhado e acabei cruzando com essa chata da Daniela, aquele burro do Ricardo, a maldita Abigail. Idiotas. Só me atrapalharam. Acabaram com todas as chances. Minha vidinha pacata e sem graça. Quero de volta. Ainda há esperança? Não posso fraquejar. Não sob tantos olhares desnorteados, olhares pedindo por uma resposta, uma direção.

Dando-lhes as costas, caminho para longe. Sinto que estão respirando meu ar. Isso me irrita. Não quero ninguém perto de mim. Saiam de perto de mim. Saiam!

Os cochichos se tornam mais baixos, a luz parca. Sinto uma pontada na nuca. Com a mão firme, aperto onde dói e contraio os olhos. Abrindo-os novamente, percebo algo deslizar sob minha pele. É como se as veias do meu pulso dançassem num ritmo sem vigor. Minha visão ofusca. O pedido de ajuda sai num gemido fraco de meus lábios antes de eu cair de joelhos e, em seguida, de cara na água.

Dois dias se passaram desde que cheguei à casa de Moisés. Ele ainda estava abalado pela morte da esposa, um assunto evitado – e eu não fazia questão de falar sobre. Quanto menor o envolvimento, melhor. Minha vontade é de dar o fora o mais breve possível, mesmo ele tendo sido tão bom comigo. Cedeu-me sua casa como se fosse um amigo de anos. No desespero as pessoas tornam-se fracas e se apegam à primeira companhia que encontram.

Moisés cedeu-me o quarto de hóspedes. Era uma casa pequena, mas aconchegante, típica casa de idosos de classe média alta. O único ponto negativo era a disposição do velho para conversar. Como me incomoda ter que treinar a sociabilidade. Sempre fui muito na minha. O jeito era escutar e responder diretamente quando perguntasse alguma coisa.

Dois dias se passaram sem maiores contratempos. Nenhum zumbi tentou entrar na casa. Moisés mantinha as luzes apagadas, os eletrônicos desligados. Janelas bloqueadas, as portas sempre trancadas. Em raros momentos me atrevi a espiar pelas frestas, e não vi ninguém. Nem uma alma viva. Jaboticabal estava morta, sem direito a um atestado de óbito.

Descobri que Moisés havia sido sargento na juventude. Não acreditei até ver as fotos. Como alguém tão *dado* conseguiu ganhar a vida sendo líder no exército? Realmente era difícil de imaginar. Sempre visualizara esse tipo de posto sendo ocupado por homens com cara de quem chupou limão, voz grossa, imponência, com postura para intimidar um pelotão com um simples olhar. Moisés não parecia capaz de ferir uma mosca.

Quando o peguei chorando no banheiro, em frente ao espelho, sua imagem como sargento fugiu definitivamente. Aquele cara era um frouxo. Tudo bem que sua mulher havia morrido, mas a vida continuava. A minha vida também continuava, e eu precisava vivê-la. Concluí que não seria trancafiado naquela casa com cheiro de naftalina que daria continuidade a ela. Além do mais, o resgate estava demorando. No terceiro dia, decidi que era hora de partir.

Bato à porta de seu quarto e não espero permissão para entrar. Moisés está sentado de pernas cruzadas sobre a poltrona, lendo um livro que não consigo identificar. Pouco me interessam seus hábitos de leitura.

– Olá, Tiago.

– Moisés. – Paro diante do velho. – Quero te agradecer pela força que me deu e...

Ele se levanta tão rápido que, quando me dou conta, estamos olho a olho. Instintivamente recuo um passo. Há uma expressão estranha em seu rosto esgotado.

– Tudo bem com você? – pergunto.

– Claro. Por que não estaria? – ele responde. Parece nervoso.

– Decidi ir embora. Preciso procurar minha família. Acho que...

– Você não pode ir. Para onde vai? Você não tem para onde ir. Sua família está morta. Se sair daqui também morrerá. Não entende isso?

Mais rápido do que posso prever, ele agarra meu braço com força. Seus olhos se desviam dos meus e descem até minha mão, a marca da mordida ainda clara como cristal. Sinto a pele gelar. Ele sabe. Por que não disse nada?

– Foi o cachorro naquele dia. Ele...

– Não me tenha como um idiota, rapaz. – Os dedos de pele áspera apertam mais. – Sei diferenciar a mordida de um cão da de uma pessoa. Você não vai embora!

– Isso não é um pedido. – Consigo me desvencilhar com um puxão. – É um aviso.

Moisés se cala. Seu olhar penetra o meu e o atravessa até o outro lado da cabeça. Uma energia pesada toma conta do aposento. Pela primeira vez nesta casa sinto hostilidade. Me sinto... intimidado.

Sem esperar resposta, vou em direção ao corredor, o coração a mil. O que acabou de acontecer? O que ele quer, afinal? Se sabia que eu estava condenado, por que não me expulsou? Estava me estudando, entendendo como a coisa funcionava? No fim das contas, me transformei em um camundongo de laboratório em troca de chá e algumas bolachas murchas?

O disparo repentino ecoa, e sinto um zumbido – que permaneceria por quase uma hora – nos tímpanos. Antes que possa perceber, já estou no corredor com as costas grudadas no papel de parede de cor chocha. Um rasgo se abriu em minha calça na altura do joelho. Talvez pela surpresa, sou burro por continuar ali, parado, encarando Moisés empunhando uma espingarda. O velho treme.

– Tiago, não vou deixar você ir. Enquanto esteve aqui a doença não te consumiu. Se sair, se tornará um deles. Você vai ficar. – A arma é engatilhada. – Nem que para isso eu tenha que te aleijar.

Outro tiro. Mais uma vez consigo desviar antes que seja tarde, disparando aos tropeços pelo corredor. Atrás, sua sombra se projeta para fora do quarto. Vem a passos lentos em meu rastro. Que velho filho da puta.

O terceiro disparo destrói a vidraça do armário de taças de cristal. Os estilhaços se espalham pelo carpete marrom. Este passou perto demais para apenas aleijar. Seguindo para a despensa, bato a porta e giro a chave. As pancadas não tardam a começar, as dobradiças rangendo.

– Tiago, abra a porta!

– Você tá louco, Moisés? – grito tão alto quanto ele. – O que você tá fazendo, cara?

– É sargento, soldado. SARGENTO! – Definitivamente ele enlouqueceu. – Abra a droga desta porta, seu malditozinho!

Com as dobradiças estremecendo, finalmente consigo vê-lo comandando um pelotão – e não me agrada estar a sós com ele. Um som vindo de trás chama minha atenção. O barulho dos tiros atraiu os canibais. Há cinco deles rondando a casa, o que posso constatar pela vidraça da porta dos fundos. Quando me encontram, seus olhos embaciados, começam a esmurrar. O vidro não é reforçado e logo vai ceder. A ideia que me ocorre requer agilidade. Muita agilidade.

Indo em direção ao perigo, alcanço a porta dos fundos e giro a chave. Eles invadem instantaneamente, sedentos. Você que pediu isso, Moisés. Seguro a maçaneta e mantenho a porta me bloqueando no canto da parede. Através do vidro, vejo-os procurando ao redor, um deles perto demais. Parecem confusos, confusão essa que some assim que o velho desponta no corredor. Um é derrubado pelo tiro, o sangue espirrando na vidraça e impedindo que eu continue a assistir. Os outros são mais rápidos e atacam. Talvez Moisés tenha tentado voltar ao quarto, não sei. Seus gritos duram pouco. Os grunhidos irritados continuam por um longo tempo.

Com cuidado, saio de trás da porta e espero. Parecem ocupados enquanto destrincham as tripas do velhote. É a minha deixa.

Consigo chegar ao quarto sem que notem minha presença. Pego minha mochila e guardo rapidamente meus pertences. Antes que o cadáver de Moisés não sirva mais como distração para os zumbis, saio pelos fundos, nas pontas dos pés. Encosto a porta e a tranco por fora. Não impedirá que saiam, mas vai me dar uma grande vantagem. Por um instante, respiro fundo. A brisa é fresca. Escalo um muro e deixo para trás a casa com cheiro de naftalina.

Lambidas me fazem despertar cuspindo. Thor.

Ao perceber que acordei, ele late. O encapuzado, seu dono, aproxima-se.

– Tu tá legal, moleque?

– Tô meio zonzo. – Esfrego a testa. – Mas tô bem. O que aconteceu?

– Antes ou depois de você desmaiar?

– Ah, tá explicado.

Apoio-me em uma mureta e levanto. Ainda desnorteado, sento, recostando a cabeça na parede. Quando sinto o mundo girar mais devagar, torço a barra da calça, encharcada. Thor se aproxima de novo e apoia as patas dianteiras em minha perna.

– Ele gostou de você. – O estranho parece se divertir.

– Também gostei dele. – Aliso sua cabeça. É bem dócil. Sempre gostei de animais – são muito mais confiáveis do que pessoas.

– Meu nome é Pablo.

– Prazer. Você já sabe o meu. – Estendo a mão, e nos cumprimentamos.

– Quer dizer que todo aquele bafafá que os jornais anunciaram sobre o incidente no interior não passava de mentira?

Ele se senta ao meu lado, enquanto o cachorro desce da minha perna e apoia a cabeça em seu colo.

– É, meio que isso.

Forço a vista para desembaciá-la. Melhora um pouco.

– O que eles são exatamente?

Com um aceno de cabeça Pablo indica o alto. Vejo pés passando, arrastados, através da entrada de um bueiro. É impossível calcular quantas definições já dei aos infectados, mas lá vai mais uma, direta e grosseira.

– São pessoas que agem como animais e não vão hesitar em te

matar assim que você se distrair. – Levanto-me, afagando Thor uma vez mais. – Então, não se distraia.

Aproximo-me de Daniela, que está conversando com Lizzy.

– Tiago, você tá legal? – pergunta ela, surpresa.

– Tô sim. Acho que foi a fome, mas passou. Devo ter engolido um rato quando cai de boca nessa água nojenta. – Faço uma careta, roubando dela um riso nervoso.

Lizzy me encara firme por alguns instantes. Depois diz:

– Tiago, quero te pedir uma coisa. Por favor, não faça essa gente perder a esperança. Sei o que aquelas coisas são capazes de fazer, mas vai ser muito mais difícil continuarmos vivos se alguém fraquejar. A esperança é a maior força neste momento. Não repita que estamos condenados, ok?

Permaneço calado por um instante, observando o brilho em seus olhos.

– Combinado. Até porque não pretendo ficar com vocês.

– Mas, Tiago... – diz Daniela, surpresa. – Só conseguiremos sobreviver se ficarmos juntos.

– Não, Dani. Se quiser, e sugiro que o faça, fique com eles. Não quero ser responsável por todos. Eu nem conheço essa gente.

– Não tô te reconhecendo. – Daniela me olha, entristecida. Se está tentando me tocar de alguma maneira, desista. – Cadê aquele Tiago que queria salvar um Ricardo raptado mesmo sabendo que era tarde? E que ainda assim se arriscou? Cadê aquele Tiago que ficou pendurado de ponta-cabeça no teto de um supermercado pra me salvar? Aquele Tiago que me permitiu ter coragem de sair do vestiário que se tornaria meu túmulo? Não, esse não é o Tiago que conheci.

– Interessante tocar no assunto. Eu pergunto onde está a Daniela cheia de vida e humor que conheci naquele banheiro. A Daniela que debochava quando quase éramos pegos pelos "meus zumbis", e de repente se tornou uma Daniela pronta para atropelar um menino no meio da rua sem um pingo de vontade de ajudar. Que atirou em sua mãe sem misericórdia. Que não estava disposta a ajudá-lo quando eu quis fazer isso, mesmo sabendo que era em vão.

Sua expressão é de choque. Consegui atingi-la.

– Não é tão simples, Tiago.

– Tem razão, Daniela. Não é nada simples.

Balançando a cabeça, ela dá as costas e se afasta. O que queria que eu fizesse? Tomasse responsabilidade sobre essa gente? Por qual razão?

– Tiago. – Lizzy chama minha atenção. Todos estão nos observando. – Ninguém está pedindo para você salvar o mundo. Não é sua culpa eles terem escapado. Lembro que você queria manter aquele portão fechado a todo custo, mas aconteceu. Não se culpe.

– Não fiz nada pra evitar. – Minha garganta se fecha, como se um rolo de culpa entalasse na goela.

– Você tentou.

– Tentar e não conseguir. *Pff*, bela merda.

– Mas tentou, e é o que importa. Você não pode desistir depois de perder uma partida. O campeonato ainda está de pé. Você ainda pode ajudar muito.

– É esse o problema. – Sorrio, sarcástico. – Talvez eu não queira ajudar.

Lizzy cerra as sobrancelhas. Faz um sinal para que eu a siga. Quando para diante da estrangeira com o bebê nos braços, imagino que tenham conseguido se comunicar com ela.

– Está vendo esse bebê? – pergunta Lizzy.

– Como se estivesse na minha frente.

– Sabia que ele tem poucas horas de vida?

– Como assim? Ele vai morrer?

– Eu quis dizer que ele nasceu há poucas horas. Mas, se não dermos de comer a ele, pode morrer sim. Sabe quanta energia um recém-nascido gasta chorando?

– Sem ideia.

– É bem danoso para ele. Sabia também que essa garota que o carrega não mostrou sinais de que pariu uma criança algumas horas atrás?

– Não, não tive tempo de examiná-la. – Aonde Lizzy quer chegar, Deus?

– Não seja irônico! – ela grita. – De alguma maneira, ela cruzou o caminho desse bebê durante o caos e decidiu ajudá-lo. Mesmo que ele a atrasasse, ela escolheu ajudá-lo. Foi uma decisão difícil. Ela não é a mãe da criança, mas decidiu ser. Não conseguimos compreendê-la, mas ela não o largou desde que a encontramos. Esta mulher está dando uma chance para que uma nova vida vingue e se torne algo bom. Por que você não pode fazer o mesmo por eles?

Vejo-me diante dos olhares perdidos de todos ao longo do túnel, até que encontro o olhar de Daniela.

– Eu...

– Você não pode ter perdido a esperança, Tiago. Para quem

passou pelo que passou e chegou tão longe... Desistir não combina com alguém como você.

Essa mulher sabe como convencer alguém. Na verdade, me incomoda o quão dedicada ela parece em tentar me convencer. Digo, por que tanto interesse em manter um cara que você acabou de conhecer por perto? Não tenho certeza, mas acredito que exista algo entre ela e Pooh; portanto, ela não está a fim do meu lindo corpinho. Deve ter algo por trás de todo esse interesse.

Por outro lado, e por mais que eu prefira ficar sozinho, não posso simplesmente virar as costas e me aventurar em uma cidade gigantesca – pior: desconhecida – tomada por adeptos do canibalismo. Talvez seja mesmo melhor sossegar o facho por alguns dias e tirar vantagem da segurança que podem me dar. Só por um tempo.

– Tudo bem. Eu continuo com vocês. Vai ser difícil, mas ajudarei com o que sei sobre eles. Não é muito, apenas o necessário para se manter vivo durante uns dias... Digo, o necessário para que todos possam sobreviver.

Lizzy sorri. Tenho certeza de que Daniela também. Nem preciso olhar para sua cara para constatar. Aquele sorrisinho meloso.

– Até que tudo volte ao normal – Lizzy complementa. Não consigo incentivar seu raciocínio.

Palmas vêm do fim do túnel. O quarentão caminha em nossa direção, aplaudindo, os sapatos sociais sujos da lama do esgoto.

– Agora que convenceram o Robin Hood aí a permanecer com os cavaleiros da Távola Redonda, será que podemos sair deste lugarzinho nojento? Não sei vocês, mas o perfume deste buraco está começando a me enjoar.

Lizzy lhe dá as costas e segue até Pooh e Victor. Daniela se aproxima de mim, acanhada.

– Valeu por não desistir.

Minha retribuição ao seu sorriso é uma rápida levantada no canto da boca. A estrangeira também sorri – ou tenta. Não tinha reparado antes, mas ela é muito bonita.

Lizzy pede atenção.

– Pessoal, vamos atender ao pedido do educado senhor... Qual é seu nome?

– Conrado. Conrado Cesch...

– Vamos atender à vontade do senhor Conrado e procurar um lugar mais apropriado, onde possamos nos preparar.

Liderados por Victor, Pooh e Lizzy, seguimos pelos túneis fedorentos. Todos os agentes estão com lanternas ligadas, embora haja uma lâmpada amarelada a cada cinco metros. Devo ter ficado desacordado por boas horas, pois não enxergo qualquer filete de luz vindo de cima. Virou mania eu desmaiar. Preciso urgente de vitaminas.

Victor e Pooh cochicham várias vezes, e logo percebo que tentam se orientar. Provavelmente sabem para onde estão nos levando. Viramos diversas vezes e percorremos túneis sem fim. O cenário é uma constante. Sinto estar andando em círculos, mas prefiro continuar a segui-los. Após andarmos um bocado, tenho certeza que por uma hora ou mais, sendo atacados por baratas e ratos irritados pela invasão – o que resulta em cenas hilárias de algumas das garotas (e Conrado) dando chilique – Victor faz sinal para pararmos e sobe por uma escada enferrujada. Devagar, empurra a tampa do bueiro. Com metade do corpo para fora, nos manda subir.

Sou o quinto a sair, depois de Victor, Lizzy, Pooh e Carla, seguido por Daniela. A noite chegou e a rua está um caos. Chego a me assustar com dois corpos inertes próximos ao bueiro.

O hotel à nossa frente se ergue, imponente, destacando-se das construções vizinhas. O letreiro luminoso no alto brilha na noite como a estrela principal de uma premiação cinematográfica.

MAKSOUTH PLAZA

– É aqui que vamos ficar – informa Victor.

Um infectado dispara do saguão do hotel, descontrolado. Victor empunha a submetralhadora e mira com calma. A pouco de sermos alcançados, dispara um único tiro, acertando na cabeça. O infectado capota e cai aos pés do grandalhão, esfregando a cara no asfalto.

– Equipem os silenciadores. Vamos começar a limpeza.

Capítulo 3 - Não há vagas

Mal Victor dispara o primeiro tiro, os infectados surgem por todos os lados. Aparecem como um enxame de abelhas ferozes. Ao grito de ordem do líder corremos rumo ao saguão do hotel. Conseguimos puxar as portas de vidro da entrada, sentindo o impacto da multidão contra, por pouco nos fazendo ceder.

Enquanto Daniela, Lizzy, Pooh, Victor, LC, Carla, Pablo e eu forçamos a porta, impedindo que entrem, a ruiva se mantém afastada, e bastante assustada, protegendo o bebê. Thor não para de latir, avançando contra alguns, mas logo recuando. Deve entender o nível do perigo. Conrado permanece sem ação em um canto, de costas para um corredor, travado de medo.

– Victor, esta porta é resistente, mas não inquebrável – grita Lizzy.

– Eu percebi – responde ele, apontando para cima.

Trincos começam a surgir no alto da porta. É questão de tempo até que o escudo se parta.

Um grito da estrangeira chama nossa atenção. Ela aponta para uma determinada direção, dizendo qualquer coisa incompreensível. Um dos malditos conseguiu quebrar o vidro de uma das janelas.

– Lizzy! – grito, em aviso.

A loira corre até ele e o acerta com um tiro na têmpora. O sangue espirra na parede. Pooh vai em seu auxílio e bloqueia a janela com uma pesada cadeira, derrubando os que tentam entrar com golpes violentos. O cara é forte como um búfalo. Usando o corpo, mantém a cadeira bloqueando a passagem.

Outro grito alerta vem do extremo oposto do saguão, onde Conrado tenta se desvencilhar de uma mulher. Ela veste apenas a parte de baixo do biquíni enquanto os seios balançam, expostos, um deles dilacerado, por onde escapa uma torrente de sangue. Sem que ele percebesse, ela surgiu como uma entidade sobrenatural em sua forma física, material, e o surpreendeu por trás, com o intuito ímpar de lhe arrancar um pedaço de carne. Braço, ombro, costas. Não havia preferência.

Conrado talvez tenha sentindo o perigo, ou a ouviu se aproximar. A audição parece ganhar um upgrade em momentos insanos como esse, como a sensibilidade auditiva de um cego. Cego pelo medo. A tempo pôde segurá-la pelos cabelos ensebados e evitar que seus dentes, duas fileiras de dezesseis assassinos, se cravassem no trapézio. Seria o suficiente para uma passagem de ida, sem volta, para o outro lado.

– Tirem esta vagabunda de cima de mim!

Lizzy faz menção de ir ajudá-lo, mas o som da porta trincando impede que ela se afaste. Todos ouvimos. Rachaduras desenham perigosas teias até o centro da vidraça borrada de vermelho. É como uma contagem; segue de agora até a hora em que morremos. Falta pouco, eu sinto. Desculpem, não estou desistindo, mas é quase impossível acreditar que sobreviveremos.

Conrado grita de novo, quase perdendo o controle sobre a infectada. Impulsivamente Lizzy abandona o posto e corre até ele. Com um puxão violento pelos cabelos, atira a mulher contra a parede. O baque é oco, mas algo quebradiço. Tenho de certeza que duas ou três costelas deram *bye bye* na pancada.

– Não podia ter demorado mais um pouquinho? – pragueja Conrado, levantando e atrapalhando-se com o próprio pé.

Lizzy ignora o comentário e observa a mulher rosnando e cuspindo uma mistura de sangue e fragmentos de sua própria língua. Rápida, a débil criatura levanta e avança, mas um tiro entre os olhos a derruba novamente, desta vez para sempre. O líquido viscoso escorre pela parede. Um pouco mais e o saguão será tingido por uma nova cor: o carmesim do nosso sangue.

A estrangeira se afasta rapidamente quando dois homens surgem atrás dela, igualmente uniformizados – camareiros do hotel. Pooh faz sinal para ela sair do caminho e pressiona o gatilho. Dois tiros certeiros, decisivos. Nota dez.

Lizzy fecha a porta de onde a mulher surgiu e com o próprio corpo adiciona a ela um pouco mais de resistência, as investidas vindo em seguida. Pooh faz o mesmo do outro lado, como se houvessem combinado. Felizmente a madeira parece firme.

– Aqui não é mais seguro do que lá fora, Victor – grita Pooh.

– Aqui é o único lugar.

Victor olha para trás enquanto bloqueia a porta com as costas. Sigo seu olhar, mantendo-me também contra ela. A estrangeira aperta desesperadamente os botões dos elevadores. Após alguns cliques vazios, Lizzy recarrega sua submetralhadora. Antes de recomeçar a disparar, desvia de um homem magro e alto, inclinando o tronco para baixo, e o derruba com uma rasteira. Seguindo em direção ao corredor, espera que ele se levante; então se vira e atira.

– Eles não param de vir.

Os elevadores chegam consecutivamente. Por sorte, vazios.

– Para o elevador. Agora! – grita Victor.

Assim que nos descolamos da porta, corro como se disso dependesse minha vida. Na verdade, ela depende. Pooh ocupa um dos elevadores, protegendo a ruiva e o bebê, e com o braço impede que ele se feche. Lizzy faz o mesmo no outro, que Conrado invade correndo, se protegendo atrás dela, como um filho medroso sob a barra da saia da mãe. Alcanço o elevador onde estão Pooh e a ruiva, seguido por Carla, Pablo e Thor. Dani entra no elevador ao lado com os outros, lançando-me um breve olhar de despedida. Pooh descarrega uma saraivada até a porta se fechar, evitando que nos tornemos fast-food de zumbis.

– Puta merda – grita Carla. – O que foi isso, mermão?

– Você tá bem? – Pooh pergunta à estrangeira. Ela ainda não dá sinais de entender uma única palavra.

Choro e latidos tornam o espaço claustrofóbico. Quando penso que o pior passou, algo novo vem e mostra o quão errado estava. Minha esperança de recuperar uma vida normal ficou no esgoto, literalmente.

Lizzy discursou daquela maneira somente para me proteger. Não sou tão ingênuo. Eles podem se virar muito bem sem mim. Nunca um reles garoto seria mais útil do que um par de submetralhadoras. Na verdade, não sei precisar de fato por que aceitei ficar com eles. Para poupá-la do esforço de me convencer, talvez; ou pela sensação de segurança transmitida pelas armas, como havia acreditado. Não. Armas não me ajudaram a sobreviver em Jaboticabal. Nunca precisei delas. De qualquer maneira, o fim já chegou, o que eles logo perceberão.

Ou será que são eles que precisam de mim? Há peças nesse quebra-cabeça que não se encaixam: Lizzy e Pooh na LAQUARTZ; Lizzy, filha de Abigail; Lizzy praticamente me implorando para não ir embora. Haverá alguma intenção oculta nisso tudo?

Não, é muita paranoia. O estresse está me fazendo imaginar coisas. Daqui a pouco estarei emaranhado em uma rede de intrigas tecida por minha própria imaginação infectada.

Carla e Pooh se põem à frente tão logo o alarme de chegada a um novo andar soa. Nossa presença chama a atenção de infectados logo adiante, batendo-se contra a porta de um quarto. Por um instante observam; não demora e atacam. Pooh os mantém afastados com pontapés e murros, enquanto Carla os derruba com tiros. Gritando, a mulata é derrubada sobre Pablo por um velhote, mais forte do que deveria ser. Pooh é praticamente puxado para fora, engalfinhando-se com dois deles. O velho rosna, aproximando a mandíbula fedorenta do bebê, mas um chute no joelho desferido pela estrangeira o derruba. Pablo aproveita a deixa e o chuta no rosto, não forte o suficiente para nocauteá-lo. O infectado investe contra Pablo, mas Thor crava os dentes em seu paletó e o arrasta. O movimento permite que Carla se levante, atrapalhada com a munição que caiu do bolso, e estoure seus miolos. Mais dois disparos e Pooh se ergue, todo suado, mas sem um arranhão.

– Cara, que merda é essa? Terceira guerra? – Apesar da postura masculina, Carla exibe puro medo no olhar. Seus lábios tremem. – Não sei se aguento.

– Droga – reclama Pooh, olhando para cima. O painel sobre o elevador mostra exatamente onde os outros foram parar. Dois andares acima. – Vamos, pelas escadas.

Antes que possamos avistar os degraus, uma cachoeira humana desce pelos degraus. Infectados e mais infectados se embolando pelo assoalho, pisoteados por outros que tentam permanecer de pé. Por onde passam deixam um rastro rubro.

– Outro caminho, mermão! Outro caminho.

Até Pooh, tão confiante desde que o conheci, parece perdido. No corredor de onde viemos há oito, e, descendo a escada, mais doze. Não são números exatos, mas o que meus olhos conseguem avaliar. Avançam decididos a nos trucidar; se não formos de uma vez, conseguirão.

– Por aqui – chama Pablo, seguindo os latidos de Thor.

Disparamos em uma fuga desenfreada. À medida que avançamos, encontramos corpos destroçados sobre as camas de quartos violados. Os corredores também não são a imagem mais bonita, expondo vidros quebrados, móveis caídos, membros arrancados de seus corpos. A cada passo, piora.

Alcançamos a esquina, viramos à direita, mas somos obrigados a voltar. Há outros saindo por algumas portas. Continuamos correndo, ofegantes. Uma corrida, a qual a vida é o ponto de chegada, que parece não ter fim. Sinto-me prestes a parar e desistir. Talvez a morte seja rápida. Dolorida, mas rápida. Se me morderem a jugular, eu provavelmente não sentiria muito. Apenas alívio, talvez. Sinto as pernas amolecendo, como se corresse sobre almofadas. Esse pode ser o fim. Agora.

– Aqui.

O chamado me desperta, como um bofetão. A voz é desconhecida, mas carrega um quê de ajuda. Um rapaz acena a alguns metros. A adrenalina não me permite reparar em suas características físicas. Vejo apenas uma camiseta branca manchada de vermelho.

– Rápido!

Sou o último a seguir em frente. Vejo-os entrando em um quarto, enquanto mais infectados avançam do outro lado. Assim que todos entram, escoro a porta.

– Alguém encontre a chave dessa merda – berra Pooh, nervoso.

Procuro embaixo da cama. Nada. Reviro os lençóis, abro as gavetas dos criados-mudos. Nenhuma chave. Em um corredor estreito, vejo o que parece ser a porta de um banheiro escancarada. Há um rastro escuro no piso de azulejos brancos. Rapidamente sigo até lá, não muito surpreso com o que encontro.

O corpo de uma mulher nua dentro da banheira, de pernas para fora, severamente dilacerada. Sua cabeça se encontra do lado de fora, caída sob o tapete os olhos arregalados. O branco da banheira é quase inexistente, nacos de carne humana espalhados dentro e fora. Um brilho em sua mão chama minha atenção. Aproximando-me, quase não acredito. Uma chave. Não consigo ignorar a imagem que surge em minha mente, como a cena de um videogame, a contagem no rodapé da tela quase chegando ao fim.

Sem pensar duas vezes, pego-a e volto ao quarto, mas não tenho chance de usá-la. O rapaz que nos levou até ali exibe um molho de chaves na mão trêmula, enquanto Pooh arrasta a king size e a encosta de pé junto à porta. Grita por ajuda, cuspindo as palavras. Seguro o móvel enquanto outros são amontoados ao redor. Todos pressionam os corpos contra a barricada improvisada. As investidas vêm, violentas. Sentimos a força do bando tentando se apoderar de nosso refúgio. Meus músculos tremem, não sei se pelo pavor ou pela força empregada.

– Vamos calar a boca e eles vão embora – orienta Pooh.

– Tem certeza? – pergunta o rapaz.

Calculo que tem uns vinte e quatro anos, apesar da voz de moleque. A barba espessa contrasta com a pele pálida. Não é do tipo atlético; ostenta uma saliente barriga de cerveja coberta pela camiseta branca com uma mancha de sangue recente. Não dá para ter certeza, mas não parece ser dele.

Pooh responde com um silencioso *shh*. Então, esperamos sob a meia luz do quarto. A estrangeira vai com o bebê para o banheiro e se senta na privada, ninando-o. Algum tempo mais e aos poucos as pancadas cessam.

Demora para que paremos de segurar os móveis empilhados. Pablo vai para o banheiro, visivelmente abalado, seguido por Thor.

– Fim da linha – fala Pooh, parado no meio do quarto, sem ação.

– Não fala merda, Pooh – retruca Carla. – A gente vai sair dessa.

– Com certeza, morena. Dessa pra melhor – zomba ele. – Você não viu o que acabou de acontecer lá fora?

– Vi tanto quanto você. – Ela senta na cama enquanto procura algo nos bolsos. – Tem de haver uma solução.

– Bomba atômica? – sugere Pablo.

A piada fora de hora é recebida por uma descarga de olhares descontentes.

– Como a gente vai sair daqui? – indaga Pooh.

– Peraí – diz a mulata. – Primeiro você diz que não tem saída, depois você quer sair do único lugar seguro?

– Você acha que ficar trancada neste quarto vai salvar sua vida, doida?

– Vai me permitir viver um pouco mais.

Os dois se encaram calados, como dois cães se estranhando. Nada pessoal, Thor.

– Que seja – finaliza ela. – Quer sair, sai. Vai lá dar a eles o que comer.

Pooh mostra o pai-de-todos e dá as costas, estalando o pescoço com um movimento calculado.

Levantando-me, vou até a janela e analiso nossa posição. Estamos no terceiro andar. As ruas estão infestadas. Carros acidentados e asfalto avermelhado pintam a cena. Uma picape em alta velocidade, desgovernada, é perseguida. Não vai muito longe, pois é difícil costurar um caminho preciso entre os veículos. Seu fim é de encontro à traseira de um caminhão.

Carla vem correndo, atraída pelo barulho.

– A gente tá ferrado, não tá? – ela fala baixinho.

Não vejo necessidade de dizer qualquer palavra. Apenas suspiro, fitando o fogo consumindo o local do acidente. No mesmo instante, algo molhado atinge meu rosto, e depois meu braço. Do céu escuro, o chuvisco começa. Fraco e silencioso. Fecho os olhos e sinto a água na face.

Pablo tenta se comunicar com a estrangeira, batendo no peito como o Tarzan.

– Eu, Pablo. Você?

Ele aponta para ela, a ruiva com um ar de interrogação. Após encará-lo, curiosa, finalmente fala algo que podemos entender.

– Yulia.

– Ufa! Prazer, Yulia. – Ele oferece a mão, a qual ela aperta, confusa. Depois, continua: – Aqui, Brasil. Pablo do Brasil. Yulia de...?

Quando ele abre os braços para indicar o país, consegue roubar dela uma careta tão divertida quanto a situação permite, mas ainda assim ela não entende. Pablo tenta falar Brasil de várias maneiras (Brassil, Brésil, Brasiú, Breiziou, terra da bandidagem livre). Após diversas tentativas, ela finalmente entende.

– Rossíya.

– Isso é Rússia? – pergunta ele, olhando para Carla.

– Parece que sim.

– Alguém aqui fala russo?

Ninguém responde.

– Foi o que pensei. – Ele volta a observá-la. – Precisamos encontrar leite pra esse bebê. A sorte é eles já nascerem com uma reserva de energia.

– Como assim? – pergunto.

– O leite de verdade, da mãe, só começa a ser produzido depois do segundo ou terceiro dia após o parto. Os bebês nascem já prevendo essa demora. No primeiro e segundo dia eles são bem sonolentos, mas depois a fome vem com tudo.

– Não tem risco de ele desnutrir?

– Tem.

Yulia o encara, confusa. Percebo um ar de preocupação em seu rosto, como se entendesse a gravidade da situação do pequeno.

– Você parece saber bastante sobre bebês. É pai? – Lizzy pergunta.

Um momento de silêncio. Após uma pausa, parecendo desconfortável, Pablo responde:

– Não. – Então, ele muda o rumo da conversa e pergunta para o rapaz de barba: – Hóspede?

– Não, ex-funcionário. Meu nome é David. Vocês sabem o que está acontecendo?

– Não. Você sabe?

– Tanto quanto. Vim resolver pendências da minha demissão e estava no escritório quando apareceram os primeiros... loucos, sei lá. Tentei sair e chamar a polícia, mas não era uma alternativa. Fui obrigado a voltar.

– Polícia, *pff*... – Não consigo evitar o comentário.

– As chaves. Você pegou no escritório? – pergunta Pablo.

– Tive que pensar rápido. Não sabia até onde conseguiria chegar, mas sabia que as chaves mestras me ajudariam.

– Você conhece bem o hotel? – pergunta Pooh.

– O suficiente. Trabalhei como bartender aqui por dois anos, então posso dizer que o lugar não é de todo desconhecido. E, pelo que vi, o mais seguro é ficarmos.

O barulho de tiros nos põe em estado de alerta. Pooh se aproxima da porta e ouve.

– São eles? – pergunta Carla.

– Todos estavam com silenciadores – fala Pooh.

Prestando atenção, entorta a sobrancelha.

– É um homem.

Empunhando a arma, Pooh faz menção de mover a barreira, mas a algazarra do lado de fora não parece um convite.

– Nem pense em abrir esta porta, mano – Carla é decisiva.

– Preciso ver se a Lizzy está bem.

– Isso aí é só um enfeite?

A mulata aponta para o walkie-talkie preso à cintura de Ivan. Ela aproveita para reforçar a barricada quando ele se afasta e mexe em alguns botões.

– Lizzy? Tá me ouvindo?

Meio minuto de silêncio depois e a voz cortada pela estática traz um brilho em seus olhos.

– Pooh... tou aqui. Acabam... encurra...dos em um quarto no... andar. Es...mos bem, ma... tal Conrado sumiu... Tiago... com você?

– Sim, está aqui. Em que andar vocês estão?

–...to andar. Vamos pass... noite aqui. ... bem seguros... um quarto. Façam o mes... Cuide dele.

Assim como começou, a conversa termina. Apesar do jeitão duro, Pooh não parece confiante. Agoniado ao extremo, eu diria.

– Vamos seguir o palpite do barman e ficar aqui. Eles estão bem.

– Temos uma opção B? – Pablo resmunga antes de sentar em um canto e abraçar o pescoço de Thor.

DIA 1

Capítulo 4 - Um novo pesadelo começa

Quarta-feira

Tenho certeza de que não fui o único a assistir ao nascimento da luz matinal, opaca sob a chuva. As vozes dos infectados, dentro e fora do hotel, permaneceram a noite toda. O abajur banhou o quarto em uma luz mórbida, onde palavras não foram trocadas, apenas olhares apreensivos.

Daniela estará bem? Há coisas que preciso conversar, e apenas com ela. Encontrar meu pai na LAQUARTZ, transformado em um monstro com direito a armadura e tudo mais, e quase ser morto por ele é algo sobre o que preciso falar para ter alguma chance de entender. Remoer a descoberta em minha mente não me deu pontas para puxar. Daniela estava lá, também o viu. Preciso falar com ela.

– Pooh – chamo, o apelido saindo desajeitado de minha boca.

Erguendo-se com cara de quem está com dor no corpo todo, o grandalhão faz sinal para que todos se preparem. Yulia ajeita o bebê nos braços.

– Não acha melhor alguém ficar aqui esperando?

– Sim – Ivan me interrompe. – Todos vocês.

Dez minutos depois, Carla desiste de cavar um buraco no assoalho com os passos contínuos e verifica a arma. Depois começa a arrastar a cama.

– Aonde você vai?

– Vou atrás deles. Fiquem aqui e não façam barulho.

– Espera – chamo. – Vou com você, e não adianta reclamar.

Ela faz uma careta, mas cede. Eu não conseguiria ficar enfiado mais um minuto nesse quarto. Até seria útil que David nos acompanhasse, mas não vou expô-lo dessa maneira. O semblante assustado diz que ele mais atrapalharia do que o contrário.

O carpete do corredor mostra pegadas de um vermelho turvo seguindo em todas as direções. Carla faz sinal para que eu a siga em silêncio – como se eu fosse sair gritando. O único som, além dos gritos distantes, são nossos passos abafados e respiração ofegante. Parando num repente, a mulata me empurra para a parede e faz o mesmo. Na esquina adiante, uma sombra projetada ganha dimensão, até se revelar um homem de terno rasgado em uma das mangas, a mão direita com dedos deslocados, pendurados pelas cartilagens. Ele continua seu caminho indefinido deixando um rastro viscoso atrás. Não esperamos muito para continuar.

A maioria dos quartos permanece de portas cerradas. O hotel é grande demais para todos terem sucumbido em apenas uma noite. O que estou dizendo? Essa praga é rápida. Jaboticabal se tornou uma cidade morta em quanto tempo? Menos de uma semana? O Maksouth, por maior que seja, é fichinha. Tenho certeza de que há sobreviventes em alguns dos quartos. A mesma certeza de que ninguém vai durar.

Um brado ecoa. Vem de cima. Parece Lizzy, seguida de gritos ferozes. Carla apenas olha ao redor. Está completamente perdida, embora tente transmitir uma imagem corajosa. Com cautela segue até a esquina, a arma em punho.

Tentamos ouvir com mais clareza, tão concentrados que cometemos um erro grave. Um homem gordo e nu usando apenas meias, com o barrigão escondendo a genitália e o rosto dilacerado, onde um olho não existe mais, sai de um quarto próximo e ataca Carla, levando-a ao chão. Ela tenta atirar, mas erra, acertando o lustre, que explode em faíscas. Por reflexo desvio e me encosto à parede. Busco ao redor algo que possa ajudar e encontro uma luminária. Desprendendo-a com dificuldade do suporte, preparo-me para acertar o gordo quando dois infectados surgem no fim do corredor e me desorientam. Sem tempo para calcular, golpeio com força a cabeça do infeliz. Sangue cuspido mancha a blusa de Carla, que aproveita e o empurra para o lado, livrando-se de virar pastel.

Aponto para a dupla que se aproxima e ela se levanta num pulo. Sem uma alternativa mais silenciosa, metralha-os em uma saraivada curta, fazendo-os capotar nas próprias pernas.

Percorrendo o extenso corredor de carpete marrom, somos

surpreendidos por outro. Aproveito a luminária que ainda está em meu poder e desfiro um golpe violento, que o derruba. É como um exercício para a mente. Pense rápido. Mais eficiente do que qualquer nível de Sudoku. Continuamos, ouvindo os lamentos dos "hóspedes" do hotel sem vagas.

Na quebra de outro corredor surge uma velha de vestido longo e azul. Carla poupa munição, derrubando-a com uma rasteira, e usa a base da arma para afundar seu crânio fraco em um golpe fatídico.

– Isso tá pior do que favela em guerra, moleque.

Nunca estive em uma favela, então nem respondo ao comentário, mas não acredito que seja algo que possa se comparar a este inferno. Nem o pior filme de horror pode ser comparado ao que estou passando. O filme da minha vida, versão de colecionador, deluxe, sem cortes.

Avistando outro infectado vindo em nossa direção, pego a alça de um carrinho de café da manhã, ainda com o café para ser servido (aproveito para engolir um pão de queijo, que para minha surpresa está morno e absolutamente delicioso), e, empurrando-o, corro, investindo de encontro ao homem, o carrinho contra suas pernas. No choque, faço-o rolar por cima e desvio. Voltando até ele antes que possa se levantar, chuto seu nariz, de novo e de novo. É o suficiente para desacordá-lo.

– Ei – Carla me chama.

Ela sai por uma janela enquanto um grupo deles vem do outro lado. Não há para onde ir, exceto pela bendita janela. Ligeiro, acompanho-a. Um peitoril serve de apoio, estreito, mas suficientemente largo para manter os pés seguros. Sigo-a com cautela. Três andares são o que nos separa da morte certa. Na piscina do hotel, de um azul convidativo e rodeada de cadeiras brancas reviradas e manchadas, com grandes palmeiras ao redor, vejo dois corpos boiando, além de vários outros espalhados ao redor. Em um daqueles momentos de tensão em que nossa visão é amplificada, admiro rapidamente o cenário. Não a carnificina em si, mas o hotel. O jardim se estende até um parquinho infantil e, além, sobre a copa de um diminuto bosque artificial, enxergo o teto de uma quadra coberta. Pode não ser dos mais luxuosos, mas tem suas peculiaridades.

O barulho de estilhaços nos alerta para a janela por onde saímos, recém-destruída por mãos assassinas. Os berros próximos me desconcentram, quase me fazendo despencar, mas consigo me segurar. Algumas partes da parede são cobertas por heras, uma mão na roda.

Carla continua cuidadosa, mas, quando passa por uma janela, todo o cuidado não ajuda. Um infectado quebra a vidraça com a própria cabeça e a agarra pelos cabelos, tentando mordê-la. Em posição de desvantagem, ela o puxa pelo colarinho e ambos caem. Estremeço no ímpeto de segurá-la, mas os dedos enroscados na hera não se movem. Com certeza Carla nasceu de bunda virada para a lua: passa a centímetros da borda da piscina, afundando na água (o infectado não teve tanta sorte; pela posição em que pousou, o pescoço deve ter entrado uns bons centímetros para dentro do corpo). Essa sorte vai precisar continuar com ela, pois seis figuras saem do hotel e procuram a origem do barulho. Quando ela emerge, tento avisar:

– Cuidado!

No exato momento em que eles pulam na piscina, turvando a água, Carla segue até a borda e consegue sair a tempo. Atira contra dois homens no caminho e continua, mas escorrega e cai, batendo a nuca no chão. Deve ter sido uma pancada e tanto, visto que ela demora a se recuperar, atordoada.

– Carla, levanta – grito. – Eles estão chegando.

Os infectados que se jogaram na piscina saem pela elevação do outro lado e se aproximam perigosamente.

– Carla!

Ela sente o perigo e levanta com o apoio dos braços trêmulos, visivelmente zonza. Passando pela abertura na cerca, o pé se enroscando e levando-a de quatro à grama, ela se arrasta. Parece estar lutando para focalizar o caminho. O primeiro infectado chega à cerca e se atira, mas ela é rápida em sair de seu alcance. Com passos cambaleantes, corre até a grade na parede e a escala, a tempo de evitar que a alcancem. Por um triz.

Continuo pelo peitoril, bem mais cuidadoso quando passo próximo às janelas, e nos encontramos novamente quando ela chega ao terceiro andar.

– Vambora continuar pela grade – diz ela, continuando sem descansar.

Antes que possamos seguir, vemos mais deles na janela acima esticando os braços em nossa direção, completamente alucinados. Não parecem ser tão burros a ponto de se jogarem.

– Não vamos continuar pela grade – ela se corrige.

Carla volta ao peitoril e continuamos, dessa vez eu na frente, até chegarmos a outra janela destruída. Lá embaixo há uma garota estirada no chão, a cabeça espatifada. Uma auréola vermelha desponta ao redor. Provavelmente é a culpada pela vidraça destruída, tendo enxergado nela um caminho para a salvação – ou encarado o medo e seguido rumo à paz da morte.

Nem bem entramos e uma japonesa com roupas brancas (bem, não tão brancas assim) nos recepciona de dentes abertos. Ela investe, mas Carla a golpeia com uma coronhada na testa. A filha da mãe cai sobre a cama e se levanta, tarde demais para nos alcançar, quando trancamos a porta. Seguimos direto até a escada mais próxima e subimos nas pontas dos pés. Assim que chegamos ao último degrau, somos surpreendidos por uma figura esguia. Por meros detalhes, como a cor da pele, não penso se tratar de um espelho quando as duas armas se levantam em uma coreografia idêntica, loira e mulata se encarando. Lizzy.

– Graças a Deus! Vocês estão bem?

– Não muito, mas estar viva já basta.

Em seguida, LC aparece ofegante.

– Puta merda. Essas coisas saíram de algum filme de Romero[2]?

– Estão mais para Zack Snyder[3] – respondo, ignorando a expressão confusa das mulheres. – Cadê a Dani?

– Sumiu – responde Lizzy. – Assim que chegamos ao andar de cima, fomos cercados. Victor foi por um lado com ela enquanto aquele tal Conrado tirou uma arma não sei de onde e saiu correndo por outro. Pura burrice. Atraiu a maioria atrás dele.

– Tomara que tenham arregaçado aquele rabo branquelo – diz Carla, em algo mais alto do que um sussurro. Pelo visto não fui o único a não simpatizar com o cara.

– Isso aqui tá um inferno – continua LC. – Quase fomos pro saco.

– Se eu te contasse o que nós passamos, garanto que ficaríamos quites, mano – fala a mulata, lançando uma piscadela.

– Afinal, o que há com essas pessoas? – pergunta ele.

– Fruto dos experimentos da LAQUARTZ, sem dúvida – responde Lizzy, me lançando um breve olhar apreensivo. – Abigail foi longe demais desta vez.

– Desta vez? – fico surpreso. – Por quê? Houve outra?

– É uma longa história, Tiago. Para ser contada em outro lugar – explica. Com um movimento mais rápido do que posso calcular, ela

---

2 George A. Romero, cineasta famoso por seus filmes de mortos-vivos.

3 Diretor de cinema que ficou conhecido após a refilmagem do filme Madrugada dos Mortos (Dawn of the Dead, no original), de 2004.

empunha a submetralhadora e mira a centímetros de minha cabeça. Já sabendo o que há atrás de mim, saio do caminho. Um senhor sobe os degraus, decidido. – Como vê, não há tempo para explicar.

A bala entra por sua testa, explode em algum ponto dentro do crânio, e o infeliz volta por onde veio, desta vez rolando.

– Vamos.

Da mesma escadaria surge um novo pequeno grupo. Vencem os metros com agilidade.

– O elevador – grita LC, correndo até ele.

Enquanto os monstros continuam se aproximando, ele aperta o botão insistentemente.

– Vai, vai, vai – grita novamente, socando a porta.

O som da chegada do elevador ecoa a tempo de podermos entrar e escapar mais uma vez de uma morte dolorosa. A porta dupla se fecha antes que uma figura descontrolada, a bocarra em uma abertura faminta, possa nos alcançar. Enquanto descemos, ouvimos apenas nossas respirações, descompassadas, secas. Nem passamos um andar e meio e as luzes se apagam, nos lacrando no escuro da caixa metálica.

– Fala sério, meu – grita Carla. – Tô começando a me sentir em um reality. Um grande Big Bosta. A câmera tá ligada? Bial, tira eu daqui.

– Calma – diz Lizzy. – LC, me ajuda.

Passando por mim, ele se aproxima da porta e, com o auxílio de uma faca, consegue abrir um vão, largo o bastante para Lizzy enfiar as mãos e empurrá-la. Nos encontramos na metade de cima do andar. A única iluminação vem das janelas.

– Acho que eu consigo passar. – Lizzy realmente é magra o suficiente para poder sair pela passagem.

Primeiro vão os braços, depois a cabeça. Então vai deslizando e, quando chega na cintura, sentimos o elevador estremecer. Silêncio.

– Lizzy, não é por nada não, mas é melhor você ir mais rápido, gata – diz LC em tom de piada, um típico mecanismo para esconder o nervosismo.

– Eu tô tentando. Minha bunda entalou. Me empurra. Rápido.

Pela passagem vejo um infectado despontando no fim do corredor, metros adiante. Quando nota a cabeleira clara de Lizzy balançando em desespero, corre.

– Calma, Lizzy – grita Carla, enquanto tenta acertá-lo. – Droga. Não consigo mirar.

– Rápido! Ele tá perto demais.

A poucos metros de alcançá-la, um tiro explode. Não saiu da arma de Carla. O homem perde o controle sobre os movimentos das pernas quando sua têmpora se transforma em um esguicho escuro, e vai de encontro à parede ao lado, rolando e caindo de cara no carpete. Uma grande sombra para diante de Lizzy, bloqueando a entrada da luz.

– Victor – ela vibra, sendo auxiliada por dois braços fortes como toras a sair em segurança.

Depois abre as portas sem muito esforço, e conseguimos sair.

– Tiago!

Talvez, lá longe, de uma forma bem sutil, eu possa ter sentido saudade dessa voz. Daniela.

– Você tá bem?

– Tô sim – respondo. – E você?

– Como não ficar bem com um armário desses? – Ela gesticula em direção a Victor, falando baixinho, as mãos em concha sobre os lábios. Esboçamos um discreto sorriso.

– Onde está o Pooh? – pergunta Victor.

– Foi atrás de vocês – diz Carla. – Não encontraram ele?

A resposta é um olhar silencioso, preocupado entre Lizzy e Victor. Sem necessidade de palavras, começamos a marcha.

– Espera – digo. – Yulia e Pablo estão nos esperando.

– Yulia? – pergunta Daniela.

– É o nome da ruiva. Ela é russa e não me perguntem como descobrimos isso. É uma história cheia de mímicas.

Seguimos de volta. Os poucos contratempos que encontramos são facilmente derrubados por Victor. O grandalhão não dá sinal de conhecer o significado da palavra medo.

– É aqui – Carla informa assim que chegamos ao quarto.

O fato de a porta estar aberta me deixa de orelha em pé, mais ainda pelo barulho vindo do interior. O carpete abafa nossos passos, o que nos permite entrar sem sermos percebidos. Na penumbra do curto corredor que leva ao banheiro, uma pessoa (não sei se homem ou mulher; possui trejeitos masculinos, mas cabelo comprido) esmurra a porta em investidas moderadas. As rachaduras na madeira e o modo não tão descontrolado com que ataca talvez signifique que esteja ali já há algum tempo. O latido de Thor vem de dentro.

Victor é eficiente em disparar direto na cabeça. Carla espera um instante e, segura de que não levantará, se aproxima e bate duas vezes.

– Podem sair.

Passa um tempo considerável até que a porta seja destrancada. Thor pula sobre o corpo e sobe na cama, rosnando para o cadáver. Pablo e David vêm em seguida, escoltando Yulia e o bebê.

– Vocês demoraram – diz Pablo.

– Mas estamos vivos, é o que importa – retruca Carla. – E vocês também, graças a nós. De nada.

– O que aconteceu? – pergunto.

– Ouvimos tiros e achamos que vocês tinham voltado. Abri a porta e fomos atacados. Quase não conseguimos nos trancar.

O choro do bebê é contínuo.

– Esse bebê precisa comer – fala Lizzy, aproximando-se dele. O som de seu walkie-talkie nos assusta. – Pronto.

– Lizzy, preciso de ajuda pra ontem.

– Onde você tá, Pooh? – Sua voz exibe um misto entre preocupação e alívio.

– Eu segui esse filho da mãe do Conrado até o térreo e evitei que mastigassem sua garganta. Estamos presos dentro de uma despensa, na cozinha.

– Onde fica?

– Sei lá, nos fundos – responde, irritado. – Vá até o restaurante e entre pela porta à direita. Vai te levar à cozinha. Quando chegar, será fácil saber onde estamos, não se preocupe.

– Eu mostro onde fica – David fala baixinho.

– Ok, estamos a caminho.

– Rápido. – E desliga.

– Vocês ouviram. Vamos.

Os agentes derrubam os infectados pelo caminho enquanto descemos dois andares. No térreo a situação é bem pior. Além dos hóspedes e funcionários, mais infectados devem ter vindo das ruas. Acredito que, se as portas da recepção não tivessem sido trancadas, estaria intransitável. Conseguimos, com vários desvios, muita munição e a ajuda de David, encontrar o restaurante. Desordem total. Mesas reviradas, comida por todo lado, corpos caídos, sangue a rodo.

Lizzy toma a frente em busca do local. Conforme avançamos, David vai trancando as portas por precaução até chegarmos à cozinha. Não é preciso procurar muito mais. Os berros vindos dos fundos nos entregam a posição exata. Lizzy e Victor vão à frente, as armas preparadas para atirar em qualquer coisa que se mover.

Finalmente avistamos a tal despensa, onde vários infectados se aglomeram contra uma porta metálica, lutando por uma posição de vantagem para o caso de a comida tentar sair. Não resta dúvida. Victor faz um sinal estranho para LC; em seguida sua voz ecoa num grito, um chamado, o suficiente para transformá-lo no novo alvo do bando. Como que coreografados, eles viram-se no mesmo instante e automaticamente investem contra nós. Os dois são mais ágeis e puxam uma porta dupla, pondo-se contra ela e impossibilitando-os de nos alcançar – o que não impede que eu quase tenha um infarto. Por uma estreita vidraça vemos Pooh e Conrado saindo cautelosamente da despensa, ignorados pelos idiotas que se debatem contra a madeira, apenas dentes e sangue à vista. Conrado se esconde entre alguns armários e Pooh fica atrás da porta, do lado de fora, mantendo-a aberta como uma armadilha. Então, começa a chamar. A maioria dos infectados corre até a despensa, procurando o dono da voz, onde são trancados. O som do metal chama atenção dos demais, que atacam ao verem Pooh como uma grande travessa de bife a rolê. Por sua vez, Victor escancara as portas num chute e metralha sem dó. Quando não resta mais nenhum em pé, Pooh abre a despensa, e os outros também são enviados para a terra dos pés juntos. Apesar dos silenciadores, ouço com clareza (e um estranho desconforto) os baques abafados contra os corpos.

– Te devo uma, Victor.

Lizzy se aproxima de Pooh e os dois conversam, em meios-sorrisos disfarçados, enquanto ela lhe entrega alguma munição. Os movimentos de ambos são contidos, como se quisessem partir para um contato mais íntimo, um abraço, mas não pudessem. Não me sinto plenamente confortável em depositar minha segurança na responsabilidade de algo tão incerto. Cedo ou tarde os projéteis acabarão, e temo que as habilidades de meus novos seguranças pessoais se restrinjam a apertar gatilhos. Espero não descobrir em um momento muito inconveniente; cercado por um time de futebol encapetado, por exemplo.

A cabeça de Conrado desponta de trás do armário, de onde ele sai, o peito estufado, mas o rabo entre as pernas.

– Eu estou bem, obrigado por se preocuparem – diz ele. Não há resposta.

– Vamos acabar cercados aqui – reclama Carla.

– Fica tranquila. Nós trancamos as passagens dos andares superiores – explica Lizzy. – Provavelmente este hotel é uma colmeia agora, mas as abelhas estão todas presas e, pelo que notei, não se dão ao trabalho de girar maçanetas.

– As portas do saguão também foram fechadas – complementa Pooh. – A menos que algum deles descubra como abrir, pode ficar sossegada. Claro que precisaremos reforçá-las.

Carla não parece se convencer. Entendo perfeitamente o que ela – assim como todos – está sentindo, especialmente agora, no começo. Se tiverem sorte, haverá tempo para se acostumarem (o que não é a palavra ideal, mas o mais próximo do que quero dizer); caso contrário, entenderão do ponto de vista dos próprios infectados.

Pablo vem de um corredor abrindo uma garrafa d'água. Um prato fundo de porcelana serve para que Thor beba avidamente. Ao lado, Pablo deixa dois pedaços de pão, que somem em duas mordidas. Vendo-o comer, percebo que, apesar de toda a correria, sinto fome, mas não vontade de saciá-la.

Todos estão entregues a alguma ação – contando munição, cochichando, procurando comida, verificando as portas –, o que facilita com que eu disfarce o quão mal de repente estou me sentindo.

Minhas entranhas fervem, como se meu sangue tivesse se tornado lava. Sem alarde, deixo a cozinha por um corredor mal iluminado, me apoiando na parede de azulejos embolorados. Tento fixar a vista em algum ponto, mas é impossível. O mundo gira, numa imagem avermelhada, embaçada. As vozes na cozinha são como se estivessem a quilômetros de distância. Afasto-me ainda mais, saindo por uma porta de vaivém. Logo chego ao estacionamento exclusivo dos funcionários. Está completamente vazio, com exceção dos veículos que, sinto, em breve se tornarão ferro-velho.

Minhas pernas me guiam sem que eu possa ter noção de espaço ou tempo. É como se um fio invisível me conduzisse, eu cambaleando pelo caminho. Andar torna-se estranho; não há um controle sobre minhas pernas, apenas um duvidoso pé-esquerdo-depois-pé-direito. Pontadas ritmadas fazem minha cabeça doer.

Como se tivesse mudado de um sonho para outro, percebo estar descendo por uma rampa em direção a um lugar pobremente iluminado. Enxergo fileiras de máquinas – lavadoras, talvez. Adiante, uma iluminação fraca, amarelada escapa de um cômodo quase oculto. Alcanço a luz, meu único foco, e encontro lençóis extremamente cheirosos. Perfume de segurança, de lugar perfeito para eu esperar passar o que quer que esteja acontecendo comigo. As veias em meu braço pulsam. Anormal. Em breves momentos acredito vê-las em um estranho movimento, como se serpenteassem sob a pele. Estou me transformando em um deles? Meus punhos se fecham. Um gemido de dor.

– Deus! O que...?

Meu lamento não chega à sua conclusão. De trás de um varal de lençóis improvisado um garoto irrompe, gritando, o braço erguido. Desvio a tempo de evitar que ele me afunde a cabeça com um ferro de passar, mas não de me esquivar do soco. Não é um golpe forte, mas me pega desprevenido. Rolo sobre uma mesa e, sem apoio, vou de encontro ao chão gelado.

Quando ele investe novamente, o ferro vindo certeiro em meu rosto, consigo derrubá-lo com uma rasteira. Buscando as últimas forças, pulo sobre ele e seguro seus braços para cima, inibindo seus movimentos.

– Me solta, monstro – grita.

Minhas mãos envolvem seus pulsos com força, como algemas. Sinto meus olhos revirarem uma última vez e, tão rápido quanto veio, a sensação ruim se vai. O acontecimento se torna apenas um sabor ruim em minha boca, e não consigo entender o pavor nos olhos do garoto.

Capítulo 5 - A defesa nem sempre é o melhor ataque

O relógio despertou, marcando exatas dez da manhã.

Oliver abriu os olhos como se nem estivesse dormindo um segundo antes. Estava animado, mas sem traços de ansiedade. Saltando da cama, correu para o guarda-roupa e começou a empilhar calças e camisas ao lado de uma mala. Cantarolava uma melodia em inglês enquanto elegia as melhores peças, indo de um lado a outro, um largo sorriso nos lábios.

Deslizando o zíper da mala, arrumou as roupas de modo impecável. Bagagem pronta, foi até o banheiro aliviar a bexiga.

Necessidades descarregadas, desceu para a cozinha. O desjejum consistiu em cereais, leite, pão integral, uma maçã e um copo de suco de laranja. Enquanto alguns pães de queijo assavam, atacou. Pães de queijo prontos, desligou o forno e os retirou com luvas cor de rosa, as favoritas de sua mãe. Antes de voltar à mesa, pegou um pedaço de papel sobre o armário de mármore branco. Uma passagem de ida para o Texas, Estados Unidos.

Após se alimentar, o tempo todo relendo as informações em letras mínimas, como número do portão de embarque e horários, lavou toda a louça suja em tempo recorde, e nem por isso com desleixo. Deixando a passagem onde ela estava antes, Oliver foi até o banheiro. No caminho, encontrou sua mãe saindo do quarto.

– Bom dia, meu amor – disse ela, num bocejo.

– Bom dia, mãe.

– Está ansioso, querido? – perguntou.

– Relaxa, mãe.

Oliver não parou para esticar assunto. Trancou-se no banheiro e rapidamente se enfiou sob a água quente, ensaboando-se e cantando. Curtiu longos minutos apenas sentindo a pele esquentar, olhos fechados e o eterno sorriso no rosto.

Após uma longa espera, um almoço rápido, sem sentir o gosto da comida, e duas conferidas na bagagem para se certificar de que não havia esquecido nada, Oliver não precisou olhar uma última vez para seu quarto antes de deixá-lo; não era de se apegar. Não demonstrava excesso de carinho nem mesmo com os pais. Oliver, o garoto de gelo. Era como os colegas da escola costumavam chamá-lo. Ou o filhinho de papai de nariz empinado; preferia esse.

Carregava uma mochila preta nas costas e puxava a mala de rodinhas de mesma cor. Do meio da escada viu seu pai surgir lá embaixo, vindo de fora.

– Está pronto, filhão? – perguntou o pai.

– Muito – respondeu sorridente.

O portão automático da garagem havia acabado de alcançar o seu limite no alto quando Oliver saiu. Os vizinhos de classe alta passavam, deixando suas casas em carrões ou passeando com poodles ou yorkshires, entregues aos seus próprios mundos, que giravam ao redor de seus umbigos. Não abaixavam o nariz sequer para dar um bom dia. Porém, Oliver não via nenhum deles. A passagem não estava ali, escancarada, para permitir sociabilidades, mas para conduzi-lo a uma nova vida.

Sem fazer questão de olhar para trás, Oliver se recostou no banco traseiro. Logo o motor roncou e a típica família feliz seguiu pela rua arborizada, orgulhosa, sua grama mais verde do que a do vizinho.

O aeroporto estava insanamente lotado.

Transeuntes não faziam questão de dar ou pedir licença; a maioria se esbarrava e não se desculpava nem com um simples olhar. Cortesia era algo que havia muito não se via naquela cidade. Oliver sequer se importou quando uma garota ruiva, vestindo um casaquinho marrom de couro, saia de pregas cinza e botas, se chocou contra ele. Falava no celular e não fez menção de parar e pedir desculpas. A falta de educação, já tão típica, não estragaria seu dia.

O voo sairia em pouco menos de uma hora, então teve tempo de sentar e ligar o iPod. Fechou os olhos e se recostou, curtindo uma música de batidas divertidas de Ben Folds.

Uma agitação se formando adiante nem lhe chamou a atenção, por causa do fone. Pessoas se afastavam, abrindo um círculo em volta do homem que havia atacado outro sem razão aparente. Do outro lado da fileira de bancos, a poucos metros de Oliver, um senhor perdeu o equilíbrio ao esbarrar em uma mulher, a qual se atirara contra ele, e ambos rolaram sobre a mala de um casal que vinha atrás. No fim do corredor, mais focos de briga. Os seguranças trocavam palavras com os companheiros pelos rádios transmissores enquanto corriam até os grupos que se formavam. Na tentativa de apartá-los, acabavam mordidos. Todo seu treinamento não era páreo para a covardia que sofriam, às vezes tendo que se defender de quatro ou mais pessoas. A dor se intensificando nos ferimentos recentes era ignorada a princípio, mas pouco depois se sentiam mal, como que tomados por um enjoo ou atordoamento repentino. Logo deixavam de lado a busca por ordem e se juntavam aos agressores.

Logo todo o aeroporto tinha certeza do quão grave era a situação. O desespero tomou conta. A cacofonia era abafada pelo fone nos ouvidos de Oliver. Era como se um soldado da Segunda Guerra resolvesse caminhar até campo aberto para ali se sentar e relaxar, alheio às bombas explodindo ao seu redor e despedaçando os companheiros. Esticando o pescoço para o lado e massageando a nuca, abriu os olhos, olhando para baixo. Viu pés passando rápidos; então ergueu a cabeça, um bocejo se formando, e fitou em volta. No mesmo instante a boca se fechou, engolindo o bocejo pela metade.

O lugar havia se transformado. Duvidou de que estivesse no mesmo banco em que se sentara havia pouco. Tirando o fone, pôde ouvir a balbúrdia. Sua primeira suposição foi um atentado terrorista, mas logo a descartou; ninguém estava usando armas – exceto pelos poucos seguranças, dois ou três, ainda de pé. As pessoas se atacavam como neandertais, arremessando-se com todo o peso de seus corpos contra as outras, girando os braços desgovernados em pancadas violentas ou batendo os dentes de modo alucinado e cravando-os onde conseguissem, para arrancar pedaços de carne das vítimas. O sangue esguichava no piso, que refletia a imagem contagiosa do pânico.

Assustado, Oliver se levantou e agarrou a alça da mala. Antes de dar o primeiro passo foi surpreendido por uma idosa. A figura caquética cuspia sangue e sons indecifráveis, as pelancas se agitando na investida. Conseguiu agir rápido e forçou as duas mãos contra seu pescoço quando ela atacou, mas o choque levou ambos ao chão. Oliver tentava mantê-la afastada, a boca murcha, escancarada, liberando um hálito mofado. Ela não podia ter toda aquela resistência; lutava com a determinação de um animal faminto. Num giro rápido, encaixou os pés em sua barriga e a empurrou, vendo-a cair desajeitada no piso escorregadio. Mal se viu livre e teve de se levantar às pressas: dois homens corriam em sua direção. Obrigado a deixar a bagagem para trás, fugiu sem rumo definido.

À medida que avançava, via as pessoas sucumbindo ao ataque em uma velocidade aterradora. Prestava atenção ao seu redor, acreditando estar preparado para qualquer investida, mas não viu a jovem negra vindo pelo lado direito e chocando-se contra ele. Caíram sobre uma lata de lixo e rolaram engalfinhados. Ela urrava e tentava mordê-lo, o som das dentadas a poucos centímetros de seu pescoço. Agarrando os cabelos crespos, puxou com força e, antes que ela pudesse se levantar, chutou seu rosto e a fez enroscar-se na escada rolante, sendo levada para o andar inferior.

Sirenes policiais vinham ao longe, mesclando-se ao som da algazarra e transformando a "música" ambiente em algo insuportável, mas de nada serviu. Ninguém pareceu se importar com a presença de autoridades. Os que atacavam não distinguiam sexo ou idade; escolhiam quem fosse azarado o suficiente para estar em seu caminho. Crianças corriam chorando, chamando pelos pais, mas ninguém prestava socorro.

Oliver viu um garotinho, em seus cinco ou seis anos de idade, encolhido em um canto. Por reflexo, foi em sua direção, mas estacou quando um homem enorme, gordo, o atacou com uma mordida entre o ombro e o pescoço. Pensou em esmurrá-lo, fazer alguma coisa, mas concluiu que seria inútil; não tardou para as perninhas do pequeno esmorecerem e o sangue jorrar no piso.

A cada segundo se ouviam mais gritos de cólera e menos de desespero. Corpos estraçalhados eram deixados ao longo do pátio manchado, uma vasta piscina rubra. Oliver se viu forçado a mudar de rota quando policiais entraram atirando para todos os lados, e seguiu pelo longo corredor que conduzia aos banheiros.

As cabines sanitárias estavam todas trancadas. Outros haviam tido a mesma ideia. Dentro de cada uma delas vários pés se espremiam, como numa condução pública. Não havia sobrado uma única vazia. Berros se aproximavam. Ainda não havia encontrado um esconderijo quando um homem de terno rasgado e rosto desfigurado entrou, gritando. Rápido como uma flecha, atacou. Oliver foi ligeiro ao se esquivar e o empurrou, fazendo-o patinar no chão e cair, a testa de encontro à parede. Subindo na pia, se espremeu pela estreita janela logo acima. Não passaria tão fácil. Mãos agarrarem sua mochila,mas, sem saber como, desvencilhou-se das alças e atravessou a passagem, despencando de costas sobre os arbustos. Percebendo que havia restado apenas o fone do iPod pendurado na orelha (o aparelho obviamente estava no piso do banheiro), jogou-o fora. O bolso foi revirado, mas também não encontrou o celular. Era muito azar para uma pessoa só.

Os arbustos encobriam sua fuga, e dali ele assistia à hecatombe que tomava conta do estacionamento. Viaturas chegavam uma após a outra. Pessoas fugiam aturdidas. Tiros, batidas de carros, gritos. Que doidice era aquela?

Oculto pela folhagem, notou um carro abandonado, a porta aberta, pela qual se viam uma maleta jogada sobre o banco e uma infinidade de papéis espalhados (o dono provavelmente o abandonara há pouco), além da chave no contato. Analisou ao redor, respirou fundo. Um. Dois. Três. Correu. A curta trajetória pareceu mais longa. A cada passo via pelos cantos dos olhos vultos surgindo de trás dos veículos. Alcançando o carro, bateu a porta. Trava acionada, deu a partida. Gritava a cada investida dos loucos, embaciando o vidro de sangue e suor. Estavam possuídos pelo cão. Saindo pelo acesso principal, desviou de uma moto, na qual um casal fugia a toda – a mulher na garupa com sangue descendo abaixo do cotovelo e cobrindo todo o antebraço –, e deixou as cercanias do aeroporto.

– O que achou?

Em um vestido longo, branco com detalhes em veludo negro, Thais saiu do quarto após quase uma hora trancada. Exibia um sorriso pidão, como quem sabe que está linda, mas precisa dos confetes. O namorado, Gabriel, falhou em manter a boca fechada. O queixo caiu.

– Tá linda – ele disse com o sotaque arrastado, os olhos brilhando. Mesmo após oito meses juntos, nunca se acostumara com a beleza de ninfa de Thais. Sentia-se o cara mais sortudo do mundo por poder chamá-la de sua.

Encostado na cabeceira da cama, vestia um smoking cinza-azulado. Sobre o peito segurava uma máscara de plumas negras. O baile à fantasia seria somente à noite, mas decidiram aprontar-se de uma vez e sair para conhecer a cidade. Eram do Rio de Janeiro.

Thais estava ali para acompanhar a implantação de um projeto no Centro de Processamento de Dados situado na capital paulista. Trabalhava na empresa de TI da Previdência Social, responsável pela gestão da Base de Dados Social Brasileira, o que lhe proporcionava certas regalias, como transformar festas de negócios e reuniões estratégicas em ótimas chances de ascensão profissional.

Gabriel, dono de sua própria startup focada em desenvolvimento de softwares, o que permitia que personalizasse seus horários de trabalho, não poderia deixá-la viajar sozinha. Confiava na namorada; não confiava era nos abutres que estariam no baile, cercando-a, desejando-a.

Haviam chegado pela manhã, e dormiram até a hora do almoço. Agora, prontos, seguiriam um pequeno e rápido percurso por dois pontos que sempre quiseram conhecer: o Parque do Ibirapuera e a Avenida Paulista.

Thais ajeitou os cabelos longos, ruivos, sobre os ombros e se aproximou de Gabriel.

– Um beijinho antes de irmos.

– Só beijinho, senhorita Storino? – ele perguntou, enlaçando-a com os braços pela cintura. Ela riu à menção do sobrenome. – Nem faço questão de sair.

– Seu bobo.

Gabriel não ganhou nada além do beijinho prometido. Resignado, arrastou-se para fora da cama e calçou os sapatos sociais.

A Avenida Santo Amaro estava apinhada de gente. O Rio de Janeiro era movimentado, mas São Paulo era um caos. As pessoas andavam como robôs nas calçadas, apressadas, sem olhar para quem passava do lado. Uma aura fria as envolvia, apesar do tempo bom.

– Moço, não dá pra ir mais rápido? – Thais perguntou, começando a se irritar. O táxi estava parado havia quase cinco minutos.

– Eu queria, mas não rola – o taxista respondeu, lançando um rápido olhar sobre o ombro. – Deve ter acontecido algum acidente.

Gabriel suspirou. Sentiu-se assando dentro do smoking.

– Quer descer aqui e tentar outro táxi em outra rua menos movimentada? – ele perguntou ao pé do ouvido de Thais.

– Eu topo – ela disse.

No mesmo instante o rapaz puxou a carteira do bolso e tirou uma nota de vinte, estendendo-a ao motorista.

– Amigo, vamos descer aqui. Valeu. Pode ficar com o troco.

Thais desceu primeiro e ignorou a encarada de outro motorista. Ele lambia os lábios escondidos pela barba desleixada, que parecia arame farpado enrolado e cravado na carne. Antes que Gabriel percebesse, ela contornou o carro e foi até ele, puxando-o pela mão e tirando a ambos da avenida. Alcançaram a calçada, e foi quando ouviram gritos.

– O que tá rolando lá? – ele perguntou.

Uma quadra adiante, onde parecia ter ocorrido um acidente, Gabriel avistou pessoas correndo por entre os veículos. Carros tentavam recuar, mas eram impedidos pelos que estavam atrás. O congestionamento seguia por quase um quilômetro. Para quem estava diante de um volante, não havia para onde fugir.

– É uma briga? – ela perguntou, apertando seu braço. Thais não podia se aproximar de leves discussões, imagine confusões mais violentas. Absorvia a má energia como uma esponja. Procurava sempre manter um sorriso no rosto e tratar a todos o melhor que conseguisse.

– Parece coisa pior.

Gabriel escalou uma grade, onde pôde ver com mais clareza o que acontecia – e se arrependeu na mesma hora. Se era briga não soube precisar, mas percebeu que as pessoas se atacavam com extrema violência, e nem precisavam de armas para fazê-lo. Usavam as próprias mãos, ou mesmo a boca. Mordiam-se. Viu vítimas se contorcendo de dor sobre os capôs dos carros, para, em seguida, deixarem os espasmos e se juntarem aos atacantes. O que Gabriel entendeu foi que não havia tempo para entender. Saltou da grade e agarrou a mão de Thais.

– O que foi?

– Vem – ele disse, começando a correr para a direção contrária.

– Calma, Gabe. Tô de salto. Por que estamos correndo?

– É merda grande, amor. Tira os sapatos. Rápido.

– Meu Deus – ela reclamou, abaixando-se.

Gabriel preocupou-se com sua vagarosidade. A confusão ganhava dimensão. Logo os alcançaria.

– Rápido! – ele gritou.

Thais cedeu à irritação que começara no táxi. Tirou os sapatos aos puxões, deixando marcas nos tornozelos. Ao se levantar, encarou-o com uma expressão raramente usada por ela.

– Pronto.

Sem aviso, ele a pegou pelo braço novamente e retomou a corrida. O casal costurava um caminho entre as pessoas que ainda não haviam percebido que algo errado acontecia. Thais se sentia sob holofotes; olhavam-na como se fosse uma louca. Para piorar, vestia um vestido digno de passarela, mas impróprio para usar em público. Sua ideia inicial era a de causar olhares curiosos, mas a situação em que se encontrava deixou-a desconfortável – principalmente pelo fato de estar acompanhando Gabriel, e sem nem saber o motivo.

Sobre o ombro, avistou pessoas surgindo de trás do aglomerado de veículos. Uma cacofonia de buzinas e gritos alcançou seus ouvidos. Não conseguia entender que algo muito, muito ruim estava começando a ganhar força em São Paulo, e não queria aceitar o sentimento amargo que crescia em seu peito. Voltando a olhar para frente, tropeçou e só não caiu graças ao reflexo rápido de Gabriel, que a segurou pela cintura.

– A polícia! – ele gritou ao avistar uma viatura estacionada do outro lado. As portas de ambos os lados se fecharam em sincronia. Gabriel retomou o passo em direção ao carro. Em uma voz menos alterada, disse: – Desculpa ter gritado com você, amor. Eu te amo muito...

A declaração foi interrompida novamente pelo reflexo do rapaz. Infelizmente, ele não foi rápido o bastante para salvar a ambos. Antes que fossem alcançados pelo ônibus desgovernado que vinha da rua em que atravessavam, estraçalhando o que estivesse em sua frente, Gabriel empurrou Thais. Ela não teve tempo de perceber o que acontecera. Conseguiu apenas proteger o rosto do quase-encontro doloroso com a sarjeta. O braço bateu com violência contra o meio-fio, ralando fundo. Apoiou-se nas mãos, desnorteada, e tirou os cabelos bagunçados do rosto. Procurou por Gabriel.

O ônibus havia se chocado contra a viatura. Atordoados, os passageiros se levantavam, ajudados uns pelos outros. Thais viu, através das janelas, suas expressões assustadas, confusas. A parte da frente do veículo se encontrava destruída, mas não mais que a viatura, transformada em um pastel de metal. Não havia movimentos vindos de seu interior. Vislumbrou um rosto ensanguentado através da teia esbranquiçada que se formara no para-brisa. Imóvel. Varreu ao redor com os olhos, cedendo ao desespero, mas não havia sinal do namorado. Uma crise de pânico começou a fazer cócegas em seu estômago, subindo como um jorro de nitrogênio líquido pela garganta.

Fumaça escapava do capô amassado, e foi de trás dessa fumaça que um corpo se levantou. Pela sua posição, de costas sobre a viatura, o homem havia sido arremessado pelo para-brisa do ônibus na colisão. Exibia um ferimento hediondo que se estendia do ombro direito à clavícula: o osso havia perfurado a carne e se projetava para fora, a carne viva brilhando sob o sol. Berrava, mas não parecia ser de dor. Com o braço esquerdo apoiou-se e se levantou. Atrapalhou-se nos próprios pés enroscados na sirene e rolou sobre a lataria, chegando rapidamente ao asfalto. O osso se chocou contra o chão e a carne cedeu um pouco mais. Ignorando o ferimento que deixaria marcas para sempre, olhou ao redor. Parecia cego, a vista embaçada atrás de uma cortina de sangue. Estava, sim, cego. De fúria. Havia tantos rostos olhando para ele, horrorizados, e ele os encarava de volta, sem saber para onde seguir. Por fim, avistou Thais. Levantava-se com dificuldade. Sem motivo aparente, o homem decidiu partir em sua direção.

Thais ainda estava entregue à procura de Gabriel, a respiração difícil, quando percebeu o ataque. O choque dos corpos a lançou contra a vidraça de uma loja. Ela se manteve de pé e levou as mãos à frente, evitando que o homem se aproximasse mais. Não entendia por que estava sendo atacada por ele. Entendia ainda menos o fato de as pessoas ao redor assistirem, incapazes de oferecer ajuda.

– Socorro! – ela gritou. Ninguém veio em seu auxílio. – Gabriel!

Como se a voz de Thais fosse um estímulo, o homem investiu maior força no ataque. Sua boca arreganhada, os dentes se fechando no ar, aproximou-se mais. Sem ter para onde escapar, prensada contra a vidraça da grife, as vendedoras assistindo boquiabertas do lado de dentro, Thais notou o ferimento em seu ombro. Era surreal. *Como alguém pode continuar de pé com essa porra pra fora?*, ela pensou. *Isso tudo deve ser um pesadelo. Logo vou acordar ao lado do Gabe. Por favor!*

Nunca experimentara um sonho tão lúcido. Precisava acordar. Incrédula de que iria mesmo ter coragem de concretizar o próximo movimento, franziu os lábios, enojada, e agarrou o osso exposto. Com a outra mão tentou afastar o homem enfurecido. Em vão. Ele não desistiria enquanto não cravasse aqueles dentes em seu pescoço, ou rosto, ou onde atingisse primeiro. Reunindo forças, Thais forçou a pegada em volta do osso e torceu. Torceu como se torcesse um pano de chão molhado. Ela gritou. O infectado gritou. Os espectadores gritaram. Os gritos adotaram um tom contínuo, o som de uma locomotiva desenfreada vociferando nos trilhos. Quando chegou a um ponto onde não foi mais possível girar o próprio braço, Thais refez a volta tão rápido quanto pôde, e o osso rasgou a carne. O homem deu sinal de que finalmente sentira a dor e recuou – apenas para investir novamente. A vidraça se partiu, e ambos, enroscados, rolaram para o lado de dentro da loja.

Cortes se desenharam nas costas e braços de Thais; porém, a adrenalina impediu-a de sentir dor. Enroscada nas roupas e cabides que vieram abaixo junto com ela, tentou se levantar. Antes que pudesse, sentiu uma pressão sobre o estômago. Na queda, o infectado perdera o interesse nela ao se deparar com as três vendedoras gritando atrás do balcão. Thais ouviu o ataque, mas não quis olhar. Aproveitando a chance, ergueu-se, segurando na borda da vidraça estourada, e se preparou para voltar à rua. Desistiu. A confusão inicial, avistada primeiro por Gabriel, adquirira proporções irrevogáveis. Incontáveis pessoas, loucas como o que a havia atacado, cercavam o ônibus. Os passageiros nem tiveram tempo de sair. Pareciam animais indefesos, acuados na jaula.

Conformada com o fato de que não encontraria Gabriel – podia ter sido atingido pelo ônibus, ou podia ter saltado para o outro lado e continuado vivo –, Thais se evadiu da loja às pressas. Sem olhar para trás, correu. Na fuga, puxou a parte de baixo do vestido, rasgado pelos vidros, e puxou-o, encurtando-o na altura das coxas.

Barulho de explosões, gritos e acidentes pipocavam. Vinham de toda parte. Um helicóptero passou voando, baixo demais. As pessoas fugiam, perdidas. Não sabiam para qual lado deviam ir. Pareciam galinhas soltas na granja e perseguidas pelos cães malcuidados, famintos. Thais tentou pensar com clareza, mas não conseguia. Manter as pernas no compasso mecânico de seguir uma na frente da outra já era difícil por si só; estar às escuras sobre o real paradeiro de Gabriel consumia sua mente. Ousou olhar para trás. A morte vinha como uma onda.

Avistou na esquina seguinte um posto de gasolina. A região parecia menos movimentada naquele ponto. Dirigiu-se para lá. Pensou que tudo havia começado no congestionamento, mas logo compreendeu que não se tratava de um caso isolado. Surgia em diversos pontos, como espinhas no rosto de um pré-adolescente, sem controle. Nas proximidades do posto divisou um senhor sendo perseguido por três pessoas. Antes que fosse descoberta – não aguentava mais correr descalça –, seguiu até um muro, nem alto nem baixo, e escalou-o pela caixa do registro. Não calculou altura, apenas alcançou o alto e se atirou para o outro lado.

Oliver havia encontrado um celular no porta-luvas e, após várias tentativas infrutíferas de ligar para sua mãe, desistiu. Dirigia-se para casa, aterrorizado, mas mantendo o controle. As circunstâncias exigiam uma calma fria. Agir sem pensar não era de seu feitio. Não seria agora que mudaria.

Prestava atenção à sua volta, desviando das pessoas, cegas de medo, e dos carros desgovernados que se chocavam como carrinhos de parques de diversão. O pânico estava instalado. Burros.

Na quebra de uma esquina foi surpreendido por uma turba. Atacavam algo no meio da avenida – pelo que pôde distinguir, uma caminhonete com pessoas espremidas em seu interior. Atrapalhou-se no pedal e acabou provocando um estridente som de freada. Instantaneamente dezenas de cabeças giraram em sua direção, seus olhares dementes. Dando a ré, seguiu confiante, o braço direito apoiado no encosto do banco e o foco voltado para o caminho atrás. A multidão o perseguia, mas a distância entre eles, carro e massa assassina, aumentava. Um movimento milimetricamente incorreto bastou para que perdesse o controle da direção, o que o fez atravessar a vidraça da conveniência de um posto de gasolina. A traseira do veículo se chocou contra um balcão de madeira e o choque lançou as gôndolas para longe. Não se importou em verificar se todos os ossos estavam no lugar; pelo para-brisa viu o numeroso grupo se aproximando. Tão rápido quanto pôde, soltou o cinto de segurança e abandonou o carro, rolando para baixo do veículo. Nas laterais, viu pés baralhados se aglomerando. Próximo ao pneu, em meio a itens variados, encontrou um isqueiro.

Caída no pátio, viu a mangueira da bomba ainda ligada e despejando gasolina. Imaginou o frentista enchendo o tanque de algum cliente mal-humorado e tendo que sair às pressas. O líquido formava uma pequena lagoa, o cheiro enjoativo dominando. Teve uma ideia; precisaria ser ágil e extremamente preciso.

A chama que nasceu do isqueiro assegurou seu bom funcionamento.

Sem parar para ponderar, e com medo de perder a coragem, arrastou-se até os limites do esconderijo e desatou a correr, seguido por uma ópera animalesca. Por um breve momento tudo pareceu rodar em câmera lenta, o típico agora ou nunca. Lançando uma espiadela para trás, acendeu o isqueiro e, num movimento esmerado, lançou-o em direção à poça. Correndo como nunca havia corrido, sentiu um calor insuportável crescendo. Aquilo os atrasaria e ele conseguiria encontrar um lugar segu... Uma explosão interrompeu seus pensamentos. Seus tímpanos se rasgavam naquele momento. Percebeu que estava no ar, em alta velocidade, somente quando viu o mundo girar. A vidraça de um restaurante foi arrebentada com o peso de seu corpo, lançado como a pedra no estilingue de um moleque encapetado.

Seus olhos se abriram, encontrando uma cortina enevoada. Os ouvidos captavam um zumbido interminável; o cérebro parecia tremer sob uma pressão esmagadora. Sua nuca ardia. Permaneceu ali, deitado sobre os escombros, por algum tempo. Mandar o posto pelos ares não estava em seus planos. Presumiu que o fogo se espalharia apenas pelo chão molhado e manteria os loucos longe. Procurou um apoio em meio aos destroços, torcendo para que ninguém o tivesse reconhecido. Um ato de vandalismo como aquele o poria em sérios problemas. Tossindo, empurrou tijolos despedaçados que haviam caído sobre ele e se levantou, dores lancinantes percorrendo todo o corpo. Devia ter quebrado alguma costela, no mínimo. Fora arremessado como uma boneca de pano.

Pela janela avistou o que restara do posto. Uma grande fogueira expelia massas de fumaça negra, de onde pessoas corriam em chamas. Sentir a morte no cangote o fez engolir em seco. Lembrou-se da animação poucas horas atrás. O mundo realmente dava voltas – não era apenas uma expressão.

Mancando, caminhou pelo local, metade bagunçado, metade destruído. Tratava-se de um restaurante noturno. Abriria as portas somente à noite – na verdade, não mais. Em um cômodo vizinho encontrou a TV. Ligou-a. Na tela, assistiu a um caminhão de bombeiros arrebentando a fachada de um restaurante. O mesmo que acontecera no aeroporto acontecia nas ruas. Era uma pandemia.

Um barulho abafado o alertou. Girou nos calcanhares e observou atentamente. Nada. O local estava vazio. Voltando-se à TV, tentou afastar a nuvem de poeira com alguns safanões no ar.

– *O motorista provavelmente morreu no impacto* – disse a repórter, tensa, andando em passos apressados, seguida pelo cinegrafista. – *Pelo que sabemos, um homem não identificado se pendurou na janela do veículo e atacou os bombeiros, causando o acidente. As pessoas continuam atacando sem razões aparentes. São Paulo está um caos! Não sei quanto tempo...*

– *Alice, corre!*

Pela imagem trêmula, Oliver os viu sendo perseguidos. A repórter, em desvantagem sobre os saltos, tropeçou e foi alcançada. À medida que seu parceiro se afastava, os gritos de dor ficaram para trás.

Outro barulho, idêntico ao anterior, como um tossido abafado.

Sobre o ombro Oliver observou. Nas pontas dos pés ele recuou, a respiração contida. O melhor era se manter calado. A pouco de alcançar a saída, divisou, através da película de fumaça e poeira que se dispersava, uma garota sair de trás do balcão.

– Quem é você? – ela perguntou.

– Oliver. E você?

– Thais. – Ela se aproximou, tossindo. – Pra onde você tá indo?

– Pra casa. O que está acontecendo lá fora?

– Não sei. – Ela exibia escoriações nos braços. O rosto mantinha uma expressão abalada. – Estavam atacando uns aos outros. Eu fugi, mas meu... – Um soluço. Em seguida, desatou a chorar.

Por uma das poucas janelas ainda intactas Oliver notou que a rua do outro lado estava deserta. Talvez o som da explosão os tivesse afugentado.

– Vamos.

– Não acha perigoso sair?

– Eles vão nos matar de qualquer jeito, em qualquer lugar. Aqui estamos encurralados. É melhor um lugar aberto, de onde possamos fugir.

– Não sei.

– Me desculpa, mas enquanto você pensa, eu tô vazando.

Sem dar indícios de que se preocupava em ter companhia ou não, Oliver saiu. Assustada demais para ficar sozinha, Thais o acompanhou. Observou-o pelas costas. Era um menino, mas a idade não o impedia de ser corajoso. Burro, talvez. Não devia ser muito mais velha que ele, mas Thais já possuía a maturidade necessária para entender que não era inteligente sair. Entretanto, precisava fazê-lo. Gabriel ainda estava lá, vivo ou morto. Tinha que saber a verdade. Não era mulher de seguir instintos; preferia curtir a vida, e o que viesse seria lucro. Mas Gabriel era a parte mais importante de sua vida. Não podia voltar sozinha, mas Oliver talvez pudesse ajudá-la – mesmo sem saber.

A rua estava deserta, exceto por algumas figuras, longe demais para representar perigo. Oliver não soube precisar se eram sãs ou lunáticas. Àquela altura, todos haviam adotado um caminhar alucinado: ou perseguiam, ou fugiam.

– Você sabe dirigir? – ela perguntou, num sussurro.

– Sei.

– Meu carro está a duas quadras daqui – ela mentiu. Sentiu-o interessado. – A chave ficou no contato.

– Vamos até lá então – ele disse.

Sorrateiros como felinos, ambos se esgueiraram para fora do restaurante. Escondidos atrás de uma caminhonete, observaram. Aventuraram-se novamente apenas quando a possibilidade de não ser detectados era total. Continuaram no esconde-esconde por várias quadras. Após cansativos minutos a dupla avistou um carro parado de qualquer jeito no meio da rua. O motor roncava baixinho, como um animal acuado, pronto para dar o bote em quem se aproximasse.

– Sejamos rápidos, ok? – disse Oliver.

– Mas não é aquele o meu carro – Thais respondeu. Não conseguiu esconder o aborrecimento.

– Um carro é um carro – ele disse. – Vem comigo ou não?

– Tá bom. – Thais deu de ombros. – Mas preciso que me leve até onde deixei o meu... carro.

Um resmungo afirmativo foi a resposta.

Antes que alcançassem o veículo, algo explodiu ao lado. Oliver quase se desequilibrou com o susto. Thais gritou. Um homem havia despencado do prédio e se espatifado sobre o teto de um carro estacionado – de quebra, acionara o alarme. Na janela do décimo andar, braços se esticavam para baixo. Viu uma pessoa passando as pernas para fora, alheia ao perigo imposto pela altura. Quando a figura despencou, sua silhueta ganhando dimensões reais e vindo em sua direção, Oliver correu e por pouco conseguiu evitar ser esmagado pelo monte de ossos e carne que se arrebentou no asfalto. O som do alarme atraiu os que vagavam nos arredores. Um homem saiu detrás de uma ambulância, e depois mais outro. Logo a dupla se encontrou cercada por uma quinzena de figuras coléricas.

– Corre! – gritou Oliver.

Entraram no carro, deixando o cinto de segurança de lado, e

trancaram as portas, saindo em disparada em seguida. Míseros segundos depois o carro morreu.

– Não acredito.

Sobre o encosto dos bancos, viram os loucos se aproximando, prontos para transformá-los em picadinho. Antes que fossem cercados, abandonaram o carro e retomaram a corrida, contornando a esquina mais próxima. Mal acreditaram em seus olhos quando avistaram uma barreira do exército três quadras adiante.

– Estamos salvos – disse ele, sem diminuir o ritmo.

Uma chama de esperança se acendeu no peito de Thais. Poderia contar com a ajuda dos fardados para encontrar Gabriel. Suas últimas palavras ecoavam em sua mente. *Eu te amo muito.* Precisava encontrá-lo e retribuir a declaração.

Sorrindo aliviado, Oliver lançou um olhar a Thais. No instante em que metade da cabeça da garota foi destruída por um tiro, fazendo-a tropeçar e rolar, o sorriso inseguro se congelou. Ainda correndo, as pernas ligadas no automático, Oliver viu os soldados atirando em sua direção. Num repente conseguiu frear. Mudou a direção e entrou em um beco. Voltar seria impossível. Em um minuto seus perseguidores infectados alcançariam a barreira armada, e só Deus sabe o que aconteceria depois.

Ouvindo o som dos tiros misturado aos berros dos canibais, Oliver se afastou. Os soldados estavam totalmente perdidos; não tinham a mínima ideia do que fazer. Não haviam sido treinados para algo daquele calibre. Quem poderia imaginar a cidade tomada por... O quê? Antropófagos após um mês de greve de fome?

Sangue respingado em seu braço trouxe a imagem da cabeça de Thais sendo arrebentada. Horrorizado, não conteve o sentimento de pena. Continuou correndo. O melhor a fazer seria afastar-se o máximo que pudesse.

Do outro lado do muro percebeu um clarão se intensificando. O som de uma freada estridente machucou seus ouvidos, ainda sensíveis por causa da explosão, pouco antes de a parede ser arrebentada, tijolos voando pelos ares. Tudo o que teve tempo de sentir foi a pancada contra seu rosto. Depois, foi soterrado.

Com dificuldade Oliver abriu os olhos e nada viu além da escuridão. Terra e sangue se misturavam aos cuspes, um gosto ferroso encruado na língua. Tentou se levantar, apenas para se descobrir preso sob os destroços. A libertação veio a passos de cágado, desempilhando um tijolo por vez. Quando pôde sentir o peso amenizar sobre o corpo, percebeu o que havia acontecido. A dianteira de uma ambulância estava irreparavelmente destruída. Não havia ninguém por perto; uma mancha vermelha, seca despontava no parabrisa trincado. Talvez o motorista tivesse conseguido fugir.

O céu escuro da noite permanecia lá em cima, quieto, inúmeros pontos brilhantes como dentes de uma arcada incomum, zombando dele num sorriso deformado. Quanto tempo ficara desmaiado?

Cansado do movimento pega-e-solta-tijolo, arrastou-se com o auxílio dos braços, e as pernas vieram, pesadas, mas obedientes; era como um aleijado cataléptico saindo de sua cova horas depois do próprio funeral. Pôs-se de pé e começou a caminhar, mancando. O beco estava silencioso demais. Ouvia vozes e sirenes ao longe, uma distância segura.

Uma vibração repentina o assustou: era o celular que havia encontrado mais cedo. No visor reconheceu o telefone de sua mãe.

– Mãe?

– Graças a Deus! – disse a voz do outro lado. – Onde você está, meu amor? Você está bem?

– Mais ou menos. Não sei exatamente, mas não muito longe da Paulista. Vem me buscar.

– Nós iremos, filho. Papai e mamãe vão te pegar. Você está protegido?

– Não muito. Estou em um beco. Acabei de acordar. Tinha desmaiado.

– O que aconteceu?

– Calma, mãe. Eu tô bem. Foi só um susto.

Após um breve silêncio, ela continuou:

– Ele está bem – disse para alguém. – Você acha que eles voltariam para lá? – Uma voz masculina respondeu algo. – Tudo bem, vou dizer a ele.

– Mãe, o que está havendo?

– Seu pai está morrendo de preocupação, Oliver. Querido, sabe chegar ao Maksouth?

– O hotel? Sei.

– Então vá para lá e nos espere.

– Por que lá?

– Porque sim, amor. Há uma chance de existir alguém lá que

pode te proteger. – Em seguida ela disse um nome e descreveu certas caraterísticas. – Procure essa pessoa. Vá até o quarto 237. Não deixe que os outros descubram que te mandei ao hotel, apenas fique por perto. Aja como se fosse um acaso. Pode fazer isso?

– Claro.

– Se conseguirem se encontrar, por favor, me avise assim que puder. E, querido, mais uma coisa. – Um suspiro. – Não deixe, em hipótese alguma, que uma dessas pessoas te morda. Entendeu?

– Sim.

– E é extremamente importante que evite isso.

– Ok, mãe, eu entendi. Estarei vivo quando chegarem. Espero.

– Estará sim. Te amamos, filho.

– Tchau.

Pelo que sabia, o hotel não estava longe. A passos de rato, furtivos, chegou ao fim do beco e se manteve oculto atrás de um latão de lixo, um cheiro azedo pairando. A barra estava limpa. Percorreu um trajeto curto até que avistou o seu destino do outro lado da rua, exibindo um grande letreiro luminoso no alto.

MAKSOUTH PLAZA

Oliver seguiu até a porta principal e entrou sorrateiro – sem perceber a tampa de um bueiro se desprendendo do asfalto logo atrás, duas mãos negras, fortes a erguendo.

Do saguão mal iluminado ouviu um barulho vindo do lado de fora, então correu até o balcão da recepção, onde se escondeu como um rato covarde na segurança das sombras, esperando as vassouradas cessarem. Com as pernas encolhidas contra o corpo, escutou gritos, humanos e infectados. Pensou que eram os soldados, ainda ignorantes e com a única ideia de mandar bala no que desconheciam.

Um segundo depois ouviu uma multidão chegando. Porta batendo, gritos de pessoas se refugiando no saguão, discussão. Pesadelo total. Com tamanha algazarra, sair não era o mais inteligente. Em silêncio ouviu toda a fuga dos desconhecidos, que durou um bom tempo, até que subiram pelos elevadores.

Os doentes ficaram vagando por ali. Ouviu-os se debatendo contra uma porta e desistindo após algum tempo. O coração acelerado não ajudava a manter a respiração em um tom controlado. Temia ser ouvido. Não sabia com o que estava lidando; todo cuidado era pouco. Rosnados, sons que lembravam gargarejos, passos arrastados. Longos minutos se passaram até aceitar que sair dali não seria tão fácil.

Olhando pelo canto do balcão, comprovou que voltar à rua era impossível. Por um espelho, pôde vê-los vagando no saguão. Estavam fora de si; gente normal não agia assim. Não era fã de filmes de monstros, mas aquilo era, sem dúvida, bem parecido. Duvidou que encontrasse a pessoa indicada por sua mãe ainda viva.

Na parte de trás da recepção descobriu uma porta, quase oculta por ser da mesma cor da parede. Sua única opção. De gatinhas, se esforçou para não fazer barulho. Tremendo, levou a mão à maçaneta e girou. Aberta. Com cuidado a empurrou e quase correu desembestado quando o rangido da madeira gemeu. Filha da mãe. Novos rosnados surgiram em resposta. Definitivamente haviam escutado o som, mas não sabiam de onde viera. Como uma trouxa de roupas sujas de mijo, resultado dos pesadelos de algum menino chorão, arrastou-se até invadir a sala e poder girar a tranca, o clique da chave sendo seu grito de vitória.

Encostado contra ela, respirou fundo várias vezes. Com dentes cerrados e músculos tesos, observou. Estava em um escritório. Entre continuar escondido ou procurar a pessoa, optou pela segunda. Ir pelo elevador não era uma alternativa; não voltaria àquele saguão por nada. O jeito era encarar as escadas. Curvado, se esgueirou pelo corredor ao lado, mas assim que chegou ao primeiro degrau um vulto cambaleante desceu em sua direção. Ligeiro, disparou pelo restaurante e, sem conseguir improvisar um esconderijo, continuou pela cozinha. Outra figura vagava por ali. Oliver se escondeu atrás de um armário, torcendo para não ser visto pela mulher de avental branco manchado de sangue e arcada dentária exposta como a criação de algum artista apaixonado pelo grotesco. Sua bochecha parecia ter sido arrancada de modo violento, dela o sangue escorria incessante, como se não houvesse fim. Grunhia, uma velha demônia reclamando de dores.

Ajoelhado, Oliver foi de rastos pela lateral, quase sendo descoberto. Após o sufoco, alcançou o corredor que levava aos fundos. Continuou até a porta, bem perto do chão, e a empurrou. Não pôde evitar o rangido, o que chamou a atenção da infeliz. Ela investiu aos berros.

As mãos buscaram um apoio na parede lisa, em vão; ainda assim, Oliver se ergueu num pulo e bateu a porta, correndo pela área aberta e descendo a rampa ao lado, ouvindo-a se aproximar. Chegando a um local com pouca iluminação, avistou um cômodo adiante, que se destacava pela luz que provinha dele. Disparou até lá e se escondeu atrás de um varal com lençóis pendurados.

Respiração contida, ouviu um som estalar; era como se a mulher tivesse despejado um saquinho inteiro de Candy Boom[4] no fundo da garganta. Com os membros retesados, brincou de ser estátua. A sombra de andar alquebrado deslizava pelo lençol; lembrou-se daquela brincadeira de formar figuras usando as mãos em frente à chama de uma vela no escuro.

À medida que o som se distanciava, Oliver se sentou sobre uma pilha de panos dobrados. A respiração normal foi retomada aos poucos. Encontrou um ferro de passar ao lado. Pegou-o e, como um urso de pelúcia na hora de dormir, abraçou-o. Sentiu as pálpebras pesarem e, embora cansado, jurou para si mesmo que não dormiria.

Um som o despertou.

De olhos arregalados, viu o lençol que o ocultava se movimentar sutilmente. Em seguida, gemidos atormentados. Meticuloso, enrolou o fio do ferro de passar ao redor do antebraço direito e com firmeza agarrou o cabo.

A defesa nem sempre é o melhor ataque, pensou.

Respirando fundo, renunciou à segurança dos lençóis e investiu contra o monstro.

4 Doce que fez muito sucesso entre as crianças do fim da década de 1990. Era composto por um pirulito dentro de um saquinho que continha uma quantidade de cristais de açúcar, os quais mantinham aprisionadas em seu interior pequenas bolhas de gás carbônico. Em contato com a saliva, o açúcar começava a se dissolver e as bolhas de gás eram liberadas, provocando pequenos estalos.

Capítulo 6 – Hora da faxina

Diante da porta de vidro do prédio na rua principal, o cabo do canivete escorrega sob meus dedos suados enquanto o gume força entrada na fechadura. O sol está a pino; o calor é de rachar. O sovaco de minha camiseta gruda na pele, fedendo a cecê. Desde que deixei a casa do louco Moisés não consegui parar para me limpar. Quando se está correndo pela vida, a última coisa em que você pensa é desodorante. Talvez seja até bom feder um pouco; um aroma agradável seria facilmente detectado em meio ao odor dominante de carniça.

Evito fazer qualquer som que os atraia. Encontrar sobreviventes se tornou um evento raro. No entanto, esses zumbis, são dez em cada esquina. Meu peito chega a doer de tantos sustos colecionados ao longo da fuga pelas ruas de Jaboticabal. Não entendo como as crises de asma não voltaram após tantos quilômetros percorridos. Devo estar mesmo curado.

Através da vidraça – ignorando meu reflexo, um garoto cansado até a raiz dos cabelos – vejo o saguão vazio. Aos pés da mesa de madeira da portaria há um monte de papéis espalhados. Apesar da poeira, consigo distingui-los. São panfletos feitos de material barato. Obviamente não consigo ler o que dizem, mas a imagem impressa de Jesus Cristo em tons de preto, branco e cinza estende as mãos, duas cicatrizes profundas nas palmas, como se dissesse "Olha o que eu fiz por você, seu idiota! É assim que me agradece?". Trata-se de um prédio religioso, gerenciado por padres e mantido por funcionários públicos. Abriga em algum dos andares, não me recordo qual, um estúdio de rádio. Já estive aqui antes.

Concentrado na tentativa de arrombar a entrada, não percebo uma dupla vagando adiante. Geralmente são histéricos como demônios dando as boas-vindas aos novos hóspedes trazidos por um barqueiro sobrenatural, mas quando não estão caçando são sorrateiros como sombras velhacas. Por um brevíssimo instante o metal da lâmina bate no vidro, emitindo um barulho mínimo, mas suficiente para chamar a atenção dos desgraçados. Devem ter audição aguçada, essas pragas.

Assim que os gritos infernais escapam de suas bocas, eu, pensando mais rápido do que de costume, pego a bicicleta caída na guia da calçada pelo guidão grudento (nem quero saber com o quê) e, num giro do corpo tão forte que sinto os rins doerem, a arremesso contra a vidraça. A chuva de estilhaços explode num clarão, o sol refletido nos cacos brilhando com uma intensidade cegante. O som faz surgir outro, mais assustador. Dezenas de berros. Centenas talvez, uns distantes, outros mais próximos. Parecem se multiplicar a cada maldito segundo.

Entro pelo rombo de moldura dentada, as laterais com pontiagudas lanças prestes a rasgar a carne dos incautos. Sinto os cacos fragmentados sob o coturno. Um estúpido escorregão sobre os Jesuses Cristos não me desanima; o que me dá gás para correr são os gritos coléricos irrompendo.

A primeira parte do plano é executada com perfeição: chamar o elevador ao lado da mesa com uma sucessão de cliques contínuos. Lanço um breve olhar à porta antes de voltar a correr, uma aglomeração de pelo menos sete indivíduos espremendo-se para entrar. Seguindo pelo lado contrário, alcanço o fim do corredor e chego a outra porta, esta de ferro, do tipo de subir e descer. O ponto é bem menos iluminado do que por onde entrei, mas não o bastante para que eu possa me esconder. Vendo-os se aproximando, escalo a grade que leva ao nível superior do saguão, pouco mais de um metro e meio em relação ao inferior. Esticam as mãos em minha direção, implorando por um pedaço de mim. "Deixe-me comê-lo. Alimente-me". É a única legenda que idealizo para a cena que segue.

A corrida me leva ao outro extremo, passando por um curto lance de escadas e chegando à porta que leva à saída de emergência. Puxo a maçaneta e constato que está como imaginei: trancada. Tento arrombá-la, mas ela é forte. Menos mau; se meu plano continuar funcionando, espero mesmo que ela resista a tentativas de invasão. Um apito ecoa; o elevador chegou.

Volto até o topo da escadaria e chamo atenção de meus perseguidores. Não é uma tarefa muito difícil. Na verdade nem precisaria gritar; eles sobem em minha direção, rápidos como um ataque cardíaco. Espero por angustiantes segundos, tempo suficiente para que quase me alcancem. No instante derradeiro, disparo de volta e salto sobre a grade com um *kash vault*[5]. Meus pés doem quando se chocam com o piso inferior; o movimento foi executado de maneira pobre. Melhor não vacilar novamente. Um tornozelo torcido é a última coisa de que preciso.

Ainda vejo mais zumbis invadindo antes de puxar a porta de madeira, antiga mas conservada, e empurrar a de metal, que me dá passagem ao elevador. O rangido vem lento, mas a tempo de evitar mais ocupantes além de mim na caixa de metal. A imagem do saguão sendo dominado por uma multidão, que assisto por um estreito visor de vidro, some e dá vez ao concreto descascado do túnel.

O oxigênio volta aos meus pulmões aos poucos, o peito doendo, como se fosse um tambor que acabou de ser socado por milhares de punhos furiosos. Em fugas assim não dá nem para respirar direito. Pior; lacrado no diminuto, silencioso espaço, me sinto em um forno. O suor desliza pelo meu rosto e passa por meus lábios, proporcionando um discreto gostinho salgado.

Quando o marcador do terceiro andar se ilumina com uma luz vermelha, o mesmo apito que soou no saguão se repete. Após constatar pelo visor que é seguro sair, empurro a porta lentamente. Com metade do corpo para fora, observo o estreito e iluminado corredor.

Posso não ver, mas sinto que há alguém comigo.

– Me solta, monstro!

Monstro?

– Calma, cara. Eu sou normal – digo, me esforçando para parecer menos hostil.

O garoto me examina fundo nos olhos. O medo está estampado em sua face, totalmente na defensiva. Apenas quando tenho certeza de que não levarei uma ferrada na cabeça, o solto.

– Desculpa. Foi mal. É que uns loucos me atacaram. Achei que...

– Eu entendo, relaxa. Sei o que tá acontecendo – digo, e me levanto com dificuldade, pensando no que me acontecera havia pouco. Meu coração bate forte demais, como se estivesse cansado de estar sob o meu peito e quisesse sair e partir em busca de outro mais tranquilo.

---

5 Salto transpassado. Geralmente o traceur vem correndo e salta sobre o obstáculo. No momento em que está sobre o obstáculo (uma grade, um muro baixo etc), ele impulsiona seu corpo para cima para que seus pés passem por entre os braços. Para isso, o traceur sobe um pouco no ar antes de passar as pernas. Então, ele empurra o obstáculo para continuar sua corrida.

– E o que está acontecendo?

A pergunta de um milhão. O que está acontecendo? Desde o dia em que acordei sobre aquela pilha de lixo me pergunto a mesma coisa. Tento encontrar as palavras certas.

– Há algum tipo de vírus infectando as pessoas e as deixando violentas. Não violentas como adolescentes bêbados brigando por um rabo de saia. Pior. É como se virassem canibais.

– Não é ficção demais?

A pergunta não carrega uma entonação incrédula por completo. Vacila, quase como se não fosse uma pergunta de fato, mas uma constatação de algo que já viu e que não quer acreditar.

– Se for ficção, não sou eu o roteirista. Não sei de onde essa merda surgiu. Na verdade, não sei de muita coisa, e duvido que alguém saiba muito mais. Tenho convivido com isso há semanas e...

– Semanas? Como assim? – pergunta. – Isso começou hoje.

– Longa história.

Suspiro. O silêncio novamente toma conta. Por um momento nos encaramos; seu olhar é confuso, buscando alguma possível resposta oculta em meu rosto. Como eu disse, não há resposta.

– Vamos voltar para os outros.

– Que outros? – Uma estampa de desconfiança invade seu rosto.

– Outros *sobreviventes*. Cara, relaxa. Tenta não deixar o medo te dominar, senão nem precisa correr muito.

Antes que sintam minha falta (se já não sentiram) e venham me procurar, vou em direção à porta, a fim de voltar à cozinha.

– Espera. Se você está normal, o que foi aquilo que eu vi?

Antes de responder, respiro fundo. Contraio os lábios, uma menção de não saber qual palavra proferir primeiro, e tento simular uma expressão confiável. Melhor começar com um aperto de mãos do que com o dedo do meio.

– Qual seu nome?

– Oliver.

– O meu é Tiago, e te peço, Oliver, por favor: não conte a ninguém sobre o que aconteceu. – Ele me fita sem piscar. – Há muito o que explicar, eu sei, mas ainda não tenho essa resposta. Pode confiar em mim da mesma maneira que vou confiar em você. Ok?

Mais rápido do que imaginei, sua expressão passa para algo menos defensivo.

– Ok, Tiago – responde, num sorriso. Não um sorriso radiante, como se tivesse acabado de receber dos pais a notícia de que está indo para a Disney; algo mais contido, cúmplice. – Será nosso segredo.

Quando quebramos na esquina, prestes a entrar pelo corredor de onde vim, esbarro em Daniela.

– Onde você estava? – Há restos de chocolate em seu lábio inferior. Ela leva alguns instantes para notar o garoto. Confusa, pergunta: – Quem é esse?

– Oliver. – Ele mesmo se apresenta.

De baixo a cima Daniela o examina, mas logo o ignora para retomar a bronca.

– O que você tá pensando, Tiago? Sumindo assim sem avisar? Fiquei preocupada, meu.

– Dani, não enche.

Sem pedir licença, passo batido e esbarro em seu ombro. Oliver me alcança e pergunta em um sussurro:

– Namorada sua?

– Bem que ela gostaria.

Sinto o olhar de Daniela cutucando minhas costas.

Nossa chegada atrai atenção geral na cozinha. Sobrancelhas se franzem devido ao novo integrante do grupo. Sinto-me nu diante de tantos olhares.

– Onde você estava, Tiago? – O vozeirão de Victor é como um trovão.

– Pessoas mijam, sabia?

– Poderia ter avisado, moleque. – Mesmo não combinando de fala mansa, Pooh tenta.

– Acho que eu consigo balançar sozinho – digo, deixando claro que não vou tolerar tons de babá para cima de mim.

– Quem é você? – Lizzy é a primeira a se manifestar quanto ao novo integrante.

– Meu nome é Oliver Sara...

– É hóspede? – Victor o interrompe.

– Não. Cheguei aqui enquanto fugia deles, dos...

– Nós sabemos de quem, pirralho. – É Conrado quem interrompe agora. Encostado em uma bancada, vira uma garrafa de champagne no gargalo enquanto segura um cigarro aceso na outra mão. Espero que não se aproxime de mim. Sou alérgico a cigarro.

– De onde você veio? – continua Victor, após lançar um olhar severo a Conrado.

– Do aeroporto. Meus pais me deixaram lá. Eu estava prestes a deixar o Brasil, ia para o Texas, mas as pessoas começaram a se atacar e não vi alternativa senão fugir. Foi muito rápido.

– Que lindo. O sonho americano se foi – diz Conrado, mais para si mesmo.

– Você me recorda alguém. – Victor parece desconfiado. Não entendo o motivo. – O aeroporto é longe. Como veio parar aqui?

– De carro.

– Quantos anos você tem? – pergunta Lizzy.

– Dezessete, quase dezoito.

– Onde você o encontrou, Tiago? – pergunta Daniela, sem nem ao menos olhar em sua direção.

– Na lavanderia. Nós... – Numa pausa quase imperceptível mudo o rumo da frase. – Ele estava escondido lá. Meu Deus! Por que o interrogatório?

– Dezessete anos, dirigindo em alta velocidade, sobrevivendo sozinho a essa merda toda – diz Conrado, balançando a garrafa esverdeada. – Era tudo o que precisávamos. Mais um filhinho de papai metido a super-herói. – Dando outro gole na bebida, emite um som que de longe se assemelha a uma risada. – Você vai nos salvar, Robin?

Oliver lança-me um olhar de socorro.

– Ignore – respondo. – Ele é o comediante do grupo.

– Só se esquece de ser engraçado – diz Pooh, sério.

O comentário rouba uma careta divertida de Oliver. Conrado também faz careta, mas nem de longe divertida. Sinto que ainda tenta responder, mas se mantém calado. Pode ser um otário, mas é um otário que não quer encarar uma montanha de músculos.

– Ótimo. O negócio é o seguinte, pessoal – Victor diz, depois de sustentar um demorado contato visual com Oliver. Estranho. – Nossa única alternativa, levando em consideração a quantidade de infectados lá fora, é permanecer neste hotel. Precisamos lacrar todas as entradas e exterminar os que restam aqui dentro. Para isso precisamos que todos ajudem.

– Hulk esmaga, certo? – diz Conrado. – Boa sorte na empreitada. E vamos nos trancafiar aqui até quando?

– Até conseguirmos entrar em contato com alguns colegas que virão nos buscar.

– Colegas? – Oliver pergunta. – Vocês não acham que o governo vai enviar resgate?

– Melhor não se animar muito. – Victor joga o balde de água fria. – Como eu disse, tornaremos este hotel uma fortaleza. Mas antes...

Victor se aproxima de Yulia e estende a mão. Sinceramente, é quase cômico um gigante como ele se comportar como um cavalheiro; ainda mais estranho quando Yulia aceita a gentileza, hesitando por um instante. Guiando-a até o armário que serviu de refúgio para Pooh e Conrado, abre a porta e faz sinal para que ela entre.

– Melhor que fique aqui e proteja o bebê. – E se vira. – Vocês três também.

Refere-se a Dani, Oliver e eu. Sem questionar, Daniela rapidamente entra na despensa. Oliver me olha mais uma vez, como se esperasse minha permissão, e a acompanha. Erguendo um pouco o rosto encaro Victor; depois sigo até o estreito cômodo. Consigo ver a expressão indignada de Conrado, que só para de bater a garrafa contra a bancada no momento em que a porta começa a ser fechada.

– Quanto ao resto, vamos.

Um chute certeiro de Pooh e a porta da cozinha foi escancarada. Os sete ou oito infectados que vagavam pelo restaurante olharam quase que ao mesmo tempo para a origem do barulho, guinchando como hienas famintas, seus gritos estridentes. Pooh, Lizzy e Carla tomaram a dianteira assim que os viram avançando por sobre as mesas. A fúria os cegava. Tudo que não fosse feito de carne desaparecia no momento em que viam outro humano ainda são. Nada os detinha, salvo os disparos contados das armas dos agentes, cautelosos para não perder nenhuma bala em vão. Diferente de antes, agora procuravam acertar as cabeças; queriam evitar atrair muitos outros pela gritaria excessiva. Esguichos de sangue mancharam as toalhas de mesa de fino trato, intocadas, esperando um jantar – caro demais – que nunca viria. Taças se espatifaram no piso laminado, provocando sons que machucavam os tímpanos. Poucos segundos e nenhum infectado restara de pé.

Pooh e Victor tomaram a frente no corredor seguinte, atentos ao mínimo ruído. Lizzy e Carla cobriam a retaguarda, esperando ataques furtivos pelas costas. Pablo, Conrado e David iam no meio. Conrado não estava gostando nada daquilo.

– Não tem cabimento essa palhaçada – resmungava ele, a voz

baixa. Era um imbecil, mas não burro. – Por que não me deixaram na despensa?

– A gente precisava de uma isca – disse Carla, dardejando uma piscadela para ele, a arma engatilhada.

Lizzy o olhou de relance, constatando que ele não havia apreciado a piada. Conrado suava frio. Em seus olhos havia um misto de mau humor e medo. Corriam de um lado para o outro, como os olhos de um animal traiçoeiro acuado.

Thor os acompanhava e parecia entender o que estava acontecendo; andava tão calmamente quanto eles, as orelhas sempre alertas.

– Estamos quase chegando – avisou David, a camisa suada grudada na pele.

Dispostos a chegar de uma vez ao destino final, as portas laterais que davam acesso ao saguão principal, atravessaram o extenso corredor. Derrubaram alguns infectados com tiros certeiros na cabeça. Talvez quinze, não contaram.

A primeira porta, felizmente ainda trancada, foi alcançada. Escoltado por Pooh, David tremia na tentativa de encaixar a chave certa na fechadura. O barulho do metal chamou atenção do outro lado, inicialmente atraindo alguns rosnados e, não muito depois, socadas. O clique foi imperceptível em meio à gritaria.

– Eles não vão derrubar esta porta – disse David, enxugando as mãos na calça. – Pode não parecer, mas a madeira aqui é resistente.

– Quão resistente? – perguntou Lizzy.

– Bastante. O prédio é velho, mas pelo menos a qualidade do material da construção é dos melhores.

– Mesmo contra a força de muita gente reunida?

– Não sei. Acredito que sim – respondeu David, sem muita convicção.

– Por via das dúvidas... – Pooh chamou Victor e a dupla arrastou alguns móveis, formando uma barricada. Antes, porém, Pooh travou o girar da maçaneta com o encosto de uma cadeira. Passariam por ali apenas se a porta fosse ao chão.

Refizeram os passos até o outro corredor, derrubando alguns infectados no caminho, e repetiram o procedimento, lacrando a segunda passagem.

– Vamos nos dividir para terminar mais rápido – Victor disse. Em seguida, se dirigiu a David. – Há acesso fácil de um andar para outro senão pelo elevador?

– Claro. As escadas.

– Perguntei se as escadas são de fácil acesso ou se têm portas.

– Ah! Têm portas, sim.

– Quantos andares existem aqui?

– Quatorze.

– É gente pra burro – disse Pablo, engolindo em seco.

– Não precisaremos do hotel inteiro – continuou Victor, como se não tivesse escutado o comentário. – Como tivemos que destruir a porta do quarto andar, lacraremos a passagem para o quinto. Há espaço suficiente para todos, e nem sabemos quanto tempo ficaremos aqui. Você vem conosco. – Victor gesticulou para que Pablo o acompanhasse juntamente a Lizzy. Depois apontou para David. – Você vai com os outros. Limpem os andares inferiores para que possamos descer. Quando terminarmos, voltaremos ao térreo e você sinalizará todas as entradas para que possamos tornar este lugar seguro. Por ora.

– Tentem não morrer – Lizzy disse, direcionando o olhar a Pooh.

– Belo conselho – ironizou Conrado.

– Não falei com você – continuou ela. – Pode morrer à vontade.

Ninguém riu. A tensão estava à flor da pele.

Pooh tomou para si a responsabilidade de derrubar a maior parte dos infectados. De início, LC manteve uma postura defensiva, mas se "soltou" após estourar uma dezena de cabeças.

– Você acha que é uma boa ideia essa do Victor, nêga? – cochichou para Carla, estampando uma indecifrável satisfação em seu rosto. Quem poderia estar satisfeito em um prédio tomado por assassinos?

– Boa ou não, tu sabe que precisamos ficar com ele – respondeu ela, quase sussurrando. LC só entendeu porque acompanhou o movimento dos lábios carnudos. – Ainda mais agora.

A dupla parecia evitar que Pooh ou qualquer um dos outros escutasse o teor da conversa. O grandalhão se mantinha concentrado, pronto para quem ou o que viesse. Sucessivamente abria as portas ao longo do trajeto, mas não apareceu vivalma.

– Quem estava aqui deve ter fugido – David comentou, encostado no umbral de um quarto e olhando fixamente o lençol manchado.

– Mais provável que tenha ido em busca de vítimas – Pooh acrescentou. Num girar dos olhos, focalizou Conrado. – Você: olhos atentos.

Conrado mantinha sua arma, não mais secreta, preparada. Pooh se aproximou dele, como se fosse contar um segredo.

– Não sei se você percebeu a gravidade da situação, camarada, mas estamos na merda. Talvez não se recorde, mas sair atirando como maluco os atraiu. Certo?

O quarentão o encarava calado. Quem cala consente.

– Espero que não se repita. Sugiro que guarde essa arma, ou eu mesmo faço isso.

– E vou me defender como?

Antes que terminasse a frase, Pooh puxou uma grande faca da bota e a aproximou a uma distância desconfortável do rosto de Conrado.

– Guarde a arma.

Intimidado e em desvantagem, Conrado não viu alternativa senão obedecer. Pensou que seus dias estavam contados, que encontrara seu algoz. A lâmina girou rápido e mudou de lado com o cabo.

– Use-a sabiamente.

Não era o mesmo que apertar um gatilho, mas era melhor que nada. Precisava apenas manter a calma. Conrado aceitou a arma branca e imaginou alguns possíveis acidentes – com os outros – caso fosse necessário.

– Atrás de você!

Lizzy alertou Victor, dando tempo para que, com um tiro, ele evitasse o ataque de um infectado que saíra de um dos quartos. Guinchavam como demoniozinhos sendo pisoteados. Se pisotear resolvesse seria bom; desse modo, não seria necessário gastar cartuchos inteiros de munição para exterminá-los. Em certos momentos era difícil lembrar que eles, na verdade, eram humanos. A humanidade fugira de seus olhos, de sua essência. Não havia restado nada.

Mais dois surgiram de outro quarto. Pablo se manteve atrás de Lizzy. Os tiros certeiros da loira o fizeram relaxar um pouco. Bem pouco.

– Vic, acha que tem mais algum nesse andar?

– Provavelmente. Pablo, é com você.

Seguido por Thor, Pablo arrastou alguns móveis até a escada que dava acesso ao andar superior e os empilhou. Victor e Lizzy se mantiveram como estátuas, as armas em punho, os olhos vigilantes. Tensos minutos se passaram no vaivém de cadeiras, criados-mudos e afins. O

estreito espaço se tornara intransitável. A porta havia sido arrebentada por Victor na noite anterior, por pura necessidade, então as dobradiças não mais exibiam seu formato original. Tampouco era possível trancá-la. O bloqueio faria bem seu papel e a fechadura trancada (David entregara as chaves a Pablo) evitaria que invadissem. Contanto que adotassem a lei do silêncio, não seria mais tão perigoso.

Postados em fileira, observavam silenciosamente o extenso corredor do primeiro andar. Conseguiam ouvir os gritos repentinamente interrompidos nos andares superiores.

– A festa deve tá boa lá em cima, hein – comentou Carla.

Pooh deu o primeiro passo após resmungar um "humpf" ao comentário. Quando concentrado, parecia em transe. As sobrancelhas grossas e cerradas combinavam com seus olhos sempre atentos. Suor deslizava pela testa de pele bronzeada, passando pela cicatriz em seu supercílio esquerdo e quase alcançando o olho, não fosse a mão direita esfregar o cenho.

Carla e LC observaram Ivan seguir pelo corredor e parar diante de um quarto. A luz emitida do aposento o iluminava de uma forma que enfatizava seus músculos sob a camisa justa.

Um guincho. Pooh levantou a arma e mirou. Um tiro. Pooh entrou no quarto. David o seguiu. Conrado permaneceu no meio do corredor, indeciso se ia atrás do grandalhão rabugento ou se permanecia ali com a mulata e o loiro. Quando deu indícios de que ficaria esperando próximo a uma janela escancarada, a faca chacoalhando na mão, Carla e LC seguiram pelo lado contrário.

Assim que chegaram à esquina, avistaram uma mulher rastejando pelo carpete. Suas pernas haviam sido separadas do corpo; restava apenas a coxa da perna direita e pouco mais do joelho da esquerda. Nua, exibia várias partes arrancadas a mordidas. A trilha de sangue, saindo de um quarto próximo, desenhava o trajeto.

– Espera – LC disse, assim que Carla mirou em direção à infectada.

Sob o olhar curioso da parceira, ele caminhou com cautela até a mulher. Assim que percebeu sua presença, ela girou inesperadamente. Os dedos se agarravam ao carpete como garras. Ela arreganhou os dentes em uma careta demoníaca, um animal aleijado, mas ainda letal, prestes a dar o bote.

– A bicha é braba – disse LC em tom descontraído.

– O que tu vai fazer? – perguntou Carla, cabreira.

– Calma, nêga. – Ele se aproximou. – Só quero... – desviou de suas mãos – ver... – agarrou-a pelos cabelos – se eles... – a arrastou de volta ao quarto – conseguem... – levou-a até o banheiro – respirar... – constatou que a banheira estava cheia – debaixo... – e a jogou lá dentro– d'água.

Pelos longos e encaracolados cabelos castanhos, grossas mechas emplastadas de sangue, LC forçou a cabeça dela para o fundo da banheira. Completamente enfurecida, ela se debatia. Não entendiam se ela estava tentando atacar ou se salvar.

– O que cê tá fazendo, maluco? – Carla assistia, incrédula.

– Descobrindo se essas desgraças estão vivas ou mortas.

LC se comportava como uma criança em sua cruel ingenuidade infantil ao brincar de afogar gatinhos na privada. Seus olhos brilhavam enquanto o chão era ensopado.

– Se ela morrer afogada é porque respira. Portanto, está vi...

Um único descuido foi o que bastou. A infectada girou o corpo de modo que fez LC escorregar e cair dentro da banheira, afundando na água turva.

– LC! – gritou Carla. Tentou mirar, mas era impossível. Devido à violenta briga em meio aos esguichos de água que espirravam por todo o banheiro, não conseguiu distinguir quem era LC e quem era a infectada, seus gritos se misturando.

Ele a segurava pelo pescoço, impedindo-a de aproximar os dentes infectados de seu rosto. Era, de fato, uma brincadeira mortal.

– Atira – gritava ele, sua voz entrecortada pela água enchendo sua boca. A louca se debatia, esforçando-se para cravar-lhe a mandíbula assassina. – Atira!

– Não consigo mirar, porra!

Numa última e desesperada tentativa de se salvar, LC forçou o pé contra o estômago da insana criatura e a empurrou, fazendo-a bater as costas contra a borda da banheira. Levantando-se o mais rápido que pôde, ele se distraiu, sem perceber o ataque seguinte. Dedos retorcidos se enroscaram em seu cabelo.

– Ela vai te morder! – gritou Carla.

Capítulo 7 - Falsas esperanças

Sangue e miolos pintaram no azulejo branco algo próximo a Núcleo de Expansão[6]. Uma grande poça de água escurecida banhava o piso, chegando à sola da bota de Pooh, imóvel ao lado de Carla.

LC estava com os olhos tão arregalados que poderiam pular das órbitas. O susto o deixara pálido como um lençol – não seria surpresa se a parte de baixo das roupas estivesse marrom.

Desvencilhando-se do corpo molengo e se atirando para fora da banheira, caiu sentado no chão.

– Porra. Irmão, essa foi por pouco. Se você não chega... Ei!

O orifício da submetralhadora de Pooh estava a menos de um centímetro de seu rosto. LC emudeceu. Uma veia saltava na têmpora do grandalhão.

– Se quiser morrer, basta pedir e eu acabo com você agora, imbecil. – As palavras eram cuspidas entredentes. – Mas não coloque ninguém em risco com a sua imaturidade.

O silêncio se conservou por algum tempo. Carla olhava Pooh parado com a arma na cabeça de LC. Pooh encarava LC fundo nos olhos, possesso. LC via a burrada que fizera.

Mais nada a dizer, Ivan se virou e saiu do banheiro. LC se levantou devagar, envergonhado, enquanto Carla o fitava com ar de repreensão. Calados, o seguiram.

O cano da arma surgiu devagar pela fresta. Olhos castanhos brilharam pela fraca luz que atravessava o fino vão. Refletido nos olhos de Lizzy, o homem deitado sobre a cama ensanguentada gemia solitário.

---

6 Obra do pintor Iberê Camargo, de 1965.

– Pobre coitado – Lizzy sussurrou, comovida, ao se deparar com a falta dos membros do infectado, inferiores e superiores. Sobraram apenas um toco (o braço esquerdo ainda fazia parte de seu corpo, pendurado pelo rádio exposto) e os joelhos. Uma das pernas se encontrava abandonada no carpete, toda mordida. A violência dos ataques era irreal.

Por pior que fosse seu estado, a audição parecia intacta. Conseguira perceber o quase imperceptível rangido. Instintivamente girou a cabeça, olhos arregalados e furiosos. Num guincho, sangue escorreu pelo canto de sua boca escancarada. Ao esticar o braço em direção à agente, a parte pendurada balançou num movimento arrepiante.

– Que nojo.

Pablo fez uma careta enjoada, postado atrás de Lizzy. Voltando ao moribundo, Lizzy decidiu não gastar uma bala e se aproximou. Os lábios se contraíram quando ela afundou seu crânio com a base da arma. A misericórdia é cruel.

– Limpo – gritou ela, arrastando o corpo ao corredor e permitindo que Pablo trancasse o quarto.

– Nunca ficará limpo – disse Victor, recarregando a arma. – Olha pra isso. Quantos mais faltam?

Diante de seus olhos cansados jazia uma pilha de corpos que logo começaria a feder como o diabo. Um monte de defuntos baleados, despedaçados, infectados. A luz do ambiente, fraca, dava à cena um ar mais macabro do que o normal.

Um grito feminino ecoou. Os quatro se entreolharam. Um sobrevivente, talvez.

Lizzy foi a primeira a entrar pelo último quarto que restara, indo direto à janela que dava para a piscina do hotel.

Uma mulher em trajes de banho corria desesperada pela grama que cercava um dos lados da piscina. Seus longos cabelos loiros dançavam freneticamente ao compasso da perseguição. Dois homens em seu encalço. Um era robusto e usava apenas calção de banho. O outro era mais baixo, de camisa regata vermelha e sunga branca.

– Socorro!

– Caralho – Pablo gritou. – Ajudem ela, gente!

– Tá muito longe – disse Lizzy.

– Tenta, pelo menos!

Pablo acompanhava a fuga com olhos fixos. Ela tropeçou no próprio pé e caiu. Em vez de levantar, gritou mais alto.

– Atira! – Pablo berrou. Thor latia ao fundo.

Lizzy respirou fundo e mirou. Em questão de milésimos de segundos atirou. O infectado maior capotou, caindo de queixo no chão, permanecendo imóvel. Surpresa, a mulher olhou para cima. Ao vê-los, estendeu a mão.

– Socorro!

Em choque, esqueceu-se do outro.

– Corre! – gritou Pablo mais uma vez, acenando com os braços.

Era tarde. Os pedidos de socorro deram vez a gritos de dor. Suas pernas se debatiam sob o corpo do infectado, que a mordia na altura dos seios como se fosse um presunto. A força que empregava para arrancar um naco de carne era animalesco.

– Atira, Lizzy – pediu Pablo, a voz sem vigor

– Não dá mais tempo – ela disse, relaxando o braço.

Virando-se, saiu do quarto. Thor roçava o focinho na perna do dono, cabisbaixo.

Pablo sentiu os olhos úmidos. Uma faísca de ódio brilhou em seu olhar enquanto, lá embaixo, o assassino perdia o interesse pelo corpo já imóvel. Sem mais vida para ceifar, partiu em busca de algo; não saberia o que até encontrar.

– Será que *eles* estão vivos?

Oliver faz a pergunta na maior inocência, arrancando de Daniela uma expressão de pouco caso. Ela não pronunciou uma sílaba desde que nos deixaram ali.

– Espero que sim – respondo. Tento tranquilizar a todos, mas principalmente a mim. – Pra ser sincero, no começo achei que fossem...

Pela primeira vez fico encabulado em dizer a palavra.

– Zumbis. Ele achou que fossem zumbis – Daniela dispara antes que eu possa concluir, o tom de desdém em sua voz fazendo o sangue ferver em minhas têmporas.

– Tipo, como nos filmes? – Oliver pergunta.

– Parecidos – resolvo ignorá-la. Deve estar naqueles dias. – Sempre assisti a esse tipo de coisa, eram meus favoritos. Não dá pra negar que a situação lembra muito um filme de terror. Principalmente de zumbis.

Daniela balança a cabeça, uma expressão de birra no rosto. Pergunto-me o que a poderá estar irritando tanto.

– Entendo – diz Oliver. Daniela parece se arrepiar ao som da voz do garoto; instantaneamente ela abraça os joelhos e força as unhas contra as pernas. – Não é meu gênero favorito, mas sei como funcionam. Os mortos voltam à vida e se alimentam dos vivos, não é? É praticamente a mesma coisa. A diferença aqui é que, uma vez morto, morto para sempre. Muita gente caiu no aeroporto e não se levantou. Estavam feridas demais.

– Todos eles estão feridos demais – digo.

– Mas me refiro a ferimentos mortais. Tipo, pessoas que tiveram partes vitais comprometidas. Entende? Algumas têm maior resistência e até podem andar por aí por algum tempo, mas a perda de sangue não deixará que cheguem longe. Bom, é o que percebi.

– Pode ser.

Não consigo discordar. O medo talvez tenha me impedido de enxergar com clareza. Na verdade, nunca os analisei com calma; eu só corria.

– E seus amigos? Estarão vivos?

A pergunta me incomoda por dois motivos: primeiro, pelo termo "amigos", mas não me dou ao trabalho de corrigir, e, segundo, pela possibilidade de não estarem vivos. Todas aquelas armas podem nos ajudar um bocado. É estranho dizer, mas parecem ter sido treinados para o que está acontecendo – estão lidando até bem demais. Sei que posso me virar sozinho, mas ajuda nunca é demais.

– Espero que sim.

– Quais os nomes deles? – ele pergunta. Pode ser apenas impressão, mas parece tentar aparentar um desinteresse maior do que o real.

– Aquele que nos mandou ficar aqui é o Victor. Tem o Pooh, o com cicatriz no rosto, mas se chama Ivan. A Lizzy, Elizabeth, é a loira, que fica sempre com ele. Conrado é o engraçadinho de terno, grisalho. O outro, loiro, é o LC, e a, sei lá, namorada dele, Carla, a mulata. Tem a Yulia...

– Vai listar todos os hóspedes do hotel? – Daniela interrompe. Penso em mandá-la para um lugar específico, mas concluo que o clima já está tenso o bastante. Oliver lança uma careta e ergue os dedos, indicando que não preciso dizer mais nada.

– Tiago, tô com fome – Daniela reclama.

– E? Eu tenho cara de comida?

– Idiota – diz ela, franzindo a testa. – Você tá cheio de graça desde que... – E se cala.

– Desde quando?

– Esquece.

Os cabelos desgrenhados são ajeitados com algumas passadas de mão; em seguida, ela abre um minúsculo vão e vigia lá fora.

– A cozinha tá vazia. Vamos sair. Eu não aguento mais ficar trancada.

– Acho melhor esperarmos eles voltarem – digo.

– Tá dependendo de babá agora? – ela retruca. – Eu vou sair.

– O que você tem, garota? – pergunto, entre dentes. – Vamos esperar eles voltarem. E se algum infectado aparecer? Estamos desarmados, caramba.

– Eu acho melhor ficarmos aqui – diz Oliver.

– E eu acho melhor cada um fazer o que quiser da própria vida – diz ela, escancarando a porta.

Por descuido (ou pura burrice) Daniela não verificou por completo antes de nos expor. Um infectado estava do outro lado, vagando. Ao avistá-la, corre em nossa direção, derrubando uma pilha de panelas e provocando um estardalhaço.

– Daniela! – grito, puxando-a pelo braço.

Oliver bate a porta. Mesmo após girar a tranca interna, se mantém firme contra ela, enquanto o infectado se debate do outro lado.

– Viu? Eu avisei.

– Como eu ia saber, Tiago? – ela se desculpa, as bochechas vermelhas.

– Era só não abrir a porra dessa porta! – grito. – Tá cheio de comida aqui. Pra que sair?

Seus olhos se enchem de lágrimas. Com os lábios trêmulos, sussurra:

– Desculpa. Eu...

E cai no choro. O que ela tem? Será estresse pós-traumático? Não. Ela está passando por isso há tanto tempo quanto eu.

– Desculpa...

– Ok, relaxa – digo, tentando acalmá-la, mas sem um pingo de disposição para aguentar chororô. A porta não será arrombada, felizmente; parece daquelas de frigorífico.

Oliver evita olhar diretamente para ela. Na verdade me deparo com seus olhos fixos em mim várias vezes. Deve estar confuso com tudo isso – ou com medo, antecipando o momento em que o que aconteceu na lavanderia se repita.

Ao fundo, Yulia permanece abraçada ao bebê, que ela passou a chamar de Yerik, vasculhando as prateleiras. O pequeno resmunga, embalado em seus braços. Pelo modo como ela procura, está em busca de algo bem específico. Provavelmente algo para bebês.

Daniela continua quieta no seu canto.

Meus passos são abafados pela maciez do carpete. Pequenas nuvens de poeira levantam, acompanhando cada pisada. Sinto-me em uma paz vigiada à medida que o silêncio se torna nauseante. Adiante, sem aviso, uma figura se projeta de trás de uma porta, me roubando um pulo para trás. Reflexo felino. Sobrevivência.

– Que susto, porra.

O rapaz permanece calado mesmo diante de minha fuga iminente. Imóvel, me examina. Nas mãos traz uma vassoura de cabo vermelho, gasto. Seus olhos curiosos trazem um quê de bisbilhotice.

– Me desculpe, amigo – diz, deixando a defensiva. – Achei que fosse um dos invasores. Bem, você é um invasor, mas... Você entendeu.

A mão ainda no peito, retomo calmamente a respiração, mas mantenho um pé atrás, pronto para fugir se necessário.

– Tudo bem. Você tá sozinho aqui?

– Não. Tem mais gente. Vem comigo.

Chegamos a um pequeno escritório bagunçado, vazio, mas que aos poucos vai sendo reocupado. Um homem em roupas sociais sai de trás de uma porta mais ao fundo. Em seguida, duas mulheres o seguem, sombras fiéis. Uma mais velha; a outra mais negra.

– Quem é esse, Luciano?

A pergunta vem da segunda. Veste uma blusa amarela desbotada, calças largas de um azul marinho opaco, e tem cabelos negros, encaracolados e presos num rabo de cavalo cheio de fios desgrenhados.

– O causador do barulho. Podem ficar calmos. Ele é do bem.

– Qual seu nome, menino?

Desta vez é a senhora que se manifesta. Olhos azuis me observam dos pés à cabeça, preocupados. O cabelo curto e ruivo brilha sob o facho de sol que invade pela janela. O traje social dá a ela um ar mais sério, embora os olhos, duas pequenas lagoas em uma ilha de areias claras, minúsculos sulcos ao redor, transmitam serenidade, do tipo que te faz confiar sem pensar duas vezes.

– Tiago.

– Meu nome é Luciano, sou o porteiro do prédio – se apresenta meu anfitrião.

Tem minha altura, mas o corpo não é tão definido quanto o meu. O cabelo liso e castanho claro aponta para a esquerda, emoldurando um rosto amigável, que exibe um par de óculos de armação fina. Por fora da calça preta, a camisa social pende bastante amarrotada.

– Esta é a Carminha, secretária do padre Milton, logo ali – continua, se referindo à mais velha e ao homem alto e calado ao fundo. Nada de batina. O padre se veste de forma básica: camisa clara, calça de linho escura e sapatos marrons. Nem mesmo uma correntinha com crucifixo balançando como um pêndulo. – E ela é a Tuca, a chefe de limpeza.

– Que chefe de limpeza o quê, menino? – Tuca diz, como se tivesse sido ofendida. – Sou só eu limpando tudo aqui. Sou a faxineira.

Já os vi antes quando visitei o prédio em tempos menos hostis. Fui à rádio local, localizada, se não me engano, no andar acima deste. Não recordo o que fui fazer lá, mas lembro que fui.

– Há quanto tempo estão aqui?

– Alguns dias – responde Luciano. – Desde que essa loucura começou.

Carminha vai à janela e observa enquanto Luciano me conta como foram seus últimos dias. Tuca rapidamente tranca a porta por onde entramos.

– Estávamos saindo do prédio quando percebi a agitação na rua. Era um corre pra lá, corre pra cá, as pessoas gritando. Era muito sangue. Foi quando percebi que a coisa era séria. Tranquei a porta da entrada e corri até o elevador, e lá encontrei os três descendo. Contei o que estava acontecendo e ficamos parados na janela do segundo andar assistindo tudo. Era um pesadelo.

O padre se acomoda no sofá em minha frente, me olhando fundo nos olhos. Parece estar me estudando. Incomoda.

– Quando a polícia chegou, imaginei que tudo ficaria bem. Ledo engano; piorou. Os tiros derrubaram algumas pessoas e atraíram muitas mais. Parecia uma guerra, um jogo de pega-pega macabro. Não consigo descrever de outra maneira. Uma vez pego, quem era tocado trocava de time e ajudava a pegar outros.

Através dos óculos seus olhos se mantêm fixos nos meus, como projetores exibindo as cenas enquanto a narração sai pelos lábios finos. Quase consigo assistir à cena descrita como um filme.

– Tentamos descobrir algo pela TV, mas não funcionava. Todos os noticiários da região estavam fora do ar. A programação continuou normal por algum tempo, sabe, mas quando chegava a hora do jornal local, ficava sem transmissão. Daí apagou tudo. Nem TV aberta nem fechada nem nada.

Agora que ele mencionou, percebo que, com a correria, nem me lembrei de ver TV. Esse detalhe passou batido.

– O locutor da rádio, o Halley, tentou transmitir durante algum tempo, mas sem comunicação foi logo se cansando. Como se algo estivesse bloqueando o sinal. Nada saía ou entrava em Jaboticabal. Nos tornamos habitantes de uma cidade esquecida.

– E a comida?

– O Halley e eu saímos um dia e fomos até a lanchonete do outro lado da rua. Aproveitamos que não havia ninguém por perto. Tiago, foi por um triz. Tivemos que ficar lá metade da noite, com muita comida num saco. Não deu pra sair, pois eles apareceram. Acho que os atraímos pelo som. Ou pelo cheiro, não sei. Eles cercaram a lanchonete, mas conseguimos sair pelos fundos. Ainda fomos surpreendidos por um deles, mas Halley o derrubou. Sorte ele estar lá, porque eu não teria força pra brigar daquele jeito. Não sou de brigas. Meus músculos mais fortes estão aqui. – Ele bate três vezes com a ponta do indicador na têmpora direita. – Fomos seguidos até o elevador, mas conseguimos escapar.

– Mas a porta estava trancada.

– Ah, sim. Halley desceu no dia seguinte e a trancou novamente. Não podíamos facilitar.

Um murmúrio começa a ser entoado. Primeiro baixo, quase inaudível, mas então vai ganhando intensidade, tornando-se mais palpável. É o padre, resmungando. Seus lábios comprimidos tremulam palavras disformes.

– O senhor está bem?

Nossos olhos se encontram.

– O inferno...

Sem piscar.

– Invadiu...

Sem mover.

– A Terra.

As palavras formam uma frase louca, impossível. Inaceitável.

Ele está certo.

– Não liga pra ele. – Luciano pousa a mão direita sobre o ombro do idoso, que exibe uma expressão afetada, distante. – Depois que o Halley sumiu, ele ficou assim. – E mais baixinho, como um cochicho, mas tentando manter um tom respeitador: – Acho que pirou.

Numa conversa muda, olho no olho, eu sei que ele não está louco. Não completamente.

– E esse Halley? Sumiu como?

– Dois dias depois da nossa aventura na lanchonete ele continuou tentando se comunicar pela rádio, mas, como não conseguiu, acabou desistindo. Ficou muito abalado, estava claro. Não aguentava vê-las assustadas, acuadas. – Meneia a cabeça para as mulheres. – Engraçado que eu percebia nos olhos dele o mesmo que percebo em seus olhos. Vontade de ajudar. Compaixão. Eu sei, é duro querer ajudar quem precisa e não poder, não é?

Se você soubesse o que estou pensando, não diria isso, cara.

– Pediu que eu cuidasse deles enquanto buscava ajuda, e se foi. A última vez em que o vi foi há alguns dias. Três, se me lembro bem. É difícil contar os dias quando a mente está tão atolada em preocupações. Ele desceu pelo elevador e não voltou. Deve estar protegido em algum lugar.

Deve estar morto, isso sim.

– Ele vai voltar com ajuda. Tenho fé em Deus que vai – diz Carminha, sem tirar os olhos da rua. As mãos lisas, como mãos de moça, alisam o vidro embaçado pelo calor.

– Enfim – digo, levantando e sentindo o couro do sofá voltando a sua forma original. – Você pode me levar até a rádio?

Caminho até Carminha e sigo o olhar para onde ela parece tão entretida. A cada momento mais e mais zumbis chegam, atraídos pela algazarra provocada no saguão. Que aquela porta de emergência aguente, por favor.

– Não adianta, amigo. O Halley, que entendia tudo daquilo, não conseguiu.

– Não custa tentar mais uma vez. Tem algum compromisso marcado?

Ao lado de Carminha, assisto-os infestar a frente do prédio. Sabem que estamos ali.

Calados, tememos. Ela, por todos; eu, por mim.

As almas dos condenados eram libertadas de suas carcaças por balas, lâminas, pescoços quebrados e o que mais a criatividade de seus algozes pudesse criar. Mesmo diante dos canos quentes os infectados insistiam em atacar. A munição se tornava escassa, assim como o encontro com novos infectados. Subindo, Pooh era o que mais poupava; o fio de sua faca Bushcraft deslizava em golpes precisos. Descendo, Lizzy foi menos confiante, presenteando cada um com uma bala exclusiva.

Conrado tornou a tarefa de seu grupo mais desgastante com seus frequentes comentários infames. Esforçava-se para que se arrependessem de tê-lo obrigado a ajudar. Se era possível não sentir compaixão para com a situação, Conrado expressava sua opinião positivamente. Próximos, Carla e LC permaneceram juntos, cobrindo um ao outro. Após o incidente na banheira, LC procurou ser mais cuidadoso, derrubando os infectados de uma distância segura.

Pablo não disfarçou a ânsia, segurando o vômito. Thor nunca se aproximava deles; só fazia latir e rosnar. Cão que ladra não morde, é o que dizem. Pablo o vigiava, aflito. Devia tê-lo deixado na despensa, mas o cão nunca ficaria sem ele. Eram como pai e filho. Ao passar por uma porta semiaberta, notou um contorno sob a cama. Uma chupeta. Um calafrio percorreu seu corpo, os pelos dos braços se arrepiando. No peito, uma fagulha se acendeu, queimando, doendo. O peso de suas escolhas. Thor era como um filho, mas era o cão o responsável por mantê-lo (quase) sempre na linha. Seus olhos escuros possuíam uma sabedoria antiga, como se o julgassem. Uma voz surgiu no fundo do baú de suas lembranças, trazendo sensações boas e ruins ao mesmo tempo. *Você nunca será o pai do meu filho. Você não é um homem, é um covarde.*

Conforme o ponteiro do relógio avançava, implacável, e os grupos alcançavam sua meta, bolhas avermelhadas estouravam nas mãos dos faxineiros de perigo. Corações calejaram após testemunhar tamanha carnificina. O sol se punha; a tarefa estava quase concluída.

No encontro do segundo para o terceiro andar os grupos se cumprimentaram. Lizzy e Pooh se aproximaram, uma troca de olhares exaustos.

– Podemos considerar que a primeira parte foi bem sucedida. Todos estão bem – Victor se pronunciou.

– Primeira parte? Podemos dar uma pausa à salvação do mundo e voltar à cozinha? – disse Conrado, sarcástico. Nem o medo estampado em seus olhos o impedia de tentar ser engraçado.

– Não. Precisamos nos livrar dos corpos, ou dormir será impossível.

– A não ser que esteja acostumado com seu hálito. Não deve ser muito diferente – disse Lizzy, encarando o quarentão.

Antes que ele respondesse, Pooh continuou:

– Os moleques podem ajudar agora. Assim acabamos mais rápido. E precisamos de água.

Com a anuência de Victor, o grupo seguiu de volta, pés se arrastando pelos corredores, criando trilhas em meio aos demônios caídos. Cansados, imundos, mas ainda alerta.

Na cozinha, eles se depararam com um homem vagando diante da porta da despensa. Alheio à presença do grupo, dava estranhas sacudidelas com a cabeça, o pescoço estalando como se a mão de um fantasma o estivesse puxando até o limite, a fim de parti-lo, e o infectado lutasse para se manter firme. Um dos braços pendia ao lado do corpo, morto; o outro, guiado pela mão de dedos deformados, desenhava círculos abstratos no ar, o pulso girando de maneira anormal. Um fio espesso balançava de sua boca, ameaçando prender-se na camisa, mas continuando o repugnante movimento, como um bungee jumping para as bactérias da necrose se formando debaixo de sua língua.

Um único disparo e Victor acertou sua cabeça. O infeliz não viu de onde veio e nem para onde foi. A porta, de onde restos de miolos deslizavam, se abriu lentamente.

– Foram rápidos, hein. – Daniela não evitou o tom irônico.

A chuva continua fina, tímida.

O dia se manteve com esse chuvisco persistente. Sem som ou cor, apenas incessante. Ah, como era bom dormir ouvindo o som da chuva no telhado. Hoje, os gritos invadem os raros momentos de repouso sem pedir licença. A cada berro, um arrepio. Vozes de lamento, raiva, fome. Palavras sem nexo, mas com um significado claro: pedem nossa carne.

– Não aguento mais essa gritaria.

Daniela tampa os ouvidos com a cabeça abaixada. Desde que saímos do armário, há quase uma hora, ela se manteve calada. Viemos para este quarto no terceiro andar, trazendo o máximo de comida que conseguimos – e encontramos. A luz do dia se foi sem se despedir, deixando-nos à mercê da escuridão noturna. E a chuva.

– É melhor você comer e tentar esquecê-los por um momento – Pablo dá a dica a Dani. Mastiga com ferocidade um pedaço de pão. Ela hesita antes de levar as mãos em direção à fatia de bolo de creme, e hesita mais uma vez antes de levar o bolo à boca.

Lizzy e Pooh, sempre juntos, comem calados. Logo atrás, Victor se alimenta também. Parece um touro sentado, as sobrancelhas eternamente curvadas para baixo. Acho que ainda não o vi sorrir. Na verdade, acho que quase ninguém sorriu desde que nos conhecemos. Ou melhor, desde que fomos obrigados a nos manter juntos. Sorrisos. Quem sorriria em uma situação como essa?

O único que me lembro de ver sorrindo é Oliver. Um sorriso discreto. Há pouco o peguei me olhando. Estava tão perdido em meus pensamentos que me assustei ao me deparar com seus olhos observadores. Retribuí, com uma careta disfarçada de sorriso.

Após a rápida refeição, Victor pede atenção com um pigarro áspero.

– Vamos limpar o hotel. Tirar os corpos e jogá-los pra fora. Não dá pra ficar aqui se o cheiro começar a subir. Todos precisarão ajudar.

– E depois? – pergunta Carla.

– Primeiro as coisas primeiras – responde.

E está decidido.

David examina minuciosamente o térreo, certificando-se de que todas as passagens foram trancadas. As grandes portas de madeira que levam ao jardim não são exceção. Limpar lá fora não será tarefa fácil.

Subimos pelas escadas e encontramos a primeira pilha de corpos, um emaranhado de pés e mãos, de pernas e braços. Parece uma grande criatura morta, seus tentáculos formados pelos membros de suas vítimas. Sim, é o que são. Formam um único ser com a força de um exército do mal. Um membro infectado do demônio, arrancado do corpo e enviado à Terra. O cheiro é horrível. Não de podridão cadavérica; nem houve tempo para apodrecerem. É cheiro de merda e urina misturadas. Vejo suas bundas sujas, e não é apenas sangue. Nojento.

Puxamos os corpos até as janelas, erguendo barricadas de defuntos. Alguns montes chegam a alcançar os peitoris.

É desnecessário dizer que Conrado se recusa a ajudar. O

quarentão sumiu assim que começamos. Ninguém se importou. Antes não ajudando do que atrapalhando.

Yulia também não ajuda, mas por orientação de Victor. É preferível que ela continue cuidando de Yerik. Afinal, o bebê precisa de cuidados. Nunca banquei a babá, mas sinto que ele dará trabalho.

A tarefa não é das mais agradáveis. Sim, estamos tornando o hotel um lugar mais seguro, mas tocar nessas coisas imundas causa asco. Pablo vomita duas vezes. Na terceira não há mais nada em seu estômago para vomitar. Com todos os corpos novamente embolados, começamos a despachá-los pelas janelas. Atrevo-me a assistir os primeiros alcançando o solo, mas o som não é nada agradável; é como um saco de estrume caindo de uma carroça bem alta. Alguns infectados que vagavam por ali são atingidos, e o ato causa alvoroço na multidão. Cutucamos a colmeia com os corpos das próprias abelhas. Alguns percebem a movimentação no alto e estendem as mãos em uma vã tentativa de nos alcançar. São patéticos.

Meia hora mais tarde, paramos para nos refrescar com água trazida por Lizzy e Pooh. Ele tira a camisa encharcada, embora uma fria brisa noturna passeie pelos corredores. De costas, vejo marcas profundas em sua pele.

– Que cicatrizes são essas? – Oliver não é nada discreto.

– Ossos do ofício, moleque.

– Conta pra ele, Pooh – diz Lizzy. – Acredito que todos devem estar curiosos pra entender seu apelido.

– O que as marcas têm haver com o apelido? – Dani pergunta.

– Posso contar? – pergunta a loira.

O gigante apenas a olha, com cara de poucos amigos, mas sem objeção.

– Há alguns anos, viajamos a trabalho à Rússia. Nas montanhas de Palana, nos separamos.

– Estavam fazendo o que lá? – Oliver arregala os olhos, como uma criança que espera uma história cheia de aventuras antes de dormir.

– Sem muitos detalhes – diz Pooh, seco.

– Ivan desapareceu por alguns dias. Quando o encontramos, estava desfalecido na neve, ensanguentado, com grandes feridas nas costas. Assim que recobrou a consciência, descobrimos o que havia acontecido.

– O quê? – Oliver arregala os olhos.

– Acreditem ou não, ele foi atacado por um urso. Um kodiak.

– Mas ursos-de-kodiak habitam o Alasca, não a Rússia – corrige Oliver.

– Que seja – Pooh interrompe. – Era grande, tá certo?

– Pelas marcas era enorme. Ivan enfrentou um urso e saiu vivo.

– E como sabem que é verdade?

– Encontramos o urso logo adiante, com o maxilar deslocado e metade do crânio afundado com uma pedra. Melhor prova que essa...

– Daí surgiu o apelido do Ursinho Pooh? – pergunta Carla, debochando.

– Mataram a curiosidade? Ótimo. Espero que suas vidas sejam mais completas depois dessa história. Agora vamos trabalhar.

Pooh prende a camisa na parte de trás da calça e continua. Retomamos o trabalho após o relato um tanto difícil de acreditar. Mas o que é real hoje em dia?

Em uma fraca encenação de que estava com a bexiga cheia, Oliver apertou as pernas e entrou em um quarto, dirigindo-se ao banheiro. Aproveitou que a atenção geral estava voltada à limpeza. Do bolso sacou o celular e discou. Não demorou, e sua mãe atendeu.

– Oliver, meu amor. Onde você está?

– No hotel, mãe. Estou bem.

– Conseguiu encontrar quem eu disse?

– Encontrei.

Percebo como o tempo voou apenas quando ouço o ronco vindo do estômago. Um relógio em um quarto qualquer entrega: quase uma da manhã. Estão todos exaustos. Todos, exceto Conrado; sumiu a tarde inteira. Provavelmente está inventando novas piadas sem graça em algum canto. Meus braços doem de tanto puxar e erguer cadáveres.

De volta à cozinha, a maioria se deixa cair nas cadeiras, outros no chão – meu caso.

– Tô morto – diz Pablo, entornando uma garrafa d'água gelada na boca.

– Não mais que eles, brother – fala LC, agora Luiz Carlos. Descobrimos seu nome no meio da tarde.

Pablo engasga, num misto de riso desconcertado e tosse. Thor vem pulando, não sei se preocupado ou brincando com o dono.

– Caraca – pragueja Carla, bebendo limonada. – Tá chovendo ainda. Vai acabar afogando aquelas porras.

– Será que morrem afogados? – questiona Oliver.

– Pergunte ao LC – Pooh sugere. Mais tarde descobriríamos o motivo, quando Carla nos contasse sobre o acontecido na banheira. Mancada, hein, LC.

– Seria bom saber se respiram. Se estão, sei lá, vivos.

– Você acha que eles são o quê? – Pooh interrompe Pablo. – Mortos ambulantes? Mortos não andam, ou correm. Eles estão bem vivos, e, se vocês quiserem continuar, sejam espertos. Por mais que a situação pareça mentira, não é. É bem real.

Calados, mas com a boca cheia d'água, nos servimos na cozinha. Lembra muito aquelas filas de mendigos, esperando sua vez para conseguir um prato de sopa e um pedaço de pão sob a noite fria de uma metrópole. Sujos, suados e com o brilho da fome prestes a ser saciada nos olhos. Cada um prepara seu prato e segue para o restaurante.

Quando o hotel foi tomado devia ser hora do jantar; a cozinha é definitivamente o local mais cheiroso do mundo. Não me importa saber o que prepararam. Podia ser jiló: eu comeria. Para a felicidade de meu sofrido estômago, há cinco tipos de carne – e claro que pego um de cada. Por alguns momentos me permito esquecer a gritaria ao longe, como se a estivesse ouvindo sob protetores auriculares de qualidade duvidosa, e foco no grande, fundo e cheio prato. Não sou o único; todos comem com vontade, inclusive Yulia, parecendo menos retraída. Pablo tentou distraí-la diversas vezes. Ou a garota gostou, ou o achou um idiota. Parece ser um cara legal.

Por algum motivo a imagem da Santa Ceia me vem à cabeça. Todos se alimentando, tensos. Olhos baixos, lábios se movendo, mãos tremendo. Corações acelerados. Haverá um beijo de traição em algum momento?

Dois pares de olhos me observam sem parar. Oliver, insistente, e Daniela, sutil. Ele próximo, logo atrás; e ela mais afastada, solitária. Finjo não notar nenhum.

Lizzy liga a TV. Esperam novidades. Sei que não serão boas (não consigo evitar o pessimismo). O noticiário vai e vem sem avisar, trazendo notícia atrás de notícia. O pior é não informarem nada de relevante além da destruição de mais da metade da capital. As suposições variam. Dizem ser uma doença que os tornou insanos. Raiva humana. Um vírus desconhecido. Recém-liberado. Um tipo de Ebola. A nova peste negra. Uma gripe. Infecção. Há tantas denominações para o que está acontecendo que quase me esqueço do único e verdadeiro nome disso.

LAQUARTZ.

Afinal, o que fizeram? O que estão fazendo? E mais importante: Por que o fizeram? Qual a finalidade da destruição? Quanto mais tento me aproximar de uma explicação racional, mais longe me sinto da verdade.

"Desculpe pelo método que usamos para lhe trazer aqui, mas não podíamos perder a chance. Você caiu do céu, garoto."

A voz da velha Abigail brinca em minha cabeça, lançando-me em uma torrente de confusão.

"Você caiu do céu, Tiago."

– Tiago.

O chamado de Oliver me traz de volta ao presente.

– Oi – digo. Tento disfarçar a breve viagem interior.

– Esse papel é seu?

Olho na direção em que ele aponta. Um papel dobrado próximo aos meus pés. Deve ter caído quando me sentei. Inclinando-me, eu o recolho ainda dobrado e o guardo onde estava, sentindo algo esquecido no fundo do bolso. Uma seringa com um líquido roxo, denso. Por um momento sinto o metal frio daquela mesa onde acordei.

Repetindo a refeição, estripo um tipo de peixe quando Lizzy pede atenção:

– A munição está por um fio e acredito que não poderemos ir à esquina comprar mais. Economizar o pouco que temos, se eles continuarem lá fora, será fácil. Caso contrário, ou criamos asas, ou criamos balas. Como as duas alternativas estão automaticamente descartadas, sugiro darmos outra limpa no hotel, mas em busca de qualquer coisa que sirva como arma. Qualquer coisa.

– Tipo o quê? – Oliver pergunta.

A loira ergue um garfo de prata.

– Tipo isso.

– Um garfo?

– É, garoto. Um garfo. – Todos nos viramos na direção da voz.

Conrado está visivelmente alcoolizado. Uma garrafa de formato quadrado e vidro grosso balança em sua mão, apenas dois dedos do líquido dourado se agitando em seu interior. – Vamos bater os olhos dos malucos até virarem clara em neve – diz ele, rindo da própria piada.

– Tem ideia melhor, mané? – pergunta Carla.

– A única coisa eficaz contra esses doidos é isso. – E ergue sua arma.

– Armas nós temos.

– Não é só uma arma, gata. É uma pistola. Esta é a minha arma – diz ele, apalpando o pau. Alguns se entreolham, principalmente as mulheres. – Esta é minha pistola. Esta é para atirar e esta é para me divertir.

– Como eu dizia – continua Lizzy, ignorando suas piadas. – Se procurarmos e formos criativos, conseguiremos nos defender. Uma boa facada bem aqui – ela pressiona o dedo contra a lateral da cabeça, acima da orelha – ou, como o bebum ali sugeriu, nos olhos, poderá afastá-los, até derrubá-los.

Lizzy entrega o garfo a Yulia, puxa uma gaveta e espalha vários talheres pelo chão. Facas e garfos de prata de todos os tamanhos e formatos.

– A intenção é boa, mas não acredito ser o mais recomendado – digo. – Já derrubei mais infectados do que gostaria, e garanto que o melhor é se manter afastado. Claro, andem preparados para urgências, mas, acima de tudo, fiquem longe. Não é a melhor ideia se aproximar de seus dentes.

– Uma pergunta. – LC levanta a mão, como se estivesse pedindo licença ao professor para falar. – É preciso... Você sabe, acertar a cabeça? Como nos filmes.

– Cara, por algum tempo também acreditei nisso, e pelo mesmo motivo que você deve estar pensando. Se puder, acerte a cabeça, sim. Afinal, dificilmente uma pessoa sobrevive a um ferimento feio no cérebro. Mas não pense que vai derrubá-los apenas com o velho "tiro na cabeça". – Faço os ganchinhos com os indicadores e médios de ambas as mãos, flexionando-os. – Acerte a cabeça, o coração, as artérias. Eles morrerão de qualquer jeito. Se os considera zumbis, acerte a cabeça. Balas de prata e estacas no coração também darão conta do recado.

– Que papo de maluco. – Carla dispara um olhar descrente que vai de LC para mim.

Reunidos no corredor mal iluminado, nos aglomeramos para ouvir Victor.

– O melhor é que fiquem aqui. – Ele indica os quartos do primeiro andar. – Escolham onde querem dormir. Fiquem juntos, separados, mas próximos, e mantenham as portas trancadas. Ficaremos no andar de cima. Se porventura eles conseguirem entrar, nada de pânico. Basta ficarem trancados, de luzes apagadas. Daremos um jeito. E em hipótese alguma usem o elevador. David, pode vir conosco, por favor? Não temos o direito de exigir as chaves, mas será de grande ajuda se for fácil te encontrar com elas.

– Claro. É mais seguro dormir ao lado de um arsenal.

– E esse cachorro? – Conrado faz careta de nojo para Thor. – Vou ter que aguentar esse bicho latindo?

Pablo contrai o maxilar e uma veia salta em sua testa. Thor rosna.

– Se não quiser dormir com *ele*, apenas saia e durma lá fora com *eles*. Posso te ajudar a descer pela janela, basta pedir.

Conrado se cala diante do convite de Pooh.

O grupo se dispersa rápido demais, passos ansiosos buscando um pouco de privacidade. Não sei quanto a eles, mas ser forçado pelas circunstâncias a interagir com estranhos é uma tarefa cansativa. Antes de ir, Lizzy lança um último olhar para trás. Para mim. Boas noites sussurrados se espalham pelo corredor.

Conrado abre mais o paletó, deixando o peito à mostra e segue à penumbra.

– Espero não ouvir latidos ou choradeira. – E some em meio às sombras. Ouço o rangido de uma porta, depois uma chave trancando-a.

– Cara idiota, meu – diz Oliver. – Teremos que nos acostumar com isso?

– Uma missão impossível.

Pablo tenta descontrair, mas sua antipatia por Conrado é clara como o medo no ar. Thor não se afasta um instante.

– Vamos nessa, amigão – diz ele, estalando os dedos para o cão. – Gritem a qualquer sinal de problema. Valeu?

Antes de sair lança uma piscadela para Yulia, roubando dela um sorriso tímido.

– O bom é que será fácil dormir – falo, bocejando. – Aposto que não estou menos cansado do que vocês.

Daniela e Oliver se levantam ao mesmo tempo, como se tivessem combinado. Yulia assiste, calada.

– Tiago, posso...?

– Dani, não. Tô a fim de ficar sozinho. Conversamos amanhã, ok? – Mesmo que esteja querendo muito trocar uma ideia com ela, sinto a exaustão em cada centímetro do meu corpo.

– Boa noite.

Um aceno é minha resposta a Oliver. Assim que entro no quarto, Daniela passa como um foguete. Do outro lado, os passos calmos de Oliver. Yulia e eu fechamos as portas ao mesmo tempo.

Deitado, cerro os olhos e me concentro em não pensar em nada. O colchão é confortável como há muito não sinto, mas há um peso incômodo em minha mente, um alvoroço mudo que não me deixa em paz. Li em algum lugar que, para conseguir alcançar um estado de tranquilidade, é preciso imaginar a cor branca em toda parte. Uma infinita cúpula branca. É impossível. Por mais branco que me esforce em ver, o vermelho corrompe a meditação. Vem em pingos, espirros, manchas. É a cor dos meus dias, eu gostando ou não.

Apesar de meu branco estar tão capenga quanto as rosas plantadas por cartas de baralho equivocadas, minhas pálpebras não demoram a pesar. Ao longe, os berros de uma turba enfurecida fundem-se aos meus pesadelos.

Definitivamente Luciano estava certo. Se Halley, que entendia tudo daquilo, não conseguiu, por que eu conseguiria? Nunca tive contato com esse tipo de aparelhagem. Fios vermelhos, azuis, pretos, pratas, descascados, brilhantes, grossos, duplos. Botões de vários tamanhos, cores e formatos.

– Eu avisei.

Mantenho os olhos fixos no monstro mecânico, sem demonstrar que dou importância ao comentário do porteiro. Ele está certo. Avisou mesmo. Minha teimosia prevalece, como sempre. Os longos minutos em que tento ao menos entender o que estou fazendo são ladeados pelos lamentos lá fora. Alguns andares abaixo o mar de canibais clama por nossa morte.

– Há quantos dias você disse que esse Halley se foi?

– Três – responde Luciano, olhando pela vidraça escancarada. – Você já deve tê-lo ouvido na rádio. Todos o conheciam.

Não eu. Nunca me atentei às notícias, principalmente regionais.

Esta cidadezinha que exploda, costumava dizer, palavras de um típico adolescente que sente gosto imaturo em proferir esse tipo de coisa. Meu sonho era ir à capital, onde teria mais chances de crescimento profissional. Mal sabia eu que logo estaria lá. Não da maneira que desejava, mas estaria. A cavalo dado não se olham os dentes, certo?

–... *interior.*

Olho para Luciano, esperando que ele possa completar a palavra com uma frase, mas sua expressão é de surpresa. Um chiado quase inaudível escapa de uma das caixas de som.

–... *Tzao... conseguiu... bzzzzzz... Küsen... bzzzzzz...*

Uma sucessão de palavras desfragmentadas torna tudo mais confuso. Por fim, o chiado morre.

– Você entendeu alguma coisa?

Luciano acena negativamente.

Após mais algumas tentativas de muda-fio-para-cá-e-encaixa-lá, desisto. O milagre de algum grupo de resgate captar qualquer contato e vir me salvar não vai acontecer.

O ardor do sol sobre a pele não incomoda. Em outros tempos seria motivo para uma bela dor de cabeça; hoje nem me dou ao luxo de reclamar de qualquer desconforto. Continuar vivo está ótimo.

De cócoras na beirada do terraço, apoio o braço sobre a perna. Jaboticabalenses se movem lá embaixo, do tamanho de insetos. Alvoroçados. Frenéticos. Sedentos. Dali consigo avistar praticamente toda a cidade. Não é lá muito grande, próxima dos setenta e cinco mil habitantes. Noventa e nove vírgula nove por cento prontos para me partir ao meio. Exceto pelos infectados, não vejo vivalma saudável. Um vulto que sequer tem movimentos normais. Apenas a amplitude de uma terra amaldiçoada.

Jaboticabal está morta.

A pedido do padre, formamos um círculo no corredor.

– Que Deus nos proteja enquanto este guerreiro da bondade busca socorro. Ilumine-o em sua jornada e impeça que os enviados do inferno o derrubem. Vamos orar.

Segundo o padre, o tal *guerreiro da bondade* sou eu.

Enquanto uma oração é murmurada, ergo os olhos e os observo. Olhos fechados, pálpebras trêmulas, uma reza carregada de fé. Realmente acreditam que a ajuda virá. Assim como acreditam que Halley ainda voltará. Pobres coitados.

O círculo se desfaz e Milton me benze. As mulheres pregam olhos esperançosos nos meus. Luciano estende a mão.

– Boa sorte, amigo.

– Valeu – retribuo, os pensamentos longe. Por menos que eu queira mentir, a expressão de súplica em seus rostos acaba me forçando a dizer o que não devia. – Voltarei com ajuda o mais rápido possível.

Após uma despedida calada, sigo para o elevador. Parece uma caminhada sem fim. Pesadamente leve. Uma culpa agradável. Mais uma vez sou eu por mim.

Abro a porta de madeira e, em seguida, a de ferro. Olhando-os através do visor, aperto o botão para o segundo andar, onde poderei sair pela janela dos fundos com mais segurança. Meu plano é escalar a escada de emergência enferrujada e seguir pelos telhados do comércio ao redor.

Quando o elevador começa a descer, torno-me para eles o mesmo que Halley se tornou. Alguém que não voltará. No meu caso, por opção.

Um som abafado me desperta.

Caída no lençol encontro a seringa com o líquido escuro. Um pouco escapou e manchou o tecido. Com cuidado, lacro-a mais forte e deixo-a sobre o criado-mudo.

Busco na penumbra. Tudo continua como antes. Parecia o som da porta sendo fechada. Pode ter sido impressão, ou sons trazidos dos sonhos e se misturando à realidade – como o pesadelo lá fora, bem real.

O corredor continua em um silêncio sepulcral. É como se eu estivesse em um mausoléu, encerrado em um caixão, e a chuva castigasse o teto de mármore. Ouço também os lamentos angustiantes dos infectados do lado de fora do hotel. Será que essas pragas não sentem sono? Não acredito que passem vinte e quatro horas acordados. Para correr tanto é preciso energia, e descansar é a melhor forma de se abastecer. Tudo que envolve essas coisas ainda é um total mistério.

De bruços, deito o queixo sobre o antebraço e miro a cicatriz em minha mão. Quase imperceptível – não devido à iluminação fraca, mas ao tempo. Pode passar despercebida sem problemas. Nunca desconfiarão que se trata de uma mordida. Mordida essa causada por um dos malditos. Nunca entendi porque não se manifestou. Por que não me tornei um deles? Será que varia de pessoa para pessoa? Faz tanto tempo. E aquele ataque que tive quando conheci Oliver? Será reação à mordida, inexplicavelmente tarde? Ou é algo que aplicaram em mim, na LAQUARTZ? Vou me tornar um deles? Após tanto correr, será esse o meu fim?

Percebo a sonolência se aproximando devagar quando a vista embaça. Não luto. Fecho os olhos e me entrego a um merecido descanso.

DIA 2

Capítulo 8 – Ninguém entra, ninguém sai

Quinta-feira

Acordo num sobressalto, transpirando como se estivesse em uma sauna. O despertar repentino não é devido a qualquer barulho; exceto por um lamento ou outro invadindo pela janela, abafado, e a chuva batendo na vidraça, o silêncio reina. Não consigo me recordar da última vez em que acordei tranquilamente. Sempre com o coração acelerado, o tremor, o suor melando o corpo. Se pudesse me assistir, apostaria que durmo com um olho aberto.

O relógio no criado-mudo marca quase dez da manhã.

Um bocejo, uma espreguiçada. Ouço os ossos estalarem. Os músculos do braço direito doem um bocado. Devo ter dormido sobre ele. Massageando-o, encontro uma mancha roxa. Qualquer alteração na cor da minha pele, mesmo que mínima, salta aos olhos por causa de minha falta de bronzeado. Fecho o punho e vejo uma veia do pulso saltar, latejante. Com olhos ainda sonolentos, tenho a impressão de ver algo deslizando sob a pele, a veia subindo e descendo num movimento vagaroso. Que droga é essa?

Quando a pulsação acalma, me levanto devagar e sinto falta de algo.

A seringa.

O criado-mudo está vazio. Reviro os travesseiros e lençóis. Nada. Debaixo da cama. Onde está? Enxergo uma mancha na seda fina. Um círculo púrpura. No bolso talvez. Também não. Será que deixei cair no corredor durante a madrugada? É possível.

Percebo que deixei a porta destrancada. Esqueci-me de trancá-la novamente após o encontro com Thor. Um descuido idiota da minha parte. Vasculho o carpete, mas não há rastro de seringa ou qualquer outra coisa. Alguém deve ter encontrado e jogado fora, chutado ou algo assim. Melhor me preocupar com isso depois. Que importância poderia ter aquele líquido, afinal?

O cheiro forte nas axilas me conduz ao banheiro. A lâmpada permaneceu acesa durante toda a noite. Vai continuar; não é hora de me preocupar com racionamento. Deixo o chuveiro ligado, o vapor da água quente preenchendo o banheiro. Vou até a pia e me apoio, me encarando no espelho. As olheiras circundam meus olhos, cansados. Só eu sei o quanto preciso de umas férias deste inferno. Em momentos seguros – e raros – como esse, sinto o cansaço e a dor em cada uma das minhas juntas. Como só faço correr e continuar correndo, o sangue se mantém quente e nem dá vez para a sensação de dor.

No fundo dos meus olhos tento encontrar o meu antigo olhar. Diziam que eu tinha olhos de moleque; curiosos, brincalhões, mesmo que eu tentasse passar uma imagem mais forte. As circunstâncias me ensinaram a tê-la. O garoto não existe mais. Se existe, está enterrado sob sete palmos de um sobrevivente cansado, seu olhar maduro, cauteloso, decidido. Sinto que voltar à superfície não será uma opção para ele. Permanecerá sepultado até ser totalmente esquecido.

O espelho embaçado pelo vapor impede que eu continue me namorando, então vou para baixo do chuveiro, onde fecho os olhos e sinto uma energia negra descendo pelo ralo. Sujeira, suor, sangue. Libertam-me à medida que a água quente lava minha alma. Como eu precisava desse banho. A espuma cobre meu corpo, formada pelo sabonete do tipo que dá uma leve sensação de arranhar. De olhos fechados sinto cada gota deslizando.

Quase meia hora depois, desligo o chuveiro. Enrolado em uma toalha branca, volto ao quarto, distraído, passando os dedos pelos cabelos para tirar o excesso de água, e sou surpreendido pela visita inesperada de Oliver. Está de costas, encostado no peitoril e fitando algum ponto ao longe. Percebe minha presença e sorri.

– Bom dia.

Respondo com um grunhido, um tanto incomodado. Odeio ter a privacidade invadida, principalmente quando estou quase pelado.

– Dormiu bem, Tiago?

– Como uma pedra. E você?

– Ah, sei lá – diz ele. – Nada como nossa cama, não é?

– Não sei o que é ter uma cama só minha há muito tempo – respondo, seguindo até o closet na esperança de encontrar alguma roupa que me sirva.

– Faz muito tempo que você está nessa?

– Uhum – resmungo. Meu humor pela manhã nunca foi dos melhores.

– Você e a Dani, certo?

– Uhum. – Continuo procurando por algo que não me deixe com cara de bancário, mas está difícil.

– Acho que ela não gosta de mim. Ela me olha de um jeito – diz com ar divertido.

– Você não tá preocupado com seus pais?

Oliver se cala por um momento. Continuo à caça de roupas.

– Claro que estou – ele responde. – Mas o que vou fazer? Dar uma de Superman, ou, como o Conrado me chamou, Robin, e ir salvá-los? Minha casa é bem segura. Tenho certeza de que eles estão bem.

– Já tentou falar com eles? Por telefone.

De costas não posso ver sua reação, mas ele leva algum tempo para responder.

– Bem, não. Na verdade sim, mas não consegui. Eles estão bem.

– Você ainda não viu do que eles são capazes. Se pensa que um muro alto com cerca elétrica vai segurá-los, esqueça. Imagine uma multidão se espremendo contra o portão da sua casa. Se uma base militar não deu conta, acha que simples segurança domiciliar vai?

– Mas minha casa é bem segura *mesmo*. Não me gabando, mas tenho uma vida bem confortável, sabe? Meus pais têm ótimas posições em uma empresa e ganham mais do que o suficiente. Tenho tudo que quero.

– Tinha.

Percebendo meu tom seco, Oliver se cala. Após revirar pilhas de roupas, encontro uma camiseta lisa, branca, e uma calça jeans, ambas passadas e com cheiro de amaciante. Que falta senti disso. Só falta a cueca. A minha já deu o que tinha que dar; deve ter saído andando sozinha.

– Por que a sua amiga é tão ranzinza? Parece que tem raiva de mim. Ou ela é assim com todos?

– A Dani passou por muita coisa, cara. Quando a conheci nem acreditei que ainda existiam pessoas tão vivas e alegres. Nosso encontro foi praticamente uma piada. Ela se mostrou muito espontânea, corajosa. Embora eu não goste de admitir, ela me ajudou diversas vezes. Não sei se chegaria tão longe por minha conta. Mas não conte isso a ela.

– Por quê?

– Porque estou falando.

– Ok.

– Ela é legal, é só ter calma.

– Vamos ver.

Finalmente encontro uma cueca que me sirva. Vermelha. Forte candidata a ficar marrom se a correria recomeçar. Tornando a virar, encontro Oliver me encarando. Ergo uma sobrancelha.

– O quê?

Parece acanhado. Como se quisesse dizer algo. Balanço a cabeça como quem diz "vai falar ou não?".

– Estou pensando. E aquilo que aconteceu na lavanderia? Não sabe mesmo o que era?

Agora as duas sobrancelhas se erguem. Me pegou.

– Não sei. Quando era mais novo eu tinha uma doença grave. Uma asma, forte pra cacete. Tomei medicamentos por anos e pensei que tivesse ido embora. Talvez seja ela voltando.

– Tiago, aquilo não parecia asma.

Realmente. Não parecia sequer uma falta de ar.

– Cara, olha. Não quero que ninguém saiba sobre aquilo. Por favor.

– Relaxa. Ninguém vai saber. Não prometi?

Faço uma careta, consentindo, mas não de todo tranquilo. Espero que não abra mesmo a boca. Não quero ter que me explicar para todos, especialmente por não saber o que teria que explicar. Se souberem do que houve, vão procurar mordidas. Claro, é a primeira coisa que se pensa hoje se você der um maldito espirro. Acabariam encontrando a cicatriz. Eu poderia mentir e dizer que é mordida de cachorro, mas até conseguir provar que focinho de porco não é tomada...

– Roupas legais. Não vai vesti-las?

– Vou, assim que você sair.

– Tem vergonha? – Parece estar se divertindo com a situação. Nunca gostei de ficar nu perto de outras pessoas. Poderia ter nascido enrolado em um manto.

– Tenho. Se me der licença.

Afastando-se do peitoril, Oliver caminha com um sorriso divertido até a porta. Quando a abre, Daniela está com a mão erguida, preparada para bater. Deparando-se com Oliver, não esconde a surpresa. Passando o olhar a mim, me encontrando apenas de toalha, me encara por um segundo e vira a cara, deixando escapar um quase inaudível pedido de desculpas, e se vai.

– Não disse? – Oliver diz, sem esperar minha resposta, saindo e fechando a porta.

Sozinho novamente, certifico-me de trancar a porta antes de tirar a toalha. Fecho também a janela, por onde a chuva invade.

Visto a roupa e encontro um par de *Nikes* embaixo da cama. Ao lado há uma grande mala. Encontro um documento verde em um dos bolsos. O RG do hóspede: Edmar Peixoto. Baiano. Trinta e um anos. O que estaria fazendo em São Paulo? Passeio? Trabalho? Péssima época para visitar a Terra da Garoa. Melhor sorte na próxima vida, parceiro.

Precisando de mais tempo a sós comigo mesmo, decido permanecer um pouco mais no quarto resgatando a vaidade – e a higiene. Corto e limpo as unhas, arrumo o cabelo como costumava fazer, jogado para trás, e aparo a barba. Serviço completo. É estranho me encarar no espelho deste jeito, apresentável. Sinto como se outra pessoa estivesse me olhando de volta. É como se viver na sujeira tivesse se tornado parte do dia a dia, algo normal. Em situações extremas descobrimos quais são as verdadeiras prioridades.

Não há ninguém no corredor. Vago atento até a escadaria, prestando atenção ao redor. Há marcas de sangue por toda parte. É o típico cenário de um filme de terror, e seria considerado exagerado por críticos limitados às verdades impostas pela ficção. Está tudo ali. O vazio, a chuva, o sangue e os lamentos dos monstros ao longe. Não me assusta ficar sozinho, embora sinta um desconforto. Mesmo o vento gelado que desliza pelas paredes, sussurrando um idioma incompreensível, não me amedronta. Ok, um leve arrepio, nada mais. Acho melhor encontrar alguém.

No térreo sou recepcionado por um Thor de língua de fora.

– Bom dia, cachorro.

O animal responde levantando as orelhas e vindo em minha direção.

– Onde está seu pai?

Após um ganido, dispara em direção ao restaurante.

Conrado está em uma mesa ao fundo, sozinho. Nenhuma surpresa. Noutra, Lizzy, Pooh e Victor. Ao lado, os inseparáveis Carla e LC. A mais próxima é Yulia, sozinha, de cabeça baixa, evitando olhar para os lados. Dani parece emburrada numa mesa ao canto, próxima a Pablo e David. Com certeza me viu chegando, mas faz questão de fingir o contrário. O único que me cumprimenta é Oliver, sorridente. Lembra muito Daniela quando a conheci. Chega a incomodar. Assim que Thor me abandona e vai até Pablo, ouço uns poucos cumprimentos. A maioria deve ter aproveitado como eu e tomado um belo banho, pois suas fisionomias não lembram em nada a noite anterior. Ainda parecem cansados e assustados, mas ninguém aguenta ficar alerta vinte e quatro horas por dia. Todos merecem um descanso, mesmo que passageiro.

Oliver acena insistente. Resolvo ir até ele antes que me deixe mais constrangido. Há comida para dois.

– Pode atacar – diz ele.

Nem precisa mandar. Num certo momento o estômago até dói de tanto que como, mas foda-se. O importante agora é encher a pança. Oliver me acompanha no desjejum sem dizer uma palavra. Ouço a conversa na mesa ao lado. Nada de interessante, apenas o de sempre. "O que é isso tudo?" "Como será que começou?" "Será que vai acabar?" Evito que percebam que estou ouvindo, pois não estou no clima para conversa. De soslaio, encontro Lizzy me fitando.

– Você acha que meus pais estão bem?

A pergunta me pega de surpresa, e engulo seco o pedaço de pão doce que havia mordido.

– Tipo... – Oliver vira o rosto, olhando em direção às janelas. – Depois do que você disse, fiquei pensando. Acha que eles podem invadir minha casa, mesmo sendo *bastante* segura?

– Cara, eu já os vi destruindo uma cidade inteira. Depende da quantidade. Se for um ou dois, é fácil abatê-los. Mas se decidirem atacar em bandos numerosos... Ah, aí o caldo engrossa. Não sei se são atraídos pelo cheiro ou som, mas, se seus pais ficarem quietinhos em casa, podem ter uma chance.

Oliver suspira mais aliviado com minha mentira. Não estou a fim de bancar o psicólogo infantil. Melhor iludi-lo com uma mentira do que entristecê-lo com uma verdade. Quem sabe o errado não sou eu?

– E os *seus* pais?

Mais uma vez me pega de surpresa. Menos perguntas, garoto. Menos perguntas.

– Não faço ideia. Aconteceu rápido demais para que eu descobrisse o paradeiro deles. Talvez tenham fugido, talvez não. Realmente não sei. O que importa agora é me manter vivo. – Prefiro manter a parte do meu pai fora da conversa.

– É um modo frio de pensar.

– É o único modo.

Desse momento em diante não consigo mastigar direito. Minha garganta seca e dá um nó. Eu nem saberia explicar o que aconteceu com meu pai. Ele estava viajando havia algum tempo e não deu mais notícias. Pensei que tivesse ficado preso fora da área atingida, mas infelizmente não foi o que aconteceu. E minha mãe? Terá sobrevivido? Considerando o que houve com ela, não me surpreenderia encontrá-la carregando um lança mísseis ou arrastando correntes por aí.

– O que você acha deles?

– Hã?

Oliver se refere aos demais, apontando-os com a cabeça em sinais nada discretos.

– Esse tal Pooh. Não lembra em nada um ursinho. Está mais para um búfalo – diz, e ri sozinho. – E a loira? É namorada dele?

– Não sei, cara. Acho que não.

– Eles formam um casal bonito.

Resmungo. Isso é verdade. Pelo que consigo me lembrar, Elizabeth e Ivan agem mesmo como um casal; nunca se separam. Podem ser irmãos, namorados, ou somente amigos. Pouco me importa.

– Se não forem um casal, aqueles dois são. – Seu alvo agora é a mesa onde estão Carla e LC. Continuando falando com disposição, como se estivesse dando indícios de que estou sentindo prazer na conversa. Definitivamente se parece com Daniela.

Sobre o ombro, vejo-a com uma expressão mal humorada. Mastiga devagar algo que não consigo distinguir, uma fruta talvez, enquanto olha para algum ponto da mesa. Parece evitar erguer os olhos e encontrar os meus.

– E o negão ali? Victor, não é? Tem cara de ser pai da morena.

– Só por causa da cor?

– Sim. Esse bota respeito.

Não respondo.

– Coisa que aquele Conrado não tem por ninguém. Por que não o deixaram para trás? – Oliver sorri, fazendo cara de quem trama alguma arte. – Esse vai dar dor de cabeça.

– Se ele conseguir durar.

– Pode crer. Acho que na primeira chance, qualquer um aqui vai passar a perna e deixá-lo a mercê dos canibais. Você faria isso?

Já fiz.

– Sei lá. Se fosse preciso.

– E a ruiva? – pergunta, antes que eu conclua a resposta para a anterior.

– O que tem ela?

– Gata, não acha? Vai dar trabalho para os cuecas daqui. O que você achou dela?

– O que eu achei o quê?

– Gostou dela? – Ele sorri em ar zombeteiro.

– Eu não conheço essa gente, cara. Como posso gostar de alguém que não sei nem de onde veio?

– Ah, eu gostei de você. Você é o único que conversa comigo. Mesmo sendo ranzinza, você é o mais maneiro de todos.

O olhar vago que disparo é proposital.

– Que bom. – Volto a comer.

– Os legais são o cara do cachorro, a Lizzy, a ruiva parece ser legal também, e você. Só. Você disse que sua amiga é legal, mas não acho. Sabe o que eu acho? Que ela gosta de você.

– Quê? – Engasgo.

– Vai dizer que não percebeu?

– Que conversa é essa? – Me certifico de que ninguém está ouvindo nosso papo. – Nunca dei liberdade pra ela gostar de mim, no sentido que você está insinuando. Ela gosta de mim como amigo, e não que a considere da mesma forma. – Pela sua expressão não parece estar muito convencido. Continuo: – Daniela é como uma aliada. Nos dias de hoje não há amizades, há parcerias. Se você parar pra pensar, verá que sempre foi assim. Você conheceu o *MSN*?

– *Messenger*? Claro.

– É a mesma coisa. Se quer sobreviver, lembre-se: não faça amizades; faça contatos. Quando não precisar mais, basta deletar.

– Que egocêntrico. – Ele parece surpreso, mas não incomodado. – Gostei – responde, seguido de uma gargalhada que chama atenção geral. Daniela o fuzila com o olhar.

– De qualquer maneira, é melhor contar com alguém para ter mais chances. Todos precisam de alguém do lado, nem que seja apenas um amigo. Até você, com essa pinta de cavaleiro medieval, precisa.

– Cavaleiro medieval?

– Essa armadura que você mantém à sua volta.

– Já disse. Sou melhor sozinho.

Para a felicidade do meu saco que está a ponto de explodir, a música de novas notícias toca na TV de LCD presa num suporte logo acima. A imagem está ruim, mas dá para ver o suficiente. A capital destruída.

– *Os ataques continuam por toda São Paulo. Não se sabe como começaram ou por que continuam. Tudo que se pode afirmar é que estamos à mercê de uma nova doença. Qualquer cidadão saudável que tenha contato com algum dos doentes deve se afastar. Aparentemente, não há como prevenir o contágio após o contato. Qualquer um que for atacado por alguém já infectado perecerá do mesmo mal. Em palavras mais simples: basta uma mordida para estar condenado.*

Até que descobriram rápido, penso.

– *A Força Nacional de Segurança Pública formou um bloqueio a todo e qualquer acesso à grande São Paulo. Ninguém entra, ninguém sai. O presidente decidiu manter o estado em quarentena até que se descubra como resolver o incidente.*

– Quê? – Pooh berra e levanta tão rápido que quase vira a mesa. – Esse filho da...

– Vamos escutar, Ivan – repreende Victor.

– Senta aí, ursinho – caçoa Conrado. Mas, diferente do normal, não carrega um tom de divertimento ácido na voz – está acompanhando o noticiário, preocupado.

Pooh não responde à provocação, tamanha sua indignação.

– *Orienta-se aos que ainda se encontram na capital que permaneçam em suas casas. Fechem as portas e janelas e não saiam até que recebam ordens em contrário.*

– Como se fosse adiantar.

Dessa vez é Daniela quem fala, sem nem olhar para a TV. Mantém a cabeça baixa, enquanto continua mordiscando sua fruta. Não poderia estar mais certa.

– *A situação tomou proporções mundiais. Vários países se sensibilizaram com a tragédia e ofereceram ajuda. Mas como ajudar nesse caso? Seria de grande ajuda pelo menos descobrir o que, afinal, aconteceu com essas pessoas.*

Vemos na TV diversas tomadas em vários pontos da cidade. Massas de pessoas sem controle atacam, se debatem contra portas, cercam carros em movimento. As tarjas de censura deixam genitais e ferimentos quadriculados.

– *O prefeito de São Paulo já foi retirado da cidade com sua família. Neste momento se encontram no Rio de Janeiro, em segurança.*

– Mais um benefício da política – diz Pablo, uma veia saltando em sua testa.

– *Pede-se mais uma vez que não saiam de suas casas e não deixem ninguém entrar. Não temos ideia de quanto tempo isso vai durar, se é passageiro ou não. O que sabemos é que é o vírus mais destrutivo que se tem notícia. Acredita-se que tenha origem fora do Brasil.*

– O quê? – pulo da cadeira.

– *Nos anos 1980, entre 84 e 85, algo parecido se abateu sobre uma pequena cidade do Chile, matando uma quantidade significativa de pessoas. Após o ocorrido, uma doença desconhecida foi descoberta e pesquisadores disseram ter sido criada em laboratório por uma organização criminosa de cientistas até hoje não capturados.*

– De onde tiraram isso? – pergunto, olhando para Daniela, que nem se encontra mais emburrada. Até ela se assustou com a notícia. Mais atentamente, percebo uma expressão estranha. Não parece alarmada com o comentário, mas sim com outra coisa.

– Tiago! – Ela aponta com o indicador. – Lembra dele?

Mirando a tela da TV, levo um tempo para reconhecê-lo.

– Quem é?

– É o homem que nos tirou de Jaboticabal – diz ela. – Lembra de quando nos enfiaram naquele camburão?

– É verdade.

Não entendo como pude esquecer. Naquele dia, diante da expressão daquele homem, pensei que estava ferrado de uma maneira definitiva. Quase desejei voltar ao freezer, cercado pelos infectados.

– *Como pretendem dar conta disso, coronel Peter?* – questiona o jornalista, dando vez para o homem falar.

– *O Exército Brasileiro, assim como qualquer outro, defenderá sua nação a todo custo. Temos o apoio de uma grande empresa farmacêutica no combate ao vírus e aos infectados.*

– *Que empresa é essa, coronel?*

Meus olhos se arregalam e por pouco não saltam das órbitas.

– *LAQUARTZ.*

A logomarca da empresa aparece na TV, seguida de fotos de algumas de suas instalações e produtos. No rodapé da tela, uma faixa preta exibe, com letras brancas, Laboratório de Quântica Aplicada Rosabela Tzao.

– *A empresa nos ofereceu ajuda na busca pela cura ou, por ora, algo que combata a proliferação do vírus.*

– *Acredito que muita gente vai querer isso, coronel* – brinca, em tom sério, o jornalista.

Com certeza. Muita gente vai querer comprar isso.

– *A LAQUARTZ tem instalações em grandes capitais do Brasil, porém a segunda maior foi destruída ontem pelos ataques. Tentamos contato com algum possível sobrevivente, mas não conseguimos nada. Acreditamos que não exista nenhum.*

Abigail já era. Enfim, uma boa notícia.

– *A outra, situada em Florianópolis, está neste exato momento estudando, pesquisando, enfim, empenhando-se em encontrar a solução para o problema.*

– *Coronel, há alguma ideia de como isso aconteceu?*

– *Não. Mas descobriremos.*

– Claro que sabem, seus filhos da puta! – berro. – Vocês criaram isso!

Sinto vontade de ter Abigail viva na minha frente para poder espremer aquele pescoço até esmagar a traqueia como um tubo de papel higiênico. Consigo vê-la no rosto do tal coronel. Será ele o novo inimigo? Qualquer coisa que ande ao lado da LAQUARTZ tem minha antipatia de graça.

– *Alguma previsão, coronel?*

– *Não. Mas tentaremos ser breves. Pedimos apenas que os cidadãos colaborem e façam sua parte.*

Claro que querem a colaboração desses trouxas. Com o apoio de tanta gente, quem poderá derrubá-los, não é?

– *Obrigado, coronel, e acredito que falo por todos os brasileiros: boa sorte.*

– *Obrigado, Joel.*

– *Voltaremos com mais notícias. Joel Silveira, para todo o Brasil.*

Outra reportagem sobre o mesmo assunto começa em seguida, mas nada que consiga me tirar a LAQUARTZ da cabeça. Lizzy e seus companheiros me olham fixamente. Sabem o que estou pensando. Daniela também.

– Pelo que entendi, fomos deixados aqui para morrer. Acertei? – pergunta Conrado.

Ninguém responde: ele está certo. Fomos deixados à nossa própria sorte. Quarentena? São Paulo terá o mesmo fim que Jaboticabal; será riscada do mapa. Afinal, o que essa empresa quer? Dinheiro? Dominação? O quê?

– Diante das circunstâncias – começa Victor –, oriento a todos que não esperem um caminhão do exército para resgatá-los. Isso não vai acontecer. Como ninguém tem acesso ao que realmente está acontecendo, por que se arriscariam para salvar uns pobres coitados? Para nos salvar? Tão mais fácil nos deixar morrer e depois recebermos uma homenagem.

– E a LAQUARTZ, Victor? – Lizzy se levanta. – Ainda não terminamos com ela.

– Acha que vamos conseguir sair daqui? Tem mesmo alguma esperança, Liz? Olha por aquela janela. Olha e me diz o que vê. Como vamos passar por aquela legião de demônios? Voando...?

Sua expressão congela.

– Victor?

Pooh percebe uma expressão diferente em seu rosto, os olhos distantes, e, parecendo entender aonde seu pensamento foi, pergunta:

– Acha que não estão vigiando o tráfego aéreo?

– Não sei. Talvez.

– É bem provável.

– Podemos contatá-los. – Lizzy modera o tom, como se não pudéssemos escutar.

– Não daqui. Não por enquanto. Temos que esperar. Qualquer um que tentar entrar na área em quarentena atrairá atenção, e *eles* querem tudo, menos atenção.

Eles quem?

– Esperamos uma semana então.

– Uma semana presa aqui? – grita Carla, até o momento calada. – Nem morta.

– Morta? – caçoa Pooh.

– Você me entendeu, otário.

– Não dá mesmo, galera – LC se intromete. – Uma semana? Acham que vamos durar todo esse tempo?

– Basta nos precavermos – Lizzy explica. – Podemos nos manter folgados neste hotel por uns dias. Duvido que consigam entrar se trabalharmos nisso. Não podemos, David?

O rapaz parece perdido, olhando ao redor antes de responder.

– Acredito que sim.

– Não sei, Lizzy.

– É só o medo, Luiz. Eu te entendo, todos estamos com medo. Mas é nossa melhor alternativa.

O loiro se cala.

– Por onde vamos começar então? – Pooh morde um pedaço de bolo, mastigando de boca aberta, enquanto nós, os cidadãos comuns, nos entreolhamos, mais perdidos que cego em tiroteio.

Algumas horas antes

Josélia se dirigia ao quarto informado por sua supervisora. Não ouvira o pedido diretamente do cliente, mas eram todos iguais. Aquele tom arrogante. Mesmo os que tentavam parecer simpáticos exibindo sorrisos falsos mantinham aquele brilho de gente bem sucedida no olhar, e nada a fazia se sentir mais inferior do que aquilo que só ela via. Podia imaginar a conversa. "Mande uma faxineira limpar meu quarto imediatamente". Faxineira, humpf! Ela era uma camareira. Não limpava os reis que saíam do rabo daqueles cretinos. Arrumar os lençóis já era demais.

A única coisa que a impedia de mandar todos aqueles ricos metidos a besta à merda era a lembrança dos filhos, duas pequenas bocas para alimentar. Dois meninos arteiros que ainda dependiam dela para tudo. Josélia os amava mais que tudo, e mesmo se rebaixar diante dos felizardos da classe alta não a fazia desejar que crescessem logo. Se possível, queria que tivessem seis e sete anos eternamente. Sua única alegria ao chegar em sua humilde casa na Zona Leste era ganhar o beijo duplo de todas as noites. Aliás, lembrou-se de que em vinte minutos precisaria ligar para checar com sua irmã – que também era sua babá – se eles haviam chegado bem da escola.

O quarto informado estava vazio, e pelas roupas esparramadas sobre a cama Josélia deduziu que o gringo saíra às pressas. Talvez tivesse alguma garota de programa o esperando lá embaixo. Aquelas vadias da Augusta empesteavam o hotel.

O Maksouth Plaza havia sido um importante hotel no passado, frequentado por celebridades e turistas de todo o globo, mas perdera seu brilho em algum ponto dos anos noventa. Boatos sussurrados pelos corredores diziam que a culpa fora dos próprios clientes podres de ricos, e podres. Bandidos de todos os tipos, daqueles que você nem faz ideia. Por mais que se aperte o cinto, uma hora a merda escapa e o cheiro é inevitável. Josélia riu consigo.

Anos de experiência haviam tornado a quarentona enxuta uma eficiente arrumadeira. O lugar podia estar de pernas para o ar; ela sabia exatamente onde começar e como terminar. O metro e cinquenta e alguma coisa não faziam jus à resistência que ela conquistara ao longo dos anos, conciliando o trabalho cansativo com a vida corrida de mãe solteira. Quando puxava e dobrava e virava os lençóis Josélia se esquecia de tudo à sua volta. Talvez ser arrumadeira fosse seu dom. Às vezes Deus economiza nos presentes.

De uma fronha revirada uma nota caiu. A cor da cédula saltou aos seus olhos, destacada sobre o branco do lençol. Uma rápida olhada sobre os ombros e levou apenas um segundo para analisar o achado. Que a nota era estrangeira não havia dúvida: o número cem estava impresso nos quatro cantos. *Talvez os estrangeiros tenham um raciocínio mais lento*, pensou. Se estava ali no meio da bagunça era porque o dono não precisava tanto. Um movimento arriscado e a nota foi ao bolso. Em seguida, um barulho de vidro quebrando ecoou.

Josélia passou pela porta, mas rapidamente recuou de volta. Dois homens brigavam engalfinhados no corredor. Um deles, o mais agressivo, socava o outro, que tentava se equilibrar no parapeito da janela. Metade do corpo estava para fora, ele segurando o colarinho do paletó do adversário. Parecia estar em covarde desvantagem, gritando por socorro. De um quarto atrás deles surgiu uma cabeleira branca. Uma senhora com ares aristocráticos saiu e os chamou, a voz abafada pelos gritos proferidos pela briga. Apoiada em uma bengala, a mulher andou a passos curtos e os alcançou, agarrando a manga do paletó do mais próximo e dando dois puxões. Ela conseguira a atenção tão desejada.

Como se tivesse sido extremamente ofendido, o homem se virou num repente e Josélia pode ver seu rosto. Parte da mandíbula estava exposta em uma risada eterna. Os dentes se abriram assim que os olhos encontraram os da senhora, e se fecharam em seguida, cravados na pele enrugada do pescoço septuagenário. O sangue espirrou, manchando o rosto do agressor que ignorava os gritos roucos da vítima. Os dois caíram, ela de costas e ele apoiado nos joelhos, encharcando o carpete. Josélia não conseguiu evitar a ideia de quão seria difícil limpar aquilo.

Aproveitando a deixa, o outro homem, negro, de cabeça raspada e vestido exatamente como o que socava a idosa, àquela altura sem reação, saiu de perto da janela arrebentada e tentou correr, se apoiando na parede e deixando um rastro de sangue. Josélia percebeu que ele havia sido ferido no pescoço.

– O senhor está bem? – perguntou ela, sentindo o pânico fazendo cócegas no alto de seu peito.

Desnorteado, suas pernas vacilaram e ele caiu. Josélia viu uma poça se formar ao redor de sua cabeça. Os dedos se cravaram no carpete, em uma vã tentativa de se levantar. A camareira sabia que não conseguiria pedir ajuda ou improvisar um curativo; mal estava se aguentando nas próprias pernas. O corpo do homem tremeu por alguns segundos antes de ficar imóvel. Josélia levou as mãos à boca. Nunca presenciara uma pessoa morrer. Um gosto amargo subiu pela garganta e a pele gelou.

Do fim do corredor veio um grito. Um casal surgira e encontrara a covardia que acontecia ali. Traziam malas, e a mulher deixou as suas caírem. À menção do grito, o agressor abandonou a velha, um trapo ensanguentado, e disparou em direção às novas presas. Josélia não sentia o corpo. Por mais que quisesse sair correndo, não conseguia. As pernas travaram. Seu olhar estava grudado no corpo da velha. Não via o estrago com precisão, mas o fato do cabelo estar tingido completamente de vermelho dizia que era grande. Teve a impressão de ver sua mão se mexer; talvez ainda estivesse viva. Antes que desse o primeiro passo em direção a ela, ouviu um gemido.

O homem com o ferimento no pescoço se erguia com vigor. Não parecia se importar mais em estancar o sangue. Mantinha os olhos observando o chão, depois as paredes. Bastou um arfar de Josélia para atrair sua atenção, os olhos vidrados. Em seguida veio o berro monstruoso.

Josélia despertou abruptamente com a sensação de que estava caindo.

As últimas horas se arrastaram lentamente, permeadas por um ou dois cochilos inúteis, que não trouxeram nenhum descanso à camareira. Sentada sob o cabideiro, Josélia sentia uma nova cãibra nos dedos do pé esquerdo. Cerrando os dentes de dor, espiou pela fresta do armário. O quarto estava vazio.

Sons de gritos e passos vieram do corredor por horas. Imaginou que estava em um pesadelo longo demais, e que acordaria a qualquer momento. Por sorte foram esses mesmos gritos que a salvaram. Caso o homem enfurecido forçasse mais um pouco, aquela porta teria ido abaixo. Onde estavam os seguranças do hotel ou a polícia para cuidar de hóspedes drogados, bêbados como aquele? Era isso que odiava em ter que trabalhar para gente rica. Bastava ter dinheiro para o caráter ser ignorado. Uma coisa estava decidida: processaria aquela espelunca assim que saísse dali.

Com cuidado, abandonou a segurança do armário. Esticou o

corpo e ouviu as juntas estalarem. As costas eram o que mais doíam. A passos medidos, alcançou o corredor. Pensou em se beliscar para acordar, mas não era um sonho. O carpete exibia pegadas vermelhas em todas as direções. O corpo da velha continuava no mesmo lugar e posição, e atraíra um pequeno mosquedo. No extremo contrário, viu algumas pessoas conversando. Assim que abriu a boca para pedir ajuda, se calou. Não estavam conversando. Vagavam ali como se estivessem perdidos. Um deles era uma figura conhecida, colega de trabalho de Josélia. A camareira a reconheceu no momento em que ela trombou em um homem, um hóspede gordo, e os dois rosnaram como cães se estranhando. Um vulto próximo à velha atraiu a atenção de Josélia e ela se enfiou no quarto antes que fosse percebida. Espiando novamente, viu outro homem mancando, as pernas da calça em frangalhos exibindo as panturrilhas ensanguentadas. Esperou que ele sumisse por uma porta e respirou fundo. Sentiu que nenhum segurança apareceria. Sua única salvação estava no fim do corredor. O elevador.

Na ponta dos pés Josélia avançou, encostada à parede. Evitava tocar as manchas que redecoravam o papel de parede. Vez ou outra por olhava sobre o ombro, certificando-se de que o grupo do outro lado não a notara. Próxima à velha lutou contra a ânsia. Sua cabeça havia sido reduzida a uma massa disforme onde as moscas se aglomeravam. O cheiro não ajudou e o vômito foi inevitável. Tentou tapar a boca, mas só fez sujar mais, jorros escapando por entre os dedos e narinas. Olhou para trás certa de que era o alvo da vez, mas se aliviou – ainda vomitando – ao ver que as pessoas haviam sumido. Na verdade restara uma, mas estava longe demais para ouvir o descarrego estomacal.

Antes que pudesse cantar vitória, de repente lembrou-se do homem que entrara no quarto adiante, mas era tarde para consertar o erro. Ele surgiu alarmado, procurando. Josélia se encolheu, em vão. O ataque foi instantâneo. Decidindo não ceder à vontade de ficar petrificada pelo medo, desviou-se das mãos sujas do homem e se pôs a correr. Deixou o maluco berrando para trás e alcançou o elevador. Ele estava no andar de baixo, e ainda assim não chegaria rápido o bastante. Apertou o botão e decidiu apostar na sorte, correndo novamente.

Alcançou a porta que dava acesso à escadaria entre os andares e a abriu, chocando-se contra a perna de uma cadeira. Havia uma sorte de móveis empilhados formando uma barreira mal construída na passagem. Definitivamente Josélia não estava em condições de exigir uma passarela para desfilar sua escapada. Imaginou se seu tamanho conferiria alguma facilidade em passar por ali. O homem virou a esquina do corredor em uma corrida alucinada; era a hora de descobrir.

Assim que escalou os móveis, Josélia não encontrou posição para fechar a porta. A dificuldade para descobrir apoios firmes era enorme e ela acabou caindo em um vão. Sua perna se prendeu no braço de uma cadeira no instante em que o homem surgiu na porta. Tamanho não era a vantagem; o que contava era a agilidade. Maior do que a camareira, ele não teve problemas em avançar sobre a barricada. O único porém era sua luta para se manter apoiado. Parecia não ter coordenação. Agia como um viciado esfomeado após uma rodada de maconha, temendo perder sua refeição. Josélia forçou a perna e, conformando-se com não conseguir trazê-la para cima, se enfiou no buraco. Sob os móveis encontrou uma rota. Sentia-se como um tatu entocado, o lobo se aproximando. Ora vencia alguns metros encurvada, ora precisava engatinhar.

Quando alcançou a escadaria seguinte descobriu que daquele ponto em diante era menos iluminado, mas conseguiu avistar a porta para o andar inferior por entre o emaranhado de móveis. No alto o homem ganhava terreno, berrando e rosnando. Josélia apertou o passo e ignorou os vergões deixados na pele após se espremer através de passagens muito pequenas. Finalmente alcançou a porta, a única iluminação vindo por baixo dela. Estava trancada.

Virando-se com dificuldade passou a chutar a madeira, empregando uma força desesperada. Parecia que não ia ceder, mas o som de rachaduras começou. Sentada em um degrau, Josélia viu a silhueta do homem se arrastando sobre ela. Sentiu algo viscoso pingando em seu rosto. Reprimiu o lamento de asco e continuou chutando, se surpreendendo quando percebeu que ele a ignorava e, ainda, socava a porta, alheio à presença dela a menos de um metro abaixo de si. Sua força, por outro lado, era maior, e a soma de ambas arrebentou a fechadura. A luz entrou e o homem saiu, caindo no corredor e se levantando num pulo desajeitado. Procurava ao redor. Agia como se não soubesse que ela, o único motivo para ele ter se sujeitado àquilo, estava ali. Josélia resolveu esperar. Não demorou para que ele disparasse para um lado qualquer. A camareira puxou a porta, deixou uma brecha e esperou. A preocupação com os filhos aumentou, como um tumor inchando no peito em velocidade sobrenatural.

No andar de cima, o elevador aguardava o próximo passageiro.

Passamos o dia reforçando a inspeção dos andares tomados como refúgio. Por mais importante que a tarefa seja, me sinto entediado. Parece loucura, mas não consigo me acostumar a ficar parado no mesmo lugar enquanto eles nos cercam lá fora. Em Jaboticabal a melhor alternativa sempre foi correr. Nunca consegui me estabelecer em um local sem que algo ruim acontecesse – o que me faz lembrar que, além de não me apegar ao lugar, não devo me apegar a ninguém. O sofrimento será menor quando o inevitável acontecer.

Sinto a bexiga cheia e entro em um quarto qualquer para me aliviar. O cheiro forte da urina entrega a péssima dieta atual. Lavo as mãos enquanto me encaro no espelho, o semblante cansado. Antes que me perca nos costumeiros devaneios, molho o rosto com um punhado de água gelada.

Mal pego na maçaneta e alguém entra no quarto, o que percebo ao ouvir o girar de uma chave. Meu sensor de egocentrismo dá o alarme: logo penso que é alguém me encurralando. Pela fechadura procuro o visitante. Se for Oliver, o melhor a fazer é trancar a porta e mandá-lo embora. Não me surpreenderia se o cara puxasse assunto até com alguém sentado no trono.

Não é Oliver: é Pablo, sentado na beira da cama. Não deve ter notado minha presença, pois está de cabeça baixa, fuçando o bolso. Vejo algo em sua mão, talvez um bombom. Não. É um pacote pequeno, mas não é doce.

– Desculpa – ele sussurra, em lágrimas.

Em um movimento pesado, uma auto-tortura, abre o plástico, enfia os dedos e traz uma pequena quantidade do pó branco para perto do nariz. Com os olhos fechados, sua expressão é de quem está travando uma batalha contra demônios. Não faça isso, cara. Não cheira essa cocaína, crack ou o que quer que seja. Não deixa essa droga fazer sua cabeça. Já é difícil lutar contra essa legião infindável de infectados com a mente sã; imagine chapado. Penso em interferir, mas algo me impede de irromper como uma fada madrinha disposta a proferir um belo discurso repleto de lições de moral.

Um latido soa, seguido de ganidos. Thor está arranhando a porta do lado de fora. Parece implorar para que o dono não consuma o ato, mas Pablo não se abala e permanece parado por um tempo, os

olhos cerrados, lágrimas deslizando pela face. Desistindo, devolve o pó ao embrulho e este, ao bolso. Esfregando as mãos na calça, destranca a porta.

– Relaxa, Thor. Eu tô limpo – diz, e se vai.

Após o acontecido me sinto um invasor. Não é da minha conta, mas é algo importante. Falo com ele? Não, melhor deixá-lo se virar sozinho. Pior, não saberia o que dizer. Nunca me envolvi com drogas. Nem de cigarro eu gosto. A alergia me mata.

A noite chega sorrateira, trazendo o fim de um dia razoavelmente tranquilo.

No caminho que leva à lavanderia, David nos guia por um estreito corredor. Atrás de uma porta de metal descobrimos a sala de vigilância, com televisores mostrando diversos pontos do hotel, inclusive o lado de fora. Um Big Brother particular. Nas telas vemos os infectados perambulando como cachorros abandonados fuçando em busca de comida.

– Isso será útil – diz Victor.

Em meio às imagens, uma em particular se destaca. Yulia.

– Olha a ruivinha gostosa – aponta Luiz Carlos. – Será que a câmera pega a ducha dela?

A piada é censurada pelo olhar severo de Victor. Pooh foca em um detalhe.

– O que ela está segurando?

Mal consigo distinguir o objeto que a ruiva segura; a imagem não é das melhores.

– É um garfo. Parece que ela pegou o espírito da coisa.

– Tem algo estranho – comenta Ivan. – Ela está andando devagar demais. Como se estivesse se esgueirando.

Yulia lança um olhar por sobre o ombro antes de erguer a arma improvisada e entrar em um quarto.

– Aquele quarto em que ela entrou. Quem está lá? – pergunta Victor, desconfiado.

Pelo que me lembro, é o quarto de Conrado.

O que ela vai fazer?

Capítulo 9 – Tensão

Subimos correndo e chegamos ao local onde a russa passou, sorrateira como um felino. Não que estejamos muito preocupados com o bem estar de Conrado, mas é o tipo de situação que envolve uma carga de adrenalina. E se Yulia não for mais rápida do que ele? E a segurança do bebê?

– Por aqui – David diz antes de ouvirmos um grito masculino.

Disparamos até o quarto de onde ele veio, Pooh na frente, a arma preparada.

Encontramos o quarto vazio, mas uma silhueta é desenhada na parede pela luz do banheiro. Atentos, ouvimos a garota falando alguma coisa, bastante alterada.

– Você é louca – pragueja Conrado. Não sinto tanto alívio quanto deveria ao ouvir sua voz. Sinal de que ainda está vivo.

– O que está acontecendo aqui? – Victor entra sem convite.

Encontramos Yulia parada no centro do banheiro, as mãos vazias. Uma olhada rápida e avisto o garfo cravado na têmpora de um homem caído. Pela aparência, todo o sangue em sua roupa – além do provocado pelo garfo –, não há dúvida de que é um infectado. A poça vermelha se alastra no piso branco. Conrado está sentado sob o chuveiro do qual a água quente cai, o vapor tomando conta do ambiente.

– O que aconteceu? – pergunta Victor mais uma vez.

– Essa doida apareceu...

– Ei, larga a arma – Pooh engatilha a sua própria e mira o quarentão, que se levanta devagar e exibe a pistola, até aquele momento oculta sob a perna.

– Relaxa, ursinho – diz Conrado. – Se eu fosse usá-la, já o teria feito nesse filho da puta. – Aponta o infectado abatido. – Nem percebi ele entrando. Quando atirei, essa porcaria não funcionou – diz, jogando a pistola longe. Victor a pega sem tirar os olhos de Yulia.

A ruiva permanece com os olhos fixos em Conrado, um semblante de extrema irritação.

– Não é pra menos não ter funcionado. Sabe o que é um embuchamento?

Conrado não responde. Talvez o susto o tenha deixado momentaneamente sem piadas. Só faz erguer as sobrancelhas, os lábios entreabertos. Victor continua.

– O ferrolho não está fechado – diz ele, dando uma batidinha na parte de trás da arma. – Pronto.

Victor a deixa sob a tampa do vaso sanitário. Conrado se levanta apoiado no suporte de toalhas e desliga o chuveiro.

– Valeu, garota – diz ele, baixo o bastante para que eu pense estar delirando. Esse cara sabe agradecer?

Yulia contrai o cenho e despeja mais algumas palavras incompreensíveis.

– O que quer que eu faça? Quer uma medalha? Já agradeci, caramba.

Yulia se vai assim que Conrado sai do box, sem pudor com sua nudez.

– Qual a arma pra atirar e qual é pra se divertir agora, hein? – caçoa LC.

Conrado permanece calado após um baixo *humpf*, indo até o closet. Decidimos ir e deixá-lo sozinho, mas antes noto estranhas cicatrizes no lado esquerdo de seu corpo. Parecem marcas de lâminas, algumas esbranquiçadas pelo tempo e outras mais recentes.

– Gostou? – pergunta Conrado, cobrindo-se com uma camisa social. Desvio os olhos e sigo os outros.

David e Victor vão na frente, acompanhando as marcas de sangue, que aumentam conforme avançamos. Procuramos por onde o infectado entrou.

A trilha termina no quarto andar, o último ao qual temos acesso. Dali para cima é área proibida.

– Há alguma passagem exceto pela que trancamos? – Victor pergunta.

– Não – David responde. – Aquela é a única. É ali.

O barman aponta o elevador. Suas portas se encontram fechadas. Victor faz um sinal negativo e continua seguindo as pegadas, mais frequentes.

Viramos outra esquina, o único som vindo de nossas respirações pesadas. De repente, um rangido. Victor ergue uma mão e não preciso ter treinamento militar para entender. Paro de andar no mesmo instante. No fim do corredor uma porta se abre lentamente; a mesma trancada por David, onde móveis foram empilhados para formar uma barricada.

– Tem certeza que trancou essa? – Pooh pergunta sem desviar o olhar.

Um aceno com a cabeça é a única resposta de David. Suas mãos estão fechadas, tensas.

Recuo dois passos quando Victor ergue a arma num piscar. Palavras não são emitidas, mas o arrastar de pés no carpete é o suficiente para quebrar o silêncio. Alguém sai engatinhando da porta. Parece uma mulher, vestindo uniforme. Como ela passou por ali?

Seu rosto gira em nossa direção. Como qualquer infectado, ela grita quando nos vê. Noto algo estranho. Não é um berro feroz, de ameaça; o grito exala puro medo.

– Não atira. – David sai em disparada até ela.

– Não se aproxime dela!

O aviso de Victor vem tarde. Antes que possamos fazer qualquer coisa, David a alcança. A mulher continua gritando, histérica, até ser confortada pelos braços do rapaz. Como ela o abraça em vez de cravar os dentes em seu pescoço, nos aproximamos.

– Calma, Zélia.

Ela mantém um olhar apavorado, os dedos cravados na camiseta de David.

– O que tá acontecendo? – ela sussurra, os lábios tremendo. Seus olhos lacrimosos nos estudam em um misto de pavor e loucura.

David permanece ao lado de Josélia todo o tempo. Pelo que ela contou sobre ter ficado presa em um closet durante horas, teve muita sorte por sobreviver.

Famінta, bate um prato de macarronada preparado por ele, sempre atenta à etiqueta. Notei que ela não quis se enturmar, e demorou a aceitar a atual realidade – na verdade não aceitou ainda. Mesmo após ver pela janela a multidão cercando o hotel, disse não passar de uma gangue de delinquentes, e que logo a polícia resolveria aquilo. Ninguém se dispôs a explicar novamente. Cedo ou tarde ela vai acreditar.

– Parece que Yulia viu esse maluco zanzando por aí e salvou Conrado – explica LC.

– Ela não podia ter esperado ele atacar? – pergunta Carla, obviamente brincando. Ou não. – Seriam dois com uma porrada só.

Não há risos. Há uma preocupação real.

– Existe o perigo de outros descerem? – Lizzy é quem faz a pergunta principal.

– Eu subi e improvisei uma tranca na porta do quinto andar – diz LC.

– Viu alguém por perto?

– Cinco.

Lizzy suspira e continua:

– Esse lugar é uma bomba-relógio. Eles vão acabar descendo.

– Calma, Liz – diz Pooh. – Aquele só saiu por causa da faxineira.

– E quem garante que não há outros sobreviventes que tentarão fazer o mesmo? Este hotel é enorme. Sabemos como essas pessoas são perigosas, mas não acredito que todos os que estavam aqui tenham morrido.

O silêncio impera. Lizzy tem razão. Uma surpresa e estaremos perdidos.

– Sugiro que acalmem os ânimos – Victor toma a palavra. – Levantamos uma barricada também do lado de fora daquela porta. Não há mais o que fazer, exceto ficar alerta.

– Poderíamos limpar os andares superiores – Pablo sugere.

– Não, não poderíamos. Não há munição, e não podemos sair para buscar mais. Como eu disse, vamos ficar alertas.

Sinto que a conversa chegou ao fim. Ninguém contesta a decisão de Victor. Nem poderíamos: ele está certo.

– E o Conrado? Como está? – Dani pergunta, e, diante de olhares curiosos, se explica. – Não que eu me importe.

– Continua o mesmo paspalho. Estava bem assustado quando o encontramos – conta Pooh. – Com motivo. Se não fosse a russa, estaria do lado dos nossos maiores desafetos.

– "Estaria"? – diz Carla, irônica.

– Ele é cheio de cicatrizes. – As palavras simplesmente saem de minha boca.

– Como? – Lizzy parece não ter escutado o que eu disse.

– Conrado. Tem várias cicatrizes no corpo.

– Tem algo contra cicatrizes? – pergunta Pooh.

– Nada contra, nem a favor, muito pelo contrário – digo, levando na esportiva. Não esqueci que ele também é um porta-cicatrizes ambulante. – Só achei estranho. Não são aleatórias, são mais como... Sei lá. Precisas demais.

– Deve ter se metido em muita treta. Não é o tipo de cara que você quer como parça, mas o que você enche de porrada. – Carla é mais direta em sua opinião. Acredito que seja a geral.

Sinto o suor encharcando as costas da camisa enquanto corro desesperado pela rua inclinada, fugindo do bando que me cercou. Eles surgem como insetos dos buracos mais improváveis. Se não tivessem aparecido eu poderia estar na estrada, talvez rumo à salvação. Cheguei tão perto da rodovia; mesmo sem saber dirigir, percorreria a pé até a cidade mais próxima. Não tive escolha a não ser voltar, e não sei se terei outra chance.

Na quebra de outra esquina sou surpreendido por mais deles. Cercado.

Há uns vinte em meu encalço – chutando baixo. Imagino se sou o bastante para encher a barriga de todos. Atravesso a rua e me concentro no ponto mais apropriado para me refugiar. Baixo o bastante para que eu consiga subir num impulso e alto o suficiente para que possam me alcançar. Da sarjeta, bato um pé na calçada e, com o outro, me impulsiono do muro para cima, agarrando a borda e subindo como um gato. Leva algo em torno de dois segundos para escalar dois metros e meio. O desespero me faz desequilibrar e cair de costas do outro lado. Uma dor lancinante atinge minha coluna. Não contenho o grito.

Grunhidos ferozes me dão ânimo para levantar num pulo, mesmo sentindo a dor se intensificar. Cambaleio por um longo e escuro corredor e me escondo na esquina que leva aos fundos do local. O único som são os gritos dos infelizes do lado de fora e minha respiração descompassada.

Observo ao redor, a respiração saindo veloz, o nariz ardendo por dentro. Trata-se de uma pré-escola. Tento não imaginar o que terá acontecido com todas aquelas crianças. É uma merda saber que vidas tão puras foram encerradas dessa forma. Não consigo me lembrar com clareza da minha infância, mas não tenho más recordações. Minha juventude? Estou começando a duvidar que passarei dela.

Aguardo um tempo antes de explorar a área – todo cuidado é

pouco. Não ficaria surpreso se um dos dementes pulasse do telhado. Minha sorte é não saberem escalar – ou talvez não saberem que podem fazê-lo. Loucura, talvez, mas, se for isso, prefiro que continuem com essa habilidade esquecida. Já basta correrem como o vento de um furacão.

Não identificando qualquer barulho – do lado de dentro –, resolvo arriscar. Estou com sede demais para me dar ao luxo de não beber água por causa do medo.

Como se estivesse pisando em ovos, caminho até metade do corredor e acabo tropeçando em uma pilha de ripas de madeira, culpa da falta de iluminação. O barulho ecoa, e sinto as pernas travarem. É tudo de que preciso, um alarme anunciando "Estou aqui, venham me matar". Aguardo por um tempo, imóvel. Nada acontece. Talvez não haja mesmo ninguém aqui, afinal. Por precaução, pego uma das ripas, bem resistente por sinal. Deve ter uns 70 cm. Não é a melhor arma do mundo, mas vale de alguma coisa.

Continuo o trajeto e me dirijo até um bebedouro. Minha garganta implora. Devo estar com dois por cento de desidratação, mas sinto como se fosse cem. Caio de boca no jorro que sai da máquina assim que pressiono o botão. Ah, que delícia. Geladinha. Nunca gostei de água muito gelada; é como se não matasse a sede. Hoje a sensação é outra. É revigorante.

Me sinto tão entregue ao momento que por pouco um som passa despercebido. Baixo, mas bem audível. Fixando o olhar na escuridão, noto uma sombra mais escura se destacando no breu, uma assombração tomando forma e alcançando o mundo real, tão física quanto eu. Meus olhos quase saltam das órbitas quando ele desponta na claridade.

Não passa dos dez anos de idade. É branco, tem uma pele de porcelana, com os cabelos negros sedosos e brilhantes. Porém, a inocência que deveria estar em seu olhar foi tomada por outra característica. Algo diabólico. Sanguinário. Uma mordida desponta em seu braço, esticado em minha direção. Erguendo a ripa, custo a acreditar no que terei que fazer, mas infelizmente é assim agora. Criança ou não, é ele ou eu.

Mal se aproxima para me atacar, frenético, e tenho a certeza de que nem sentiu a madeira rachando seu crânio, um corte surgindo num repente e liberando uma quantidade generosa de sangue. Meus músculos, rijos, tremem com o impacto. O corpo frágil cambaleia em direção à parede ao lado e rola para o chão, sem drama. Apenas cai e chega ao ponto final de sua curta vida. Em termos físicos este foi fácil. Psicologicamente? É como ter que enfrentar o Maguila no auge de sua carreira.

A ripa permanece intacta. Ignorando o corpo aos meus pés, mantenho-a pronta para outro que venha tentar a sorte. Alerta, continuo a beber água até me sentir saciado. A correria a que os filhos da mãe lá fora – ainda berrando – me submeteram não me deixou apenas com sede, mas com uma fome do cão. Espero ter sorte e encontrar alguma comida no refeitório. Sem pressa, de "orelhas erguidas", sigo a plaquinha com o desenho de um prato fumegante. Nenhuma outra criança zumbi aparece, graças. Não seria nada agradável quebrar mais um crânio tão pequeno, tão frágil, tão... Cara, eu acabei de matar uma criança.

Encostado em uma porta, respiro fundo. Não foi errado: era ele ou eu. Mas... Uma criança. Nem sabia o que estava fazendo, droga. Tiago, não é hora para remorso. O que está feito, está feito. É como você disse: era ele ou você. Respira fundo. Não é assim que você vai sobreviver.

A razão fala mais alto. Recomponho-me e redobro a atenção. Logo chego ao refeitório. Não há iluminação no salão, exceto pela luz que entra através dos vitrôs no alto. Acendo as lâmpadas, fluorescentes, e observo as mesinhas reviradas. Por um momento ouço fragmentos de gritos infantis, como se o que quer que tenha acontecido ali tivesse sido tatuado nas paredes para sempre.

Próximo à bancada encontro um panelão sobre uma cadeira. Retiro a tampa e a comida enche minha boca de água – até sentir o cheiro de azedo entrar rasgando em meu nariz. Caramba. Sempre pensei que pessoas que diziam vomitar por causa de cheiro ruim eram frescas, mas agora entendo. Sinto o gosto do vômito subir, e por pouco não libero o pouco que está em meu estômago.

Um arroto escapa. Fuço nos armários e encontro um saco de papel pardo com pães murchos e um pacote de bolachas de água e sal. É tudo de que preciso. Na geladeira, pego cinco saquinhos de algo amarelo, possivelmente suco de soja, daqueles que distribuem para as crianças. Puxo uma cadeira ao lado do panelão – que devia servir para a merendeira sentar quando as pernas doíam, pois é a única que me serve – e dou início ao banquete.

Minhas mãos continuam tremendo mesmo após a dor no estômago ceder. A fome sempre me afetou demais. Não que já tenha sofrido disso; pelo contrário, sempre me alimentei muito bem, mas era só ficar sem comer por tempo demais e já sentia dor de cabeça e tremedeiras.

Um barulho repentino me faz parar de mastigar. Enrijeço na cadeira, os olhos desconfiados analisando ao redor. Silêncio. Juro que ouvi algo. Deixo um pão pela metade sobre a bancada e ergo a ripa novamente. O medo me faz engolir em seco quando ouço de novo. Parece um lamento seguido de um shh. Tem algo estranho acontecendo.

Sigo o som – pelo menos de onde acho que veio – e entro na cozinha. Nada fora do normal, desconsiderando as manchas de sangue no chão, derivadas do possível ataque sofrido pelas merendeiras. A despensa chama minha atenção: a porta entreaberta de um armário parece tremular. Enxergo um brilho diferente vindo da escuridão de seu interior, reflexo da lâmpada nos olhos de alguém.

Temeroso, mas decidido, me aproximo. Num movimento brusco agarro a maçaneta e puxo, pronto para arrebentar o que quer que esteja ali.

Assim que volto do banheiro, Oliver vem, puxando meu braço e apontando em direção à TV.

– Corre, Ti. Mais notícias.

Ti. Intimidade para quê, não é?

Alguns passam grande parte do tempo no restaurante, esperando novidades. A programação normal foi interrompida, mas vez ou outra surge uma chamada urgente. Nunca noticiam algo que eu já não saiba. A esperança é a última que morre? Prefiro que seja eu.

Os agentes (decidi chamá-los assim, pois é o que parecem; algo bem genérico) formam uma fileira diante da TV. Josélia permanece reclusa em uma mesa. Dani também está sentada, comendo alguma coisa, mais afastada. Seu mau humor não parece ter ido embora, mas pelo menos o apetite voltou. Que bom. Antes mal humorada do que mal humorada *e* com fome. Percebo que ela evita olhar em minha direção, mesmo notando minha presença. Está muito estranha essa Daniela.

Pablo se mantém abraçado às costas de uma cadeira, olhando fixamente para Yulia, por sua vez ninando Yerik. Thor parece assistir à TV com a cabeça apoiada na perna do dono, uma das orelhas caída. Será que entende o que está acontecendo? Se não, não perde nada. Basta saber correr que está tudo certo, campeão.

Dirijo minha atenção à TV.

– *A situação se agrava em São Paulo* – informa o repórter Joel Silveira. – *O exército continua bloqueando as fronteiras da capital, mas, se continuar como está, não suportará por muito mais tempo.*

A câmera mostra barreiras militares formando um paredão impenetrável contra os cidadãos protestando para sair. Famílias inteiras em veículos engarrafados, outras a pé – nada que sensibilize os soldados. Pais gritam, crianças choram ou olham ao redor assustadas. Parece uma feira matinal de domingo. Mal sabem que o alimento, no caso, não são frutas e verduras, mas sua carne.

– *O governo ordenou que a barreira fosse mantida até descobrirem quais medidas tomar, pois não querem causar tumulto nos estados vizinhos. Disseram que já estão normalizando a situação em São Paulo e que logo tudo estará resolvido.*

– Mentirosos – pragueja Daniela, os olhos fechados, os lábios cerrados em uma linha reta.

– Como se fossem sustentar essa mentira por muito tempo – digo, mais para mim mesmo.

A reportagem mostra os soldados atirando para o alto na tentativa de dispersar a investida de cinco homens. Uma miríade de vozes grita sob as luzes dos holofotes, como uma peça demoníaca estreando em cadeia nacional. Entre eles há pessoas sensatas, orientando aos mais irritados que se acalmem. Pelo ângulo da câmera, o repórter deve estar no telhado de algum pequeno prédio nos arredores.

– *Irmão, eu não vou cobrir essa merda por mais tempo* – Joel deixa escapar, enquanto a câmera tremula. Pelos zunidos, os tiros passaram perto. Ele pigarreia e retoma a postura. – *O coronel Peter informou que grupos de resgate serão enviados à capital, e que esse desespero não é necessário. É só questão de tempo até que todos estejam seguros.*

Outra mentira. O único desejo da LAQUARTZ é que todos se ferrem.

– *Todas as entradas de São Paulo estão bloqueadas, inclusive as aéreas. Todo e qualquer meio de transporte está proibido de adentrar a cidade e os arredores, pois querem evitar maiores transtornos assim que iniciarem os resgates.*

Pablo arrasta a cadeira à menção da palavra resgate. Coitado. Sinto pena de sua esperança.

A cada minuto a multidão parece aumentar; a tensão cresce em igual proporção.

– *Grandes galpões foram montados próximos à barreira. Não sabemos se é para uso dos soldados ou estações médicas improvisadas, para verificar rastros da tal doença nos populares.*

A câmera focaliza uma garotinha, quatro anos no máximo, o rosto sujo de terra, agarrada aos braços da mãe, ambas entregues às lágrimas. O homem se aproximando por trás e as envolvendo em um abraço deve ser o pai. A expressão em seu rosto, gasta, é de um animal pronto para qualquer coisa em nome da proteção da prole. Boa sorte, amigo.

Perco-me na imagem da garotinha na TV. Está assustada, mas não é uma lasca do que sentirá quando eles chegarem.

Um estrondo nos faz levantar, assustados. Pablo cai da cadeira e Thor se posta diante dele, rosnando. Olho na mesma direção, e instintivamente puxo uma faca sobre uma mesa próxima.

Meus olhos quase saltam das órbitas ao encontrar o casal de crianças escondido no armário. Vestem o mesmo uniforme escolar, branco e azul. O menino, mais velho, tem olhos apertados e cabelo curto escuro. Fuligem cobre suas bochechas e testa. Mantém a menor envolvida em um abraço, um sinal de proteção. Ela, por sua vez, tem cabelos claros e ondulados, presos num rabo de cavalo bagunçado, os mesmos olhos do garoto e a pele tão branca quanto. Devem estar escondidos desde que começou. A hora do recreio foi de matar, literalmente.

– Vai embora – grita ele, a apertando ainda mais. A garotinha treme, os lábios reprimindo o choro.

– Calma, moleque – digo, abaixando a ripa ainda erguida. – Não vou machucar vocês.

O garoto encara meu olhar de volta em tom de ameaça. Se alguém – ou algo – se aproximar, o pirralho será burro o bastante para revidar.

– Saiam daí.

Volto à cadeira e me sento para continuar minha refeição interrompida – após ir até a porta do refeitório e travar a maçaneta com uma cadeira. Anote: precaução nunca é demais.

Devorando os pães com uma ferocidade controlada, noto o garoto me observando pelo canto do batente. Mantém as sobrancelhas franzidas, tentando mostrar valentia. Ousadia tem hora, pirralho.

– Você não é um dos bichos?

A voz vem detrás do menino. Suave, trêmula e curiosa. Ele não desvia o olhar, também esperando uma resposta.

– Não. Sou normal.

Seus olhos, ainda atentos, vão perdendo a hostilidade.

– Você vai levar a gente até a mamãe? – pergunta ela, aparecendo de corpo inteiro.

– O quê? – Paro de mastigar, encarando-os. Ambos aguardam minha resposta. Parecem suplicantes. – O que aconteceu aqui? – pergunto, mudando de assunto. Como se já não soubesse.

Eles se aproximam. A menina vem na frente, mas é contida com um puxão pelo braço antes de se aproximar demais. Permanecem de pé ao lado de uma mesa até que o menino resolve falar.

– A gente 'tava na hora do recreio e os homens loucos apareceram e começaram a bater em todo mundo. Meus amiguinhos caíram e não levantaram mais. Quer dizer, uns levantaram, e correram atrás dos outros.

Enquanto narra, o medo retoma o rostinho da menina, como se ela estivesse reassistindo à cena.

– Peguei a mão da Pam e a gente correu pra cá. Não tinha quase ninguém comendo porque já 'tavam voltando pras salinhas. Só as merendeiras 'tavam na cozinha, assustadas. Quando a gente entrou correndo elas perguntaram, mas a gente 'tava chorando muito. A tia Dulce, a mais gorda, pegou a colher de pau quando viu um deles vindo atrás da gente e gritou pra ele parar, mas ele não parou. Acho que ele mordeu a tia da merenda.

Os olhinhos de Pâmela brilham, lacrimejantes.

– Quando eu vi sangue saindo do pescoço da tia gorda e as outras gritando "polícia", a gente se escondeu no armário. Ouvi uma barulheira muito grande. Tinha gente gritando, correndo, quebrando tudo. Aí depois de um tempo parou. A gente saiu do armário só no outro dia de manhã.

– Os bichos tinha ido embora – ela grita. Outro shh sai em repreensão dos lábios do menino.

– Fala baixo, Pâmela.

– Ai, Carlinhos. Eles já foram embora.

– Tem um lá fora – aviso, sem saco para discussões infantis. Seus rostos amedrontados se voltam a mim. – Relaxem. Ele não vai entrar. Dei um jeito nele.

Sei que são crianças, mas nunca me senti confortável perto delas. Hoje não deveria ser diferente. Costumava dizer que são monstros disfarçados, prontos para atacar. Uma brincadeira, óbvio. Ainda assim, nunca me agradaram. Me imaginar pai algum dia é algo impossível. Cuidar de crianças é para pessoas que estejam dispostas a abdicar de suas próprias vidas, e eu não sou uma delas, principalmente se tiver a chance de viver normalmente algum dia.

– Vocês vão ficar aí me olhando? Comam alguma coisa.

– Você vai levar a gente pra mamãe, moço? – Pâmela insiste.

– Pra começarmos bem, meu nome não é moço, é Tiago. E pra terminar, não.

As expressões se divergem. Enquanto ela me olha triste, ele me encara irado; como se fosse minha obrigação bancar a babá nada perfeita em meio a uma cidade infestada de "bichos". Já é muito difícil fugir sozinho, o que dizer com dois pesos tão frágeis. Seria como atravessar uma ponte de cipós equilibrando uma bandeja com taças de cristal.

– Papai é polícia. Ele pode ajudar.

A menção da palavra "polícia" pelos lábios rosados de Pâmela desperta minha curiosidade. Um cara com arma em casa e bem preparado pode ter alguma chance nesse inferno. Não pode? Não custa tentar. É minha melhor opção; voltar à casa de Moisés está fora de questão.

– Onde vocês moram?

– Perto da delegacia.

Há somente uma na cidade. Interessante; não é longe. Na verdade, é até bem perto. Não sei como não arriscaram ir sozinhos. Deviam estar mesmo com muito medo, e não tiro sua razão.

– Eu não quis dizer que não os levaria – digo, forçando um sorriso. – Só pensei em sua segurança.

– A gente vai ficar seguro com a mamãe – diz Carlinhos, firme. – Leva a gente?

Peso os prós e contras alternando olhares de um rosto para o outro enquanto mordo o bico do saquinho e rasgo o plástico. Talvez eu consiga atravessar a tal ponte; o que não sei é se as taças chegarão intactas ao outro lado.

– Ok, eu levo vocês. – Chupo o leite de soja.

Os agentes permanecem com as armas em posição, mirando no grupo de pessoas que surgiu sem aviso. Vieram de uma parte até então ignorada, onde grandes persianas de madeira davam a impressão de decoração. Nosso engano. Atrás delas há uma área particular, um pequeno jardim com algumas cadeiras coloridas dispostas simetricamente. É uma área aberta: não possui teto, mas é cercada por altas paredes brancas.

– Como vocês entraram aqui? – pergunta Victor, em tom normal, mas com a voz parecendo um trovão.

– Nós já estávamos aqui – pronuncia-se um homem, visivelmente alterado. – Os invasores são vocês.

O grupo consiste em quinze pessoas, entre homens, mulheres e uma criança, figuras dos mais variados tipos. Metade veste uniforme, alguns diferentes dos outros, mas todos seguindo a mesma cor padrão, púrpura. O restante provavelmente é de hóspedes, os grandes felizardos por não terem os traseiros abocanhados.

Um deles, um homem negro e careca (bastante parecido com Victor, exceto pelos músculos), usando óculos escuros e roupa social cinza, abre passagem e se põe à frente da trupe.

– Desculpem o tom grosseiro do meu colega, mas tenho certeza de que podemos sentar e conversar amigavelmente.

– Ninguém vai sentar – diz Victor, sem alterar a voz. – Quem está ferido?

– Eu, meu filho – diz uma senhora, por volta dos sessenta, pedindo licença e se aproximando do outro. – Levei uma mordida de um desses drogados bem no pé.

De relance vejo Pooh e Lizzy trocando um olhar sinistro. Victor continua ereto, na mesma posição e com a arma engatilhada. A única reação que percebo são as mandíbulas se contraindo por um segundo.

– Alguém mais?

– Por quê? – pergunta o mesmo homem de tom grosseiro. – Vocês são médicos?

– Somos. – A resposta é imediata. Sinto algo cheirando mal. Eles podem ser tudo, menos médicos.

– Ah, que bom, meu filho – suspira a senhora. – Não estou mais me aguentando de dor.

Um silêncio fúnebre paira no restaurante. É como um grande tabuleiro de xadrez, Victor sendo o responsável por separar as peças brancas e pretas. Sinto que a senhora faz parte da segunda categoria.

Noto que Daniela está ao meu lado, quase encostada em meu braço – deve ter se aproximado quando os estranhos surgiram. Trocamos um olhar desconfiado, e tenho certeza de que sabe que, se algo inesperado acontecer, sairei correndo e, sem dúvida, ela virá atrás. Quando volto a observar o grupo do outro lado, uma garota – vestindo o mesmo uniforme de Josélia, mas de tamanho maior para comportar seu recheio avantajado – me encara de um modo estranho, como se tentasse ler algo em minha testa. Na verdade, seu alvo somos Daniela e eu.

– Vocês dois estavam na TV – ela diz, apontando o indicador.

As atenções se direcionam para nós dois – exceto por Victor, Pooh e Lizzy.

– Não é hora para tietagem, minha querida – diz o negro de óculos, tentando parecer simpático.

– Tietagem é o cacete. Esses dois estavam nos jornais. São procurados por... Ei! Isso tudo é culpa deles.

– Acho melhor abaixar o tom – fala Pooh, dando um passo à frente.

Cochichos tomam conta do grupo. Lançam olhares em nossa direção, uns suspeitos, outros confusos.

– Vocês estão apontando as armas para as pessoas erradas – continua a garota. – Não se lembram da tragédia no interior? Sobre aquele vírus na água, e depois com a fuga dos adolescentes contaminados? São eles. São vocês. Tiago e... – Ela põe a mão gorducha na boca, alisando os lábios. – Juliana. Daiana. – Por alguns segundos, alheia aos cochichos que se intensificam, pensa, e parece finalmente se lembrar. – Daniela.

– Você é uma idiota – Daniela rebate. – Acredita em tudo que vê na televisão? Devia acreditar nos programas de aeróbica.

– Dani – sussurro, na tentativa de fazê-la se controlar e não desandar o bolo de vez.

– São eles os culpados pelo que aconteceu ontem. Foram eles que trouxeram esse vírus para a nossa água.

Vejo que uma parte dos companheiros da gordinha parece ter dado ouvidos às novidades proferidas pela voz estridente. Alguns fazem menção de vir em minha direção, mas param no mesmo instante em que ouço um disparo zunindo em meu ouvido.

Victor atira para o alto. Uma bala é o suficiente para trazer o silêncio de volta ao restaurante; lá fora, pelo contrário, o som deve ter ouriçado a multidão, pois seus berros chegam com mais força às janelas. Nem lento nem rápido demais Victor volta à posição anterior, mirando nas pessoas, mais precisamente na gordinha faladeira.

– Resolvemos isso depois – ele continua. – Agora... Você foi mordida?

Ela se mantém calada.

– Quanto mais cedo responder, mais cedo cuidaremos de você. O *vírus* pode se alastrar rápido. E então?

Ela lança um olhar à senhora antes de responder. Enxergo uma dúvida incrustada em sua expressão, como se pedisse conselhos à mais velha.

– Sim.

Logo outras pessoas decidem se manifestar e se juntar às duas; os funcionários – um rapaz da minha idade, outros dois mais velhos, por volta dos trinta, um senhor de terno, talvez gerente ou concierge, e uma moça loira, muito bonita – e os hóspedes – o grosseiro inicial, outro também alterado, mas menos grosseiro, e uma mulher e a criança, mãe e filha. Por fim, restam quatro: o negro de óculos, uma mulher magra e loira de nariz empinado, e um casal de namorados (deduzo pelas mãos dadas o tempo todo).

– Por favor, se aproximem – diz Victor, fazendo um sinal para os quatro remanescentes. Após um momento de ponderação, seus pés se arrastam pesadamente para o nosso lado. Percebo o casal cochichando, mas se calam ao me notar os olhando.

Os feridos se alternam entre aparentemente doentes e definitivamente doentes. A mulher, mãe da menina de não mais de dez anos, geme enquanto segura o braço, sangue seco ao longo do antebraço, e olhos caídos. A menina a abraça pela cintura, sua força limitada disposta a apoiar a mãe. A senhora também reclama bastante do ferimento no pé, um pedaço de pano – rasgado da aba de seu vestido – improvisado como curativo e encharcado. Os outros exibem ferimentos mais discretos, e um deles, o grosseiro, não consigo descobrir onde foi mordido.

– Todos vocês foram feridos pelos infectados, correto? – pergunta Victor, pausadamente. – Não podemos tratar ferimentos que não tenham sido provocados por eles.

– Os drogados? – pergunta a senhora. – Não são infectados: são uns viciados. É desse jeito que as drogas deixam uma pessoa.

– Sim, os *drogados*. Todos vocês foram mordidos, arranhados ou tiveram contato com os fluídos deles?

Confirmações ecoam em volume reduzido.

– Ivan, Elizabeth, venham comigo.

Percebo uma expressão arrasada por trás do rosto indiferente de Lizzy ao acompanhar os companheiros. Carla e LC continuam onde estão, encarando-se pelo canto do olho, desconfiados.

– Por favor, podem seguir de volta para o lugar de onde vieram? – pede Victor, a arma descansando ao lado do corpo, as mãos firmes, preparadas para agirem rápido.

– Mas está chovendo lá fora – grita o grosseiro, ainda grosseiro.

– A chuva ajuda. Por favor.

Balançando os ombros, é o primeiro a ir, batendo os pés e atravessando a persiana. Em seguida, todos vão atrás. As últimas são mãe e filha, a mulher começando com uma dolorosa crise de tosse.

– Calma, mãe. Respira. Eles vão cuidar da gente – diz a menina, tentando confortá-la. Depois somem de vista. Victor e Pooh os seguem. Antes, porém, Victor troca algumas palavras com Lizzy, e ela acena, concordando. Então os dois grandalhões continuam. Lizzy lança um olhar para mim. Indecifrável. Há dor. Mas há algo mais. As persianas se fecham e ela se posta de costas para a passagem, a arma direcionada a nós.

Daniela e eu nos encaramos novamente. Não só a nossa, mas a respiração de todos sai pesada. Ouço mais de uma garganta engolindo em seco atrás de mim.

Thor gane alto quando, do outro lado das persianas, estoura uma saraivada de tiros.

Capítulo 10 - Amaldiçoado

Victor, Pooh e LC (este último claramente contrariado) se encarregam de despachar os corpos pelas janelas. Ninguém se manifesta a respeito, mas a atitude extrema torna a atmosfera insustentável. Não tiro sua razão, mas é complicado aceitar em voz alta que foi a decisão mais acertada. Sim, é o que acho. Não havia outra alternativa. Um bando de bombas-relógio prestes a alcançar o timing da explosão confinadas conosco. Acabariam detonando e nos mandando para os ares. Agradeço mentalmente a Victor por não ter pestanejado.

Lizzy não se importa em explicar por que nos manteve na mira. Ao som dos tiros, os novos companheiros possivelmente correriam e, na tentativa de escapar, deixariam os infectados entrarem. Não foi o que aconteceu. Ninguém se moveu, e acredito que todos somaram um mais um. No fundo me sinto aliviado por não ter sido obrigado a conviver com o grosseiro ou a gordinha. É o que sinto, me desculpe.

Uma hora depois é como se aquilo não tivesse acontecido, embora, após explicar com poucas palavras o motivo das mortes, os agentes permaneçam do outro lado, em uma reunião privada. Deus sabe o que estarão discutindo.

Dani deixa de me ignorar e passa a me rodear, sem trocar uma palavra. Sentamos com Oliver, Pablo e o senhor negro de óculos, Dezuíno. Acabamos descobrindo que ele é deficiente visual. Uma surpresa ainda estar vivo.

– Então não houve o tal vírus? – pergunta ele, agora sem os óculos. Seus olhos parecem bolas de gude com fumaça dentro, e, mesmo que não nos veja, é desconfortável olhar de volta.

Conto superficialmente o ocorrido em Jaboticabal, sem entrar em maiores detalhes, como a LAQUARTZ, o exército e uma gama de etecéteras que fazem parte das lembranças desagradáveis.

Enquanto desenrolo o relato, os outros vão se aproximando,

curiosos. A loira de nariz empinado, Janaína, não parece dar crédito ao que digo.

– Ah, claro. Raiva humana.

Ela revira os olhos, como se não soubesse que eu vejo sua expressão – ou não se importasse –, e puxa uma carteira de metal da cintura, acendendo um cigarro e indo até uma das janelas. Do outro lado, David aguarda Josélia, esta desesperada no telefone por algum motivo.

Percebendo que nada mais tenho a falar, Dezuíno continua:

– Deus vai nos ajudar e logo tudo estará resolvido.

– Eu não contaria com isso, cara – digo.

– Não acredita em Deus?

Emudeço. Não por surpresa ou acanhamento, mas simplesmente por não saber o que responder. Em Jaboticabal, acreditava Nele, rezava para Ele, O temia, no real sentido da palavra, mas hoje, após tanto correr, testemunhar tantas mortes injustas e tanto sofrimento, fica mais difícil acreditar que realmente exista um homem lá em cima olhando por nós. Se houver, é um psicopata filho da mãe.

Decidido a não dar corda para o início de uma discussão teológica, mudo de assunto.

– Quem quiser rezar, reze. Mas é bom ficar espiando sobre o ombro enquanto estiver ajoelhado. Não acredito que seu deus vai conseguir te avisar a tempo se algum deles chegar por trás.

E antes que Dezuíno consiga dar seguimento ao meu comentário, explico sobre os andares seguros, quais portas não devem ser abertas e um ou outro cuidado a ser tomado "até a ajuda chegar".

Deixo-os costurando teorias e, disfarçadamente, chamo Daniela para um canto.

– Preciso conversar.

Ela parece ter me ouvido dizer alguma obscenidade, pois estampa uma expressão de incredulidade no rosto cansado.

– Sobre?

– Sobre o que vimos na LAQUARTZ. Sobre meu...

A imagem daquela diabólica máscara de ferro me vem à mente como uma interrupção na novela das oito para uma notícia urgente. Daniela me observa, talvez esperando que eu conclua a frase, mas, ao perceber que a última palavra não virá, concorda.

– Tudo bem. Quer ir agora?

Afirmo com um aceno, e subimos.

O ato de desabafar provoca uma estranha sensação, como se eu entregasse uma chave para o ouvinte – no caso Daniela – e, assim, ele pudesse inseri-la em minha nuca, abrir o topo de minha cabeça e descobrir, no palco de minhas lembranças, enquanto rola uma peça com roteiro focado nos meus segredos mais sujos, minha ficha biológica completa com direito a ilustrações. Não sei precisar se é boa ou ruim, mas é uma sensação.

Daniela senta com as pernas cruzadas, em lótus, sobre a cama. Mantenho-me afastado, na beirada.

– Acha que podemos confiar neles? – pergunta, referindo-se aos agentes, mais especificamente a Lizzy e Pooh.

– Não sei o que pensar. Não podemos negar que nos salvaram. Se não tivessem aparecido, não estaríamos aqui.

– Sim, mas... – Ela pondera por algum tempo antes de continuar: – Acredita que tenha sido por acaso? Digo, estavam no lugar certo, na hora certa. Para nós dois. Não acho que seja apenas uma coincidência.

Daniela tem razão. Organizo as ideias. Ricardo escapou e espalhou a infecção por acaso – na verdade, por minha culpa. De um jeito ou de outro, não estava nos planos. Por outro lado, Pooh e Lizzy estavam na LAQUARTZ, e poderiam estar em qualquer outro dia, mas não: estavam lá justamente quando Dani e eu também estávamos. Há chances de ser uma bela coincidência, mas não acredito que fosse, pelo modo como nos ajudaram. Enquanto todos aqueles jalecos passavam de um lado para outro, a dupla nos escoltou rumo à liberdade. Uma liberdade questionável, diga-se de passagem. Não pelo hotel, mas pela maneira como me tratam. Podem tentar disfarçar, mas é estranho, como se estivessem responsáveis por me vigiar de perto. Sinto-me sendo cuidado por babás com porte de arma.

– O pior é que o grupo está aumentando – diz, com uma careta. – Não sei se podemos confiar em todos que forem resgatados.

– Concordo. Era tão mais simples quando era apenas eu.

Percebo que o modo como concluo a frase a surpreende, e não de um jeito bom. Acho que esperava que eu dissesse "nós". Há um quê de aborrecimento quando ela continua:

– E tem esse Oliver. Não gosto dele.

– É apenas mais um entre os outros. Está passando pelas nossas vidas agora, mas logo tomará seu rumo.

– Acredita mesmo nisso? Não acha que estamos todos ligados para sempre depois de tudo?

– Eu...

– Você e eu. O que diz?

– O que quer que eu diga?

– Estamos juntos nessa há tempo demais para que você olhe assim, tão friamente.

– Dani, nunca disse que nos casaríamos.

Ela me interrompe com a voz esganiçada, tentando gargalhar, mas o que entendo é um embaraço repentino.

– Quando eu disse que queria casar, Tiago? Você bebeu?

– Não estou falando literalmente. Nos ajudamos, temos, entre nós, algo além do que temos com qualquer outro aqui. Poxa, somos parceiros. Mas não quero que pense que exista algo a mais, porque não há.

– Ok, James Dean. Vou tentar não ceder aos seus encantos involuntários – diz ela, debochando, mas sem convicção. Após um incômodo silêncio, quebrado apenas pelo som da chuva, continua. – Tá doendo?

Ela aponta com um aceno em direção ao meu tórax. Como se precisasse ver os ferimentos para ter certeza de que continuam ali e que tudo aquilo aconteceu, levanto a camiseta. Meu peito apresenta cortes seguindo para uma mesma direção, cobertos de hematomas. O arame farpado ao redor dos punhos de meu pai machucou feio.

– Arde, mas dá pra aguentar. E você?

Ela alisa as palmas, a pele severamente arranhada.

– Os calos do handebol fazem doer menos – responde. Não me convence.

Um sorriso desajeitado nasce em seu rosto, mas morre em seguida. Passando a língua nos lábios, abre a boca uma vez, fecha em seguida, como se não soubesse o que dizer – ou *como* dizer –, e, por fim, pergunta:

– Tem alguma ideia de como seu pai foi parar lá? – Há uma expressão de interesse forçada. Não que não esteja interessada.

– Não, e esta não é a única incógnita. Caramba, e aquela parafernália no corpo dele? Aquela máscara.

– Esta noite tive um pesadelo com ela – diz, os olhos encarando a colcha de tecido fino.

– A LAQUARTZ entrou em nossas vidas desde que escapamos de Jaboticabal, mas estou começando a imaginar que não foi por acaso.

Percebo que ela compartilha da mesma opinião, e continuo:

– Até pensei que, quando raptaram Ricardo, ele estivesse mesmo infectado. Pensei também que fosse pura e simples vingança. Mas, depois de tudo que passamos, tudo o que vi e ouvi naquele lugar... – Por um momento sinto o ar frio dos corredores da empresa, minha pele nua tocando suas paredes geladas e de um branco enlouquecedor. – Não. Há bem mais por trás das cortinas.

– Acha que teu pai pode... Poderia estar envolvido? – Ela morde a unha do indicador, mas sem quebrá-la, apenas estalando a ponta com os dentes.

– Acho que o pegaram para me pegar.

– Como assim?

Por uma fração de segundo penso em escolher as palavras mais adequadas para explicar o que tenho em mente, mas seria inútil. Daniela nunca se mostrou boa em deduções; age no calor do momento. Exceto por raras ocasiões, a chama da impetuosidade queima em seu olhar sem dar indícios de se extinguir. Pessoas assim podem ouvir nossos desabafos, mas nunca dariam bons conselhos. Desta forma, para que remexer o passado?

– Para se vingarem de mim – continuo, sem firmeza, mudando o rumo que a conversa poderia ter tomado se tivesse contado o que pretendia.

– Mas você acabou de dizer que há algo além.

– Dani, foi mal. Pensei que precisava conversar, que assim poderia encaixar as peças, mas não rola. Não sei o que pensar, e não estou disposto a gastar saliva até concluirmos que nunca entenderemos a verdade.

Mais uma vez a expressão de "que obsceno!" aparece. *Mea culpa.*

– É o cansaço – digo, rindo para tentar descontrair, mas acredito que nem uma chuva de bolinhas de plástico coloridas teria esse poder. Passando a mão nos cabelos, finjo um bocejo. – Agora eu vou descansar. – Lanço um rápido olhar para a porta, e felizmente ela entende.

– Ok. Se mudar de ideia, pode me chamar.

Daniela me permite um pouco de privacidade com meus pensamentos, e se vai.

O casal se manteve o mais longe possível das vistas. Após terem presenciado a forma como os homens armados cuidaram dos enfermos, decidiram se comportar como duas peças de decoração e permanecer sentados, calados, apenas sentindo o toque quente das mãos, os dedos entrelaçados sob a mesa.

Fabionei olhava com ternura para Marie. Estavam juntos há quatro anos, e havia pouco menos de um decidiram noivar. Ele alisava o diamante da aliança dela, comprado com muito esforço. Não eram pobres, mas não gozavam de uma situação financeira que permitisse luxos. Trabalhavam juntos: ele, um maquiador de efeitos especiais para um canal virtual, e ela, blogueira e responsável pelo podcast e edição do mesmo canal. Seu foco era cultura pop em geral, algo espelhado em seu estilo. Ele vestia uma camiseta preta com uma boca de lábios assustadoramente grandes e vermelhos mostrando uma língua rosa fluorescente estampada e jeans, e ela, um shortinho preto, camiseta larga e multicolorida e meias de colegial saindo de um tênis All Star e se estendendo até pouco abaixo do joelho. Os cabelos acobreados pendiam soltos até o meio das costas, enquanto o noivo mantinha um penteado despojado – até demais –, os cabelos escuros sem uma direção definida.

Com uma das mãos – a que não estava segurando a de Marie – Fabionei despejou o resto de água que sobrara de uma taça caída sobre a mesa em um guardanapo e, depois de constatar que ninguém prestava atenção neles, pediu que ela levantasse a camiseta, apenas o suficiente. Com uma respiração pesada, do tipo que não se conforma com alguma injustiça, Marie obedeceu e Fabionei pôde ver o ferimento com mais calma. Na correria, um desgraçado a havia agarrado e, antes que qualquer um pudesse prever o ataque, mordera sua barriga, na altura da cintura. Um pequeno naco fora arrancado, mas felizmente haviam conseguido estancar o sangue. O multicolorido da camiseta escondia a mancha avermelhada.

Com delicadeza, Fabionei limpou o sangue seco de Marie como se estivesse limpando CDs de sua banda favorita, enquanto ela se esforçava para manter os lamentos em um volume audível apenas entre os dois.

– Vai dar tudo certo, amor – disse ele, mesmo com a triste certeza de que nada daria.

Pela janela observo a chuva incessante. Não lembro quando ou onde, mas ouvi que São Paulo é a Terra da Garoa. Não pensei que fosse tão literal; São Pedro continua inspirado. Lá embaixo os infectados vagam, encharcados, a quantidade só fazendo aumentar. Quanto mais aparecem, menos espaço sobra para caminhar. São como cães ariscos, se estranhando a cada esbarrada.

Relembro o inexplicável ocorrido na LAQUARTZ. Todos aqueles infectados estáticos, entregues a um transe sem sentido. Nunca havia presenciado tal comportamento. Entendo que não foi um fato isolado; o problema é entender como é possível. Abrindo a cabeça para as mais loucas explicações, imagino ter domínio sobre a habilidade de poder paralisá-los, controlá-los. Fictício demais, mas nunca se sabe. Sentindo-me um pouco bobo, mas ainda assim disposto a tentar, estico a mão direita para baixo e me concentro. Na verdade, faço força como se estivesse no banheiro. Tento visualizá-los parados, caídos, inofensivos. Meus olhos começam a arder.

– E aí, Ti?

Abano a mão para disfarçar, como se estivesse enxotando um mosquito. Então me viro rapidamente, constato que é Oliver (quem mais poderia ser?), e volto minha atenção para os infectados. Continuam se movimentando tanto quanto antes.

– Fala.

Caminhando pelo quarto, ele se senta na cama, no mesmo ponto em que Daniela estivera sentada pouco antes. Decido não desperdiçar saliva pedindo para ficar só – não adiantaria. Permanecemos calados por um longo minuto, até que ele quebra o silêncio.

– Tiago?

Suspiro.

– Oi.

– Desculpa bater na mesma tecla, mas...

– Cara, eu não sei o que aconteceu na lavanderia – interrompo sem paciência, e o encaro para que, talvez, ele consiga finalmente entender, acreditar que tenho apenas interrogações. – Eu não sou um deles, não estou infectado e não vou sair mordendo as pessoas, caso contrário já teria sido morto da mesma forma que aqueles pobres coitados. Ou matado vocês.

– Mas...

– Eu disse que sofri de uma doença quando criança. Deve ser a mesma coisa. Não lembro bem pois era muito pequeno, mas pode ser isso. Fica tranquilo. Eu não vou te comer. Se quiser contar a eles, se for te deixar mais tranquilo, vai lá e conta. Mas para de ficar falando sobre isso porque eu. Não. Sei.

– Não disse que vou contar – diz ele, ofendido. – Prometi guardar segredo, e guardarei. Sempre cumpro minha palavra. Apenas fico curioso. Nunca vi nada parecido.

– Garanto que nunca viu nada parecido com tudo isso, e não me refiro apenas a mim. – E me volto à janela.

– Que doença era?

Fecho os olhos e suspiro outra vez. Ter Oliver por perto é o mesmo que praticar o método de Lamaze – com a diferença que tenho vontade de apertar não sua mão, mas seu pescoço. Talvez se eu satisfizer sua curiosidade ele me deixe em paz.

– Era uma asma. Quer dizer, meu pai dizia ser um tipo de asma. Sinceramente não me lembro, mas ele contava que era como se eu fosse morrer quando os ataques aconteciam, saca? Faltava-me ar, além de outros sintomas.

Parando para pensar, percebo que nunca soube, de fato, o que eu tinha. Meu pai disse tantas vezes que os ataques poderiam me matar, e no final eu morria de medo de me descuidar do medicamento. Como se tivesse me condicionado a pensar desta forma.

– Mantive o tratamento durante anos. Pelo que me lembro, nunca mais tive outro ataque. Ele me policiava severamente quanto aos horários. Essa condição nunca me incomodou de verdade. Bastava tomar a injeção e pronto, ficaria bem. O que você viu pode ser algum efeito pela falta da medicação. Talvez a doença esteja voltando. Ou nunca tenha ido embora.

– Estranho, mas ok. Não vou mais te encher com esse assunto.

– Que bom – respondo, e volto a observar a multidão descontrolada na avenida.

Com atenção, analiso a paisagem; a localização me surpreende. Tanta correria e nem percebi estar em um hotel localizado em uma travessa da Avenida Paulista. Estive em São Paulo algumas vezes e adorava passear por essa região. Não sei a que altura exatamente estamos, mas conheço o lugar.

– Às vezes penso que fizeram alguma coisa comigo enquanto estive desacordado – digo, mais para mim mesmo, mas ele escuta.

– Alguma coisa o quê?

– Se soubesse me preocuparia menos. Ou mais. Acordei em uma maca e vi seringas ao meu lado. O cara que estava lá comigo ia me cortar, ou aplicar algo, não sei.

– Como foi parar na LAQUARTZ?

Por incrível que pareça me sinto bem em desabafar com Oliver.

Preferia estar me sentindo à vontade desse jeito com Daniela, que tem mais tempo na estrada comigo, mas quem não tem cão...

– Longa história.

– Tenho tempo – ele diz, e se aproxima, apoiando-se no peitoril, ao meu lado.

Faço uma síntese geral dos acontecimentos, sem desencostar a testa da vidraça. É como se tudo passasse como um filme diante de meus olhos.

– Quando Dani, Rick e eu fugimos de Jaboticabal, fomos direto para as mãos daquela maldita.

– Quem?

– Abigail. – O nome me provoca repulsa, e um desconforto no estômago incomoda.

– Abigail.

– Era uma cobra. Enganou a gente para nos manter presos.

– Por quê?

– Quando descobrir te conto – digo, erguendo o polegar e estalando a língua, numa tentativa infrutífera de parecer engraçado. Ele não sorri. – Escapamos e acabamos em São Paulo, onde ficamos escondidos por semanas. Nesse meio tempo pegaram o Rick, mas descobrimos onde ele estava. LAQUARTZ. Por pura burrice, fomos cercados pela vagaba da Abigail. Apagaram a gente e, quando despertei, estava em uma maca.

– *Wow.*

– É, um *wow* bem grande, e maior ainda para o que veio depois. Infectaram o Ricardo em alguma experiência, não sei. O coitado atacou os seguranças, todos se transformaram e, graças ao Pooh e à Lizzy, conseguimos fugir.

– O que eles faziam lá?

– Sem ideia. Pelo que entendi, estavam atrás de alguma amostra. Parecem heróis, mas não me enganam. Nenhum deles é flor para se cheirar.

– O que acha que são?

– Ainda sem ideia.

Oliver espia em direção à porta e parece se certificar de que ninguém nos ouve antes de continuar.

– Algo está fedendo agora que me contou sobre Lizzy e Pooh.

– Cara, o que eles são ou deixam de ser não importa. Só quero sair daqui, encontrar um lugar seguro, de verdade. Não aguento mais esse inferno. Em alguns momentos até tento me enganar dizendo estar acostumado, mas é impossível. Viver fugindo desse jeito não é viver.

– Eu sei do que você está falando.

– Não sabe, não.

– Sei que há coisas mais importantes para se preocupar, mas temos que nos precaver. Não é porque eles são mais fortes e mais bem armados que vamos relaxar. Quem garante que não nos matariam na primeira oportunidade?

– Se fossem me matar, já o teriam feito – digo, quase num sussurro.

– Tiago, e se eu dissesse que meus pais podem nos tirar daqui?

Num gesto brusco me viro e o encaro, uma placa enorme no lugar do meu rosto com a palavra "desconfiança" estampada em letras garrafais.

– Como assim?

– Eu sei, você disse que não há muita chance de sobreviver lá fora, mas estamos aqui, vivos. Meus pais podem estar também, e acredito muito que estejam. Suponhamos que possam nos tirar daqui.

– Do hotel?

– De São Paulo. Do Brasil, se necessário.

– Mas as fronteiras estão cercadas, você ouviu.

– Desculpe a palavra, mas fodam-se as fronteiras – Oliver diz, continuando após uma breve pausa: – Mas há uma condição.

– Qual? – pergunto desconfiado.

– Eles não ajudarão a todos. Talvez dois, ou apenas um.

Não é algo que se possa acreditar tão facilmente, especialmente vindo de um pivete que nem deve ter cabelo no saco, mas se houver um por cento de chance de estar falando sério, vale a discussão.

– Quem são seus pais?

– São importantes, é o que são. O que me diz?

– O que dizer? Esse é um grande "se". Nem você tem certeza do que diz.

– Ok. – Aproximando-se desconfortavelmente demais, sussurrou em meu ouvido: – Mesmo que seja um "se", pense na proposta.

Do mesmo jeito que veio, se vai.

O pior desse tipo de conversa é quando uma pulga decide ficar atrás da orelha. Oliver tem uma postura forte, embora ainda seja um moleque. Não é feio, pelo contrário; poderia ser filho de alguma celebridade, mas não me recordo de nenhum artista a que se assemelhe. Seus pais poderiam ser políticos, talvez. Nesse caso, teria que engolir o orgulho e inutilizar minha opinião sobre política enquanto estivesse perto deles. Poderiam ser apenas ricaços, sem títulos ou prêmios, apenas muito dinheiro para comprar um passe livre para fora do Brasil.

Vamos supor, por um minuto, que a proposta tenha fundamento. Oliver disse que levariam um – eu – ou dois, no máximo. Quem seria o segundo? Daniela, com certeza. Mas e Yerik? Não é possível não se sensibilizarem com o bebê; não acredito que o deixariam para trás. Caso o levassem, não haveria espaço para Daniela, pois Yulia não o abandonaria, posso apostar. Quanto a mim, não poderia deixar Daniela. Ou poderia? E ela? Me deixaria?

Chega. Não há cabimento em me torturar desse jeito. Não é algo que vai acontecer. Vai?

O pensamento escapa ao ouvir um barulho de vidro quebrando e, em seguida, a voz de Yulia.

Alguns minutos atrás

Deitada na cama e apoiada sobre o braço, Yulia acabara de massagear as mãos e pés de Yerik, e agora segurava uma mamadeira em sua boca. Podia se esquecer de comer, mas nunca de alimentá-lo. Após um longo processo de esterilização, aquela mamadeira poderia ser considerada o objeto mais limpo do planeta. Ainda assim imaginava se estava cuidando bem dele; sentia-se totalmente responsável por sua segurança. Acreditava em destino – não haviam sido unidos sem propósito em tempos tão caóticos.

Os olhinhos de Yerik ainda estavam inchados e vermelhos. Deslizando o indicador pela pele clara e macia do pequeno, Yulia se lembrou da mulher de cabelos negros sofrendo no chão daquela lanchonete e todas aquelas pessoas dominadas pela cólera. Desejava estar a salvo em sua terra, mas não suportava imaginar Yerik caído entre as pernas da mãe morta, à mercê dos loucos. Com o indicador, tocou de leve a palma de sua mão. Instintivamente, Yerik o agarrou, a mãozinha se fechando ao redor. Yulia era como um anjo para o bebê, embora a santidade estivesse longe de sua alma e pele. *Às vezes, por propósitos indecifráveis, até mesmo os demônios são destinados a fazer algo bom*, pensou.

Sereno como uma noite estrelada, Yerik caiu no sono. Yulia se levantou devagar e foi até o banheiro, onde se despiu. Jogou a blusa de renda preta em um cesto, depois a saia de veludo. Tirou as botas em seguida, ficando totalmente nua. Seu corpo tinha as curvas certas nos lugares certos; a pele era clara e lisa como porcelana. Os seios empinados faziam jus à beleza de sua juventude. Após uma última espiada, de onde viu Yerik dormindo, entrou no box e ligou o chuveiro.

Suspirou longamente quando a água quente lhe atingiu o rosto. De olhos fechados, passou a mãos pelos cabelos vermelhos. Como estava precisando se desprender da realidade, ainda que por uns minutos apenas. A vida não estava das melhores nos últimos tempos, mas agora afundara de vez. Não enxergava um futuro. Em contradição via Yerik em segurança, já crescido, correndo por um gramado e brincando com Thor.

Relaxada, cantarolou uma canção de Maksim, Moi Rai, da qual gostava muito.

Naverno, eto moy ray
Iskat' ego otrazhen'e
V predmetah chernogo tsveta
I slishat' v golose may.

No corredor, uma figura descoordenada rumava ao quarto onde Tiago e Oliver conversavam. Subitamente estacou ao ouvir uma melodia suave vindo de um ponto específico; ouviu também som de água caindo. As vozes masculinas sumiram diante daquela outra, bem mais atraente.

Naverno, eto moy ray
V luchah okonnogo sveta
Tak blizko kazhetsia nebo
Kogda glaza tsveta ray...

Empurrou a porta com o ombro, invadindo o quarto. Olhou ao redor e nada chamou sua atenção além da toada dominante, doce, diferente dos ruídos carregados de medo os quais entendia com precisão.

I horosho, chto on ne znaet pro takuyu kak ya
I chto v mechtah moih vanil'nie snechinki – zima
A pod shagami bosonogimi meteli i liod.

On bol'she nikogda iz misley moih ne uydet.

Yerik pareceu sentir algo ruim, pois se agitou imediatamente – talvez pelo cheiro de merda seca. Começou a chorar baixinho...

I mne ne stidno zakrichat o tom, Chto Eto Lubov'!
Ego slova na tri minuti tak prozhgli moyu krov'.

... mas foi aumentando.

Ya prodolzhau povtoriat' sebe, chto vse horosho,
No ponimayu, on mne nuzhen, nuzhen esche.

Então Yulia ouviu. Enxaguou o rosto encoberto de espuma no instante em que um berro inumano e o choro desesperado de Yerik se misturaram. Quando pôde abrir os olhos, mal teve tempo de se proteger dos estilhaços; sentiu picadas na pele. Com a visão embaçada, os olhos ardendo pelos resquícios de xampu, viu alguém invadindo o box através do que sobrara do vidro temperado. Sentiu os cabelos serem agarrados, e em seguida socos desferidos. Tentando defender-se das pancadas e empurrando a figura para longe, as mãos escorregando em seu peito nu, Yulia gritou por socorro ao vislumbrar uma mulher se debatendo sobre a cama. *Yerik!* Também viu sangue; era seu.

Encontro Oliver ainda no corredor quando saio. Ele olha alarmado em direção a um dos quartos.

– O que aconteceu? – pergunto.

Um aceno negativo é a resposta, Oliver tão surpreso quanto eu. Corro até onde vem a gritaria e me deparo com uma mulher, vestindo um uniforme idêntico ao de Josélia, se debatendo enlouquecida sobre a cama. Tenta se desvencilhar de Thor, os dentes do cão cravados em seu ombro. Os caninos pontiagudos se aprofundam na carne da infectada, o sangue jorrando sobre o lençol. Há outro som quase despercebido, abafado pela briga. Parece o choro de um bebê.

– Wow – Oliver grita atrás de mim, terrificado.

– Yerik. – Não o vejo em parte alguma.

Os gritos de Yulia vêm do banheiro. Há duas brigas acontecendo, e de repente sinto medo de interferir em qualquer uma delas.

– O que tá acontecendo? – Pablo vem em passos acelerados. – É o Thor?

Não preciso confirmar; os rosnados do cão são bem audíveis. Pablo me empurra e invade ao reconhecer a *voz do filho*.

– Thor!

Ao escutar o chamado do dono, Thor solta a infectada e late, como se dissesse *"aqui!"*. Um erro feio. Num giro mais rápido do que esperávamos a mulher dispara em nossa direção. O susto obriga Pablo a recuar e acidentalmente pisar em meu pé; eu, sem apoio, me desequilibro ao trombar em Oliver. Caímos os três, mas não perco o foco e desvio da investida da infectada. Felizmente Pablo também é rápido e a segura pelos braços, a mandíbula abrindo e fechando a centímetros de seu rosto. Oliver se arrasta para o corredor e fica de costas contra a parede, os olhos esbugalhados.

– Me ajuda! – grita Pablo entredentes, veias saltando nos músculos rígidos. A mulher é forte.

Sem encontrar nada que sirva como arma ao redor, levanto-me rápido e chuto o rosto da filha da mãe. Ela vacila por um momento, mas volta a investir contra Pablo na velocidade de um piscar. Acerto diversos chutes em suas costelas, tão violentos quanto posso, embora ela pareça não sentir uma cócega, alheia às pancadas, fazendo apenas berrar mais e mais. A dor talvez não a abale, mas sem dúvida a irrita.

– Não tá adiantando, Tiago!

Preparo-me para agarrar seus cabelos e assim poder arrastá-la, mas uma voz no fim do corredor evita que eu cometa essa idiotice. Uma voz feminina irrompe:

– Aguenta!

É Lizzy, acompanhada de Daniela. Ela corre até nós, a submetralhadora em punho.

– Vai acertar ele! – grita Daniela, trêmula.

– Atira – diz Pablo, lutando para manter os dentes batendo como dois trituradores o mais longe possível.

– Levanta ela – diz Lizzy em resposta, mas logo sua atenção é desviada. – Que gritos são esses? Quem está lá dentro?

– É Yulia – respondo. – Acho que foi atacada por outro.

Por um momento, Lizzy parece indecisa. Aproxima-se da infectada – até demais. Seus dedos se enroscam nos cabelos grudentos da nuca e, num puxão, encosta a arma em sua têmpora. Um tiro é o que basta. O rosto de Pablo é salpicado de vermelho, pedaços de miolos espalhados ao redor, e ele desiste de se limpar quando sente o peso morto sobre si.

– Eca – berra ele, empurrando-a de escanteio e se levantando aos tropeços. De pé, esfrega a sujeira do rosto e cospe diversas vezes.

Lizzy e eu seguimos às pressas até o banheiro, onde há estilhaços espalhados por todo o chão. Sob o chuveiro Yulia impede que um homem, mais gordo do que magro, consiga mordê-la. Ele a soca na tentativa de afastar seus braços e cravar os dentes onde primeiro conseguir. Ao nos aproximarmos, percebo que ela o segura de um modo não recomendado: agarrando a pele das bochechas com os dedos enfiados em sua boca. É como se estivesse abrindo um pacote de Ruffles – mas neste caso não encontrará ar. Na fúria de se defender, desfigurou-o, quase arrancando o couro do nariz. Para o seu azar, os dentes continuavam intocáveis.

– *Proklyat*[7]! – grita ela, a beleza de seu rosto transformada na máscara de uma guerreira lutando pela vida.

Tomado pelo calor do momento, Pablo se aproxima e pisa com força no tornozelo do infeliz. Um estalo ressoa, seguido de uma fratura exposta, o osso rasgando carne e pele como papel higiênico molhado. Ele urra, os dentes à mostra em uma careta obscena, abandonando Yulia e se voltando para nós. Lizzy aproveita e aperta o gatilho. Acerta na mosca. Mais miolos na parede.

Yulia se levanta desnorteada e solta pedaços do rosto do infeliz das mãos, desprendendo-os dentre os dedos. Murmura uma gama de palavras atropeladas, onde "Yerik" está em quase sua totalidade. Puxo uma toalha e lhe ofereço, mas ela nem parece me enxergar ou se importar com a própria nudez.

– Yerik. Yerik!

Sem esperar passagem, nos empurra e segue até o quarto. Lá, Oliver continua encarando apavorado o corpo da infectada; do outro lado, Daniela segura um pequeno corpo.

– Yerik – Yulia murmura antes de desmaiar.

Pablo corre em auxílio, enrolando a toalha em seu corpo. Yulia está coberta de hematomas. Encaro Daniela e nossos olhares se encontram, um sentimento de pavor compartilhado. O quarto é tomado por um silêncio sombrio. Até mesmo Thor permanece quieto, olhando para o bebê. Sem que ninguém espere, a mãozinha de Yerik se levanta em direção ao rosto de Daniela.

---

7 *Amaldiçoado*, em russo.

Capítulo 11 - Claustrofobia

Dois infectados vagam no meio da rua. O mais alto, um negro de uniforme laranja com a palavra "Prefeitura" estampada em letras cinzentas – originalmente brancas –, exibe um horrendo ferimento na parte superior da maçã do rosto, onde a pele dos cílios foi arrancada, deixando o globo ocular direito exposto. É como uma azeitona vermelha prestes a cair e se espatifar no asfalto. O outro, rechonchudo, veste terno cinza escuro e, em meio à calvície, parte do crânio está à mostra, o sangue brilhando sob a luz do sol, encrostado em uma necrose avançada. Vez ou outra se esbarram, rosnam incomodados, mas não saem de perto um do outro.

Faço sinal de silêncio para as crianças. Meu maior receio é que se deixem levar pelo medo, estampado em seus rostos, e saiam correndo e gritando. Próximo ao meio-fio alcanço um pedregulho e arremesso com força para longe. Se tivesse planejado a trajetória aposto que não teria acertado. A pedra entra na garagem de uma casa e espatifa o para-brisa do Palio estacionado com a porta do carona aberta; instantaneamente o estrondo chama a atenção da dupla de aberrações. Num repente giram nos calcanhares e vão em direção à residência, invadindo pelo portão escancarado. Com o caminho livre, seguimos sorrateiros.

Inúmeras vezes temos nosso caminho barrado por pequenos bandos, e na maior parte é mais prudente desviar e tomar outras vias. Geralmente a sorte não acompanha um mesmo indivíduo por muito tempo, e quando resolve ir embora sai sem avisar. Não deixa nenhum bilhetinho.

Após quarenta minutos chegamos em frente ao supermercado principal de Jaboticabal; há outros, mas este é o maior. No estacionamento vários carros descansam, abandonados pelos proprietários pegos de surpresa pelos ataques. Até me passa pela cabeça entrar, tentado pela possibilidade de comida fácil. Quem sabe outra hora, se a fome apertar.

O que há de infectados vagando nas proximidades não está no gibi. Abaixado, percorro o trajeto por trás da mureta que circunda a calçada, seguido pelas crianças. Minhas costas doem, não só pela postura encurvada, mas pela carga de tensão. Ouvi que adrenalina faz bem, mas tudo em excesso cansa. Queria tanto poder deitar, dormir. Dormir de verdade, não apenas fechar os olhos por algumas horas e, mesmo inconsciente, continuar angustiado. Sinto como se estivesse acordado há dias.

Ao longe avisto a praça onde fica a delegacia. Atravessando a rua, nos escondemos entre alguns arbustos, o que me possibilita vigiar através da folhagem. Se eu conseguir chegar ao pai dos dois – preferencialmente vivos – e ele estiver (milagrosamente) também vivo, talvez tenha uma chance de escapar. A esperança é a última que morre; isso se esses filhos da mãe não a comerem também.

– Onde vocês moram?

A pergunta sai como um sussurro e penso em repetir, caso não tenham me escutado. Apesar de serem crianças, não são burras e entendem a necessidade de manter a voz baixa. Carlinhos responde no mesmo tom.

– Naquela casa amarela.

Aponta uma casa; não amarela, mas bem próxima da cor. A rua está deserta naquele ponto, graças. Há dois carros batidos a alguns metros, um deles com o capô baforando uma nuvem de fumaça. Esticando o pescoço avisto o corpo de um homem atravessado no parabrisa arrebentado. Este não teve tempo de ser "zumbificado". Continue mortinho da Silva, por favor. Para evitar qualquer surpresa desagradável, atiro uma pedra – menor do que a anterior – no corpo, e ele continua imóvel. Puxando os dois pelas mãos, alcançamos o veículo e mando entrarem, sem repreendê-los por demonstrarem estar apavorados diante de seu rosto esmagado.

– Fiquem aqui e não saiam – ordeno de cara fechada. Crianças costumam obedecer mais quando somos firmes: leia-se grossos.

Certifico-me de que a porta está fechada e de que não há ninguém por perto. Nada pode acontecer a estes dois nessa altura. O que eu diria ao bater na porta, além de "Vim trazer seus filhos, mas eles foram comidos no caminho. A propósito, me salve, obrigado", se entregasse um par de defuntinhos?

Ligeiro, caminho em direção à casa. O silêncio impera. De relance observo a delegacia, tão perto. Não entendo como não pensei em vir antes. Deve ser segura e certamente possui um meio de me comunicar com alguém fora de Jaboticabal. Não é possível que o que quer que esteja bloqueando os meios de contato da cidade tenha poder também ali; sem mencionar as armas que poderiam me ajudar, embora não faça ideia de como manusear uma – nem com estilingue me dou bem. Por menos que me agrade a ideia, acredito que serei obrigado a aprender.

Não há sinais de arrombamento ou marcas de luta na fachada da casa. Bom sinal. Do carro, os olhinhos apreensivos seguem meu trajeto. Sei que sentem medo e saudade dos pais, pois sinto exatamente o mesmo. Não importa quão marmanjos sejamos, o colo da mãe sempre fará falta. Devagar empurro o portão e sinto o frescor da sombra da varanda. O sol não está tão forte, mas a sombra é sempre melhor. A vontade de não morrer ajuda um bocado a caminhar silenciosamente, silêncio esse destruído por um som repentino.

– Mamãe.

Giro cento e oitenta graus ao ouvir a voz de Pâmela; a menina corre em direção a uma mulher que surgiu não sei de onde, mas de repente para. Não, não é sua mãe. Em um esgar retorcido, os músculos da face movendo-se como um pesadelo tomando forma, a infectada berra, o líquido viscoso e escuro descendo pelo pescoço e manchando o vestido branco. Pam dá meia volta e dispara até o carro onde Carlinhos a espera chorando. Num impulso dou um passo em direção ao portão, planejando desviar o foco da maldita, mas desisto ao ouvir a porta se abrindo atrás de mim.

A chuva torrencial continua, laboriosa.

Permaneço parado próximo à vidraça, vendo os infectados serem lavados, como se tivessem entrado em um lava-rápido especializado em defuntos – "Sua satisfação é o que nos motiva. Promoção para desmembrados: a cada parte faltando, desconto de 5%". Vagam a esmo, mas nunca deixam as proximidades do hotel; pelo menos não a maioria. Analisando melhor, parece que aumentam de número a cada vez que desvio o olhar. Imagino se estarão sentindo nosso cheiro, nossa presença.

Minha vista sempre foi boa. Nunca tive problemas de visão ou precisei de óculos, ainda que passasse várias noites acordado lendo ou assistindo TV. Apesar da distância, consigo notar alguns detalhes. Por exemplo, o sangue escorrendo da boca de muitos e se diluindo na água, manchando o asfalto com algo vermelho claro. Não parecem incomodar-se com o frio. Na verdade, não parecem incomodar-se com nada. Talvez estejam apenas esperando um deslize nosso para conseguirem o que querem.

Uma respiração mais alta me traz de volta ao quarto.

Viro-me e vejo Daniela ao lado de LC, os dois de olhos arregalados. Lizzy se levanta devagar da cama, onde estava sentada, e mantém uma postura defensiva. De relance, vejo Pablo do lado de fora, esperando no corredor. Está de braços cruzados, encostado na parede de cabeça baixa. Thor está ao seu lado, deitado na soleira. Pooh saiu há alguns minutos e não voltou. Carla também não se encontra, e não faço ideia de onde esteja; o mesmo digo de Victor. Oliver é o mais próximo, com uma expressão curiosa estampada no rosto. Janaína é a última a aparecer, um toco de cigarro entre os dedos e uma expressão amedrontada.

Yulia, deitada sobre o lençol branco, foi limpa e teve os braços enfaixados por Lizzy enquanto estava desacordada. Quando abre os olhos, de início calmamente, mas num estalo logo em seguida, nem percebe estar vestindo uma camisola púrpura acetinada, encontrada por Daniela em um dos armários no quarto ao lado. Achamos melhor transferir a ruiva de quarto. O outro não estava no mais apresentável dos estados.

– Yerik. – É a primeira palavra que a russa emite assim que se posta sentada na cama. Enxergo a angústia em seus olhos claros, pulando de rosto em rosto, suplicante.

Thor levanta a cabeça e as orelhas um segundo antes de Pablo entrar, de braços ainda cruzados. Na verdade está segurando algo pequeno envolto em um pano aveludado.

– Yerik... – Yulia geme baixo.

Pablo olha para a garota e, após alguns segundos, que acredito terem sido uma eternidade para ela, sorri. Numa leve contração com os braços, o que percebo ao ver seus músculos inflando discretamente, estende o bebê. Yulia o pega carinhosamente e olha em seu rostinho angelical. Quando os olhinhos brilhantes despertam, Yulia rompe em lágrimas.

– Yerik!

O bebê está bem – por um milagre muito do sacana. Pelo que percebemos, Thor conseguiu impedir a aproximação da infectada antes de Yerik virar comida. Na briga, a colcha enrolou e caiu do outro lado, Yerik envolto pelo acolchoado do pano. Sem um arranhão sequer. Quando ouvimos seu choro assustado, seguimos o barulho e, desembrulhando-o como um camafeu, nos deparamos com seu rostinho, vermelho, depois fazendo beicinho, mais rosado, e rapidamente chegando numa expressão incomodada, de quem fez caca. Yulia o abraça e diz algumas palavras incompreensíveis, porém as quais todos entendemos tratar-se de algo carinhoso. Com um beijo na pontinha de seu nariz, Yulia olha para Pablo e Thor, com os olhos como duas estrelas sozinhas na imensidão da noite, e diz:

– *Spasibo.*[8]

Pablo retribui com uma careta tímida e confusa, e Yulia traduz, com um sotaque bem carregado.

– Obrigado.

– Ah, de nada. – Pablo arreganha um sorriso enorme, mas envergonhado, e aponta o cachorro postado aos seus pés. – Agradeça a ele. Foi Thor que salvou Yerik, querida.

Yulia talvez tenha entendido, talvez não, mas lança um sorriso de gratidão ao cão. Thor late alto, deixando a língua de fora. Assim que a ruiva volta sua atenção à criança, Pooh começa, sem pedir licença, olhando para Pablo e LC.

– Vamos começar?

Enquanto Yulia estava desmaiada, conversamos a respeito do ataque repentino. Quando foi feita a limpa no hotel, os agentes estavam convictos de que nada fora deixado para trás. Não existiam outras entradas além das já lacradas; portanto, ninguém conseguiu entender de onde a dupla surgiu. Nem mesmo David tinha qualquer ideia. Não escalaram as paredes até as janelas, nem brotaram do chão, tínhamos certeza. Chegaram até a cogitar a possibilidade de alguém – Conrado – tê-los colocado para dentro, mas nem ele seria tão imbecil a esse ponto. Decidiram então promover uma segunda inspeção.

Pouco depois de Pablo e LC acenarem positivamente, Victor surge como um gigante de ébano, ocupando toda a extensão da porta. Sua expressão não é nada simpática.

– E aí? – Pooh pergunta.

Victor o encara, as sobrancelhas abaixadas.

– Venham.

8 Obrigado.

Deparo-me com dois pares de olhos me observando. Oliver e Daniela parecem esperar que eu diga algo. Sem prever, trocam um olhar entre si, mais demorado do que de costume. Aproveito a deixa para dar-lhes as costas e estacar diante da janela mais próxima.

O aglomerado de canibais sob a chuva que não para nem por um decreto parece ter se multiplicado. Em alguns pontos nem se trombam de tão próximos; estão praticamente colados, se roçando, seus corpos suados e o hálito quente se misturando. É como quando via a Parada Gay na TV, ou uma festa carnavalesca. Imagino se estarão mesmo sentindo nosso cheiro, como suspeitei anteriormente. Mas como? Será por ainda estarmos vivos? Ou não infectados? Se for isso, não devemos ser os únicos sobreviventes em São Paulo. Seria muita sorte – talvez azar seja a palavra mais adequada.

Na rua de cima vejo a entrada da estação de metrô mais próxima; BRIGADEIRO, escrito em letras brancas numa faixa verde. Há duas entradas, uma em cada lado da avenida. Do lado de cá infectados saem aos montes, como se chegados de um vagão lotado na hora de pico, enquanto que do outro a entrada se encontra fechada, o vidro trincado, mas ainda resistindo.

Não muito longe há um ônibus tombado sobre um carro transformado em um pastel de ferragens. O incêndio que ali existiu – o que posso notar devido à escura fumaça saindo de ambos – cessou. Percebo um corpo estirado através do para-brisa. Morto. De verdade.

– Eles estão nos cercando, não estão? – sussurra Daniela ao meu lado. A tristeza em sua voz é clara como o flash de uma câmera fotográfica disparado em um cemitério à noite.

– Involuntariamente ou não, é o que parece.

– Isso não vai ter fim, vai?

– Gostaria de saber, Dani. Gostaria muito.

Pelo reflexo na vidraça vejo Oliver nos encarando, as mãos nos bolsos. Nossa última conversa volta à mente, cada palavra ainda fresca na memória. Parece um eco. Provoca uma dor prazerosa em meus pensamentos. A dor da escolha; o prazer do fim. Se fosse mesmo possível, quem eu escolheria?

Eu não poderia deixar Daniela para trás. Ou poderia?

O toque repentino de sua mão suave, trêmula, em meu braço me traz de volta à realidade. De um lado, Daniela. Olho-a nos olhos. Ela esboça um meio sorriso. Do outro, Oliver, no reflexo, seus olhos, um enigma ainda por decifrar, cravados em mim.

"*Pense na proposta.*"

A pancada em minha nuca é forte o bastante para me fazer desequilibrar e cair nos arbustos do jardim ao lado da varanda.

– Pam – chama uma voz feminina. – Entra no carro. Rápido.

Esforço-me para manter o foco, caído. A imagem embaçada de uma mulher saindo portão afora com algo nas mãos – pelo que distingo, um rolo de macarronada – passa como um borrão. Sinto o sangue quente e pegajoso escorrer pelo cangote.

A porta por onde ela saiu se encontra fechada, a chave na fechadura. Pancadas contra a madeira envernizada fazem-na tremer impetuosamente. Alguém quer sair, isto é certo, e tenho uma vaga e infeliz ideia de quem seja.

Ainda tentando me apoiar nos braços, a dor atrapalha meu equilíbrio. Consigo discernir a imagem trêmula da mulher correndo na direção das crianças trancadas no carro, cercadas por uma infectada. O para-brisa foi destruído por punhos dispostos a trabalhar até que não sobre um caco inteiro. Dilacerando a própria pele, ela grita alucinada enquanto soca e estapeia sem controle. Nem percebe a aproximação da outra, um golpe do rolo pondo-a a nocaute.

Caída, rosnando, recebe outras pancadas na cabeça. Não tem chance de se levantar; sua adversária não parece a típica dona de casa. Quando as garras vão se firmar no asfalto para sustentar-lhe o peso e possibilitar que se erga, chutes de pés envoltos em delicadas sapatilhas as afastam, e a infectada volta ao chão, onde continua sentindo o objeto de cozinha transformando seu rosto em algo próximo a massa de macarrão fora do ponto. Após alguns espasmos, não se move mais.

Sinto as forças voltando, o suficiente para me levantar, no instante em que um estrondo explode ao meu lado e me faz ter uma parada cardíaca relâmpago. Da vidraça da sala surge outro infectado, que cai, mas logo se levanta. Felizmente o homem, alto e robusto, não nota minha presença e dispara em direção à mulher, como uma flecha envenenada. Consigo enxergar as crianças saindo do carro com o auxílio da mãe, esta desesperada.

– Mamãe, é o papai. – Pâmela aponta o dedinho.

– Não é, não. Corre!

Subindo a escadaria na fachada, a mulher encaixa um molho de chaves com habilidade – geralmente uma pessoa se atrapalharia, mas ligo uma coisa à outra, o fato do marido ser policial, e imagino que ela já conheça bem o local e aquela fechadura – e escancara a porta, puxando as crianças para dentro. Mesmo sendo rápida, não foi o bastante; o infectado se choca contra a porta, impedindo-a de ser trancada.

O prédio tem dois andares e janelas com grossas grades. Há um pequeno estacionamento em frente onde uma blazer da PM permanece estacionada. Um gramado mal cuidado rodeia o local por todo o quarteirão. Algumas árvores, todas bem altas e antigas, curvam-se para os lados, abraçando a construção como se dissessem que, uma vez ali dentro, não há como sair.

Se alguém pode me ajudar no momento é essa vadia louca que quase arrebentou minha cabeça, então é melhor ajudá-la. De preferência rápido; devido ao tumulto, os canibais que estavam no estacionamento do supermercado ouviram o barulho e se dirigem para onde estou. Antes dentro da delegacia do que nesta casa com a janela arrombada.

Saindo para a rua dou um berro, conseguindo a atenção do infectado. É uma questão de meio segundo para seu alvo se tornar o bonitão aqui. A mulher sequer fica curiosa, pois tranca a porta assim que o marido dispara em minha direção. Dou meia volta e corro tanto quanto consigo, seguindo até o outro lado da delegacia, o zumbi na minha cola. Grita, o rosto retorcido em uma máscara demoníaca, e vem tropeçando nos próprios pés. Cai uma vez e esfola o rosto no asfalto, o que não o impede de levantar nas carreiras e continuar.

Rodeando a delegacia chego à parte de trás, e quase sorrio quando avisto uma parte mais baixa, onde posso escalar. Escorrego na grama molhada em um ponto onde não prestei atenção antes de pisar, mais íngreme, proporcionando ao infectado uma aproximação maior. Não é hora para burrices, Tiago. Levanto rápido e mantenho o ritmo. Perto da parede, bato o pé direito na altura de minha cintura e impulsiono-me para o alto, agarrando a borda – bosta de pomba grudando em meus dedos – e subindo. Encostado na parede a uma distância segura, vejo-o esticar as mãos para o alto. Em vão, camarada; poupe o esforço.

As janelas do segundo andar são apenas vidraças, sem grades. Obrigado, arquiteto. Deixando os uivos insistentes para trás, quebro uma parte do vidro com um chute e, passando o braço, puxo o trinco, conseguindo entrar. Encontro-me em uma sala escura e empoeirada, abarrotada de papéis amarelados espalhados. Do outro lado o corredor é tão privado de luz quanto. Encosto-me ao umbral. A respiração sai seca. Em algum ponto da delegacia, um grito infantil ecoa.

Fabionei deu duas voltas com a chave, trancando a porta.

Girou nos calcanhares, pensando em admirar um pouco mais a beleza de sua noiva, mas ela não estava ali. Ouvindo uma fungada vindo de um estreito corredor, dirigiu-se ao banheiro, e lá estava Marie, as mãos apoiadas sobre a pia de porcelanato e o rosto encarando o espelho.

Aproximando-se por trás, abraçou-a e, sem a intenção, sentiu o molhado do sangue sob as palmas. Não tirou as mãos; acariciou-a.

– Como está se sentindo, amor? – perguntou ele, depois de dar um beijo demorado no ombro nu, a manga da camiseta caída até pouco acima do bíceps.

Marie olhava seu reflexo, mas parecia não se ver, como se olhasse para um futuro incerto, cheio de dúvidas e temores. Os olhos estavam úmidos, a maquiagem borrada fazendo-a parecer um guaxinim.

– Queima – disse ela, baixo demais. Fabionei precisou considerar por um tempo para ter certeza do que havia escutado.

– Vai ficar tudo...

– Não vai não – ela interrompeu, sem elevar o tom, mas com um tremor doloroso comprometendo sua voz, geralmente suave e firme. – Você viu o que acontece quando alguém é mordido.

– Não vai acontecer com você! – Ele ensaiou uma pose desesperada, as mãos tapando os ouvidos, na tentativa de bloquear a entrada de tudo que não aceitasse e, assim, mudar o rumo das coisas. – Não pode...

E desabou, as lágrimas em uma torrente, agarrado às pernas da amada. Ela não se moveu; continuou ali, a se olhar no espelho, a expressão indiferente se desanuviando e dando vez a um choro feio, retorcido. Sua beleza desapareceu como num passe de mágica diante do lamento, e uma carga de dez anos caiu sobre ela.

– Eu não quero morrer... – disse, as palavras cortadas por fungadas, o ranho escapando das narinas.

Fabionei se ergueu pesaroso, usando o corpo da noiva para se sustentar, e, no auge, prometeu:

– Você não vai morrer. Vou cuidar de você. O que quer que aconteça, aqueles filhos da puta não encostarão num fio de cabelo seu.

Marie se virou com os braços abertos para abraçá-lo, mas não se conteve e, antes que seus lábios se colassem, vomitou.

Após chegarmos à lavanderia e passarmos pela parte dos fundos, sem cobertura, a chuva engrossa, obrigando-nos a gritar para que possamos nos ouvir. A varredura não terminou.

O ambiente, ainda que com as luzes acesas, fracas, continua quase na penumbra. Pooh verifica uma a uma as portas ao redor, que levam a outras saletas abarrotadas de lençóis e utensílios de limpeza. Fechando mais uma delas, é atacado por uma nuvem de pó; esfrega o nariz por um momento, espirrando em seguida.

– Saúde – Oliver diz, baixinho.

Pooh nem deve ter ouvido, pois está do outro lado e a chuva colidindo histérica contra o teto não permite que alguém fale mais alto do que ela.

Oliver é o mais próximo de mim.

O que há de errado comigo?, penso, assim que o momento em que fui acometido pela *coisa* pouco antes de descobri-la por trás dos lençóis me assalta.

Sem explicação, me sinto cansado, o ânimo se esvaindo. Posso estar com uma bela escolta agora, mas de que adianta se *eles* sempre descobrirão um jeito de entrar? Até quando terei que fugir? Minha esperança parece nunca morrer, mas em alguns momentos dá umas balançadas. No fundo, bem no fundinho, tenho vontade de desistir. Sabe, acabar com isso. Seria mais fácil. Mas... E a dor? Todos aqueles dentes rasgando minha carne, meus músculos, partindo meus nervos como se fossem feitos da matéria mais ordinária disponível. O sangue jorraria em bicas até a morte finalmente me agraciar com seu toque. Imagino se demoraria, se ficaria consciente até que ela chegasse ou desmaiaria de dor antes.

– Foi aqui que nos conhecemos.

A voz de Oliver me chacoalha do louco devaneio. Tento não deixá-lo perceber meu momento.

– É.

Dou uma última checada na sala e me viro, indo em direção a qualquer lugar.

– Só uma pessoa.

O lembrete me pega de surpresa, como um tapa na nuca. Giro bruscamente e o encontro sorrindo discretamente.

– E aí, Lizzy? – grita Pooh, nos fundos.

Deixo-o sozinho e, próximo a uma máquina de lavar, tento ouvir o que os agentes discutem.

– Não há como entrarem por aqui – responde ela.

Rapidamente entrego-me novamente aos pensamentos. Vejo-os conversando e apontando ao redor, como duas manchas num quadro abstrato, emitindo sons abafados diluídos ao fragor da chuva. Meu cérebro gira de um lado para o outro, guiado pelas palavras que vão surgindo, como mãos de uma tequileira grudadas em minhas têmporas.

"LAQUARTZ. Maldita. Vírus. O exército bloqueou as entradas. Não há cura. Você é especial. O que há de errado com eles? O que há de errado comigo? Você mudou. Mamãe! O que tá acontecendo? Posso nos tirar daqui. Uma pessoa. Pense na proposta."

– Tiago!

A última palavra explode mais real do que as outras, tão forte que me derruba num empurrão. Após me chocar contra o chão frio, percebo o que aconteceu ao ver uma mulher em pé dentro da máquina de lavar. Parece perdida, olhando ao redor, até que focaliza sua atenção exclusiva em mim. Num rosnado, ela atrapalhadamente encontra um jeito e sai, pulando em minha direção. Tem o cabelo loiro curto e veste um uniforme, manchado num brilho escuro na altura dos seios. Com certeza era funcionária do hotel e se escondeu ali antes da transformação, e tarde demais.

O ataque não deixa brecha para pensamentos estratégicos, da parte dela ou da minha. O tempo é suficiente apenas para encarar a fúria vermelha em seus olhos antes de impedi-la, com um empurrão mole, de se aproximar demais. Acho que não uso de muita força, pois ela investe sem se importar com meu rascunho de pancada. Naqueles momentos em que damos uma de contorcionista sem poder explicar depois como o conseguimos, consigo chutá-la no rosto e, aproveitando sua queda, me arrasto para longe. Tomado por uma estranha sensação de frouxidão nos músculos, não sinto força alguma para me levantar.

Os rosnados se aproximam novamente assim que dou a volta por trás de outra máquina. Encosto-me na parede e tento centrar as forças. Ela surge, a boca escancarada, de onde escapa um chuvisco de sangue, e a portinhola de ferro de outra máquina violentamente vai de encontro ao seu rosto.

Num estalo, desperto do transe.

No momento em que ela surgiu de dentro da máquina, Oliver estava alerta e me salvou com um empurrão. Em seguida, ao me ver cambaleando, deu a volta na fileira de máquinas, aproveitou o foco da infectada em mim e, antes que ela pudesse investir outra vez, abriu a porta da máquina mais próxima com força e a derrubou. Foi o tempo exato de Pooh chegar, passando por cima do que estivesse na frente, e dar cabo da infeliz.

– Chico, 'cê tá bem?

Olhando para cima, vejo o grandalhão estendendo-me a mão. Levo alguns segundos para formular palavras.

– Eu... Eu tô bem. Só cansado, mas bem.

Com a ajuda de Ivan, levanto e me apoio em uma mesa. Lizzy se aproxima a passos ligeiros.

– Tiago, o que deu em você? – Seu olhar é a mais pura preocupação. – Que falta de atenção foi essa?

– Foi mal. – Não me sinto forte o bastante para mandá-la à merda. – Me distraí por um momento, foi só.

– Essa foi por pouco – Oliver diz, sério. Sou o único que consegue enxergar um sorriso por trás de sua máscara.

– Valeu – agradeço. Embora um pouco mais alerta, sinto como se a mente quisesse vagar para longe, sem dizer quando pretende voltar.

Não sei quem se encarregou do jantar, mas, quando a luz natural começa a ceder, sinto um cheiro agradável no restaurante. Logo quase todos estão jantando. O silêncio só não é completo pelo som da chuva e da comida sendo mastigada.

Duas horas depois de termos vasculhado a lavanderia e constatarmos que não havia mais ninguém escondido, a chuva deu uma trégua; por pouco tempo, e logo voltou. Mais fraca, mas ainda incessante.

Dani quase enfartou quando soube do ocorrido, fulminando-me com o olhar – como se fosse minha culpa. Tudo bem, eu me distraí, mas como poderia saber que não era o momento ou local exato para distrações? Na verdade, deveria. Pensando mais severamente, admito que vacilei. Não podemos nos descuidar nem cagando. Deve ter sido a fraqueza – psicológica – que me fez perder o chão por um minuto e viajar em um turbilhão de pensamentos. Um minuto. Tempo suficiente para atravessar a linha que limita vida e morte.

A busca por outras possíveis tocas de infectados continuou pelo resto do dia até a exaustão. Vasculhamos o prédio de cima a baixo – pelo menos os andares a que temos acesso. Os infelizes que atacaram Yulia estavam mesmo no duto, vindos do andar superior, e os agentes se certificaram de lacrar todas as entradas de ar, sinal de que as janelas precisam ser mantidas abertas, mesmo sob a chuva braba. Infelizmente eu sei que, por mais que vasculhemos cada canto possível deste – e de qualquer outro – lugar, não há segurança total.

Mastigando um pedaço de carne assada – esquentada no micro-ondas – com arroz, feijão, batatas e uma salada de folhas murchas que não consigo precisar o que sejam, continuo perdido em meus pensamentos, mas um pouco mais alerta. Preferi sentar sozinho. Dani percebeu meu desejo de particularidade e foi se sentar com Lizzy, Pooh, Victor, Pablo e (acredite) até Oliver. Tenho certeza de que ela fez isso na tentativa de descobrir mais detalhes sobre o acontecido na lavanderia; Oliver, por sua vez, deve estar disparando suas costumeiras perguntas. Tenho dó deles.

LC e Carla estão em uma mesma mesa. Parecem conversar com os olhos, presos ao silêncio a que se entregam sempre que estão juntos.

Yulia alimenta Yerik na mesa ao lado de Lizzy. Parece feliz, mais firme e menos indefesa que antes; não mantém mais a cabeça baixa.

Conrado se aproximou de David e conversa com ele, normalmente, mas percebo alguma intenção por trás de seu rosto sacana. Talvez não seja um escroto com todos, ou talvez David tenha algo em comum. Espero que, após a fase inicial, não se mostre um escroto júnior. Um só Conrado basta.

Josélia é a única que não come. Permanece cabisbaixa em um canto – ouvi conversas de que ela estaria preocupada com seus filhos e que passara a maior parte da tarde tentando se comunicar com eles. Noto olhares desgostosos em sua direção por parte de Janaína, a loira de nariz empinado. Continua fumando; parece uma chaminé. A fumaça do cigarro segue em espirais até a mesa mais próxima, onde Dezuíno tenta parecer indiferente, mas talvez sua cegueira não o deixe "ver" que sua expressão é de quem está deveras incomodado com o cheiro de nicotina. Esse deve guardar almoço para a janta.

O casal que não parecia interessado em se enturmar sumiu e ninguém se importou em procurá-los. Pudera, com tantas preocupações maiores. Devem estar enfurnados em algum quarto, transando até o fim do mundo.

Mantemos a TV ligada o tempo todo agora. Achamos melhor

saber quais outras mentiras estão sendo distribuídas ao público – o pouco que resta vivo – do que não saber nada. Não que descobriremos algo concreto pela TV, o que acho bem difícil, mas melhor do que ficar no vácuo total.

São oito da noite quando o logo da RECORD aparece na telona, anunciando mais notícias. Um murmúrio coletivo toma conta, extinto pela voz de Victor, um trovão – e sem precisar gritar para isso.

– Silêncio.

A legenda exibe o nome do repórter, Joel Silveira, que deve ter sido nomeado porta-voz da emissora ou encarregado das notícias que envolvam o caos – como se houvesse outras mais importantes no momento – e a frase "SÃO PAULO TOMADA PELO TERROR".

– *Voltamos com mais notícias direto da fronteira. As barreiras do exército não devem suportar por mais tempo. Em poucas horas, o vírus se alastrou por praticamente toda a capital de São Paulo e os sobreviventes se aglomeram nas saídas do estado. Há pânico por toda parte, e a chuva não dá trégua. O que disseram que seria contido em pouco tempo saiu do controle e ninguém sabe dizer a que nível isso nos levará. Ninguém do exército, nenhum coronel, sargento ou soldado dá qualquer esclarecimento após a última declaração do coronel Peter.*

Olho de relance para trás e encontro o olhar de Daniela. Parece prestes a chorar.

– *Um grupo de civis veio em direção à barreira, formando uma parede humana. Estavam de mãos dadas, gritando que salvariam suas mulheres e filhos. No começo os soldados não sabiam o que fazer, o que podemos ver nas imagens gravadas* – a imagem mostra exatamente o que o repórter narra –, *mas, após um tempo, atiraram contra os homens. Apenas um sobreviveu, pois se jogou no chão e rastejou de volta à multidão. Os treze homens que formavam a parede foram mortos. Outras trinta e oito pessoas foram atingidas fatalmente, e este não é um número oficial. É de acordo com os corpos que podemos contar daqui. Várias pessoas foram atingidas e permanecem feridas, sem deixar as proximidades da barreira.*

Questão de tempo, meu caro.

– *A situação está insuportável. Não vejo mais esperança para qualquer um dos infelizes que estão esperando um deslize de compaixão por parte do exército ou do governo. Ninguém os deixará passar, o que já se mostrou um fato, e não tardará até que os infectados cheguem aqui.*

Descobriram o título correto, afinal.

– *Nação brasileira, garanto cobrir esse incidente até o final. Mostrarei tudo o que essa porcaria de exército é capaz. Mostrarei o quanto são incapazes. Não*

há esperança, e não serei hipócrita para dizer o contrário, pois não estou aqui para enganá-los. Meu trabalho é trazer a verdade, mostrar o que mais ninguém tem coragem. Estão vendo outros repórteres ao redor? Outra emissora?

Ele caminha até a câmera e, após um tremor, a imagem gira. Realmente, não há absolutamente câmera ou repórter algum além do próprio Joel. Está definitivamente sozinho.

– *Meu cinegrafista fugiu, e não o culpo. Ele tem mulher e filhos no Rio e o aconselhei a ir. Sou o suficiente para trazer à tona tudo que está acontecendo, até eu entrar na mira de alguma bala desse tão bem treinado exército brasileiro, ou até os infectados chegarem aqui.*

Disse tudo, Joel.

Olhando novamente sobre o ombro, vejo uma linha de olhares sem esperança grudados na tela da TV. Nas vidraças, a chuva produz um som semelhante a um coro de risos debochados.

Tento ser silencioso como um mau pressentimento enquanto desço cada degrau como se estivesse pisando em campo minado. O breu injeta em mim uma dose extra de cautela. Os degraus parecem curtos demais; o medo, grande demais.

No térreo, olho ao redor e nada vejo de estranho, apenas a fraca luminosidade invadindo as janelas e vazando pelas frestas de algumas portas entreabertas, dando uma vaga ideia de como é o ambiente. Nos fachos de luz se desenvolve um festival de poeira, típico de lugares antigos.

Um gemido.

Redobro a atenção, paralisado contra a parede. Vindos de algum cômodo adiante, escuto passos.

Alcançando o corredor, analiso com cuidado antes de continuar. Uma porta no fim chama a minha atenção; há uma movimentação de sombras passando pelo vão do rodapé. Expirando e inspirando, um passo após o outro, sigo em sua direção. A curiosidade é uma grande vadia; nos arrasta para os buracos mais impróprios como se banhada por um perfume feito para nos tornar cegos diante do perigo. Sei que para fora não posso ir, pois a tribo urbana atraída pela barulheira já deve ter cercado a delegacia. Por que não saciar o desejo da curiosidade e deixá-la feliz?

– Mamãe?

É a voz de Pâmela, assustada. Imagino se foram cercados por alguém que estivesse aqui dentro. Antes de tomar qualquer decisão, preciso de algo com que possa me defender. Em um lugar como esse, deve existir alguma arma; o difícil é encontrar a tempo. O negócio é improvisar.

Encostada em um canto encontro uma vassoura e a mantenho pronta para (matar?) vassourar o primeiro que aparecer. Passo em frente a um espelho e minha imagem é quase cômica, se não fosse tão aterrorizante o silêncio que se seguiu após o chamado de Pâmela. Preciso mantê-los vivos, pois são a minha mais nova única esperança de sair deste inferno. Praguejo por dentro por não saber dirigir; caso contrário, já teria dado o fora daqui há tempos. Espero sinceramente que a mãe saiba dirigir, pois, pelo visto, o pai já era.

Segurando a maçaneta, trêmulo, me preparo para abrir, a vassoura erguida, sua silhueta no escuro lembrando a réplica de uma arma medieval própria para decepar crânios zumbificados. Num repente empurro a porta e me deparo com uma cena inusitada.

A sala, um cubículo, exibe uma parede de vidro com uma porta de metal na lateral. Trancada. Assemelha-se àquelas salas de interrogatório de séries policiais, à exceção de ser bem menos suntuosa. Considerando a fama da cidade, acredito que os únicos criminosos que passaram por ali para serem reconhecidos foram traficantes de esquina e ladrõezinhos de bicicletas.

Do outro lado, vejo Carlinhos encostado contra o vidro, de costas. Chegando mais perto, noto a forma esguia da mãe debruçada na parede do outro lado, tomada por espasmos. Também de costas, vomita um jorro escuro, as unhas arranhando a parede lisa e provocando um chiado entrecortado. Pâmela está logo atrás dela, puxando a barra de sua blusa, alheia ao mal que cresce diante de si.

Finalmente dando a tão requerida atenção à filha, a mulher se vira de modo vagaroso, os músculos retesados, sua feição adquirindo traços primitivos, uma criatura faminta, zangada. O grito de Pâmela ecoa por um fone do lado de fora, a voz inocente ganhando um tom robótico. O ataque é repentino, e a carne da bochecha da menina é arrancada como se fosse feita de pão – através do dispositivo sonoro posso ouvir a pele se rasgando. Sinto o gosto da bílis e a uma veia saltando na têmpora.

Sem dar tempo de a filha sentir a dor, provavelmente a maior de toda sua vida, atira-se sobre a pequena, derrubando-a de costas no chão. Não sei precisar em qual momento exatamente, mas Pâmela morre como se estivesse apanhando por ter cometido alguma das inúmeras faltas graves impostas pelos adultos, como riscar as paredes com giz de cera ou dizer uma palavra feia. As mãos da mãe, espalmadas, descem em movimentos imprecisos, mas acertam a região de sua cabeça ininterruptamente, o rostinho forçado a ir para lá e para cá, em um redemoinho de borrões escuros. Quando não sente mais resistência contra seus golpes, a mulher para.

Petrificado, por um momento me esqueço de todos os meus problemas, como se estivesse sentenciado a reviver a horrenda cena pelo resto dos meus dias, mas uma figura mais próxima, de início desfocada, soca o vidro com força, ainda que um gesto inútil, e miro seu rosto, o medo grafado em letras garrafais.

– Cadê a chave? – pergunto.

– Tá com ela. Me ajuda. – Carlinhos dispara em direção à porta, enquanto a mãe alimenta sua fúria observando o sangue da própria filha, como se esperasse uma reação, por mais pífia, para que pudesse retomar a pancadaria. – Socorro!

– Para de gritar ou ela vai te ouvir – digo entredentes, pensando em um jeito de ajudá-lo. – Armas. Sabe onde tem alguma por aqui?

– Na minha casa. Papai tem uma debaixo do colchão.

– Não dá tempo. Tem que ser aqui.

– Não sei. Não sei. Socorro! – ele grita, desesperado. – Já sei. No escritório do papai. Tem uma lá.

– Onde fica? Rápido.

A mulher continua esmurrando a garota. Seus bracinhos pendem de um lado para o outro.

– É a sala número 3, perto da escada.

Como se fosse tirar a mãe da forca, corro até a sala informada. Chegando lá, reviro as gavetas e armários, mas nada de arma. Droga. A opção é improvisar de novo, e, desta vez, com algo melhor do que uma vassoura podre. Há uma caixa de ferro um tanto pesada que pode servir para quebrar a vidraça. Tenho que ser rápido.

Faço meu caminho de volta, mas, quando chego ao corredor que conduz à saleta, paro de súbito e sinto meus pés fraquejarem.

O sangue escorrendo no vidro é um alerta piscando em minha mente como o letreiro de neon de um motel barato de posto de beira de estrada, as palavras "tarde" e "demais" falhando, até morrerem. A infectada se ergue, ameaçadora, uma predadora destruindo quem cruzar seu caminho, até mesmo os filhotes inocentes, e se debate contra o vidro, cuspindo o fluído vital roubado a mordidas dos pequeninos. Com as mãos trêmulas, solto a caixa, que cai no assoalho com um baque surdo; em seguida, um eco ensurdecedor viaja por toda a delegacia.

Lá fora, a massa de pessoas insanas e tomadas por dor e ódio se debate contra a porta principal, as dobradiças tremendo no mesmo ritmo do meu coração destruído.

Capítulo 12 – Em busca da verdade

Se há um ano dissessem que em breve eu estaria em um hotel em São Paulo – com todas as despesas pagas – podendo ficar o tempo que quisesse, não acreditaria. Principalmente se cada detalhe da estadia não fosse mencionado, como estar cercado por uma multidão de canibais sedentos aumentando a cada minuto, por exemplo. Eu dispensaria o convite.

A madrugada chega sorrateira, mas o sono não a acompanha. A maioria havia decidido não dormir, ou talvez, como eu, não conseguissem pregar os olhos com a macabra canção de ninar sendo entoada lá fora por centenas, talvez milhares, de gargantas obstruídas por sangue coagulado e restos – tripas, cabelo, até dedos inteiros – de suas vítimas. Com as luzes apagadas, fizemos um círculo ao redor de uma mesa maior e pegamos alguma comida e bebida. Após uma breve discussão sobre estocagem de alimentos, concluiu-se que ninguém pretendia passar mais do que alguns dias ali até a situação se normalizar. Eu lavei minhas mãos. Por mim, economizaríamos sim, mas de que adiantaria ser o único a poupar? Melhor comer à vontade antes que estrague.

Arrastamos pufes escuros e dois sofás para tornar a reunião mais confortável. Uma verdadeira festa do pijama, mas sem a costumeira agitação e travesseiradas. Estamos mais para um bando de idosos à meia luz, os semblantes, embora alerta, exaustos.

Ao redor está Yulia com seu inseparável Yerik, mais desperto do que nunca. Talvez não seja lenda materna quando dizem que bebês passam as noites em claro se esgoelando. Ela veste um moletom nem muito largo nem muito justo, mas que não esconde em nada suas formas e beleza. Segura o pequeno envolto em uma manta clara e felpuda. A noite está bem fria, mas acredito que ele não esteja sentindo o mínimo arrepio.

Dani está ao meu lado, as pernas cruzadas sobre um sofá, de moletom preto, camiseta de algodão branca e meias cor-de-rosa. A franja, caída por sobre o olho direito, esconde pouco o olhar cabisbaixo. Bebe chocolate quente em goladas homeopáticas, sem realmente sentir o gosto. Após o noticiário, é como se tivesse envelhecido trinta anos. Energia zero.

Pablo, deitado em outro sofá, acaricia o pelo de Thor, o cão enroscado em suas pernas. É o único com as mesmas roupas de antes.

No carpete, Oliver se mantém debruçado no braço do sofá, alisando o rabo de Thor. Imagino o cão se irritando e avançando para cima do moleque. Não precisaria mordê-lo, apenas dar um susto. Acho que conseguiria me arrancar uma gargalhada, ainda que breve.

– Não consegui nem tirar um cochilo na noite passada, não dormi durante o dia, e tenho certeza de que continuarei com os olhos como lanternas – diz Pablo.

– Acha que alguém conseguiu? – pergunta LC, o único dos agentes enturmado. Todos os outros permanecem afastados: Victor sentado em uma poltrona, encarando o véu escuro da noite, e Lizzy e Pooh abraçados ao seu lado, os olhos fechados – mas extremamente acordados. Carla não se encontra à vista. Percebi que, alguns minutos antes, ela sumiu por um dos corredores, talvez por ordem de Victor, para checar as entradas. Faz algum tempo; provavelmente aproveitou a deixa e foi dormir. Pelo menos alguém vai conseguir.

– Você disse que passou por isso – Josélia pergunta, olhando para mim com olhos inchados. Acho que está chorando desde que a encontramos. – Em sua cidade. Que as pessoas já estavam agindo assim antes.

Afirmo com um aceno. Ela continua, a voz trêmula, quase me implorando para que eu responda negativamente à sua pergunta:

– Eles atacavam crianças?

Sei exatamente o que ela quer saber. Uma triste confirmação, uma elevada na carga que a infeliz já carrega em suas costas. Passou horas tentando ligar para casa, e sinto que, se ainda não conseguiu, há uma chance danada de aquele telefone para o qual está ligando nunca mais ser atendido. Gostaria de poder dizer o contrário, mas, para se ter uma chance, é preciso encarar a realidade.

– Eles não diferenciam idade ou laços. Já vi uma mulher, esquecida de que era mãe, matar os próprios filhos.

Josélia aceita minhas palavras com um simples meneio, algo parecido com um tique nervoso. Imagino como seja duro ouvir a verdade, e, no fundo, me sinto mal por dizer. Não há prazer em machucar alguém, seja desconhecido ou o pior inimigo. Posso ser seco, às vezes insensível, mas só porque não consigo ser diferente, o que não significa que eu seja mau. Não sou sádico, embora tenha sentido certo prazer em deixar Abigail para morrer. *Ela* causou aquilo. Não sou de ferro. Estou condenado por isso?

– O que vocês faziam?

Oliver faz a pergunta com um sorriso fingido no rosto. Ou talvez seja como eu o veja. Sentado como um budista, parou de alisar Thor e agora balança para frente e para trás, esperando que alguém se manifeste, dando início a uma rodada de apresentações. Criação de laços. Tentarei me manter fora dessa.

Como não consegue respostas, é ele quem começa.

– Eu estava de partida para o Texas, para estudar. Tenho um irmão lá.

– Pois é. Você estava no aeroporto, certo? – Pablo pergunta, uma expressão de interesse nada convincente, apenas para não deixá-lo no vácuo.

– Sim. Se tivesse pegado um voo mais cedo...

– Acha que estaria livre? – Dani pergunta, quebrando o próprio silêncio. Há um tom amargo em sua voz. – Acha que isso vai ser resolvido aqui?

Mesmo que concorde com ela, não acho apropriado o rumo que a conversa está prestes a tomar. Antes que a cutuque, na tentativa de acalmá-la, Oliver continua, como se não tivesse ouvido suas palavras.

– O que *você* fazia?

Sem muito esforço, Daniela desata os nós dos dedos, a tensão se esvaindo aos poucos, e resolve responder – sem olhar diretamente para ele. Seu foco está em um ponto adiante, desconhecido.

– Sempre joguei handebol. Acho que jogo desde meus sete anos. Treinava karatê também, e já fiz aulas de balé.

Novidades. Percebo seu semblante se suavizando, algo realmente novo. Não me lembro de tê-la visto à vontade em meio a pessoas, mesmo depois de chegarmos a São Paulo. Sempre angustiada, sem dar margem para aproximações – além da minha, no ginásio. Após a emboscada na periferia, em Jaboticabal, e o bolo desandando de vez na visita relâmpago a Araraquara, nunca mais a vi se comportando como uma pessoa normal. Não normal no sentido típico da palavra, a normalidade exigida para que as pessoas se enquadrem no quadro imposto por regras inventadas pelo próprio homem, mas agindo, interagindo, trocando mais de duas palavras com alguém que não fosse eu. O mais próximo de interatuar com estranhos foi a aceitação da ajuda – repentina e ainda sem explicação – de Lizzy e Pooh.

Talvez por rememorar um passado que sabe estar longe demais, pertencente a outra vida, esteja demonstrando certa suavidade nas feições ao falar sobre ele.

– Já trabalhei como babá, atendente de lanchonete e monitora em uma escola. Confesso que cuidar das crianças era mais tranquilo do que aguentar aqueles marmanjos. Crianças são muito mais fáceis de lidar.

– Eu não posso dizer o mesmo – emendo, arrancando dela um olhar de surpresa. Acho que não esperava que eu entrasse na conversa, e nem eu, mas um sentimento familiar força meu peito, algo como o que sentimos quando conversamos em uma roda de amigos, tecendo assuntos despretensiosos, apenas pelo prazer de falar e ser ouvido. – Nunca me senti à vontade com crianças. Na verdade, nunca interagi muito com pessoas mais novas do que eu. Não tenho muita paciência pra conversas infantis.

– Mas com o Ricardo você se dava bem.

– Mas era diferente, Dani. A situação, tudo. Éramos praticamente obrigados a conviver. E o Rick também não era de brincadeiras.

– Verdade. – Dani se limita a um sorriso triste, provocado pela lembrança de nosso companheiro abatido.

Aproveitando a repaginada em seu humor, e não querendo vê-la melancólica de novo, mudo de assunto:

– E você, Pablo? Alguma coisa pra contar?

Ele se ajeita no sofá, ainda alisando a orelha de Thor, e pigarreia. Assim que abre a boca, um tilintar chama nossa atenção; nada que incomode ouvidos menos aguçados, mas na situação atual temos sensores invisíveis de movimentos instalados ao pé do ouvido. Da cozinha, Janaína aparece, ainda em seu vestido preto, mas com os cabelos úmidos, sinal de que tomou banho. Carrega uma garrafa de vinho e uma taça. Sem dar importância ao nosso acampamento de férias forçadas, se dirige a uma das janelas. Sozinha, se serve, acende um cigarro e, debruçada no peitoril, observa a distópica paisagem.

Pablo continua:

– Não tenho muito o que falar, amigo. Acho que nunca fiz nada que mereça comentários. Me formei em Publicidade, mas não posso dizer que a época da faculdade tenha me trazido somente coisas boas. Trouxe sim, duas paixões. Uma boa e uma ruim.

– Como assim? – pergunta Daniela.

Um olhar distante me faz lembrar de seu momento no quarto, quando o vi mexendo naquele pacotinho. Aquela droga.

– Na faculdade conheci minha mulher, o amor da minha vida. – Seus olhos brilham. – Era alguns anos mais velha do que eu, e me pegou de jeito. Vocês não acreditariam – diz ele, gargalhando.

– Conta – pede Oliver.

– Eu estava bebadaço, dirigindo pra casa depois da faculdade. Tinha ido a um bar com alguns amigos. Meu carro andava tão torto na pista que não sei até hoje como não bati. Então ela apareceu. Estava em uma moto, e me parou. Era policial. Assim que trocamos o primeiro olhar... Cara, foi paixão à primeira vista. Vista embaçada. Não me lembro bem o que eu disse, e ela nunca me contou, mas devo ter inventado uma cantada mágica, porque, assim que dois carros de reforços chegaram, ela simplesmente disse que o tal motorista bêbado havia sumido e que eu era um amigo. Eles se foram, ela me aconselhou a não dirigir bêbado, me deu uma carona, o reboque se encarregou do meu carro, ganhei uma multa e ela me deixou em casa. E foi embora.

– E aí? – pergunta Daniela, em uma animação contida.

– Calma. Não terminou, gatinha. Fiquei com a imagem daquela mulher linda na minha cabeça, entorpecido, mas puto pela multa. Não reclamei; afinal, o errado era eu.

– Com certeza – Oliver concorda.

– Assim que acordei com uma dor de cabeça dos diabos, tomei um banho e me lembrei da multa. Morrendo de medo de descobrir quanto teria que pagar, desdobrei o papel. E lá estava o telefone dela.

Os olhos de Daniela brilham com o desfecho romântico. *Argh!* O pior é quando lança um rápido olhar para mim. Finjo que não vi.

– Depois foi só ligar, marcar um encontro, dessa vez sem bebida, e um ano depois estávamos casados.

– História maneira – diz David, o braço apoiado no joelho, a perna sobre o sofá.

– É. Tanto quanto ela. – Seu olhar vai longe, perdido em alguma recordação além da história narrada, talvez envolta em lençóis ou sob uma ducha.

–Você disse sobre duas paixões – diz Oliver, uma sobrancelha erguida, como se estivesse tentando decifrar um mistério sherlockiano. – Essa obviamente é a boa. Qual é a má?

É como se o sorriso apaixonado nunca tivesse existido. Num

piscar seu rosto se torna duro, e até Thor percebe, quando os afagos cessam. Sua expressão é de desamparo.

– É complicado, cara – diz ele, numa tentativa de explicação que remete ao início de um pedido de desculpas. – Posso te dizer que minha mulher era *um* dos meus vícios, mas...

Havia um mais forte. Já entendi.

– Vamos parar de interrogar a intimidade do cara? – falo, tentando tirá-lo da parede. Percebo seu olhar de gratidão. Mal sabe ele que conheço sua paixão ruim.

Aproveitando a abertura, ele gira o holofote em um movimento aleatório, a pergunta valendo para quem quiser respondê-la:

– E vocês? Têm alguém os esperando lá fora?

– Minhas namoradas – responde David. – Uma para cada dia do mês, além das que ainda não conheci.

Dá para sentir a brincadeira por trás do comentário. Poderia ser apontado como um cafajeste, mas parece ser apenas um rapaz curtindo a juventude. Não há maldade no tom, só uma malícia divertida. Se alguns não dão liberdades para aproximações íntimas, outros têm o direito de se arreganhar sem serem julgados.

– Eu tenho apenas meus pais – continua Oliver. Iluminado apenas pelos abajures, tenho a impressão de vê-lo lançando, de soslaio, um olhar matreiro para mim. – Há meu irmão também, mas não tenho muita ligação com ele.

– Eu não tenho ninguém – diz Daniela, sem emoção. Se aqueles corpos carbonizados que vi em Araraquara eram de seus pais, realmente não deve ter ninguém. Após a fuga, nunca mais tocou no assunto, e também não me senti confortável em perguntar.

Um silêncio mais longo se estende. Ninguém parece querer continuar a sessão de terapia. Josélia não teria por que dizer quem a espera: todos sabemos o inferno pelo qual está passando ao imaginar os filhos lá fora. Sua mudez é compreensível. LC mantém o olhar vagando sem rumo, como se evitasse contato visual com alguém que resolva, pelo estímulo, fazer-lhe perguntas. É uma oportunidade de saber um pouco mais sobre os agentes que prefiro não perder.

– Você tem alguém, Luiz? – pergunto, fingindo indiferença.

– Ninguém, cara. Livre e desimpedido.

Ponto. Nada de olhares furtivos ou embaraço ao se explicar. Insisto.

– E a Carla? Vocês são... Sabe?

– É apenas trabalho.

– E os outros? Victor, Pooh...?

– Trabalho.

Nesse momento, um lamento mais longo, muito parecido com o uivo de um lobo tomado por uma doença terminal, ecoa. Todos dirigimos o olhar à janela, encontrando o cetim negro da noite. Daniela se encolhe, os braços enfiados entre as pernas. Percebo que Josélia não se encontra mais entre nós. Acho que estava tão entretido na conversa que não percebi quando ela decidiu ir, talvez para chorar sozinha em algum canto. Do outro lado, os agentes continuam imóveis. Victor está agora de olhos fechados, respirando de modo pesado, a submetralhadora descansando em seu colo. Pooh e Lizzy se afastaram, sentados em pontas opostas, também de olhos cerrados. Janaína continua na janela, a garrafa com apenas um terço da quantidade inicial de vinho.

– Afinal, por que eles ficaram assim?

A pergunta de LC, provavelmente tentando fugir de minhas investidas, desconstrói algumas de minhas teorias. Como parte do grupo dos agentes, imaginei que soubesse, ou ao menos tivesse uma ideia. Sinto como se os infectados não fossem tão estranhos a eles. Não como velhos amigos, mas algo mais preparados. Encarar um infectado pela primeira vez é chocante. Na LAQUARTZ, no entanto, agiram como se fosse apenas uma operação de rotina. Todavia, enxergo uma ignorância genuína nos olhos de Luiz. Ou finge muito bem, ou realmente não sabe de nada. Paranoia minha?

– Minha cidade já estava tomada antes que qualquer um pudesse perceber. É... *Era* pequena, mas ainda assim foi muito rápido. Sobrevivi porque soube me proteger. Poucas vezes parei pra pensar no *porquê* de estar acontecendo. Acho que não adiantaria. O negócio era correr. Pensar, só depois, e se houvesse tempo.

– Então começou em sua cidade? Jaboticabal, não é?

– Isso – confirmo. Jaboticabal. A imagem de minha pacata vida me vem à mente num relance. Prefiro não deixá-la me dominar, e continuo: – Bastava uma mordida. Vi muita gente sendo... – Me calo. O ambiente se tornou estranhamente aconchegante para maculá-lo com palavras medonhas. – Corri muito pra evitar que me arrastassem para o time deles.

Forço um sorriso de banda, algo abatido, e Pablo e David retribuem.

– Você deve ser muito rápido, Tiago. – Pablo se debruça sobre o braço direito, arrumando-se no sofá e dando espaço para Thor se esticar. – Tá certo que em sua cidade não devia haver muitos, ou não tantos quanto aqui, mas eu vi o quanto eles correm, e não parecem se cansar. Como conseguiu?

– Além da vontade de continuar vivo (e medo de sentir aqueles dentes na minha bunda), eu sou praticante de parkour. Foi o que me ajudou.

– Parkour? – Pablo se endireita mais, interessado.

– Isso. *Le Parkour*. Significa "O Percurso", em francês. Alguns chamam de esporte, outros de estilo de vida, de filosofia. Trata-se de um esporte, vamos assim dizer, onde você usa determinadas técnicas para ultrapassar obstáculos no caminho, assim como faria em uma situação de emergência. Fazia parte do treinamento de bombeiros franceses. Você tem que se mover de uma maneira que te ajude a ganhar mais terreno como se estivesse perseguindo ou fugindo. Exatamente meu caso. Exige demais da musculatura e do praticante, mas qualquer um pode fazer.

– Eu sei o que é parkour – responde Pablo, animado. – Só não sabia que você era profissional.

– Calma aí. Não sou profissional coisa nenhuma. Sei apenas o básico.

– Que foi o bastante para que ainda esteja vivo. – Pablo abre um sorriso maroto.

– E daí?

– Tiago, e se você treinasse essa galera toda?

– Como assim, treinar?

– Treinar, brother. Do lado de fora, perto da piscina, tem uns lugares que seriam perfeitos. Há árvores no jardim, as paredes do hotel têm grades onde podemos treinar escalada. Nada que uma boa improvisação não resolva.

Olho ao redor, e percebo que Dani concorda com ele, aguardando minha resposta com um olhar ansioso.

Peso os prós e os contras. Não sairei daqui tão cedo, se a situação continuar como está. Terei que conviver com essa gente por um bom tempo. Treiná-los pode, além de possivelmente dar-lhes uma chance – isso se conseguirem pegar as manobras –, me ajudar a melhorar. Que outra distração tenho nestes dias? Dormir. Comer. Dormir. Pensar. Dormir. Sobreviver.

Umedeço os lábios, me preparando para responder que topo, mas um pigarro irrompe de trás, um som trêmulo, como o bufar de um touro, e me interrompe. Quase não consigo vê-lo em meio à escuridão. O brilho do abajur em seus dentes é o primeiro sinal, e em seguida a forma vai se apresentando. Victor mantém as mãos apoiadas nas costas do sofá.

– Onde vocês estão pensando em ir?

– Treinar parkour, cara – responde Pablo, excitado. Sua animação bate de frente à parede de rocha que é o rosto indecifrável de Victor, sem provocar um rastro do mesmo sentimento no outro. – Tiago disse que conseguiu sobreviver por causa do esporte, e acho que é uma boa ideia...

– Sair? – Victor interrompe. – Ir treinar no meio deles?

– Não lá fora, mas na área de lazer do hotel.

– Você já reparou que fechamos todas as entradas? Digo, *todas*.

– Acha que há perigo perto das piscinas?

– Ele tem razão – digo, sem esperar mais perguntas irônicas de Victor. – Quando chegamos aqui, Carla e eu vimos uma mulher ser atacada ao lado da piscina.

Um muxoxo generalizado repercute.

– Não façam burradas, senhores, por favor.

Victor dá as costas e, novamente, some na escuridão. Sua silhueta reaparece adiante, recortada em contraste a uma das janelas, e se mescla à poltrona.

Pablo se move bruscamente e encara Yulia. A russa nos assiste conversando, distraidamente, até que percebe ser o foco de nossos olhares.

– *Chto*[9]?

– Saúde – diz Pablo brincando, e ri. Yulia o encara, confusa. – Há outra coisa que precisamos pensar: Yulia e seu "ótimo" português. Ela precisa aprender nossa língua. Essas onomatopeias que ela faz não são nada inteligíveis. Pelo menos, não pra mim.

– Podemos procurar algo na internet que possa ajudar. Aulas virtuais, tradutores online. A web é um mundo alternativo quando se trata de aprendizado – diz Oliver.

Daniela pega meu braço com um pouco mais de força. Após um tempo pensando, como se estivesse fazendo algum cálculo, cochicha, na tentativa de sermos os únicos a escutar.

– Tiago, você se lembra do que aquele repórter disse na TV? Sobre esse vírus ou sei lá o que ter começado no Chile.

– Não acredito em nada que digam sobre isso. Ninguém sabe

---

9 *Quê?*

nada. São apenas suposições apressadas que criam aos tropeços ao sair fugidos.

Silêncio.

– Por quê?

– Por nada. – Ela se encosta novamente, cruzando as pernas e mexendo com os dedos na meia. Noto em seu olhar um aviso, algo como "Depois falamos sobre".

Oliver a observa por alguns instantes, e enxergo desconfiança em seu olhar. Penso que vai insistir no assunto, mas se cala, voltando a brincar com a cauda de Thor, o incomodando.

Yulia acaricia a mãozinha de Yerik, cego aos olhos do sono.

Pablo fecha os olhos e, com as mãos por trás da cabeça, tira um cochilo mental, ainda acordado.

LC lança um olhar ao redor, procurando alguém – Carla –, mas desiste e também se deita, sem fechar os olhos.

David se levanta, lança um olhar a Janaína, esta com a garrafa e taça vazias, e faz menção de ir até ela, mas por algum motivo desiste e muda o rumo, seguindo pelo corredor que leva à escadaria.

Lá fora, um relâmpago risca a noite.

Deitado, finalmente sozinho, não consigo pregar os olhos apesar dos bocejos doloridos.

Daniela nem fez questão de me importunar para conversarmos mais; disse estar com muito sono. Oliver ainda me olhou por algum tempo no caminho para os quartos. Entendi exatamente o que quis dizer com o olhar centrado em mim, como se reforçasse a mensagem que me atormenta. Talvez ele seja uma esperança, afinal.

Apesar do frio noturno, sinto a pele das costas, suada, grudar no lençol. Parando para pensar, esperando o sono vir, calculo há quanto tempo estou nessa. Foi mais ou menos um mês preso em Jaboticabal – que eu consigo lembrar; pode ter sido menos ou mais –, depois uma semana foragido em São Paulo. Se não me engano, pegaram Ricardo no último domingo. Isso mesmo, domingo. É tanta correria que às vezes perco a noção de tempo. É meu segundo dia no hotel, mas parece que chegamos antes. As coisas acontecem tão rápido que a linha do tempo se distorce de uma maneira surreal. Por um momento tenho medo de dormir e, quando acordar, perder totalmente a noção de tempo e espaço.

Lembro-me de minha mãe. Se há alguém de quem sinto saudade é ela. Quando despertei em meio ao lixo do posto, na primeira noite do fim, foi nela que pensei primeiro. Atravessei a cidade, mas, quando cheguei em casa, com a esperança de encontrá-la a salvo junto com minha vó e minha gata Myuki, não encontrei ninguém. De início pensei que meu pai tivesse chegado de viagem e as resgatado, mas em nosso último encontro descobri que ele não estava em condições de resgatar ninguém. Não pôde ajudar nem a si mesmo. Ainda não entendo o que pretendiam deixando-o daquele jeito, com aquela parafernália em seu corpo, transformando-o em uma aberração. Não faz sentido. O mais estranho nem foi sua aparência, mas o fato de estar ali, na LAQUARTZ, dentro daquele container.

Imagino se tem dedo daquela bruxa velha da Abigail nisso. Morreu e me deixou com essa dúvida que não me abandona. O que ela queria comigo, afinal? O que eu tinha de tão especial? Será o fato de eu ter sido um dos únicos sobreviventes de Jaboticabal? Mas e Daniela e Ricardo? Sobreviveram também. Passaram por menos apuros do que eu, pelo que sei. Ricardo ficou o tempo todo trancado em sua casa; Dani, no ginásio. Não percorreram praticamente a cidade toda com os canibais em seu encalço como eu fiz. Em tantos anos em Jaboticabal não vi metade do que vi em tão pouco tempo após o incidente.

Há a mordida também. Ainda me lembro da dor – psicológica – ao vê-la. No calor do momento nem percebi os dentes sendo cravados em mim; depois, salvo por Moisés, senti a viscosidade entre os dedos. Consegui limpar o sangue antes que ele percebesse (o que não adiantou de nada no final), mas o medo de me transformar a qualquer momento doeu mais que qualquer coisa. Por um tempo pensei que fosse imune, até que um tapa no meu egocentrismo me tirou da frente do espelho e dos holofotes, e então percebi que foi pura sorte. Aquele que me mordeu (não lembro se era homem ou mulher) podia não ter mordido com vontade, ou talvez usasse aparelho dentário, o que acabou me cortando. A conclusão é que não me transformei. Duvido que seja esse o motivo do enigmático interesse de Abigail. A resposta pode ser até bem simples: talvez ela fosse só uma velha que gostasse de garotões e que acabou se apaixonando por mim. Quem não se apaixonaria por estes meus olhos sedutores? *Rá.*

E tem os agentes. Gostaria de saber se são mesmo de confiança, assim como se mostraram até agora. Por algum motivo não consigo confiar plenamente. É certo que invadiram a LAQUARTZ ontem; o que ainda não é certo é o motivo, e sinto que não contarão. Felizmente me ajudaram, mas ainda assim percebo o quão estranho foi nosso encontro. Isso tudo além de parecerem saber lidar perfeitamente com os infectados. Assustaram-se, claro, mas não tanto quanto os outros. Sangue frio, talvez. Acho improvável que saibam algo sobre Jaboticabal, mas não sobre o incidente atual.

Outro alfinete espetado na minha mente é Oliver. Preciso me concentrar para não deixar as palavras de nossa conversa secreta me dominarem. Ainda é um moleque, mas parece mais esperto do que qualquer um aqui. Possui algo em seu olhar, uma postura que lhe dá um ar maduro – arrogantemente maduro –, apesar de se portar com infantilidade. Olha-me de um jeito como se já me conhecesse, como se soubesse de algo que não sei. *Pff!* Devo estar imaginando coisas.

Talvez seja o sono me fazendo deliberar tanto. Posso estar sobre um colchão macio, envolto em lençóis de cetim, mas me sinto exatamente como naquele freezer: cercado, com medo, sem saber de nada. Não posso parar para pensar. Não adianta olhar para trás. Não há o que fazer, exceto continuar.

Vou desligar a luz agora.

Certificando-se de que não havia ninguém no corredor, Daniela encostou a porta e apanhou o notebook sobre o criado-mudo. Sentando-se com uma postura dura na cama, conformada em não conseguir relaxar ouvindo as lamúrias dementes invadindo, abafadas, através da vidraça, respirou fundo e o ligou.

Acessar a internet não foi difícil. Havia pedido a David a senha do Wi-Fi para os hóspedes, mas nem precisou utilizá-la; o notebook já se encontrava conectado. Entrou no Google e digitou "LAQUARTZ". Uma lista extensa surgiu em um par de segundos. Todos os links falavam sobre a indústria – Laboratório de Quântica Aplicada Rosabela Tzao. Quântica aplicada? Mas não era uma indústria farmacêutica? Achou melhor continuar a pesquisa. Sabia que qualquer coisa ligada à LAQUARTZ tinha grandes chances de não ser o que parecia. Acomodou-se em meio aos travesseiros, ainda dura como as costas de um trabalhador da cidade grande, e deu início à pesquisa.

O facho de luz amarelada cortou a escuridão. Falhou algumas vezes, mas acabou se firmando após uma pancada. Conrado não queria chamar atenção, por isso optou pela lanterna em vez de acender as luzes. Seria mais prático, sem discussão quanto a isso, mas precisava de discrição. Aquele era um momento só seu.

Não teve dificuldade em encontrar o RH. O círculo de luz varreu o chão, encontrando pegadas escurecidas e uma bagunça total. O único som era o abafado da sola do sapato no carpete. Sentia medo, mas a necessidade era maior. Precisava supri-la com urgência; sua última oportunidade havia sido deixada naquele hotel, mas sentia que, embora a situação fosse desfavorável, havia outra chance em alguma parte do Maksouth. Era como se pudesse farejá-la.

Empurrou a portinhola de madeira e esperou o longo rangido cessar. Por um instante prendeu a respiração; sabia que haviam limpado todos os corredores, se livrado daqueles malditos retardados, mas o medo é como bosta debaixo das unhas: por mais que você lave, o cheiro demora a ir embora. Iluminando a saleta e se certificando de que não havia ninguém, entrou e fechou a porta. Finalmente pôde procurar um interruptor e, com um clique, ser banhado por uma iluminação mais generosa.

Podia ter sido fácil encontrar o escritório, como se tivesse seguido um mapa do tesouro, mas pôr as mãos no baú não. Passou pelo menos uma hora e meia revirando cada armário empoeirado em busca do seu objeto de desejo. Conrado podia ser impaciente para lidar com outras pessoas, mas, quando se tratava de si mesmo, agia como um monge tibetano. Folheava cada pasta e passava os olhos com tranquilidade sobre os escritos. Se precisasse procurar duas vezes, o faria, embora seu objetivo fosse encontrar na primeira tentativa. Havia adquirido o dom da bonança durante as cirurgias praticadas por anos. Salvara inúmeras vidas, e devia o feito ao autocontrole que conquistara. Naquele momento, com os músculos relaxados pelas várias doses de álcool ingeridas ao longo do dia, era o controle em pessoa. Sentia-se um tanto aéreo, mas ainda dono de seus atos.

Seus olhos começaram a pesar um minuto antes de encontrá-lo. Antes mesmo de abrir a capa do grosso tomo sabia que era ele. O livro de hóspedes. O sangue fervilhou em suas veias. Os cantos dos lábios se esticaram em um sorriso desatinado. Sentou-se.

Folheando as páginas, atentou-se aos nomes registrados. Procurava um tipo específico. Na verdade, dois. Encontrou vários, mas as datas indicavam que havia sido há muito tempo, ou não o bastante para ter esperanças. Pulando conjuntos de folhas, chegou às datas mais próximas e reiniciou a busca. Com uma marca-texto amarela fluorescente, assinalou alguns nomes. Sete ao todo. Não era o melhor número, mas era melhor que nada. Havia uma esperança.

Desejava iniciar o ritual naquele momento, mas sabia que precisava esperar. Não podia seguir até cada um dos sete quartos no meio da madrugada. Teria mais êxito durante o dia. Precisava verificar antes se a empreitada traria frutos; para isso, tentaria contato com os respectivos quartos. Descobriria como no dia seguinte. Pegando no membro e apalpando-o, o sentiu meia-bomba. Alisou o tecido da calça sobre o volume e gemeu. O sorriso se estendeu um pouco mais.

Ao se virar para sair, deu de cara com o computador. A leveza provocada pelo álcool o fez raciocinar lentamente; por fim, concluiu que, diferente do que havia pensado, não possuía tanto controle sobre si mesmo como imaginava: devia ter procurado nos arquivos digitais. Não precisava ter se esforçado tanto na busca. O registro dos hóspedes com certeza estaria arquivado em alguma planilha, e um ou dois minutos de pesquisa teriam apresentado tudo o que queria saber. Tarde demais. Conrado riu consigo mesmo e, com o livro sob o braço, dentro do paletó, apagou a luz e saiu, auxiliado novamente pelo facho da lanterna no caminho de volta.

O indicador deslizou no painel do notebook. Daniela encarava a tela de maneira quase doentia. Sua pesquisa continuava firme.

"Criada no Chile por um casal de físicos na década de 1950, inicialmente a LAQUARTZ era especializada em física quântica, mas ampliou seus horizontes combinando também a genética. Deram início à concepção de medicamentos desenvolvidos a partir de tal combinação. Tornou-se um marco na época, proporcionando à indústria farmacêutica grandes novidades.

Porém, na década de 1980, um fatídico acaso destruiu parte de suas conquistas após o ataque de uma organização terrorista às dependências da empresa, que visava o roubo de medicamentos ainda em fase de testes e seu comércio no mercado negro. Em uma investida mal sucedida provocaram a ruína da corporação, e no incidente muitos morreram. Embora as autoridades tenham trabalhado arduamente no caso durante anos, os responsáveis nunca foram encontrados.

Uma filial da LAQUARTZ no Brasil, a qual se tornou a sede após a tragédia, recebeu a transferência de todos os seus projetos, e as pesquisas foram retomadas graças à cientista-chefe e uma das poucas sobreviventes, Abigail Küsen."

Daniela sentiu os músculos tremerem, como um arrepio provocado por dedos cadavéricos roçando a pele seca em suas costas, desenhando uma trilha impudica em linhas sinuosas.

"A renomada doutora continuou seu trabalho por anos com a melhor equipe do país. Recrutou excelentes cientistas, nacional e internacionalmente. Reergueu a companhia com a criação e distribuição de vários medicamentos considerados os mais indicados pela Secretária da Saúde e pelo governo."

Daniela tentava encontrar algo nas entrelinhas, mas tudo se baseava unicamente a elogios tecidos à LAQUARTZ. Sites, blogs e fóruns de discussão relacionados a mencionavam como o que havia de melhor na indústria farmacêutica. Nenhuma crítica. Nenhum mísero ponto negativo. Era como se fosse vista como a mocinha de uma história dramática, e hoje todos a mantivessem sobre um pedestal.

– Tem que haver alguma coisa – sussurrou, dançando o olhar em movimentos frenéticos de página a página.

– Sabia que não se deve acreditar em tudo que se lê na internet?

O coração de Daniela parou por um milésimo de segundo. Girou o tronco de modo brusco (sentiu as costelas doerem), sem se levantar, e quase derrubou o notebook. Oliver a observava com um sorriso enigmático, apoiado no umbral.

– Que susto, garoto.

– Desculpe, *garota.*

Enquanto ele entrava no quarto, Daniela fechou as páginas numa combinação rápida de botões. Não confiava em ninguém, tampouco em um pivete metido.

Já próximo à cama, Oliver observou a tela do aparelho.

– O que estava fazendo? Você é dessas viciadas em Facebook? – perguntou curioso, com um tom de brincadeira.

– Nada de mais – respondeu, afastando-se e fechando o note. – Apenas tentando descobrir o que está acontecendo.

– Hum. – Oliver a encarou. Não parecia acreditar, e não escondia isso. – Posso ver também?

– Acho melhor não. Não encontrei nada que já não tenhamos ouvido na TV. A conexão também não ajuda muito.

– Sei.

Ambos se encararam por longos segundos. Era uma disputa para ver quem conseguia manter os olhos firmes por mais tempo.

Oliver não moveu um músculo da face, mas Daniela via, de algum modo, um sorriso em seu olhar. Por fim ela virou o rosto.

– Nossa, está tarde.

Oliver sustentou o olhar por mais algum tempo, depois respondeu:

– É, eu estava indo ao banheiro.

– Ah, sim – disse ela, logo em seguida se lembrando de que todos os quartos eram suítes. Pensou em argumentar, mas decidiu que não importava. A presença do garoto a incomodava, uma verdadeira pedra no sapato.

– Fica esperta.

– Como?

– Com os outros. Você não sabe quem são essas pessoas. Se eu fosse você pesquisando isso, não deixaria que eles me tomassem o computador.

Daniela não entendeu de imediato. Na verdade, não entenderia até dois dias depois, quando Oliver mostraria a ela o que tanto queria descobrir. Acenando com a cabeça, deu as costas e puxou a colcha, dando indícios de que queria ficar sozinha e dormir. Sem vê-lo, ouviu seus pés se arrastando em direção ao corredor. Ainda enrolou na preparação da cama por algum tempo, evitando olhar para a porta. Quando teve certeza de que ele havia ido, olhou de soslaio e encontrou-se sozinha. Surpreendeu-se ao notar que havia voltado a respirar apenas naquele instante.

Antes que ele resolvesse voltar, Daniela se dirigiu à porta e a trancou. Devia tê-lo feito antes de começar a investigação. Tomada por um cansaço repentino, um peso sendo descarregado sobre seus ombros, encarou o aparelho fechado. Teve preguiça de ligá-lo novamente e retomar de onde havia parado. Duvidava que descobriria algo importante, com poder de mudar a atual situação, então decidiu que não perderia nada se continuasse apenas no dia seguinte.

Sem tirar a roupa, deitou-se. Tinha o costume de dormir de lingerie, mas, embora estivesse trancada em um quarto de hotel, com homens armados nos quartos vizinhos, não se sentia protegida. Se precisasse fugir, seria mais difícil fazê-lo somente de calcinha. Havia uma atmosfera fria no ar, mas não se cobriu. Apenas permaneceu ali, deitada, como um pedaço de carne endurecida, esperando o sono vir – se viesse.

Havia tanto em sua mente. A cabeça trabalhava como uma batedeira, levando e trazendo com a mesma insana constância situações que a fizeram ser assim, sempre na defensiva. O mais triste era saber que o bolo desandara não quando estava no ginásio; sim, matar seu primeiro infectado, aquele gordo asqueroso, havia sido traumático, mas tinha perdido uma grande fatia de esperança quando sofrera a emboscada na periferia de Jaboticabal. Concluiu que os infectados agiam por instinto, não tinham controle sobre seus atos. Os sadios, no entanto, agiam como os verdadeiros monstros, fazendo escolhas erradas e atraindo consequências irreparáveis. Não conseguia confiar em mais ninguém, exceto em Tiago.

Desde que o encontrara, acreditara que o tempo os aproximaria. Foram poucos dias, mas intensos. Eram um time agora. Sentiu que precisaria mesmo dele quando encontrou os pais, seus corpos carbonizados. Naquele momento se viu sozinha no mundo, e Tiago era o único pilar que a manteria de pé. Porém, desde que haviam chegado ao hotel, percebeu uma relutância da parte dele em continuar próximo, como se estivesse se preparando para fugir. Nunca o sentiu próximo de verdade; existia uma frieza medida em cada contato, em cada olhar, mas agora a sensação era mais evidente. Não podia forçá-lo a nada, mas não conseguiria continuar sem ele.

Obrigando os pensamentos a irem para um canto escuro da mente, tentou relaxar. Não conseguiu. Os olhos continuaram vigilantes até a manhã seguinte, a mente funcionando a toda, procurando meios de manter Tiago para sempre ao seu lado.

O estrado rangia como as cordas comprometidas de um cordofone antigo, suas notas em total desarmonia. De barriga para cima e tentando levantar o corpo apenas com o apoio dos pés sobre o colchão, Marie puxava os braços em vão, sem conseguir desvencilhá-los da amarra improvisada. Os dedos se entrelaçavam, fulos, arranhando as palmas. Não havia um reles sinal de que sabia o que estava acontecendo. Os braços, erguidos para trás, balançavam como membros enferrujados de um boneco a pilha de terceira mão, conservando o mesmo movimento bobo, sem vigor. Estava naquela posição havia horas, e embora seu desejo mais íntimo fosse partir para cima daquela figura de costas apoiada no parapeito, agora desconhecida, não tinha mais forças – mas ainda assim lutava. A mordaça impedia que o som provindo do fundo da garganta ganhasse dimensões maiores do que o lamento gutural abafado. Dos cantos da boca vazava um líquido escuro que deslizava fluido pela pele alva e manchava a gola e o peito da camiseta.

Fabionei observava o exército que só fazia vagar diante do hotel, formado por homens, mulheres, crianças, velhos, gordos, altos e baixos, indivíduos de todos os tipos, dispostos a permanecer ali o tempo que fosse preciso, tudo para conseguir trazer para o seu lado aqueles ainda não convertidos que se escondiam no interior daquela decadente construção.

Concluiu que eram criaturas extremamente territoriais. Haviam transformado a capital em seu habitat particular em poucas horas. Eram como religiosos fanáticos: tinham a necessidade de converter aqueles que ainda não eram como eles. Apenas quando estivessem certos de que a conversão havia se concluído, que a vítima pensava e agia como eles, e que não havia mais como voltarem atrás, davam-se por satisfeitos e partiam em busca de novos integrantes para o rebanho.

Notou também que eles não se atacavam. Definitivamente era uma religião. Uma vez dentro, havia o apoio dos companheiros. Não se discriminavam mais baseados na cor da pele, status social ou sexualidade. Viu negros andando ao lado de brancos, mendigos e homens de ternos caros; viu até mesmo um travesti – os peitos siliconados de fora, pulando como bexigas cheias d'água prestes a cair e estourar no chão – passando bem próximo de um jovem careca e cheio de tatuagens, provavelmente um ex-integrante do Carecas do ABC[10], seus braços se tocando por um tempo considerável. O rapaz não pareceu se importar. Trocaram um olhar vago, como se um pudesse enxergar a alma do outro, mas continuaram em sua estranha paz. Não havia preconceitos entre eles. Uma vez infectado, todos se tornavam um, e um se tornava todos.

De algum modo sabiam quem era infectado ou não. Fabionei analisou mais algum tempo. A chuva não os lavava com a eficiência de uma diarista com uma penca de filhos para criar, mas com certeza amenizava o cheiro. Portanto, não podia ser pelo olfato que se distinguiam. A aparência, talvez. Não se encaravam muito além do

10 Um grupo nacionalista, dissidente do Carecas do Subúrbio, formado inicialmente na região do Grande ABC e atualmente presente em praticamente toda a cidade de São Paulo e em algumas outras capitais do Brasil. O lema do grupo é "Deus, pátria e família", embora seus integrantes tenham uma visão distorcida do certo e errado, utilizando-se de violência para "pregar" contra negros, judeus, prostitutas, homossexuais, entre outras minorias.

que breves segundos quando se esbarravam, mas era o suficiente para verem que o outro fazia parte do grupo. Uma lâmpada imaginária se acendeu sobre sua cabeça de cabelos rebeldes. Havia evitado olhar Marie desde que a amarrara. Doía vê-la daquele jeito, gemendo como uma coisa criada por algum artista plástico sem capacidade para diferenciar o belo do feio. Havia prometido que não a abandonaria, que ficaria com ela até o fim, mas, quando percebeu que o fim chegara para ela, duvidou que pudesse manter o juramento. Agora, após tecer sua própria definição do que eram os infectados, sentiu uma ponta de esperança brotar no peito.

Ansioso, dirigiu-se ao closet. Felizmente o quarto em que se hospedara com Marie ficava fora dos limites impostos pelo novo grupo que havia tomado controle sobre o que podia ou não ser feito. Ali, no terceiro andar, mantinha a porta trancada e as luzes apagadas, com o intuito de continuarem despercebidos. Se haviam fuzilado os que estavam apenas feridos, tinha medo de imaginar o que fariam com sua Marie. Mas havia uma alternativa.

Puxou uma bolsa vermelha do fundo do armário. De cócoras, abriu o zíper, e seus olhos brilharam ao encontrarem o conteúdo. Revirou o interior, certificando-se de que havia tudo o que precisaria. Dardejando uma piscadela a Marie, que retribuiu com um gemido mais grave, apressou-se em direção ao banheiro. A madrugada seria longa.

DIA 3

Capítulo 13 – Você tem fome de quê?

Sexta-feira

Sentado sobre a bancada de mármore, giro nos dedos um utensílio de cozinha que não me importo em descobrir para que serve; minha mente vaga longe. Daniela lava a louça sem trocar palavras ou olhares. Conrado apareceu, comeu e deixou o prato sujo na mesa – e lá ficou. Dani se levantou, recolheu todos os pratos – mas não as taças – e se dirigiu até a cozinha a passos mecânicos, onde começou o ritual de espirrar o detergente na bucha amarela e gasta, esfregar a louça em círculos precisos por mais de uma dezena de vezes, enxaguá-las rapidamente, sem se atentar em retirar toda a espuma, e deixar os pratos ao lado, empilhados – a torneira aberta o tempo todo.

Pela porta entreaberta, vejo a russa sentada ninando o bebê. Victor, Pooh e LC contam a munição em outra mesa e conversam, a preocupação pairando sobre eles. Não deverá durar tanto quanto previam. Em seguida, se levantam e seguem por um corredor.

Pablo brinca com Thor perto da ruiva, dando comandos ao cão, como deitar, rolar e fingir de morto, que o animal executa com maestria. É um cão muito inteligente. Se não fosse por ele, nem quero imaginar o que teria acontecido a Yerik. O mesmo que acontecera àquelas crianças em Jaboticabal, de certo. Nem gosto de lembrar. Pablo se dirige ao cão, mas seus olhos escapam em sutis momentos, procurando um resquício de sorriso da garota.

– Tudo bem?

A pergunta sai sem que eu perceba, quase em modo automático. Como se despertada de um transe, Daniela levanta as sobrancelhas e me olha, um olhar confuso.

– Não. Acho que... – Ela passa as costas da mão na franja em um movimento moroso, prendendo a mecha atrás da orelha, enquanto esboça um sorriso lânguido. Um suspiro. – Acho que nunca mais vai ficar.

Não encontro palavras de incentivo. Meu estoque de amostras grátis de positividade parece ter se esgotado. Desde a invasão sinto como se a energia tivesse se esvaído, como se o carimbo de NÃO ADIANTA LUTAR tivesse sido batido na minha testa pelas mãos de um funcionário público do além, cansado do cargo.

Quando se chega a um ponto onde a motivação capenga, fica difícil olhar para a frente com certeza de alguma coisa. Passamos o último mês com um plano traçado, e, após tantos altos e baixos, esperávamos um prêmio. Acho que, no fim, fomos premiados – com um vale-consolação: "Fiquem a salvo no Maksouth, mas durmam com os olhos abertos". Algo assim, com letras nas entrelinhas que nos ferrariam, cedo ou tarde.

– Bom dia.

Dezuíno aparece com um semblante sereno, como se não se importasse com nossa atual situação.

– Bom dia – respondo, mais por costume do que por pensar que será mesmo um bom dia. Daniela continua lavando os pratos, sem dar confiança a ele.

Sua cegueira não parece impedi-lo de realizar tarefas habituais. Como se enxergasse melhor do que Dani e eu juntos, prepara um lanche rápido e se serve de um copo de suco de laranja – sua única dificuldade é encontrar a geladeira. Fazendo o desjejum ali mesmo, tira os óculos e os deixa ao lado do prato. Seus olhos encaram uma outra realidade, algo longínqua. Com o rosto levemente projetado para cima, sorri de canto.

– Não precisam interromper a conversa por minha causa. Finjam que também sou surdo.

– Não estávamos conversando nada de mais – digo, por pouco não rindo de seu humor negro. – Apenas divagando.

– Sobre? Se me permitem, claro.

– Nada importante. Estávamos encarando a realidade, falando sobre o quão ferrados estamos.

– Tudo vai melhorar, meu rapaz – diz ele, parando de mastigar e, embora não "olhando" diretamente a mim, dando total atenção à minha presença. – Não perca a fé, e Ele – o indicador vai para o alto – trará o conforto que merecemos.

– Acredita mesmo nisso? – pergunto.

– Nunca duvidei. Você já leu a Bíblia?

O som de um prato espatifando-se no mármore da pia me assusta. Daniela finalmente desliga a torneira e enxuga as mãos ao lado do corpo.

– Se cortou? – pergunto. Há uma expressão de desagrado em seu rosto.

– Não. Só não estou a fim de conversa fiada logo cedo. Vou comer.

Dezuíno não demonstra embaraço ao comentário. Está claro que ela se referiu ao rumo que a conversa tomaria. Após pegar alguma comida, vai até o restaurante e nos deixa a sós. Coço o nariz, espantando uma mosca, e percebo que ele ainda não voltou a comer, ainda com o olhar perdido direcionado a mim – ou bem próximo.

– Ela está com os nervos em brasa. Não é nada com você – digo.

– Não me incomodo. Nem todos estão aptos a aceitar a palavra do Senhor.

– Pois é, não é?

Não sou do tipo que gosta de debater logo pela manhã, principalmente sobre religião, mas por algum motivo decido continuar ali e ouvir o que ele tem a dizer. Não há nada a perder.

– Você me perguntou se eu li a bíblia. Não.

– Meu jovem, há tanto a descobrir nas páginas da Bíblia. Tantas verdades.

– Olha, não vou me aprofundar em religiões, e nem precisa me dizer qual é a sua, mas em uma verdade eu acredito: a sua bíblia é somente mais um dos inúmeros livros *sagrados* pelo mundo, mais um detentor das verdades divinas. Quem me garante que foram mesmo os apóstolos que a escreveram?

– A palavra de Deus garante. Os cientistas tentam negar o conteúdo bíblico, mas no final acabam por confirmá-lo. Por exemplo, fizeram uma varredura na composição humana e descobriram que todos os elementos contidos na terra também são encontrados no ser humano, o que confirma o texto que relata tal fato. "Então, formou Deus ao homem do pó da terra e lhe soprou nas narinas o fôlego de vida".

– Essa citação é passível de interpretações distintas, cara. Certas religiões interpretam o surgimento do homem de um modo mágico demais, como um desenho da Disney. Vai me dizer que acredita que fomos originados mesmo de Adão e Eva?

– Sim, fomos. Foram eles os primeiros a pisar na Terra.

– Tá. E vieram de onde?

– Deus os criou. Jeová, se assim preferir.

– Do nada? Ele simplesmente chegou, estalou os dedos, e *tcharan*, dois humanos prontinhos surgiram? Sem mencionar o próprio deus. De onde ele veio? Como tinha inteligência tão desenvolvida se, tecnicamente, foi o criador? É muito vago.

– Deus é grandioso.

– Deus é um grande tirano, isso sim. Basta ele não ser agradado por algo e tudo se resume a fogo ou dilúvio.

– A humanidade precisa ser colocada nos eixos, ser educada. Crianças são educadas pelos pais com castigos. Sem castigo, não se aprende o limite do certo e errado.

– Esses castigos são provocados por nós. Sim, são resultados de nossos atos, mas não vêm das mãos de alguém lá de cima. Somos nós que trazemos tudo de mal que recebemos. Ação e reação. Pecado é uma criação da Igreja para aprisionar os ignorantes em suas doutrinas do medo, pra depois oferecer uma suposta solução, que, no fim, será para o benefício dela própria.

– Acredito que você seja ateu, não? – ele pergunta. O tom é ponderado, sem exaltações desnecessárias. Estamos apenas conversando.

– Pelo contrário. Ser ateu é não ter crenças, e eu acredito em algo: no bem. Religião é uma forma de controle social, um mecanismo criado por homens para controlar seus iguais. Não foi isso que "deus" trouxe ao mundo. Não acredito que exista um homem lá em cima observando cada um dos nossos passos. Isso é história pra boi dormir. Acredito no bem provocado pelos atos de homens de bem. As consequências não são pecados: se você faz o bem, recebe o bem; se faz o mal, recebe o mal. Simples assim. Se as pessoas parassem de seguir regras impostas para serem tachadas como certas e vivessem suas vidas sem prejudicar os outros, o mundo seria um lugar melhor. Não hoje, com aquelas coisas lá fora, mas teria sido.

– Vejo que você tem uma opinião fraca sobre o assunto. Está claro que você não leu a Bíblia, ou teria sido tocado por ela. Se quiser, tenho alguns livros no meu quarto. Ah, não! Desculpe. Meu quarto fica no sétimo andar.

– Não se preocupe, cara. Não tenho tempo nem cabeça pra ler, e mesmo que tivesse não o faria. Não quero parecer rude, mas não me atraio por textos manipuladores. Você certamente me apresentaria um livro com as verdades da *sua* religião. Quem garante que apenas

ela está certa? A bíblia supostamente foi escrita há muito tempo, e transcrita, traduzida e editada ao longo desse tempo. E se um homem, como você e eu, de carne e osso, em algum ponto da história resolveu modificar algo que não lhe agradava? Nem todos os fiéis são alienados. Imagine que esse homem leu a bíblia e se identificou com a maior parte, mas os trechos em que não acreditava foram modificados para que ele pudesse seguir um livro por inteiro.

Embora o olhar de Dezuíno seja perdido por natureza, sinto que está mais do que o normal. Os lábios vacilam por um instante, mas ele continua:

– A arqueologia confirma nomes, eventos e detalhes geográficos repetidas vezes. Não há preocupação em provar a veracidade espiritual das escrituras, mas mostrar a confiabilidade nos detalhes relatados. A Bíblia tem uma riqueza de detalhes históricos tremenda, mas nem tudo o que foi mencionado nela foi encontrado pela arqueologia. Contudo, nenhum achado arqueológico criou conflito com o que a Bíblia registrou. Por outro lado, os livros de outras religiões não se preocupam com a confirmação histórica. Arqueólogos nunca localizaram as cidades, pessoas, nomes ou lugares mencionados no Livro de Mórmon[11], por exemplo.

– Informações manipuladas. Até livros de ficção podem ter suas informações geográficas confirmadas. No todo, Jesus também é uma fraude.

– Perdão?

– Jesus é um plágio de outros mitos.

Nunca fui muito religioso, mas gostava de ler sobre assuntos diversos. Tinha na leitura um de meus mais prazerosos passatempos. Baseado em algo que li há muito, continuo:

– Por exemplo, na Grécia houve Dionísio: nasceu de uma virgem, foi peregrino, transformou água em vinho, e, após sua morte, ressuscitou. Em Roma existiu Attis, que também nasceu de uma virgem no dia 25 de dezembro, foi crucificado, morto, enterrado e, no terceiro dia, ressuscitou. Houve Krishna, na Índia, Mitra, em Roma, Horus, no Egito. Não vou citar todos, tanto porque não me lembraria, mas existem outros deuses com características muito

11 É um volume de escrituras sagradas comparável à Bíblia e faz um registro da comunicação de Deus com os antigos habitantes das Américas, além de conter a plenitude do Evangelho eterno. É chamado pelos mórmons de "O outro testamento de Jesus Cristo".

semelhantes a estes. Estes são os mais conhecidos porque coexistiram com a nova religião chamada de cristianismo. Ou seja, quando o cristianismo surgiu, esses deuses ainda eram adorados, e este fato é o alicerce que sustenta a teoria do plágio cristão.

– Jesus, diferente de qualquer outro humano, viveu no céu como pessoa espiritual antes de nascer na Terra. Ele foi a primeira criação de Deus e ajudou a criar todas as outras coisas. Todas as outras religiões são cópias da verdadeira, como você disse, moldadas ao bel-prazer de quem decide segui-las, mas não em seu total. A Palavra é uma só.

– É muito difícil discutir sobre crenças, porque nem sei se *eu* tenho razão. Sou humilde em admitir isso. Você também é?

– É preciso ter fé, rapaz. Deus não está nos controlando através de um livro, que é o que estou entendendo sobre sua concepção. Ele apenas nos guia pelo caminho correto.

– Ninguém pode te dizer qual é o caminho correto para você além de você mesmo – digo. Começo a me cansar da discussão. Dezuíno, embora tente demonstrar que tem a mente aberta, não tem. É apenas mais um religioso fanático. Mais calmo do que os outros, mas ainda assim fanático. É como uma arapuca: se eu não tomar cuidado, ele se fecha e me trancafia. – Cara, respeito sua crença. Posso não concordar com o que você diz, mas lutarei até a morte pelo seu direito de dizê-lo. Só que você não pode impor uma verdade só sua. Certo e errado são unidos por um fio muito tênue. O certo é o que for melhor pra você.

– Gostaria muito que você lesse a Bíblia. Podemos encontrar alguma por aqui.

– Não. Não sou um ignorante para ser controlado por palavras que nem sei de onde vieram. Vamos fazer o seguinte: continue acreditando no que achar melhor, e eu farei o mesmo.

Ele entende que deste mato não conseguirá arrancar nenhum cachorro para converter, e suspira.

– Se mudar de ideia, me procure – diz, retomando o café da manhã. Não se alterou em nenhum momento da conversa, mas é visível seu desagrado diante de minha opinião.

– Obrigado – respondo, e desço da bancada.

Há religiões que são um atentado à democracia. Não bastasse a vida limitada a qual fui arremessado sem alternativa, agora um estranho quer me prender com algemas morais. Sinto muito, amigo, mas hoje o mundo é dos homens. Deus não vai colocar seu dedo divino naquela avenida e achatar cada um dos infectados, porque a vida não é mil maravilhas. Todos temos problemas, mas eles podem ser resolvidos unicamente por nós, sem intermédio de uma suposta divindade. O filho da mãe precisa reconhecer que tem capacidade de enfrentar quaisquer dificuldades, e não achar que precisa de algo superior para ser alguém. Temos medo porque somos humanos, seres frágeis, carentes e ansiosos. Se alguém disser que não tem medo por confiar em deus, pode sentar na sua cadeira, ficar no Facebook o dia inteiro e confiar em deus, e assim conquistará seus sonhos, além de ter alguém responsável por te salvar dos erros e do futuro. Tudo uma grande merda do caralho. Faça por onde dar certo e verá que esse deus é só uma desculpa para te confortar quando algo der errado; afinal, deus sabe o que faz, não é?

Um alvoroço repentino se forma no restaurante. De início não vejo necessidade em saber o que é, mas quando Yulia começa a cuspir palavras ininteligíveis – e de claro desespero –, percebo ser coisa séria. Saltando da bancada, sigo até o círculo formando-se ao redor de Yerik.

Yulia se mantém afastada, as mãos na boca reprimindo os gritos que saem por entre os dedos, enquanto Pablo sente a pulsação do bebê. Sua pele, geralmente de uma brancura imaculada, apresenta uma vermelhidão preocupante. O peito se move com sofreguidão. Pablo aproxima a orelha de sua boquinha, e um silêncio sepulcral domina.

– Ele não tá respirando – anuncia Pablo.

Yulia talvez não entenda suas palavras, mas a expressão que vem com a notícia é inconfundível. De pronto ela desaba em lágrimas, agitada, mas sem sair do lugar, completamente perdida.

– Alguém aqui é médico? – Pablo pergunta, olhando ao redor.

David achou válido sondar mais uma vez em busca de possíveis meios por onde os infectados pudessem entrar, e, após uma minuciosa análise, concluiu que, por enquanto, haviam cuidado do problema. Passara um tempo considerável no Maksouth e, embora gostasse de sua profissão, sempre correndo o risco de conseguir trepadas fáceis com mulheres que achavam sexy transar com bartenders, não pela sua beleza, mas pelo charme da profissão – e a habilidade com as mãos –, nunca havia se sentido bem no hotel. Sabia que o prédio não era assombrado, não corria o risco de desabar de uma hora para a outra e não se importava com o ar condicionado ligado o tempo todo sobre sua cabeça; o problema era a atmosfera, algo latente, como um agouro rastejando junto aos fungos dos carpetes, anunciando tempos ruins. Não era um rapaz supersticioso, e também não ignorava as sensações que o acompanhavam em raras ocasiões, mas entendia, finalmente, o que o hotel representava: seu mausoléu. Era do tipo que não desistia sem lutar, mas que lutava sem empenhar grande força. Talvez a facilidade na vida amorosa o tivesse enferrujado. *O que eu quiser, eu consigo. Está ali, do outro lado do balcão, garantido. Para que suar?* Estava convicto de que não sairia do Maksouth com vida.

Por pouco não pulou pela janela quando ouviu os passos apressados logo atrás. Primeiro imaginou o quanto doeria uma mordida no cangote, mas depois respirou fundo. Era apenas Conrado.

– E aí, rapaz? Checando o buraco?

– É – respondeu David, um sorriso preguiçoso no rosto. Coçou a barba.

– Tome cuidado com esses caras, ou te transformarão no guardinha noturno – disse Conrado, passando a mão sobre o ombro do mais novo.

– Tranquilo.

– A propósito, ouvi que você trabalha aqui.

– Trabalhei. Por uma infeliz coincidência acabei vindo ao lugar errado na hora errada.

Conrado riu, um riso obscuro.

– Sabe me dizer se vinham muitas estrangeiras para cá?

– Algumas. O Mak já teve seu tempo de glória, mas sempre apareciam gringos, os que preferiam economizar com quartos e desperdiçar com putas.

David não percebeu, mas um brilho passou pelos olhos sorrateiros de Conrado.

– Sabe dizer como consigo contatar os telefones dos quartos? – perguntou pigarreando, tentando parecer desinteressado.

– É fácil. Você consegue fazer isso na recepção – respondeu David. Por um momento Conrado cerrou os dentes com força. A recepção estava lotada deles. Era uma lata de sardinhas carnívoras. Mas, então, David continuou: – Aliás, se não me engano, você pode fazer isso no RH. Exatamente onde eu estava quando esses loucos apareceram.

Enquanto o rapaz explicava o passo a passo, o quarentão escondeu um sorriso sob os lábios. David, por fim estranhando a curiosidade, perguntou:

– Por quê?

– Tinha uma reunião marcada esta semana, e pensei que alguns colegas tivessem se hospedado aqui, mas acabo de lembrar que me enganei.

Sem notar a mentira em sua voz, David entreabriu os lábios, como se concordasse, mas sem emitir qualquer som. Em seguida, chegaram ao restaurante, onde perceberam uma estranha agitação.

– Alguém aqui é médico? – Pablo perguntou, olhando ao redor.

Conrado ergueu o queixo antes de responder e ter todos os rostos voltados para si.

– Eu sou. Por quê? Pegou uma gripe?

Admirando no espelho o resultado de seu trabalho, Fabionei deu um último retoque com algumas borrifadas do líquido vermelho no próprio rosto. Analisou cada detalhe por longos segundos, certificando-se de que nada havia passado despercebido e que, enfim, conseguira atingir a perfeição com a maquiagem.

O cabelo, por costume bagunçado, encontrava-se totalmente desgrenhado. Os fios seguiam para lados desconexos, grossas mechas unidas por óleo e talco. Dentre os fios na testa escorriam alguns fios de "sangue", uma mistura criada por ele para não depender de sangue falso industrializado, cujo preço geralmente era uma facada. O rosto estava coberto por uma substância pastosa e seca que lembrava terra. Do lábio um corte subia até pouco abaixo do olho direito, o ferimento escuro brilhando e remetendo a sangue coagulado – um efeito tão bem aplicado que não devia nada a uma ferida verdadeira. Fluindo da boca descia uma torrente do mesmo líquido escuro, em quantidade maior; a roupa foi banhada de vermelho. Entendia que não adiantaria apenas parecer fisicamente: precisava agir como um. Percebeu que Marie insistia em movimentos curtos e vertiginosos, como se algum fio tivesse se soltado dentro de sua cabeça e provocado súbitos curtos nas juntas. Apelando para sua veia teatral, imitou-a; em seguida, passou a gemer, um gorgolejo nascendo no começo da garganta, e expelir mais do sangue falso. Satisfeito com sua atuação, decidiu que era hora de iniciar o espetáculo.

A passos lentos, retornou ao quarto, onde Marie havia se entregado a um entorpecimento sôfrego, mas retomou a inquietação ao vê-lo. Por um momento, seus olhos, amplamente abertos, os vasinhos estourados formando minúsculas teias, o observaram com fome e curiosidade. O rosto inclinou-se para o lado, e Fabionei não pôde deixar de se lembrar da expressão confusa de um cachorro. Queria dizer que ainda a amava, que estava com ela e continuaria, na alegria ou na tristeza, na saúde ou na doença, no prazer ou na dor. Até que a morte os separasse.

Ainda gemendo, reproduziu a movimentação dos canibais na avenida. Tentando parecer tão fisicamente comprometido quanto a noiva, aproximou-se, seus olhos conectados. Havia um brilho nos dela que o remeteu ao dia em que se conheceram.

Fabionei tocava em uma banda de garagem, cover de Green Day. Certa vez, em uma apresentação, agia como sempre, focado na bateria e alheio à gritaria das adolescentes, mas um vislumbre o fez prestar atenção em uma garota que se destacava por sua postura, comedida e observadora. Por um segundo errou a nota, mas os gritos femininos, desafinados por si sós, abafaram o deslize, e ele continuou, ainda sem conseguir tirar os olhos daquela bela figura de cabelos dourados e traços meigos.

Marie, por sua vez, havia ido assisti-los justamente para conhecer um dos integrantes. Não era uma pessoa tímida, mas quando se tratava de interesse romântico suas pernas travavam. Parecendo deslocada em meio à aglomeração de meninas histéricas, encarava o vocalista sem piscar, esperando um mínimo de sua atenção. Ele se aproximava do público, mas era cercado como um boi ferido atirado às piranhas, impossibilitando uma aproximação maior. Ao término do show, conseguiu chamá-lo num canto, e entregou-lhe um bilhete; depois, se despediram com um beijo no rosto.

O baterista assistiu a tudo, mas nem por isso desistiu. Era como se tivesse visto naquela garota a mulher de sua vida. De volta ao camarim – sem luxos; afinal, ainda eram uma banda de garagem –, o vocalista tirou a camiseta encharcada de suor e empesteada pela mistura de perfumes adocicados provindos das fãs e a atirou sobre um sofá, deixando o bilhete de Marie cair. Fabionei, todo o tempo seguindo o trajeto do papel dobrado, não pensou duas vezes e caminhou em sua direção, pisando sobre ele, dali em diante, arrastando-se até uma cadeira – e torcendo para não rasgá-lo na empreitada. Disfarçando o quanto pôde, resgatou o bilhete num movimento acidentalmente cômico e o guardou no bolso. Ali estava anotado um número de telefone. Na mesma noite, Fabionei ligou para Marie e se passou pelo amigo a quem o número havia sido originalmente destinado.

No início ela disse achar estranho o fato de a voz no telefone ser diferente da ouvida no palco, mas não pareceu dar muita importância. Conversavam durante horas, todos os dias. Ela morava em outra cidade, São José, então não poderiam se ver em breve ou com tanta frequência quanto gostariam. Após um mês, Fabionei tomou coragem e resolveu arriscar, marcando um encontro na cidade de Marie. Iria até lá com a cara (de pau) e a coragem. Tinha grandes chances de ser excomungado como um cachorro sem dono, mas o desejo de vê-la novamente era maior que o medo.

Encontraram-se em um McDonald's. Não teve que procurar muito: ela estava na mesa de frente para a porta principal. Sorrindo para ele. Esperava uma reação diferente, mais confusa, triste ou irritada. Nenhuma das opções anteriores. Andando em direção à mesa como se estivesse pisando em esterco, os pés atrapalhados, cumprimentou. A língua era uma bola de tênis dentro da boca; os lábios formavam a paródia de um sorriso. Antes que pudesse se atrapalhar mais, Marie disse:

– Senta, Fabionei.

Travou de vez. Não fazia ideia de que ela o conhecesse. Era apenas um baterista imitando outro artista. Nem se tocou do que aquilo realmente significava até sentir uma mão pesada chocando-se contra seu ombro. Virou-se e encontrou o amigo vocalista gargalhando como se a piada do ano houvesse sido impressa em sua testa. Descobriu que tudo não havia passado de um acidente que, no fim, tomou o rumo que deveria ter tomado desde o começo.

Maria havia entregado um bilhete para o rapaz, mas o telefone não era para ele, e sim para Fabionei. Estava interessada no baterista desde que assistira a uma apresentação da banda no Youtube. Não tinha confidenciado a ninguém, pois poderia ser tachada como uma garotinha deslumbrada por um famoso da internet, mas, naquele vídeo, enxergou um brilho no olhar do baterista que nunca enxergara em outra pessoa; soube naquele instante que precisava conhecê-lo. Viajou até São Paulo, mas as pernas se recusaram a obedecê-la quando o viu. Tomada pelo medo de ser rejeitada, não conseguiu sequer lançar um olhar ao motivo de sua ida ao evento. Viu que havia mais facilidade em se aproximar do vocalista, então agiu no impulso e, suando frio, conseguiu entregar-lhe o bilhete, pedindo que ele o repassasse a Fabionei.

No camarim, o bilhete acabou se perdendo e o rapaz ficou desesperado. Tinha amizade com Marie há algum tempo, graças a outro círculo de amigos, mas não era íntimo o bastante para ter seu telefone. À noite, depois que ela e Fabionei (passando-se pelo vocalista) conversaram, o verdadeiro vocalista a contatou pelo Orkut – na época a mais movimentada rede de relacionamentos ativa – e contou sobre o ocorrido. Achou graça quando descobriu que o telefone havia sido roubado por Fabionei e que o safado estava se passando por ele, mas decidiram deixá-lo continuar, pois Marie tinha medo de assustá-lo caso contasse que sabia quem ele era.

Os três lancharam enquanto conversavam sobre assuntos variados; meia hora depois o vocalista, àquela altura uma vela, se despediu e deixou o futuro casal a sós. Um minuto depois estavam se beijando. No mesmo dia estavam namorando sério. Naquele primeiro encontro o coração bateu forte, e ambos sabiam que era algo diferente.

Agora, doía vê-la daquela forma, possuída por alguma entidade maligna, a beleza quase corrompida por uma doença maldita e repentina. Sim, quase, pois mesmo coberta pelo próprio vômito e com um olhar que não era seu, enfurecido, Marie continuava ali. E Fabionei estaria com ela em qualquer situação.

Vestindo uma coragem vinda do fundo do peito, fortificada pelo amor inabalável, desatou o nó da amarra.

Capítulo 14 - Quando eu boto algo na cabeça...

Após examinar Yerik, Conrado – sob olhares apreensivos, como se ele pudesse, a qualquer momento, arrancar uma das pernas do bebê apenas para poder fazer alguma piada sobre o Saci – consegue fazê-lo voltar a respirar com uma massagem no peito e acalentando-o em movimentos macios. É como vê-lo ninando uma garrafa de conhaque. Por um momento imagino que, talvez, possamos ter-nos precipitado num julgamento infeliz – ele talvez estivesse sob o efeito de álcool ou estresse. Depois, a conversa toma um rumo que mantém a velha opinião.

– É só uma febre. Mas, considerando que ele nasceu há pouco mais de um dia, é sinal para se preocupar – explica.

Yulia parece atenta a cada palavra, como se pudesse entender, e talvez até entenda a gravidade da situação. Péssima hora para vir ao mundo, coisinha. Embalando-o nos braços, pega a mamadeira, mas, antes que a leve à boca de Yerik, Conrado fecha os dedos em torno de seu pulso.

– Quer matá-lo, tatu[12]?

Faíscas disparam entre os olhares de ambos.

– Qual o problema com o leite? – pergunta Daniela.

– O problema, Vassourinha, é que isto é leite de vaca – explica Conrado, tomando a mamadeira e a balançando no ar. Daniela parece ter levado uma agulhada nos fundilhos à menção do apelido inspirado no aspecto de seus cabelos. Reparo mesmo que ela se desleixou grandemente da aparência. Conrado continua:

– Há fórmulas especiais para cada estágio de vida do bebê, e isso não precisa ser ensinado no primário. Qualquer idiota vê que leite materno não aparece para ser substituído por silicone. Está ali por um propósito, que é...?

---

12 Referência à dupla de cantoras russas t.A.T.u., composta por Yulia Volkova e Lena Katina.

Desenhando um círculo ao próprio redor, retribui cada um dos olhares atentos com um falso sorriso de apresentador de programa de palco enquanto tira o bico da mamadeira e esparrama o leite no chão, a mão levantada na altura do rosto. Quando volta à posição inicial, todo o leite se foi. Entrega o recipiente vazio a Yulia.

– Dar de mamar – Janaína responde, um sorriso presunçoso no rosto de traços finos, como se tivesse acabado de esclarecer alguma informação secreta do governo dos Estados Unidos.

– Bingo.

– Deve ter alguma dessas fórmulas por aqui – diz Pablo, procurando alguém com o olhar, até que o encontra. David. – Não tem?

– Não faço ideia, cara – responde o ex-barman. – E você, Jô? Sabe?

Pela primeira vez desde que a encontramos, Josélia parece presente, sem estar discando de modo frenético para sua casa, na tentativa de conseguir informações sobre seus filhos. Um bebê é um bebê, criaturazinhas tão pequenas e com poder de atração tão grande.

– Não, não tem. Este hotel é uma espelunca! Nem enfermaria tem.

Começo a entrever o rumo que isso vai tomar, e não sou o único. Todos se entreolham, receosos, aproximando-se a passos lentos da conclusão. Conrado continua, e sinto que se delicia ao entregar a última informação.

– A fórmula só vai alimentá-lo direito. E ele está com febre. É preciso baixá-la. Qualquer febrezinha nessa idade é perigosa.

– Tá, e qual o remédio? – Pablo pergunta, sem disfarçar a repulsa por ver o bem-estar do pequeno nas mãos do maior escroto do apocalipse.

– Ibuprofeno serve – ele responde. Fazendo um gesto com as mãos, pede passagem, mas antes lança uma piscadela e um tiro de mentira com os dedos indicador e polegar em riste, formando um L, para Yerik. – Boa sorte, Pequeno Príncipe.

– O que faremos?

Pablo continua de pé, os punhos fechados contra o tampo da mesa. Yulia nina Yerik, o semblante contraído, esperando que alguém desenhe tudo que está acontecendo.

– Pode ser que exista alguma dessas coisas no hotel, trazidas por alguma hóspede, mas seria como descobrir os números premiados da Mega-Sena – diz David, não muito preocupado com o bebê, mas ainda assim interessado em opinar.

– Pior: seria como procurar os números impressos em minas terrestres – complementa Daniela. – Imagina quantos infectados estão vagando lá pra cima?

Por mais que seu tom derrotista me irrite, ela tem razão. Há uma chance em um milhão de encontrarmos a fórmula e o medicamento no hotel, mas até encontramos – se encontrarmos – colocaríamos em risco todos os sobreviventes. Vale a pena arriscar um jardim inteiro por uma semente ainda germinando? Mesmo que esse jardim tenha seus cactos e ervas daninhas?

Há medo nos olhos da ruiva, uma impotência causticante. Nenhum dos que participam da reunião – Josélia, Dezuíno e Oliver, além dos já citados – tem coragem para encarar os fatos. Verificando se os agentes não estão por perto, principalmente Lizzy e Pooh, pigarreio e jogo as cartas sobre a mesa.

– Só há uma alternativa.

– Você não pode sair do hotel, Tiago – diz Daniela, prevendo minha ideia. Usa um tom maternal, mas do tipo de quando a mãe proíbe o filho de ir brincar na rua.

– Você pensa mesmo em sair? – pergunta Pablo, uma interrogativa desconfiada em seus olhos. Thor gane baixinho.

E aí, Tiago? Você pensa mesmo em sair? Tem certeza de que vai deixar a segurança, ainda que frouxa, do hotel e se aventurar nesta cidade que nem conhece com uma lista de coisas a comprar para o bebê? Em troca de quê? Um punhado de sorrisos e agradecimentos em uma língua que nem vai entender, sendo que a russa pode estar dizendo "Obrigado, trouxa", e não apenas "Obrigado"? Ou está sentindo falta de se sentir útil? Está incomodado pelo modo como os tais agentes te tratam, como se fosse quebrar ao cair da cristaleira, e, aos poucos, percebendo que perde sua identidade? Ainda está com a conversa que teve com Dezuíno fresca na cabeça, e está se sentindo controlado? Perdeu a chance de escolha e agora tem que seguir as regras impostas pelos mais fortes, pela maioria? Lembra-se de como corria em Jaboticabal em direção a um foco, e agora está estagnado? Acredita – e não acredita que acredite – que mais vale a pena morrer com um propósito do que esperar a morte sentado? Não é essa sua religião: o bem?

– Sim.

Daniela, até o momento com os joelhos apoiados na cadeira, levanta tão bruscamente que o som provocado pelos pés da cadeira arrastando lembram derrapadas de um Firestone aquecido. Sua voz esganiçada não é mais doce, no entanto.

– Você tá louco? Eu não vou deixar você sair.

– Pablo, você vem comigo? – Resolvo ignorá-la e garantir uma companhia. Por mais que me sobre vontade, faltam-me conhecimentos técnicos a respeito de medicamentos e dieta infantil.

– Ti, ela tem razão – diz Oliver, na defensiva. – Você não pode...

– Vem ou não, Pablo?

Sinto que, se ele demorar para se decidir, posso despirocar e ir sozinho. Um calor preenche minhas veias, como uma dose cavalar de adrenalina.

Alternando o olhar estupefato entre Pablo e eu e de volta a mim, Daniela conclui que, de minha parte, a repentina diligência está confirmada. Então, sem meias-palavras, segue a passos largos para o mesmo corredor por onde os agentes se dirigiram pela última vez. Sabe que eles não me deixarão sair, e eu também sei. Sentindo a urgência palpável, Pablo não expressa palavras, mas faz um sinal condescendente. Com receio de Daniela conseguir seu intento, vou apressado por um corredor.

– Brother, calma. Não podemos ir assim, sem traçar...

– Vem.

Pablo se aproxima, cuspindo sermões e normas de segurança, mas, sem que os outros percebam – especialmente Oliver –, segredo:

– Precisamos despistar o garoto ali. Ele vai contar aos outros por onde fomos, mas pegaremos outro caminho.

– Ah.

Sem precisar me certificar de que Oliver observa nosso trajeto, continuo pelo corredor ao lado da cozinha depois de pegar um martelo de ferro para carne e um cutelo, o maior disponível; mas, ao chegar a outro corredor, que leva tanto para a lavanderia – por onde ele deve pensar que sairemos – como para a área onde os candidatos a infectados foram exterminados, sigo pelo segundo caminho.

Quando chegou ao hotel, Conrado se preocupou. Imaginou que, como permaneceriam enclausurados, não haveria como manter os segredos ocultos. O pior era a falta de um prazo para que a situação se normalizasse e ele pudesse voltar à sua velha vida, fazendo o que precisasse para suprir certas necessidades sem ter que dar explicações aos que preferiam seguir as normas estabelecidas pela sociedade hipócrita e desprovida de desejos menos convencionais – ou assim gostavam de se imaginar, sempre com máscaras escondendo seus verdadeiros rostos, corrompidos pelas cicatrizes da vergonha, da culpa. Conrado não vestia máscaras; sabia o que era e o que queria. Não precisava agradar ninguém, exceto a si mesmo. A vida era sua, e somente ele sabia como vivê-la em seu máximo.

De volta ao RH, riu consigo. Poderia ter poupado muito tempo se a bebedeira da noite anterior não o tivesse feito ignorar o computador. Mas, no fim, valeu a pena o grau extra de dificuldade na busca; não gostava de nada simples demais. O que vinha fácil ia fácil, e Conrado gostava de aproveitar cada instante, como se degustando uma iguaria exótica.

Tendo gravado cada passo do procedimento para contatar os quartos dos hóspedes – graças à aula-relâmpago ministrada por David –, sentou-se em frente ao telefone de pintura gasta e puxou o primeiro marcador dentre as páginas. O nome Meredith Edwards se destacava no centro de um círculo fluorescente. Desenhando uma linha invisível com o dedo, seguindo do nome ao número do quarto, discou. Esperou por um longo tempo, talvez por cinco minutos. Ninguém atendeu. Tentou o mesmo número mais uma vez e aguardou que alguém atendesse. Nada. Passou para o marcador seguinte, uma página com dois nomes ressaltados: Millaray Avila e Tracy Karoline Winters. Ainda sem resposta. Restavam quatro, mas um frio percorreu seu estômago, como um mau presságio. Precisava colher algum fruto daquela lista. Uma delas tinha que estar viva.

Não sabia, mas a insistência nas chamadas havia causado uma confusão nos andares superiores; pareciam alas de um hospício abandonado pelos enfermeiros, onde os internos corriam livres pelo espaço limitado exprimindo as obscenas artes que habitavam o fundo de seus córtices traumatizados. O som dos toques telefônicos ecoava pelos corredores decorados por membros despedaçados, sangue seco, trapos cruentos e uma tropa incontável de moscas varejeiras que dominaram os corpos – mortos ou não. Os hóspedes, agora alistados no exército de homens-fera, vagavam a passos apressados em busca da origem do barulho, desprovidos dos bons costumes agregados aos seus seres através das regras delimitadas ao longo de anos, seus instintos mais básicos agora mais fortes do que qualquer "tudo quanto, pois, quereis que os homens vos façam, assim fazei-o vós também a eles" ou mesmo um descomplicado "não matarás". Saciar a fome insaciável, buscar uma paz inexistente para a raiva que se intensificava em seu espírito; esses eram os únicos mandamentos válidos.

Quando Conrado conseguiu contato com um dos quartos – o único para o qual ligou por ligar, deixado por último, pois o havia destacado unicamente pelo sobrenome que soava estrangeirado: Mebarak, enquanto o nome principal era bastante brasileiro –, após um único toque, ouviu uma voz ansiosa. O timbre feminino agiu como uma pílula de Viagra em forma líquida injetada diretamente no pênis; o membro subiu, roçando nos pelos da virilha suada, latejando até atingir a curvatura máxima. Engoliu a saliva que se formou sob a língua.

– É a Vanessa que está falando?

– Si! Soy yo! Quién eres tu?

– Fique em seu quarto e não faça barulho. Estou indo *salvarte*.

Chegamos à área. O piso é todo de madeira laminada, há diversas plantas ornamentais com suas flores púrpuras encharcadas pela chuva que não dá trégua, e adiante, destacando-se em uma das paredes, brancas, os vestígios da chacina: um vermelho ralo sendo lavado aos poucos pela força da natureza.

Tomando como auxílio um suporte de madeira, blocos compridos intercalados, escalo. Espanto-me ao descobrir que minha agilidade continua intacta, a despeito dos ferimentos. Logo alcanço o topo, me apoio na beirada e, checando do outro lado, salto, deixando Pablo para trás em uma subida desajeitada.

Com cuidado para onde piso, percorro uma extensão de telhas de fibrocimento – um material que destoa da qualidade aparente dos outros utilizados no hotel, como a sujeira que se coloca debaixo do tapete, onde ninguém vai ver – e chego à borda.

A rua está tomada pela legião de corpos animados por controles manuseados por algum piadista de humor negro no inferno. Tropeçam em seus próprios trapos pendendo das vestimentas despedaçadas. Mantenho minha presença oculta, abaixado, e os observo com medo. Sim, um medo tangível, presente em cada membro de meu corpo e responsável por minha longevidade. Em Jaboticabal, eram infectados conhecidos. De um jeito peculiar, sabia com quem estava lidando. Podiam não ser os mesmos personagens que via no espetáculo tedioso do dia-a-dia, mas eram os mesmos atores. Agora, todavia, estou em uma cidade – megalópole – estranha, cercado por estranhos. O medo do desconhecido nunca se expressou de forma tão evidente quanto agora.

O hotel toma posse de metade do quarteirão, e não há muito que explorar nos prédios vizinhos. Na verdade, nem podem ser chamados de vizinhos, uma vez que o Maksouth se mantém afastado das outras construções – um terreno vazio se estende ao redor, e somente do outro lado outro prédio se ergue, evitando tocar as paredes do meu atual imponente forte, como se evitasse contrair alguma doença que vaga morosa pelos corredores obscuros do velho Mak.

Tento definir uma rota segura – se é que se pode chamá-la assim –, mas não tenho sucesso. Há muitos infectados nas proximidades. Ofegante, Pablo se aproxima, mas faço sinal para que respire baixo, ou ao menos controladamente, e nos abaixamos no exato momento em que um homem, distante por apenas alguns metros, dispara o olhar vermelho em nossa direção, por pouco não nos vendo. Seguimos pelo teto até a área de lazer. Deserta. Posso tentar encontrar um meio mais apropriado para sair.

Desço o muro, com certa dificuldade graças à chuva (obrigado, São Pedro), e alcanço o solo. No fundo sinto certo divertimento ao imaginar as caras de Pooh e Lizzy quando descobrirem, mas decido bancar o adulto, como sempre fiz, e, tão discretamente quanto podemos, seguimos atentos.

– O Vic já foi? – perguntou Elizabeth quando Ivan entrou. Estava sentada na beira da cama, sobre uma das pernas, contando a munição. Os projéteis reluziam sob a iluminação amarelada proveniente da lâmpada.

– Já. Pediu pra eu não ficar esperando.

– Como sempre. Ele nunca se preocupou consigo mesmo – ela disse, um tom melancólico na voz.

– Relaxa, Liz. Ele vai conseguir.

– Não duvido disso.

– Por que a tristeza então?

– Há algum motivo para comemorações? – Não havia rispidez na voz; eram apenas palavras de alguém que encarava a realidade.

– Não foi o que eu disse – Ivan se aproximou. – Te conheço, *chica*. Tem algo errado?

– Não, na verdade. Apenas estava recordando o passado. É impossível não sentir velhas feridas se abrindo quando o déjà vu é tão tangível.

– Vive o presente, Liz. O que passou, passou. Se está se repetindo, vamos lutar como fizemos antes.

– Isso já devia ter acabado há muito tempo...

– Vai acabar. – Ele se aproximou mais, afagando os cabelos de Lizzy. – Vamos terminar isso, você vai ver. Palavra de urso.

Ela não levantou o rosto, mas Pooh pôde ver sua bochecha subindo, o canto da boca se levantando. Um sorriso. O mais belo do mundo.

– Logo o Victor trará nossas coisas para aguentarmos até que *eles* venham nos buscar.

– Eles vêm mesmo?

– Sim. Vamos esperar que consigam driblar a vigilância aérea.

Lizzy balançou a cabeça. Não estava em seu espírito mais otimista. Ajeitando uma mecha por trás da orelha, abriu a gaveta do criado-mudo, de onde tirou uma pequena maleta branca. Dali pegou uma seringa. Ivan se afastou, seguindo até o banheiro. Sozinha, Lizzy removeu a pulseira de couro e espetou a agulha no pulso.

– Você treina há muito tempo?

– Sim.

Pablo despeja perguntas relacionadas às minhas habilidades no parkour. Continuamos por uma via logo depois da piscina, que já transborda graças à chuva incessante. Se continuar assim, seremos salvos: os infectados acabarão morrendo afogados.

– Na verdade – continuo – treinei durante algum tempo há um ano. Alguns meses, não sei. Depois que aprendi o básico com um grupo, decidi continuar sozinho. Peguei pesado, mas parei pouco antes disso tudo começar. Não via utilidade para tanto esforço. Hoje em dia a história é outra.

Enquanto falo, observo em minúcias todo o local. Há muito mais do que pensava. A área de lazer do hotel é imensa. Há quadras, outra piscina além da principal, e um aglomerado de árvores num espaço aberto, onde podemos ver algumas toalhas com petiscos derramados, roupas e outras bugigangas espalhadas.

Noto Pablo repentinamente cabisbaixo. Olhando-o sem que perceba, vejo sua mão alisando o próprio bolso, onde algo forma um pequeno volume sob o tecido. Não preciso ser médium para saber o que está ali. Parece que vamos caminhar um bocado ainda, então decido puxar assunto. Talvez ele precise conversar.

– Ontem à noite você falou sobre sua vida. Sente falta da sua *boa* paixão?

Ele sorri, um sorriso desprovido de alegria. Há certa amargura nas entrelinhas.

– O passado sempre nos toca de alguma maneira, seja ele bom ou ruim. Há coisas que se tornam um costume, algo que... Como eu posso dizer? Coisas que acabam se tornando parte de nós, de nossa vida. Como um vício. Nosso amor era isso, pelo menos no começo. Existe o que é destinado a ser, e existe o que é destinado a ser, mas que acaba não sendo por culpa de algo que cruza nosso destino.

– Você e ela. Eram para ser?

– Acho que não – ele diz, olhando diretamente para o horizonte. Um olhar perdido em lembranças. Tomo para mim a responsabilidade de vigiar os arredores enquanto ele se perde em devaneios. – Nosso amor acabou sendo destruído por algo patético. Se não teve força para suportar tão pouco, então não era para ser.

– Pelo quê?

– Deixa isso pra lá.

– Se quiser desabafar, fique à vontade.

– Não, tô bem. Valeu, carinha.

Por uma curiosidade inevitável e sem explicação, continuo:

– Foi por causa da sua paixão ruim? A que você mencionou ontem.

– Não – ele responde, rindo sem vigor. – Não era uma paixão ruim, de fato. Todos têm seus hobbies, coisas que gostam de fazer mesmo que não traga futuro nenhum. Digamos que, no meu caso, teria trazido um belo futuro se eu tivesse encontrado quem acreditasse no meu talento.

De repente perco o fio da meada. Que eu tenha entendido, a tal paixão ruim é o pó que está dentro daquele saquinho em seu bolso.

– Como assim?

– Eu sou artista, Tiago. Estudei Artes Plásticas. Eu era viciado em arte, um dos melhores da minha turma. Vamos apenas dizer que, hoje em dia, arte não coloca comida na mesa. Se eu tivesse um belo par de coxas e seios siliconados, podia ir para a TV cantar funk e balançar a bunda.

Pablo explode em uma gargalhada. Não tenho sucesso em acompanhá-lo; me perdi completamente na história. Esperava ouvir algo bem diferente, um relato dramático sobre as consequências do uso de drogas. Estava até mesmo preparado para bancar o psicólogo.

Acredito que ele não esteja à vontade para se abrir com um desconhecido. Ou talvez tenha vergonha. Vou respeitá-lo.

Mais adiante avistamos um parquinho. Caído na areia molhada, sob a gangorra, algo chama nossa atenção.

– O que é aquilo? – Pablo pergunta, correndo até lá.

Limito-me a observá-lo. Ao se aproximar da coisa, ele fica sem reação.

– O que é? – pergunto num tom mais elevado, para me fazer ouvir sob a chuva.

Sem responder, ele se abaixa. Por algum tempo fica ali, imóvel. Por fim, se levanta e volta.

– O que era? – pergunto novamente quando ele se aproxima.

Como se o espírito tivesse sido tomado de seu corpo e deixado para trás uma carcaça destinada a vagar com um olhar vazio, Pablo retoma o passo, limpando as mãos na água da chuva.

– Era um menino.

Em silêncio, continuamos o percurso.

Discar aqueles mesmos números havia se tornado uma ação pré-programada. Josélia nem via mais os botões; seus dedos apenas deslizavam sobre o aparelho, pressionavam a ordem já memorizada e em seguida ela acompanhava os toques do outro lado da linha, aguardando que alguém atendesse. Temia que os filhos tivessem sido atacados. Embora a babá, sua irmã, estivesse com eles, não confiava. Nem em sua própria mãe havia confiado alguma vez.

Quando o som de espera foi interrompido abruptamente, Josélia quase deixou o telefone cair. A esperança sempre esteve com ela, mas soterrada por péssimas ideias do que teria acontecido para que ninguém atendesse.

– Alô? – disse.

– Mãe?

Era seu mais velho, Lucas.

– Lucas, meu amor. Graças a Deus! – As lágrimas escaparam como uma cachoeira de emoções reprimidas. – Você está bem? Cadê o Nicolas?

– Tá aqui, mãe, deitado. 'Tamos no seu quarto. – Pavor acompanhava cada sílaba trêmula que saía da boca de Lucas.

– Cadê a tia?

– Não sei. 'Tava lá na sala, mas deve tá na cozinha agora.

– Fazendo? Por que ela não está no quarto com vocês? Ela fechou bem a casa?

– Ela tá estranha, mãe. Ela tentou bater na gente, e a gente nem fez nada.

– Como assim?

– Acho que ela bebeu, mãe. Ela mordeu o Nicolas. A perna dele tá toda machucada.

O coração de Josélia parou por um instante. Não podia ser verdade. Enquanto tentava elaborar a próxima frase, ouviu um estrondo do outro lado. Lucas gritou e começou a chorar.

– O que foi isso?

– Acho que ela ouviu o toque do telefone, mãe. Ela tá batendo na porta de novo. Ela tá gritando.

– Lucas, e seu irmão?

– Ele tá dormindo – ele disse, e gritou de novo ao som de outra investida da babá. – Mãe, tô com medo. Vem pra casa.

– Eu já vou, meu filho. Faz o seguinte – ela disse, tentando desfazer o bolo que havia se formado na garganta. – Arrasta a cômoda contra a porta. Se conseguir, arrasta a cama também.

– Tá bom.

– E cuida do Nicolas. Mamãe já vai chegar.

– Tá bom, mãe. Vem rápido. Tô com medo.

– Te amo, filho.

– Também, mãe.

Desligar o telefone foi uma das tarefas mais árduas que Josélia já tivera que fazer. Antes de repousá-lo no gancho, ouviu outro estrondo. Lucas gritou de novo. O choro vinha em uma torrente irrefreável. Precisava sair imediatamente do hotel.

Antes mesmo de chegarmos onde pretendo – a entrada dos fundos –, sinto certa indecisão por parte de Pablo. Quer ajudar, mas tem medo. O sentimento é nítido como a palma da minha mão diante do meu rosto. A gana de outrora voltou, mas não se sobrepõe à responsabilidade. Levá-lo na desventura seria como enviá-lo à sua própria sentença de morte. Não posso me encarregar de sua segurança.

– Cara, pode ao menos me fazer um favor? – pergunto de súbito.

– Claro – responde, um décimo aliviado por perceber que não precisarei dele além de um possível pequeno favor.

– Se eles aparecerem, e tenho certeza de que virão, graças a Daniela, diga que vou voltar. Que não precisam ir atrás de mim. Quando eu sair, volte ao hotel e...

– Não, brother. Vou te esperar aqui. Além do mais, você vai precisar de um porteiro.

Pablo tem razão. Minha intenção seria escalar o muro e descer pelo outro lado, mas, embora minhas técnicas no parkour sejam satisfatórias, ainda não adquiri os poderes do Homem-Aranha; a parede tem, no mínimo, cinco metros.

– Como quiser.

No íntimo, até fico aliviado por ter alguém me esperando quando regressar. Por um largo portão de correr, deixo as cercanias do hotel, encontrando-me do lado de fora, e ouço o rangido do metal. Pablo não espera muito para fechá-lo, ainda que deixe uma discreta abertura para me vigiar. Ali está limpo, mas avisto, na esquina de cima, na Avenida Paulista, uma passeata sem cartazes a favor do canibalismo. Sem chance. Dou meia-volta e sigo por um gramado no sentido contrário. Provavelmente lá encontraria uma farmácia em cada quadra, mas de quebra teria cem infectados por metro quadrado. Melhor evitar os holofotes.

Daniela havia deixado as passadas largas para trás; agora corria. Sabia o quão decidido era Tiago. Se queria algo, não importava se as chances de sucesso eram pífias; ele o faria. Precisava chegar aos agentes – Victor, de preferência – para que o impedissem de sair. Não podia deixá-lo se arriscar de modo tão perigoso por um bebê. Yulia era sua protetora; era ela que devia ir atrás do que quer que ele precisasse. Lavar sua bunda ou dar de mamar era fácil. Qualquer um era capaz disso. Mas sair, costurar um caminho entre as ruas confusas de São Paulo, repletas de infectados, à busca de um remédio para Yerik, não era para qualquer zé mané. Tinha que ser Tiago. Seu Tiago.

Desde que o vira invadindo o ginásio e correndo determinado pelas arquibancadas, fugindo daquela bolha infectada ambulante, sentira o peito esquentar. Não somente pelo fato de finalmente encontrar alguém são, que a tiraria daquela solidão torturante; o coração bateu forte por algo além. Tiago não era seu tipo. Daniela sempre se interessara por rapazes grandes, com pinta de rebeldes, James Deans modernos. Na verdade nunca havia se envolvido com alguém por um sentimento mais profundo. Sua real intenção era dispor de seguranças pessoais. Ser a única mulher em uma casa com dois homens já não era fácil. Quando esses homens eram machistas escrotos, que a viam apenas como cozinheira ou faxineira, precisava de um porto seguro que a levasse tão perto quanto possível da sensação de segurança que sempre sonhou viver.

O pai, um beberrão ignorante, não era alcoólatra de fato, mas mantinha o bafo de cerveja com uma frequência atípica. Não tinha um emprego fixo, sempre fazendo bicos, seu ganha-pão. Se possuía uma carreira, era a de pedreiro. Construir casas para a gente de baixa renda era com ele mesmo. Daniela nunca sentiu orgulho; a imagem que tinha do pai era um homem de pele queimada do sol, cabelos ressecados e já ganhando trilhas grisalhas, quase sempre bagunçados ou amassados pelo boné, as unhas sujas e a barba por fazer. A barriga inchada não balançava; era firme. Devia ter tanta cerveja ali dentro que seria impossível se mover. Parecia sempre prestes a explodir. A palavra mais carinhosa que se lembrava de ter ouvido sair de sua boca havia sido "oi".

O irmão, Danilo, podia ser diferente fisicamente, mas por dentro era tão estúpido quanto. Um virgem sem capacidade para despertar interesse em qualquer garota com um mínimo de inteligência. Tinha como melhor amigo um jovem cego, Pedro, que o fazia parecer mais legal. Sabia que seu único interesse na amizade era para benefício próprio. O pior era ouvir Michele, sua melhor amiga e irmã de Pedro, segredando a ela o amor que nutria por Danilo. Não conseguia entender como alguém como ela podia se interessar por um pedaço de merda como ele. Se ela descobrisse as barbaridades que Danilo falava sobre seu irmão, as piadas que contava ao pai sobre como gostava de insultar o cego ou fazê-lo de idiota – e pior, fazê-lo acreditar que aquilo não passava de inocentes brincadeiras –, ficaria irremissivelmente decepcionada. Mesmo que não fosse sua culpa ter um lixo de irmão, Daniela não podia correr o risco de decepcionar a amiga e afastá-la.

Tiago, no entanto, fazia-a lembrar-se da família, mas de um jeito bom. Sua postura defensiva, o modo arrogante de falar, a essência de macho solitário que emanava; tudo sumia quando olhava em seus olhos. Conseguia enxergar, lá no fundo dos olhos escuros, uma coisa boa. Uma inocência perdida, uma vontade de ajudar reprimida.

Tentava ser visto como um macho alfa, mas era claro para ela que precisava se cuidados, de alguém para segui-lo e ampará-lo. Cansara dos garotos maus *maus*; agora queria um mau *bom*. Caídos no chão molhado daquele vestiário, seus olhos divertidos, excitados encontrando os olhos dele, desconfiados, assustados; foi naquele momento que sentiu borboletas no estômago – que estava sendo esmagado pelo joelho de Tiago. E agora, mais uma vez e a mais perigosa de todas, ele estava lá fora correndo um risco desnecessário.

Ao alcançar o corredor do terceiro andar, onde ficavam os quartos escolhidos pelos agentes, Daniela sentiu um arrepio. Estacou. O extenso corredor terminava em uma porta entreaberta, o caminho até ela iluminado fracamente pela luz bruxuleante das lâmpadas. O tom amarelado impregnava as paredes com uma morbidez palpável. Havia o barulho da chuva nas janelas e o som de milhares de vozes lá fora, mas ali, sozinha com seus próprios medos, o silêncio reinava. Quando os ouvidos se acostumaram ao tilintar nas vidraças – talvez estivesse começando a chover granizo –, deu passos inseguros.

Exceto por uma, todas as portas estavam fechadas. Do umbral escapava uma iluminação opaca, a luz natural, mas fraca, do dia. Arrastou os pés até lá e enfiou a cabeça para dentro. Ninguém. Chamou:

– Pessoal?

Sem resposta.

Foi quando ouviu um som se destacando dos outros. O sangue gelou. Vinha do banheiro. Já havia escutado aquele gorgolejar de perto. Embora não precisasse ver para ter certeza, viu. Do corredor duas figuras surgiram, como cães de guarda em busca do invasor. O rapaz e a garota que haviam sumido. De pronto soube o porquê. Não houve tempo para notar maiores detalhes além dos dentes se abrindo e se fechando como armadilhas de urso. Berraram. Dispararam.

Daniela correu de volta, sem conseguir gritar. Havia sido pega desprevenida. A maldita falsa segurança. Devia saber que não podia ter confiado tanto naqueles imbecis. Portavam grandes armas, era um fato. Mas de que serviam se ela não poderia grudar na barra de suas saias e ali permanecer para sempre?

Soube que não chegaria inteira ao andar inferior, quiçá nem conseguiria alcançar mais alguns metros. Sem escolha, os pensamentos misturando-se uns aos outros, impedindo a formação de qualquer plano mais elaborado, avistou um armário adiante, o mogno sem seu brilho natural e tomado pela poeira. Era pouco mais alto do que ela própria, com portas de correr. Seu túmulo, talvez. Decidindo agir antes de pensar, deslizou a porta, puxou as prateleiras (removíveis, ufa!) para fora, atirando-as para longe, entrou e a deslizou de volta, tudo em uma velocidade incredível. Pressionou as mãos contra a madeira, apoiou os pés nos cantos e arfou. Uma escuridão com cheiro de madeira velha a envolveu. Sem poder enxergar, sentiu o móvel tremer. Pancadas repetitivas do lado de fora ameaçavam derrubar o armário – se a porta não fosse arrebentada antes. Sem escapatória, Daniela sentiu a garganta se fechar, como se nunca mais pudesse respirar, chorar ou gritar.

Sair dali viva era outra coisa que duvidou que conseguiria.

Capítulo 15 - De cabeça quente

As avenidas principais da Zona Sul eram as vias favoritas das massas de carniceiros. Em grupos, eles caminhavam pelas ruas maiores como se estivessem em uma das costumeiras passeatas que ocorriam na capital, e, como em tais manifestações, os infectados reivindicavam seu direito a destruir, reduzir a nada. Um ou outro se desprendia da aglomeração e seguia por alguma das inúmeras ruelas que transformavam o bairro Bela Vista em um labirinto. Quando o faziam era por terem sido atraídos por sons que se destacavam do cântico dos condenados, ou por terem avistado movimentações diferentes de seu caminhar trôpego, e logo eram acompanhados pelos companheiros mais próximos. Desse modo nenhum local em São Paulo podia ser considerado seguro.

Paulo e Roberto haviam se enganado ao pensar que a tranquila viela significaria garantia de viver. Subindo por uma sutil ladeira e desenhando um arco, a rua possuía apenas duas casas geminadas entre altos muros cobertos por heras, e terminava em outra rua também pouco movimentada. Alcançaram uma das casas, a vermelha, e se abrigaram nela. Parecia mesmo seguro, e acreditaram que ali estariam a salvo até que as coisas voltassem ao normal, mas não. Por uma peça do destino, uma brincadeira do diabo ou porque simplesmente aconteceu, um carniceiro passou em frente à casa no exato momento em que Roberto olhava pela janela. O encontro dos olhares foi inevitável. Bastou um grito para avisar aos outros onde deveriam atacar. Logo a dupla estava cercada, bloqueando a porta principal com todos os móveis disponíveis. Não havia corredores laterais ao redor da casa, somente uma entrada para a casa de dois andares. Sem outros meios de invadir, uma bolha humana se formou na fachada, os corpos espremendo-se na gana de entrar.

– Velho, essa merda vai ceder – gritou Roberto, mantendo o corpo contra o sofá que fora colocado de pé contra a porta. Seus músculos tremiam no ritmo das investidas.

– Força, man! – Paulo disse entredentes. Apesar dos 97 kg distribuídos pelo metro e oitenta de um corpo de proporções avantajadas, resultado de sete anos de musculação, estava a ponto de ruir. O suor deslizava pela careca e se perdia entre os pelos da barba negra estilo viking. Sentiu o gosto salgado nos lábios e cuspiu, firme na missão de manter o mundo de gente do lado de fora. Tinha consciência de que nenhuma das várias técnicas que possuía em artes marciais seria de grande valia se conseguissem entrar.

Quando a primeira rachadura surgiu e um buraco se formou na madeira, uma mão ensanguentada irrompeu. Os dedos dançavam frenéticos, tentando alcançar os que estavam do outro lado, até que agarrou a borda. Paulo percebeu o que significava: o filho da mãe puxaria a folha para abrir espaço. Antes que o ato fosse bem sucedido, aproximou-se, agarrou-a, puxou-a e torceu tão rápido quanto pôde. O som foi abafado pelo cacófato provindo da bagunça, mas a vibração do osso se partindo estendeu-se pelo braço de Paulo. Era um cara tranquilo, mas em momentos de estresse perdia facilmente o controle. No instante em que sentiu o canibal retrair-se de dor, tentando trazer a mão de volta, Paulo a segurou ainda mais firme e torceu mais uma vez. Apenas quando mão e pulso se desprenderam, a lasca do osso perfurando a pele, Paulo soltou. Sentiu uma fagulha se acender no peito em meio ao medo. Gostou. Antes que pudesse retomar sua posição de defesa, tornando-se parte da barricada, outra rachadura se desenhou na madeira, seguida de outra, e mais outra. A parte de cima caiu sobre os móveis empilhados, e o buraco foi logo preenchido por inúmeras carrancas. Eram criaturas desfiguradas. Bonecos do inferno. Os dentes expostos se assemelhavam a risadas de escárnio.

Ainda tomado pelo calor de sua própria ira, de repente sobreposta ao terror, Paulo tentou afastá-los. Socava, esmurrava, empurrava. Sentiu o braço ser puxado, a pele arranhada. A noção de que havia cometido um erro irrevocável o tocou apenas quando, em meio ao emaranhado de mãos e corpos e cabelo, dentes se cravaram em seu antebraço. Não gritou; cerrou os dentes e puxou. A mandíbula do maldito se manteve travada como uma armadilha para amputar animais selvagens e rasgou a carne de Paulo quando o braço escapou de seu alcance. O sangue escorreu.

– Cê foi mordido – Roberto gritou, afastando-se da barreira formada pela mobília. O dedo em riste apontava, condenando-o. – Cara, cê foi mordido, porra!

De súbito sem o apoio do melhor amigo, Paulo sentiu a pressão contra seu corpo. A porta cedeu um pouco mais. Eles não demorariam a entrar. Olhou para trás.

– Man, me ajuda a segurar essa merda!

– Cê foi mordido, cara. Vai embora.

– Eu ainda posso te ajudar – Paulo disse, sentindo a força ceder sob a união dos infectados. – Sou teu amigo. Vamos manter essa barri...

– Não. Cê é amigo deles agora, não meu. Some daqui.

Dando-lhe as costas, Roberto seguiu pelo corredor e subiu a escadaria. Paulo chamou por ele, mas não teve resposta. Ouviu o arrastar dos móveis sobre o assoalho escorregadio. Fora mordido, mas não desistiria. Nem estava pensando no que poderia acontecer por causa do ferimento. Queria estar o mais longe possível daquelas coisas. Num solavanco girou e disparou atrás do amigo, subindo de três em três degraus. O alvoroço dominou a sala, uma algazarra de sons criando um hino de agouro. Madeira rachando, pano rasgando, vidro quebrando. Os gritos bestiais eram o refrão, do tipo grudento, que você ouve e nunca mais esquece.

Paulo alcançou o segundo andar a tempo de evitar ser trancado do lado de fora. Roberto havia escolhido um cômodo qualquer como refúgio e se preparava para bater a porta. Acreditou que o amigo havia sucumbido. Teria sido melhor assim, foi o que pensou. Antes que pudesse prever, assim que levou a mão à chave sob a maçaneta, a madeira se chocou contra seu rosto. O sangue desceu pela narina. O mundo girou. Quando conseguiu entender o que havia acontecido, encontrou-se trancado no quarto – como desejara – junto com Paulo, como desejara evitar. Viu-o colado à porta, formando uma nova barreira com o corpo. Não demorou para que as dobradiças começassem a tremular.

– Paulo, sai daqui! Cê tá fodido. Olha teu braço.

– Não é tarde, man – Paulo disse, o desespero tomando seu rosto. – Dá pra amputar...

– Amputar uma porra! Cê viu como acontece rápido. Ninguém que foi mordido ficou normal por muito tempo. Cê sabe disso. Vai embora! Me deixa tentar.

– Eu vou te ajudar. Não seja *boberto* – Paulo disse, enfatizando o apelido que dera ao amigo na época da faculdade. Tentou sorrir, mostrar a ele que era o mesmo Paulo de sempre.

Mais uma vez Roberto deu-lhe as costas. Como não havia para

onde ir, Paulo imaginou que ele finalmente desistira da ideia de se livrar dele. Talvez estivesse indo até a cama para arrastá-la até a porta. Mas não. Viu o amigo alcançar uma cadeira, erguê-la e, num giro violento, arrebentá-la contra a parede. O único pedaço que permaneceu em seu poder foi o grosso pé de madeira. Farpas despontavam numa das extremidades. Roberto voltou, decidido.

– Cê não é mais meu amigo – ele disse, antes de levar a arma ao alto e trazê-la de volta para baixo, em direção ao rosto do outro.

Após ser mordido graças a um segundo de distração, Paulo havia acionado todos os pontos de reflexo em seu corpo. Poderia apanhar uma mosca no ar. A pancada veio, mas foi detida antes que fizesse um estrago em seu rosto. Agarrou o pé da cadeira. Encarou o amigo. Não, amigo não. Não enxergou em seus olhos o Roberto que havia sido por anos seu melhor amigo. O que havia escutado era verdade. Não eram mais amigos. Quaisquer laços que existissem foram destruídos naquela casa.

Num puxão arrancou a arma improvisada do outro e tomou-a para si. Roberto não tinha chance contra o novo não-amigo. Recuou, sem lhe dar as costas dessa vez – e foi esse o seu último erro. O tênis se enroscou na borda do tapete felpudo mal posicionado, e o deslize o levou ao chão. De costas sobre a superfície macia, buscou um apoio para se levantar, e o vermelho do tapete se transformando num borrão foi a última coisa que viu. Não sentiu dor. A paulada na têmpora foi precisa, sem necessidade de uma segunda.

Paulo observou o corpo inerte do amigo. A cabeça pendia para o lado de modo anormal, o ponto onde a pancada acertara afundado. A boca permaneceu aberta, uma careta bizarra eternizada no rosto do ex-amigo. Deixaria o luto para mais tarde – se houvesse um mais tarde. O som das dobradiças cedendo o alertou, e Paulo se atirou contra a porta. A folha havia se desprendido do umbral, e ele sentiu o tremor enquanto a empurrava. Era como o cabo de força que fazia parte dos treinamentos em seu tempo no exército, só que ao contrário. Dezenas forçavam de um lado; ele, sozinho, do outro. Com o rosto colado na superfície lisa, olhou pelo olho mágico e os viu, um cardume de piranhas prestes a abocanhar a presa. Buscou ao redor; não havia escapatória. A única saída era pela varanda, e ainda havia um monte de gente amontoada do lado de fora, aguardando sua vez de entrar. Uma luz se acendeu em sua mente. A ideia que tivera era louca, mas era a única à mão. Não podia se dar ao luxo de ignorá-la.

Primeiro calculou a distância até a sacada. Teria que ser rápido. Depois, agarrou as bordas da porta, tão firme quanto pôde. Sentiu mãos de pele molhada deslizando sobre os dedos. Braços começaram a invadir pelas laterais. Em seguida, de supetão, girou o corpo, levando a folha como uma prancha na altura do peito, e correu. A invasão foi instantânea, tanto quanto Paulo planejava que a sua saída fosse. Ao atravessar a porta que levava à varanda, trouxe a folha ainda mais para si, e continuou. Sem parar – precisaria da velocidade máxima –, ergueu os braços e levou a porta em direção ao parapeito. Quando a sentiu deslizar, atirou-se sobre ela num pulo, as mãos sempre firmes nas laterais. Livre do apoio do peitoril, a prancha improvisada despencou sobre as cabeças dos infelizes ainda amontoados na fachada.

Paulo sentiu o baque da colisão, a queda amortecida pelos infectados, mas não parou para admirar o estrago. Livrando-se com socos e pontapés dos que não haviam sido atingidos pela pancada que viera do alto e que agora investiam contra ele, disparou portão afora e alcançou a ruela. Numa de suas extremidades avistou-os vagando, alheios à sua presença, diferente dos que abandonavam a casa e iam em seu encalço. Com pressa seguiu pelo lado oposto enquanto apertava o ferimento, que começava a formigar. Coçou-o, ignorando a ardência da pele que se desprendia sob a fricção das unhas.

Esfregou os olhos. O açoite da chuva o cegava. Ouvia novas vozes somando-se às centenas já existentes berrando em seu cangote. Imaginou se Roberto levantaria e se uniria a eles. Não entendia como aquilo tudo acontecia. Vira pessoas próximas deixando-se dominar pela raiva, e fugira de todas elas. Suprimiu a violência indesejada que fazia parte de si. Preferiu deixá-los para trás do que enfrentá-los. Com Roberto havia agido sem pensar. Instinto. O amigo se apavorou tanto que precisou fazê-lo parar. Só se deu conta do que havia feito quando partiu o crânio de Roberto. Havia quanto tempo não agia com tanta agressividade? Desde o incidente no exército, onde, numa briga, condenou um rapaz de dezoito anos a passar o resto da vida sobre uma cadeira de rodas, nunca mais havia se deixado levar pelo ódio. Não podia permitir que os punhos falassem mais alto que a razão. Matou Roberto após ser mordido. Imaginou que seria um dos sintomas da doença dos canibais, agir no impulso. Era culpa da maldita doença, e não dele. Roberto teria que perdoá-lo, onde quer que estivesse.

Sentiu o corpo esquentar. Febre. Mesmo sob a chuva, a pele

ardia. Precisava ir em busca de uma cura. Ninguém havia tentado. Paulo não era homem de desistir. Havia uma farmácia a algumas quadras dali. Olhou para trás. Havia muitos deles a persegui-lo. Não o alcançariam antes que ele pudesse tentar. Iria em busca de antibióticos. Se preciso tomaria todos que encontrasse. Não deixaria a coisa tomar conta de seu corpo.

Não é difícil encontrar uma farmácia. Duas quadras adiante e a vitrine multicolorida desponta, prato cheio para hipocondríacos dispostos a estourar a fatura e a saúde. Pouco antes de a doença do século 21 se revelar, as pessoas se preocupavam mais em procurar males sob os músculos do que usá-los para aproveitar a vida. É preciso se cuidar, claro, mas a ânsia em descobrir os motivos (que nem sempre existem) para uma simples dor de cabeça ou mal-estar era levada a sério demais. Nunca vi tanta gente se queixando de depressão ou o que quer que acreditassem ter para levar a vida adiante – mesmo à base de placebos. O verdadeiro mal era o psicológico. Imagino se hoje estão felizes; a doença paira no ar.

Algumas figuras vagam pela rua arborizada. São tantos tipos diferentes. No passado ouvi falar sobre a diversidade cultural de São Paulo. A capital era o foco dos que buscavam novas oportunidades, gente de toda parte do país aglomerando-se nas ruas engarrafadas da metrópole, procurando uma qualidade de vida discutível. Há tantas cores e estilos e classes; nem mesmo as faces cobertas de sangue e muco tiram a estranha beleza da pluralidade nessas pessoas. Em Jaboticabal os rostos eram tão iguais. Não fisicamente; eram feições de gente com cabeça fechada, gente do interior, que vive sua própria humilde realidade e dela não abre mão, considerando o diferente algo bizarro.

Por trás de uma fileira de carros estacionados consigo alcançar a farmácia. Antes de invadir estico o pescoço. A vidraça embaçada não é uma aliada das melhores, mas tenho quase certeza de que o local está vazio. Em outra ocasião eu não arriscaria, mas voltar atrás de mãos vazias não está em meus planos. Do outro lado da rua avisto uma grade que posso escalar facilmente caso seja necessário. Através dos pingos grossos explodindo sobre o capô observo os infectados. Continuam seu passeio, os cenários avermelhados pelo sangue em seus olhos, alheios à minha presença. Espero que permaneçam assim.

Abaixado, esgueiro-me até a entrada. Deixando as pontadas geladas da chuva em minha pele para trás, encosto a porta.

Para minha surpresa, exceto por um pequeno monte de caixas caídas ao lado da entrada, o lugar está intacto. Não há sinal de invasão ou saque. Não vai durar; logo não restará um analgésico vencido nas prateleiras. Por enquanto as pessoas estão preocupadas em reforçar as portas e janelas, mas logo perceberão que sobrevivência depende de muito mais do que apenas um local seguro.

Uma gôndola cheia de barras de cereal não passa despercebida. Encho a mão com um punhado e enfio nos bolsos. Como uma enquanto deslizo os olhos em busca do tal ibuprofeno – se era mesmo esse o nome. Espero que sim. Sem perceber encontro a seção de leite em pó. A fórmula deve estar por aqui. Não sei qual a diferença, mas acredito que isso deve estar especificado na embalagem. É fácil encontrar. Há diferentes tipos, e para minha sorte as indicações estão impressas nas latas. Fórmula de partida é o nome, para recém-nascidos. Atrás do balcão procuro sacolas onde possa levá-las, e uma bolsa de mão, de pano, é minha melhor opção, com espaço para três latas. Espero que seja suficiente.

Antes de voltar à busca pelo remédio lanço uma espiadela à rua. Meus movimentos continuam invisíveis aos infectados. Olho ao redor. Não seria nada bonito ser encurralado aqui. Uma porta de alumínio de aparência não muito resistente leva a algum cômodo nos fundos, e nada mais. Há apenas uma entrada; o teto é alto demais para fugir por ele. Melhor continuar com cautela.

Como que para me lembrar desta cautela, a bolsa se enrosca e não sou esperto o bastante para não puxar. Um movimento impensado e uma fileira de produtos de maquiagem despenca e se espatifa no chão. Tão rápido quanto posso desço de cócoras e assim me mantenho por um longo minuto. Por uma fresta entre as prateleiras observo a entrada. Um vulto cambaleante passa do outro lado, mas não para. Por pouco.

Ainda retomando a respiração, vejo um batom aos meus pés. Como numa viagem no tempo, minha mente me transporta para uma situação semelhante. Aconteceu em Jaboticabal. Daniela e eu na farmácia. Com um batom, Daniela desenhou um coração no meu curativo. Antes ela já havia se insinuado para mim, no vestiário do ginásio, ao ficar sem blusa. Mas o coração foi algo a mais. Naquele momento percebi que ela acabaria confundindo as coisas, acabaria deixando a carência fazê-la acreditar em algo que não existia. Algo que nunca poderia existir, nem com ela nem com ninguém. Não depois do que houve na galeria com o Halley.

O ibuprofeno surge como um prêmio diante dos meus olhos. Basta que eu olhe para frente e ali está ele, dentro da vitrine sob o balcão. Passei sobre ele quando peguei a bolsa e não o vi. Por via das dúvidas permaneço abaixado até alcançar o lado de dentro do balcão. Arrasto-me pelo chão frio e puxo o trinco. O ibuprofeno é meu. Você está salvo, Yerik. Quer dizer, contanto que eu também esteja até voltar ao hotel. Pego um punhado de cartelas, enfio na bolsa e fecho o zíper. Hora de voltar.

Um grito ao longe soa um alarme dentro de minha cabeça. Vem coisa ruim aí. Os gritos aumentam, assim como uma algazarra de passos e coisas quebrando. O som da chuva não é forte o bastante para abafar. Pior é quando se aproxima demais. Pela vidraça vejo uma massa se formando não muito longe. Eles vêm direto para cá. Terei que esperá-los ir embora para sair, droga. Pouco antes de me dirigir para a lateral, a fim de continuar oculto, o motivo da confusão se revela: um homem de seus trinta anos, o medo estampado no rosto. Curioso para ver se conseguirá ou não fugir, imagino que ele vá passar batido e esqueço de me esconder. Burro! Nossos olhares se cruzam através do vidro molhado. Sem diminuir a marcha, ele empurra a porta, entra e começa a puxar as prateleiras mais próximas contra ela.

– Me ajuda, parceiro! – grita ele.

Filho da mãe. Estava tudo perfeito. Era só eu refazer o caminho e logo estaria de volta ao hotel.

– O que cê tá esperando?

Seus músculos arrastam as prateleiras com facilidade. Devia ter exercitado o cérebro também, seu idiota. Não viu que a fachada da farmácia é toda de vidro? Acha que vai adiantar bloquear a porta?

– Eles vão entrar. Me ajuda!

Os infectados se amontoam como formigas carnívoras do outro lado. Veias esbranquiçadas se formam ao longo de toda a vidraça. Os *cliques* e *claques* estouram aleatórios e, por fim, uma chuva de estilhaços banha a farmácia. O estranho consegue fugir antes de ser engolido pela turba, disparando em minha direção. Negros e brancos, católicos e judeus, paulistanos e cearenses invadem. Diversas culturas e crenças deixadas para trás por apenas um desejo em comum. Matar.

– Acorda, parceiro – ele diz ao estacar ao meu lado. – Vamos sair daqui.

– Aquela é a única saída – digo, indicando a fachada.

Não há chance para que possamos nos esconder. Pupilas dilatadas disparam em nossa direção como mísseis teleguiados. Eles não hesitam; um incontável número de infectados se aventura por entre as prateleiras. Derrubam tudo. Corremos sem destino, seguidos de perto por toda sorte de medicamentos que se espalham sob nossos pés. Vidro quebrando, ferro se chocando contra o piso, berros e desordem. O barulho é insuportável.

A porta de alumínio do outro lado do balcão é meu foco. Faço um sinal para ele, apontando-a. Sinto que não vamos alcançá-la, mas alcançamos. A porta bate, a chave gira. Breu.

Corpos se chocam do outro lado. As dobradiças tremem. Acendo a luz.

Encontro-me em uma cozinha minúscula. A porta dos fundos está trancada. É impossível passar pelo vitrô. Não há escapatória. Encaro o estranho. Calados, nossos olhares concordam em algo.

É o fim da linha.

O som da porta sendo destrancada ecoou pelo quarto escuro. Victor invadiu tão rápido quanto a fraca luz que vinha do corredor. Apoiou-se contra a madeira, forçou-a e, com mais dificuldade do que acreditara que teria, fechou-a novamente. Dando-lhe as costas, ignorou as pancadas e apertou o interruptor.

O quarto estava como havia sido deixado. No fundo da gaveta do criado-mudo pegou seu passaporte, juntamente aos de Ivan e Elizabeth, e os guardou no bolso. Sem delongas dirigiu-se ao closet. Encontrou as malas, grandes demais para que pudesse levá-las. Precisava apenas do essencial. Atirou-as sobre o carpete e puxou vários zíperes. A maçaneta começou a chacoalhar violentamente. Logo entrariam.

Sob as mudas de roupas porcamente dobradas Victor vislumbrou o brilho das armas. Um suspiro de alívio escapou por entre os dentes.

Conrado estava em seu dia de sorte. Além de Vanessa estar refugiada em um quarto no quinto andar, o qual ele poderia explorar sem tanta dificuldade, era argentina. Conrado nunca havia experimentado uma argentina. Ali estava uma chance de ouro. Expandir o *cardápio* excitava-o só de imaginar como seria o sabor.

Não se importou com a custosa missão de vencer os obstáculos ajuntados na escadaria. Todo e qualquer trabalho valeria a pena quando a encontrasse. Sabia que teria encontros indesejados até o quarto da moça; por isso mantinha sua pistola colada ao lado do corpo, o indicador dando leves batidinhas contra o gatilho, num cacoete tranquilizante.

Ao sair pela porta que dava acesso ao andar, Conrado se encontrou sozinho. Esperou por algum tempo. A arma estava preparada, pronta para atirar, mas não havia em que atirar. Alguns corpos se encontravam estirados, caídos no tapete ou contra a parede. Uma sucessão de cabeças baleadas. Já haviam passado por ali, e não fazia muito tempo. Estranhou, mas não se ateve a detalhes; seu maior interesse estava apenas alguns metros adiante.

Nos corredores seguintes a cena se repetiu. Cadáveres haviam sido derrubados, formando uma silenciosa trilha de morte. Caminhou a passos lentos, atento a cada porta e esquina. O tesão que sentia era incontrolável, mas precisava ser cuidadoso. Não podia vacilar tão próximo de seu objetivo. Não tardou e logo chegou ao quarto. Por via das dúvidas, decidiu anunciar sua chegada com uma batida. Serviço de quarto.

Embora o silêncio imperasse, pôde sentir a respiração quente do outro lado. Doce, assustada, estrangeira. Não teve resposta. Bateu de novo.

– Vanessa?

Um arfar. Passos. Segundos de hesitação. A chave girou. A porta se abriu.

Seus olhos se encontraram. Conrado abriu seu sorriso mais galante, sentindo-se o cavaleiro salvador de uma bela donzela em apuros, trancafiada no alto de uma torre. Vanessa era linda. Sua pele, alva, brilhava de suor. Os olhos enormes eram de um castanho achocolatado convidativo. Os lábios, rosados e finos, formavam um pequeno círculo, incapacitados de formar palavras de agradecimento, o que veio em forma de um abraço. Conrado não esperava o ato de afeto, de gratidão, mas o recebeu de bom grado. Enquanto mantinha a arma nas costas, com o outro braço retribuiu o abraço. Seus dedos deslizaram pela blusa de cetim, úmida e com um aroma inebriante de transpiração. Acreditou poder cheirar seu medo, o aroma saindo de suas madeixas oleosas.

– Agora se acalme – sussurrou.

Uma forma se materializou sobre a cama, até aquele momento invisível – quando Conrado se preparava para satisfazer suas necessidades, tudo o mais sumia. Era um rapaz. Da mesma faixa etária de Vanessa, e até os mesmos traços. Poderia ser seu irmão, talvez. Não sorria, e também não exibia expressão de ciúme ou descontentamento por ver a mulher abraçando um desconhecido com tamanha segurança. Em seu olhar também havia medo. Nada mais.

Levantando-se, caminhou até Conrado e pousou a mão no ombro de Vanessa. Desvencilhando os braços da cintura do herói, ela se afastou e deu passagem para que ele também pudesse agradecer.

– *Gracias*, amigo.

Conrado olhou fundo em seus olhos. Como se a imagem do homem fosse algo de outro mundo, algo que não pertencia àquele cenário. Adentrou mais o quarto com um passo; sem se virar, encostou a porta. Estendeu a mão, e ambas se apertaram. O rapaz finalmente sorriu ao sentir o toque quente da palma do salvador. Conrado, por sua vez, manteve a expressão confusa. Então o puxou para si e o abraçou, pegando-o de surpresa. Notou a vacilação do outro em corresponder o carinho, mas manteve o braço ao redor de seu pescoço. Levou algum tempo, e logo sentiu o retorno do abraço. Sorriu.

– *Bang* – disse ao pé do ouvido.

Vanessa ouviu um estampido. De começo não entendeu de onde viera; vira o amigo tremer, como se tivesse levado um choque. Em seguida um ponto vermelho surgiu em suas costas, rapidamente aumentando em um círculo. Viu seus braços penderem, desfazendo o abraço. E caiu.

Havia um revólver na mão do *herói.*

Vanessa gritou. Medo e raiva se uniram em um protesto enlouquecido. Mas não se moveu. Encarava não os olhos de Conrado, mas o cano da arma. Esperou o tiro. Ele não veio.

Conrado deu um passo em sua direção. E outro. Vanessa recuou, caindo sentada na cama. Ele continuou. Apoiando as mãos no colchão, ela buscou um afastamento, uma segurança, mas ele foi mais rápido. Protegeu o rosto com uma mão, enquanto a outra foi para o alto, num reflexo defensivo. Com o braço Conrado desenhou um arco no ar. A coronha se chocou com violência contra a testa de Vanessa, e seu corpo rolou sobre a cama, imóvel.

Um riso crápula escapou dos lábios de Conrado. Deu a volta

na cama e puxou Vanessa pelos braços. Erguendo o lençol, jogou-o sobre ela e enrolou-a; se alguém o visse, diria que era um corpo apodrecido e que queria se livrar do cheiro. Esperava que não, mas caso isso acontecesse teria uma desculpa. A verdade não era para qualquer um.

Não conteve o riso, um chiado rouco, ao sentir o peso da argentina sobre seu ombro. Parecia estar carregando uma boneca; logo estariam brincando juntos. Aproximou-se da porta, pronto para voltar ao seu quarto, quando ouviu estouros abafados. Reconhecia aquele som: eram tiros saídos de uma arma com silenciador. Na vida real o dispositivo funcionava bem diferente do mostrado em filmes. Não silenciava de fato os disparos; o som, suprimido, lembrava chicotadas.

Apagou a luz e olhou pela fechadura. Passos se aproximavam. Alguém passou. Conrado preparou a arma e, silencioso como um fantasma, saiu. Antes que a figura desaparecesse na esquina do corredor, reconheceu-a. Era Victor, levando uma bolsa na mão. Andava a passos largos. Conrado esperou até ouvi-lo sair pela escada bloqueada. Depois, com Vanessa sobre o ombro, o seguiu.

Josélia chorava de forma convulsiva. O medo na voz de Lucas havia surrado seu coração. O peito queimava. A saliva quase não descia pela garganta; o nó que se formara ali era como um tumor prestes a inchar e inchar e explodir, fazendo-o chorar lágrimas de sangue e pus. Sua irmã, aquela vadia, havia machucado seu caçula, e agora os ameaçava, um monstro vagando em seu lar. Teve vontade de esganá-la até que seus lábios ficassem negros.

A viagem até sua casa não era curta. Em dias normais precisava pegar o metrô, fazer baldeação, e então tomar um ônibus. O trajeto todo nunca levava menos de uma hora e meia, diversas vezes quase duas. Maldito trânsito. Maldito governo. Maldita cidade. Por que não podia ser rica como os cretinos que frequentavam aquela espelunca chamada Maksouth? Tinha certeza de que faria melhor proveito do dinheiro.

Avançando pelos corredores, procurava pelo grandão. O líder. Victor. Como se fosse um talento adquirido nos anos em que apenas serviu, sabia distinguir pelos detalhes quem mandava. Roupas, porte, modo de falar. Havia pormenores que somente líderes possuíam.

Como sempre, precisaria dirigir-se ao mandachuva e pedir, humildemente, de cabeça baixa, por ajuda. Pediria uma arma, nada mais. Precisava de uma para sair do hotel e salvar os filhos. Tinha escutado algo sobre munição escassa, mas não poderiam lhe negar isso.

No fim do corredor, Josélia viu exatamente quem queria passando apressado. Acelerou o passo, chorando ainda mais (no fundo, queria tocá-lo com a abundância de lágrimas), e, na quebra da esquina, avistou-o. Chamou:

– Moço!

Pego de surpresa, Victor se atrapalhou e soltou uma das alças da bolsa, deixando-a pender. Josélia notou alguns objetos caindo dela. Sem olhar para trás ele se abaixou e começou a recolhê-los. Ao se aproximar, Josélia engoliu o choro: a bolsa estava repleta de armas. Era um arsenal. Quis chorar mais, de alívio, mas se conteve e pediu:

– Por favor, me dá uma arma.

– O quê? – ele perguntou, fechando o zíper.

– Eu preciso salvar...

– Dá o fora. Não tem arma nenhuma aqui.

– Claro que tem. Eu vi. Por favor. Meus filhos...

– Senhora, eu já disse pra dar o fora.

Em nenhum momento dirigindo o olhar para Josélia, Victor se levantou e continuou o trajeto. Iria direto para o quarto esconder a bolsa. Mais tarde, decidiria com Pooh e Lizzy o que fazer.

Se tivesse levantado o rosto apenas uma vez, teria testemunhado uma expressão tomada por uma dor desmedida e, talvez, teria considerado o pedido. A verdade era que não fazia ideia do que a mulher havia falado. Ouviu-a dizer algo, mas não entendeu. A preocupação em esconder as armas era maior do que a atenção que direcionou a ela.

Sozinha, Josélia não sabia para onde ir. Não sabia o que fazer. Tudo o que pensava era o pedido de socorro do filho. *Maldito negro!* Por que não podia dar uma arma a ela? Qualquer porcaria de revólver servia. Engoliu em seco, caminhou em círculos. Puxou os cabelos para trás. *O que fazer, meu Deus?* Estava sozinha. Não podia contar com ninguém. Não conhecia ninguém.

Espera. Havia o David. Trabalharam juntos. Ele estava tão sozinho ali quanto ela. Podiam se unir. Josélia deu meia volta e, decidida, seguiu à caça do colega com a melhor expressão de vítima que conseguiu moldar no rosto.

O acúmulo de poeira no nariz e garganta atingiu um nível insuportável. Daniela não conseguiu mais se conter e espirrou. Eles voltaram a socar a madeira, desta vez com mais intensidade – tanta que um rachado se abriu no encontro das portas. Por ali conseguiu ver o corredor. Gritou por ajuda. Nenhuma resposta. Havia gritado sem parar desde que se encontrou encurralada; sabia que estava sozinha. Morreria sozinha.

Pensou em Tiago. Era tudo culpa dele. Se ele não tivesse saído, bancado o aventureiro idiota, ela não estaria naquela situação. Imaginou onde ele estaria agora, e se estava bem. Queria poder olhar para ele mais uma vez. Tocá-lo, mesmo brigar com ele. Não podia terminar assim.

Engoliu em seco quando sentiu o armário pender para o lado. Um dos malditos devia ter se impulsionado contra o móvel, fazendo-o quase virar. Pensou que cairia. Por sorte ele voltou à posição original, e as pancadas continuaram. Num estalo, teve uma ideia.

Com os braços bem abertos, pressionou as mãos contra a madeira e fez o mesmo com os pés nas quinas. Como se estivesse em uma gangorra, iniciou um movimento de vai e vem. No começo não obteve muito resultado; simplesmente não conseguia sair do lugar. Então os pés do armário passaram a levantar e descer, primeiro uns poucos milímetros do carpete, que logo passaram a ser centímetros. Um fio de esperança surgiu. Não podia se exceder; o sucesso da empreitada dependia do controle, de estratégia.

Quando estabeleceu um movimento contínuo, viu que era hora do próximo passo. Contou o balanço e, quando um dos lados estava inclinado para cima, forçou o mesmo lado para a frente, o que fez o móvel, ao descer novamente, "andar" um pouco. Continuou o vai e vem e, no momento certo, fez o mesmo com o outro lado.

Fabionei e Marie-infectados se irritaram ainda mais quando aquela grande caixa de madeira que os impedia de alcançar a suculenta carne ambulante começou a andar. Socavam enraivecidos. Queriam morder aquela superfície lisa – talvez assim pudessem destrui-la –, mas algo dentro deles, em seu instinto, impedia que o fizessem, como se soubessem que os dentes podiam tocar única e exclusivamente coisas feitas de carne.

Aos poucos o armário desenhou um arco de noventa graus no corredor, ficando atravessado no caminho. Dentro dele, Daniela continuou. Os braços doíam, mas ela estava no rumo certo. Podia ver, através do rachado, a porta de um quarto próxima. Manteve o balanço. Percebeu que as investidas vinham agora da parte de trás do móvel. Eles já não distinguiam por onde ela havia entrado.

Daniela começou a sentir tontura com o balouço contínuo. Sentiu um refluxo no estômago, um gosto amargo na garganta. Segurou o vômito. Estava perto demais. Mais alguns "passos" e estaria parcialmente salva. Sim, parcialmente, pois apenas metade do plano se concretizaria em alguns instantes.

Pela fenda calculou a distância até o quarto. Estabeleceu mais uma vez o balanço e outros noventa graus foram desenhados. Levou alguns minutos para finalmente colocar o armário de frente para a porta. Os infectados continuavam atacando, gritando. Estavam na parte de trás, mas logo contornariam; Daniela tomou coragem e deslizou a porta. Girou a maçaneta do quarto e empurrou, provocando um rangido. Já no quarto, apoiou um pé no armário e, segurando-se no umbral, impeliu-o para trás. Viu os infectados afastando-se para lados distintos, evitando serem esmagados pelo móvel. Teria sido fácil. Antes que eles pudessem alcançá-la, Daniela bateu a porta e girou a chave.

Apoiada nos joelhos, respirou. Não acreditava na experiência que acabara de ter. Surreal. Porém, não era hora para se parabenizar pela proeza; ainda estava, de um jeito ou de outro, presa.

Próximo passo.

No criado-mudo não encontrou nada que pudesse ajudá-la na continuação do plano. Precisava de algo que fizesse barulho. O relógio sobre o móvel provavelmente tinha a função despertador, mas Daniela não era especialista nesse tipo de coisa; até descobrir como programá-lo, a porta teria ido abaixo. Procurou um rádio. Não havia nenhum. No closet, revirou as roupas arrumadas de forma impecável, jogando-as para o chão. Bagunçou as gavetas. Nada além de pano.

O quarto foi deixado para trás, e ela disparou em direção ao banheiro. Antes que entrasse nele, encontrou o que precisava sobre a pia, ao lado de uma escova de dente: um celular. Era do tipo vabagundo, cheio de riscos provocados por quedas. Podia ser um iPhone ou um pai de santo; no momento sua eficiência dependia apenas de tocar música. Acessou o menu. Não evitou um grito de vitória; havia uma lista imensa de canções ali. Reconheceu poucas, mas pouco importava o gênero. Duvidava que a dupla lá fora ainda fizesse distinção entre rock e sertanejo. Selecionando aleatoriamente, devolveu-o à pia e voltou ao quarto, deixando o banheiro ao som de um repetitivo *tchê tcherere tchê tchê.*

Da cama, puxou o edredom que jazia sobre ela, amarrotado. Arrastou-o até a porta e, envolvendo-se nele, girou novamente a chave. A porta se abriu num repente, e Daniela se escondeu atrás dela – se olhassem ali, veriam apenas um edredom pendurado.

Sob a coberta, Daniela esperou. Prendeu a respiração, e escutou. Ouviu-os invadindo aos berros, e em seguida rosnando, frustrados. Podia imaginá-los girando nos calcanhares em sua busca. Sabiam que ela estava ali em algum lugar, mas não onde exatamente. Gusttavo Lima conduziu-os ao banheiro. Seus gritos explodiram abafados ao se depararem com a confusão de *tchês*; entre aquelas paredes azulejadas os sons pareciam se intensificar.

Daniela viu sua chance. Livrando-se do edredom, puxou a chave a fim de trancar a porta por fora. Estava emperrada. Sem tempo, saiu do quarto e encostou-a. Encaixou as mãos sob o armário e respirou fundo. Encurvando os joelhos, puxou o móvel. Era pesado. Nem tentou descobrir onde encontrara forças para movimentá-lo daquela maneira. Sentiu as panturrilhas pegando fogo, as costas a ponto de quebrar ao meio. Mas conseguiu. O armário percorreu uma subida penosa até se encontrar com a porta do quarto, lacrando os infectados.

Daniela aproximou o rosto do móvel e colou os lábios em sua superfície. Um beijo de agradecimento. Um som chamou sua atenção. Victor estava parado, observando-a com confusão no olhar.

– Desculpe, mas... É alguma parafilia?

O alumínio da porta parece um saco de pipoca dentro do micro-ondas – a cada investida a folha estufa, amassa. Ainda não veio abaixo por uma força maior, só pode. Mas qual força pode ser maior do que um bolo de gente se empurrando contra uma portinha tão vagabunda? O que quer que seja que a está segurando – deus ou os parafusos –, aguente mais um pouco, por favor.

– Você também veio atrás de antibióticos?

Por um momento esqueci que não estou sozinho. O filho da mãe que mais parece um viking, careca e barbudo, não esconde o medo no olhar. Percebo sangue em seu braço. Levou uma mordida das feias.

– Não – respondo. – Vim procurar fórmula para um bebê, e um remédio.

– Para curar isto? – Ele estende o braço.

– Isso aí não tem cura.

É como se eu tivesse esbofeteado o cara. Imóvel, ele encara um ponto indefinido de olhos bem abertos. Parece distante, alheio aos ceifadores querendo entrar.

– Como você sabe? – pergunta, a voz falha.

– Eu tô nessa há muito tempo. Sei como funciona, e nunca vi alguém ser mordido e não se tornar um deles – digo. Não é de todo verdade, desconsiderando a mordida que levei, mas também está longe de ser uma mentira.

A expressão do homem é a de quem é puxado de volta para a realidade, e ele me encara. Por um longo instante não desvia o olhar de mim.

– Você é o moleque que estavam procurando. Te vi na TV – ele diz. – Isso tudo começou no interior, não foi?

Confirmo balançando a cabeça. Volto a observar a porta. Vai tombar a qualquer minuto.

– Então é verdade – ele diz, mais para si mesmo. – Se você estava lá e tá dizendo que não existe cura...

De repente suas sobrancelhas encurvam, dando ao seu rosto uma expressão desconfiada, raivosa até. Ele continua:

– Mas como você pode ter tanta certeza? Viu alguém tentando tomar algum tipo de remédio?

– Bem, não...

– Então não confirme algo que não sabe, man. Essas pessoas estão doentes porque nenhuma teve tempo de se cuidar. Acontece rápido depois que você é mordido, então poucos têm tempo de pensar em buscar antibióticos. Eles ficam com febre. Você não abaixa a febre correndo debaixo da chuva, ou andando cagado e mijado pra lá e pra cá.

– Desculpa, cara, mas não existe cura. Sinto muito.

– Acredite no que quiser, mas eu vim procurar antibióticos, e vou encontrar.

– Você foi mordido há muito tempo? – pergunto, na tentativa de desviar o foco do assunto. O cara parece prestes a esmurrar qualquer um que discorde de suas crenças.

– Há menos de vinte minutos. Acha que tenho tempo?

Antes que eu possa responder, a maçaneta despenca. O som do metal contra o piso tilinta em um eco. Não vejo saída. O chão é azulejado e o teto, engessado. Se fossem de madeira, até haveria uma chance. A porta dos fundos não é como a outra, frágil; é mais resistente. Para derrubá-la seria preciso mais que músculos cansados. Pelo vitrô não passa nem minha cabeça. Poderia usar a geladeira, o único objeto grande à vista, para bloquear a porta, mas não é grande o bastante. Está mais para frigobar.

No desespero, começo a rodar como pião, buscando alternativas, como se procurasse pelos sete erros de um jogo. O detalhe mais errado deste jogo sou eu; não devia estar aqui. Não *precisava* estar aqui. Mas estou.

O homem vai até um armário embutido na parede. Vou até ele. Está cheio de pertences pessoais, muito provavelmente dos funcionários. Escovas de dente, chaves de automóveis, carteiras, crachás, uma manta, lençóis, uma marmita vazia, um celular. Nada que seja de grande ajuda. Com raiva, esparramo o que posso no chão, ignorando o olhar surpreso do estranho. Agarro o celular e arremesso-o em direção à porta, fazendo-o espatifar-se. Peças saem voando enquanto o som da pancada entoa na cozinha como um aviso. É a morte chegando. Péssimo movimento – do outro lado eles ficam ainda mais ouriçados.

Vou até a pia e remexo as gavetas. Não morrerei sem luta, seus filhos da mãe. Nem que seja com uma faca de manteiga, mas corto os que chegarem primeiro. Da primeira gaveta um pacote fechado de palha de aço desponta. Jogo-o para trás e continuo a busca.

– Você tá sozinho? – ele pergunta, remexendo os objetos que atirei ao chão.

– Não. Tem um pessoal refugiado num hotel aqui perto. Tô com eles.

– O bebê que você falou... Tem quanto tempo de vida?

– Cara, acho que ele nasceu ontem.

– Irmão seu?

– Não. Não tenho mais família.

Sinto um nó em minha garganta. É sempre difícil pensar no fim de meu pai. Mais doloroso ainda é relembrar meu último encontro com minha mãe.

– E tá se arriscando por desconhecidos?

– Sou muito idiota por isso? – pergunto, sem hostilidade. Quero apenas confirmar o quão burro sou.

– Não. Você é uma pessoa boa, rapaz. Mesmo que seja cruel ao dizer que não tenho chance, tem bom coração.

– Valeu.

– Conseguiu encontrar o que veio buscar? A parada do bebê.

– Sim – respondo, e dou uma palmada na bolsa que carrego. – Tudo aqui.

– Legal. Man, qual seu nome?

– Tiago.

– Ok, Tiago. Vou te ajudar.

– Como?

Levantando-se, ele vai até o pacote de palha de aço que arremessei, caído no meio da cozinha. Rasga o plástico com avidez. Depois segue em direção à porta, a essa altura com ambas as partes de baixo e de cima envergadas – só o meio permanece intacto, mas não por muito tempo. Os pedaços do celular estão esparramados. Ele procura em meio à bagunça, e encontra: a bateria.

– O que você tá fazendo? – pergunto.

– Servi o exército por alguns anos. Tive uns problemas depois de uma briga e acabei sendo expulso. Aprendi um bocado de coisas enquanto estive lá. Boas e ruins. Você entende de sobrevivência na selva?

– Só na selva de pedra.

– Há técnicas que funcionam em ambas, basta improvisar.

– E que técnica seria essa?

De volta ao armário, ele puxa a manta sem cerimônias. Um infectado passa pela abertura inferior, entalando. Seguro firme a bolsa com a entrega de Yerik sob o braço. Enquanto isso ele arranca um pedaço da palha. Braços invadem pela parte superior da porta. A tranca cede perigosamente. Ele desmonta uma caixa de papelão vazia e abre a folha sobre o piso, colocando por cima a manta.

– Você só precisa segurar este papelão sobre sua cabeça, e não soltar. A manta vai te proteger do fogo.

– Que fogo?

Segurando a bateria em uma mão e a palha na outra, começa a friccionar uma contra a outra, mais precisamente na parte acobreada. O curto não demora a acontecer, liberando faíscas sobre o cobertor. De início é pouco, mas o tecido parece ter sido criado para esta exata função: incendiar-se. Logo o fogo começa a tomar conta da manta. Rapidamente ele puxa os lençóis da prateleira e joga por cima de mim. Seguro-os como crianças fazem quando brincam de super-herói. Em seguida, num movimento arriscado – talvez o mais arriscado que já tentei para sobreviver –, ele joga o cobertor sobre os lençóis em minha cabeça, e depois o papelão. No preciso instante em que a porta vem abaixo, o fogo preenche toda a superfície de meu escudo.

As pernas vacilam, penso em recuar, chorar como um bebê, mas não. Mais uma vez pretendo lutar até o fim. Os infectados invadem e tudo o que consigo ver sob os panos são seus pés, um amontoado de calçados sujos se aproximando... Mas hesitando. Funcionou.

Como aconteceu no mercado, em Jaboticabal, eles não são burros para não temerem o fogo. A cozinha é invadida. Algum deles deve ter esbarrado no interruptor, pois o ambiente cai na penumbra e só não se torna totalmente escuro pelo fogo sobre minha cabeça.

– Cara, e você? Não vem? – pergunto, às cegas. Não dá para virar e procurá-lo atrás de mim.

– Só tem espaço para um aí, Tiago.

– O fogo vai afastá-los – falo. – Vem comigo pro hotel.

– Man, você pode estar errado sobre a cura, mas também pode estar certo. Abre caminho, volta ao hotel. Não desisti ainda. Vou encontrar os antibióticos.

A passagem está bloqueada. Há vários querendo entrar e outros tantos querendo se afastar de mim.

– Qual seu nome? – pergunto, gritando.

– Paulo Henrique Bodanese Bonan – ele diz, também gritando para que eu possa ouvi-lo. – Nome grande, né? Foi um prazer te conhecer, man. Boa sorte. Vá salvar aquele bebê.

Começo a sentir o calor nas mãos. É hora de tomar a iniciativa.

– Obrigado, Paulo.

Passo a passo abro caminho por entre a multidão. Eles fogem, rosnam e gritam, lamentos de raiva e frustração irrompendo de suas gargantas. Chego à porta. Há um incontável número de pernas ali, indecisas se vale ou não a pena investir contra o cabeça-de-fogo-e--pernas-de-pano. Alcanço o balcão, e consequentemente a luz. Os gritos de Paulo vêm da saleta. Não são de dor, mas de um berserker batalhando pelo que acredita, derrubando os inimigos apenas com a força dos punhos. Mesmo duvidando, espero que ele consiga encontrar os antibióticos. Placebos podem fazer milagres.

Agora o calor aumenta gradativamente – minhas mãos começam a arder. Aperto o passo. Contornando as prateleiras tombadas, arrisco um trote mais rápido. Caminhando sobre os cacos, atravesso a vitrine. Na calçada, inicio a corrida, uma soma de vozes degeneradas formando um coro em meu encalço.

Quando não aguento mais segurar meu escudo de chamas, abro os dedos e sinto o chuvisco açoitando minha pele. Um estranho misto de sensações distintas me toma. De um lado a ardência em minhas mãos e antebraços, o calor cortante machucando; do outro, a refrescância da chuva, seus pingos caindo como agulhas.

Deixando para chorar minha dor mais tarde, viro a esquina e avisto, longe, o portão por onde saí. Nem sinal de Pablo. Disse a ele para se proteger, mas espero muito que ele esteja lá. Num relance para trás meu coração por pouco não salta da boca; há gente para encher um estádio. Vem de toda parte – inclusive da direção contrária, da Avenida Paulista. Acelero o quanto posso. Preciso chegar ao portão antes deles. Falta pouco. Alguns tantos metros. Força, Tiago.

– Abre o portão! – grito.

Continuo.

Um mar de corpos se desloca de todas as direções. Estou cercado, pronto para ser afogado.

– Pablo, o portão!

A um metro de dar com a cara no portão, vejo uma fresta se formando. Pablo espia por ela, os olhos alarmados. Entro, quase podendo sentir o chão tremer, e o encontro se posicionando como um bloqueio. Rapaz ingênuo.

– Fecha logo isso.

Juntos, empurramos o portão, mas um infectado impede o fechamento. Sem pensar duas vezes, agarro-o pelo colarinho e, num puxão, trago-o para dentro, empurrando para o chão. Pablo se encarrega de terminar a tarefa de nos manter em um pedaço cada.

– Você é louco? – ele grita. – E esse aí?

O infectado, um homem de traços indianos, arreganha os dentes amarelados e encavalados em um esgar sarcástico e avança. Pablo se afasta, o medo estampado em neon em seu rosto, chocando-se contra o portão. Seguro o braço encardido do infectado e, como uma brincadeira de criança, começo a girá-lo na intenção de desnorteá-lo. Quando o mundo se torna um imenso borrão e os miolos começam a doer, solto. Não sei precisar para onde ele vai, mas eu caio nos braços de Pablo, que amortece a minha queda.

Levo um tempo para conseguir ficar em pé sozinho. A voz de Pablo continua chamando, dizendo algo sem sentido. Trovões ecoam próximos demais. Apoiando-me nos joelhos, levanto. O portão treme como se estivesse com frio. Ou febre. Ou ambos. O barulho do outro lado é maior do que qualquer passeata ou manifestação que já vi. Quase não consigo ouvir Pablo.

– Vamos.

É a única palavra que distingo.

Ao voltar a enxergar um chão estático, vejo as latas de fórmula espalhadas. A bolsa jaz em uma poça, rasgada. O infeliz deve tê-la puxado quando o soltei – e continua atrapalhado em um canteiro, zonzo, sem encontrar apoio para se levantar. Preparo-me para juntá-las, e também as caixinhas de ibuprofeno, mas a mão de Pablo se fecha contra meu pulso.

– Vamos, Tiago.

– O Yerik... Eu consegui os...

– Vamos!

O portão vai ceder, cedo ou tarde; quanto a isso não há dúvida. Aquela imensidão de gente tem força para derrubar uma casa, se quisessem. Mas não é esse o problema. O motivo da pressa de Pablo não vem lá de fora, mas de dentro. Há infectados conosco. Surgem do bosque artificial, dentre as árvores. Não há tempo para fórmula ou ibuprofeno ou o diabo.

Desculpa, Yerik.

Corro.

Capítulo 16 - Evolução

A quadra coberta é bem ampla.

Há várias bolas de tênis espalhadas por toda parte. O barulho da chuva batendo no teto produz um eco que nos obriga a gritar – como se estivéssemos no clima de falar de forma serena.

– Precisamos voltar ao hotel – digo.

– Não vamos conseguir.

Pouco depois a quadra é invadida por eles. Uns oito, se contei direito na pressa. O que mais chama atenção é o primeiro. Enquanto corre, seu braço direito pende de um lado para o outro, deslocado do ombro. Não demonstra sentir dor, apenas fúria.

– Pablo, vem.

Corremos até o outro lado da quadra. Transpassando a grade com um *monkey*[13], agarro-me, no ar, na estrutura metálica projetada na parede e subo, usando-a como escada. Escalo sem olhar para baixo, a ardência nos dedos piorando. Chegando próximo ao teto, me certifico de que estou seguro e procuro por Pablo.

Encontro-o encurralado, os infectados tentando alcançá-lo, alheios à grade. Tentam agarrá-lo, trombam na grade, tropeçam, investem novamente, a grade os impede, e permanecem nessa por algum tempo. Pablo aproveita a deixa para se afastar; um descuido ao pisar em uma bola de tênis e ele vai ao chão. Imitando o movimento, uma mulher se abaixa e encontra nessa posição uma passagem através da grade. Aproximando-se como uma assombração, encurvada, ela enrosca os dedos em seu tornozelo.

– Sai daí! – grito.

Um latido soa.

---

13 Salto do Macaco. É preciso entrar com uma boa velocidade no obstáculo. Em seguida, apoiam-se as mãos sobre ele e impulsiona-se o corpo para frente e para cima. As pernas são encolhidas e, com a ponta dos dedos, empurra-se o obstáculo. Ainda no ar o traceur analisa a área de aterrisagem para continuar. Algumas vezes, é seguido de um rolamento.

Thor surge correndo, trançando um caminho entre as pernas dos malditos direto no pescoço da mulher. O grito feminino, possuído de dor, explode. Pablo levanta trôpego e, encontrando-me no alto, segue meu plano, escalando outra viga com uma agilidade atlética recém-adquirida. Lá embaixo, Thor está acuado, cercado pela vadia de cabelo curto e loiro manchado de sangue. Veste um vestido social preto e calça apenas um sapato. O pé descalço deixa pegadas de sangue pelo caminho.

– Thor, foge!

A voz de Pablo vem do alto. Na mesma altura que eu, Pablo está a salvo. Assistimos a luta, Thor em alguns momentos mordendo-a na perna e logo em seguida se afastando. O sangue desenha uma trilha no assoalho brilhoso da quadra.

Numa investida, a infectada se joga de joelhos na direção do animal, errando o alvo. Thor aproveita e ataca. Cravando os dentes mais uma vez em seu pescoço, chacoalha a cabeça, uma carranca bestial transformando suas feições. Não a solta mais, fazendo-a se debater na tentativa de se desvencilhar. Ele continua a arrastá-la pelo pescoço. O sangue vai espirrando ao redor enquanto ela tenta alcançá-lo com as mãos, mas conseguindo apenas arranhar o chão. Os gritos contêm uma mistura de raiva e dor aterradora.

À medida que vai sendo arrastada ela deixa de lutar. Assim que Thor dá uma última, violenta sacudida, ela cai imóvel. A poça de sangue cresce em um círculo róseo.

– Thor, para – Pablo grita. – Sai daí. Agora!

O cão late olhando para cima. Penso que vai sair correndo por onde veio; engano meu. Investe novamente, agora contra os infectados que ameaçam seu dono, aglomerando-se na base da viga.

– Thor, não!

Por pouco Pablo não escorrega e cai.

– Se segura – grito.

Tão próximo do teto é quase impossível ouvir minha própria voz. A chuva não dá trégua.

Seria muita sorte, mas Thor bem que podia estraçalhar todos eles. O cão foi fantástico com a infectada; agora entendo como Yerik ainda está vivo. Thor é o perfeito cão de guarda. Lembro num repente de quando Pablo mencionou que ele pertencia à PM. Era cão farejador. Parece saber muito mais do que apenas farejar, o que mostra novamente ao agarrar o infectado do braço deslocado – pelo braço. Pablo não parece nada feliz em vê-lo tão perto deles.

Olhando para baixo vejo os três que me cercaram. São dois homens e uma mulher, um ménage de zumbis. Não mudaram em nada desde que os *conheci* em Jaboticabal. Na verdade pioraram. Estão mais medonhos, mais intimidadores. E estão escalando.

O quê?

Quase tenho uma exoftalmia ao ver um deles escalando a estrutura – não tão habilidosamente quanto eu, mas ainda assim escalando. Como assim?

Não lembro de tê-los visto escalando qualquer coisa antes. Pelo menos não os muros em que me mantinha a salvo em minha cidade. Quer dizer... Não! Um escalou o portão da igreja em Jaboticabal, imitando o que eu havia feito. Droga! Significa que eles pensam? Isso não importa agora. O que importa é sair daqui antes que esse filho da mãe me alcance e eu seja obrigado a pular. Morrer de queda ou de mordida? O que é pior?

Prefiro não descobrir.

– Cara, sai daí – Pablo grita ao ver o infectado escalando. Não sei se ele percebeu, mas eu não tenho asas. A única maneira de escapar seria pulando. – Ali.

Ele aponta em uma direção específica, no alto. No momento de desespero penso ser outro infectado grudado no teto. Mas não: é uma claraboia. Pequena, mas larga o suficiente para que eu consiga passar. O único problema é chegar até ela.

– Rápido, Tiago!

O jeito vai ser incorporar o trapezista e torcer para dar certo. Noto que a estrutura continua pelo teto, trançando barras finas de aço até o outro lado. Para minha sorte, passa bem próximo à claraboia. É agora ou nunca. Esfregando as mãos na roupa a fim de secar o suor, seguro firme e, tentando manter o peso controlado, sem soltá-lo demais, me penduro. Os músculos do braço doem instantaneamente. As mãos, então, gritam. As queimaduras não deixarão marcas, mas a dor vai me fazer companhia por algum tempo.

O rosnado próximo redobra minha força. O infectado conseguiu chegar bem perto e tenta me alcançar enquanto se segura com a outra mão. Impulsiono-me e seguro na próxima, e na seguinte. Afasto-me o bastante para evitar que o infeliz me alcance.

– Isso!

Pablo vibra enquanto luto por minha vida. Parece ter esquecido Thor; talvez tenha notado que o cão pode se virar melhor do que nós dois juntos. Conseguiu dar conta de três infectados usando a mesma técnica de *agarra-rasga-chacoalha-mata*. Assim que surgiram mais alguns vindos dos fundos da quadra, o cão se limitou a defender-se. Esses malditos podem ser rápidos, mas Thor não fica atrás.

Com uma dor dos diabos vou balançando de barra em barra. Sinto os tendões e músculos prestes a explodir; a carne parece que vai rasgar. Falta um bocado ainda. Estou a salvo dos infectados, mas definitivamente não estou salvo.

Por um momento, quando a dor atinge um nível excruciante, solto uma das mãos.

– Droga – praguejo, lágrimas rolando, a mão direita sendo minha mais forte ligação com a vida.

– Força, moleque!

Pablo não faz ideia do que estou sentindo. Outro já teria soltado há muito. Não posso desistir agora. Respiro fundo, firmo a mão e puxo, segurando com a outra.

– Isso.

– Cala boca, droga – sussurro entredentes.

Seguro na barra adiante. Respiro. Pego a próxima. Contraio o bíceps. Mais uma. E outra, e mais outra. Inspiro com raiva. Outra. Estou quase lá. Só mais um pouco, Tiago. Vamos.

Em segundos que parecem horas consigo alcançar a claraboia. Buscando mais força, puxo com um braço para me aproximar dela, e soco a portinhola com o outro. Felizmente ela abre sem dificuldade, então seguro na borda molhada ao mesmo tempo que a chuva invade. Num último, desesperador impulso passo pelo buraco, os olhos fechados buscando proteção contra a violência da água.

De costas, bufando de dor, deixo-me cair na telha. Meus dedos estão em carne viva. De repente não me importo mais com a chuva me golpeando sem piedade. Sinto a inconsciência chegar e me viro de bruços; não quero morrer afogado – seria uma puta sacanagem do destino. A cabeça, pesada, pende para o lado, e me permito desmaiar.

Sentado em uma mesa nos fundos do restaurante, David bebia uma batida que acabara de preparar. Em anos trabalhando com bebida acabou tomando gosto pelo álcool. Só não gostava mais de beber do que de mulher. Adotar a profissão de barman foi sua escolha mais feliz. Não podia se sentir mais realizado quando fazia bicos em baladas noturnas, onde estava cercado de festa, bebidas e garotas. Era o paraíso.

Quando conseguiu a vaga no Maksouth não se preocupou em adequar-se ao ambiente. Sua espontaneidade era marca registrada. Divertido, prestativo e profissional eram suas características mais marcantes. Não tinha os trejeitos de funcionários de hotéis de luxo, com suas afetações e expressões de verdadeiros servos; falava com todos da mesma maneira, fossem empregados como ele ou hóspedes. Em sua percepção todos eram iguais, e, depois de um bom drinque, eram todos amigos.

Havia se afastado dos outros sobreviventes para buscar um pouco de sossego. Preparou a batida com licor de morango e vodca, mas o sabor, doce e ao mesmo tempo amargo, não o animou. Desde o início havia tentado não se deixar assustar com o que estava acontecendo; havia falhado. A multidão lá fora, cercando o hotel, só fazia aumentar. Já havia brigado algumas vezes, defendendo garotas e a si mesmo de bêbados folgados, e se precisasse descer o braço em algum daqueles doentes o faria. Mas eram muitos. Os *novos reis do hotel* – como intitulara Victor e seus companheiros – pareciam dispostos a enfrentá-los também; com aquelas armas, qualquer um estaria. Pensou em pedir uma emprestada, pelo menos enquanto estivessem ali, mas acabou deixando a ideia de lado sem um motivo aparente. Apenas deixou.

Deu outro gole no terceiro copo.

– Te achei.

Virando-se sem vigor, viu Josélia despontando do corredor e costurando um trajeto entre as mesas até ele. Seus olhos estavam vermelhos.

– O que foi? – ele perguntou.

– Preciso da sua ajuda.

– Claro. O que é?

Josélia se aproximou, puxando a cadeira e sentando ao seu lado. Pegou sua mão e a apertou; estava tremendo.

– É coisa séria, não é?

– Muito séria, David. Acabei de ver aquele grandão que manda no pessoal.

– O Victor?

– Ele mesmo.

– O que tem ele?

– Ele estava com uma bolsa cheia de armas. Quantidade pra ajudar todo mundo aqui.

– Eu pensei mesmo em pedir uma emprestada.

– Eu pedi. Ele se negou – ela disse, e complementou com informações inventadas naquele instante. – Disse que não vai entregar armas nas mãos de gente inútil como eu... E você.

– Ôxe! Como assim?

– Eu perguntei o mesmo, e ele disse que as armas são só dele e dos amigos, e que nós temos que nos virar com o que sabemos melhor: eu com uma vassoura, e você com... com... O que ele disse mesmo? Com suas chaves.

– Minhas chaves?

– Sim. Disse que você só serve para abrir e fechar as portas pra eles. Que não passa do porteiro deles.

David sentiu a testa esquentando. O álcool fazia com que as palavras de Josélia, já bastante ofensivas, ganhassem um ar extremamente obsceno. Sentiu uma estranha decepção tomar conta de seu peito; havia ajudado aqueles filhos da mãe, se arriscado. Apenas para o verem como um porteiro.

– Que viado! Mas e aí? Que ajuda precisa de mim?

Ensaiando sua melhor cara de vítima – não que não estivesse fragilizada; manipularia até o Papa para poder salvar seus filhos –, Josélia escolheu as palavras mais adequadas para convencê-lo. Fazê-lo se virar contra os outros havia sido absurdamente fácil. Fazê-lo seguir seu plano seria bem mais difícil.

Desperto assustado.

Sentado, olho ao redor respirando fundo. Onde estou?

Esfregando os olhos consigo ver com mais clareza. E me lembro.

– Quando você apaga, apaga mesmo.

Bruscamente me viro em busca da voz já conhecida. Pooh. Está em pé na ponta do telhado, me encarando.

– O quê...?

– Sua sorte é que não está trovejando, senão teria ficado aqui sozinho.

Olho para cima e tento vislumbrar o céu, mas as gotas estão fortes demais. Realmente não há relâmpagos. Se sorte for a palavra mais apropriada, então que seja.

– Há quanto tempo eu...?

– Uns cinco minutos, nem isso. Acabei de chegar.

Aproximando-me dele, observo o hotel ao longe. É possível ver apenas do segundo andar para cima.

– E o Pablo? – pergunto.

O grandalhão me encara, uma estranha expressão em seu rosto.

– Melhor pensar em você, Tiago.

– Como você chegou aqui? Como sabia que eu estava aqui?

– Daniela nos avisou.

– Ah, claro.

Ele contorna a borda com cautela; seu peso poderia arrebentar o teto e nos levar lá para baixo rapidamente. Encontra um poste fino. Lembra aqueles canos por onde bombeiros descem ás pressas para ir salvar vidas ou resgatar gatinhos em árvores. Minhas mãos ardem demais. Nem a pau vou descer por aí.

– Preparado para correr?

Lá embaixo a área está livre de infectados. Assim que ele desliza pelo poste, vejo que não tenho escolha. Pego no metal molhado e paro.

– Ivan, minhas mãos.

Sou ignorado. Não vai ser nada agradável deslizar ali com as mãos em carne viva. Olho ao redor em busca de outro meio de descer. Este é o único; o outro seria a claraboia, então nem considero a opção. Tiro a camiseta.

– Merda – reclamo para mim mesmo, em vão.

Enrolo a camisa no poste e seguro nas pontas. Cuidadosamente enrosco uma perna ao redor e depois a outra. Fico imóvel por um momento – na verdade, tento. É impossível não escorregar. Para evitar um acidente pior, vou forçando o pano ao redor do poste, brecando a descida abruptamente várias vezes. Uma viagem torturante e chego ao gramado, agora não somente com minhas mãos fodidas, mas as coxas esfoladas. Chacoalhando-as – como se fossem curar –, procuro Pooh.

– Ivan?

Percebo um movimento estranho por trás de algumas árvores e me preparo para correr. Meus olhos se acostumam sob a chuva e encontro Pooh escondido. Está me chamando com um sinal repetitivo. Olho para trás, assustado. Não vejo vivalma. Sorrateiro, alcanço-o.

– Quer atrair aquelas coisas? – ele diz. – Olhos abertos, moleque.

Pode ser impressão, mas enxergo algo além de cuidado em seu aviso. Algo que até um homem forte e aparentemente intocável como ele sente. Medo.

– Como vamos chegar ao hotel? – pergunto. Meus dentes começam a bater por causa do frio.

– Veremos isso depois. Antes temos de buscar as coisas do bebê.

Ele percebe a interrogação em minha expressão.

– Ou você fez toda essa besteirada à toa?

Ele tem razão.

– Pablo disse que ficou lá atrás, perto de um portão. Certo?

Confirmo. Então Pablo está vivo. Ou estava quando conversou com Pooh, e então... Abraço-me a mim mesmo. Está frio demais.

– Me mostre onde é.

Não há infectados por perto, exceto por alguns corpos caídos adiante. Rasgo a camisa em dois pedaços e os enrolo nas mãos. Encarando meus punhos enfaixados, arrisco fechá-los com um pouco mais de força. Arde. Resmungo, ao que Pooh pede silêncio com um *shh*. Um homem vaga próximo a um latão de lixo tombado. Não procura nada nem ninguém, apenas vaga.

– Mata ele.

Pooh me ignora novamente. Sorrateiro, encosta no muro e (não acredito!) vai em direção ao infectado. Esse cara é doido! *O que você vai fazer?*, penso.

O canibal não percebe sua aproximação e continua o trajeto indefinido. Pooh se aproxima como um ninja. Nem por um momento o homem nota sua presença. Mais próximo do que consigo acreditar, Pooh dispara e, em algo que consigo descrever como uma fração de segundo, pega a cabeça do infectado, que não tem tempo de reagir, e gira. Com o pescoço quebrado, o maldito cai desfalecido.

Escondidos atrás de uma mureta, assistimos a uma dupla de infectados caminhando sob a chuva. Encaram-se vez ou outra, mas não fazem nada além. Tenho certeza de que se reconhecem por alguma particularidade. Seria pelo cheiro? Não, está chovendo. Por mais forte que seja o olfato, não é possível sentir cheiro algum.

Sem um pingo de discrição, Pooh abandona o esconderijo e se exibe como uma carne de açougue na vitrine.

– Você é doido? – pergunto incrédulo.

Ao ouvir os berros dos infectados prontos para atacar, ele corre em direção a eles. Ainda escondido assisto à cena. Ivan é simples e inacreditavelmente habilidoso. Com uma rasteira derruba o primeiro, virando e arrebentando a testa do segundo com uma violenta cotovelada. Consigo ouvir o som do osso quebrando – só não sei se do crânio do infectado ou do braço de Pooh. Tenho a resposta quando o canibal cai e não se levanta mais; diferente do outro, que levanta desnorteado, mas furioso.

Pooh tem medo, é óbvio, mas isso não parece impedi-lo de enfrentá-los cara a cara. O infectado investe apenas para ganhar um soco no nariz. O sangue jorra num esguicho. Recuando, o monstro balança a cabeça e berra, investindo outra vez. Pooh o pega pelo braço e o gira, agarrando seu pescoço por trás. Correndo, mantém o braço do outro preso e, num movimento rápido – tão rápido que nem percebo que vem para minha direção –, enfia a cabeça do adversário contra a mureta. Bastante próximo de mim. O sangue espirra junto com os dentes, que voam para diversas direções.

Em seguida acerta outra pancada com a cabeça do infeliz. E outra. E mais outra. Assisto à *luta*, imóvel. Percebo o término apenas quando a parte frontal da cabeça se transforma em uma cratera. Encaro Pooh limpando as mãos ensanguentadas numa poça d'água.

– Você precisava mesmo de mim? – pergunto.

Enquanto avançamos, ouvimos um coro ao longe, o som de milhares de vozes entoando dizeres ininteligíveis. Clamam por algo; a intensidade do protesto provoca arrepios. O frio da chuva não machuca tanto quanto. Quase sinto a pele anestesiada. Mas aqueles gritos... Impossível não tremer.

Quando alcançamos nosso destino, o barulho é insuportável. No entanto, o que vemos é ainda pior. O portão, antes majestoso, se encontra quase derrotado. A força da multidão do outro lado é tanta que as imensas dobradiças cederam; há rachaduras nas laterais do muro. Sinto o abalo sob os pés. Há realmente muita gente do outro lado – tantas que me sinto diante de um possível abalo sísmico.

Pooh dispara na frente. Ele reconhece a gravidade do momento. Precisamos agir rápido. Primeiro, reúne as latas e cartelas espalhadas. Depois, coloca-as de volta na bolsa. Pensei que havia se rasgado, mas foi apenas o zíper que estourou. Passando uma alça dentro da outra, improvisa um nó. Se eu tivesse pensado nisso antes...

Com um sinal de Ivan, entendo que nada mais temos a fazer ali. Quase aliviado, tentando imaginar o quão bom será um banho quente ao voltar ao hotel, sigo-o, mas um som me faz pular, girar no ar e recuar. Meus olhos se dirigem prontamente para o alto. O mal venceu. Sem poder suportar mais, as últimas junturas que mantinham o portão em pé cederam. Pedaços do muro se desfazem, fragmentos de cimento despencando sobre os primeiros invasores.

Como em câmera lenta, o portão vem em minha direção. O som do metal é como o grito de um monstro feroz, pronto para me abocanhar. A sombra avança, engolindo seu caminho para dentro de nossa precária fortaleza. Recuo, devagar, incrédulo. A urgência requerida grita, em algum lugar no fundo de minha mente, para eu correr. Obedeço. O estrondo estoura atrás de mim, fazendo-me desequilibrar e ir de encontro ao chão. Os braços queimados se ferem ainda mais na queda. Com as costas das mãos, o pano tira o excesso de água em meus olhos, e olho para trás.

A porta do inferno foi aberta. Os demônios acabaram de entrar.

E há centenas deles.

Capítulo 17 - Sem ar

Escorada no parapeito, Lizzy forçava os olhos, tentando ver ao longe. Era impossível saber exatamente o que acontecia, mas sentia que Pooh estava em perigo. Não somente por estar em campo aberto – havia algo mais. Pairava no ar como um aviso. Sentiu dificuldade de respirar.

O grupo aglomerado no corredor estava às cegas. Não sabiam o que fazer para ajudar, nem se deviam ajudar ou apenas esperar o desfecho daquela loucura. Do lado de fora, um andar abaixo, diversos infectados se aglomeravam, espremendo-se contra a parede na ânsia de alcançá-los. A cantoria que entoavam era algo maldito, que feria a alma. Suportar aquilo era uma tortura.

O vozeirão de Victor estourou do fim do corredor.

– Onde eles estão?

Daniela vinha ao seu lado, trotando para acompanhá-lo. Lizzy deixou de olhar pela janela por um instante para dar atenção a ele.

– Lá fora, Vic.

Victor se aproximou, uma expressão interrogativa ao dar de cara com Pablo sentado um pouco mais longe. Thor estava deitado em seu colo, a cabeça baixa, mas de olhos abertos.

– Mas ele está ali – disse Victor, apontando para Pablo com um sinal. Daniela estava tão confusa quanto.

– Não. Pablo já voltou. Consegui buscá-lo.

– E o Tiago? – perguntou ele.

– É ele quem está lá fora.

– Quem está com ele? – O rosto de Victor se contraiu.

– Ivan.

Embora não estivesse de fato calmo, Victor pareceu menos exasperado ao saber que Pooh acompanhava Tiago.

– O que eles foram fazer lá fora? Eu disse que não deviam sair.

– O bebê está doente – disse Elizabeth. Fez um sinal, indicando Pablo. – Ele disse que foram buscar fórmula e remédios para ele.

– Quem avisou vocês? – Daniela perguntou.

– Oliver. Estávamos fazendo uma ronda, tendo certeza de que não havia portas abertas, quando ele apareceu.

– Onde ele está? – Daniela girou ao redor em busca do garoto, mas não o encontrou.

– Não sei – Lizzy respondeu, e se dirigiu a Victor. Algo no rosto dele chamou sua atenção. – Tem sangue na sua testa.

– Não é meu. Tive que matar dois que cercaram a garota lá em cima.

– Sim – Daniela disse. – Aquele casal de namorados que sumiu.

Lizzy deu as costas a Daniela e cochichou com Victor:

– Vic, temos um problema.

– Outro?

Ela balançou a cabeça, afirmando. Então voltou o olhar a Pablo.

– O cachorro mordeu os infectados.

Não houve mais palavras. Victor lançou um breve olhar pela janela, enxergando mãos esticadas para o alto, os infectados em uma gritaria copiosa, mas os ignorou. Deu dois passos, passou rente a Lizzy, e parou.

– É um problema fácil de ser resolvido – ele disse.

Thor o encarou de volta, e ganiu. Pablo mantinha os olhos fechados enquanto Victor caminhava até ele, os dedos grossos buscando a arma na cintura.

A multidão em nosso encalço me faz sentir um gosto amargo na boca. É o gosto do medo.

– Tiago, corre!

O que acha que estou fazendo, seu imbecil?

Sinto os músculos das pernas rasgando a cada contato do meu pé com o chão. Embora esteja um frio de matar qualquer alma de hipotermia, sinto fogo nas veias. Os olhos ardem; meu cabelo, já sem corte por um bom tempo, bate várias vezes neles. Com a vista embaçada, enxergo um corredor estreito por onde passamos antes. Um portão aguarda nossa travessia. Não vai segurá-los por muito tempo, mas os atrasará alguns segundos. O tempo que ganharmos é lucro.

– Mais um pouco...

Olhando pelo ombro vejo um infectado se jogando contra Pooh. Deve ter vindo de um lado oposto. Observando ao redor vejo mais infectados – menores – saindo de trás de uma cerca. Outro parquinho.

São crianças.

Ivan agarra o menino pelo pescoço e o joga para longe como um pedaço de fruta podre. O demoniozinho nem parece sentir; num pulo se levanta e retoma o ataque. Outras crianças vêm, possuídas, seus gritos mais estridentes que os dos adultos.

– Droga, droga, droga! – Pooh grita. É gente que não acaba mais.

Sem parar, alcanço o corredor. Paro ao lado do portão à espera de Pooh. Por causa dos infectados mirins, ele acabou ficando para trás. Vendo-me ali, grita:

– Fecha o portão.

A premência faz meu raciocínio funcionar mais rápido. Capto seu plano e faço o que ele diz. Apesar de o portão ser pequeno (em comparação com o anterior), seus dois metros e grades grossas talvez possam suportar mais do que acredito. Sem diminuir a velocidade, Pooh se aproxima e, batendo o pé direito o mais alto que pode, impulsiona-se para cima e agarra a borda. Num pulo desajeitado cai aos meus pés. O tombo é feio.

Os infectados se chocam contra o portão, fazendo-o gemer. Por baixo das pernas dos maiores e esgueirando-se em meio à aglomeração, as crianças avançam. Escalam o portão com uma agilidade inesperada. Chegando ao topo se jogam sem medo.

– Caramba! – grito.

Alguns dos adultos tentam seguir o exemplo, mas, antes que qualquer um alcance o alto, o portão vem abaixo, como uma folha de papel. Mais um obstáculo vencido. Continuamos correndo apenas para deixar o corredor para trás, chegar a uma área aberta e nos deparar com outra visão de enfartar qualquer coração. Há mais deles vindo do lado oposto. Do lado do hotel.

– Ferrou!

Pooh me puxa pelo braço, evitando que uma garotinha me pegue distraído. Ela cai de joelhos e nem tem tempo de levantar. Ele a chuta na costela. O golpe é tão forte que ela não se levanta para outro ataque.

– Por aqui.

Sigo Ivan por um caminho pelo qual não havíamos passado antes. Adiante avisto uma pequena construção. Percebo tratar-se de um vestiário, ao lado de uma piscina transbordada. Uma figura cambaleante sai pela porta do local. Quando nos vê, berra. Pooh vai de encontro a ele, a velocidade contínua; ao se aproximar, Ivan encaixa a mãozorra em sua testa e o empurra em direção à parede. A parte de trás de sua cabeça explode, e o corpo cai sem vida.

Entramos no vestiário e batemos a porta. Há alguns bancos de metal ali, os quais erguemos e arrastamos até a porta. Ajudo tentando erguer um sozinho. Não consigo; minhas mãos doem demais. O jeito é arrastar. No momento em que bloqueio a porta com o terceiro banco, Pooh vem com outro suspenso nos braços. E mais outro em seguida.

– Isso vai segurar por pouco tempo.

No alto da parede há uma estreita e comprida janela, por onde, após se pendurar, Pooh observa o que se passa do lado de fora. As pancadas contra a porta me dão uma clara ideia do que ele está vendo. Os bancos tremem violentamente.

– Isso não vai segurar é nada.

Junto-me a ele subindo sobre o único banco que sobrou, este embutido na parede. Há muitos infectados (muitos mesmo!) cercando o vestiário. Vários caíram na piscina. A confusão é tanta que alguns certamente morrerão afogados – se isso puder acontecer.

– O que vamos fazer, cara? – sussurro, mais para mim mesmo.

– Sinceramente?

Assistimos em silêncio à cena. Angustiante. Desesperadora. Provavelmente a última de nossas vidas.

– Fica longe! – Pablo gritou.

Thor se mantinha em posição de ataque atrás do dono, rosnando. Victor e Lizzy estavam adiante, o grandalhão com a arma preparada. Lizzy tentava abordar de modo mais brando.

– Ele está infectado, Pablo.

– Ele não foi mordido.

– Mas ele mordeu. Aquelas coisas são sacos de doença ambulantes. Olha o focinho dele, cheio de sangue.

O pelo sob a mandíbula de Thor estava encrustado, grudento. Vez ou outra lambia involuntariamente.

– Não quero saber. Do Thor cuido eu.

– Você está arriscando a todos aqui – disse Victor. – Uma mordida e não haverá salvação para o azarado que for atacado por ele.

– Você já o viu mordendo qualquer um aqui? – rebateu Pablo. – Thor não morde nem pernas de cadeira.

– Ele estava possuído lá na quadra, Pablo – disse Elizabeth.

– Ele estava me defendendo! Não tente torcer os fatos, moça. Vocês não tocam num pelo do Thor.

Victor ergueu a arma em direção a Thor. Pablo não hesitou e se enfiou na frente.

– Eu disse que não.

Com os braços abertos, formando um escudo para poupar a vida do melhor amigo, Pablo mostrava os dentes, uma carranca de fúria distanciando o rosto amigável que todos conheciam para um lugar além. Estava firme em sua escolha. Se quisessem matar Thor, teriam que matá-lo primeiro. Lizzy percebeu. Entendia que era perigoso manter o cão ali, mas não queria mais sangue em vão.

– Victor – ela disse, pousando a mão no antebraço negro, a pele de ébano suada. – Não é preciso.

Como por mágica, ao toque de Lizzy Victor repentinamente baixou a arma. A expressão contrariada permaneceu.

– Arrume uma focinheira então.

Dando a volta, seguiu até a janela e olhou para baixo. Uma massa de rostos deformados sorria para ele, dentes contaminados expondo a feiura da morte diante de seus olhos.

Do outro lado, Pablo se afastou a passos rápidos, puxando Thor. Ao virar a esquina, longe de vistas curiosas, abaixou-se e o abraçou. A cadela de Cristiano havia morrido minutos após ter contato com o sangue de um infectado. Thor fora além – com certeza engolira uma quantidade significativa no ataque. Temeu ver seu melhor amigo ter o mesmo fim de Carlota.

Sentiu o pelo quente em sua pele e chorou como uma criança.

Alguns minutos antes

– Tiago?

Pablo já havia chamado três vezes desde que vira as pernas de Tiago sumindo pela claraboia.

Olhando para baixo pôde ver um dos infectados escalando. Estava encurralado e não havia grade ou passagem alguma para ele.

– Vem, seu filho da puta.

Assim que o infectado – um homem de bermuda e camisa escuras – chegou perto, Pablo chutou seu rosto com o pé. Usou de toda sua força, mas nem assim foi o suficiente para impedi-lo de continuar.

Agarrando a perna de Pablo, o homem tentou mordê-lo a todo custo. Pablo começou a pisotear suas mãos, e ele não parecia sentir dor, apenas raiva. Deu-se conta de que a única saída seria pular; no entanto, seria uma queda livre de seis metros. Ou mais. Com sorte poderia sair vivo. Por consequência, sairia todo quebrado; por azar, não conseguiria fugir.

O que prevaleceu foi o destino – ou um milagre! – quando sentiu o choque da cabeça do infectado contra a escada, o sangue manchando a parede. O infectado caiu, espatifando-se sobre os outros. Um tiro perfeito.

Lizzy estava no centro da quadra, a arma ainda apontada em sua direção.

– Graças a Deus! – ele sussurrou.

– Cadê o Tiago? – perguntou ela, aos gritos.

Pablo fez um sinal em direção à claraboia antes de iniciar a descida. Nesse meio tempo Pooh, do outro lado, aproximou-se de Elizabeth, a submetralhadora empunhada.

– Ele tá vivo? – perguntou ele.

– No teto – Lizzy respondeu. – Consegue chegar lá?

– Mesmo que eu não conseguisse. É preciso.

Detrás da grade surgiu uma mulher. Vinha da estrutura por onde Tiago havia subido.

– Sobrou uma – gritou Pablo.

Pooh a viu se aproximando. Se não rosnasse como um cão raivoso e estivesse coberta de ferimentos seria considerada bonita. Vestia um uniforme branco de tenista manchado de sangue. Pooh começou a correr, tão rápido quanto ela. No momento do encontro Ivan desviou sutilmente e golpeou a infectada com um murro certeiro no nariz. O corpo esguio girou no ar. Caiu de bruços no assoalho, sem vida. Massageando a mão, Ivan começou a escalada, alcançando o topo em segundos.

– Liz, volta pro hotel – gritou. – Eu cuido dele.

– Ivan...

– Relaxa, *chica*. Eles não podem com isso. – E fechou o punho, lançando um meio sorriso.

Elizabeth sentiu um nó na garganta, mas sabia que seu parceiro não seria derrubado tão fácil. Era assim que devia ser, sempre. Encarou Pablo.

– Vamos.

Sob a chuva, Lizzy e Pablo corriam de volta ao hotel. Thor ia à frente.

Olhando para trás puderam avistar Pooh no teto da quadra, parado. Apontava algo em direção ao hotel, fazendo um estranho sinal com as mãos. Pablo não captou a mensagem, mas Lizzy entendeu perfeitamente.

– Fique atrás de mim.

– Ok – ele respondeu. A seriedade nos profundos olhos de Lizzy dizia que a coisa era séria. Assobiou, os dedos na boca. – Thor! Volta.

O cão, até aquele momento correndo a toda, parou como se tivesse sido puxado por uma coleira invisível e refez o caminho até Pablo. Foi dito e feito; talvez pelo estridente assobio ou por já terem notado a presença da dupla, uma dezena de infectados surgiu, vindo de todas as partes. A loira deu início ao tiroteio. Mirava e atirava sem perder uma bala. Estava concentrada como nunca estivera. Ia derrubando quem cruzasse seu caminho, enquanto venciam a distância até as proximidades do hotel. Logo avistaram vários rostos conhecidos dispostos em janelas distintas, carregados de preocupação. Uma corda de lençóis aguardava. Havia infectados ao redor do hotel, ainda alheios à presença dos dois, o que os impedia de se aproximarem tão rápido quanto queriam.

– Vai – disse Lizzy. – Eu te dou cobertura.

Pablo hesitou, sem saber como agir. Um grito da loira deu coragem a ele.

– Vai logo!

Investindo em direção à corda, Pablo desviava dos que tentavam atacá-lo. Eram todos derrubados por tiros precisos de Elizabeth. Por maior que fosse a proteção, o medo era pior. Um pouco mais e suas pernas esqueceriam como se mexer. O latido de Thor estava sempre próximo. O maior medo era perder o companheiro.

– Continua latindo, meu amigo – suplicava Pablo. – Continua latindo.

Alcançou a corda e a agarrou.

– Segura firme – gritou alguém. Pablo não pôde identificá-lo; estava tenso demais. Puxou Thor pelo couro e, com uma agilidade que não era própria de sua pessoa, amarrou o tronco do animal no lençol.

– Ele vai primeiro – gritou, olhando para cima, mas vendo-se obrigado a tapar os olhos por conta da chuva. – Puxa. Rápido.

– Você é louco? – Lizzy gritou quando o cão começou a ser suspenso. Continuava derrubando os que tentavam se aproximar dele. Os poucos que investiam contra ela eram abatidos facilmente.

– Ele é mais importante – gritou de volta.

Num deslize Pablo não percebeu a aproximação de um homem mais baixo. Antes que seus dentes se aproximassem demais, segurou-o pelo cabelo e girou seu corpo, aplicando-lhe uma rasteira. Um chute na cabeça o imobilizou por poucos segundos.

– Pode jogar a corda quando quiser – gritou para o alto.

Pouco depois o lençol foi arremessado pela janela.

– Vai aguentar? – perguntou.

– Tentaremos – respondeu uma voz masculina.

Enrolou a mão direita, firmou e deu um puxão. Com um pé apoiado na parede, cooperou para que a subida fosse menos difícil. Logo conseguiu segurar a borda da janela e projetar-se para dentro, caindo no carpete. Thor veio ao seu encontro, lambendo-o no rosto.

– Na boca não, Thor. Seu bafo tá de matar.

Sem pressa para se levantar, continuou estirado, afagando o cão.

Tentamos evitar que a porta seja arrombada forçando nossos corpos contra os bancos; é claro como cristal que não conseguiremos por muito mais tempo. As dobradiças já estão irrecuperáveis.

– Alguma ideia? – pergunto, sentindo os solavancos.

– Se tivesse alguma, acha que eu estaria aqui segurando esses bancos?

– Droga.

Olho ao redor em busca de uma saída, uma solução. Minhas ideias malucas sempre me ajudaram. Estará mais uma prestes a surgir? Espero que sim. Sem aviso, vou até a parte de trás do vestiário, onde encontro os lavabos. Adiante, virando outro corredor, deparo-me com uma porta. Puxo o trinco, e atrás dela surge algo que me faz questionar o quão sortudo sou.

– Pooh.

– O que é?

– Vem cá. E vem preparado pra nadar.

Pouco depois o grandalhão surge com uma incógnita no rosto.

– O que você disse?

Aponto para baixo. A porta dá passagem a um túnel – provavelmente o reservatório das piscinas – alagado.

– O que tá pensando em fazer? – pergunta ele.
– Não é óbvio?
Ele me devolve uma expressão desconfiada. Parece não estar entendendo onde quero chegar.
– Quer que eu desenhe?
– Eu já entendi, porra. Você quer entrar por esse buraco pra, ao invés de morrer dilacerado, morrer afogado. Acertei?
– Em cheio.
O estrondo que vem em seguida nos faz saltar. A porta veio abaixo. Nem calculamos profundidade antes de entrar; assim que piso, afundo como pedra. Submerso, sinto a bota de Pooh golpeando minhas costas, o que me rouba todo o ar. Vou me apoiando nele para retornar à superfície em busca de oxigênio.
– Não precisa me matar tão rápido – digo.
Estamos os dois boiando com a cabeça para fora no escuro. A única luz que entra vem das minúsculas frestas da porta. Pooh a mantém fechada segurando o trinco. De repente começam as pancadas.
– Merda, merda, merda – pragueja ele.
– Acha que tem saída por baixo? – pergunto. – Porque é nossa única opção e não adianta reclamar.
Ele segura firme a porta.
– Se eu soltar isso aqui não vai ter mais volta. Quer ir na frente checar?
Olho para baixo, assustado.
– Tá muito escuro.
– Pega no meu bolso esquerdo.
– O quê?
Enfio a mão no bolso de sua calça.
– A outra esquerda.
Verifico o outro e encontro algo. Puxando descubro um aparelho branco, de plástico.
– Hum. E aí? – pergunto.
– Queria o quê? Um holofote? Se vira com isso mesmo.
Aperto o único botão, vermelho, e duas breves piscadas nascem e morrem.
– Melhor que nada.
Guardando tanto ar quanto posso, mergulho.
Para minha sorte sempre fui muito bom nesse tipo de coisa. Melhor ainda, devido às constantes corridas a que fui submetido minha capacidade de segurar a respiração aumentou consideravelmente

– mas não o bastante para virar um peixe *e em suas límpidas águas mergulhar*. Preciso encontrar uma saída urgente.

Apoiando-me na parede lodosa chego ao fim, três metros abaixo. Aperto o botão. Para minha surpresa, as duas piscadas são de muita utilidade. É possível enxergar grande parte do local, embora por dois breves milésimos de segundos. O choque da visão fica gravado na vista mesmo após a luz apagar, me permitindo saber por onde seguir. Sinto uma agitação logo acima e aperto o botão, mirando o aparelho naquela direção. Pooh desce desesperado, atirando para o alto.

Eles vêm logo atrás.

Bato os braços e afundo mais, ativando a dupla piscadela e girando o aparelho ao redor. Não há saída. Tento não deixar o desespero tomar conta e focalizo todos os cantos apertando o botão sem parar. Vou nadando para a frente com as mão esticadas, a fim de evitar uma eventual colisão. Elas deslizam pela superfície lamacenta das paredes. A falta de ar começa a preocupar. Achei que aguentaria mais. Pooh vem em minha direção guiando-se pelos lampejos. Consigo vê-lo atirando nas figuras que o perseguem. E não são poucas. Escalar, nadar. O que farão em seguida?

Vou até o alto em busca de oxigênio; mantenho a calma, com muito autocontrole, ao constatar que não há uma mísera bolha de ar. A vontade de chorar, de gritar e morrer de uma vez toma conta. Não há como descrever a sensação. É como se algo apertasse seu gogó lentamente, cada vez mais forte.

Continuo apertando o botão e desço, identificando logo abaixo algo que se destaca da cor morta das paredes. Uma portinhola. Tento abrir, mas parece estar emperrada. Giro o corpo e pisco a luz freneticamente. Onde está Pooh? A escuridão turva, silenciosa me amedronta ainda mais. Deixo escapar um pouco de ar – o que, no caso, é muito – e é quando ele surge no alto, atirando. Aponto para a portinhola, ativando o flash. O metal resiste, mas ele consegue abrir uma parte. Ajudo a abrir o restante. A câmara em que estamos é invadida por uma pressão repentina. Bom sinal.

Nesse momento deve haver oxigênio no alto, mesmo que pouco. Infelizmente não há como ir respirar. É subir e morrer. Os infectados tentam nos seguir, mas não parecem muito hábeis em mergulhar. Nadam pouco acima. Mesmo que lhes falte o domínio da habilidade, podem se esforçar e conseguir. Não duvido de mais nada. Sem pensar muito entro no novo túnel.

As piscadas vão iluminando o caminho em curtos espaços de tempo. A pressão da profundidade começa a forçar meus tímpanos. Nem busco por Pooh. Chegamos num ponto em que é cada um por si. Continuo batendo os braços e pernas, sentindo o peito e cabeça doerem, prestes a explodir. Bolhas escapam da minha boca. Nado rápido. Nado como nunca nadei. Quero ar.

O oxigênio escapa todo de meus pulmões quando sinto a pancada da cabeça contra algo duro. A água entra queimando a garganta. Aperto o nariz com a mão enquanto uso a outra para iluminar. No alto percebo uma claridade, pífia. A vista embaçada pode estar pregando peças. Apoiando novamente a mão na parede me impulsiono em direção à luz. Bato os pés. Mais rápido. Chego à superfície. Engulo o ar numa tentativa desesperada de fazer a dor em meu pulmão passar. Meu peito arde. Apoio o braço numa borda qualquer sem fazer ideia de onde estou. Respiro fundo até sentir a dor passando.

Preparo-me para apertar o botão mais uma vez, para que Ivan possa me seguir, mas percebo que não o estou segurando mais. Devo tê-lo deixado cair.

– Pooh? – chamo, em vão.

Olho para baixo. Não vejo nada; a água é negra.

Será que ele não aguentou? Pegou ar suficiente antes de mergulhar? Será que eles o pegaram?

Melhor sair daqui agora. Olho pela fresta da nova portinhola, mais resistente do que a anterior. Trancada por fora com um cadeado imenso. Ao longe um incontável de infectados perambula, como formigas carnívoras em frenesi. Forço um pouco. Não se move. A dor começa a voltar às mãos. De repente vejo bolhas estourando na água. Muitas bolhas. Mais bolhas do que sairiam de uma única pessoa. Apoio-me nas laterais e tento erguer o corpo o máximo possível. Focalizo o fundo, olhando para o nada.

São eles? Ou será Pooh? Por favor, seja você, grandalhão mal-humorado. Por favor.

Quando o número de bolhas aumenta, eu me preparo. A cabeça surge tão repentinamente que só tenho tempo de pular (não sei como) e bater a cabeça (mais uma vez) no teto. Seu arfar invade a câmara.

– Pooh!

O cara inspira desesperado. Parece estar respirando pela primeira vez na vida. Leva um tempo até conseguir falar.

– Eu te esgano depois, moleque.

Não dou importância ao comentário; sei que é da boca para fora. Maluca ou não, minha ideia nos salvou – pelo menos até aqui.

– Onde estamos? – ele pergunta.

– Não faço ideia.

Ele olha pelas fendas.

– Temos duas alternativas. Podemos voltar e encontrar o caminho submerso até a piscina mais próxima do hotel...

– Tá louco? Se do vestiário até aqui foi esse inferno, imagina até o hotel.

– Ou podemos sair aqui mesmo e correr. Escolhe.

– Preciso?

Pooh encosta a submetralhadora na direção do cadeado e, antes de puxar o gatilho, faz sinal para que eu me afaste. Obedeço, submergindo o corpo até o pescoço. Aguardo o trovão; ele não acontece.

– O que foi? – pergunto.

– Não posso atirar. Eles nos cercarão antes que possamos sair.

– Não consegue derrubar? – pergunto, batendo os dentes.

– Não esta.

Outro sinal, Pooh encurva as costas, esticando os braços para baixo. Pela posição e movimentos parece estar procurando algo escondido em seu coturno. Endireitando o corpo, traz um objeto metálico, comprido, e o encaixa numa das frestas, posicionando-o contra o cadeado. Assisto-o iniciar a missão de arrebentar a tranca e nos tirar dali, com pancadas pesadas, mas medidas, antes que os infectados percebam.

A extremidade oposta do objeto, a mais próxima do meu rosto, some dentro de uma bota.

Longe do tumulto que se desenrolava no segundo andar, caminhando em silêncio mas veloz, alguém contornava o restaurante. Avistou David preparando uma bebida, concentrado demais para notar qualquer coisa além do aroma alcoólico. Apressou-se em direção ao corredor estreito e rapidamente chegou à lavanderia. Pelo que percebera da estrutura do prédio, a parte de trás da área de serviço levava à lateral do hotel, uma via para funcionários descarregarem os montes de lixo produzidos entre aquelas paredes, uma imitação barata de luxo. Deduzira certo; a passagem estava ali, vazia. Um alagamento de dois centímetros se estendia – um ralo havia entupido devido à falta de zelo típica que existe por trás dos bastidores. Atravessou o longo corredor, lançando borrifadas de água a cada passada em direção ao portão que jazia no fim, solitário. Alcançou-o. O trinco correu com dificuldade, travando três vezes antes de se abrir após uma pancada. Olhou pela fresta. Um grupo crescente de loucos se aglomerava contra a parede, focados demais nas pessoas no alto para perceberem sua presença ali, a poucos metros. Do bolso tirou um pequeno instrumento.

Agora só restava esperar.

Quando Pooh cessa o vai e vem com a perna mecânica, ouço o rangido da portinhola se abrindo.

– Vai primeiro – ele diz, encurvando-se novamente para devolver o membro falso ao seu devido lugar.

Deixando as perguntas para depois, saio e me mantenho de cócoras, contornando a estrutura de concreto e conseguindo me esconder parcialmente. Pooh vem em seguida, e, pouco antes de sair por completo da água, uma mulher emerge do túnel, assustando-o. Na pressa, ele se choca contra a portinha de ferro, e o metal range num grito agudo, batendo no concreto e voltando, o que atrai os lamentos de fúria da legião. Eles vêm aos capotes, tropeçando uns nos outros. Enquanto alguns caem na piscina, a maioria continua.

– Vamos.

Não sei por qual motivo ele perde tempo me chamando – sou sempre o primeiro a correr. Corremos como dois alucinados; pulamos grades, muretas e o que mais se opõe como obstáculo. O treino real começou. Ivan se move como um atleta campeão. Eu nunca diria que o cara é aleijado.

Virando uma esquina adiante, derrapo ao avistar a cena, chegando perto de ter um colapso nervoso. Há muitos deles nos perseguindo, e mais ainda nas cercanias do hotel. Estamos ferrados.

– Droga.

– Droga mesmo – concordo. – Tem munição pra entrarmos?

– Não tenho nem pra nós dois.

Embora a brincadeira não tenha graça, seria uma alternativa menos dolorosa.

O berro coletivo vindo de todos os lados sob a tempestade é de longe o som mais assustador que já ouvi na vida. Assim que disparam em nossa direção, procuro ao redor. Desta vez não há saída, nem por cima nem por baixo. Espero o ataque, pronto para lutar, dar uns sopapos antes de morrer. Fecho os punhos, me preparando. Não estou preparado é para o que vem em seguida.

Um a um, os infectados diminuem a velocidade. Vão parando, como brinquedos movidos a pilha em seus últimos suspiros. Suas pernas vacilam em passos incertos, as feições abandonando a cólera e adquirindo um quê de leseira. Olhos mais perdidos do que o habitual. Não que não tenhamos visto tal acontecimento antes, mas nos pega de surpresa, deixando-nos sem ação. Na janela os outros estão tão incrédulos quanto nós. Pooh tira o pente vazio da arma.

– Só pode tá tirando uma da minha cara.

Capítulo 18 – Destino

– Deu certo – sussurra Victor para si mesmo. Mal consegue acreditar no que vê.

– Eu disse que havia acontecido – diz Elizabeth.

Lado a lado, Ivan e eu permanecemos imóveis por algum tempo, como se tivéssemos entrado na *vibe* dos infectados.

– Vamos enquanto temos chance.

Concordo. Na LAQUARTZ aconteceu o mesmo, mas não durou muito. Chances assim não se desperdiçam. Com passos rápidos, mas cuidadosos, seguimos em direção ao hotel. Eles continuam parados. Parecem em transe. Miram um horizonte imaginário, sons abafados e quase inaudíveis escapando do fundo de suas gargantas.

Passo próximo – até demais – de uma mulher com a ponta do nariz desaparecida. Seus olhos giram para o alto, quase totalmente tomados pelo branco do globo de veias rompidas. Um fio de sangue escorre pelo canto de seus lábios carnudos e sem cor. Não parece sentir minha presença. Tão próxima. Tão mortal.

– Tiago – chama Pooh, segurando o lençol que pende da janela logo acima. – Vamos.

Olho para o alto e vejo Dani; parece prestes a chorar. As mãos tapam a boca.

Enrolo o pano no braço e ajudo enquanto me puxam, apoiando-me nos vãos da parede. Minhas mãos voltam a arder como o inferno em chamas sob a pele. Assim que seguro no parapeito ouço um arfar. Lizzy. Sigo seu olhar, em um ponto atrás de mim. Pouco a pouco os infectados voltam à "vida".

– Ivan – ela chama.

Um berro irrompe do meio do desfile de corpos feridos. Um homem dispara em direção a Ivan, derrubando os que ainda saem lentamente do transe. No instante em que Pooh agarra o lençol para subir o homem ataca. Preparado, Pooh o agarra pelos cabelos bagunçados e num simples golpe arrebenta sua testa contra a parede.

– Puxem – ele grita.

Já a uma altura segura ele pode se considerar salvo. Logo, todos e cada um dos malditos lá embaixo voltam a agir como os filhos da mãe barulhentos de sempre.

Sobre a cama, Vanessa jazia, as mãos para trás, amarradas, as pernas juntas, com os tornozelos apertados um contra o outro, e uma mordaça na boca. Tentava não se engasgar com a meia enrolada e fedida bloqueando sua garganta. Era difícil respirar somente pelo nariz quando havia tanto muco por causa do choro.

Conrado afastou as vozes que vagavam em sua cabeça. Era sempre assim. A sensação de êxtase seria rápida, mas valeria a pena. Como uma droga que não faz mal à saúde e um efeito mais prazeroso. Um vício. Aproximou-se e observou cada detalhe. Nada passava despercebido.

– Você é quente – sussurrou, lambendo os lábios.

Deslizou os dedos de sua boca rosada até os seios empinados sob a blusa branca e brincou com os mamilos. Sequer piscava os olhos, tão entregue estava. Num repente rasgou a blusa, como um menino ansioso abrindo os presentes na noite de Natal. Bateu os dentes, uma imitação de mordida, e sorriu. Como ela não usava lingerie Conrado não teve mais trabalho. Chegou mais próximo e, sem respirar, chupou o mamilo. Passou a língua molhada por sua base e começou a dar leves mordiscadas. Mantinha os olhos bem abertos, delirando com sua pele clara coberta de sardas. Chupava com vontade enquanto apertava o outro seio com a mão áspera. Retomou as mordiscadas, de início suaves, mas logo se tornando mais fortes. Vanessa gritava, um pedido de socorro abafado, incapacitado de alcançar os ouvidos de quem pudesse ajudá-la. Um fio de sangue escorreu pelo canto da boca de Conrado. Soltou o seio que apalpava e começou a esfregar sua genitália. Ofegante, gemia e mordia. Parando por um momento, deu atenção exclusiva ao seu membro por quase um minuto, tempo suficiente para chegar ao clímax. No segundo em que gozou, cravou os dentes no mamilo e o arrancou. O sangue empapou o lençol. Ainda delirando pelo orgasmo, olhava para cima com os olhos bem abertos. Quando sua respiração voltou ao normal cuspiu o naco de carne sobre a barriga de Vanessa. Limpou a boca com a blusa rasgada e levantou.

Na gaveta do criado-mudo, vasculhou em busca de algo. Uma

faca. O fio brilhava, capaz dos cortes mais perfeitos. Vanessa soluçava, o abdome se contraindo como o de uma dançarina do ventre possuída. Chorou compulsivamente ao avistar a lâmina, seu reflexo no metal. Se prestasse atenção perceberia que Conrado não estava ali; seus olhos estavam cerrados. Parecia estar rezando. Mexia a boca em murmúrios sem som. Sua expressão não transparecia nada. Remorso, cansaço, loucura? Absolutamente nada.

– Você deve me achar louco, não é? – perguntou, ainda de olhos fechados. – É difícil ter uma necessidade como esta, sabe? As pessoas não entendem. No começo foi estranho. Tive que me satisfazer com animais até ser dono do meu nariz. Minha primeira foi na faculdade. Fui desatencioso. Quando encontraram os restos, tive que encher a mão dos grandões para cobrir as evidências. Saliva, essas coisas. Fiquei um bom tempo sem comer, e a fome só piorava.

Conrado puxou o lado esquerdo do casaco e deslizou a lâmina contra a pele; dois cortes abaixo de outro, este mais recente. Acima dele despontavam outros já cicatrizados. Muitos. O sangue desceu, desenhando uma trilha em sua pele.

– Voltei a fazer muito tempo depois, uns três anos – continuou, sem tirar os olhos da própria pele lentamente se abrindo. – Aproveitei o tempo para criar um plano, algum jeito de não meter os pés pelas mãos novamente. Eu acabaria me tornando um serial procurado se me alimentasse do povo daqui. A solução foi unir o útil ao agradável. Quem não gosta de comida estrangeira? Atrair garotas sonhadoras sempre foi fácil demais. Essas russas querendo ser modelos, alemãs, chinesas com esperança de vida melhor. Nem precisava de shoyu. Convencê-las a fugir sem dizer para onde iam, ou enviar dinheiro a algumas delas, para bancar a viagem, por contas falsas. Perdi uns trocados, sim. Mas o retorno valeu. Acabei me acostumando com comida de fora. Brasileiras não me dão uma boa digestão.

Limpou a faca no lençol e colocou-a de volta na gaveta. Passou o indicador pelas cicatrizes.

– Cada uma destas representa cada uma delas. Olha você aqui – disse, girando a ponta do dedo no corte, espalhando o sangue em círculos. Um sorriso insano no rosto. – Quando cicatrizar, já terei te cagado.

Como se Vanessa não estivesse mais ali, chorando convulsivamente, levantou-se, rindo. Dirigiu-se ao banheiro. Precisava de um banho.

A fome transforma os indivíduos. Eu mesmo, por exemplo: quando sinto o estômago doer (e não pense que é possível se acostumar com a sensação), meu humor gira cento e oitenta graus. Com aqueles lazarentos chafurdando carniça lá fora não deve ser diferente – talvez seja a fome que os deixa tão enfezados o dia todo.

Durante a busca na farmácia, meu intento era trazer todo o necessário: fórmula e remédio. Quando deixei o hotel, Yerik não parecia capaz de ver a luz do próximo dia. Mesmo assim eu fui. Yulia deu o ibuprofeno a ele, e acredito que leve algum tempo para fazer efeito. Em seguida, com o leite já preparado, o alimentou. Foi nesse ponto que a transição de água para vinho aconteceu. Tão logo o estômago foi preenchido, uma luz pareceu iluminar seu rostinho. O remédio não agiria tão rápido. A fome transforma.

Enquanto Yulia o nina embrulhado em um lençol, lançando um eterno olhar de gratidão em minha direção, discutimos sobre as consequências trazidas pelo que fiz. Victor não se mostrou tão receptivo a ideia de eu ter me arriscado pelo bebê, mas também estufei o peito e deixei claro que, de minhas escolhas, eu sou o único responsável. Estou cansado da postura de babás que eles parecem tentar impor sobre mim.

No sofá, Lizzy faz um pequeno curativo na mão direita de Pooh. Deve ter machucado num dos vários golpes que desferiu contra os canibais. Sob a calça não dá para notar a imperfeição. Para mim, ele continua tão letal quanto antes – até mais. Quando a munição acaba, ele improvisa outra arma com a "perna". Não sinto necessidade de trazer o assunto à discussão; há coisas mais importantes em pauta. A intensidade do hino sendo entoado lá fora (nem as janelas e cortinas fechadas abafam o som) só faz aumentar. Se eles permanecerem naquela área, menos mal; assim não contornarão o hotel, onde estão as janelas do primeiro andar. Caso contrário, adeus Maksouth. Em uma janela, a única aberta, mais afastada de onde conversamos, LC encontrou uma posição estratégica para chamar atenção dos infectados e ajuntá-los ali. Quando vê algum se livrando do monte, começa a gritar e continua até que todos voltem a se concentrar nele.

Pablo voltou de onde quer que tivesse ido – quando cheguei não o vi, inclusive tive receio de que ele tivesse sido morto – e manteve-se um pouco mais longe de nós. Estranho o fato de Thor não o estar escoltando, e novamente temo que o cão tenha sido atacado na empreitada, mas seu latido vem de um ponto não muito distante. Pablo deve tê-lo prendido em um quarto, com medo que ele saia de novo.

– Parabéns, menino – fala Dezuíno, encostado em um canto, a

cabeça erguida, como se tentando escutar melhor cada palavra. Seus olhos vão de um ponto a outro, sem rumo. – Você foi guiado pela Mão Divina. Não há outra explicação. Deus te acompanhou por todo o caminho e o trouxe de volta inteiro para que pudesse salvar esse pobre pequeno. Aleluia a você.

– O deus, no caso, é um pirata de perna falsa – digo, sem olhar diretamente para o motivo da metáfora. Dezuíno não parece entender. Duvido que o cara entenda qualquer coisa da vida real. Por mais que eu procurasse, não encontraria deus lá fora. Naquelas ruas há tudo, menos deus. Antes que ele continue a pregação, continuo: – Quase fui pro saco dessa vez, mas não me arrependo do que fiz. Todos merecem uma chance. Alguns dependem de outros para poder continuar. Quem iria atrás das coisas para o neném? Vocês não iriam. Estão mais preocupados em reforçar as entradas do que em encontrar uma saída. Logo não teremos mais por onde sair, se pararem para pensar. Não vai adiantar ficar aqui, esperando. Vocês vão morrer aqui ou lá. Pode ser cedo ou tarde, mas vão. Por isso topei a ideia de dar os treinos de parkour. Ficar sentado, na ociosidade, não vai preparar ninguém para aguentar os dias que virão.

– Tiago, para tudo é preciso ter uma estratégia – diz Lizzy.

– Eu sei disso. Ou você acha que sou do tipo que sairia pela porta da frente e começaria a correr naquela avenida entupida de gente? Pelo amor de deus! Não venha querer me fazer pensar que sou o errado da história. Busquei a merda do remédio e ponto. Se eles não tivessem invadido o lado de dentro, podem ter certeza que eu treinaria quem quisesse ser treinado.

– Olhe para suas mãos – diz Victor. – Você quase não conseguiu subir por aquele lençol. Acha que consegue saltar sobre uma cadeira do jeito que está? Não vai ser pulando por aí que vamos viver.

– Talvez você não. Mas a mim ajudou muito.

– Cada caso é um caso, garoto – diz Pooh, girando o punho e os dedos, como se para colocar os ossos de volta em seus lugares.

– Você acha mesmo isso? – disparo. – Quer depender do que pra sobreviver? Sua arma secreta? Munição? Pelo que percebi ela acabou.

– Isso não vem ao caso – diz Victor.

– Claro que vem. – Desta vez é Dani quem fala. Até o momento ela estava quieta, sentada sobre um móvel, apenas escutando. Percebi seus olhares em minha direção, um ímpeto de vir e me abraçar, mas felizmente não me constrangeu e ficou longe. – O Tiago tá certo. Munição acaba. A vontade de sobreviver não.

– Mas você não os derruba pulando – rebate Lizzy.

– Não estamos discutindo sobre derrubá-los – digo. – É sobre todos terem uma chance de escapar quando a sua "preciosa" munição esgotar. Bem treinado, qualquer um pode fugir.

– Eles não escalam paredes nem árvores. Essa é uma vantagem.

– Dani – interrompo. – Não é bem assim.

Diante de sua expressão confusa, Pablo toma partido e explica:

– Eles escalaram uma escada lá na quadra.

– Como assim?

– É verdade – confirmo. – Eu escalei uma grade para escapar, mas eles me seguiram. Não com a mesma agilidade que eu, mas conseguiram.

– Não pode ser! – Daniela desce do móvel num pulo. – Quer dizer, em Jaboticabal um deles escalou um portão, mas nem era tão alto. E ele acabou preso nas lanças. Mas... Você tem certeza?

– É claro. Eu estava lá.

– Eu também – diz Pablo.

– Tem mais. – Lanço um olhar a Pooh. Ele faz um sinal afirmativo, como uma permissão. – Não posso dizer que eles nadaram, porque aquilo não era exatamente nadar. Mas eles nos seguiram quando mergulhamos no reservatório.

– E deram trabalho debaixo d'água – Ivan complementa. – Nos seguiram, mergulhando. Um deles conseguiu chegar à superfície, pelo túnel, quando saímos.

– Suas mentes estão evoluindo? – Lizzy pergunta. Victor percebe que a indagação é direcionada a ele (e não entendo o porquê), mas não responde.

– Mas eu pensei...

– Eu também, Dani – digo. – Acreditei que eles soubessem apenas o básico. Correr, matar, "comer". Mas acho que estão aprendendo.

– Como isso é possível?

– O que eles sabem ou não fazer não importa. – Victor dá outro rumo à conversa. – O que devemos concordar é que eles precisam ser parados. E nada melhor do que uma bala na cabeça. Não digo que saber esse tal parkour não possa ajudar, mas não é preciso sair daqui. Por enquanto. Bem armados todos podem se virar.

Victor quase me convence.

– Certo, isso é óbvio. Mas quanto mais alternativas, melhor. E poderíamos usar do parkour pra buscar mais munição. Até mesmo mais armas.

Ele me olha por um tempo. Parece me analisar, buscando qualquer coisa em meus olhos. Olhando de soslaio, sem mover a cabeça, pensa por um instante. Então me encara novamente.

– Isso não é problema – ele diz. – Já consegui as armas.

– Onde? – pergunta Pablo, se levantando.

– Não interessa. Há uma arma para cada um de vocês. Posso entregá-las, se isso for o suficiente para mantê-los quietos, se garantirem que não vão mais fazer burradas como...

O barulho de um tiroteio atrapalha a conversa. Olhamos na direção de onde vem o fragor. A frente do hotel.

– Será gente querendo entrar? – Daniela pergunta, assustada. – Se abrirem as portas do saguão...

– Não! – Victor explode, logo depois de (pela sua expressão) buscar algo em sua mente. Ele nos deixa e dispara pelo corredor. Trocamos olhares perdidos. Então o seguimos.

Agrupados em uma enorme vidraça que dá de frente para a entrada do hotel, assistimos a Josélia e David avançarem em meio à multidão enfurecida. Parecem *cosplayers* do Rambo, com armas de todos os tamanhos penduradas em seus braços e costas. Só faltam a faixa vermelha e a boca torta.

– Onde eles conseguiram...? – Daniela é quem se interrompe. Se há alguma dúvida, basta olhar para Victor. A feição petrificada de ódio diz tudo.

– Traidores malditos – Ivan diz, socando a parede.

– Não conheci a mulher muito bem, mas David parecia estar do nosso lado – diz Pablo. – Por que ele faria isso?

– Ela me pediu uma arma emprestada – diz Victor, seguindo o trajeto da dupla sem perdê-la por um segundo. Se seus olhos fossem lançadores de mísseis, os dois lá embaixo iriam pelos ares a qualquer momento. – Eu disse que não. Não era a hora. Se ela tivesse esperado...

Enfiando-se na frente de Ivan, tentando encostar a bunda em sua coxa, mas fracassando, uma vez que ele mesmo se afasta, Janaína observa ao redor, não somente o lado para onde eles seguem.

– Não vistes o lado bom? – ela pergunta, aguardando um tempo para concluir, como se fizesse suspense. – Olhem.

Seguimos o olhar para onde ela aponta com o dedo, a outra mão apoiada no parapeito e a bunda forçadamente empinada dentro da saia de veludo preto. A rua, até poucos momentos intransitável, agora está quase vazia, comparando-se com antes. Numa estimativa, se havia mil infectados por ali, sobraram cinquenta. A maioria segue Josélia e David. Vão como um tsunami, destruindo o que se opõe em seu caminho. Os dois conseguem mantê-los afastados; o som dos tiros é algo contínuo. Se continuarem assim, deixarão um número significativo de corpos para trás. Em compensação, a sorte não superará a burrice. Entendo agora sobre a estratégia que Lizzy falou há pouco. Nesse ritmo, a munição que nos ajudaria tanto chegará ao fim em pouco tempo. Depois disso, o mundo estará livre de mais dois traíras. Pouco depois eles somem, e a turba segue atrás.

– O destino nos deu seis em troca de meia dúzia – diz Pablo.

– Aqueles treinos talvez caiam bem agora – diz Daniela.

– Se é o que você acha melhor, vá treinar – responde Victor, um tom de ironia em sua voz. – Mas não esqueça de que deverá se livrar sozinha dos que entrarem. Ou treine aqui dentro mesmo. Pode se pendurar nos lustres.

– E você pode usar sua merda como munição – ela rebate, irritada.

– Ei, calma, pessoal – diz Pablo, tentando amenizar a tensão. – Podemos improvisar armas.

– Como da outra vez? Prefiro usar garfos pra comer – diz Pooh.

– Não como da outra vez. Estávamos crus ainda, e acredito que não nos empenhamos muito pelo fato de ainda haver munição. Nosso quadro mudou.

– E o que sugere? – pergunta Victor.

– Podemos, ao invés de *usar* utensílios, modificá-los e criar armas verdadeiramente eficientes.

– Por exemplo?

Pablo percebe a descrença de Victor, mas não se abala.

– Me dê um dia e eu te mostro.

– Você já o tem.

Sem maiores explicações, Pablo dá meia-volta e segue em uma direção qualquer.

– O que ele vai fazer? Transformar colher em espingarda? – diz Pooh, cético.

– Pelo menos ele quer tentar. Não vai abandonar aqueles que

estão com ele. Devíamos fazer o mesmo – diz Lizzy, incomodada com a piada. Pooh se cala.

A preocupação habita cada um de nossos rostos. É impossível esconder o que sentimos. Sem mais o que falar, nos dispersamos. Seguimos pelo mesmo caminho, mas cada um perdido em seus próprios pensamentos.

Sinto como se estivesse sentado nesta cadeira há anos. Não sinto a bunda enquanto brinco com o grampeador nas mãos. Um feixe de luz invade a janela escancarada, onde consigo ver a poeira no ar. Meu nariz coçou por um tempo, mas me acostumei. Carlinhos estava errado: não há uma arma sequer em toda a delegacia. Vasculhei cada canto do lugar. Não encontrei nem mesmo uma faca de manteiga.

Os tiques e taques do relógio não fazem questão de serem esquecidos. A cada segundo minha mente é marcada com o insuportável som. Tic. Tac. Tic. Tac. Tic. Tac. Tic...

– Pare!

O grampeador bate em cheio no visor do relógio, lançando estilhaços e parafusos para todo lado. Minha respiração ofegante sai em rajadas pela minha boca, os lábios entreabertos. Sinto uma veia latejando na testa, as mãos tremendo. Meu grito atrai a atenção dos zumbis que cercam o prédio. Os grunhidos, longe, logo se transformam em berros. Eles sabem que estou aqui. Eles me querem. Bem, eles não terão.

O som de pancadas ecoa pelos corredores. É próximo e vem acompanhado pelos gritos de fúria da mãe zumbi. Ela ainda está lá com os filhos devorados aos pés. Será que tem consciência de seu ato? Sabia o que estava fazendo, mas não tinha controle? Ou não enxergou nada além de inimigos? Se há alguma chance dessas pessoas voltarem a ser normais um dia, ela não vai querer ser um deles para viver com a culpa do que fez.

Será o destino? Digo, se tivessem ficado onde estavam, escondidos, teriam sobrevivido? Duvido. Então o fim seria o mesmo? Menos doloroso, ou mais? De qualquer maneira, ainda seria o fim. Qual será o *meu* destino? Continuar fugindo sem rumo até quando? Até que um deles tenha a sorte de me pegar de jeito? E se eu estiver apenas evitando o inevitável? Se meu destino for o mesmo que o deles? Ou meu destino é viver? Quer eu corra, quer eu fique bem aqui, parado. Viverei?

Parando para pensar – finalmente –, percebo o quão insensato eu fui. Correndo esse tempo todo por uma cidade tomada por assassinos. Podia estar seguro em minha casa, esperando o resgate. Com certeza alguém virá. Algo tão grande vai atrair a atenção da mídia, das autoridades. Aliás, eles podem estar vindo neste momento para cá. Para salvar os que sobreviveram. Para me salvar.

Humpf. Agi no calor do momento. Não pensei, apenas fiz. Como sempre.

Analiso atentamente cada detalhe do escritório. A madeira velha do piso. A proteção da parede comida pelas traças. Papéis e mais papéis. Nem sequer um refeitório. Bom, se quero esperar meu destino com conforto, não será aqui. Levanto e limpo o pó da calça. Alongo os braços até sentir o sangue queimar. Fecho os olhos por um momento e relaxo. A respiração lenta. Ignoro todo e qualquer som que teima em perturbar meu momento. Então descubro do que preciso. Vou até a janela; os que consigo ver estão longe, a maioria aglomerada na porta da frente.

Devagar saio pela janela e me preparo para minha última corrida.

– Dani.

Bato na porta do quarto em que a vi entrando, um quarto no primeiro andar. Ela não esconde a surpresa.

– Que susto, Tiago.

Sem esperar o convite, entro e encosto a porta.

– Você tá bem? – ela pergunta, apoiada no parapeito da janela que dá para a rua.

– Na verdade, não. – Mostro as mãos. Ela se choca com o estado delas. A vermelhidão brilhante diz por si só o grau da dor. – Tá doendo pra caramba.

– Espera.

Ela sai.

Assopro as queimaduras, mas não ameniza nada. Chacoalho as mãos numa tentativa frustrante e inútil de fazer a ardência parar. Daniela volta pouco depois com uma caixa branca.

– Primeiros-socorros? – pergunto.

– É o que tem pra hoje. – Ela tenta sorrir novamente.

Sentados na cama macia, encosto na cabeceira e estendo os braços. Daniela puxa-os com cuidado e deposita-os sobre sua perna. Da maleta tira um frasco.

– Isso vai doer.

– Eu sei.

Forço os dentes antes mesmo de sentir. O líquido parece fazer as feridas borbulharem. Minha cabeça gira. Sempre aguentei essas pequenas torturas na infância. Enquanto as outras crianças fugiam chorando, eu estendia o machucado e suportava a dor. Era muito melhor e passava mais rápido. Não desta vez. Na correria, não dei muita importância e acabei ferrando mais ainda.

– E então... – Dani percebe minha tentativa de camuflar a dor e puxa assunto, me distraindo. – Foi pior do que ficar de ponta-cabeça no supermercado? O Pablo contou sobre a escalada na quadra. Não é a primeira vez que você escapa por cima, lembra? – ela sorri, apanhando uma gaze.

– Lembro. Grande dia aquele, hein?

Enrolando-a em meus pulsos, ela continua:

– O que mais falta? Você já escapou de soldados, cientistas malucos, mais de mil infectados. Já usou jipe, carro, foi por cima, por baixo. Teto, esgoto, piscina, e já entrou pelo cano. Literalmente. Qual vai ser a próxima?

– Estou trabalhando nisso.

Rimos baixo. Realmente fiz muito mais coisas nesse pouco tempo do que em toda minha vida. Imagino o que poderia estar fazendo agora se nada disso tivesse acontecido. Minha vida era pacata. Até demais.

– O que acha que foi aquilo? – ela pergunta.

– O quê?

– Aquilo que aconteceu de novo. Eles parando de atacar, entrando em transe.

– Não faço ideia.

– É muito estranho. Quer dizer, quando aconteceu na LAQUARTZ, estávamos encurralados. Não havia saída. Dessa vez não foi diferente. Mas eu não estava lá.

– Sorte a sua.

– Não. A sorte foi sua, Tiago.

– Como assim?

Ela suspira.

– Não acha muito conveniente que eles param de atacar e ficam como estátuas exatamente quando estão prestes a pegar *você*?

– Não posso reclamar.

– Nem precisa, pois há alguma coisa te protegendo. Ou alguém.

– Quem seria? – pergunto. Pensando bem, faz sentido.

– Alguém que te queira vivo, claro. Alguém que precise de você.

– Deus? – rio de minha própria piada.

Dani não parece se divertir. Parece pensativa.

– Alguém um pouco abaixo.

– Quem poderia...? – Por um momento uma hipótese me assalta. – Você acha que...?

– Que Abigail pode ter sobrevivido? Não é impossível.

– Mesmo que fosse isso, ela teria que estar aqui. Ou ela os controla da LAQUARTZ? Eles não são robôs.

– É – ela diz. – Aqui ela não está. Mas há muitas outras pessoas que não conhecemos.

Encaramo-nos, pensativos. Estamos mesmo às cegas.

– Lizzy é filha dela – ela diz. – Se fosse alguém, teria que ser Lizzy. Mas ela estava comigo quando aconteceu. Tiago, já pensou na chance de você ter algum poder telecinético?

– Quê?

– De controlar, mover coisas. No caso, os infectados.

– Tá doida? Acha que eu sou o quê? Um dos X-Men?

Damos risada.

– Sei lá, Tiago. Não vou pedir para fazer aqui, mas quando estiver sozinho, tenta mover alguma coisa. Um abajur.

Ela termina o curativo e eu tiro as mãos de sua perna. Parece que estou usando luvas brancas.

– Sem coraçãozinho?

As bochechas de Daniela ficam vermelhas.

– Vai ficar bom.

– Valeu. Não sabia que você era enfermeira.

– Eu sou uma cirurgiã formada, se não percebeu.

Rimos de novo.

Em um escritório com pouca iluminação, Veronika mantinha o telefone contra a orelha, apreensiva, os dedos batendo no tampo da mesa de vidro. Gritos distantes invadiam pelas frestas da janela, as cortinas cerradas. A chamada foi atendida. Apesar da péssima qualidade, e de quase não reconhecer a voz do outro lado, conseguia entender cada palavra.

– Meu filho está bem? – Veronika perguntou.

– Por que não estaria?

– Você devia pegar Tiago de uma vez.

– Eles estarão vigiando agora. Victor sabe que estou por perto.

– Você usou aquilo?

– Usei.

– E eu? Como fico? Até quando vou ter que esperar para ter meu filho de volta?

– Você não estava despachando sua cria para outro país? Tudo na sua hora. Seu filho está seguro. Estão cuidando dele.

– Essas pessoas são de confiança? Não o quero nas mãos de bandidos.

– Todos que trabalham comigo são da mesma laia. Você é uma dessas pessoas. Você é de confiança?

Veronika não respondeu.

– Até quando pretende adiar? – ela continuou. – Até conseguirem invadir o hotel?

– Eu estarei perto caso isso aconteça. Nada vai se desviar do planejado. A hora está chegando.

– Você confia demais em seus planos, sabia? Não acha que pode ter uma surpresa?

– Há sempre um plano B.

– Plano B – Veronika suspirou, derrotada. – Como quiser.

– Sim, como *eu* quiser.

A ligação foi encerrada.

– Como sempre do jeito que você quer.

Daniela coloca o notebook sobre a cama e o liga.

– Que tipo de pesquisa? – pergunto.

– Qualquer coisa sobre a LAQUARTZ, já que não sabemos nada a respeito.

– Descobriu algo até agora?

Ela desliza o indicador pelo *finger mouse* enquanto esperamos a máquina iniciar.

– Nada que a incrimine. Só encontrei elogios, prêmios. Mas – ela clica em um ícone e aguarda estabelecer conexão – aconteceu uma coisa há alguns anos.

– Que coisa?

Daniela abre uma página salva nos favoritos. Leio algo sobre um incidente no Chile.

– O repórter – ela diz quando percebe que cheguei ao fim do texto.

– Sim. Aquele repórter falou algo sobre esse incidente. Algumas pessoas morreram, não é? Falou também sobre a doença criada em laboratório. Acha que é verdade?

– Por que não seria? Você viu o que eles tentaram fazer com você quando nos prenderam. Tá certo que não sabemos o que pretendiam, mas boa coisa definitivamente não era. Você viu o que fizeram com Ricardo.

Sinto sua voz sair embargada pela dor de relembrar nosso companheiro.

– Acha que o infectaram e queriam fazer o mesmo comigo? – pergunto.

– O que eles ganhariam com isso? Seria mais fácil nos matar de uma vez. Pelo menos a mim ela ia matar.

– E por que não a mim? Quando acordei naquela maca estavam prestes a me injetar algo.

– O vírus?

– Talvez. Não sei.

– Ou queriam seu sangue ou alguma outra amostra do seu organismo.

– Pra quê?

– Não sei, Tiago.

Daniela abre uma nova aba e entra no Google. Enquanto digita *LAQUARTZ CHILE*, miro minhas mãos enfaixadas. Escondida sob a gaze está a velha cicatriz esbranquiçada. Por que não me tornei um deles também quando fui mordido em Jaboticabal? Varia de pessoa para pessoa? Ou é só comigo? Será por isso que ainda estou vivo? Pelo que me querem vivo? Mas quem? Abigail seria minha primeira opção, se estivesse viva. Pode ser alguém da LAQUARTZ. Pooh e Lizzy estavam lá. Disseram que invadiram o lugar, mas não tenho garantias do que é informação verdadeira ou não. Mais uma vez não há explicação, apenas peças sem encaixe. Duvido que eu vá ter tempo de montar esse quebra-cabeça.

– Olha isso. – Daniela me traz de meus pensamentos embaralhados à realidade.

Forço a vista para ler, na tela do notebook, as pequenas palavras gravadas na página escaneada de um antigo jornal.

"A empresa farmacêutica LAQUARTZ foi atacada no último dia 16 de janeiro por uma organização terrorista ainda não identificada. Acredita-se que buscavam amostras de medicamentos ainda em fase de testes para comércio no mercado negro.

Vários cientistas e civis, chilenos e brasileiros, foram mortos na investida. Não há pistas que apontem para onde os terroristas tenham fugido ou do que tenham conseguido roubar. A cientista-chefe Abigail Küsen não quis se pronunciar. Uma das vítimas era seu pai e fundador da empresa, Washington Küsen."

– Então a bruxa velha tinha um pai? Achei que fosse bastarda.

Daniela enche a boca ao se referir a Abigail. Concordo plenamente. Por que ter respeito pelos mortos quando o morto não o merecia nem em vida?

– Se me lembro bem, o repórter disse algo sobre uma doença desconhecida. Onde ela entra nessa história?

– Aqui? – Dani se refere a nós. – Vamos ver.

Voltando à página de pesquisa ela tenta outros links em busca de mais informações. Muita coisa aparece, mas nada que seja novidade. Enquanto procuramos, algo me passa pela cabeça.

– Dani, não poderíamos usar este notebook pra pedir ajuda?

– Acha que eu não pensei nisso? Mas quem viria até o centro da capital do jeito que está para nos salvar? A Liga da Justiça? Não há heróis na vida real.

– Poderíamos tentar.

– Fique à vontade, mas depois.

Daniela continua a pesquisa. Deito em uma almofada mais alta e me deixo levar pelo cansaço.

Consigo trancar a porta sem fazer barulho.

Olhando ao redor me certifico de que o local é seguro. Entrar não foi fácil. Escalar aquela palmeira e pular do alto até a sacada cansou, mas foi o único modo de escapar deles. Para minha sorte a porta estava aberta, me poupando o trabalho de quebrar a vidraça.

A pequena livraria infantil está em completa ordem. Pelo jeito não houve ataques por aqui. Penso em chamar, no caso de haver alguém vivo, mas não seria prudente anunciar minha chegada. Os zumbis que me perseguiram ainda *chamam* por mim lá fora por alguns minutos, e logo se calam. Nas prateleiras há uma longa disposição de livros infantojuvenis. Sempre gostei de ler histórias para adolescentes. Aventura, ação, ficção, terror. Me faziam viajar. Histórias sobre acontecimentos passados, sobre guerras, política e toda aquela chatice costumeira das aulas de História nunca me agradaram. Hoje estou em minha própria ficção real. Que ironia. Daria um livro e tanto. Seu nome seria Terra Morta.

No caixa há um telefone. Já sei o que vai acontecer, mas ainda assim tento. Tirando o fone do gancho e encostando-o ao ouvido, não me surpreendo com o silêncio do outro lado. A comunicação em Jaboticabal de fato se foi. Certamente há um bom motivo para isso. E me pergunto: Qual? Há tantas dúvidas me cercando ultimamente, tantas perguntas sem respostas. O pior é não ter com quem debater. Não que eu sinta falta de companhia. Sempre fui ótimo sozinho, mas duas cabeças pensam melhor do que uma, e a minha está muito cansada para pensar em qualquer coisa senão descansar. Bocejo enquanto caminho pelo corredor escuro do boulevard. Todas as lojinhas estão fechadas. Realmente não há sinais de ataque. Melhor para mim. Vai ser fácil tornar esse lugar um refúgio até que venham me salvar.

Desço um lance de escadas de mármore, tomando o máximo de cuidado para não cometer nenhum deslize, como um escorregão ou um simples barulho. Tudo que ouço são meus passos e minha respiração pesada. Nenhum som intruso, graças. Chego ao andar inferior e encontro tudo tão calmo quanto em cima. As luzes dos postes no pátio atravessam as vidraças, inundando o piso claro com luzes multicores. Encostando a cabeça no vidro, observo o lado de fora. A brisa noturna acaricia as roseiras do jardim. Está tudo muito calmo e muito limpo. Felizmente há aquela cerca ao redor do prédio. Se para mim foi difícil escalar a grade de quatro metros para alcançar a palmeira, eles não conseguiriam nem se soubessem fazê-lo.

Pela vidraça, avisto a lanchonete do boulevard do outro lado do pátio. É exatamente do que preciso. Uma boa refeição e, depois, descanso. Tento abrir a porta. Trancada, como as outras. Melhor assim. Não que vá segurar se eles entrarem, mas é sinal de que nenhum deles veio aqui até o momento.

Olhando ao redor encontro uma janela. Larga o suficiente para que eu possa sair sem ter que quebrar a vidraça. Facilmente passo através e chego ao pátio. A noite está fria. Nem notei a temperatura enquanto corria para cá. Foi o lugar mais apropriado – e mais próximo da delegacia – que pensei. Cauteloso, caminho através do caminho de pedrinhas brancas até o outro lado. Está muito quieto. Tão silencioso que chega a incomodar. O som das pedrinhas sendo esmigalhadas sob minha sola não é nada reconfortante. Só ficarei sossegado quando o som que ouvir for minha boca mastigando algo grande e suculento.

Chego à varanda da lanchonete e por um momento me assusto com meu reflexo na vidraça. Sorrio nervoso. Através do vidro não enxergo muito do interior, mas parece normal. Vou ter que arrumar uma maneira de entrar sem fazer barulho. O modo mais rápido seria quebrando a porta, mas isso atrairia convidados para o meu jantar. Nesse caso, eu seria o dito cujo. Olhando por este ângulo, prefiro comer sozinho. Meu estômago ronca. A última coisa que comi foi aquele pão velho na escolinha. Preciso é de algo saboroso, que me faça explodir de tanto comer. Comer até morrer.

Surpreendo-me quando a porta se abre lentamente devido à brisa. Abre muito pouco, mas o suficiente para me mostrar que nem todas as portas daqui estão trancadas. Poderia ficar feliz por isso, claro, mas não fico. Se está aberta é porque alguém abriu. E esse alguém pode estar aí dentro nesse instante.

A dor da fome me dá coragem para arriscar. Correr seria agir novamente pelo calor do momento, como antes. Preciso focar em um objetivo – e agora é esperar me buscarem. Para isso terei que limpar esse boulevard. Se não há outra alternativa, vamos lá.

Devagar empurro a porta. Na ponta dos pés vou até a bancada. Procuro por algo que possa me servir de arma. Revisto por baixo da bancada e encontro... Uma caneta. Isso, campeão. Caso algum zumbi ataque, você pode escrever "morra" em sua testa. Espertão, hein?

Um movimento atrás de mim me faz girar nos calcanhares, a caneta pronta para ser cravada no olho de quem aparecer. Deparo-me com um estreito corredor que leva, provavelmente, até a cozinha. A luz está acesa e há uma pessoa lá dentro, o que percebo pela sombra de alguém andando despreocupado. O que vai ser uma mordida a mais? É só não deixar alcançar nenhum ponto vital – minha jugular, por exemplo. Devo evitar também que ele faça barulho, matá-lo antes que ele perceba. Antes que ele faça primeiro.

Tão devagar quanto posso, sigo direto até a porta. Respiro fundo. Ergo a caneta.

Entro.

Acordo num sobressalto, suando como um porco no abatedouro. O coração bate tão forte que chega a doer o peito. Ainda sentindo um leve torpor, procuro ao redor. Daniela não está. Estou completamente sozinho no quarto, no quase-breu, a iluminação vindo apenas da noite através da janela. Ela deve ter me deixado dormir. Afinal, eu estava precisando. Bocejo, levanto e apoio a cabeça nas mãos. A fome me dá enxaqueca. Passei o dia todo sem colocar nada na boca. Melhor descer e procurar alguma coisa para forrar o estômago.

O silêncio me incomoda. É tarde, concordo, mas não escuto absolutamente nada além de mim mesmo. Viro em direção à janela. Continua chovendo uma garoa tão fina que nem produz som. O que estranho é eles estarem tão quietos. Há bem menos deles vagando por ali, mas deviam estar fazendo a balbúrdia costumeira. Pela vidraça, observo-os. Continuam lá embaixo, esperando.

Espera, tem alguma coisa errada.

Abro a janela e sinto o ar molhado cortando minha pele. Eles continuam lá, como previ, mas estão quietos demais.

– Ei – chamo.

Não me dou ao trabalho de gritar, pois qualquer barulho, por mínimo que seja, é o suficiente para deixá-los agitados. Não desta vez. Além de não emitirem um berro sequer, também não se mexem. Estão como estátuas esculpidas por algum artista insano a fim de assustar seus espectadores. Logo percebo que estão naquele mesmo inexplicável transe. Isso faz com que a discussão que Daniela e eu tivemos sobre alguém me protegendo perca a validade. Não estou em perigo agora – não necessariamente.

Um movimento.

Em meio à multidão petrificada, um deles caminha devagar. Parece desviar dos outros. Não cambaleia ou corre; anda normalmente demais para ser um deles, dirigindo-se diretamente ao Maksouth. Não é um infectado.

É uma pessoa normal.

Capítulo 19 - Küsen, Saragoça e Dephelipe

A **figura, vestindo uma capa** de chuva, some sob o toldo da entrada do hotel.

– Ei, você – chamo, sem resposta.

Saio do quarto. O corredor está envolto em sombras. Não deixaram uma mísera lâmpada acesa. E não pretendo acordar ninguém antes de descobrir quem é o intruso. Vou até a escadaria e me escondo, tentando escutar algo. Primeiro o silêncio perpetua. De repente ouço um som distante, como um motor. Prestando maior atenção percebo do que se trata. É o elevador descendo.

Corro de volta até o fim do corredor e viro a esquina adiante. Para minha sorte o carpete abafa meus passos. Por um momento penso em chamar alguém. Talvez eu vá precisar de ajuda. Não, posso me virar sozinho. Viro outro corredor e avisto o elevador. Escondo-me atrás de um pilar e espero. O sinal dos andares acende enquanto o elevador vai descendo e chega ao saguão. Tínhamos combinado de não ir até o térreo, portanto está claro que não é alguém de dentro. Afinal, quem será? Não entrou para escapar dos infectados. Aliás, não parecia estar fugindo. Veio ao hotel por livre e espontânea vontade. Planejou vir aqui. Mas para quê? O elevador para no terceiro andar.

Começo a caminhar em direção às escadas enquanto me dou conta de que ficar fazendo perguntas a mim mesmo não vai me trazer nenhuma resposta. Ficar parado, esperando acontecer. Nunca funcionou; algumas vezes acaba sendo pior. Como daquela vez.

Afastando uma antiga lembrança, vou subindo os degraus furtivamente.

Sentado sobre a bancada de mármore, dou uma primeira e grande mordida no lanche. A mostarda escapa por baixo, caindo em minha perna.

– Cuidado.

– Preciso ter cuidado com outras coisas – respondo, limpando o molho do canto da boca. – Uma sujeirinha não vai me matar.

O rapaz me acompanha na refeição, devorando um lanche tão caprichado quanto o meu.

Tem por volta de vinte e cinco anos, minha altura, olhos e cabelos escuros contrastando com a pele clara. Veste camisa branca e calça jeans rasgada no joelho. O tênis é praticamente novo. De longe parece um bocado comigo. Logo após o susto que meu ataque causou nele, e constatando que eu não era um zumbi, me ofereceu comida e começou a preparar os lanches. Não perguntei seu nome, e se me disse não prestei atenção.

– E você? Há quanto tempo tá fugindo? – ele pergunta.

– Desde que isso começou.

Relato minha trajetória desde quando sai do trabalho até o acontecido na delegacia. Ele escuta tudo, atento, deixando o lanche de lado. Quando chego à parte da rádio, fica surpreso.

– Você esteve no Prédio dos Padres?

– Sim. Havia algumas pessoas lá.

– Eles ainda estão vivos?

– Eles quem?

– Quem você conheceu lá? – pergunta desconfiado.

– Se não me engano, o nome era Luciano. Havia um padre também, e duas mulheres.

– Carminha e Tuca?

Como ele as conhece? Só se...

– Seu nome é Halley, não é?

– E o seu é...?

– Tiago. Eles me falaram sobre você. Você trabalhava na rádio. Saiu em busca de ajuda e não voltou.

– Ajuda – ele repete em tom de deboche. – A única ajuda que ofereci foi a mim mesmo. Não aguentava mais ficar preso com aqueles imbecis. Aquele padre doido vivia resmungando pra cima e pra baixo como um demente. As duas velhas não paravam de me bajular. Acharam que não percebi que só queriam que eu as protegesse. E tinha aquele nerd. Fiz um favor a eles saindo de lá. Se os canibais não os matassem, eu mesmo mataria mais cedo ou mais tarde.

Continuo minha refeição prestando atenção ao seu desabafo. Não o julgo. Sei muito bem da sensação que aquele prédio transmitia.

– Então você não voltou porque escolheu assim?

– Claro. Voltar pra quê? O único caminho é pra frente, nunca pra trás. Não posso carregar todos eles em minhas costas só porque sou mais bem preparado fisicamente. Esta é a *minha* vantagem. Não preciso compartilhar. Você não tá fugindo sozinho?

Concordo com um aceno.

– É cada um correndo por sua vida. Seu maldito destino.

– E o que você pretende? Digo, daqui pra frente. Qual seu plano?

– Fugir, claro.

– Claro.

– Mas antes tenho algo pra fazer.

Engulo o último pedaço do lanche.

– E o que seria?

Halley me encara com um olhar sinistro antes de responder.

Chegando ao terceiro andar, me abaixo e respiro fundo. Subir todos esses degraus cansou um bocado. Sinto as pernas tremendo e os músculos doendo. Paro no pé do último lance de escadas e presto atenção. Em todo o percurso o elevador não saiu do lugar. Subo degrau por degrau com mais cuidado que antes. E então escuto. Primeiro uma porta se abrindo. Depois, passos.

Subo um pouco mais rápido e me escondo atrás da escada. O vulto caminha num ritmo normal. Não parece estar se escondendo ou fugindo. É impossível descrever quem é; consigo ver apenas sua silhueta desenhada na penumbra. Segue direto ao elevador. Para diante da porta e se vira de repente, olhando ao redor. Escondo-me novamente. Seguro a respiração por um momento e logo em seguida volto a espiar. A pessoa segue em direção à outra escadaria e desce.

Refaço o caminho e chego ao segundo andar. Mantenho-me imóvel na escuridão a fim de que o intruso não me descubra. Observo imóvel. Ele surge do outro lado e caminha a passos rápidos, olhando ao redor. Parece procurar por alguém. Quando o percebo seguindo em minha direção, sem saber que estou ali, escondo-me sob uma mesa com um vaso de rosas em cima. Uma porta se abre em algum ponto, assustando-o. A figura passa correndo em minha frente, e nem assim sou capaz de reconhecer qualquer característica. A capa de chuva esconde sua identidade.

Na ponta dos pés, sigo-o. A luz mórbida da noite entra pelas janelas, o que me dá um mínimo de senso de direção. Chego ao térreo e noto uma iluminação no fim do corredor, vindo da cozinha. Com mais cuidado me aproximo e escuto um assobio. Alguém se aproxima pelo lado oposto. Na cozinha, a porta da geladeira abre e, após o som de vidro batendo contra metal, fecha.

Ao lado da porta continuo escondido. Um passo em falso, uma simples distração e eu seria facilmente descoberto. Abaixado, vou até o meio do restaurante e me escondo atrás de uma mesa. Espero por alguns instantes. Ouço um assobio sendo cantarolado ao longe. Após o que parece uma eternidade as luzes se apagam. Continuo imóvel e sinto alguém caminhando próximo. Sou obrigado a segurar a respiração. Assim que ele passa por uma das janelas, a luz noturna o entrega.

Conrado.

Ele caminha pelo corredor e sobe o lance de escadas, para minha sorte não percebendo ser vigiado. Penso em segui-lo, mas seria imprudência. E tenho certeza de que não descobriria nada além do normal. O cara foi só beber água – ou vodca.

Um ruído chama minha atenção. Vem de um ponto aonde ninguém mais havia ido: o corredor que leva ao saguão. Sem pensar duas vezes corro. Se ele saiu novamente é porque os canibais ainda estão em transe. Aquela porta não pode ser aberta.

Chego à porta e ao pressionar a maçaneta descubro que, diferente de como haviam deixado, está aberta agora. Encostada. Aproximo-me e, atrapalhado no breu, tropeço em algo. Abaixo-me. É um objeto que não conheço, caído próximo ao vão da porta. Deixando-o onde estava, respiro fundo e saio para o saguão.

Eles estão lá. Imóveis como estavam mais cedo, mas, iluminados fracamente pela noite, são mais assustadores. Percebo o brilho do sangue escorrendo da boca de alguns, seus olhos sem vida. Na saída noto alguém se movendo. O intruso. Penso em chamar, mas não sai som algum de minha boca. Meus olhos parecem prestes a pular das órbitas, minhas veias prontas para arrebentar de tensão. Uso o mesmo caminho que ele provavelmente usou e, quase cagando na calça, entro no meio dos infectados. Desta vez não prendo a respiração por obrigação. É espontâneo. O que não consigo é respirar de novo. Me sinto debaixo d'água sem estar molhado. Pressão. Adrenalina. Os sons distantes. Alguns emitem o mesmo som embargado do fundo de suas gargantas. Parece um choro, uma súplica. Um aviso.

Tiago, que porra você tá fazendo?

Minhas pernas me guiam sem controle. No meio do saguão, e totalmente cercado, paro. Perdi o maldito de vista. Na verdade não estou enxergando mais nada além deles. Tão perto. De repente o mais próximo ataca. Quase grito ao cair no chão. Olhando para cima percebo que ele apenas reagiu a algo que não sei bem o que deve ser. Um espasmo. Ainda está em transe, graças! Melhor tomar como aviso e dar o fora daqui. Um outro se mexe logo em seguida. E depois outro. Então um deles volta ao normal. O transe acabou.

Sinto como se meu corpo não existisse mais. Apenas minha mente e minhas sensações são o que restou. Assistir a cada um deles voltando a caminhar sem rumo e eu ali sob seus narizes sangrando me faz perder a ação. Reúno o máximo de forças que consigo e começo a rastejar. Tão lentamente que poderia passar despercebido. É exatamente minha intenção. Voltar à porta parece uma viagem de quatro dias e quatro noites sem descanso. Um rosnado mais alto me deixa paralisado novamente. É meu fim.

Olho para cima e vejo dois deles se encarando. Parecem cães se estranhando. Melhor eu sair logo daqui antes que o canil todo comece a latir. Rastejo novamente, mais devagar. Eles parecem inquietos. Estarão sentindo meu cheiro? Consigo esquivar por pouco a mão antes que um deles pise. Continuo um pouco mais rápido, mas, por uma simples distração, meus reflexos não são tão rápidos quanto. Sinto um sapato – e, pelo cheiro, há bosta presa na sola – esmagando meus dedos. O gemido de dor é inevitável.

Olhos curiosos, e então furiosos me encontram. Rastejo para trás, procurando uma rota de fuga com as mãos, e trombo nas pernas de uma mulher. Seu urro atrai a atenção dos que ainda não haviam me notado. Muito obrigado, sua vaca.

Fugindo de pernas como obstáculos e mãos vindo do alto, arranhando o ar na escuridão, vou me jogando sem cuidado algum. Até derrubo dois deles. Sinto suas mãos molhadas deslizando pela minha pele, mas não vou lhes dar esse gostinho. Quando um homem agarra a barra da minha calça, enfio o pé com tudo no seu rosto e por um triz não consigo atravessar a porta. De volta ao corredor, a funcionalidade do tal objeto se torna clara. Encontro-o sem dificuldade e, batendo a porta com os pés, empurro-o sob o vão até não haver mais o que empurrar. As pancadas são fortes, mas não o bastante para vencer o bloqueio, embora a madeira trema como os membros de um idoso com Mal de Parkinson em seu estágio mais avançado. Caio de costas no carpete. O ar invade novamente minha garganta e respiro fundo. Decido permanecer ali, estirado por tempo indeterminado, mas passos vindos da escada me alertam.

Sinto que não devo ser visto ali, algo dentro de mim diz isso; então arrasto-me até a lateral de um armário, e espero. Os passos se aproximam em um ritmo acelerado. Um facho de luz surge ao meu lado, percorrendo o carpete, e focaliza o objeto sob a porta. Um momento de hesitação. Ouço um som de indagação, sem vigor, o que impossibilita distinguir a voz.

A pessoa passa rente a mim, parando adiante, bem próxima, de costas. Tudo o que vejo é escuridão e a lanterna balançando na frente do corpo, cortada pela silhueta. Ele ou ela se abaixa, ouço som de metal sendo enroscado, como se estivesse mexendo na fechadura (e tenho quase certeza de que está), e por fim apanha o objeto e se vai. Antes, o facho passa rente ao meu pé, iluminando meus dedos, mas a pessoa deve estar tão preocupada que a vejam que não se atenta. Minha sorte.

Continuo ali por algum tempo; a sensação de *já pode ir, Tiago* demora a vir.

Conrado estava balançando o corpo na cadeira para a frente e para trás. Uma garrafa de vodca jazia sobre a mesa enquanto ele verificava seu e-mail em um laptop. Ao lado da garrafa, a faca era iluminada pelo monitor. Clicava de mensagem em mensagem, passando rapidamente os olhos. Procurava algo. Na cama, Vanessa estava imóvel, exceto pelo tremor que percorria seu corpo. Mantinha um pavor petrificado no olhar. Os pulsos e tornozelos estavam em carne viva. Tinha sorte de ainda tê-los.

Conrado dava uma golada ou outra. Nem fazia careta; para ele era como água.

– Onde está você? – sussurrava.

Então encontrou o que tanto procurava. Um link. Exibindo um sorriso molhado de álcool, clicou e se recostou nas costas da cadeira, esperando o arquivo carregar. O som de aviso logo indiciou o download concluído, este abrindo automaticamente.

– Te achei, docinho.

Mais um gole.

– Então é você mesmo.

No monitor, a foto mostrava Yulia de lingerie, sorrindo um sorriso provocador.

DIA 4

Capítulo 20 - Amanhecer dos mortos

Sábado

– Bosta. Errei.

O berro da espingarda ecoava no campo aberto, fumaça escapando do cano sem brilho e se juntando à neblina matinal. O garoto, em seus dezessete anos, esfregava os dentes amarelados uns nos outros, o rosto coberto de espinhas. Via, no alto da colina, três figuras zanzando em corridas curtas, sem destino, buscando a origem dos sons que espocavam em seus ouvidos, vindos de toda parte. Ajeitou o boné, afastando a aba dos olhos.

– Cê é burro, Guinardo?

Ao lado do mais jovem, um homem de feições castigadas empurrou os arbustos, apenas o suficiente para que pudesse ampliar o arco de visão. Ambos estavam sob um emaranhado de feno, cana e sujeira, ocultos do mundo, não se importando com os carrapichos espetando-lhes a pele. Encontravam ali um refúgio para aproveitar a oportunidade que lhes havia sido dada. Caçar andorinhas e capivaras perdera a graça havia tempo.

– Eles num fica parado, uai – disse Agnaldo, irritado por não ter a mesma destreza do pai. – Cê tamém num acertô ninhum.

– Tava isperano pra vê se ocê consegue se virá sozin, muleque. Acha que eu vô ficá pra semente? – Como se tivesse acionado um comando automático, Adeir firmou as mãos, imóveis como pedra, e a alça de mira encontrou uma direção exata. O gatilho desceu. Um membro do trio caiu. – Viu? É fáci. Óia di novo.

Agnaldo prestou atenção. O pai, embora levasse nas costas o peso de seus anos, mantinha no olhar uma serenidade injustificada. Seus movimentos eram precisos como os traços de Da Vinci. Gravou cada detalhe daquele momento. Não acreditava que duraria mais do que o pai. O resto da família e todos os seus parentes, amigos e conhecidos haviam caído em pontos diversos da jornada de sobrevivência na qual sua vida havia se transformado do dia para a noite. Permanecia dono de suas ações graças ao pai, e somente a ele. Embora sentisse na alma que logo estaria do outro lado, que logo seria ele na mira daquela espingarda, não queria decepcioná-lo. Não enquanto pudesse evitar.

Outro tiro, e outro demônio caiu.

– Vai. Sua veiz – disse Adeir.

Havia só mais um. Não parecia abalado pela morte (definitiva) dos companheiros. Continuava procurando a fonte dos disparos. Por um momento Agnaldo pensou que haviam sido descobertos – o homem passou a olhar para o monte sob a árvore, exatamente onde estavam. Arriscou pouco menos de uma dezena de passos em linha reta, mas rodopiou no próprio eixo quando um barulho dissonante irrompeu no alto. Agnaldo ignorou o helicóptero do exército voando baixo. Concentrou-se o máximo que pode, aproveitando a distração do demônio. Ele estava parado, tentando distinguir o que era aquilo no céu, mas logo sairia em disparada, como sempre.

Agnaldo atirou.

– Valeu, Erico – disse o homem ao celular. – Daqui em diante é por nossa conta.

Desligou.

Sua pele era parda, traços severos desenhando linhas profundas no rosto oleoso. Desabotoou a gola e a afrouxou num puxão.

– Essa coisa pinica – resmungou.

– Precisamos disso, você sabe – disse o piloto, passando os dedos pelos cabelos curtos e loiros, mas sem deixar de atentar no que estava fazendo. Os olhos azuis percorriam toda a extensão à frente, buscando. Haviam conseguido entrar em São Paulo por causa de um velho amigo e muita sorte. O helicóptero do exército passaria despercebido. Nunca suspeitariam que os dois naquela aeronave não eram soldados – os uniformes eram oficiais. Ainda assim precisava ser cuidadoso.

Embora tivessem pago uma nota pelo helicóptero, ele não havia sido entregue com o tanque cheio, apenas o suficiente para encontrarem um posto de abastecimento. Conforme as instruções recebidas no fechamento do negócio, estavam perto de um.

Uma rápida olhada para trás e encontrou Matias coçando o pescoço, visivelmente incomodado. A pele, embora escura, apresentava vergões avermelhados.

– Olha pra frente, alemão – disparou Matias.

Marcus obedeceu, rindo de canto. Um riso nervoso. Não gostava do que estava fazendo. Por ele, daria meia-volta e iria para o mais longe que pudesse dali. Tudo aquilo que vira na TV era coisa de louco. Gente se matando a mordidas por toda a capital, um banho de sangue sem precedentes. Mas não podia. A ganância falava mais alto. No término do serviço, assim que tirasse os contratantes a salvo do hotel onde estavam, receberia uma bolada. Soltou um longo suspiro, os lábios em forma de o, dentes cerrados.

Não muito longe avistou a torre.

As hélices da aeronave continuavam girando. Marcus havia decidido mantê-la ligada, pronta para subir a qualquer sinal dos maníacos.

Não havia sido difícil encontrar o posto de abastecimento. Parecia abandonado, exatamente como Erico disse que seria. Usado apenas em casos que requeriam discrição, o local não chamaria a atenção de quem não precisava saber sobre ele.

Observou mais uma vez ao redor. O campo estava deserto. Avistou apenas uma vaca ao longe, comendo grama, indiferente aos perigos que a cercavam. Em seu mundo descomplicado, eram apenas ela e o leite em suas tetas. Imaginou se alguma daquelas pessoas atacaria uma vaca.

– Vou ver se encontro algo nos galpões – disse Matias.

Marcus quis orientá-lo a ter cuidado, mas nenhum deles era criança. Sabiam onde estavam pisando, portanto precisavam cuidar dos seus respectivos rabos. Continuou enchendo o tanque.

Após descer uma rampa asfaltada, mas com grande parte invadida pela vegetação, Matias alcançou a fachada da colmeia de galpões. A porta do principal estava aberta, por onde pôde ver seu interior tomado pelo breu. Atrás dele se estendia uma sucessão de construções semelhantes, todas de madeira, por onde emanava um sentimento sufocante, palpável. Sentiu-se observado. Poucos metros adiante avistou um carro, estacionado de qualquer jeito. Não parecia abandonado; apesar dos pneus cobertos de barro, estava praticamente limpo. A porta do motorista estava escancarada, um convite para um passeio com destino indefinido.

Matias ignorou o veículo. Próximo ao portal, uma boca sem dentes pronta para engoli-lo, puxou a Taurus da cintura, com delicadeza, como se fosse um filhotinho, e enfiou o braço na cortina de sombras. Tateou até encontrar o interruptor.

Uma iluminação forte, vinda de um par de lâmpadas fluorescentes, invadiu o recinto, o qual descobriu ser um escritório. Os únicos móveis eram um armário velho, um sofá com uma colcha de lã vermelha forrada sem cuidado e uma mesa de mogno opaco. Havia papéis e copos plásticos espalhados. Poeira e teias dominavam. O lugar não recebia visitas fazia tempo. Matias entrou.

Curioso, mesmo sabendo que não encontraria ali nada de valor, fuçou as gavetas. Mais papéis amarelados. Um cheiro acre tomou forma somente quando Matias coçou o nariz. Respirou fundo, na tentativa de identificá-lo, mas se arrependeu; o azedo que invadiu as narinas fez seu estômago revirar.

– Caralho! Que fedor é esse?

No instante em que sua voz escapou, alta demais para uma situação que exigia extrema cautela, outro som irrompeu, de trás de uma porta até aquele momento oculta, quase camuflada nos fundos.

Estava atrás da mesa. Para alcançar a porta e sair dali precisaria apenas contorná-la, mas, ao considerar que aquelas coisas que havia visto na TV poderiam estar ali, no cômodo ao lado, a distância ganhou proporções imensuráveis. Sentiu os joelhos travarem. Incapaz de qualquer ação além de erguer a arma, engatilhou-a. Por um minuto inteiro esperou, sem se mover, até mesmo quase sem respirar. Não pôde identificar o que era, mas ouviu sons de pés se arrastando e resmungos baixos.

Por fim, perguntou:

– Tem alguém aí?

A resposta veio em estrondos, batidas do outro lado da porta. A maçaneta sacudia com violência, uma nuvem de poeira caindo das dobradiças. Indeciso sobre qual medida tomar, atirou três vezes. Não foram disparos seguidos. Nos intervalos entre eles tentou escutar algum indício de que havia acertado alguém, um grito de dor, mas nada ouviu além do eco ensurdecedor dos tiros e da madeira se partindo. No terceiro, talvez por ter virado o corpo na intenção de ir em direção à porta enquanto ainda atirava, acertou o canto direito da folha, onde uma racha se formou instantaneamente, desenhando um raio ao lado da maçaneta conforme as pancadas continuavam, mais intensas. Matias pensou em atirar novamente, mas quis salvar a munição. Admitiu para si mesmo que não acertaria quem quer que estivesse do outro lado enquanto o bendito não aparecesse. Manteve a arma firme.

Mais alguns pares de investidas foram o bastante para que a greta alcançasse a parte de baixo da folha. Sem que fosse preciso girar a maçaneta, uma fenda se abriu no meio da porta, e dela saíram duas figuras. Matias levou um segundo para perceber que eram crianças. Um menino e uma menina. Mechas vermelhas pintavam seus cabelos loiros, a cor descendo pelo rosto em manchas escuras, coaguladas. Os dentes, alguns certamente ainda de leite, batiam como pequenas armadilhas prontas para amputar os membros de suas vítimas.

A coragem tardou. Não se considerava nenhum santo. Nunca havia contado para ninguém, embora o incômodo do segredo remoesse seu peito, mas já havia matado. Havia sido merecido. Por outro lado, estava diante de crianças. Como poderia machucá-las?

Elas avançaram, berrando. A menina se jogou por cima da mesa, atrapalhando-se nos papéis e escorregando. Matias se esquivou, assistindo-a cair de rosto no chão, e não se atentou ao menino, este vindo pela lateral. Quando sentiu a mordida no braço, enroscou a mão na camiseta do pequeno, ergueu-o e o arremessou sobre o sofá, onde ele caiu como se pulando sobre uma cama elástica.

Uma mão agarrou sua panturrilha. A menina continuou firme em sua investida, a boca se fechando ao redor do cano de couro da bota. Matias se afastou e, antes que ela pudesse se levantar, atirou. O sangue espirrando na parede não intimidou o menino. Após cair de joelhos no carpete, ele se ergueu e atacou mais uma vez, determinado a ir até as últimas consequências.

Matias gastou sua quinta bala naquele dia.

Capítulo 21 - Casulo infectado

Pablo bocejou, o rosto se distorcendo em uma careta de vincos, suor e olheiras. Havia passado a madrugada na lavanderia, acompanhado apenas pelos insetos suicidas que teimavam em se chocar contra a lâmpada quente, o único ponto de iluminação em meio ao breu. A garrafa térmica já não continha mais café, sendo esse o combustível que o manteve desperto por tantas horas. Sozinho, totalmente concentrado em suas criações, Pablo relembrou a época em que dedicava todo o seu tempo vago – e muitas vezes, não-vago – à Arte. Paixão e cafeína eram suas aliadas na juventude. Criara esculturas magníficas, obras de mestre. Uma pena que não fora reconhecido a tempo.

Sua paixão, a Arte, fora deixada de lado por um tempo, após conhecer seu amor, aquela a quem dedicou tudo o que tinha. Tempo, respeito, carinho, planos e sonhos. A mesma policial que o "multara" em uma noite de outubro tornou-se a mulher com quem queria acordar todos os dias, constituir família, ter filhos e cachorros, envelhecer. O início foi repleto de sexo e risadas, típico de começo de namoro. Pablo falava sobre o estúdio que teria em casa para trabalhar, criava esculturas inspirado em seu amor. Pela primeira vez, estava feliz.

Porém, nem todo o amor e tesão emanado entre os corpos dos amantes camuflava a descrença por parte dela a respeito do talento de Pablo. Não duvidava de suas capacidades artísticas; o problema era a falta de visibilidade de um futuro confortável. Afinal, nos dias atuais, artistas plásticos precisavam ter muita sorte para alcançarem o sucesso e fortuna, e ela não estava disposta a juntar as trouxas com um homem dependente de uma sorte que poderia nunca vir.

Atado às amarras que se enroscam nos membros de um apaixonado, Pablo tentou encontrar empregos triviais, mas lhe faltava o calor especial, além do preparo, para seguir em qualquer um deles. Como artista era excepcional; em escritórios, com planilhas e metas, era o primeiro a ir de espontânea vontade ao RH. Continuava tentando, e teve oportunidades de ouro graças aos contatos da mulher. Como policial, ela sabia tirar proveito de toda e qualquer situação. Enxergando nele a vontade de se adaptar aos seus projetos de vida, e sentindo que ele poderia muito bem tornar as Artes em nada mais do que somente um hobby, ela deixou os anticoncepcionais de lado e permitiu-se receber a semente de Pablo.

Quando a notícia veio à tona, Pablo não coube dentro de si, tamanha sua felicidade. Seria pai. Já havia se apegado a Thor, cão-policial adotado por ela, mas uma criança... Era demais para seu coração. Logo estavam casados, e Pablo até se esforçou para se encaixar na rotina das massas. Acordar cedo, pegar metrô lotado, cumprir a injusta jornada diária diante de computadores ou conversando com clientes mesquinhos, almoçar rápido como um carnívoro selvagem, assistir ao arrastar lento dos ponteiros pelo resto da tarde, tomar novamente o metrô, uma lata de sardinhas sobre trilhos, chegar em casa apenas para tomar banho e dormir e recomeçar tudo de novo no dia seguinte. Chegou o momento em que não deu mais. Sem sentir necessidade de comunicar à esposa sua decisão, voltou a criar. Ao término de sua primeira escultura após tanto tempo, seu peito voltou a bater, e o cansaço provocado pelas horas em torno da criação eram de uma doçura havia muito não experimentada.

Aquela mulher, antes doce e amiga, tornou-se sua maior crítica. Mantinha, sim, os sonhos de ter uma família com ele, mas sua ambição a cegava, e aos poucos transformava o amor em frustração. Dizia a plenos pulmões que Pablo não era o homem que ela pensava, que era fraco, pequeno, e que o filho que viesse a sair de seu útero não seria criado por um homem destinado às sarjetas. Pablo esperou; sentia que o tempo faria com que ela mudasse de ideia. Esse tempo nunca veio.

Com medo de ter que sustentar marido e filho, ela acabou cedendo a certas tentações, e não demorou a se juntar a companheiros de trabalho corruptos. Não queria ferir pessoas ou aderir a métodos mais violentos para se dar bem, então optou pelo tráfico de drogas. Em sua cabeça aquela era a melhor forma de fazer fortuna e garantir o futuro que ela merecia, que seu herdeiro devia ter, e que Pablo, por mais que o amasse, nunca seria capaz de proporcionar.

Como previu, sua conta bancária engordou como se acometida por uma tireoide desregulada. Sua intenção era apenas a de vender, mas, se alguém lhe perguntasse, não saberia precisar o ponto em que começou a cheirar a cocaína. Estava grávida e se importava com a saúde de seu bebê, mas a necessidade era como um porco-espinho enlouquecido espetando o interior de seu corpo. Insuportável. Logo passou a ingerir mais pó do que um aspirador de última geração.

Pablo não tardou a entender o que se passava. Já sabia havia algum tempo que a esposa estava envolvida em coisa suja, mas não teve coragem de enfrentá-la. Ela o humilhara demais, e ele continuava sendo um artista falido, sem ter onde cair morto. Temia se tornar um Poe da vida, morrendo em um quarto estranho, e ser reconhecido como gênio somente quando tudo o que sobrasse dele fossem os vermes pegajosos em seu caixão. O último pedido do amor de sua vida foi o de que ele se juntasse a ela. Poderiam construir um império. Ela com sua influência e ele com sua criatividade. Pablo recusou. As últimas palavras que ouviu saírem tão ríspidas daqueles lábios nos quais se embriagara por tantas noites foram como facadas em sua coluna. *Meu filho não será criado por um inútil como você. Eu não preciso de você. Ele não precisa de você. Pegue essa merda desse cachorro e vá embora!*

Na mesma noite Pablo, ao lado de Thor, vagava pelo Vale do Anhangabaú sob uma noite abafada. Sem rumo, sem fome, sem entender onde havia errado. A magia acabara de forma tão abrupta por motivos tão banais. Drogas e ambição. Não acreditava ser mais forte do que qualquer uma das duas. Vira nos olhos de sua esposa que ambas haviam vencido, forças descomunais contra um homem feito de sonhos. Aquela batalha não era para ele.

Mais tarde, em um quarto de pensão, deixou seus poucos pertences em um canto empoeirado, expulsando uma barata escondida em uma fresta do assoalho, e caiu sobre a cama de colchão fino e desconfortável. Chorou. Thor gania baixinho, acompanhando-o no sentimento abafante que entalava sua garganta. Não tinha mais sua mulher. Não teria mais seu filho. Tinha agora todo o tempo que desejasse para criar, para retomar sua Arte, mas a chama se extinguira. Naquele momento sentiu que nunca mais seria capaz de criar nem uma simples pirâmide de cartas.

Do bolso tirou o saquinho. A maldita cocaína estava ali. Sua maior inimiga, o motivo da destruição de sua vida. Analisando o pó esbranquiçado, tentou enxergar nele o que de tão importante possuía. Ouvira a frase *Se não pode vencê-los, junte-se a eles*, e ponderou se precisaria segui-la ao pé da letra. Nunca fora homem de drogas. Bebidas com os amigos eram normais, e nem bebia tanto assim.

Pisara na jaca duas vezes, no máximo. Mas cheirar cocaína... Ouvira que era uma viagem sem volta. Estaria disposto a embarcar em um vagão que o levaria de volta à sua família, mas que poderia levá-lo muito além? Aonde chegaria? Não sentia que o trajeto seria agradável.

Abriu o saquinho. Fechou. Abriu-o novamente. Aproximou do rosto. Contraiu os lábios. Fechou e o afastou. Pressionou os olhos com os dedos. Abriu mais uma vez. Fechou e o guardou no bolso. Por fim, fechou os olhos. Em posição fetal, chorou até adormecer.

Passar a madrugada na lavanderia, criando as armas, era como ser um artista novamente. Seu talento poderia não ser reconhecido pela Universidade de Belas Artes, mas seria visto como um gênio por aqueles com os quais se importava e que se importavam com ele. Afinal, duvidou que qualquer um dos pomposos da Belas Artes estaria vivo àquela altura. *Apreciem as Artes divinas aí no céu, otários.*

Do topo da cabeça, puxou os óculos protetores. Contando com um vaso cerâmico com um buraco improvisado por onde entrava um soprador de forno, um saco de carvão, álcool, um cadinho, fósforos e dois blocos de tijolos, Pablo alcançou as peças de alumínio sob uma mesa e iniciou o processo de derretimento. O resultado ajudá-lo-ia a fundir as lâminas de facas, já soltas de seus respectivos cabos, na ponta de um cabo de metal. A imagem em sua cabeça era a de uma lança dos tempos modernos.

Focado no trabalho, cauteloso para não se queimar, sentiu o calor do fogo atingir-lhe o rosto. De um modo estranho era regozijador. Não somente o calor do alumínio retornando ao seu estado líquido, mas a chama em seu peito se acendera mais uma vez. Sentia-se vivo, lutando por uma causa. Thor estava preso no quarto, confuso, sozinho. Doía-lhe o peito ter que manter o amigo daquela maneira, mas seria por pouco tempo.

Mais uma vez estava criando por amor, um futuro cheio de esperanças desenhando-se em sua mente.

A chuva era intensa.

Trovões ecoavam, riscando a noite. Em uma corrida desesperada, os pés da garotinha afundavam na lama. Pés maiores a perseguiam, vencendo a distância.

Não havia ninguém para ajudar. Todos estavam mortos, e os que não morreram queriam matá-la.

Estava suja de barro dos pés à cabeça. Faminta, cansada, assustada.

– Socorro!

O estrondo de outro trovão veio em resposta. Aproximando-se, gritos bestiais. Estavam-na alcançando. Não conseguia segurar o choro enquanto corria, já sem fôlego.

Tropeçou, indo de encontro a uma poça de água escurecida e afundando o rosto na lama.

Lizzy se levantou como uma catapulta, os dedos enroscados no lençol. Suava bicas. Pooh veio do banheiro, espuma saindo da boca e uma escova na mão. Ele observou o quarto, certificando-se de que o grito da companheira não fora sido causado por causa de uma invasão. Continuavam sozinhos.

– Outro pesadelo? – perguntou.

– Foi.

– O que desta vez?

Ela massageou a testa, uma expressão de dor, talvez enxaqueca.

– Meu avô.

– Sei. – Pooh abandonou o ar de preocupação, acostumado à situação que se repetia havia anos. – Relaxa, gata.

Elizabeth se sentou na beira da cama e apoiou a cabeça nas mãos. Tremia, e não era de frio. Ivan levou a escova à boca e voltou ao banheiro. Da gaveta do criado-mudo ela puxou uma pequena caixa de metal de onde tirou uma seringa. Usou-a para espetar um frasco branco minúsculo e assistiu o líquido roxo a preenchendo. Depois, espetou o pulso.

– Por hoje estou segura – sussurrou consigo mesma.

Conrado caminhava pelo corredor a passos decididos, mas cautelosos. Não queria topar com nenhum dos "companheiros". A sensação de saciedade que percorria suas veias, que embalava seu peito, era algo para curtir sozinho. Mesmo que encontrasse alguém de pé tão cedo ignoraria, ou no máximo faria uma piada jocosa a respeito da aparência do fulano, a melhor forma de se dirigir a pessoas tão estúpidas. Entretanto, nem todo o álcool ingerido ao longo da noite, nem todas as lágrimas derramadas por Vanessa o deixariam esquecer seu quase-encontro com Victor nos andares superiores. Vira-o carregando uma bolsa, que mais tarde descobriu estar abarrotada de armas de grosso calibre, as quais foram roubadas pela faxineira baranga e pelo barman barrigudo. Não era esse o fato que estava deixando Conrado encucado. A não ser que Victor possuísse um aparato capaz de encontrar armas, como um *dual rod*[14] para espíritos, o que tinha certeza não ser o caso, então ele já estava hospedado no hotel antes da merda toda começar. Há muito havia desconfiado dele e de seus amigos. Viviam de cochichos e olhares ofídicos pelos cantos. Sentia que estavam escondendo algo bem maior do que um punhado de pistolas.

Chegou ao seu destino. Sem maiores alardes, posicionou-se contra a porta do quarto onde Ivan e Elizabeth conversavam. Falavam baixo, mas não o bastante para que os ouvidos de Conrado, armadilhas sempre prontas para capturar informações simples e transformá-las em oportunidades para o seu bem pessoal, não captassem. Ouviu.

– Aquele cachorro tá bem trancado? – Ivan perguntou, a voz ainda com certa sonolência.

– Sim – ela respondeu. – Pablo o deixou em um quarto. Me certifiquei de que o manteria lá.

– Não confio. O cara trata o bicho como se fosse um filho.

– E qual o mal nisso? É preciso se apegar a algo bom para não cair. Você sabe disso.

Silêncio.

Conrado cerrou as sobrancelhas. Viera em busca de informações importantes. Não queria saber sobre o saco de pelos ambulante.

A conversa recomeçou.

– Acha mesmo que ele tá infectado? – Ivan perguntou. – Victor parecia muito certo disso.

– Victor sempre parece certo de muita coisa, mas...

Silêncio novamente, dessa vez menos longo, interrompido por Lizzy.

– O que acha que acontece quando animais infectados mordem pessoas? Se transformam? Ou apenas carregam a coisa no sangue?

– Você diz como *esta* seringa?

Espera! Algo beliscou um ponto profundo no cérebro de Conrado. Ele parou de respirar para poder ouvir mais atentamente.

---

14 Instrumento usado em radiestesia para medir campos de energia, cabendo ao operador determinar se a fonte é boa ou nociva. Funciona através da percepção do radiestesista, que deve estar relaxado e calmo para uma medição confiável. O aparato é composto por dois cabos de madeira (cedro) e duas varetas de aço inox que devem ser encaixadas nos cabos. Seus movimentos de abrir e fechar são geralmente interpretados como positivos ou negativos dependendo da programação do operador.

– Isso. O cão mordeu um infectado, então acabou engolindo fluídos infectados. Não funciona da mesma forma com animais. Você sabe que é muito, muito raro um animal sobreviver. Thor está lá, forte como um touro, e é isso que me preocupa. – A voz de Lizzy se calou por um momento, talvez para dar um tempo para Ivan processar as informações. Depois, continuou: – Você acha que ele pode mesmo transmitir o vírus e continuar como se fosse um cão normal?

– Não sei, Liz. É provável.

– E a pessoa que for mordida por ele? Vai ser como ele, um casulo infectado, ou se transformará?

– Não sei. Os animais que vi serem atacados não resistiram. Ele pode morrer a qualquer momento, mas ainda não acho inteligente mantê-lo por perto. Pode ser que sobreviva e carregue a infecção consigo.

– O que pretende? Jogá-lo na Paulista?

– Sacrificá-lo seria menos cruel. E é o que estou pensando em fazer esta tarde.

– E se usássemos a seringa nele? Você sabe que o soro pode conter a infecção.

Isso está ficando cada vez mais interessante.

– Liz, por favor. Acha válido desperdiçar isto em um bicho? E mesmo que Victor topasse, quem garante que funcionaria?

Lizzy suspirou.

– Depois de tantos anos e ainda não sabemos cinco por cento do todo – ela disse. – Isso já devia ter acabado.

– Abigail nunca deixaria isso acabar. Ela se foi, mas seu legado não. Considere aqueles milhares lá fora seus irmãos de criação. São cria da bruxa.

– Ela se foi tarde demais.

Conrado ouviu o rangido do estrado, sinal de que um dos dois havia se levantado da cama.

– Chega dessa conversa – ela disse, claramente desgostosa com o assunto. – Vamos comer alguma coisa.

– E precisamos falar com o Vic.

– Ei! Vai deixar a seringa assim, jogada de qualquer jeito?

– Foi mal.

Conrado sentiu que eles sairiam a qualquer momento, mas esperou até o último instante. Com os pés preparados para partir, manteve a orelha colada à folha de madeira e conseguiu identificar o som de uma gaveta emperrada sendo aberta, e em seguida fechada.

Correu para o quarto mais próximo ao mesmo tempo que a maçaneta girou e se manteve na penumbra como um mau presságio. Poderiam senti-lo, mas não o veriam.

Ouviu-os afastando-se. Antes mesmo de se sentir seguro, abandonou o esconderijo e seguiu para o quarto onde eles haviam estado.

Casulo infectado, pensou. Havia uma seringa ali, e seu interior continha algo que mudaria sua vida. Conrado sabia em seu íntimo que não seria uma seringa qualquer. Muitos teriam esperado a cura; alguns, a eutanásia. Ele, no entanto, pensava grande. Conrado era um homem aberto a possibilidades, e em uma gaveta ali, ao alcance de sua mão, jazia a chance de sua vida.

Aproximou-se do criado-mudo. A gaveta deslizou para fora, e seus olhos prontamente a contemplaram.

Encontrara seu passe para a felicidade.

Os sentidos de Janaína estavam amortecidos desde os primeiros sussurros da madrugada. Passara a noite tomando vinho e assistindo aos riscos brancos da garoa passando pela cachoeira de luz proveniente dos postes. Tentou admirar as estrelas, mas o céu poluído não permitia o mais pífio brilho de nenhuma. Quando a visão embaçou, contentou-se com os dançarinos na avenida em seu compasso diabólico.

Nascida no Rio Grande do Sul, a bela, esguia mulher havia se mudado para São Paulo oito anos antes, em busca de uma vida melhor. Não que passasse fome ou qualquer tipo de necessidade; muito pelo contrário. Vindo de uma família de classe média alta, havia se cansado das baladinhas mornas e do chimarrão. Queria algo novo. Apoiando-se em sua beleza e desenvoltura, partiu para a capital paulista, onde não tardou a encontrar trabalho. Seu porte de modelo foi seu cartão de entrada como vendedora, e posterior gerente, em uma loja de grife de alto padrão no Jardins, a primeira referência de bairro de grã-finos da cidade. Ali conheceu todo o tipo de gente. Era simpática com todos, mas dava brechas para uma maior aproximação somente a pessoas que representassem um futuro contato que valesse a pena.

Seu salário era alto, mas era quase todo para pagar o aluguel em um apartamento minúsculo no mesmo bairro. Queria manter as aparências. Pegar metrô não era para ela. Na geladeira tinha apenas o básico para não morrer de fome. Água, chocolate, gelatina e sopas congeladas. As roupas de marca eram outra necessidade que levava a gastos exorbitantes. Vez ou outra passava a mão nas sobras do caixa, mas não queria tornar esse um hábito. Não podia se sujar por merreca. Chegou o momento em que a solução foi usar a beleza mais uma vez.

O leque de contatos expandiu, e homens de contas gordas, e não necessariamente bonitos, tornaram-se outro tipo de amigos mais próximos. Típica *femme fatale*, Janaína deixava claro – com atitudes, não palavras – que ia para a cama com eles sem maiores compromissos. Claro que exigia presentinhos e outras mordomias, como jantares em restaurantes chiques, mas mantinha um limite para cada um deles. Sem ciúmes, ou amor, ou responsabilidades. Em troca do prazer que lhes proporcionava com seu corpo, queria somente o prazer proporcionado pelo dinheiro deles. Sem perceber, acabara se tornando uma prostituta de luxo, tão prostituta quanto aquelas sob os viadutos da Amaral Gurgel.

Sentada no parapeito estofado, o rosto encostado na vidraça fria, encarou-se pelo reflexo. Em algum lugar no fundo de seus olhos, atrás das camadas grossas de máscara nos cílios, vislumbrou seu antigo olhar. A menina que veio viver uma aventura com uma mala cheia de sonhos. Estava enganando a si mesma havia anos. Nenhuma das seis garrafas de vinho importado vazias aos seus pés valia tanto quanto o chimarrão preparado por seu pai. Ele não se orgulharia se soubesse como era de fato a vida de sua princesa, se soubesse que tudo o que ela havia conquistado não tinha sido tão difícil como ela contava.

Agora ela estava ali, cercada pela morte. De que havia valido tudo a que se submetera? As joias, etiquetas e pratos caros demais para a quantidade de comida que traziam. Nada daquilo havia preparado Janaína para um futuro digno. Sua pele estava firme. O rosto, intocado. A beleza ainda viva. Mas por quanto tempo?

Quando isso passar, voltarei para o Sul, pensou. *Deixarei isso tudo pra trás. Posso arrumar um bom emprego em Não-Me-Toque. Meu pai ficaria tri feliz. Posso até encontrar um cara decente. Talvez eu reencontre o Alex.*

Sem dificuldade para se manter de pé, desceu do parapeito e apanhou os saltos. A meia-calça protegia pouco seus pés do piso gelado. Deixando um dedo de vinho na taça, caminhou por entre as mesas e seguiu para as escadas. Seu rebolar natural estava afetado pelo álcool, mas nada que tirasse sua sensualidade.

A cada degrau, a tontura aumentava. Estava acostumada com bebidas, e nunca ficara tão bêbada tomando apenas vinho, especialmente vinhos caros. Talvez o nervosismo aflorado pela situação houvesse intensificado os efeitos do álcool. Nada que um banho quente e horas de sono não resolvessem. Iria direto para o quarto reservado pelo gerente do hotel, outro "amigo" – se o encontrasse. Os primeiros raios de sol do dia já deviam ter aparecido se não fosse a maldita chuva. O manto cinzento que cobria o céu não se dissipava por nada. Era impossível distinguir se já alcançara o primeiro andar ou se havia chegado ao terceiro. Caminhava sobre nuvens.

Apoiada na parede, continuou caminhando como uma modelo da Victoria's Secret chapada de anfetaminas até entrever uma dupla de números dourados. Era 37 ou 81? Não sabia. Na verdade não se lembrava nem do número de seu quarto. Quem se importaria? Pelo que sabia, havia vagas de sobra ali. Mascando a própria língua para sentir mais um pouco do gosto do vinho, impregnado, girou a maçaneta e entrou. Procurou o interruptor com os dedos e o apertou. O cômodo foi banhado por uma iluminação instantânea.

Um choro.

Sobre as camas, duas mulheres estavam amarradas. Havia coisas brancas em suas bocas. Caminhou em direção a elas, tonta, e tentou tocá-las com suas duas mãos direitas.

– Bah! Quem és tu, guria? – perguntou, puxando a meia de sua garganta.

Vanessa sugou quanto ar pôde. Estava roxa. Sofreu para conseguir falar.

– Ayuda!

Janaína riu. Devia estar mesmo muito bêbada.

Nenhuma delas notou que Conrado acabara de chegar. Parado na porta, observava Janaína. Trazia uma seringa na mão direita. Sorriu.

De início, abro os olhos devagar. Há uma pressão em minha cabeça e um gosto ruim em minha boca. Combinação péssima para ser a primeira do dia. Se servir como um prenúncio do que esperar, não trará novidades boas.

Espreguiço-me. Meu corpo está moído. Minha nuca dói como o inferno. Levanto-me e descubro que acabei adormecendo em um sofá. Não poderia mesmo ter acordado como se estivesse nas nuvens.

Os acontecimentos da noite anterior vêm num repente, embolados. Fiquei tão cansado com tudo aquilo que nem consegui subir para o quarto. Arrastei o corpo até aqui e deitei. Por um tempo apenas esperei a porta vir abaixo e eles invadirem. Do sofá, no saguão iluminado pela lua através da vidraça, teria tempo de perceber

a invasão e, talvez, escapar. Acabei adormecendo logo, enquanto o som das pancadas martelava em minha cabeça.

O manto cinza de um dia chuvoso inunda o saguão.

Sinto o ardor sob as gazes enroladas em minhas mãos, manchadas com o vermelho empoeirado do carpete onde caí e as esfreguei na fuga.

Com fraqueza nas pernas sigo até a cozinha. Ninguém deve ter despertado ainda; o local está envolto em silêncio. No restaurante constato que realmente não há ninguém. Na cozinha, tão devagar quanto me permito, como três pães sem nada e tomo dois copos de laranjada. Um azedo impregnando na língua diz que o suco não está mais tão fresco. O pão também não parece em seu melhor estado. Longe de estar nojento, apenas passado. Logo a comida perderá a validade.

Para terminar e garantir a sensação de saciedade, como uma banana e bebo um copo d'água. Há coisas que me amedrontam mais que uma possível azia.

Apoio as mãos no mármore da pia, o cansaço ainda presente, como se de nada tivessem servido as horas de sono. Fecho os olhos e respiro devagar. Não aguento mais. Tudo o que quero é minha vida de volta. Ou uma paz, não importa como ela seja. Tento relembrar os dias normais; parecem distantes como as estrelas, seguras no céu. Embora tecnicamente não tenha passado tanto tempo assim, a sensação é a de que estou nessa há anos. O cheiro da morte pairando no ar, as lamúrias daquelas coisas lá fora, a dor constante em cada junta do meu corpo, da minha mente. Dor é minha única e mais fiel companheira nestes dias. Temo precisar aceitá-la.

Cansado de pensar, saio da cozinha. Não lavo o que sujei.

Chego ao quarto de Daniela. Vazio.

Lembro que, quando acordei na noite anterior, ela já não estava nele. Não preciso procurar muito. Encontro-a no quarto em frente, dormindo. Entro silenciosamente e encosto a porta.

Mesmo com as olheiras e a feição cansada, ela continua bonita. Nunca havia reparado – ou pensado alto a respeito.

Sei o quanto é chato ser acordado, mas preciso falar com ela.

– Dani.

Balanço seu braço suavemente. Não preciso me esforçar muito, pois ela arregala os olhos, alarmada, como se já estivesse acordada, apenas esperando o sinal para correr.

– O que foi?

– Calma – digo. – Eles *ainda* estão lá fora.

Ela puxa o lençol, ainda ofegante, e vai até o banheiro a passos pesados. Parece irritada.

– Desculpa eu te acordar.

Sem resposta. Ouço barulho de água e de um gargarejo rápido. Em seguida ela volta.

– Tudo bem.

– Por que você não dormiu no outro quarto? – pergunto.

– Você tava ocupando a cama toda. Além do mais eu queria ficar sozinha.

– Sei.

Dani querendo ficar sozinha? Pensei que isso fosse um ensaio sobre A Noite dos Mortos-Vivos, e não Os Invasores de Corpos.

– E suas mãos? Estão melhores? – ela pergunta enquanto procura algo no armário.

– Ainda não. Doem pacas, mas logo passa. Já estive pior.

Ela prossegue calada.

– Dani, aconteceu uma coisa muito estranha.

– É? – pergunta, desinteressada.

Fico surpreso ao ver que ela nem se abalou pelo que eu disse. Em um dia normal ela arregalaria os olhos e gritaria "*O QUÊÊÊÊ?*", como uma daquelas apresentadoras de talk show que, na verdade, não estão nem aí para a sua vida.

– Você ouviu o que eu disse?

– Ouvi e perguntei o que houve. – Finalmente encontra o que procurava: uma toalha.

– É que eu acordei a noite passada e fui até a janela. Eles estavam em transe de novo.

– E qual a novidade? Já aconteceu duas vezes.

– Sim, mas não é isso o estranho. Você quer prestar atenção?

Ela leva um tempo para se virar e me encarar. Seus olhos estão inchados. Parece que chorou.

– Dani, você tá bem?

Seus lábios tremem. Ela se vira novamente e vai até o banheiro, mas não sem que antes eu perceba uma lágrima rolando. Vou atrás e a encontro sentada no vaso, tampando o rosto com as mãos.

– Dani?

Seu choro, até o momento sutil, transforma-se em um desencadeamento de sussurros. Ao lado da lixeira há uma toalha de rosto manchada de sangue. Do outro lado, perto da banheira, há outras amontoadas, encharcadas. A pia apresenta uma película de mãos e respingos vermelhos. Não acredito que menstruar a deixaria tão abalada, então há algo pior rolando.

– O que aconteceu com você?

Algumas horas antes

Daniela continuou a pesquisa. Sentia o estômago roncar de fome, mas estava presa à curiosidade. Ouviu a respiração alta ao seu lado. Tiago dormia profundamente. Ela sorriu e voltou a atenção ao notebook.

Estava quase desistindo. Não aguentava mais ler sobre prêmios que a LAQUARTZ havia conquistado. Se os trouxas soubessem que tudo que estava acontecendo era por culpa da tão exemplar empresa...

Outro *link* surgiu; falava sobre o incidente no Chile. Todos falavam o mesmo, mas resolveu dar uma última chance.

> "As investigações a respeito do incidente que matou vários cientistas da LAQUARTZ no Chile continuam. A cientista-chefe Abigail Küsen continua sem dar depoimento ou maiores esclarecimentos. Seu médico pessoal explica que a mesma está em choque, pois, além de ter perdido seu pai e fundador da empresa, Washington Küsen, perdeu também sua única filha. Ainda não há pistas sobre o paradeiro dos criminosos."

Daniela se lembrou do que Lizzy disse no dia em que se conheceram.

Abigail é minha mãe.

O que teria acontecido realmente no Chile? Afinal, Lizzy estava viva. Nunca tocou no assunto mais profundamente e nem tinha essa obrigação. Mas que era estranho, era.

Uma fotografia em preto e branco, abaixo da reportagem, exibia um grupo de pessoas. Tratava-se de uma premiação. Eram cientistas. Entre eles, alguns lhe chamaram a atenção, pois sentiu que os conhecia. Leu os nomes.

Washington Küsen e sua filha Abigail estavam lado a lado, sorrindo. Embora fosse uma bruxa maldita, Abigail havia sido muito bonita na juventude. Ao redor, em poses eternizadas, estavam

Douglas Dephelipe, Roberta Milincovic, Lucio Saragoça e Veronika Frankles. Do lado oposto havia um homem. Grandalhão, negro.

Era Victor Rocha.

Daniela não acreditava no que via. O que Victor estava fazendo entre os cientistas da LAQUARTZ? Estava muitos anos mais jovem, um garanhão de ébano, mas era impossível não reconhecê-lo.

Daniela pensou em acordar Tiago, mas uma pequena mancha vermelha no teclado tomou toda a sua atenção. Depois surgiu outra. E mais. Era sangue. Seu sangue.

Passando as costas da mão no nariz, sentiu o líquido viscoso, quente. Havia muito.

Puxou a barra da camiseta para evitar sujar a cama onde Tiago dormia e saiu do quarto.

Sem saber o que fazer entrou no quarto em frente e bateu a porta, indo direto ao banheiro. Apoiando as mãos na pia, cuspiu.

O sangue escapou por sua boca e nariz. A quantidade era absurda. Parecia uma torneira aberta. Uma palavra veio à sua mente. Hemofilia. Tentou manter o controle, não gritar por socorro. Ninguém poderia ajudá-la.

Sob a pele sentiu um formigamento e ofegou ao notar as veias ondulando, como se algo passeasse dentro delas. A cabeça doía; o sangue não parava de sair. Os olhos começaram a arder conforme as lágrimas fugiram. Olhou-se no espelho e encarou uma Daniela ensanguentada, desesperada.

Tentou respirar, mas tossiu, e outro jorro de sangue escapou de sua garganta. No mesmo momento suas pernas fraquejaram e ela caiu de joelhos no chão gelado. Uma poça de sangue se formava diante de seus olhos, a visão embaçada pelas lágrimas. De quatro, uma cadela abandonada à própria sorte, abaixou a cabeça e deixou o choro sem rédeas vir.

Queria chamar Tiago, mas só o assustaria. Ele não podia fazer nada. Ninguém ali podia. Lembrou-se de Ricardo. Seu destino seria o mesmo do companheiro.

Em meio à torrente de lágrimas viu as mãos espalmadas na poça. Havia algo naquela pequena imensidão rubra. Lutava para encontrar uma saída, viver. Contorcia-se. Daniela o pegou, por um momento esquecendo a choradeira. Percebeu ser um verme de poucos milímetros. Estava coberto de sangue; o vermelho talvez nem fosse sua cor natural, embora parecesse. Continuou se mexendo por pouquíssimo tempo. Parou.

Daniela voltou a vomitar.

Examino o tal verme debaixo da pia. Parece casca de amendoim, só que muito menor.

– Esquisito.

– Ele não estava assim quando... – Daniela engole o choro. – Quando saiu de mim.

– Como assim?

– Ele meio que *secou* de ontem pra hoje. O que você acha que é?

– Não sei.

Se eu for expor minhas suposições, ela vai cair no choro de novo. Melhor não assustá-la mais antes de ter certeza.

– Você acha que o Victor trabalhava na LAQUARTZ? – ela pergunta.

– É o que a foto indica. Tem certeza de que era ele mesmo?

– Absoluta. Tanto quanto aquela era Abigail.

– Não sei mais o que pensar – digo. A cada dia é uma nova descoberta. Somente perguntas; nenhuma resposta. – Como você tá sentindo agora?

– Assustada.

– Não fique. Talvez essa reação, esse sangue todo seja algo sem ligação nenhuma com a infecção.

– Duvido. Começou exatamente quando Jaboticabal foi destruída.

– Você quer dizer pouco antes de chegarmos a São Paulo, né?

– Bom... – Ela abaixa o olhar, encarando o chão, como se procurasse algo caído ali, e então me encara novamente. – Começou antes.

– Antes quando? – Que me lembre, a primeira vez que ela teve isso foi quando estávamos na estrada em direção à capital.

– Foi no ginásio.

– Por que não me contou?

– Achei que passaria logo. E só aconteceu algumas vezes.

– Mais de uma?

– Sim.

Não sei o que dizer. Ficamos calados por um minuto. Ela quebra o silêncio.

– Acha que o Ricardo também teve isso, em Jaboticabal?

– Não faço ideia. Talvez. Lembra que ele achou que podia salvar a mãe? Deve ter pensado que salvaria a si mesmo também.

Os olhos de Daniela brilham, outra lágrima rolando.

– Não digo que não possamos te salvar. Aliás, não digo nem que precisaremos te salvar. Isso não é nada, Dani. É só reação a alguma outra coisa. Se fosse o mesmo que esses infectados têm, não estaríamos tendo esta conversa.

Ela fita meus olhos, muda. Busca a verdade em minhas palavras, uma garantia. Não há nenhuma.

– Faz o seguinte – digo. – Toma um banho e descansa um pouco. Aposto que você não dormiu a noite inteira.

Ela afirma com um aceno enquanto enxuga o rosto com a toalha que pegou no closet.

– Tudo bem. Mas o que você tinha pra me contar?

– O quê? Ah, sim! Não era nada demais. Descansa. Depois conversamos.

– Tá.

– E se livra dessa sujeira. – Aponto o monte de toalhas vermelhas. – Melhor evitar que descubram.

– Ok.

Saio do banheiro e a deixo só. Coitada. O que estará acontecendo? Só disse o que disse para que ela não se desesperasse mais. Mas que outra explicação há? Estará infectada? Ou será como eu?

Outro pensamento me assusta. E se eu não for, como penso, imune? Se for apenas questão de tempo até que tenhamos o mesmo fim de Ricardo? Pode variar de pessoa para pessoa o tempo para que essa coisa se manifeste. Não senti mais nada depois que cheguei ao hotel e fui flagrado por Oliver. Não significa que não pode acontecer de novo, a qualquer momento, na hora mais inoportuna.

A chuva continua. Chove há dias. São Paulo deve estar alagada. Seria melhor construir uma arca. Teríamos que dispor dos pares de animais, mas que seja. Quem garante que a esta altura não estejam todos infectados?

Cheiro minhas axilas e percebo que preciso de um banho. Cecê é o erro, mesmo que você esteja sobrevivendo. Não precisa feder para isso. Não é porque o mundo está à beira de um colapso que vou andar por aí com bafo de cocô e bigatos no sovaco. Sigo até o quarto onde separei algumas roupas do meu tamanho (e meu gosto). Bocejo e sinto os olhos lacrimejarem. Ainda é muito cedo. Dormir naquele sofá acabou com minhas costas. Decido voltar pra cama depois do banho.

Casulo infectado.

As entrelinhas da conversa entre Elizabeth e Ivan haviam despertado uma mórbida curiosidade em Conrado. Havia notado que ambos não pareciam tão surpresos com a atual situação, como se já a tivessem vivido em um passado remoto. Pareciam também confusos em relação ao real estado do saco de pulgas. Nada daquilo lhe importava. Casulo infectado. Estava aí o seu maior interesse.

Sentado na beira da cama, admirou toda a extensão da seringa. Embora parecesse uma seringa ordinária, não muito diferente das tantas que manejou em seus tempos de Medicina, sentiu que o líquido em seu interior estava longe de ser tão comum como Benzetacil ou qualquer tipo de antibiótico. Era como se possuísse vida própria.

Ideias se misturavam em sua mente a imagens do que poderia ser o futuro. Se entendera bem o teor da conversa entre o casal, e se funcionasse como ele desejava, então tudo faria sentido. Precisava funcionar de acordo com suas expectativas. Depositara na pequena bomba portátil todas as suas moedas.

Na parede em frente a ele, Vanessa e Janaína encaravam a injeção. Amarradas, estavam apavoradas pelo modo com que ele admirava o objeto. Não havia qualquer expressão em seu rosto, uma máscara desprovida de feições reais. Olhos vazios, lábios finos grudados, secos, os músculos adormecidos. Um ídolo sem alma, cujas mãos atuavam como suporte para um artefato maldito.

Seus olhos ergueram-se. Ambas sentiram dificuldade me respirar diante de seu olhar, agora retomando o velho fulgor doentio.

Conrado se levantou. Caminhou até elas, a sombra de sua figura imponente cobrindo-as como um manto costurado por pesadelos. Por um tempo pareceu examinar cada uma delas. Atentou-se a detalhes que só ele sabia medir. Por fim, abaixou-se diante de Vanessa.

O álcool de incontáveis garrafas de vinho ainda dominavam os sentidos de Janaína, mas ela sabia exatamente que se metera em algo ruim. Péssimo. Amordaçada, os cantos da boca doendo por conta da aspereza do tecido, assistiu calada enquanto Conrado aplicava a injeção em Vanessa, a agulha sumindo sob a pele como um verme doente destinado a corromper toda a vegetação à sua volta.

Capítulo 22 – Curto e longo alcance

Por volta da uma da tarde estão quase todos almoçando no restaurante. LC se prontificou a preparar o almoço. Não caprichou muito, mas vá lá: a cavalo dado não se olha os dentes. É o que tem pra hoje.

Pooh, Lizzy e Victor conversam sobre um assunto que só diz respeito a eles, pois cochicham. Estão quase à base de mímicas, tudo para que ninguém escute. Diversas vezes Lizzy lança espiadelas ao redor. Pooh é o que menos fala, comendo e concordando com o que os outros dois discutem. Victor, como de costume, não parece muito receptivo, porém nunca vi sua boca se mexendo tanto. Pensei que fosse atrofiada.

Yulia encontrou um carrinho de bebê em alguma parte do hotel, de lá vejo as mãozinhas de Yerik balançando em sua direção. Ela por sua vez não demonstra muita animação. Talvez esteja imaginando o que pode ter acontecido ao dono anterior do carrinho. Não há manchas de sangue, um bom sinal. Podemos imaginar que ele está a salvo com sua mãe por aí.

Carla e LC sentam juntos em uma mesa afastada, e pela primeira vez não os vejo cochichando. Trocam olhares discretos, nada mais.

Dezuíno, sem dificuldade, serve-se sozinho e senta na primeira mesa que alcança. Se seus olhos não parecessem bolas de vidro com névoa dentro eu suspeitaria que ele não é cego. O cara se vira melhor do que muitos por aí.

Daniela não apareceu, e por sorte ninguém perguntou. Deve estar dormindo. Ou chorando. Espero sinceramente que ela melhore.

Oliver, Janaína e Pablo também não deram as caras.

Continuamos a refeição em silêncio. Não muito depois a TV, que fica a maior parte do tempo fora do ar, anuncia a vinheta de novas notícias. Todos voltamos nossa atenção para ela.

– *Venho com mais notícias sobre o vírus que assolou São Paulo.* – É o mesmo repórter, Joel Silveira. Parece abatido. A câmera tremida, estilo "found footage", mostra que ele está sozinho. – *Antes quero dizer que se eu sair de repente do ar é devido à emissora ou alguém maior ter me cortado. Se restou alguém que se acha maior que isso tudo. A barreira montada pelo exército a fim de manter as pessoas dentro não é mais necessária.*

A câmera transmite as imagens do local completamente destruído. Há veículos destruídos, fogo, corpos e sangue por toda parte.

– *Assim que os soldados receberam uniformes próprios para protegê-los de contaminação biológica, as pessoas se revoltaram e lançaram ônibus em chamas contra eles. Foi só o estopim da guerra. Tiros disparados para o céu davam o aviso de que haviam ido longe demais, mas não acalmou os que queriam fugir. Inúmeros grupos de civis enfrentaram os soldados e foram mortos. Foi quando* eles *apareceram.*

Uma pausa seguida de um suspiro.

– *Os infectados chegaram aos limites de São Paulo mais rápido do que todos previam. Eram ferozes. Vinham como uma onda. O exército não teve alternativa senão atirar. Derrubaram todos que se moviam em sua direção. Alguns foram atacados pelos infectados, transformando-se em seguida. Peço perdão por não ter imagens para provar o que digo, pois fui obrigado a me esconder. Eram muitos.*

Outra pausa. Ele continua com dificuldade, deixando os termos difíceis de lado e contando o que aconteceu, nua e cruamente.

– *Mataram todos. As crianças, meu Deus! O exército não foi páreo mesmo altamente armado. Foram obrigados a recuar e fugir. Se restava alguma esperança, ela foi embora com eles. Temo dizer que estamos testemunhando o fim do Brasil.*

Silêncio.

– *Quem estiver fora de São Paulo tente fugir para qualquer lugar. Ou mantenham-se seguros em casa. Reforcem os muros, portões. Criem grupos de resistência. A união fará a força, brasileiros. Os Estados Unidos proibiram a entrada e saída do país, assim como outros países da América do Norte, Europa e Ásia. A América do Sul está, em outras palavras, lacrada. Em quarentena por tempo indeterminado. Para sempre talvez. Vão pelo mar, pelo ar, mas tentem. É questão de poucos dias até que o país esteja totalmente tomado pela doença mais mortífera de que já se teve notícia. Ebola é picada de pernilongo perto disso. Tudo o que tenho a dizer a quem estiver assistindo é: boa sorte. Foi um prazer manter o Brasil informado em suas últimas horas. Que Deus esteja conosco. E que não esqueçamos quem somos, e pelo que lutamos.*

A imagem some.

É o fim.

Permanecemos calados por um longo tempo. Na mesa de Lizzy o trio volta a comer, tenso. Carla e LC olham de um lado para o outro sem saber o que dizer. O mesmo faço eu. Conrado não parece chocado, mas deve estar chorando como uma criança por dentro. Todos estamos. Tínhamos poucas esperanças, eu sei, mas é porque restava alguma. Mas e agora?

Um sussurro chama minha atenção. Olho para trás e vejo Daniela parada na porta, ainda fitando a TV. Noto as lágrimas descendo. Por um breve instante nossos olhares se encontram, o suficiente para relembrar nossa esperança inocente ao chegar a São Paulo, a promessa de uma nova vida, uma nova chance. Aos prantos, ela se vai.

– Tenta disfarçar, mano – Carla resmungou pelo canto da boca.

Mantinha os olhos fixos na gororoba, como havia chamado a comida preparada por LC. Não tinha certeza nem se ela conseguia *disfarçar*. Estava pisando em ovos.

– Eu tô com uma bandeira cravada na testa por acaso? – ele retrucou.

– Você fica olhando com essa cara misteriosa pra eles. Para.

– Beleza. Parei. – Deu outra garfada, mastigou. Acabou lançando outro olhar em direção a Tiago. Carla bufou. – Vem cá. Não era pra ele *não* estar aqui?

Luiz havia acordado cedo e ido direto à cozinha. Conforme combinara com Carla na madrugada, agiriam como se nada tivesse acontecido. Victor levantaria e, cedo ou tarde, perceberia que Tiago não estava mais no hotel. Ele estaria cozinhando e Carla, fazendo qualquer coisa. Quando viu Tiago chegando ao restaurante, não escondeu a surpresa. Seus olhos arregalaram ainda mais quando levou um beliscão da parceira. Quase derrubou a panela com a macarronada.

– Cê acredita que o filho da mãe ficou zanzando pelo hotel ontem? Tava tudo certo, o quarto tava marcado, mas ele não tava lá.

– Etalaiá!

– Né? Os planos mudaram.

– Qual é agora?

– Tô esperando uma ligação. Vamos combinar tudo direitinho. De hoje não pode passar.

A tensão tomou conta. Vinha de ambas as partes, mas por motivos distintos. Dela, financeiro; dele, por desconfiança.

– Gata, meu ovo tá doendo. E você sabe que quando ele dói é porque não vem coisa boa aí.

– Olha pela janela, bee – ela disse. LC odiava quando ela o chamava assim. Não era homofóbico, mas não se sentia confortável ao ser chamado de bicha. – Quer pior do que aquilo?

– Não é isso.

– E o que é?

– Toma cuidado. Você não tá se envolvendo com alguém de confiança.

– Fica sussa, L. Eu quero é jererê.

– Não vai adiantar muito encher o bolso com o seu jererê e não estar viva pra gastar.

– L, come essa gororoba e fica quieto. Eu sei o que tô fazendo.

LC notou o corpo de Carla tremular. Disfarçadamente ela olhou para baixo.

– Tá vibrando. Vou lá atender. – Ela se levantou, pegando uma almôndega com a mão e mordendo metade. – Termina aí, depois sobe. Tô te esperando.

Espreguiçando-se, acreditando que o movimento era primordial para uma boa simulação de que tudo estava normal, Carla seguiu para o corredor, sem olhar para trás, e subiu.

LC olhou outra vez para Tiago.

Vanessa continuava aparentemente normal. Havia perdido litros de sangue, já não tinha mais cor em sua pele, branca como um lençol, os olhos caídos não mais lutavam para se manter abertos. Fora isso, não apresentou mudanças drásticas, como agir como um infectado, por exemplo. Os pulsos esfolados haviam se acostumado à corda em torno deles.

Ao seu lado, Janaína dizia adeus à bebedeira. Minutos antes quase se asfixiou com o próprio vômito, salva por Conrado, que só percebeu tratar-se de coisa séria, e não um plano para livrar-se da mordaça e poder gritar, quando esguichos escaparam como flechas líquidas e gosmentas das narinas da loira. Após três jorros escuros, o cheiro adocicado de vinho impregnando o ambiente, ela tentou gritar, mas foi calada por um tapa no rosto. Antes que recobrasse os sentidos, viu-se novamente com a amarra cortando-lhe os cantos da boca.

Conrado permanecia na cadeira, imóvel. Seus olhos estreitavam cada mínimo movimento de Vanessa, desde o balançar de seu peito, no compasso da respiração, até o esfregar sem vigor dos dedos. Procurava indícios de que a injeção surtira efeito, de que poderia considerá-la a mais nova infectada do bairro.

E se a porra for mais sutil do que imagino?

Quando Conrado se levantou num supetão, Janaína tremeu. Seus olhos arregalados assistiram-no aproximar-se de Vanessa e, sem explicação, retirar a mordaça. A estrangeira continuou como se nada tivesse acontecido, desvigorada. De cócoras, ele girou na direção da outra, esta com o corpo praticamente colado ao de Vanessa, e encarou-a. Pareceu pensar por um instante, e então falou no mesmo tom com que se fala com uma criança que ainda não possui a malícia mundana:

– Eu vou tirar a mordaça. Se você gritar eu arranco a sua língua com isto aqui.

E abriu e fechou os dentes três vezes consecutivas e ligeiras. O som fez o peito de Janaína inchar de medo. Sem sinal de resposta positiva ou negativa, Conrado entreabriu os dentes, como um aviso, e puxou a mordaça de Janaína. Ela não gritou.

Conrado passou o indicador direito sob o nariz, coçando-o.

– Agora eu preciso que vocês se beijem.

Janaína pensou ter escutado errado.

– Como assim?

– Beijar, beijinho. Nunca beijou?

– Mas...

– Só se beijem, ok? Quer que eu te mostre como se beija? É assim.

De súbito, Conrado agarrou as laterais da cabeça de Janaína e puxou-a, enfiando a língua em sua boca. Era uma mistura de vodca, cigarro e mau hálito de quem não escova os dentes há dois dias. Havia também muita baba.

O beijo terminou em um estalo.

– Pronto, não é mais BV. Agora beija ela.

Janaína encarou Vanessa, uma moribunda em seus últimos resquícios de vida. Poderia ser facilmente confundida como uma residente fixa da Cracolândia. Sentiu boa parte da saliva de Conrado acumulada em sua boca, mas teve medo de cuspir e irritá-lo. Aos poucos, falhando em esconder a careta de nojo, engoliu.

– Meu Deus, mulher! Beija ela de uma vez.

– Eu não alcanço – Janaína disse.

– Eu te ajudo.

Conrado teve que levantar o rosto de Vanessa e virá-lo para o lado de Janaína. Os lábios de Vanessa estavam secos, machucados, os ferimentos provocados por ela própria. Janaína afastou da mente as imagens das possíveis torturas sofridas pela coitada. Sem escolha, aproximou o rosto, sentindo novamente mau-hálito, algo ferroso, como sangue, e colou os lábios nos da outra.

– Use a língua, do jeito que te ensinei.

Sentindo as lágrimas escaparem, Janaína lentamente abriu os lábios, e levou um tempo para conseguir invadir a boca de Vanessa. De olhos fechados, sentiu seus dentes, sua língua e pedaços de coisas parados ali dentro. O beijo não durou mais que cinco segundos, mas foi como se tivesse sido condenada a beijar o rabo do capeta pela eternidade. Dessa vez ela não evitou as cuspidas.

– Estás louco! Por que estás fazendo isso?

– Olhe o tom, senhorita – ele disse, puxando uma faca de cozinha e encostando-a à maçã do rosto de Janaína. – Quer a mordaça de novo?

Conrado deu-lhe as costas. Não se preocupou em amordaçá-las novamente. Vanessa não tinha forças para gritar, e Janaína tinha consciência do estrago que ele poderia fazer com aquela faca. Caminhando pelo quarto, as solas dos sapatos roçando no carpete empoeirado, passou a pensar em voz alta.

– Sabe que eu já fui agarrado por uma piranha infectada? É, foi assim que chegamos a este hotel. Ela cuspiu na minha cara, e tenho certeza de ter engolido saliva dela. Passei um tempo com medo de que fosse como uma gripe, onde basta um espirro na sua fuça e de repente você está doente. Mas não. Quem se transforma precisa ser mordido. A mordida de um infectado tem saliva, a qual se mistura com o sangue da vítima. Tá conseguindo acompanhar meu raciocínio?

Janaína seguia-o em seu monólogo, alheia ao significado de qualquer palavra proferida por ele. Tentava imaginar um modo de escapar. Ele continuou:

– Acho que vamos precisar de mais do que um beijo.

Antes que Janaína se desse conta, ele veio decidido, a faca em punho, e num golpe certeiro cortou a coxa de Vanessa. O grito de dor foi projetado, a argentina finalmente apresentando sinais de que ainda estava viva, mas foi abafado pela mão de Conrado antes que pudesse ganhar maiores proporções. Ele encostou sua testa à dela, olho no olho, e uma expressão lunática no rosto. Janaína assistia à cena petrificada. Viu o sangue descer formando linhas sinuosas ao longo da perna da "companheira".

– Chupa.

Mais uma vez imaginou ter ouvido errado. Sabia exatamente o que ele havia dito, mas recusou-se a considerar a ordem como algo válido. Esperou pela confirmação.

– Não ouviu, puta sulista? – ele sussurrou, ainda perdido no olhar de Vanessa, sem dirigir-se a Janaína, mas falando diretamente com ela. – Chupa essa merda desse sangue.

Ela não teve ação. Estava com os músculos tesos, acometida por um choque repentino que a impedia de mover-se. Não havia escapatória. Ninguém poderia ajudá-la. Tentou recordar o sabor do chimarrão, mas falhou.

Conrado girou mais rápido do que ela pôde prever. Primeiro sentiu sua mão de dedos grossos tapando-lhe a boca; em seguida, o calor da lâmina rasgando a carne de sua coxa. Gritou, chorou, esperneou, mas o peso do homem era injusto, uma rocha sobre o seu corpo esguio, mestre na arte da sedução, mas ineficaz no mano-a-mano.

Quando viu que não havia mais gritos vindos de sua garganta, Conrado deixou-a respirar e repetiu:

– Chupa.

Fungando o catarro que descia pela narina, Janaína cerrou os dentes, como se fosse gritar, mas não o fez. Bufou. Fuzilando-o com o olhar, e sem melhores opções, manejou o corpo de modo desastrado, quase caindo de cara no carpete, mas conseguindo se recompor e alcançar o corte de Vanessa. Respirou fundo e aproximou os lábios do sangue. A ponta da língua sentiu a abertura da ferida. De olhos fechados, sorveu o líquido viscoso, quente.

De olhos entreabertos, a visão sem foco, Vanessa imaginou ver uma sanguessuga grudada em sua perna, sugando suas últimas energias. Fazia cócegas. A ardência que sentira havia pouco não mais existia. Tornara-se algo sem forma ou cor ou sabor. Era engraçado. Riu.

Janaína esperara que a experiência seria mais nojenta do que realmente estava sendo. O salgado das lágrimas havia umedecido seus lábios, e o sangue que inundava sua boca era como mousse tirado antes da hora da geladeira, ainda sem a consistência apropriada. Acostumada, e sem forças para levantar-se à posição original, deixou-se ali até que sentiu a mordaça mais uma vez se enrolando ao redor de sua cabeça. Estava novamente sentada, a boca cheia, sangue escapando pelas beiradas e manchando sua roupa. Ao seu lado, Vanessa ria baixinho, mas parou quando recebeu também a mordaça de volta.

De pé, Conrado analisou cada uma delas. Olhava-as como se fossem dois vasos de plantas secas, ele ponderando se ainda havia salvação, se algumas regadas iriam trazê-las de volta.

Agora preciso esperar, ele pensou.

Sem quaisquer palavras, apagou a luz e saiu, a faca escondida sob o paletó. Pensava em ir comer alguma coisa, vagar um pouco pelo hotel. Mais tarde voltaria para ver se havia funcionado.

De orelhas sempre em pé, como que empalhadas, Thor mantinha o olhar fixo em direção à fresta sob a porta. Estava imóvel. Vez ou outra emitia um baixo ganido, talvez em resposta aos berros vindos da avenida e que, de alguma forma, venciam a distância até ele. Sua audição canina ajudava. De repente, sua cabeça, antes apoiada sobre as patas dianteiras, ergueu-se. Passos se aproximavam. Reconheceu quem vinha. Instantes depois ouviu o som de uma chave encaixando na fechadura, girando, e a porta foi aberta.

Thor se apoiou nas quatro patas. Por breves segundos encarou-o. Ganiu. Então disparou até o amigo, latindo, pulando.

– Como você tá, parceiro?

Pablo abraçou o cão, e as lágrimas foram instantâneas. Nunca conseguiria mensurar o amor que sentia por Thor. Seu companheirismo, fidelidade, a coisa boa que havia entre eles. Era um laço tecido por fios do mais puro sentimento.

Colocou a sacola plástica com pedaços de carne e pães no chão, junto à garrafa de água e uma vasilha vazia. Tentou envolvê-lo em seus braços, mas o cão estava agitado, como se estivesse sobre molas. A língua lambia onde pudesse alcançar, os latidos tinham um quê de choro e alegria misturados.

– Calma, garoto. Vem cá. Deixa eu ver como você tá.

À primeira vista não havia anomalias. A coloração dos olhos estava normal. Respiração idem. Hálito ruim como de praxe. Babava bastante – normal. O mais importante: não queria destruí-lo em picadinho.

– Aqueles caras são doidos – disse, alisando o cocuruto de Thor. Afagou-lhe as orelhas, mas ele se desvencilhou, incomodado.

Depois retomou as lambidas. – Você não tá infectado. Duvido que esteja. Eles são doidos.

Sentado no carpete, encostado à cama, Pablo puxou Thor pelo pescoço e deitou-o em seu colo. Abraçou-o. Uma noz cresceu em sua garganta.

– Você é meu filho. Ouviu? Você é meu filho e eu não vou deixá-lo ir a lugar nenhum.

Chorou. Thor lambeu suas lágrimas, consolando-o, como se dissesse *Eu não vou a lugar nenhum.*

– Passei a noite criando – ele disse, fungando. – Graças à minha *arte*, talvez não morramos de verdade. Grande, Nietzsche!

Thor latiu. Pablo apertou-o em um último abraço.

– Vou lá. Fica bem, parceiro. Falta pouco. Talvez nem precisemos das minhas criações, mas fiz minha parte. Sinto que o fim disso tudo tá chegando. Aguenta firme. Mais tarde eu volto.

Antes de ir, desembrulhou a sacola, a comida ficando sobre ela sem encostar no carpete. Ao lado despejou a água na tigela. Deu um beijo no focinho de Thor. E se foi.

Tomado pelo aperto no coração, esqueceu-se de trancar a porta.

Daniela entrou no quarto como um raio. Não conseguia segurar as lágrimas.

Caiu na cama, abraçando o travesseiro. Soluçava incessantemente, em total desespero. Não acreditava que estava tudo terminado. Havia estado em banho-maria há semanas, sendo preparada pelo destino para o pior. Só uma coisa na vida é certa: a morte. Mas nem por isso, quando ela chega, estamos de braços abertos.

O ar lhe faltava; a garganta estava seca. Não queria morrer, mas sentia os dedos gelados da ceifadora acariciando sua alma, sussurrando-lhe no ouvido que tudo ficaria bem, que toda a dor e medo não mais existiriam. Afundou o rosto no travesseiro, e gritou. Cravou as unhas na fronha, e gritou. Gritou como nunca. Queria pôr para fora o sofrimento que açoitava o interior de seu peito. Desfazer o nó enrolando-se em sua garganta. Preencher o vazio em seu estômago. Queria acordar do pesadelo.

Afastou o travesseiro, inspirando o ar abafado. O rosto estava vermelho, úmido. Os cabelos, desgrenhados. Fitou o teto em busca de um rumo, uma razão para continuar lutando. Não podia desistir. Uma vez Tiago havia dito que desistir vem só depois da última opção.

Num repente uma ideia nasceu. Olhou para o lado e viu o notebook sobre a cama. Imaginou quais seriam as chances de... Podia pelo menos tentar.

Decidida, empoleirou-se na cama e puxou o aparelho para si. Engolindo o choro, apertou o botão de ligar e aguardou a inicialização.

O chiado da TV perdura, o som como unhas apodrecidas coçando a pele puída até alcançar a carne viva.

Apesar de o almoço ter terminado há algum tempo, permaneço na mesa. Não há nada mais importante para fazer. Após a última fatídica notícia sinto como se algo tivesse sido arrancado de mim. Meu corpo foi violado; garras invisíveis roubaram-me minha bateria, o que me fazia mover, planejar, buscar. Agora é como se os inúmeros caminhos que antes se abriam à minha frente houvessem sido interditados. Apenas um sobrara. Terminava no desfiladeiro da morte. Apenas um pulo, e bye, bye.

O trio parada dura continuou a sussurrar na reuniãozinha particular. Embora o restaurante esteja praticamente vazio, eles tentaram falar o mais baixo possível. Há alguns minutos começaram a lançar olhares em volta, como se para constatar que outros tivessem voltado, mas somos apenas nós. Dezuíno, Yulia e Yerik, e eu, fora Victor, Pooh e Lizzy.

Uma última verificada e Victor se levanta, acenando aos dois, uma afirmação.

– Como ninguém apareceu, falarei agora mesmo – ele diz. – Avisamos o restante depois.

Ele tem nossa atenção total. Até Yulia, que não nos entende, atenta-se a cada palavra.

– Sei que o comunicado deixou todos descrentes quanto ao futuro. Não digo que as palavras daquele repórter não tenham fundamento. São cem por cento acuradas. Ele realmente presenciou o começo do fim. Mas não será o fim para nós.

Um pigarreio. Ele continua.

– Não tenho obrigação com nenhum de vocês. Eu poderia muito bem seguir meu rumo e deixá-los por conta própria. Somos todos crescidos, temos pernas e braços, e mesmo assim todos temos deficiências. Cegueira, fragilidade, orgulho. Ninguém é perfeito. Posso parecer um paredão indestrutível, mas tenho falhas. Músculos não fazem um homem. Escolhas o fazem. Escolhas estas que, por mais acertadas, não me colocam em um pedestal. Elas definem quem eu sou, mesmo cheio de falhas. O que posso garantir é que uma delas não é a indiferença.

Os olhos de Dezuíno se enchem de água ao longo do discurso.

– Há pessoas vindo ao hotel. Virão buscar meus amigos e eu. O helicóptero chega hoje. O que quero dizer é que há espaço para todos.

Obrigado, Victor. Você acaba de me mostrar que minha bateria não foi roubada, mas que estava apenas em stand by. Acabo de senti-la ligar novamente.

– Há um porém – ele continua. – Não posso levá-los até o fim do destino. O que posso, sim, é levá-los a um lugar seguro, bem longe daqui. Como eu disse, todos têm pernas e braços, e precisarão deles para reconstruir suas vidas. Precisarão superar suas deficiências. Fortalecer seus pontos fortes. Independente de quão longe chegaremos, lembrem-se das palavras daquele repórter. Não esqueçam quem são. Lutem pelo que vale a pena lutar. Vocês testemunharão atrocidades, assim como têm testemunhado desde os dias normais. Barbáries veladas na política, na saúde. Aquelas pessoas cercando o hotel não são muito diferentes dos engravatados do Senado. Não são diferentes dos moleques de quatorze, quinze anos que matam por um relógio, um celular, ou por pedra. O caos que está crescendo lá fora pode ser para sempre ou pode acabar em alguns dias. Independente de tudo isso, façam esta oportunidade valer. Meu ponto mais forte é a compaixão. Foi por compaixão a cada um de vocês, que estão saudáveis, que sacrifiquei os que estavam infectados. Por compaixão a eles, também, para não sentirem a dor da transformação, da perda do controle. Minha escolha vai mudar vidas. Peço apenas que façam a carona valer. Transformem em algo bom. Não se deixem influenciar pelo mal que está aí, por toda parte, corroendo o que toca. Suas escolhas os levarão aonde quiserem chegar.

– Eu te agradeço e te amaldiçoo.

A interrupção provoca uma sucessão de cabeças girando, como se ensaiado. Pablo está no umbral, massageando o pulso direito com a mão esquerda. A roupa, coberta de fuligem.

– Te agradeço por ser um filho-da-mãe de um camarada – ele diz, aproximando-se. Apesar do desentendimento do dia anterior, parece disposto a deixar a poeira abaixar, um sorriso camarada no rosto. – E te amaldiçoo porque acaba de transformar todo o meu trabalho em poeira.

– Como assim? – Lizzy pergunta.

– Passei a noite elaborando umas coisinhas. Lembram? Eu disse que estava indo criar meios de compensar as armas roubadas. Mas agora, não precisaremos mais de armas.

– Você encontrou armas? – Pooh pergunta, levantando-se, ansioso.

– Não. Eu mesmo criei.

Incógnita em todos os rostos. Pablo ri mais uma vez. Sorriso de criança que aprontou.

– Venham. Eu vou mostrar.

Na lavanderia sentimos o azedo no ar. Mofo, roupa suja e um toque de queimado. A combinação embrulha meu estômago.

Nos fundos, Pablo nos aguarda, ansioso. Ao nos aproximarmos, encontramos uma parafernália de... Não sei como chamá-las.

– O que é isso? – pergunto.

Sobre a mesa, instrumentos forjados são iluminados pela luz falha de uma lâmpada a ponto de morrer. Parecem armas improvisadas. Aquele sorriso de antes... Agora entendi.

– Não transformei uma colher em espingarda. Acho que fiz melhor.

Pablo pisca para Pooh. Lizzy parece se divertir à sua própria maneira, os olhos divertidamente incrédulos.

– O que você aprontou aqui? – ela pergunta, chegando mais perto da mesa.

Pablo explica o que fez durante a noite toda. Reuniu tudo de útil que encontrou no hotel e arquitetou uma seleção de armas brancas. Até mesmo nomeou cada um de seus *brinquedinhos*.

– Esta é a Antena.

Com um cabo de vassoura de metal, fez vários furos em sua base, onde transpassou lâminas de facas. Lizzy tenta puxar algumas e constata que estão bem presas.

– Nada mal.

– Eu sei. Este é o Leatherface.

Com o motor de um cortador de gramas Pablo criou algo eficiente para manter os infectados longe. Na verdade, para fazê-los em pedacinhos.

– Tem também as Molotov. Gosto de chamá-las de Valescas, porque com elas é fogo, porrada e bomba. – Ele ri da própria piada.

Sob um lençol Pablo exibe uma fileira com duas dezenas de garrafas, com panos enrolados em seus gargalos. Para aproveitar ao máximo as bebidas, Pablo deixou as garrafas originais metade cheias, e com o resto do líquido preencheu outras que estavam vazias.

– Misturei óleo para o fogo durar sob a chuva. – De baixo da mesa puxa um taco com pregos saindo da ponta. – Este é o Hellraiser.

Não consigo não achar graça. Há três ao todo.

– Deve ter dado muito trabalho criar isso tudo – digo.

– Valeu a pena.

– Quanta criatividade – Lizzy elogia.

Até Victor se interessa, pegando um dos Hellraiser e levantando-o à altura dos olhos. Examina os pregos, na tentativa de arrancar algum. Não consegue.

– Não acabou. Olhem isso. O Candyman.

De dentro de uma caixa Pablo tira alguns pés-de-cabra com ganchos fundidos nas laterais. Só de imaginar o resultado de um desses na cabeça de alguém gela a espinha.

Da mesma caixa ele tira duas pistolas de pregos.

– Babem.

Mirando em um ponto específico, Pablo aperta o gatilho. A uma distância considerável, uma placa de vidro na entrada arrebenta. Desse eu gostei. Permite manter-se afastado do alvo.

– Este é o Pregador. É capaz de lançar os pregos a 427 metros por segundo. Extremamente poderoso.

– Você tem artilharia pesada aqui – Victor diz. – É bom saber que não estamos tão despreparados. Poderíamos nos virar bem com seu arsenal. Espero não precisarmos usar nada di...

– Socorro!

A voz de LC invade a lavanderia, potencializando devido ao eco. Ele surge na rampa, caminhando a passos trôpegos. Victor vai até ele, carregando um Hellraiser.

– Qual o problema?

– Carla. Ela foi... Alguém entrou no hotel... Eles brigaram, mas ela...

– Respira e fala devagar – Lizzy diz. – Cadê a Carla?

– Foi raptada – ele consegue dizer, esfregando a boca. Um fio de sangue escorre de um corte no lábio inferior.

– Por quem? – Pooh pergunta. – Josélia? David?

– Conrado? – pergunto.

– Não. Não é nenhum dos nossos. Alguém abriu caminho pela avenida e entrou.

– Como? – Victor pergunta. – Estavam armados?

– Os zumbis congelaram de novo. Como aconteceu antes.

– Não brinca!

– Deve ser a mesma pessoa que invadiu esta madrugada – digo. Pensei alto demais.

– O quê? – Victor olha para mim, com uma expressão de quem não acredita no que ouviu.

– Eu o vi caminhando na avenida entre os infectados. Estavam paralisados, sim. Como se a pessoa tivesse algum poder, sei lá. Ele entrou no hotel. Estava procurando alguma coisa. Depois saiu às pressas.

– Levou alguma coisa? – Victor pergunta.

– Não que eu tenha visto.

– Por que não contou antes?

– Não pensei que fosse importante.

– Como assim pensou que não era importante, Tiago? – Victor se exalta. – Você é mais inteligente que isso. Olha o que aconteceu.

– Foi mal – digo. É claro que eu sabia que era algo importante. Importantíssimo. Mas cadê a confiança para contar qualquer coisa para essa gente? Prefiro me fazer de burro.

– Precisamos buscá-la – LC diz. Está à beira de chorar.

– E vamos – Victor diz. – Pablo, você tem premonições?

– Não. Mas eu sei o que vai dizer. Minha noite não foi tão perdida quanto eu havia pensado, certo?

– Exato. Você viu para onde eles foram? – Victor pergunta a LC.

– Vi sim.

– Pois bem – Victor diz. Mais uma vez ergue o cabeça de prego à altura dos olhos, segurando-o com as duas mãos, como uma espada. – Este é meu.

Os olhos de Daniela estavam vidrados. Coçavam, secos, mas ela não se importava. Pulava de uma página a outra, todas com o mesmo destino de pesquisa. *Joel Silveira.*

Havia encontrado matérias escritas pelo repórter, entrevistas, breves citações em sites. Joel era repórter havia quase uma década e possuía credibilidade na TV. Tinha passado por duas emissoras, mas se estabelecera na atual havia pouco mais de quatro anos, e de lá transmitira as últimas notícias.

Daniela finalmente encontrou o que procurava. Uma página pessoal. Uma curta descrição curricular e dados de nascimento estampavam a página inicial. Abaixo, seus contatos. Ela anotou o celular num pedaço de papel e copiou o e-mail do repórter. Abriu o seu e adicionou-o. Como previra, todos os contatos do chat estavam off-line. Impaciente, começou a estalar os dedos.

Precisava falar com Joel. Precisava levar a verdade ao público.

Cada um de nós fica com uma das armas *made in* lavanderia.

Pablo fica com um dos três Hellraiser e um Pregador.

Pooh quer algo que possa se "conectar" aos seus braços e fazer sua força percorrer os músculos como eletricidade; para isso, escolhe somente um Hellraiser. Um toque certeiro do bastão no lugar certo – o crânio, talvez – levará suas vítimas ao inferno. Carrega também sua submetralhadora com o pouco, quase nada, que sobrou da munição.

Além da primeira Hellraiser, Victor fica com o Leatherface, aparato próprio para um massacre.

Todos os três levam Molotovs presas na cintura e em mochilas.

Para que não fiquemos totalmente desarmados caso os raptores voltem, Pablo deixa algumas das armas. Lizzy fica com o Candyman restante. Entrega também a Antena a Yulia. A russa fica surpresa diante do *presente*, mas entende sua finalidade. Aceita o cabo de metal mortífero e agradece com um aceno.

LC fica com o último pé-de-cabra. Não parece seguro com a arma em mãos.

Por fim, me aposso exatamente do que queria. O Pregador. Longo alcance. Perfeito.

Ficamos com algumas Molotov por garantia.

– Tomem cuidado – Lizzy diz. Não sei se tenta disfarçar ou não, mas todos percebem sua preocupação, especialmente em relação a Ivan.

– Como se nós já não... – Ele mesmo se interrompe, repreendido pelo olhar da loira. – Fica tranquila. Voltaremos antes que você possa dizer LAQUARTZ.

Confesso que estou preocupado. Não que eu me sinta apegado a qualquer um deles, mas querendo ou não eles me ajudaram. Sei o que estão prestes a enfrentar para salvar um companheiro, pois já passei pelo mesmo. Não posso dizer que me arrisquei em meio à mesma quantidade de infectados, mas, independente do número, o grau de perigo sempre foi grande. Basta uma mordida.

Pooh e Lizzy se abraçam. É literalmente um abraço de urso. Os olhos dela brilham enquanto aperta os dedos contra as costas largas do amigo.

– Volta vivo, por favor – ela sussurra.

– Já te decepcionei alguma vez? – ele sussurra de volta, ambos colando as testas e fechando os olhos por um momento.

Rompendo o abraço, Pooh se vira e abre a janela, gritando de empolgação. Pode ser sua forma de expressar medo. O vento frio invade, açoitando nossos rostos.

– Prestem atenção – Victor diz. O tom de seriedade em sua voz é o de um palestrante policiando-se para falar com a maior desenvoltura possível, garantindo que todos entenderão suas palavras. – Assim que passarmos por esta janela será vida ou morte. Fiquem atentos. E não sejam mordidos. Ouviu? – diz, olhando diretamente para Pablo.

– Farei meu melhor para evitar – Pablo responde, nervoso.

– Eu deixaria a jaqueta para trás – Victor diz. – Eles podem agarrá-la e complicar sua vida.

– Tem razão.

Pablo tira a jaqueta, atrapalhando-se um pouco quando os braços ficam presos para trás. Yulia se aproxima, ajudando-o.

– Valeu – ele agradece. – Fica com ela. Tá frio.

Sem esperar sua aceitação ou mesmo entendimento, Pablo estende a jaqueta de couro marrom. Yulia a veste e devolve um sorriso delicado.

Pooh é o primeiro a sair, pendurando-se no parapeito.

A chuva segue fraca, ainda que constante, resumida a um leve chuvisco. Pooh acende o isqueiro e queima o pano na boca da garrafa.

– Bem na cabeça da Hebe Camargo.

E arremessa. A primeira Valesca explode assim que se espatifa na cabeça de uma senhora loira de cabelo estilo capacete. Havia tanto laquê que nem a chuva desmanchou o penteado. Suas roupas, típicas de madame da alta sociedade, são tomadas pelas chamas. Um grito contínuo, estridente escapa de sua garganta enquanto ela roda como um cão correndo atrás do próprio rabo. Os mais próximos se afastam, repelidos pelo fogo.

Como um guerreiro livre de temores, Pooh ergue seu Candyman, sabendo que o sabor de seus próximos minutos não será nada agradável, e pula.

Capítulo 23 – Avenida de sangue

As Molotov transformam-se em bolas de fogo à medida que Lizzy e eu vamos arremessando as garrafas contra os infectados. Da janela temos uma mira bem melhor. A morte para os lambidos pelas labaredas é lenta. São Pedro decidiu parar de ser tão escroto e fechou o registro. Não totalmente, mas o bastante para que o fogo tenha uma vida um pouco mais longa.

Mais rápido do que posso acompanhar, Pooh arrebenta a cabeça de uma dúzia de infectados com o taco. Os golpes são fatais, tamanha a força que o brutamontes emprega. Eles não têm a mínima chance. Nacos de osso, cabelo e miolos espalham-se pelo ar. Sempre que uma Molotov explode, os infectados se dispersam, e é quando ele aproveita para praticar baseball.

Avistamos Pablo usando o Pregador. Acerta em cheio o olho de uma infectada prestes a atacá-lo. Em seguira se vira e arrebenta o maxilar do mais próximo com o Hellraiser. Metade dos dentes do infeliz é arremessada longe, junto com saliva e sangue.

A estratégia de Pablo é confiar nas Molotov, conseguindo manter boa parte deles longe. É o que menos usa combate corpo-a-corpo. Consegui vê-lo usando sua Hellraiser apenas uma vez. É como se sentisse pena deles. Vamos cara, força.

Victor se concentra no caminho. Com as hélices do Leatherface girando loucamente, vai abrindo passagem sem dificuldade. O chuvisco não é o bastante para lavar o sangue e pedaços de carne que se acumulam sobre ele. É como um carro de carroceria vermelha guiado pelo fantasma vingativo de seu falecido e apaixonado dono: nada o detém.

Pooh exibe uma ambidestria invejável. Bastão em uma mão, submetralhadora na outra. Os infectados caem como peças de dominó estrategicamente dispostas para derrubar as que seguem atrás. Por um breve momento é cercado, mas se livra facilmente com cotoveladas. Em seguida, atira e desfere golpes com o Hellraiser ao mesmo tempo, um movimento único, insano.

Ao meu lado Lizzy sequer respira. Os olhos seguem o amigo como mísseis teleguiados.

LC também observa, aflito. Assiste à batalha como se fosse um épico cinematográfico. Não quer perder uma cena. Por mais que tema por eles, tenho certeza de que está agradecendo por não ter ido junto, mesmo que seja para salvar Carla, alguém que parecia tão próximo dele.

Acompanhando o desenrolar dos eventos, cada movimento dos três lá embaixo, sinto como se estivesse diante de uma tela de videogame. Tento prever o que farão, contabilizo os inimigos derrubados, imagino quantos pontos de resistência restam para os "personagens jogáveis". Era o que sentia quando estava preso em Jaboticabal. Vivia uma aventura que poderia ter Game Over a qualquer momento. Bastava entrar em uma rua sem saída ou encontrar os NPCs errados. Sinto-me em uma sala de *save*, onde posso descansar, apenas assistir ao circo pegando fogo. No entanto, por mais que o perigo esteja lá fora, não afasto a ideia de que o fim do jogo ainda pode chegar a qualquer instante. Não alcancei um nível elevado. Sou um personagem em começo de campanha.

Eles, ao contrário de mim, estão mais bem preparados do que eu quando me vi cercado pela primeira vez. Tão cru. Tão virgem.

O metal da pistola está tão bem lustrado que eu poderia pentear meu cabelo no reflexo.

Halley observa as armas como um apreciador de arte admira uma pintura de Anita Malfatti. Só falta acariciá-las.

– Quer dizer que você nunca pegou uma arma?

Afirmo com um aceno o que disse há pouco. Nunca tive motivos para usar armas antes.

Aproximando-me, vejo o interior do baú. Há cinco armas, todas parecidas. Pistolas simples. Há bastante munição no fundo.

– Onde conseguiu isso tudo?

Sobre o carpete, Halley enfileira as balas em fila indiana e dispõe os revólveres lado a lado.

– O primeiro lugar que visitei ao sair do prédio foi a loja de pesca na rua de baixo. Por sorte encontrei essas aqui. O resto havia sido saqueado. Não encontrei outras armas de fogo, embora não tenha procurado em todos os cantos. Eles estavam atrás de mim.

Halley narra suas desventuras de boca cheia. Parece gostar do que está acontecendo.

– E o que pretende?

– Com quê?

– Você disse que precisava fazer uma coisa antes de ir embora. O que é?

Com destreza ele encaixa bala por bala no tambor de um revólver. Quando termina, sorri.

– Vem comigo.

Da sacada por onde entrei assistimos zumbis vagando na rua, perdidos. Grunhem como cães raivosos quando se aproximam de outros. Sua aparência é horrível. Alguns exibem ferimentos tão nojentos que não consigo imaginar como ainda conseguem manter-se de pé.

Halley observa cada um deles. Parece medi-los dos pés à cabeça. Trouxe consigo duas armas e um punhado de munição.

Entretido a olhá-los, disperso nos costumeiros pensamentos de "*o que sentem*", "*o que querem*" e "*o que são*", sinto o sangue gelar ao som do primeiro disparo. Quase vomito meu coração de susto. Os próximos vêm rápidos e certeiros como os de um atirador profissional. Não erra um.

Os canibais caem um a um, impossibilitados de sentir a dor de seu último contato com este mundo. Outros surgem, atraídos pela barulheira. Estão assustadoramente agitados.

– Você é bom – elogio, ofegante.

Halley sorri, um quê de malícia em seu sorriso. Chega mais perto e estende uma arma em minha direção. Engulo seco.

– Experimenta – ele diz.

Hesito diante da proposta. Nunca nem mesmo segurei uma arma antes. O coração acelerado grita de excitação. Com as mãos trêmulas, aceito. Analiso devagar seus detalhes.

– É mais pesada do que eu pensava. E fria.

– Vai esquentar. – Halley sorri novamente.

A sensação de falsa segurança que o objeto transmite através de meus dedos me incomoda. Devolvo. Ele a pega de volta e recarrega. O som das balas encaixando no metal gela meu estômago.

– Te deu tesão?

– O quê?

– Em mim dá. Sempre que atiro sinto o maior tesão da minha vida. Algo que nenhuma foda pode proporcionar.

– Sempre? Você atira sempre?

– Eu cresci atirando, cara. Meu pai tinha uma fazenda e lá podíamos fazer tudo sem medo. Com ele aprendi a ser homem de verdade.

– Ser homem pra você é depender de um revólver?

– Não. Ser homem é ter nas mãos o poder de fazer o que bem entender. Ter a chance de poder fazer qualquer coisa, mas saber o que se deve ou não fazer. É correr o risco de ser dominado por uma arma, mas não se deixar levar, entende?

– Mais ou menos.

– Você acha que qualquer um tem a mente tão bem estruturada pra segurar uma dessas? Acha que o tesão não pode dominar e cegar qualquer um? Um homem fraco armado vai querer chegar ao orgasmo.

– Entendi. – Que papo estranho.

– E você?

– Que tem eu?

– Você é fraco? Deixa o tesão te dominar?

Ele estende a arma novamente em minha direção. Minhas mãos estão suadas.

– Ou consegue segurar o orgasmo?

O armazém estava envolto em sombras.

Nenhuma entrada era visível. O único som era o da chuva batendo do lado de fora, pedindo para entrar. Em meio ao breu uma luz nasceu, mas morreu instantaneamente.

– Que merda.

O homem tateou pelo balcão, derrubando alguns objetos, os quais não soube identificar, até que encontrou o que procurava. Um isqueiro.

– Isso!

A iluminação era fraca, mas dava para o gasto. O que não podia era tentar andar pelo escuro e esbarrar em tudo que estivesse na frente. O barulho poderia atraí-los.

Na pia, pegou um copo e abriu a torneira. Bebeu num gole tão rápido que acabou molhando a camisa. Por distração acabou tendo o isqueiro apagado também pela água, tornando-se inútil.

– Droga – praguejou num sussurro.

Nos bolsos encontrou seu celular e apertou um botão. O visor ligado serviu perfeitamente como lanterna. O 3G estava fora, para variar.

Ao redor não conseguiu ver nada que pudesse ajudá-lo. A porta havia sido lacrada por dentro, assim como as janelas. Tudo estava intacto, sinal de que ele conseguiu agir rapidamente antes que a loja fosse invadida. Tinha certeza que os locais ao redor não haviam tido a mesma sorte.

Tomava cuidado para não fazer nenhum barulho enquanto caminhava por um corredor. Sabia que estava sozinho e pretendia continuar nesse status. Avistou a silhueta do outro balcão no fim das prateleiras.

Em frente ao caixa puxou uma cadeira de rodinhas e sentou. Num clique ligou o computador.

– Espero que tenha internet nesta joça.

Após a inicialização do sistema, clicou no ícone do discador e conseguiu o que queria: conectar-se. Tudo bem que a velocidade não era aquelas coisas, mas não podia reclamar. Dava-se por feliz por estar vivo.

Entrou em sua página de notícias favorita e leu a manchete. "*A morte domina o Brasil.*" Leu o início da matéria, mas o resto não prendeu sua atenção. Vasculhou por outros sites, e todos tinham o mesmo teor. Nenhuma novidade para alguém que havia visto tudo de perto, com exclusividade. Ainda não conseguia acreditar.

Acessou uma página em inglês, e a frase de chamada dizia que o Brasil havia sido riscado do mapa. Era exatamente como ele mesmo havia anunciado em sua última reportagem. O fim.

– Droga – xingou, socando o balcão.

Com a cabeça apoiada nos braços, chorou sem controle. Não queria acreditar no que estava tão claro. Chorou como uma criança. Queria abrir os olhos e se ver em outro lugar. Um lugar sem sangue espalhado pelo asfalto, sem crianças gritando de medo nos braços de suas mães mortas, sem os gritos de fúrias daquelas coisas.

Um som chamou sua atenção.

Erguendo os olhos encarou a tela do computador. Era uma solicitação de contato. Alguém o estava chamando no chat vinculado ao seu e-mail.

Curioso, aceitou. A primeira mensagem veio.

Daniela Silvestre: vc eh o reporter joel silveira?

Ainda com lágrimas nos olhos, digitou de volta.

Joel Silveira: Sim. Quem é vc??

A resposta veio cinco segundos depois.

Daniela Silvestre: meu nome eh daniela e eu sei como td isso começou

Funciona, Conrado pensou.

Talvez por ter se agitado demais, Janaína estava caída de lado no chão. As mãos atadas nas costas impediam que pudesse encontrar um apoio e erguer-se. As veias do braço pareciam prestes a estourar; provavelmente Conrado apertara mais do que o necessário. Por outro lado, nunca se sabe o que esperar desses malditos infectados.

O olhar de Janaína transformou-se. Não exibia mais o pavor de antes. O rosto tomou ares monstruosos. Continuava com a mesma pele alva, os mesmos lábios apetitosos, mas não era mais uma bela sedutora. Meretriz do inferno, sim, cairia como uma luva. Os rosnados eram abafados pela mordaça, um som molhado, rouco, falho. Tentava morder, livrar-se do pano com gosto de vaso sanitário de rodoviária às seis da tarde, mas todo seu esforço era em vão. As pupilas eram como bombas, Hiroshima e Nagasaki prestes a explodir. Conrado era seu alvo. Sua visão embaciada, vermelha, fitava-o. Ele sorria, embasbacado.

Do outro lado, Vanessa se encontrava alheia ao que havia se tornado. Casulo infectado. Metade de sua mente continuava consciente; sabia onde estava, o que havia acontecido. Metade lutava para ir embora de uma vez. Queria apenas o doce toque da morte. Um anjo de aura dourada, uma mulher de negro, correntes de luz saindo das sombras, agarrando-se à sua alma e levando-a. Não importava a forma; queria apenas o fim. O catarro havia secado nas portas das narinas, dificultando a passagem do ar. A boca seca, pobre de saliva, grudava, a pele dos lábios cortados ardendo. Não sabia, mas naquele instante carregava o título de mulher mais admirada da face da Terra.

Conrado queria abraçá-la, beijá-la, fodê-la. *Filha de uma puta abençoada! Deu certo, porra. Deu certo.* Ele gritou, um uivo de comemoração. Aquilo tudo era melhor do que acertar os seis números da Mega-Sena sozinho. Possuía o bilhete premiado. Tirou-o do bolso interno do paletó. A seringa ainda continha pouco mais da metade do líquido. Beijou-a. Guardou-a no mesmo bolso.

Seu tempo ali havia acabado. Não acreditava em destino, mas, pela primeira vez na vida, agradeceu por ter cruzado o caminho daquele bando de idiotas. Havia uma razão maior, ele agora via.

Aproximou-se de Janaína e encostou o bico do sapato em sua bocarra, os cantos sangrando uma gosma escura. Ela rosnou mais, uma cadela raivosa acuada, desesperada para roer o osso. Conrado se divertia esfregando o couro nos dentes perolados da gaúcha, agora contornados pelo sangue acumulado.

– Você serviu, *guria.*

Encurvando o tronco, Conrado contraiu os lábios, um U. Bochechou a baba dentro da boca, fez pressão, e um fio de cuspe desceu, caindo certeiro na testa de Janaína. A saliva escorreu pela sobrancelha e formou uma poça em seu olho esquerdo. Irritou-a ainda mais. Conrado gargalhou de dentes cerrados. Então deixou-a. Antes, porém, notou que a mordaça dava os primeiros indícios de que cederia às dentadas. Levaria um tempo, mas cederia.

Vanessa estava no limite. Não havia sentido qualquer tipo de reação após a agulhada. O problema era a dor da tortura sofrida, a fraqueza da mente, a confusão. Era como se estivesse dopada. Apagaria a qualquer momento. Conrado percebeu isso, e foi quando deu um tapa em sua cabeça. Indo direto do zero ao cem, Vanessa despertou, as dores mais vívidas do que qualquer outra sensação. O girar do mundo cessou, e ela conseguiu enxergar tudo com clareza. O torturador que havia assassinado seu noivo. A bela estranha apanhada por ele, agora uma louca ensandecida, como os outros. Tentou afastar-se da infectada, mas estava fraca. As pernas não obedeciam. Os pulsos amarrados não serviam.

– Vai dormir enquanto sua nova amiga está doida para trocar umas ideias? – Conrado disse, sorrindo. – Que falta de educação. Estrangeiros e suas malditas culturas.

Dando-lhe as costas, Conrado dirigiu-se à porta. Falou, sem olhar para trás:

– Ensine sua língua a ela, para passar o tempo.

Girou a chave, abriu a porta e saiu. Encostou-a apenas.

Do corredor podia ouvir o choramingo da importada e os rosnados da nacional. Havia se divertido como nunca. Entretanto, precisava deixar tudo para trás. Respirou fundo. Estalou os dedos. Focou. Sim, seu tempo no hotel havia chegado ao fim. Mas havia ainda uma ponta solta. Precisava dar o último nó.

Precisava experimentar Esther.

Pablo passou a dar maiores chances ao Hellraiser. Percebeu que não adiantava apenas tentar afastá-los, pois logo o cercavam novamente. No início não se sentiu muito à vontade em decepar a cabeça dos que se aproximavam, mas sentiu algo que o fez redobrar a força empregada, e começou a descer lenha.

– Tá mandando bem – Pooh gritou para encorajá-lo, pouco antes de arrebentar a testa de uma mulher.

Os infectados eram agressivos e queriam muito matar aqueles que os estavam exterminando, mas, estranhamente, alguns sentiam a noção do perigo diante das armas, inclusive vendo outros serem feitos em picadinho pela hélice enfurecida nas mãos de Victor. A chuva de sangue misturava-se à garoa. Eles desviavam da máquina de fazer morte e atacavam pelos lados, mas Victor era anos-luz mais esperto e os derrubava, ou afastava, antes que pudessem sentir o gosto de sua carne.

Pablo aproveitou um espaço aberto e correu. Teve que atingir dois homens para chegar ao seu destino. Rapidamente bateu o pé na lateral da estrutura e se impulsionou para cima, agarrando a borda e subindo no ponto de ônibus. Lembrou-se de Tiago quando conseguiu realizar o movimento com perfeição.

Havia bosta de passarinho por todo lado. O cheiro era forte, mas era melhor do que estar lá embaixo. Jogando a mochila de lado, começou a acender as Molotov e arremessar. Ouvia guinchos de dor a cada explosão. Quando viu mãos surgindo na borda, pegou prontamente sua Hellraiser. Nem esperou o infectado conseguir subir por completo e desferiu um único golpe em sua cabeça.

– Nem aqui em cima eu tô a salvo, cacete!

Percebeu que havia uma caixa de concreto na calçada, por onde o rapaz havia conseguido subir. Voltou às Molotov. Conseguiu incendiar boa parte deles. Sabia que a meta era o prédio, mas não queria descer dali tão cedo. Com dores no braço de tanto arremessar garrafas, deu vez ao Pregador. Para afastar um rapaz sem um braço que de alguma maneira conseguiu subir na caixa, atirou o primeiro prego. Não era um prego normal; tinha seus dez centímetros ou mais. O projétil atravessou seu olho direito e provavelmente alcançou o cérebro, pois foi o suficiente para derrubá-lo, sem chance de volta.

Em seguida, num giro, pressionou o gatilho e acertou outros. Em alguns foi preciso investir mais na munição, pois, mesmo com pregos cravados em suas cabeças e pescoços, eles teimavam em resistir. Alguns conseguiam continuar, ainda que por pouco tempo, mesmo com suas jugulares rasgadas. Pablo passou a mirar nos pontos vitais.

Vez ou outra Victor precisava deixar de usar a hélice para aproveitar do peso da própria máquina, desferindo golpes violentos dignos de um campeão do UFC. Ouvia ossos quebrando. Não estava ali para brincadeira. Mataria quantos precisasse para chegar ao outro lado. No fundo sua maior motivação não era Carla. A companheira era uma desculpa. Quando ouviu Tiago narrar sobre a pessoa caminhando em meio a infectados paralisados não teve dúvidas. Havia fugido durante toda sua vida, mas o destino, traiçoeiro, providenciou que seus caminhos se cruzassem novamente. Somente uma pessoa tinha o poder de freá-los. Essa mesma pessoa estava no prédio indicado por LC. Poria um ponto final na história de uma vez, algo que devia ter feito naquela fatídica noite no Chile.

Quebrando a perna de um homem tão grande quanto ele e deixando-o de joelhos, ligou o Leatherface e mostrou mais uma vez o motivo de tal nome.

Pooh não precisava olhar para trás para saber que Lizzy ainda estava aflita na janela. Sabia o quanto ela temia por sua segurança tanto quanto ele temia pela dela. No fundo gostava da adrenalina e se sentia poderoso ao ver a multidão cedendo, mas sabia que precisava tomar cuidado. Não queria desapontá-la. Não se importava com os sentimentos de mais ninguém. Os dela, no entanto, eram como joias raras.

Com firmeza segurou o Candyman e abriu caminho com movimentos rápidos. Os infectados caíam, e outros vinham para cair também. Pooh não conseguiu evitar o ataque traseiro; teve tempo somente de sentir braços enlaçando seu pescoço. Com a mão direita segurou o pescoço do maldito. Não sabia se era homem ou mulher, mas os berros de fúria ao pé do ouvido lhe diziam apenas uma coisa: independente do sexo, era perigoso pra cacete.

Com a esquerda usou o pé-de-cabra para afastar os outros. Sentiu o braço doer. Era forte, mas humano. Não aguentaria por muito tempo. Enquanto os derrubava e mantinha a boca do infeliz longe de seu pescoço, olhou ao redor.

Seus companheiros estavam longe.

Com movimentos precisos, Halley acerta cada um dos canibais. Eles caem como se suas almas fossem laçadas por uma força sobrenatural e arrancadas de uma só vez. O som dos tiros atrai outros, e estes encontram o mesmo destino.

Imagino quando tudo terminará, quando o resgate chegará e nos levará para um local seguro. Ao parar de correr e agir por instinto, percebo que poderia ter evitado tantos perigos desnecessários se tivesse me acomodado mais cedo em um lugar como este.

– O que está pensando? – Halley pergunta.

– Nada.

Sem se convencer, lança um sorriso desconfiado e estende a arma.

– Tenta.

– Não, valeu.

– Vamos, não seja marica.

Tento não transparecer ter me ofendido e pulo do parapeito onde estava sentado. Seguro a arma com firmeza, forçando as mãos a não tremerem.

– Você é destro, né? – ele pergunta.

– Sou.

– Ok. Então segure com sua mão direita.

Firmo os dedos. Respiro fundo. Começo a tremer como se estivesse com frio. O suor é quente no rosto e gelado nas costas.

– Agora mire seu alvo com o olho direito, e puxe o gatilho.

Fecho o olho esquerdo e miro num zumbi qualquer. Um homem normal com roupas normais, que poderia estar vivendo sua vida normal em vez de estar servindo como alvo em uma aula de tiro prático. Meu controle sobre a tremedeira se torna inexistente.

– Nervoso?

– Um pouco. – Rio nervoso.

– Então tente isso. – Halley se aproxima e pega minha mão. – Mão esquerda no pulso pra acalmar, e braços retos. Abra um pouco as pernas pra equilibrar.

Inspiro acelerado e obedeço suas instruções. Não há como descrever a sensação.

– Agora não resista porque eu sei que você está sentindo – ele sussurra em meu ouvido, colado em minhas costas.

Ele está certo. Sinto o sangue correr por meus dedos e o desejo de puxar o gatilho aumentando.

Atiro.

O prego acerta em cheio a testa do infectado, afundando como se fosse uma tábua de madeira.

Consigo ver Pooh largando-o ao perceber que não é mais preciso medir forças. Nem se incomoda em descobrir de onde veio o tiro salvador e investe agora com as duas mãos contra os que se aproximam.

Lizzy continua a acompanhá-lo, os olhos arregalados.

– Essa foi muito boa, Tiago.

– É.

– Minha mira é boa, mas a sua é digna de aplauso, considerando que você não teve um preparo maior.

– Sua mira é melhor, tenho certeza. Você só teve medo de errar, pois disso dependia a vida do seu amigo. Se fosse qualquer outro, você não teria problemas.

Ela não responde. A expressão em seu rosto me diz que ela concorda.

– Onde aprendeu a atirar? – pergunta.

– Não faz muito tempo. Foi logo que isso começou. Fui obrigado a aprender.

– Pra você ver que não vieram somente coisas ruins com esta situação.

Ela nota em meu semblante que não partilho de sua opinião.

– Eu sei que é difícil enxergar – continua. – Eu mesma não consigo se não tentar. Mas há sim coisas boas, independente do que esteja acontecendo. Obstáculos assim sempre trazem...

– Coisas boas? – questiono. – Cita uma.

– Você aprender a atirar.

– Preferia não precisar.

– Sua amizade com Daniela.

– Não faço questão.

– Você ter finalmente vindo pra São Paulo. Não era seu sonho?
Não consigo segurar o riso, e não é por achar graça. É ridículo.
– Claro, sempre quis vir para uma São Paulo tomada por zumbis.
– Sua força.
– O quê?
– Sua força. Se não fosse pelo que está acontecendo, você nunca saberia o quão forte pode ser. O quão longe pode chegar. O mundo nunca foi e nunca será como queremos, você sabe disso, então precisamos nos adaptar. Precisamos evoluir e não ficar para trás. Foi o que você fez. Ainda que preferisse o contrário, você aprendeu a atirar. Pode parecer estúpido, mas é algo de que dependemos agora. E se não fosse por você ter aprendido, não sei se eu teria conseguido ajudar o Ivan.
– De nada de qualquer jeito.
Absorvo suas palavras. De um jeito ou de outro Lizzy tem razão. O mundo nunca foi perfeito, sempre havia algum problema em alguma parte. As guerras, por exemplo. Para sobreviver, soldados precisavam saber atirar. Era sua vida.
E agora, aceitando ou não, é a minha.

Oliver olhava pela janela como o telespectador de uma novela escrita por um autor atado à mesma fórmula em todos os seus trabalhos. Sem emoção. Apenas assistia para acompanhar o desenrolar.
Uma agitação em meio aos infectados chamou sua atenção. Pablo, Victor e Ivan atravessavam a avenida, como se fizessem parte daquele mundaréu de gente. Estavam no lugar errado. O asfalto havia sido clamado; o mais forte já vencera. Eram intrusos ali.
Espantou-se pelo fato de terem conseguido alcançar o ponto que alcançaram e ainda terem todos os membros de seus corpos nos devidos lugares. Sabia exatamente por que estavam lá fora e qual seu destino. Foi quando percebeu que precisava fazer algo.
Ainda próximo à janela tirou o celular do bolso e discou. Não esperou muito.
– Oliver?
– Sim, mãe. Precisamos apressar as coisas.
– Por quê? O que houve?
– Eles saíram.
– Quem saiu?

– Victor e mais dois. Eles 'tão indo direto para *o* prédio.

– *O* prédio?

– Isso. Não entendi bem o que rolou, mas a Carla tá envolvida.

– Ela não está mais aí cuidando de você?

– Mãe, não sei nem se ela está conseguindo cuidar de si mesma neste momento.

Uma breve pausa para absorver as informações, e a conversa continuou:

– Ok, Oli. Vamos ter que mudar os planos então.

– Ok.

Oliver ouviu atentamente.

Pablo ouviu a voz de Pooh disparar em meio à turba como um trovão, chamando-o. Ainda sobre o ponto de ônibus, restavam apenas duas garrafas. Conseguira se livrar de grande parte dos infectados, mas ainda havia muitos. A multidão cercara seu refúgio. Vez por outra alguns mais corajosos tentavam escalar, mas eram logo impedidos de continuar pelos pregos afiados perfurando seus cérebros e desligando-os instantaneamente. Pablo sentiu que começaria a, literalmente, cagar de medo.

– Pablo, vem! – Pooh o chamou mais uma vez, assim que arrebentou o rosto de outro infectado. Sentiu que Pablo não sairia mais dali.

Pablo o viu se afastar. Embora estivesse seguro ali em cima, não foi o que haviam combinado. Qual o propósito de ter passado a noite em claro criando as armas? Obviamente não era para ficar sentado assistindo ao massacre e não participar. Era perigoso, lógico. Mas e daí? Dizia-se que heróis morriam cedo, que os covardes sobreviveriam. Seria esse o legado que levaria para o resto da vida? O de maior covarde do fim do mundo? Havia perdido as coisas mais importantes de sua vida por acreditar na covardia como um escudo. Estava errado e precisava tomar uma decisão. Definitiva.

Fechou o zíper da mochila e a colocou nas costas, prendendo a fivela na altura do peito para firmá-la. Acendeu o pavio da penúltima Valesca, atirou e fez a chama da garrafa beijar o ombro de uma infectada seminua. A explosão afastou-os, o que lhe deu tempo de pular sobre a caixa de concreto e, em seguida, para a calçada. Reproduziu em seus movimentos a mesma violência que testemunhara em Pooh e foi em direção ao prédio do qual ele e Victor se aproximavam, abrindo passagem a tiros e pauladas.

No meio da segunda via da avenida, Victor teve uma infeliz surpresa: a hélice do Leatherface parou de girar. Buscou o Hellraiser preso à cintura, mas não o encontrou. Devia tê-lo perdido. Sem escolha, passou a desferir golpes com o equipamento. Tornara-se mais difícil mantê-los afastados devido ao cansaço, mas agora só podia depender de seus chutes e das pancadas com o objeto.

Pooh notou a ausência do barulho escandaloso do motor e não demorou a perceber o que havia acontecido. Chamou o líder e arremessou-lhe o seu bastão. Victor o agarrou no ar, girando o corpo e arrebentando o rosto de uma garota prestes a atacá-lo, esmagando metade de sua cabeça. Abandonou o Leatherface, agora um peso morto, e continuou a pauladas. Com a locomoção mais leve, rapidamente chegou à calçada em frente ao prédio de destino. Pooh já estava empoleirado na janela, afastando os infectados que tentavam entrar. Victor acendeu outra Molotov e atirou.

Com a ajuda de Pooh, apoiou-se no parapeito e subiu. Antes que pudesse entrar, ouviu o chamado de Pablo.

– Esperem por mim.

Corria em ziguezague, aproveitando o caminho aberto por eles, tomando cuidado para não escorregar nos membros decepados pelo asfalto. Tremia de frio, medo, adrenalina. Num pulo conseguiu subir pela janela, por pouco não sendo alcançado pelos demônios que haviam esperado os companheiros em chamas afastarem-se ou terem suas labaredas extintas, e caiu para dentro.

De costas no chão frio, Pablo tentava retomar o controle sobre a respiração, mas era impossível. Nem quando esteve na quadra, cercado, sentiu tanto medo.

– Piração total – gritou.

Gargalhou de nervoso. Seu corpo todo tremia.

– Levanta – Victor o chamou. Parecia estar vestindo um manto vermelho.

Um berro veio do alto. Havia um homem pendurado na janela. Pooh decepou sua cabeça com um golpe.

– Não vai dar pra segurar todos – ele disse. – Tem certeza de que é este o prédio?

– Foi o que o LC disse.

Estavam na recepção de um prédio residencial. A mesa do porteiro jazia de pernas para o ar. Havia diversos molhos de chaves espalhados pelo chão. Um vaso caído derrubara terra pelo piso.

– Vai – Pooh gritou. – Nós seguramos a porta.

Sem discutir, Victor disparou escadaria acima pronto para derrubar quem quer que surgisse.

Pablo e Ivan logo chegariam ao talo de suas últimas forças. Suas mãos estavam quase dormentes. Pablo sentia a sua arder, tomada por cortes. Continuou golpeando os teimosos que tentavam entrar pela janela, enquanto Pooh segurava a porta. Estava bloqueada por dentro, mas a massa aglomerando-se do lado de fora a derrubaria a qualquer instante.

No primeiro andar, Victor vasculhou apartamento por apartamento. Não encontrou ninguém. A maioria deles estava vazio, mas havia corpos em alguns. Não infectados: todos baleados na cabeça. Até mesmo crianças. Cada um deles com o mesmo buraco na testa. O sangue estava seco havia muito e o fedor tomara conta do ar. Teria o exército entrado ali?

Victor seguiu para o próximo andar.

Yulia andava de um lado ao outro, pegando roupas no closet e arrumando-as na mala. Estava no quarto onde havia encontrado o carrinho de bebê, o qual servia no momento como um casulo protetor para Yerik. O pequeno dormia um sono profundo, enrolado em uma manta rosada. Havia um punhado de roupinhas nas prateleiras. Eram grandes para ele, mas serviriam.

Lembrou-se das roupas que havia trazido na viagem enquanto procurava algumas para si. Não fazia ideia de onde as perdera. No metrô? Na rua? Na lanchonete onde deixara a grávida agonizando? Seu rosto contorcido de dor assaltava-lhe a mente com constância.

Yulia nunca planejara ter filhos. Uma típica workaholic, não sentia ter alcançado a idade e situação financeira para se permitir cuidar de uma criança. Nem mesmo um cachorro ou gato. Mantinha no apartamento em Odessa, Ucrânia, um aquário com cinco guppies. Escolhera os peixes por serem fáceis de criar, além de poder, todas as noites, sentar-se em sua poltrona ao lado da janela com uma garrafa de vodca e observá-los em sua dança colorida e calmante. Era um ritual que seguia havia anos. Contudo, desde que os eventos que a trouxeram ao Brasil começaram a se desenrolar de tal forma que não pôde ignorá-los, não conseguiu cuidar dos peixes com o mesmo carinho de antes. Deu-se conta de que havia esquecido de pedir à vizinha para alimentá-los.

Um sapatinho de lã amarelo claro caiu de sua mão. Ao abaixar-se para pegá-lo, ouviu o rangido da porta se abrindo.

– Oi, ruivinha.

Com uma postura relaxada, uma mão no bolso e a outra no batente, Conrado sorria.

Victor já estava no quarto andar e não encontrara uma alma viva. Pensou que LC havia se confundido e os enviado ao lugar errado.

A cólera estava estampada em seu rosto, a pele brilhando de suor como petróleo. Sentindo a fadiga crescer, ignorou a cãibra que ameaçava tomar conta de sua perna e aproximou-se da porta seguinte. Todas as outras haviam sido abertas no chute, enquanto mantinha o Hellraiser pronto para tomar a alma de quem se metesse a esperto com ele. Cansado, girou a maçaneta.

Não pode ser, pensou. Na poltrona, sorrindo para ele, uma assombração do passado mantinha uma pistola erguida.

Ergueu o bastão, ciente de que era tarde demais. O gatilho já havia sido pressionado; o cano já havia cuspido o projétil mortal. Não havia volta. A sensação de uma agulha perfurando seu peito era o anúncio de que nada mais ficaria bem. Não poderia mais proteger aqueles que havia tomado como filhos. A partir daquele instante Ivan e Elizabeth estavam por conta própria.

Olhou para baixo. Um dardo se cravara sobre o coração. Um fogo crescia sob a carne, espalhando-se rapidamente através das veias. Estava em toda parte. Sua nuca queimava, os braços e pernas formigavam. O estômago ardeu. Sentiu a cabeça latejando. A vista embaçou. Piscou várias vezes, mas não adiantou. Nunca havia visto acontecer tão rápido. Olhou as próprias mãos, e não as reconheceu. Uma cortina rubra caíra sobre seu rosto, pintando o mundo de vermelho. Apoiou-se ao marco de porta. Sentiu que cairia a qualquer momento.

– Você ainda não venceu...

Foram suas últimas palavras antes de sentir algo desligando dentro de sua cabeça. Então Victor deixou de existir.

Capítulo 24 - A bela e a fera

Pablo esmagou a fronte de um velhote assim que seu rosto carcomido despontou na janela.

Havia nacos de carne e miolos incrustados nos pregos. Do parapeito escorria uma cascata de sangue pela parede, formando uma poça espessa no piso. Nem ele nem Pooh suportavam mais. Ambos pareciam robôs programados exclusivamente para executar os movimentos. Enquanto um desenhava arcos com o bastão, sentindo os músculos tremerem a cada choque dos pregos contra os crânios, o outro forçava a porta, retardando o rompimento da barreira.

– Já era para terem voltado – Pooh disse, cuspindo.

Pablo não respondeu. Seus olhos estavam fixos na janela, focado em sua missão de mantê-los fora.

Pooh olhou a janela. Por mais que os impedissem, eles não desistiriam. Havia muitos, e a cada minuto mais chegavam. A porta chacoalhava com violência. Suas grades não seriam páreo para a força de uma manada de demônios saídos direto do inferno e obstinados a levarem-nos para o outro lado.

Um uivo ecoou dos andares superiores.

– Você ouviu? – Pooh perguntou.

– O quê? – Pablo estava exausto.

– Vamos subir.

– Como assim subir? E eles? – Pablo arrebentou o rosto de outra infectada, arrancando um grito de dor de sua boca ensanguentada. Ela continuou a empreitada, mas outra pancada e ela rolou de volta pra fora.

– Tem alguma coisa acontecendo lá em cima – Ivan continuou. – Você não ouviu?

– Não tô ouvindo nem meus pensamentos.

– Eu sim. Parecia o Victor. Ele tá em apuros.

No meio-tempo de distração uma mulher conseguiu entrar, saltando como um felino selvagem. O berro saiu pela metade, silenciado pelo som oco do Hellraiser de Pablo dilacerando metade de seu pescoço. Ela caiu de bruços e ali permaneceu, em espasmos.

– Vamos – Pooh gritou, indo direto para a escadaria.

Pouco depois que a dupla deixou o saguão para trás, as dobradiças da porta arrebentaram, e os infectados conseguiram entrar.

De pernas cruzadas sobre a cama, Daniela segurava o notebook no colo. Mal piscava enquanto digitava rapidamente e esperava as respostas, a conversa no chat do Gmail desenrolando-se no monitor.

Joel Silveira: Sim.

Daniela Silvestre: juro que ñ eh brincadeira pq há mt tempo ñ sei oq eh brincar. to num hotel chamado maksouth plaza na av paulista com uns sobreviventes

Joel Silveira: E como vc sabe como tudo começou??

Daniela Silvestre: eu tava na primeira cidade onde o virus foi solto. se chama Jaboticabal. fica no interior de sp. vim com 2 amigos. tiago e ricardo. o ricardo foi pego pela laquartz e se transformou num infectado

Joel Silveira: Laquartz? A industria farmaceutica??

Daniela Silvestre: sim. eles sao os culpados pelo q ta acontecendo. acredito q eles tenham liberado o virus por algum motivo

Joel Silveira: Dificil de acreditar, moça. Parece historia de filme. Como assim 1ª cidade? Não começou na capital?

Daniela Silvestre: eh uma longa historia. te contarei em detalhes

Joel Silveira: Msm que seja verdade, oq espera de mim??

Daniela Silvestre: vc pode vir aqui nos pegar. temos provas suficientes p derrubar a laquartz. com sua ajuda podemos divulgar na midia

Joel Silveira: Oq eu ganharia entrando em uma cidade dominada por assassinos? Vc não viu oq eu vi, menina.

Daniela Silvestre: mas vi pior. pode parecer q eh o fim, como vc disse na tv, mas se conseguirmos destruir a laquartz vc pode sair como heroi

Demorou um pouco mais para que a resposta viesse.

Joel Silveira: Ainda assim é perigoso entrar na cidade.

Daniela Silvestre: em pouco tempo o resto do pais vai ficar pior do q vc pode imaginar. e tem mais. alguns do nosso grupo foram chamar resgate

Joel Silveira: O Brasil está bloqueado!!

Daniela Silvestre: sei disso e acho q a ajuda ta dentro do brasil. esses de quem falo tem influencia

Joel Silveira: São famosos?

Daniela Silvestre: ñ, mas tenho certeza de q podem nos tirar daqui. se conseguirem, em pouco tempo sairemos daqui

Joel Silveira: Se conseguirem? Não é certeza??

Daniela Silvestre: eh 1 chance que to te oferecendo. vc tem alguma ai sozinho?

Mais uma vez a demora na resposta. Daniela umedeceu os lábios secos com a ponta da língua.

Joel Silveira: Tá certo. Onde exatamente na Paulista vc está?

Um sorriso esperançoso surgiu no rosto de Daniela.

Conrado havia encostado a porta. Mantinha o sorriso malicioso. Parecia uma hiena cercando a carniça, medindo cada passo até ter certeza de que podia dar a primeira mordida.

Yulia não demonstrava medo, mas cautela.

– Eu disse oi, ruiva. Não vai responder? – Num repente o sorriso sumiu. – Ou devo te chamar de *Esther*?

Yulia deixou a mala de lado e assumiu uma postura mais firme, o peito estufado. Abriu os lábios, prestes a dizer algo, mas calou-se. Não queria despertar raiva nele. Não agora que estava sozinha.

– Sabe, tem uma coisa que eu não engoli até agora. – Conrado caminhou pelo quarto, não rompendo o contato visual, olho no olho, em nenhum instante. – Como acasos tão filhos da puta acontecem assim?

Despreocupado, Conrado tirou a mão do bolso.

– Lembra disso?

Um papel dobrado. Enquanto o abria, cantarolava baixinho. Com o papel totalmente aberto, exibiu-o para Yulia. Ela não escondeu a surpresa.

– Ah, então você lembra – ele disse. – Tem certeza de que enviou esta foto só para mim? Ou espalhou por todas as *agências* que conhece?

O olhar de Yulia assumiu uma raiva repentina.

– Por que não para de fingir que não entende o que estou dizendo, sua putinha? Não se lembra das nossas conversas? Tenho que ser sincero. Você é uma negação escrevendo ou falando português. Mas entende perfeitamente, não é?

Conrado parou de caminhar. Yulia o encarava, a janela atrás dele, sua silhueta recortada pelo céu cinzento.

– Eu sou o seu Alexandre, Esther. Quer apertar para ver se sou de verdade?

Observando-a perder o chão, ele se divertia em seu monólogo.

– Tenho certeza que você imaginou que havia algo além da tensão sexual, não é? Quero dizer, do jeito que eu te olho e do jeito que percebi que você me olha... Não há mais dúvidas. Sou eu, seu homem. Seu Alexandre Danna. E você está aqui, no começo do fim do mundo, por minha causa. Não é o máximo?

Depois que Victor, Pooh e Pablo entraram no prédio, Lizzy assistiu aos infectados tentando invadir sem sucesso. Certa de que os parceiros eram mais inteligentes do que mil cérebros apodrecidos, permitiu-se relaxar (ou fingir a si mesma que estava relaxada) e apanhou um jornal sobre uma mesinha.

Sobre o seu ombro dou uma lida na manchete.

POLÍCIA MILITAR APREENDE ARMAMENTO PESADO NA ZONA LESTE

Artigos, Policial

A denúncia foi fundamental para a localização de armamento pesado na zona leste de SP.

Policiais militares da ROTA (Rondas Ostensivas Tobias de Aguiar) apreenderam nove armas de grande poder de fogo no último dia 30 por volta das 18h. A apreensão aconteceu na Rua Ragueb Chofi com Avenida Aricanduva na zona leste de São Paulo.

Os policiais receberam uma denúncia de um transeunte que afirmou ter visto armas dentro de um micro-ônibus. Com os dados do veículo e após patrulhamento na região ele foi localizado e o condutor do ônibus desobedeceu a ordem de parada determinada pelos policiais militares.

Um cerco policial foi iniciado com o apoio de outras viaturas que culminou na abordagem ao veículo em que estavam dois homens, o motorista e um suposto cobrador. Um veículo marca Fiat/Uno estava fazendo a cobertura ao ônibus e estava com dois ocupantes e também foi detido pelos policiais.

O micro-ônibus do Consórcio Aliança Paulistana tinha como sinalização o número 3046/10 Reservado. Ao realizarem a vistoria no veículo os policiais encontraram o armamento. A ousadia dos criminosos era tamanha que os armamentos não estavam escondidos e sim distribuídos por sobre os bancos e assoalho do veículo. As munições de diversos calibres estavam acondicionadas em cestos de lixo sem tampa.

Os policiais militares determinaram a prisão aos quatro envolvidos e apreenderam os armamentos e munições, a ocorrência foi conduzida ao Departamento Estadual de Investigações Criminais (DEIC), para o registro da ocorrência.

Entre as armas apreendidas foram localizadas metralhadoras calibre.30 (artilharia anti aérea), fuzis de vários calibres, escopetas, entre outras armas. Ainda que a operação tenha sido um sucesso, a PM tem certeza de que há mais desse tipo de artilharia na favela que era o destino das armas.

– Amigos seus? – pergunto.

Entretida em seus próprios pensamentos, e não na leitura de fato, Lizzy nem se dá ao trabalho de responder.

Volto à janela. Tudo continua igual. A chuva irritantemente contínua, os infectados berrando e entrando pela janela do prédio... O quê?

– Lizzy!

Ela nota a urgência em minha voz e vem, seguida por LC.

Impotentes, testemunhamos o prédio ser tomado.

Pooh corria de um apartamento a outro procurando seus amigos.

– Victor! Carla!

Sempre atrás, Pablo auxiliava na busca. Via os infectados alcançando os andares superiores e sentia que faltava pouco. Um gosto ruim tomou sua boca. Sabor de mau presságio.

Pooh chamava por Victor a cada porta escancarada que encontrava, a submetralhadora empunhada. Pablo mantinha o taco erguido, sempre na defensiva.

O uivo se repetiu. Era como o lamento de um monstro. Carregava um frenesi raivoso e sofrimento.

– Vem lá de cima.

Pooh disparou pelas escadas, deixando Pablo para trás. Este apoiou as mãos nos joelhos e se curvou, precisando de um pouco mais de tempo para respirar. Estava a ponto de desmaiar.

Antes que pudesse afastar a dor no abdome, um homem surgiu vindo das escadas. Sua carranca de dentes expostos exibia um sorriso maníaco. Gritou.

Pablo sequer teve tempo de ir atrás de Pooh. Rápidos, eles vinham como uma avalanche. Sabia que o taco não seria páreo para todos, então recuou e se trancou no apartamento mais próximo.

– Era só o que me faltava – praguejou ao constatar que não havia nem sinal da chave.

Jogou-se contra a porta e instantaneamente sentiu as pancadas, um misto de socos, gritos e cabeçadas. A sinfonia era aterradora. Olhou ao redor e percebeu a bagunça em que o ambiente se encontrava, os cadáveres de uma mulher e uma menina no sofá encarando-o. Não havia nada de útil por perto. O sofá poderia ajudar a bloquear a porta, mas, se a deixasse por um segundo que fosse, seria o mesmo que mergulhar de cabeça em direção à boca da morte.

A força que os infectados empregavam era tamanha – ou talvez a qualidade da madeira não fosse das melhores – que começaram a surgir rachas ao redor da maçaneta. Precisava encontrar uma saída o quanto antes. Nem ele nem a porta aguentariam por muito mais tempo.

Notou que o chão era de madeira, e foi quando teve a ideia. Precisava funcionar.

O mais rápido que pôde, Pablo girou. Medindo cada movimento, câmera lenta em sua cabeça, mas em velocidade redobrada na realidade, ergueu o taco e, com uma força que nem ele mesmo acreditou ter, golpeou o chão próximo à soleira.

No mesmo instante a porta veio, mas travou. Os pregos cravados no assoalho impediram que ela abrisse. Num longo suspiro, Pablo agradeceu a Deus por ter ficado com o Hellraiser, porém ainda não acabara. O improviso os retardaria, mas não os impediria.

Correu até o outro extremo da sala e alcançou o corredor. No fim dele pôde ver um homem deitado na cama com um livro no colo e uma mancha de sangue na cabeceira. Havia sido baleado na cabeça, da mesma forma que morreram as duas na sala.

Enquanto ouvia as pancadas contra a porta, o taco cedendo a cada solavanco, concluiu que não poderia se esconder em um dos cômodos. Seria como tapar o sol com uma peneira. Assim como derrubariam aquela porta antes que o próximo minuto se completasse, derrubariam quantas precisassem. Não descansariam enquanto não colocassem suas mãos no couro de Pablo e o arrancassem como a pele de um frango morto. Arrependido de ter se juntado à empreitada, viu a janela escancarada. Disparou até ela.

Lá embaixo observou a aglomeração de infectados. Pareciam formigas alvoroçadas. Era alto demais. Não havia escapatória para ele.

Ouviu o barulho de madeira quebrando e nem precisou olhar para trás. Sem escolha, saiu pela janela e equilibrou-se no parapeito. A chuva atacou-o, impiedosa. Encostou-se à parede e fechou os olhos. Maldita hora para ser tomado por uma vertigem.

Respirou fundo e abriu os olhos no momento exato em que um rapaz apareceu enfurecido na janela. Pablo fez o máximo para não se abalar e focalizou o caminho. Precisava andar pela borda do parapeito até a janela mais próxima. Nenhum deles o alcançaria. Não morreria das mordidas. A chance agora era morrer pela queda.

Cauteloso, arrastou os pés enquanto se mantinha totalmente grudado na parede. A queda de três andares seria dolorosa, isso se conseguisse sentir dor ao arrebentar a cabeça no asfalto como merda de pombo. A chuva golpeando-lhe a face não era de grande ajuda. Estava morrendo de frio e medo, mas não podia desistir. Não no fim.

Ao virar a esquina avistou outra janela, faces de madeira abertas. Apertou o passo e quase perdeu o equilíbrio. Tornou a se encostar à parede e continuou, retomando a cautela.

Conseguiu alcançá-la, mas a vidraça estava fechada, totalmente embaçada pela chuva. Pablo não soube precisar qual era o cômodo. Tentou abrir com os pés, mas escorregavam muito. Obrigado a se abaixar, o fez com o máximo de cuidado que conseguiu. Com a mão esquerda segurou em uma fenda entre os tijolos à vista. Com a outra puxou o vidro.

Quase que no mesmo instante a vidraça foi arrebentada. Um infectado a atravessou com os braços e a cabeça. Pablo não teve sorte novamente ao se segurar e caiu.

Após uma única batida na porta, Oliver não esperou resposta e a empurrou.

– Posso entrar?

Daniela não conseguiu evitar o susto.

– Já entrou.

Um parecia tão tenso quanto o outro. Ela acabara de fechar o navegador. Estranhou o fato de, mesmo após ter confirmado que era ela quem estava no quarto, ele não ter dado meia volta. Não era segredo para ninguém que não havia a menor afinidade entre os dois, ainda que sem motivo aparente; portanto, não havia motivo para compartilharem o ar do mesmo quarto.

– O que você tá fazendo? – ele perguntou.

– Nada demais.

– Você nunca faz nada demais, né? Acha mesmo que eu acredito?

– Meu querido, eu não sou nenhum gênio em Matemática, mas acho que o que faço ou deixo de fazer não é da sua conta. Ainda tô te dando uma satisfação.

– Calma – ele riu. Daniela sentiu um quê de atuação no sorriso. – Eu vim em paz. Sei que você não gosta de mim, mas precisamos deixar as diferenças de lado. Não é mais cada um por si.

– Você tem razão. Eu não gosto de você.

Oliver riu de novo, sem conseguir convencê-la a fazer o mesmo.

– Alguma novidade? – ela perguntou.

– Victor, Pablo e o ursão saíram.

– Como assim? – Ela se levantou da cama, surpresa.

– Você não ouviu o fuzuê? Alguém entrou aqui e sequestrou a mulata.

– A Carla.

– A própria. Aí os três foram atrás dela.

– E o LC?

– Está com o Tiago e a Lizzy.

– Mas quem levou a Carla?

– Ninguém sabe. Tem alguma coisa a ver com os infectados paralisados, não sei.

– Vou lá ver se eles precisam de ajuda.

– Você vai sair? – Oliver perguntou, exagerando uma careta. – Eles estão bem armados. Pablo criou umas geringonças que serviram bem na travessia da avenida.

– Mesmo assim, eu...

– Posso ver o notebook? – Oliver se precipitou em direção à cama, ao mesmo tempo em que lançava um olhar dissimulado sobre o ombro, certificando-se de que captara a atenção de Daniela. Captara.

– Pra quê? – ela perguntou, parando no meio do caminho e voltando.

– Sempre ouço vocês falando dessa LAQUARTZ. Aí ouvi de novo na TV. Eles têm algo a ver com o que está acontecendo?

Oliver sentou-se na cama e puxou o notebook para si. Seus dedos eram ágeis sobre as teclas.

– Há uma grande chance. Bom, eu vou...

– Espera – ele chamou. – Vamos procurar alguma coisa sobre ela.

– Eu já tentei e garanto que você vai se decepcionar.

– E eu garanto que consigo encontrar qualquer coisa na internet. Me dê só dois minutos, no máximo.

– Fique à vontade.

A curiosidade de Daniela falou mais alto. De pé, os braços cruzados, típica expressão corporal de quem não está aberto a aproximações, assistiu-o pesquisar palavras que não conseguiu distinguir. Ele não precisou dos dois minutos inteiros.

– Olha isso.

Descrente, certa de que ele encontrara algo que ela já havia visto, Daniela foi até a cama.

– O que é?

– Encontrei alguma coisa sobre o Chile. – Havia uma expressão de perplexidade em seu rosto.

Daniela leu o artigo. Estava datado de 1985. No início pulou algumas palavras, mas à medida em que avançava no texto encurvava o corpo e aproximava-se mais do monitor. Falava sobre o acontecido no Chile assim como a matéria que encontrara antes, mas, prestando atenção, notou que era mais completa. Mesmo órfã de imagens, exibia nomes. Não acreditou no que leu.

> Finalmente revelados os nomes dos terroristas que provocaram a morte em massa na LAQUARTZ, no Chile. Victor Rocha, 27 anos, cientista da própria indústria, Filipi Boñagura, 34, oficial da região, e Douglas Dephelipe, 24, noivo da cientista-chefe e sobrevivente Abigail Küsen, 31. Além do roubo de várias amostras e experimentos virais, a quadrilha é procurada pelo seqüestro da única filha de Abigail, Elizabeth Küsen, de 10 anos. Filipi levou também seu filho de 14 anos, Ivan Boñagura. Não há pistas sobre o paradeiro da quadrilha.

Daniela encarava Oliver, ambos imóveis. Ela tentava digerir a descoberta, como uma comida seca, entalada na garganta.

Consciente de que Pablo havia ficado para trás e que devia estar cercado pelos infectados no andar abaixo, Ivan não se abalou. Continuou explorando os apartamentos em seu caminho. Seu foco era Victor. Carla nem tanto. Havia ido ao resgate da mulata apenas por devoção àquele que aprendera a chamar de pai. Não se importava com ela, ou com Pablo. Elizabeth e Victor eram sua família, os únicos por quem se arriscaria. Nem mesmo Tiago era importante. Sabia que os amigos o queriam, e sabia para que o queriam, mas em seu peito não nutria a mesma urgência em protegê-lo. Apenas o fez na quadra por saber que, se não o fizesse, Lizzy o faria, e não permitiria que ela se arriscasse.

Quando o uivo ecoou pelos corredores, Ivan sentiu o coração apertar. Como um canivete se cravando no órgão, extinguindo seu bombeamento e secando-o dentro do peito. Victor podia se virar de olhos fechados contra infectados. Não era o que Pooh temia. Desde o momento em que LC falara sobre alguém caminhando entre infectados paralisados, fato confirmado por Tiago, Ivan sentiu que algo não cheirava bem. Fedia mais do que os ferimentos necrosados das criaturas no seu encalço. Algo antigo, renascendo como um cacto de espinhos venenosos prontos para ultimar uma vingança havia muito adormecida.

Seu pai (o verdadeiro, Filipi Boñagura) havia lhe ensinado que homens não choram. O ensinamento fora levado pela vida como um mantra. Aprendera das piores formas a superar perdas, a sufocar medos, a ser homem. Honestamente não recordava de, algum dia, ter derramado uma única lágrima. Podia tê-lo feito, mas o sentimento não lhe era familiar.

Ao alcançar o quinto andar, seu sexto sentido dizia que algo muito ruim estava prestes a acontecer.

Ao adentrar um apartamento qualquer, como se algo ali o chamasse, sua boca secou.

Ao ouvir as batidas ferozes de alguém contra a porta trancada no fim do corredor, momentaneamente esqueceu como respirar.

Ao reconhecer Victor de costas, encolerizado, irritado com uma simples porta, desferindo socos e cabeçadas contra a madeira, sentiu os olhos se inundarem. Mais uma vez, da pior forma, aprendia algo novo. Chorou.

Enquanto Victor-infectado notava uma presença invasora em seu território e girava o corpo, os olhos injetados de raiva ao avistar o inimigo, Ivan girou a chave na fechadura. Precisariam de privacidade em seu último momento juntos.

Rússia - Dois meses antes

Yulia revirava o quarto.

Procurava em gavetas, atrás e embaixo dos móveis, sob o colchão e o tapete. Todos os cantos eram válidos. Precisava encontrar algo que lhe desse uma pista de como poderia encontrá-lo. Não podia esperar que ele a encontrasse. Yulia nunca fora tão sortuda assim.

Com a ajuda de um amigo, havia descoberto que um homem de nome Alexandre Danna se passava por empresário na internet, dono de uma agência de modelos brasileira, e induzia garotas entre dezoito e vinte e dois anos a fugirem em busca da fama. Prometia-lhes carreira e mordomias. Sua lábia era coisa de profissional – ou apenas havia escolhido as mais ingênuas. Após a partida, elas sumiam do mapa. Seu último paradeiro era o Aeroporto Internacional de Guarulhos, em São Paulo, Brasil. Depois disso nunca mais eram vistas.

Sobre a penteadeira, Yulia apanhou o diário de sua irmã, e uma foto caiu. Yulia pegou-a no ar. Era sua irmã, Sasha Smirnov. Compartilhavam os mesmos traços delicados, a mesma pele alva, os mesmos olhos ingênuos e, ao mesmo tempo, sensuais. O cabelo negro era o maior contraste, diferente do ruivo acobreado de Yulia. Apesar dos dezoito anos, Sasha não se parecia em nada com uma menina. Era uma mulher formada.

Yulia tentava descobrir como sua irmãzinha pôde ser tão ingênua. Não conseguia acreditar que ela houvesse sumido há três semanas e até o momento não tivesse dado sinal de vida. Sabia que seu maior sonho era se tornar modelo, mas não acreditava que ela fugiria por causa disso. Talvez soubesse que a irmã mais velha suspeitaria de algo, como uma mãe sempre premune para o filho, e a impediria de viajar até que tivesse certeza de que aquilo era seguro, de que o tal Alexandre era mesmo um empresário.

E agora provavelmente estava morta.

Na última página do diário encontrou uma sequência de

caracteres. Não faziam sentido, com números e letras. Sem dúvida era uma senha.

Yulia ligou o computador. O Skype se iniciou junto com o sistema. Sasha passava horas batendo papo na webcam. O login já estava salvo; bastou digitar a senha. Após dois segundos ouviu o som de que estava online.

Uma lista com mais de cinquenta contatos se abriu. Passou rapidamente os olhos pelos nicknames, mas nenhum chamou sua atenção. Filtrou-os por status e buscou entre os offline. Mesmo que não desperdiçasse a vida na internet, como a maioria parecia ter escolhido fazer, não era nenhuma leiga.

Um dos primeiros contatos lhe saltou aos olhos. Exatamente o que procurava.

AD4U.

Escreveu o endereço eletrônico na mesma folha onde encontrara a senha e deslogou. Em menos de três minutos criou uma conta para si. Escolheu sua melhor foto como avatar e inseriu o contato de Alexandre. E esperou. Esperou a tarde toda. Enquanto esperava, remexia algumas fotos suas com Sasha. Havia poucas. A agência requeria tanto de seu tempo que mal podia dar atenção a si mesma, quiçá à irmã. Apesar dos raros momentos juntas, eram mais do que irmãs. Eram amigas, e ambas sabiam que poderiam sempre contar com a outra. Dois anos antes, Yulia havia sido diagnosticada com um tumor cerebral. Passou por uma cirurgia extremamente delicada, um processo lento de recuperação, e sempre teve em Sasha seu maior suporte. A irmã não deixou seu lado um dia sequer. Yulia não entendia por que não havia lhe contado sobre a viagem. Havia um sentimento de decepção em seu peito.

De repente ouviu o som que estava aguardando. Seu único contato acabara de ficar online e não demorou para que notasse seu nome na lista.

AD4U – Olá. Quem é você?

Com o Google Translator já aberto em outra aba, Yulia copiou a mensagem, colou-a na caixa em branco da página e clicou para traduzir. Depois escreveu ali mesmo, traduziu novamente, copiou e colou no chat do Skype.

Esther – Meu nome é Esther Lazarev. Sou russa. Vou ao Brasil estudar.

AD4U – Você fala português? Se for tão linda quanto inteligente... Meu nome é Alexandre Danna.

Esther – Você quer ver meus seios?

Yulia tirou a blusa e ligou a webcam. Não podia perder tempo. Começava ali seu plano para descobrir o paradeiro de sua irmã. Iria até o fim do mundo para vingá-la.

– Alexandre?

O nome saiu com dificuldade dos lábios de Yulia. Era como uma bola de tênis envolta em arame farpado sendo empurrada para fora de sua garganta. Não acreditava estar diante do homem por quem viera ao Brasil. Não podia ser coincidência.

– O próprio. – Conrado parecia divertir-se. – Eu sei que nunca liguei a webcam, mas sou eu. Quer aproveitar que agora é real e sentir o que não podia sentir no virtual?

O quarentão alisava a genitália, o sorriso malicioso engessado no rosto. Yulia pôde notar seu membro ereto sob a calça. Sentiu nojo como nunca sentira antes.

– *Sookin syn*[15]!

Yulia sempre teve certeza de que conseguiria se controlar quando o encontrasse, mas estava enganada. Um tornado de imagens confundiu sua cabeça. Os momentos perdidos com Sasha. As noites em claro diante da webcam, nua, exibindo-se para a tela, sozinha, com frio. As palavras sujas digitadas por aquele maníaco sem rosto. Deu o primeiro passo em sua direção, disposta a usar as mãos para matá-lo, mas parou. A arma de Conrado estava apontada na direção exata de Yerik.

– Primeiro, quero que você tire a blusa *bem* devagar. Eu gosto de ver seios. Na verdade, eu os acho muito apetitosos – disse, lambendo os lábios.

Enquanto Yulia desabotoava a jaqueta de Pablo, as mãos tremendo, Conrado desafivelava sua calça. Ela tentava não olhar para baixo. Se encarasse o membro ereto no ato da masturbação, acabaria vomitando. Não podia liberar o impulso que latejava como um tumor em seu peito. Precisava dançar conforme a doentia música. A vida de Yerik dependia de seu autocontrole.

---

15 *Filho da puta.*

O bebê dormia como um anjinho quando Conrado se aproximou do seu maior objeto de desejo. A longa espera havia valido a pena.

Noto certo desconforto em LC. Não que estejamos nos sentindo em um resort de férias, mas há algo por trás de seu andar de lá para cá, de seus olhares de viés, de falar consigo mesmo diversas vezes palavras que só ele pode ouvir. Ou o cara está ficando com os parafusos frouxos, ou está com algum problema pessoal que, aparentemente, não pode compartilhar conosco.

– Vou dar uma barrigada – ele diz, dando-nos as costas e sumindo no fim do corredor. Sua expressão não era a de quem está indo cagar. Imagino se ele surtou quando viu o prédio sendo tomado e decidiu fugir, tentar sobreviver por sua conta, buscar seu próprio caminho. Se for isso, boa sorte.

Lizzy não parece ter dado confiança. Ela não tira os olhos do outro prédio. Faz um bom tempo que eles entraram e, até agora, nada. De mãos atadas, nem podemos imaginar uma forma de ajudá-los. A construção foi tomada pelos infectados. Pelo que vimos, não entraram muitos. Eles parecem atraídos por pessoas sãs por algum motivo. Som, cheiro ou outra coisa. Talvez seja algo primitivo, coisa de animais selvagens que reconhecem os que pertencem ao seu bando e os intrusos. Como se aglomeraram na fachada e ficaram ali por algum tempo tentando entrar, creio que a maioria tenha até mesmo esquecido o motivo de quererem aquilo. Os mais próximos da porta, por estarem também próximos aos não-infectados, podem ter sentido seu cheiro ou a outra coisa, e por isso continuaram investindo. Os de trás, um bando de marias-vai-com-as-outras, apenas seguiram o ritmo. Quando o bloqueio finalmente foi vencido e eles invadiram, somente os que estavam na linha de frente adentraram de fato. Grande parte continuou vagando pela avenida. Talvez esteja aí a chance de Victor, Pooh e Pablo de sobreviverem.

Os latidos de Thor vêm de longe. Trancado, o pobre deve estar aflito. Sou do tipo que acredita que animais têm pensamentos – além de um sentido especial. Se eu estiver certo, o cão parece tão angustiado por saber, sentir que o dono está em apuros.

– Não sei como ele consegue pensar em banheiro – Lizzy diz, mais para si mesma.

– LC? – pergunto.

– A colega dele foi sequestrada, os meus amigos estão mais

ferrados do que jamais estiveram, e ele vai ao banheiro? Minha bexiga está estourando, mas, enquanto eu não tiver um sinal de que eles estão bem, o xixi vai evaporar.

– Eles estão bem. Olha, as janelas. Eles continuam subindo – digo, apontando com o indicador para as janelas dos andares superiores, referindo-me aos infectados. – Se não estivessem perseguindo ninguém, ficariam andando pelo térreo, no máximo o primeiro andar.

– Gosto de pensar que você está certo.

Um grito rouba nossa atenção do prédio como nada o fez. Vem de alguma parte no fim do corredor, um eco. Pela intensidade, a garganta que o produziu está no andar de cima.

– Daniela?

Lizzy pega o Candyman, o qual havia deixado no peitoril. Após trocarmos um olhar desconfiado, seguimos em busca de Daniela. Aos tropeços escadaria acima, acompanho Lizzy. O que terá acontecido? Deixei Dani sozinha com Conrado solto pelo hotel. Não confio nesse cara. Ah, se ele fez alguma coisa a ela... LC não pode estar envolvido, pois partiu pelo caminho oposto. E Oliver? Onde estará? Terá se certificado de que eu não pudesse escolher levar Dani na sua chance de fuga imaginária? Não acredito que ele teria coragem de encostar um dedo nela.

Quando alcanço o corredor do andar de cima vejo Lizzy entrando no único quarto de porta aberta. Sombras se projetam dele. Vozes baixas.

– Daniela? – chamo.

Dani surge no mesmo ponto em que Lizzy entrou. Parece perfeitamente bem.

– Tiago, rápido – ela diz, e volta ao interior da suíte.

Sinto algo estranho no ar.

Assim que chego ao quarto descubro que a pessoa com quem ela conversa é Oliver, e não Lizzy.

– Oliver? – pergunto, incrédulo. Vê-los juntos é mais chocante do que ver os infectados criando asas e invadindo o hotel pelas janelas. – O que aconteceu?

Ao entrar, tropeço em algo e por pouco não caio. Olho para baixo.

Lizzy está caída no carpete, um corte na testa.

– O que aconteceu com ela? Quem fez isso?

Daniela traz o braço direito à frente, a mão antes oculta nas costas. Segura um pedaço de madeira, a perna quebrada de uma cadeira.

– Fui eu.

Capítulo 25 - Violação

Não consigo acreditar no que vejo. Por um momento penso que Oliver e Daniela estão me pregando uma peça, e tudo que está no monitor não passa de uma montagem muito bem feita.

– Como...? – As palavras não querem sair.

Mesmo sem entender o motivo, topei deixar Lizzy inconsciente no quarto e ir para outro, em um andar diferente. Trancamos a porta.

Oliver continua com o notebook no colo, deslizando o cursor do mouse pela reportagem. Os nomes de Victor, Elizabeth e Ivan associados ao incidente no Chile são muito para minha cabeça.

– Mas eles eram somente crianças. – Tento encontrar uma explicação plausível.

– Havia três adultos na quadrilha. Victor, Douglas e Filipi. Ivan era filho de um deles, então vamos supor que a Lizzy foi mesmo sequestrada. Se está até hoje com Victor é porque se tornou um deles. Lavagem cerebral, sei lá. Ou cresceu acreditando nisso. Tudo é possível. O que é claro é que são todos parceiros, criminosos ou não.

– Tiago, faz sentido – Daniela tenta explicar algo que (consigo ver em seus olhos!) nem ela acredita.

– Se Victor é o responsável pelo primeiro incidente, o que nos garante que não foi ele desta vez?

– Isso não. Nós vimos acontecer na LAQUARTZ. Foi um acidente.

– E em sua cidade? Como foi parar lá? – Oliver pergunta.

– Abigail...

– Tiago, não – Daniela me interrompe. – Acho que nem ela liberaria essa coisa por nada. O que ganharia com isso?

Essa é nova. Daniela defendendo Abigail?

– Acho que a lavagem cerebral aconteceu aqui. O que você disse pra ela? – Disparo em direção a Oliver, o garoto limitando-se a me encarar, sem se intimidar.

– Presta atenção – ele diz. – Victor e seus comparsas *são* os responsáveis. Foram eles que liberaram esse negócio em São Paulo. A LAQUARTZ estava lá, bela e imponente, quietinha na dela, fazendo sabe lá Deus o quê. Mas estavam lá havia anos. Nada havia acontecido. Então, de repente, essa gente aparece e a merda é atirada no ventilador. Já não está óbvio demais pra você?

– Mas por quê? – pergunto, perdendo de vez o pouco de calma que ainda tinha.

– Daniela me contou sobre a conversa que vocês tiveram.

– Qual?

– Sobre essa parada do transe acontecer sempre quando você está em perigo. Eu concordo com ela. Não é apenas um acaso.

– Você acha que *eu* consigo controlar todos eles com a mente? Virei o que agora? Um mutante?

– Tiago, ele tá falando sério. Ele entende...

– Entende o quê? – grito. – Você não sabe nada, moleque! Você não é nada...

– Os pais dele são cientistas da LAQUARTZ!

Daniela se põe entre nós, olho no olho comigo. Percebo que até Oliver é pego de surpresa. Talvez não quisesse que ela me contasse.

– Então eles...

– Não, meus pais não criaram isso – ele diz, defendendo-os antes que eu possa lançar a acusação. – Eles nem sabiam da existência dessa coisa. Mesmo que seja difícil acreditar, a LAQUARTZ é mesmo apenas uma ótima indústria farmacêutica que produz remédios. Nada mais.

– Mas e esse vírus, ou infecção, ou sei lá o quê?

– Experimentos secretos feitos por baixo do pano. E como eu disse, a LAQUARTZ não é a culpada. Eles são.

– Talvez eles tenham descoberto o vírus no Chile e a LAQUARTZ quis impedir – Daniela diz. – Ou a LAQUARTZ descobriu seus efeitos e o manteve em segredo. Então Victor, que trabalhava na empresa, ambicioso, decidiu se apossar e causou aquilo.

A frase vai sumindo em meus pensamentos, cada vez mais longe.

A LAQUARTZ não tem culpa.

Nunca fui bom em argumentar, mas tento de todas as maneiras encontrar palavras que possam deixar a culpa exatamente onde estava. Elas não vêm. Sinto as pernas fracas e me sento na beira da cama.

– Ele me contou sobre os pais dele poderem nos tirar daqui. – Daniela diz.

– Hã?

Ainda estou colocando as informações em seus devidos lugares. Sinto a mente tão embaralhada quanto um jogo de cartas esparramado sobre a mesa após uma noite regada a cerveja barata.

– Não precisa acreditar em mim, Tiago. – Oliver se aproxima. – Acredite nisto.

E joga um envelope ao meu lado junto a uma caixa branca. Desconfiado, abro o envelope e puxo o papel em seu interior. Uma ficha. Já a vi antes.

Na sala abaixo, um escritório, um homem abotoa o jaleco, ocultando as roupas pretas por baixo. Ele examina uma prancheta contendo uma folha toda escrita, com um foto anexada. Forço a vista e tento distinguir a imagem por curiosidade, mas ela não é nítida. Pode ser uma pessoa, um objeto, uma paisagem.

Sou eu na foto.

Há um dossiê sobre mim. Onde eu vivi, minha idade, tipo sanguíneo, altura, peso. Cada detalhe. Há também uma longa anotação sobre meu sangue e sobre o medicamento que tomei contra a asma. Não entendo o resto por causa dos garranchos e por não conseguir continuar a leitura. É tudo muito confuso.

– Letras médicas parecem hieróglifos – Oliver brinca. Eu não rio. – Mas não temos tempo para decifrá-las agora. Precisamos ir.

– Ir pra onde? – pergunto.

– Meus pais vão nos tirar daqui. Mas pra isso precisamos partir agora.

– Pra onde? – repito.

– LAQUARTZ.

– Quê?

Esse garoto deve estar louco.

– É onde o helicóptero fica. Eles têm acesso fácil ao prédio, e nossa casa é bem perto de lá.

– Por que eles não vêm até aqui?

– A empresa fica em uma área afastada, você viram – ele diz. – O helicóptero não pode ficar passeando por aí. Se vierem até a Paulista acabariam sendo vistos. De lá, partiremos direto pra fora de São Paulo. É um caminho em linha reta. Liso.

– E acha que vamos chegar à LAQUARTZ como? – pergunto. – Você tem uma carta na manga? Ou uma bazuca?

– Tenho. Está no estacionamento – ele diz. – Tiago, é nossa única chance. Ou você quer ficar aqui esperando eles entrarem? Por que vai ser assim. Ou você sai, ou eles entram.

Pego a caixinha branca e abro-a com cuidado. Há várias seringas e pequenos recipientes de vidro contendo um líquido transparente. Entre elas há também uma seringa, destacando-se pela cor de seu conteúdo. Roxo.

"Vou ao closet dos meus pais e, sob a bancada, pego uma pequena maleta branca. Na cama, aperto a borrachinha ao redor do braço e, puxando uma das pontas com os dentes, aplico a injeção com o líquido roxo. Lembro que tomo essa medicação desde que me conheço por gente. Tinha uma doença rara que me deixava sem ar às vezes. Um tipo de asma, só que mais forte. Meu pai disse que me curei da doença após tantos anos de cuidados, mas não posso largar o tratamento. Nem me lembro dos ataques. Acho que eu era muito pequeno."

"Ao lado da mesa há uma bandeja com instrumentos cirúrgicos. Pelo menos estão limpos, sinal de que não me cortaram ainda. Há duas seringas contendo líquidos de cores distintas, verde e roxo."

"Um bocejo, uma espreguiçada. Ouço os ossos estalarem. Os músculos do braço direito doem um bocado. Devo ter dormido sobre ele. Massageando-o, encontro uma mancha roxa. Qualquer alteração na cor da minha pele, mesmo que mínima, salta aos olhos por causa de minha falta de bronzeado. Fecho o punho e vejo uma veia do pulso saltar, latejante. Com olhos ainda sonolentos, tenho a impressão de ver algo deslizando sob a pele, a veia subindo e descendo num movimento vagaroso. Que droga é essa?

Quando a pulsação acalma, me levanto devagar e sinto falta de algo.

A seringa.

O criado-mudo está vazio. Reviro os travesseiros e lençóis. Nada. Debaixo da cama. Onde está? Enxergo uma mancha na seda fina. Um círculo púrpura. No bolso talvez. Também não. Será que deixei cair no corredor durante a madrugada?"

Aliso meu braço, encaixando as peças. Daniela suplica com o olhar para que eu aceite de uma vez. Aposto que ela não iria sem mim se eu pedisse.

Quem diria que minha última alternativa seria voltar à LAQUARTZ, o lugar que causou meus piores pesadelos?

Os olhos sedentos de Conrado mediam milimetricamente o corpo nu de Yulia, desenhando suas curvas. A mão firme segurava a arma em sua direção.

– Você é muito gostosa.

Conrado só faltava babar. Parecia vidrado, segurando-se para não atacar – ou ao menos não tão rápido. Queria curtir o momento. Quantas noites havia sonhado com aquela garota? Quantas vezes a possuiu através da webcam, masturbando-se, sentindo seu tesão como algo primitivo? O quanto queria tocar sua pele clara e sedosa? Yulia era seu maior desejo sexual. Enquanto todas as outras eram paletas, maminhas ou, raramente, filés mignons, Yulia era o *kobe beef*. E agora seria toda sua.

Apenas de botas, Yulia sentiu um tremor percorrer seu corpo quando Conrado se aproximou. Pelo bem de Yerik, não poderia atacá-lo. Não conseguiria ser mais rápida que um tiro.

– Vira – disse ele, girando a arma.

A russa continuou imóvel.

– Vira, puta! – gritou, empurrando-a sobre a cama. De bruços, Yulia sentiu-o se aproximando. Pensou em revidar. Talvez conseguisse ser rápida o bastante para desarmá-lo. Porém, qualquer plano ou mesmo a coragem de executá-lo transformou-se em pó quando viu a arma encostada na cabecinha de Yerik.

– Sabe qual era minha maior fantasia sexual? – Conrado sussurrou, em tom de caçoada. – Foder uma russa e apontar uma arma pra merda da cabeça de um bebê ao mesmo tempo.

Ele gargalhou alto. Nunca se sentira tão bem. Com a língua, afastou os cabelos vermelhos da nuca de Yulia e lambeu seu pescoço. Quando Yulia sentiu o membro melado forçando entrada entre suas pernas, não conseguiu evitar que a primeira de muitas lágrimas rolasse.

Conrado a penetrou, uma lança roliça e cheia de veias pulsantes, como uma dinamite prestes a explodir. A arma dançava na bochecha de Yerik. Incomodado, o bebê despertou. Assim que viu Yulia bem próxima e o estranho cilindro oscilando à sua frente, esticou as mãozinhas, curioso. Involuntariamente, o dedinho entrou pelo orifício do cano. Yulia não conteve o choro.

– Não chora não, putinha. Ainda não te dei motivos pra chorar. – Conrado sussurrava em seu ouvido, babando. Encurvou-se, a barriga e peito colados às costas de Yulia. –Vou te abrir como uma matryoshka.

Então começou a penetrar com mais força, puxando-a pelos

cabelos com a mão livre. Yulia cravou as unhas no lençol, desejando que a tortura acabasse de uma vez. Não aguentava mais sentir aquela coisa nojenta dentro de seu corpo, os pelos pubianos roçando suas nádegas. O suor asqueroso do violador deslizava pela sua pele.

Ao perceber o choro de sua protetora, Yerik fez beicinho e começou a chorar.

– Era só o que faltava. Mais choro.

Conrado balançava freneticamente a arma na direção da criança. Yulia implorava com palavras emboladas para que ele parasse, para que deixasse Yerik em paz. Tentou calar o pequeno enquanto era estuprada, mas a agitação só fez com que ele chorasse mais.

– Russa, te prometo o orgasmo que nunca teve – disse Conrado, batendo os dentes.

Por um longo tempo, continuou violentando-a, intensificando a força do movimento.

No clímax, ambas as pistolas dispararam.

– Que barulho foi esse?

O disparo vindo de não muito longe nos assustou. Quietos, escutamos. Apesar da chuva, ouvimos vozes distantes. Ouvimos também o choro de Yerik.

Vou em direção ao som, mas Oliver segura a mochila em minhas costas, onde guardei a caixa com os medicamentos e os papéis.

– Onde você pensa que vai? – ele pergunta. – Eu disse que precisamos sair daqui.

– Pra quem esperou até agora...

Desvencilhando-me, continuo por onde ia. Daniela vem atrás.

– Ti, não temos muito tempo.

– Você tá ouvindo o Yerik chorar, não tá? Acha que vou deixá-lo aqui? Pode não parecer, mas eu tenho coração. Pensei que você também tivesse.

Por um momento ela para, como se tivesse levado um tapa na cara. Sempre foi assim. Por mais inocente que aparente ser, Daniela só pensa em si mesma. Não é muito diferente de qualquer dos outros sobreviventes. Quando Ricardo foi pego ela quase não topou ajudá-lo, sem contar quando tentou atropelá-lo, pouco antes de o conhecermos. E agora ela quer deixar Yerik pra trás? Que vá sozinha se quiser.

Alcanço outro corredor e ouço mais claramente. O choro não é só de Yerik: outra pessoa suplica. Uma voz feminina em uma língua enrolada. Óbvio que é Yulia.

Sigo às pressas até um dos quartos e escuto Conrado, seu gemido como o uivo de um cão vagabundo. Com o sangue fervendo empurro a porta. A cena faz meu estômago revirar.

Yulia está de joelhos chupando o pau de Conrado, enquanto ele mantém uma arma encostada em sua testa. Na cama, Yerik chora.

– Mas que porra é essa?

Antes de esperar qualquer resposta, sou obrigado a saltar para longe quando Conrado atira. No fim do corredor, Daniela e Oliver saltam ao som do disparo.

– Se alguém entrar, a puta morre!

Grudado na parede, penso em sair correndo, mas algo me impede. Do outro lado, Dani dá um passo em minha direção. Balanço a cabeça, fazendo sinal para que eles fujam no exato momento em que Conrado aparece, a arma apontada em minha direção. Sem olhar para trás, ele grita:

– É melhor os dois virem aqui se não quiserem que eu abra um buraco na cabeça do nosso herói.

É impossível decidir se é mais gostoso ejacular ou atirar.

Halley tinha razão. Uma vez que você sente a eletricidade do disparo emanando do revólver e tocando seus músculos, fazendo-o sentir-se uma divindade, é puro prazer. O coração dispara e mantém o compasso acelerado enquanto o metal frio molda a temperatura à da sua pele.

Da sacada disponho de uma visão panorâmica privilegiada. Nunca havia visto tantos zumbis juntos. E mais aparecem a cada minuto. Não vejo o tempo passar. Uma vez que esvazio o tambor, reponho as balas e recomeço a brincadeira. Halley me mostrou o paraíso. Pela primeira vez desde que Jaboticabal foi tomada sinto-me seguro. Sinto-me acima da carne seca. Nenhum dos merdas lá embaixo pode me alcançar. Nada mais podem contra mim. Quem manda nessa bodega agora, hein?

É como se eu estivesse dentro de um sonho. Há um círculo cento e dez por cento nítido diante de meus olhos, seguindo para onde eu vire meu rosto. Vejo com clareza cada detalhe. Ao redor, no entanto, é como se uma moldura feita de um elemento gasoso, algo embaçado, cercasse. Não é de todo turva, mas impede que minha atenção se perca em coisas diferentes deles. Zumbis malditos, protegidos apenas por seus trapos e crostas de sangue, vindo, atraídos pelo barulho, e encontrando o fim. Mandem lembranças ao capeta.

Derrubo um a um. Foi uma surpresa descobrir o quão fácil se pega o jeito. Uma simbiose completa. Eu poderia passar o resto dos meus dias com o dedo no gatilho. Munição infinita, como nos videogames, seria meu primeiro desejo se acaso encontrasse uma lâmpada mágica. Sinto que há esperança, contanto que a arma esteja comigo. Dez pontos ao acertar no peito. Isso! Cinquenta se for na cabeça. No começo é difícil; eles se movem muito rápido. Com a prática constante, torna-se fichinha. Cabeça, cabeça, cabeça. Caem como estrume do rabo do cavalo.

Vislumbro rostos conhecidos. É uma cidade pequena, ora. Dá certo agrado estourar os miolos de gente com quem, lembro, meu santo não batia. A arma na mão é como uma permissão assinada pela Justiça permitindo-me destruí-los, sem punições. Vejo-os caindo, uns capotando nos próprios pés, outros arremessados para trás, ou mesmo despencando como se tivessem apenas desmaiado. Há corpos por toda parte, um número incontável no momento. Não quero contar; quero somar. Somar zumbi sobre zumbi. Multiplicá-los no asfalto. Dividi-los em pedaços. Subtraí-los desta existência.

A última bala é a que mais dói. Dói em mim. Não dá tempo de frear o gatilho. O estampido é aviso de que não há volta. A última zumbi que derrubo perde o controle sobre as pernas no momento em que o projétil atravessa seu crânio e ela cai como um prédio tombando sobre sua estrutura fraca, velha. A última zumbi tem seus cabelos médios e alourados chicoteados para trás. Os fios brilhando sob a luz do sol ganham mechas avermelhadas. A bala ejaculada traz uma sensação profana, de incesto. A última zumbi que derrubo é minha mãe.

O arco de nitidez explode e me traz de volta à realidade. Não passava de uma miragem. Era uma cortina tecida por fios de mentira, de ilusão, impedindo-me de enxergar. Não sou melhor do que nenhum deles. Uma arma não faz um homem; ela o corrompe mais do que a mordida de qualquer um dos infelizes lá embaixo.

Deixo o revólver cair do parapeito. Não vejo onde exatamente. Tudo o que vejo é minha mãe, finalmente libertada das amarras invisíveis que a transformaram numa marionete vazia de humanidade.

Eu a livrei da maldição. Lágrimas ardidas escapam de meus olhos. Meus lábios tremem num choro de início débil, mas intensificando-se junto com a dor que cresce em meu peito, uma faca sendo empurrada com delicadeza em meu coração. Nunca mais matarei um deles, penso. Fico vazio de palavras.

– Sua bicha – Halley cospe.

Consciente do que acontece ao meu redor, mas sem condições de fazer algo além de chorar, sinto-o mover-se em minha direção. Um movimento brusco. A pancada em meu rosto é o bastante para me nocautear e levar-me direto à escuridão.

Os infectados caminhavam alvoroçados pela avenida. A todo instante surgiam mais e mais. Havia algo que os atraía como moscas no lixo.

A chuva dava indícios de que apertaria em breve. Um trovão berrou ao longe, fazendo estremecer o céu escuro de fim de tarde. Os bueiros haviam transbordado, montes de lixo amontoados em suas entradas. Poucos ratos conseguiam fugir; a maioria era arrastada pela correnteza. Os únicos que não se incomodavam com o tempo eram os canibais. Queriam somente uma coisa, a única que ainda os fazia andar. Carne. Queriam comer. Queriam matar.

Em uma rua lateral próxima à do Maksouth uma caçamba de lixo jazia esquecida. Estava com água até a boca, e o pouco entulho que restara dentro dela boiava. A água se movimentava, agitada por causa da chuva, e em dado momento se agitou ainda mais. De repente surgiram bolhas de ar. Depois, Pablo emergiu, implorando para sentir o ar invadindo sua garganta e preenchendo seus pulmões.

Apesar das circunstâncias, parecia estar com sorte, pois nenhum dos infectados notou seu aparecimento estilo coelho na cartola. Quando despencou do prédio, veio de costas, mas acabou girando o corpo na queda e caiu de barrigada na piscina formada na caçamba. Bateu a cabeça no fundo e desmaiou. Da linha vermelha brilhante em sua testa escorria sangue, manchando seu rosto como a camuflagem improvisada de um soldado. O ferimento havia sido profundo.

Estava desarmado, ferido, cercado. Naquele momento um arrependimento amargo impregnou-se em sua língua. Não devia ter bancado o herói. *Os corajosos sempre morrem*, era o seu lema. Como fora esquecê-lo?

Manteve o corpo submerso. Sobre o espelho d'água via-se apenas do nariz para cima. Era possível avistar o hotel dali. No caminho até ele um exército de assassinos estava a postos para trucidar qualquer infeliz que ousasse invadir seu território. Imaginou se seria ele o intruso. Se não saísse dali, ninguém o encontraria. Certamente o dariam como morto. Olhou ao redor. Nada que pudesse ajudá-lo.

Como era difícil respirar com as narinas tão próximas à água, levantou um pouco e engoliu ar, voltando em seguida à posição anterior. Deixando o oxigênio entrar aos poucos, tomou sua decisão. Os corajosos sempre morriam, sim, mas ao menos tentavam. Com cautela, saiu da caçamba.

No momento em que seu pé tocou o asfalto, um infectado o viu.

E gritou.

Ivan sabia que apelar para a emoção não adiantaria. O verdadeiro Victor estava longe daquela carcaça que agora abrigava um demônio. Ouviria, mas não escutaria.

Os músculos negros brilhavam, a pele negra como piche já molhada pela chuva e agora adquirindo uma camada grudenta graças ao suor e ao sangue. Os dentes brancos se destacavam do rosto de ébano, expostos, o prenúncio do ataque.

Ivan sentiu a força ser sequestrada de seu corpo. Não havia mais vigor. Sucumbiria sob a violência nunca antes experimentada de seu ídolo. Duvidou ter a capacidade de revidar contra ele, mesmo tendo o conhecimento de que não havia mais o que fazer. Não havia cura, ele sabia. Deviam ter se adiantado e injetado o soro. Havia suficiente para os três. Victor, Lizzy e ele estariam a salvo. Lembrou-se da seringa deixada no criado-mudo. De súbito clamou suas forças de volta. Ainda tinha Lizzy. Voltaria por ela. Juntos tomariam o soro. Não poderia abandoná-la sozinha no mundo como ele se encontrava. Protegeria sua Liz.

Perdão, Victor.

O gigante infectado avançou contra o gigante saudável. Montanhas de músculos colidindo, o choque do encontro trazendo à tona sentimentos diversos. Em um, cólera. No outro, dor. Não física; emocional. Ivan esforçou-se para manter-se do lado da razão. Continuaria pensando com clareza. Não era a primeira vez que lidaria com um deles. Doía pensar em Victor com um deles, mas era a verdade. Não eram mais amigos. Os braços como toras vinham em sua direção. Não para um abraço, mas para estrangulá-lo, socá-lo até que seu coração parasse de bater, até que seu rosto se transformasse em uma massa, impedindo de enxergar, de respirar. O único laço que os unia era a morta. Para um, o desejo de matar o outro. Para o outro, o dever de matar o um.

Victor investiu. Estava longe dos movimentos medidos, controlados que faziam parte de suas características humanas. Agia agora como um animal raivoso, os membros impulsivos, na ânsia de agarrar, machucar. Ivan aproveitou a vantagem e desviou o corpo. Sua perna falsa desenhou um arco no assoalho, a sola da bota deslizando na madeira, e com uma rasteira derrubou Victor, que rolou sobre uma mesa de centro de vidro e espatifou-a sob o peso de seu corpo. Antes que pudesse se recompor, Ivan foi para cima dele. Agarrou-o pela camisa e puxou, lançando-o de costas no chão. Encaixou as pernas dos lados de seu tronco largo, sentou em sua barriga, e envolveu o pescoço melado com as mãos. Fechou os olhos. Empregou quanta força pôde, como se estivesse empurrando um prédio para livrar as vítimas ainda com vida de seus escombros. Os polegares se juntaram, apertando um ponto específico no gogó de Victor. Precisava fazê-lo rápido. Não queria vê-lo sofrer mais.

O corpo sob o seu lutou com selvageria por um longo tempo. Uma eternidade. Debatia-se, tentava socá-lo, e até conseguiu acertar alguns golpes em seu peito e rosto, mas Ivan não fraquejou. Manteve os olhos cerrados com força todo o tempo. À medida que a resistência de Victor dava sinais de falha, Ivan diria que sentiu a alma do amigo deixando seu corpo. O peito oscilava, a respiração ofegante se tornando fraca, com pausas mais longas. Os pés chutaram mais algumas vezes, até pararem de vez.

Os dedos de Ivan continuaram afundados no pescoço de Victor. O pomo de adão provavelmente se transformara numa uva-passa. Oxigênio nunca mais passaria por ali, sua laringe destruída. Ivan afrouxou a corrente que suas mãos haviam formado. Imaginou que ele levantaria para se vingar, mas nada veio. Ainda de olhos fechados, seguro em sua escuridão, berrou. Havia fogo em seu peito.

O som de um telefone interrompeu seu momento de luto. Com dor nas pupilas, finalmente se permitiu abrir os olhos, mas sem olhar diretamente para o rosto de Victor. Seguiu direto em direção ao toque. Vinha da cintura do infectado. O visor do aparelho preso ao cinto acendia e apagava em flashes sucessivos. O número era restrito.

– Ivan – anunciou o próprio nome e sentiu a língua amargar.

– É Marcus aqui – disse a pessoa do outro lado da linha. – Estamos chegando.

– Quanto tempo?

– Menos de cinco minutos. Maksouth, certo?

– Não. Estou próximo ao hotel, mas em outro prédio.

– Cadê o Victor? – A voz carregava um tom de desconfiança.

Ivan cerrou os dentes, em uma careta de dor. Disse:

– Não conseguiu. – Uma pausa. – Venha me pegar primeiro, e depois seguimos ao hotel.

– Como vou saber qual...?

– Acenarei com um lençol. Você vai me ver.

– Precisamos ser rápidos. O Matias não tá bem...

– Seremos – Pooh interrompeu-o. – Venha logo.

Desligou. Levantando-se sem olhar para baixo, guardou o celular no bolso. Foi até a cama e puxou o lençol, de um branco imaculado. Enrolou-o no braço e seguiu até a porta. Não olhou para trás.

Veronika discava aflita. Havia perdido a noção de quantas vezes tentara ligar e só conseguira ouvir "*Ligação gratuita. Deixe um recado sem pagar nada após o sinal*". Estava ficando de cabelo branco de preocupação, as juntas dos dedos sem cor de tanto apertar o telefone.

– Conseguiu? – perguntou uma voz masculina.

Ela ergueu os olhos e encontrou Lucio parado na porta. Carregava um par de malas e uma mochila. Não parecia mais calmo do que ela.

– Não. Está desligado.

– Você já explicou o que precisa ser feito, querida. Inteligência não lhe falta, você sabe. Vamos conseguir. Se acalme.

Veronika tentava se agarrar à sua única esperança. Precisava confiar que tudo daria certo, assim como planejavam.

– Vamos – ele disse.

Com vontade de continuar discando até conseguir completar a ligação, Veronika decidiu ouvi-lo e colocou o telefone no gancho. Em seguida, levantou-se e seguiu o marido. Apressados, apagaram a luz e saíram, trancando a porta.

Assim que o som do carro se distanciou, o telefone tocou.

No colo de Conrado, Yerik não economiza no berreiro.

– Essa peste não cala a boca? – ele diz, mantendo a arma pressionada contra a barriga do bebê.

Yulia contém o choro, seu rosto lívido. Enxergo uma fúria flamejante em seus olhos. Continua ajoelhada próxima à cama, nua, tremendo, os braços cobrindo os seios.

– Como você pôde fazer isso com ela, seu filho duma puta?

Daniela permanece num dos cantos. Conrado mira em sua direção e atira. A bala acerta a parede, pouco acima de sua cabeça. Ela grita.

– Olhe os modos, garota. Tenho idade para ser o seu pai – ele diz, rindo de alguma graça que somente ele viu em suas palavras, e retorna a arma a Yerik.

Oliver está acuado perto do armário. Sabe que, de todos ali, é o mais propenso a levar chumbo. As mulheres têm alguma utilidade, por mais doentia que seja. Tiago é, como Conrado mesmo disse, o herói, e sabe que pode usá-lo como escudo ou refém. E quanto a ele? É só um garoto que não pode lhe oferecer nada. Ou talvez possa.

– Conrado – Oliver diz, medindo cada palavra. – Você não precisa fazer isso, cara. Pelo menos não comigo. Eu posso te tirar daqui.

– O quê? – Daniela grita, mas não se atreve a mover-se.

Conrado parece interessar-se pela proposta, ainda que carregue certa desconfiança no olhar.

– Como?

– Meus pais têm um helicóptero e vão sair do Brasil hoje. Era pra lá que estávamos indo.

– Você é outro filho duma...

– Cala boca, garota! – Oliver interrompe Daniela. – Eu só ia ajudar vocês por acaso. Acha mesmo que, tendo uma chance, não vou usá-la? Não sou um otário como vocês.

Que traidor! Dou um passo, decidido a socá-lo, mas Conrado me impede.

– Nem mais um passo, moleque – ele avisa, balançando a arma em minha direção. Quando paro, volta-se a Oliver. – Como posso acreditar em você?

– Você está armado e eu não – Oliver diz. – E depois da reação deles você acha que é mentira?

Conrado o encara, buscando verdade ou mentira em seus olhos. Sente sinceridade por parte dele. E medo.

– Se você tentar qualquer coisa isso aqui vai cantar, ouviu? – A arma volta a Yerik, mas agora encostada em sua cabeça.

Yulia é tomada por um novo tremor. *Fil ra dabuta* é o que ouço-a dizer em seu sotaque carregado. O verdadeiro significado é de uma clareza indiscutível.

Conrado devolve o olhar, de cima para baixo, um sorriso no canto da boca.

– Não se preocupe, ruiva. Eu vou cuidar bem do seu neném. Mas quanto a você – ele aponta a arma para sua cabeça –, pensei que fosse mais gostosa.

E dispara. O sangue espirra no lençol.

– A propósito, ela entendia perfeitamente nossa língua – ele diz antes de ir embora com Yerik e Oliver.

Daniela grita.

LC havia escutado os disparos e decidiu acelerar a partida. Não queria dar explicações quando saísse do hotel e deixasse aquela gente para trás. Também não queria se indispor com ninguém, apenas ir embora dali para o mais longe que pudesse chegar.

Decidiu não levar nada. Poderia encontrar roupas e comida em qualquer lugar. São Paulo agora era terra de ninguém. De fome não morreria, e, quanto menos peso carregasse, mais rápido poderia se mover.

Antes de continuar pelo corredor, olhou pelo canto da parede. Procurou. Ninguém à vista. Ótimo. Seu plano era descer e seguir pelo mesmo caminho que Tiago havia utilizado para ir à farmácia. Dali em diante, improvisaria.

Ao atravessar o corredor a passos largos, olhou pela janela por um instante. Foi quando avistou o Honda Civic 2008 abandonando o prédio que Victor e os outros haviam invadido. Parou. Imaginou para onde estaria se dirigindo. Conforme o combinado, ainda não era hora de partirem. Ou já teriam concretizado o plano e resolveram deixá-lo para trás? Se fosse mesmo isso, então Luiz havia escolhido o caminho certo ao decidir ir embora.

Tentou ignorar o sentimento de traição que brotava em seu peito e retomou o caminho.

Sobre a cama, o corpo de Yulia permanece imóvel. A colcha está manchada pelo seu sangue. Sinto um nó na garganta, uma sensação de incapacidade. Estou cercado por traidores.

– Dani, cala a boca, droga!

Perco o controle sobre meu fôlego e sinto dificuldade para respirar. Daniela continua chorando em um canto, encolhida. Estava certa de que conseguiríamos, de que, depois de todas as indisposições com Oliver, o moleque seria nossa última salvação. Talvez agora esteja chorando por ter descoberto ser tão estúpida, tão fácil de manipular.

Tiro o cabelo suado grudado na testa, e pressiono a cabeça com as mãos.

– Meu deus! Meu deus! Meu deus!

Um gemido chama minha atenção. Não é Daniela. Sigo o olhar na direção do som e quase tenho uma parada cardíaca. Daniela também escuta, e no mesmo instante engole o choro. Levanta num pulo.

– Ela se transformou.

Yulia está se movendo.

Sentada na poltrona de couro caramelo, Sasha mexia em seu celular. Lia as mensagens dos amigos, mas sua real atenção estava voltada para Yulia, deitada na cama, inconsciente. Desde a cirurgia não despertara uma única vez. Conforme o doutor tinha dito, não acordaria tão cedo. Orientou a garota a ir para casa, tomar um banho e voltar, mas Sasha recusou. Sua irmã precisaria dela. Lutar contra o tumor cerebral havia sido desgastante.

Yulia fora diagnosticada com Glioblastoma Multiforme, grau 3. Sentia-se enjoada de conviver com a maldita enxaqueca quase todas as manhãs. Na verdade, reclamava que não era uma simples enxaqueca. A dor era tensa, como se uma mão estivesse crescendo no interior de seu cérebro e tentando sair. A convulsão em uma manhã de sábado, a caminho de um passeio no parque City Garden, seu lugar favorito para relaxar, foi o limite. Dali direto para o hospital, passou por ressonâncias magnéticas, biópsias, e então recebeu o diagnóstico. Sasha acompanhou-a até mesmo nas visitas ao psicólogo, o que era requerido como parte do tratamento para orientá-las em como lidar com os aspectos psicológicos e emocionais do que viria.

Sasha chorou durante toda a cirurgia, uma fonte inesgotável de lágrimas. O cirurgião havia lhe explicado exatamente o que seria feito. Primeiro, seria realizada uma craniotomia, onde parte dos ossos do crânio seria removida para se ter acesso ao tumor. Após a remoção do tumor, ele substituiria o segmento do osso removido e o prenderia ao crânio com parafusos e placas de metal. Sasha questionou quanto tempo Yulia precisaria permanecer no hospital. Não menos que uma semana foi a resposta.

Finalmente em casa, a caçula se manteve ao lado da irmã, sempre à disposição. Tratava-a como um bebê. Por ser muito vaidosa, Sasha não entendia as piadas que Yulia fazia sobre a própria aparência, sobre seu cabelo, sobre agora ter uma placa de metal na cabeça, tornando-a quase uma ciborgue, mas admirava o modo como a mais velha via a vida. Era forte. Após lutar contra a semente que crescera em seu cérebro sem a sua permissão e sair vitoriosa, superaria qualquer coisa.

O som que sai da boca de Yulia não se assemelha ao gemido de um infectado. Ela continua sã. Atordoada, mas sã. Apenas quando tenho a certeza de que não irá nos atacar (seus olhos encontram os meus, e enxergo vida neles), aproximo-me. Afasto seus cabelos de lado, e vejo o ponto atingido pela bala. Há um pedaço de metal saindo da cabeça da russa.

Ela vira o rosto em minha direção de modo brusco, e quase tenho o dedo cortado pela borda do metal.

– Yerik?

Daniela e eu nos entreolhamos. E agora?

– Yulia... – digo. – Você entende mesmo o que dizemos?

Por um instante ela me encara. Então afirma com um aceno antes de repetir:

– Yerik?

– Conrado o levou.

Como se puxada por uma corda invisível, Yulia apoia as mãos na cama e força o corpo a subir. Fraqueja. Sentada no colchão, ignorando a própria nudez exposta, passa as mãos pelo sangue que escorre em seu pescoço. Leva-as à nuca e seus dedos encontram o metal. Sem demonstrar qualquer tipo de estranheza pelo fato de ser meio-Robocop, leva a outra mão também à nuca, e com as duas força a placa metálica à sua posição original. Os cabelos voltam a esconder o ferimento. De início vacilando sobre as pernas, mas encontrando um ponto de equilíbrio após algumas tentativas em manter-se de pé, ela se dirige ao closet.

– Calma, Yulia. Precisamos fazer um curativo em...

Ela não dá a mínima atenção enquanto escolhe algumas roupas. Em alguns momentos penso que vai desmaiar, pois ela se apoia na parede, tonta. Por fim, consegue cumprir a tarefa de se vestir sem cair.

A calça jeans é justa como um carma, a palavra *Angel* bordada em branco na bunda. Botas de cano alto de couro e uma blusa preta de malha, não menos agarrada que a calça, completam o visual, deixando a barriga à mostra. Prende o cabelo sujo de sangue atrás da orelha e passa as costas da mão pelo rosto, manchando-o de vermelho. Abaixando-se, puxa algo sob a cama. A Antena, presente de Pablo. Não deve ter tido a chance de alcançá-la durante o estupro, caso contrário o desfecho da história teria sido outro.

Por fim, passa os braços por dentro da jaqueta de Pablo e, com um jogar dos ombros, encaixa-a no torso. Em seguida, segue até a porta e sai, decidida.

Vestida para matar.

Capítulo 26 - A lei do retorno

Já no térreo, Conrado seguia decidido com Yerik nos braços, enquanto Oliver, ao seu lado, olhava várias vezes para trás, tenso. Pararam.

– E agora? Por onde vamos? – Conrado perguntou. Fitava os olhos do garoto como em desafio. Oliver pensou um pouco antes de responder.

– Tem um carro no estacionamento nos esperando. – Tirou um molho do bolso, forçando um sorriso e engolindo seco. – Encontrei as chaves e depois, o carro ao qual ela pertence. Tenho tudo planejado.

– Você é esperto, moleque. Um dia pode ser tanto quanto eu.

Oliver retribuiu com outro sorriso vazio de espontaneidade. Com um sinal indicou o caminho. Adiante, viraram um corredor mais estreito e logo chegaram a uma porta de ferro. Acima dela Conrado leu a palavra "garagem" em letras brancas. Adiantado, Oliver empurrou-a. O som de água ecoava do túnel escuro.

– Vai na frente.

Conrado apontou a arma para a cabeça do garoto. Sem escolha, Oliver desceu. Pisava com cuidado a cada degrau alcançado, evitando fazer barulho. Yerik havia dormido.

– Por que a demora? Tá armando alguma coisa, pivete?

– Shh. – Oliver o fuzilou com os olhos. Sussurrou: – Há alguns deles lá embaixo.

– E só agora você me diz?

– São poucos. Vamos conseguir passar de boa. Só precisamos chegar ao carro sem que nos percebam. A água vai atrasá-los.

– Água?

Oliver não respondeu e continuou. Chegaram a um nível inferior, que conduzia a outro corredor. Por fim, alcançaram uma porta oculta pelas sombras.

– É aqui?

– Não. É mais pra baixo.

– Então vamos rápido – Conrado ordenou, cutucando as costas do garoto com o cano frio.

Oliver odiava que o apressassem e estava ficando irritado, mas a arma em sua nuca dava-lhe uma dose extra de paciência. Por um momento pensou em Tiago e nos outros. O que estariam pensando dele agora? Tachavam-no como traidor ou como aproveitador de circunstâncias? Afinal, era sua única chance. Eles entenderiam, com certeza.

Após descerem mais um lance de escadas chegaram ao estacionamento. Conrado então entendeu o que Oliver havia dito. O lugar estava alagado. Havia água até os joelhos, e mais caía dos canos no alto. Da rampa onde provavelmente seria a saída uma enxurrada descia. O hotel era velho, e o sistema de escoamento não devia ser dos mais modernos. Não devia estar preparado para uma chuva tão insistente.

– Você acha que sou burro? – Conrado explodiu. – Nenhum desses carros vai funcionar.

– Shh. – Oliver se abaixou.

Assim que Conrado percebeu o motivo, fez o mesmo. Vultos vagavam por entre os veículos alguns metros adiante. Um grunhido ecoou. Outro veio em resposta. Calaram-se em seguida e recomeçaram a caminhada sem objetivo.

– E aí? – sussurrou Conrado.

– Confia em mim, cara. Não sou burro. Eu testei o carro antes, quando o nível da água já estava alto, e ele funciona.

– E onde está? – perguntou, desconfiado.

Oliver apontou, e Contado teve dificuldade em enxergar. Não havia iluminação decente ali, apenas o necessário para não tropeçar nos próprios pés.

– É aquele vermelho – Oliver disse.

Conrado ergueu as sobrancelhas, sinal de que avistara o veículo. Oliver abaixou-se ainda mais, de gatinhas, mantendo as costas fora da água, e seguiu na direção do carro. Conrado o seguiu, ficando para trás por conta do peso extra.

Esconderam-se várias vezes atrás dos outros veículos. Não havia muitos infectados, mas bastava que um deles os visse para decretarem o fim da linha. Conrado mantinha Yerik longe da água. Não por dó, mas para evitar que o bebê chorasse. Por um instante ponderou se valeria a pena tê-lo trazido. Tinha planos para o pequeno.

Lembrou-se de Yulia e sentiu certa irritação por não ter conseguido tudo o que pretendia, de não ter sentido o gosto de sua carne.

Finalmente chegaram ao Fox vermelho. Ao ver Oliver encaixando a chave na porta e destrancando-a, Conrado o cutucou. Com o susto, o garoto derrubou o molho, que afundou.

– Droga – praguejou baixo.

– Pegue as chaves. Eu dirijo – Conrado ordenou.

Sem discutir, Oliver levou um tempo para encontrá-lo. Quando encontrou, entregou-o ao outro e contornou o veículo. Conrado aproveitou a porta aberta e entrou rápido. Fechou a porta e baixou a trava. Oliver entrou pelo lado do carona. Conrado entregou-lhe Yerik.

Conrado exibia um sorriso vitorioso. Faltava pouco para estar longe daquele pesadelo. Encaixou a chave no contato e virou, esperando os gritos dos infectados assim que ouvissem o ronco do motor. Nada aconteceu.

Antes que tentasse novamente, ouviu a porta do carona abrir. A trava de metal do cinto de segurança acertou seu nariz com violência. Sentiu o sangue descer, mas não perdeu o foco. Oliver se esgueirou para o seu lado e puxou as chaves de sua mão. Rápido, antes que o garoto pudesse sair de seu alcance, Conrado esticou-se no banco e agarrou o pano que envolvia o bebê.

– Você não vai levá-lo a lugar nenhum, moleque!

Na sacudida, Yerik acordou chorando. Numa fração de segundo, Oliver divisou os vultos seguindo em sua direção, suas pernas lutando contra a força da água enquanto avançavam. Planejara levar Yerik a salvo dali, para bem longe do estuprador, mas se não fosse embora naquele momento, nenhum deles sobreviveria. Não havia escolha. Sem olhar para trás, abandonou o bebê e se foi, sumindo por onde haviam entrado.

Conrado agarrou o batente da porta e a puxou com força, travando-a. Com cuidado, acomodou Yerik sobre o banco.

– Moleque maldito.

Pelo retrovisor pôde vê-los se aproximando aos tropeços. Alguns, desequilibrando-se, caíam. Não tinha muito tempo. No instante em que colocou o pé para fora, o primeiro infectado apareceu, gritando. Conrado derrubou-o com um tiro no peito. Bateu a porta do carro e seguiu atrás de Oliver.

Com dificuldade alcançou a escada e subiu. Os berros estavam mais próximos. No nível superior não perdeu tempo subindo mais. Pôde ver que a porta por onde entraram estava trancada. O pivete não havia mentido quando contou ter tudo planejado.

Sem opção, Conrado seguiu pelo único caminho alternativo, um corredor escuro como petróleo, e encontrou outra porta, felizmente destrancada. Ouvindo-os mais perto, entrou e fechou-a. As pancadas logo vieram. Tateando às cegas, encontrou o trinco e conseguiu trancá-la. Eles continuaram investindo, mas não conseguiriam derrubá-la.

Conrado deslizou as mãos pela parede áspera e encontrou o interruptor. Acendeu a luz e encontrou-se em uma saleta visualmente abandonada. Vassouras, baldes e montes de panos sujos decoravam o calabouço de Cinderela. Havia até mesmo os ratinhos, escondendo-se em meio aos esfregões.

Nos fundos havia uma portinhola boca-de-lobo, seu metal sem brilho fundindo-se ao tom melancólico da parede descascada. Aproximou-se e apertou o botão ao lado. Além do ronco de um motor querendo funcionar, nada aconteceu. A seco, manejou os dedos no vão onde as portas encontravam-se, o que não exigiu muita habilidade. A mão passou pelo vão, e então puxou-as, uma para cima e a outra para baixo. Estava escuro, mas pôde entender claramente do que se tratava. O elevador de carga comportaria uma pessoa, se preciso.

Conrado sorriu, triunfante.

A infectada continuou caminhando, esforçando-se para empregar mais agilidade às pernas, mas por algum motivo não conseguia. Andara antes por caminhos havia muito esquecidos por sua mente limitada, caminhos onde pudera correr como uma velocista. Ali, porém, sua locomoção estava comprometida. Avistou através dos olhos dilatados os companheiros afastarem-se, caçando aquele que disparara o som que machucara seus ouvidos. A dor era constante em cada centímetro de seu corpo, manifestando-se ao mínimo movimento, mas aqueles sons que ouvia com tanta frequência desde que chegara ao "outro lado", sons repentinos, agudos, feriam ainda mais seus tímpanos. Irritava-se quando a dor renascia.

Quando os outros sumiram pelo buraco negro mais à frente, ela se encontrou sozinha. Foi quando ouviu outro som, algo mais baixo, mas ainda irritante. Girou nos calcanhares feridos. Por algum motivo, sabia exatamente de onde vinha.

Aproximou-se do carro, as mãos ensanguentadas chocando--se contra uma barreira invisível e melando-a, desenhando formas abstratas em vermelho. Chegou o rosto mais perto e viu, em seu interior, uma presa. Era pequena, frágil, e estava enrolada em um pano. A boquinha, tão minúscula, emitia um barulho enervante.

Seu peito queimou. A chama subiu, forçando passagem pela garganta ressecada, e escapou na forma de um grito estridente.

A infectada socou o vidro.

Ivan saiu pela cozinha e encontrou-se na escada utilizada pelos empregados. Era impossível seguir por onde viera – os corredores estavam tomados. Um aviso na porta do elevador dizia em garranchos: INTERDITADO. USE A ESCADA. Pela cor amarelada o papel estava ali havia mais de um mês. Para que os patrões se importariam em consertar um elevador que não utilizavam? Se pagavam a ralé "tão bem", eles que usassem a escada. Não tinham dinheiro para ir à academia mesmo. Era até um favor, deviam pensar.

A dor no peito de Pooh era pior do que tudo que já sentira. O nariz escorria, os olhos ardiam, as pernas queimavam a cada degrau que vencia, subindo como se não precisasse parar para respirar. Queria afastar-se, deixar para trás a memória de seu mentor, do homem a quem mais admirou. Esquecer e finalmente ver-se livre daquela adaga encravada em seu coração, girando e cortando cada vez mais fundo.

A panturrilha deu indícios de ceder. Os músculos das coxas pareciam prestes a arrebentar. A perna mecânica começou a machucar o toco. Passou a segurar nos corrimões para continuar subindo. A garganta, seca, raspava quando engolia. O suor envolvia seu corpo, encharcando a camisa. Continuou. Não pararia. Deixaria a dor perdida em um canto qualquer daquele prédio maldito. Não queria mais saber de Carla ou Pablo ou o escambau. Alcançaria o helicóptero, buscaria Elizabeth e iriam embora, recomeçar a vida. Sem Victor.

Parou, segurando-se nos corrimãos, o corpo arqueado, a cabeça baixa. O suor ardia em seus olhos, misturando-se às lágrimas que voltaram. Os passos seguintes precisaram de uma força de vontade que não estava ali para prosseguir. Mancava com a perna boa. Só não desistiu por Lizzy.

Não havia mais resquício da presença dos infectados. Seus gritos amaldiçoados perderam-se lá embaixo. Ouvia apenas o toque da chuva nas janelas. No alto do último lance de degraus avistou a saída. Sem vigor, continuou. Alcançou-a, e saiu. Ela não abriu por completo. Uma barricada havia sido improvisada ali, mas vencida. Alguém devia ter se refugiado no alto do prédio, e acreditou que um monte de entulho daria conta do recado. Cadeiras, mesas de centro, uma poltrona e um botijão de gás. Inútil.

A cobertura não era propícia para pousos, mas teriam que improvisar. Não tinha forças para percorrer o caminho de volta. Sucumbiria antes de alcançar a sarjeta.

Aproximou-se da beira, e olhou para baixo. A avenida permanecia intransitável. Ao longe via legiões seguindo para aquela região. Os malditos não paravam de vir. Brotavam como merda do esgoto.

Em meio aos infectados percebeu que alguém fugia em ziguezague. Reconheceu-o.

Era Pablo.

– Caralho!

Os palavrões saiam sem controle da boca de Pablo enquanto corria dos infectados.

Tentara ir em direção ao hotel, mas havia muitos deles no caminho. Adiante avistara uma praça onde talvez pudesse ter alguma chance. Desviava dos canibais como um jogador de futebol americano. A bola era sua vida. Precisava mantê-la afastada das mãos de qualquer um deles.

Atravessou a primeira via da avenida e saltou sobre a mureta. Sem ser tão ágil quanto imaginava, tropeçou e foi de cara ao chão, evitando esfolar o nariz ao apoiar as mãos no asfalto. Foi o que bastou. Da mesma mureta uma mulher atacou, caindo sobre ele e agarrando sua perna.

– Solta, capiroto! – ele gritou, chutando seu maxilar. Conseguiu ouvir a mandíbula se deslocando. Aproveitou que ela caiu, o queixo balançando de forma grotesca, e levantou, retomando a corrida. Havia dezenas deles em seu cangote. Não precisava olhar para trás para contar. Eram muitos.

No percurso desviou aos pulos de corpos estraçalhados, atentando-se para não escorregar nas tripas espalhadas como obstáculos posicionados estrategicamente pelo inimigo. Apertou o passo na direção de um táxi, a porta do motorista aberta (o taxista ainda ali, um gordo com a cabeça arrebentada contra o para-brisa), e acabou não percebendo o homem vindo de dentro de uma lanchonete. O choque entre os corpos foi tão violento que fez ambos rolarem, engalfinhados como gatos de rua. Pablo ignorou a dor dos ralados em seus braços e manteve a boca do infectado o mais longe que pôde. Seus dentes batiam frenéticos, prontos para jantá-lo.

Sobre seu ombro Pablo viu outros se aproximando. Tentou empurrá-lo, mas o infeliz não o largava por nada. Pablo desferiu socos contra sua testa e mesmo usando do máximo de sua força nem ao menos o tonteou.

Fodeu, pensou.

Quando olhou novamente, encarou os olhos de um de seus futuros assassinos: um padre com um buraco no lugar da orelha direita, pronto para lhe dar a extrema-unção. Não conseguiu nem fechar os olhos de tanto medo.

A explosão que veio a seguir mandou todos pelos ares.

Pablo precisou de um tempo para ter certeza de que continuava vivo. Que merda havia sido aquela? Seus ouvidos zuniam. O chão tremera por um instante. Imaginou se o exército havia iniciado o bombardeio para destruir toda São Paulo. Deitado, virou o rosto e viu os infectados caídos. Poucos tentavam se levantar, totalmente desnorteados. Parte da mureta havia sido arrebentada alguns metros adiante. Com as mãos bloqueou a chuva que caía em seus olhos, e entre os dedos viu, lá em cima, no alto do prédio, uma silhueta. A visão endireitou-se e então reconheceu Pooh.

Levantou-se, a cabeça girando. Próximo à mureta destruída, um rombo transformara o asfalto em um grande círculo negro. Algo explodira ali. Juntou dois mais dois, agradeceu a Pooh com um aceno débil pelo que quer que ele tivesse feito e continuou por onde ia. Logo chegou ao táxi. Num puxão, arrastou o taxista para fora do veículo e entrou. Sem planejamento, girou a chave e pisou no acelerador. O pneu cantou. Mesmo com a chuva, o para-brisa foi pintado de vermelho a cada infectado atropelado. Seguiu pela via e virou a rua seguinte, avistando o hotel de onde nunca deveria ter saído. No final havia sido em vão.

Acelerou mais. Os infectados haviam sido atraídos para o prédio onde entraram, o que deixou a fachada do Maksouth praticamente deserta. Nem por isso diminuiu a velocidade.

Assim que o carro bateu na guia, Pablo perdeu o controle. Tentou puxar o volante para os lados, mas não conseguiu. Antes que percebesse, o táxi invadiu o saguão, arrebentando o pouco que restara da porta, e colidiu contra a que haviam bloqueado.

Quando conseguiu abrir os olhos, Pablo sentiu a ardência na testa. Estava todo cortado. O nariz sangrava. Pelo retrovisor viu-os correndo em direção ao hotel. Tirou o cinto e saiu pelo para-brisa arrebentado. Ao atravessar pela porta destruída constatou que não havia tempo (nem possibilidade) de bloqueá-la novamente. Precisava avisar seus amigos. Precisavam sair dali naquele instante.

Antes, porém, buscaria Thor.

Daniela e eu seguimos Yulia, olhando todos os quartos o mais rápido que conseguimos. Não há rastro de Oliver e Conrado. Yulia permanece com a Antena erguida. Segura-a firme, decidida a usá-la o mais fundo possível em seu estuprador. Não consigo sentir pena dele quando ela encontrá-lo.

Yulia entra em um quarto.

– Tiago – Daniela sussurra –, acho que eles já se foram.

– Será?

O som do elevador chegando me assusta. O susto é ainda maior quando seu ocupante se revela.

– Tiago! – Oliver grita.

O garoto nem tem chance de se aproximar, pois um soco certeiro no olho são as boas-vindas de Daniela.

– Calma! – Seguro-a a tempo de impedir os golpes seguintes.

– Calma? Esse filho da mãe nos traiu. Eu vou te capar, seu merdinha.

– Vocês acharam mesmo que eu a ajudar aquele otário? Eu só precisava de tempo para despistá-lo.

– Mas cadê o bebê? – pergunto. Havia mesmo entendido seu plano. Fiquei com um pé atrás, afinal não o conheço de fato, e ele bem que podia ter nos deixado e ido embora com Conrado. Mas antes de irem, notei um brilho em seu olhar. Como se estivesse armando um plano. Agora, porém, sem ver Yerik em seus braços, começo a sentir que o que quer que ele tenha armado não deu tão certo.

– Acabou ficando no carro – ele diz. – Tentei trazê-lo, mas o filho da mãe foi mais rápido. Pelo menos consegui trazer isto. – E balança o molho de chaves. – Deste hotel nem ele nem o bebê saem. Agora só precisamos...

Oliver não termina a frase ao avistar Yulia saindo do quarto.

– Ela tá infectada? – pergunta, assustado.

– Tá. Infectada com ódio – falo.

– Mas e o tiro na cabeça?

– Nem nós entendemos.

Ao avistar Oliver, Yulia vem correndo, cuspindo palavras. A mais clara é um nome: Alexandre.

– Que Alexandre? – Oliver pergunta.

– Conrado – ela diz, num esforço tremendo para se fazer entendida.

– Onde ele tá? – pergunto.

– No estacionamento. Dei um jeito de ser mais esperto, o que não foi difícil, e o tranquei lá.

– Mas o carro não tá lá?

– Sim, mas era o único jeito.

Entortando a boca para o lado, a expressão de Oliver é de quem tem algo mais a dizer. Antes de continuar, porém, ele leva a mão ao bolso. Traz uma chave.

– Eu não arriscaria depender de um carro só. Tem outro lá nos esperando. – Guarda-a de volta ao bolso, mantendo apenas o molho do primeiro carro em mãos. – O problema é que havia infectados lá. Tenho certeza que ele não foi pego. A única saída era se trancar no carro, e como ele estava armado... O bebê deve estar seguro também... Ei!

Como uma guerreira tribal prestes a estripar o inimigo, Yulia aproxima as lâminas da lança bem próximas ao rosto de Oliver. Estende a mão, e um movimento rápido com os dedos diz tudo: ela quer as chaves. Sem pensar duas vezes, Oliver obedece e entrega o molho. Antes que possamos prever sua ação seguinte, Yulia nos dá as costas e parte em direção às escadas.

– Acho que ela entendeu muito bem onde podia encontrá-los – Daniela diz.

– Sabia que ter duas opções era a decisão mais acertada – Oliver diz, um suspiro de alívio escapando dos lábios enquanto alisa o bolso que guarda a outra chave.

Num repente um estrondo vindo dos andares inferiores ecoa por todo o hotel. Em seguida, berros. São eles. De algum modo conseguiram entrar. Não é preciso dizer qualquer palavra. Voltamos correndo ao fim do corredor e subimos as escadas, chegando ao andar aonde estávamos.

– Não podemos ficar aqui, Tiago – Daniela diz. – *Ela* está bem ali.

E aponta para o quarto onde deixamos Lizzy. Os berros se aproximam. Não vai demorar muito para que tomem todo o hotel.

– Precisamos nos esconder.

– Precisamos é sair daqui, Tiago – Oliver retruca. – Não podemos demorar mais.

Em seguida ouço um barulho nada agradável. Um grunhido crescente, formado por inúmeras gargantas.

– Vamos.

Antes que possamos nos virar e seguir para o mais longe possível do alarde, o corredor é invadido. Demônios por todas as partes, chagas tomando-os dos pés às cabeças, a ira inabalável guiando-os rumo à destruição de inocentes. Tropeçam nos próprios pés, tornando-se esteira para os que vêm atrás. Som de ossos quebrando-se, gritos de dor, de raiva. Uma fome visceral os acompanha. O chão treme.

Giramos e seguimos por onde Yulia se foi, mas há outro grupo chegando. Não tão massivo quanto o que se aproxima do outro lado, mas trazendo consigo o mesmo desejo de violência, de sangue.

O quarto mais próximo, onde Lizzy se encontra inconsciente, é um ponto inalcançável. Estamos cercados. Com minhas habilidades, eu até poderia passar por cima deles, como um astro do rock sendo carregado pelos braços dos fãs. Ou mesmo tentar passar por baixo, enquanto Daniela e Oliver lutam para escapar, ou para que a morte chegue logo e a dor vá embora bem rápido. Já fui mordido uma vez e ainda estou aqui, firme como um carvalho. Os infectados são decididos em sua missão de assassinar, mas não têm um controle muito bom sobre seus movimentos. Posso levar umas mordidas doloridas até conseguir escapar, mas dá para sobreviver. Daniela, Oliver, me desculpem, mas no fim do mundo não há julgamentos ou lições de moral. Quem pode julgar um homem que está tentando sobreviver?

Quando respiro fundo e me preparo para dar o primeiro passo, sinto Daniela puxar meu braço. Olho para trás, e, incrédulo, vejo-os perdendo o vigor, alguns caindo, empurrados pelos outros. Os que se mantêm de pé tornam-se estátuas vivas, grotescas, suas carrancas engessadas em expressões hediondas. Do outro lado, à medida que os infectados se aproximam, acontece o mesmo. Segundos depois e o silêncio reina no corredor.

– Que merda aconteceu? – Daniela pergunta.

Em meio ao bando maior noto um movimento. Alguém caminha entre eles, abrindo passagem sem pudores, empurrando-os, derrubando-os. Os que caem voltam a berrar, mas são novamente tomados pela paralisia antes que possam levantar-se.

Mais perto do fim, a figura vai se revelando até alcançar o corredor, onde caminha livre. Há uma trilha atrás dela, o caminho livre para que possa ir e vir. O pequeno instrumento entre seus lábios, brilhando sob a luz de uma lâmpada próxima, deve ser o que os mantém como casulos sem vida, hospedeiros de vermes carnívoros. A curvatura da boca é como se estivesse assoprando o objeto, uma réplica de flauta, mas em tamanho bem menor (lembro-me de ter visto algo parecido, mas não me recordo onde). Não emite qualquer som, mas é exatamente o que paralisa os infectados.

– Como você conseguiu isso? – pergunto.

Carla não responde. Em vez de tirar a flauta da boca e explicar o que está acontecendo, a mulata, sem qualquer sinal de que foi agredida ou mesmo raptada, traz uma arma da cintura.

E aponta direto para mim.

Capítulo 27 - Confia em mim

Elizabeth sentiu dor antes mesmo de abrir os olhos. Sua cabeça latejava.

Olhando ao redor pôde ver a claridade fraca do começo da noite entrando pela janela. Ainda deitada, ouviu passos e grunhidos próximos demais. Congelou no instante em que sentiu pés desconhecidos encostando-se momentaneamente em seu braço. Não ousou sequer respirar. De algum modo os infectados haviam conseguido entrar.

Passando por ela como se fosse um monte de entulho, o infectado adentrou o quarto e vagou pelo cômodo. Grunhia como uma besta caçando, farejando a presa. Sentia sua proximidade; porém, algo o confundia, atrapalhava sua busca. Irritado, berrou para as paredes e voltou. Tropeçou em Lizzy, conseguiu manter-se de pé, girou o rosto mais uma vez ao redor – a comida estava ali, embaixo de seu nariz –, mas, por sorte, foi embora sem perceber que acabara de deixar o rango para trás.

Ela permaneceu imóvel por um tempo, deitada na penumbra do quarto, o cheiro de mofo do carpete chegando ao seu nariz. Ainda ouvia seus gritos ao longe. Lentamente se levantou e ficou ali, sentada na soleira. Estava zonza. Lembrava-se de ter sido golpeada, mas não sabia de onde a pancada viera. Deixe estar. O que importava no momento era saber onde estavam seus amigos. E principalmente onde estava Tiago.

Alarmou-se ao som de passos se aproximando, mas não foi rápida o bastante para novamente fingir-se de morta. O infectado saltou sobre ela, o peso de seu corpo robusto levando-a ao chão. Conseguiu manter as mordidas longe, empurrando-o pelo peito cabeludo, mas ele era forte demais. Ainda estava zonza, uma fraqueza tomando conta de seus músculos. A bocarra se aproximava de seu pescoço, os dentes batendo em frenesi. A gosma que escapava de sua garganta melou o rosto e cabelos de Elizabeth, respingos alcançando seus lábios. Ela cuspiu e contraiu-os, lutando para evitar que ele chegasse mais perto.

O som oco de uma pancada veio, e o peso do infectado dobrou, mas não havia mais esforço. Era um peso morto. Ela olhou para cima e o viu de olhos arregalados. Empurrou-o para o lado e arrastou-se, sentando contra a parede. Havia um rombo no topo de sua cabeça.

Uma silhueta humanoide tomou forma à meia-luz. Segurava um pé-de-cabra, de onde escorria um fio de sangue. Sua visão acostumou-se à ausência de iluminação, e o reconheceu.

– Luiz.

Não era exatamente quem esperava encontrar, mas era um rosto conhecido. Ele entrou e encostou a porta.

– O que aconteceu? – ela perguntou.

– Um carro invadiu o saguão. Tá tudo destruído. Eles entraram.

– Percebi.

– Cadê os moleques?

– Eu ouvi Daniela gritando – Lizzy se recordou. – Vim até aqui e, quando entrei, fui golpeada.

– Ela que te acertou?

– Daniela? Não. Por que faria isso?

LC a encarou, calado. Elizabeth percebeu sua expressão. Queria dizer algo.

– O que é, Luiz? Fala.

– Talvez ela tenha descoberto o que vocês queriam com o Tiago – ele desabafou.

Lizzy ficou calada por um tempo, esperando por mais alguma coisa que ele quisesse dizer. E ele disse.

– E estavam escondendo de nós.

– Luiz... – ela começou. – Como assim?

– Eu sei que vocês queriam o moleque. E não só vocês. Não sei qual é a real, mas ele parece valer ouro.

– Quem mais o quer?

– *Queria*. Sua mãe, Abigail. Você sabe disso.

Havia um aperto no peito de Elizabeth que ela não conseguia explicar. Como o prenúncio de algo muito, muito ruim. Temeu por Ivan e Victor. Acreditavam estar preparados para o que viesse, contanto que permanecessem juntos, mas não estavam. No momento em que seus caminhos seguiram para lados distintos, ela soube que dificilmente os veria de novo. Agora estava ali, encurralada em um quarto de hotel tomado pelas aberrações, e Luiz era sua única esperança. Não daria conta sozinha. Além disso, ele acabara de salvar sua vida. Tinha somente a verdade para demonstrar sua gratidão.

– Tá bom. Vou te contar tudo. – Ela se levantou e foi em direção à janela, onde apoiou as mãos e olhou em direção à avenida. Nem sinal de seus amigos. Suspirou. – Só peço que confie em mim.

Apesar de os infectados não darem sinal de que voltariam ao normal, ainda paralisados, Carla mantém uma expressão receosa. A flauta continua segura entre seus lábios. A arma, apontada em minha direção. Noto um leve tremular de suas mãos. Não está tão segura quanto parecia à primeira vista.

Com um aceno com a mão livre, faz sinal para que sigamos até ela. Permanecemos parados.

– O que você tá fazendo? – pergunto. Ela não responde. Poderia muito bem imaginar que a mulata veio nos salvar, não fosse a arma em posição ameaçadora.

– Tiago, vamos – Oliver diz.

– Ir aonde? Você tá louco?

Há algo estranho no modo como ele olha de mim para Carla. Quando dirige o olhar a ela, é como se conversassem mentalmente.

– Confia – ele continua. – Ela tá comigo.

– Como assim? – pergunto, incrédulo. Mais surpresas?

Sem responder, ele dá o primeiro passo. Penso tratar-se de outro plano seu, mas algo diz que não é. Ele caminha até Carla, e ela não faz menção de que prefere mantê-lo longe. Pelo contrário, ignora-o. Seus olhos continuam cravados em mim.

– O que tá acontecendo, Tiago? – Daniela sussurra atrás de mim.

– Sem ideia.

Sinto que há algo grande prestes a ser revelado, e o que vier envolve somente a mim. Daniela está aqui graças a mim. Se não tivéssemos nos encontrado naquele ginásio, seríamos inexistentes um para o outro hoje, e ela não estaria aqui. Na base, na LAQUARTZ e neste hotel sempre senti que havia um interesse velado em mim. Talvez seja meu egocentrismo, talvez não. Mas há algo especial a meu respeito. Por isso, sinto que Daniela não representa nada para nenhum deles. Nem ameaça, nem interesse. Carla não hesitará se precisar matá-la. Considerando o que quer que possa vir a acontecer, sussurro em resposta, para que apenas ela me ouça:

– Fica atrás de mim.

Ela obedece. Continuo:

– Quando eu começar a andar para trás, você me acompanha.

– Tem um monte deles aqui.

– Confia.

– Vem, Tiago – Oliver grita. – Ainda podemos escapar. Você não precisa passar sua vida fugindo.

Por qualquer motivo que eles me queiram, só tenho serventia vivo. Carla não vai atirar em mim. Dou o primeiro passo para trás. Daniela copia meu movimento, uma de suas mãos agarrada à minha cintura e a outra em minhas costas.

– Não há para onde ir – Oliver grita.

Carla continua na mesma posição, mas parece amedrontada. Deve ter percebido o que pretendo. Mais dois passos para trás.

– Corre – digo, entredentes, no mesmo instante em que giro. Mantenho meu corpo como um escudo, Daniela na frente, e corremos.

– Tiago! – a voz de Oliver explode.

Corremos. O carpete sob meus pés é rasgado por um tiro, o estampido ecoando pelo corredor.

– Você está louca? – Oliver grita de novo. – Não é pra atirar nele.

Não olho para trás. Continuamos mais rápido. Chegamos à parede formada pelos infectados em transe. Carla não vai parar de assoprar aquela flauta apenas para nos impedir. Se o fizer, os que estão atrás dela atacarão antes que ela possa imobilizá-los outra vez. Não há escolha para ela ou para nós.

Daniela para diante do infectado mais próximo, um japonês gordo vestindo um avental preto, BIG PASTEL bordado em letras brancas. Um esgar animal toma conta de sua face, um dos olhos mais aberto que o normal.

– Vai abrindo espaço, Dani – digo. – É nossa única opção.

– Droga!

Ciente de que estou certo, ela mais uma vez obedece. Oliver diz qualquer coisa, o que decido ignorar. Assim que Daniela abre passagem entre os infectados, empurrando-os com cuidado para que não voltem a si, sigo-a. É como se percorrêssemos um túnel de arames farpados, cautelosos para não tocarmos nenhum deles. É impossível. Sinto suas roupas molhadas, suas peles pegajosas, suas respirações quentes. Há cheiro de merda, urina, suor, mau-hálito, necrose. É pior que 2 Girls 1 Cup. Meu estômago revira, a bile sobe, implorando para sair. Tento respirar o menos possível.

Algumas vezes temos que passar sob as pernas dos malditos, pois é impossível seguir andando. Há muitos deles. Poucos retornam ao normal, mas voltam à paralisia antes de notar nossa presença.

Alcançamos um ponto em que o espaço começa a se abrir, facilitando nossa fuga. Há lacunas folgadas entre eles, e nem precisamos mais tocá-los para continuar. Próximos ao fim do monte de infectados, o corredor abrindo-se livre adiante, olho para trás.

Carla e Oliver vêm como mísseis destinados a transformar Daniela e eu em pedaços.

Yulia ouviu o coro de vozes invadindo. Lançou uma espiadela rápida sobre os ombros e viu vultos passando como flechas no fim do corredor. Seguiram direto. Pura sorte. A porta de vidro entre os corredores impedia que a vissem. Era questão de tempo até que dominassem o hotel, e tempo era algo que ela não podia dispor. Precisava chegar ao estacionamento, encontrar Yerik e transformar Conrado em um ponto final.

Pensou em seguir pela outra escadaria, descer até o restaurante, e dali tentar alcançar seu destino. Os elevadores estavam fora de cogitação, no corredor por onde os vultos continuavam passando.

Alcançou a escadaria e desceu. No segundo andar ouviu a algazarra vindo do térreo. Fim da linha. Eles estavam também no restaurante. Seguiu pelo corredor. Caminhando apressada, a Antena em punho, estacou ao ser surpreendida pela pessoa que saiu de um cômodo adiante. Não acreditou. De costas, sem notar sua presença, reconheceu Conrado. Sem pensar, gritou, anunciando o ataque, o que deu a ele a oportunidade de se esquivar do golpe que poderia ter sido certeiro. A lança desenhou o trajeto no ar, e, livre de Conrado para acertar, atravessou uma poltrona vermelha que estava na mesma direção. Conrado viu as lâminas perfurando a cadeira estofada como se fosse feita de papel.

– Aquela merda era de festim? – ele perguntou a si mesmo, alto demais. Havia um tom divertido em sua voz.

Yulia proferiu palavras que à primeira vista não fizeram sentido – algo que soou como "Ty ubil moyu sestru" –, mas cuja mensagem principal Conrado conseguiu captar. *Você matou minha irmã.*

– Irmã? – ele perguntou. – Como assim, russa?

– Sasha – ela disse.

Conrado não entendeu de pronto, mas de repente todas as peças se encaixaram.

– Eu sabia que você não tinha aparecido em meu Skype por acaso, Esther – ele disse, gargalhando. – Sua beleza quase me cegou, mas eu sou macaco velho. Você veio fácil demais. Vou continuar te chamando de Esther, pois foi gemendo seu nome que me masturbei tantas vezes.

Yulia sentiu o sangue ferver e partiu para cima de Conrado. Rindo, ele voltou para o cômodo de onde havia vindo, e ela o seguiu. Adentrando, encontrou-o imóvel, esperando-a.

– Você quer aquele bostinha, não é? Você acha mesmo que pode cuidar de um bebê? Não conseguiu cuidar nem de si mesma.

Mais uma vez ela berrou palavras emboladas, e ele entendeu.

– Ele está lá embaixo. Vem comigo, e podemos ir embora juntos. Posso cuidar dos dois.

Ela não entendia. Havia algo diferente em sua voz, como se quisesse mesmo constituir uma família de sobreviventes. Pai, mãe e filho. Era mesmo um louco. Havia muito a entender – o que ele havia feito com sua irmã, e principalmente como ambos, em uma cidade tão grande, haviam vindo parar no mesmo lugar –, mas Yulia abafou o calor da emoção, e então deixou a postura de ataque.

– Ok – ela disse. Planejava que ele a levasse a Yerik, e concordar tão rápido poderia deixá-lo desconfiado. Para ser mais convincente, mostrou o molho de chaves.

– Espera – ele disse, surpreso. – É a chave do carro que o pivete roubou?

Yulia fez que sim.

Retomando seu típico sorriso carregado de malícia, Conrado deu um passo para o lado. Atrás dele Yulia pôde ver um buraco na parede. Totalmente negro. Conrado balançou a mão em frente a ele, pedindo o molho. Ela entregou. Outro movimento, indicando o elevador.

– Primeiro as damas.

– Mais rápido, Dani!

Oliver e Carla aproximam-se como sombras. Como um caçador

na selva abrindo passagem no matagal a golpes de facão, Oliver empurra sem medo os infectados. Carla vem junto, a flauta marchetada contra os lábios carnudos.

Daniela tropeça no pé de uma mulher e vai ao chão. Sem tempo de prever a queda, acabo indo por cima dela. Até tento manter o equilíbrio, mas falho, minhas mãos enfaixadas inúteis para me ajudar, e rolo pelo carpete. É a deixa para que a dupla nos alcance.

– Tiago, você é louco? – Oliver diz, irritado. – Eu disse que não precisava continuar fugindo. E o que você faz? Vira e foge. Pensei que fosse mais inteligente.

– Louco é você – Daniela rebate. – Você tá do lado de quem, afinal?

– Cala a boca, garota – ele diz. – Você é carta fora do baralho. Carla, dá um jeito nela.

Como um zumbi sem vontade própria, a mulata mira a arma na direção de Daniela.

– Não faz isso! – grito.

– Tá apaixonadinho agora? – ele diz. – Você não suporta as frescuras dela.

Apesar da expressão desconfortável no rosto de Carla, talvez devido à incapacidade de falar e assoprar a flauta ao mesmo tempo, há frieza em seu olhar. Seu dedo toma posição e desliza no gatilho.

O som do tiro e do latido se misturam. Thor surge de surpresa dentre os infectados e salta, agarrando o braço de Carla com os dentes e mudando o trajeto do disparo. A bala passa a um metro da cabeça de Daniela.

Carla finalmente fala algo.

– Cachorro filho da puta!

É como se um rojão tivesse sido estourado no rabo de Oliver.

– A flauta! – ele diz, os olhos arregalados.

Thor mantém os dentes cravados no antebraço de Carla, fundos na carne. Ela tenta chutá-lo, afastá-lo com socos, mas e em vão. Sangue escapa da pele parda conforme ele chacoalha a cabeça, rosnando. Carla grita de dor.

Oliver busca um meio de passar por eles, mas não consegue. Entendo seu plano. Pretende alcançar a flauta, caída atrás de Carla.

– Carla, a flauta, pelo amor de Deus!

– Thor, volta aqui! – grita uma nova velha voz. Do mesmo caminho por onde viemos surge Pablo. Parece petrificado de pavor (talvez por ter atravessado o túnel da morte), e bastante confuso. – O que tá acontecendo?

Antes de receber qualquer resposta nossa, ele sente um movimento ao seu lado. O ataque vem de súbito.

Os infectados voltam a si um a um.

Era impossível enxergar qualquer coisa dentro do elevador. O cubículo era escuro, abafado. Yulia se sentiu em um caixão, descendo em direção ao ponto mais fundo de sua cova. Mesmo que não soubesse que Conrado estava ali, sentiria sua presença, era inegável, quase palpável. Podia senti-lo sorrir.

– Não sei como errei o tiro tão perto – ele disse. – Na verdade eu não errei. Mirei direto na sua nuca. Você não se moveu. Eu te acertei.

A respiração pesada de Yulia foi a única resposta. Ela estava se contendo para não voar no pescoço do maldito e arrebentar sua jugular com as unhas.

– Depois você vai me explicar direitinho o seu truque – ele continuou. – Sabe quando te vi no alto daquele muro? Meu queixo quase foi ao chão. E não por ver você, mas ver que trazia um bastardo nos braços. Se você não tivesse me ligado e dito onde estava, eu nunca teria aceitado seguir aquele paspalho.

As peças ainda estavam em uma posição confusa na cabeça de Yulia. Ela tentava encaixar os fatos. Abriu os lábios para perguntar, mas por algum motivo o fez na língua nativa do inimigo.

– Como? Não entender. – Seu sotaque era mais carregado que um navio negreiro.

– Olha! Aventurando-se em minha língua. – Ele gargalhou. – Isso ficou meio dúbio. Aventurar-se em minha língua.

Yulia ouviu-o emitir um som molhado. Encolheu as pernas e as abraçou.

Ele prosseguiu:

– Quando você me ligou... Na verdade, quando ligou para o *Alexandre* – ele riu de novo, caçoando – e disse onde estava, eu fui até o McDonald's, mas o lugar estava cercado. Decidi naquele momento que iria embora. Me arriscar por uma puta... Desculpe. Força do hábito. Você era só mais uma, embora fosse a que eu mais desejava saborear. Não valeria a pena correr riscos. E as ruas estavam como o inferno. Gente mais louca que eu por todos os lados. Dá pra imaginar? Enfim... Não sei se foi obra do destino sacana ou não, mas acabei topando com o paspalho e seu cachorro pulguento, e foi ele quem percebeu que você estava com um bebê e decidiu ajudar. Eu já tinha ido até lá, e precisava de iscas caso fosse cercado. Por falar em isca, sua irmã foi uma.

Yulia parou de respirar.

– Sasha era como leite com pera, sabe? Sem graça. Foi a 219. Russas costumam ser deliciosas. Já havia experimentado doze antes. Ou treze, não lembro direito. Percebi que faltava tempero quando comi seu braço. Para cada garota escolho um ponto onde começo a comer. Quer saber onde seria a primeira parte sua que eu pretendia comer? A buceta. Ia mordiscar teu grelo até arrancá-lo. Até deixaria que menstruasse na minha boca.

Ele repetiu o barulho com a língua. As unhas de Yulia estavam envergadas, forçando-se contra a superfície dura do elevador. Ela não chorava. O fogo aumentava em seu peito, subindo à garganta. Seu desejo naquele momento era transformar Conrado em merda, sua verdadeira forma. Lutou contra a vontade de atacá-lo.

– Tive tão pouco tempo com ela, mas foi o bastante para não fazer muita questão de continuar. É difícil encontrar garotas estúpidas dispostas a arriscar-se em um país desconhecido, com um cara sobre quem não sabem nada. Sua irmã foi difícil de convencer. Ela sempre disse que queria avisar a irmã mais velha, que não achava certo fugir, mas eu entendo um pouco de manipulação. Investi horas e mais horas para convencê-la. Mesmo quando já estava aqui eu ainda duvidava de que ela não tivesse dito nada a você. Ela não disse mesmo?

De lábios fechados, Yulia emitiu um som de negativa. Se os abrisse, perderia o controle.

– Quando isso começou, essas pessoas acometidas por raiva, seja lá o que essa merda for, eu estava disposto a libertá-la. Não mandá-la de volta pra casa. Não podia arriscar que ela desse com a língua nos dentes. Caramba, eu já tinha comido metade do braço da vagabundazinha!

Os olhos de Yulia inundaram-se.

– Estávamos no hotel e esses canibais invadiram. Lá era onde eu mantinha minha vida particular. Sabe, esse meu lado *diferente*? O dono do hotel é amigo meu e tem tantos segredos quanto eu. Acho que são até piores. Ele me cede o quarto, quase minha segunda casa, e lá eu faço minhas estripulias. É onde devoro a única coisa que me satisfaz. Não me pergunte por que faço isso. Seria a mesma resposta que você daria se te perguntassem por que você come, sei lá, chocolate. Porque eu gosto.

Yulia o ouviu socar a parede do elevador. Também o ouviu respirar um pouco mais áspero, bufar, e então continuar:

– Estava disposto a dar um fim ao sofrimento de Sasha. O sofrimento de Sasha, parece até nome de filme. Ô, garotinha sem gosto! Ela queria tanto ser modelo que talvez sua dieta tenha influenciado no sabor. O que ela comia além de alface? Nada? Porra, perdi um dinheirão com ela. A arma já estava na minha mão. Seria rápido. Aí a merda começou, e tive que usá-la para escapar. Um tiro na perna e lá estava ela, servindo de comida para os canibais. Do modo como devoraram sua irmã, não tinham lá muita exigência quando se fala de paladar. Se te faz sentir bem, sua irmã teve seu sabor aprovado antes de morrer. Não por mim, desculpe.

O elevador parou. A portinhola se abriu. A luz entrou. Mais próximo da saída, Conrado foi primeiro. Ao se virar para ajudá-la a descer, foi recebido com um chute no rosto. Um corte se abriu sob o olho esquerdo. Antes que pudesse revidar, outro chute veio, e ele pensou que o joelho havia sido partido ao meio. A pele se tornou branca pela dor, mas conseguiu prever o golpe seguinte e desviou. Agarrou-a pela jaqueta e puxou-a, jogando-a contra a parede. Yulia protegeu o rosto com as mãos e, sem olhar para trás, abriu a porta e disparou pelo corredor estreito. Não muito longe viu a escadaria que levava ao estacionamento. Pouco depois de alcançar o terceiro degrau, sentiu os cabelos sendo agarrados pelos dedos de Conrado. Na tentativa de livrar-se, girou, e ambos rolaram, terminando embolados na inundação.

Sem conseguir encontrar um apoio sob o charco, Conrado se atrapalhou e caiu novamente, de costas, espalhando água. Yulia saltou sobre ele e, no ar, puxou um canivete da bota. Conrado esfregou os olhos e voltou a enxergar a tempo de evitar o golpe fatal. Desviou e, com uma rasteira, derrubou-a.

– Pensei que seria mais inteligente, russa! Não sou idiota. Sei que está puta por finalmente descobrir o que aconteceu com sua irmã, mas seria mais vantagem pra você deixar tudo para trás e vir comigo. Continuaria com o bostinha, e eu até consideraria te deixar viva. Por um tempo, é lógico.

Conrado aproximou-se aos pulos, evitando a pressão da água, e a chutou nas costelas. Yulia rolou, submersa. Apoiou-se nas mãos e empurrou a cabeça para o alto, voltando a respirar.

– Sabe? Este lugar está cheio de canibais. Diferente de mim, não há papo com eles. Tenho um pouco de inveja. Nunca saberei qual é seu sabor. Que eles façam bom proveito.

Os cabelos de Yulia, molhados, impediram que ela visse com clareza. Tentou afastá-los, mas Conrado acertou um chute em seu rosto, tão forte quanto o que havia desferido nele. Rolou outra vez, afundando na água escura.

Apagou.

Circundando os veículos estacionados talvez para sempre, Conrado divisou o carro que o levaria para longe dali. Havia uma infectada investindo a cabeçadas contra o lado do carona. Seu rosto estava totalmente cortado, o nariz expelindo uma camada grossa, escura, de sangue, mas ela não parecia se importar. Aproximou-se sem ser notado e parou do lado do motorista. Curioso, assistiu--a por um tempo. Imaginou como seria fodê-la. Ela cavalgaria em cima dele como uma estrela do rodeio. Não era má ideia.

Chegou mais perto, puxou a arma da cintura e apoiou a mão no teto do carro. Primeiro sorriu, depois assobiou como um pedreiro faz para uma gostosa. A atenção da infectada foi fisgada no mesmo instante. Ela berrou, escancarando a boca, um covil de doenças. Ele apertou o gatilho, e a arma cuspiu a última coisa que entraria naquele covil.

Em posse das chaves, Conrado testou a primeira na porta. Encaixou perfeitamente. Antes que mais companhia chegasse, entrou e acionou as travas de segurança. No banco do carona, Yerik chorava. Conrado levou a mão até ele e depositou o revólver sobre sua barriga. Fez movimentos circulares, e emitiu chiados com a boca.

– Calma, Pequeno Príncipe. Já vamos embora. Não é um chocalho, mas serve.

Yerik balançou os braços tentando alcançar a coisa pesada sobre ele, e parou de chorar. Conrado voltou a atenção ao carro. Conhecia aquele modelo, então sabia qual das chaves precisava usar. O motor roncou. Os faróis dianteiros se acenderam, espantando parte da escuridão que dominara o estacionamento. Pisou no acelerador, e o veículo começou a andar. Parecia deslizar sobre a superfície da água. Navegava em direção à saída. Não encontrou infectados no trajeto.

Provavelmente conseguiram derrubar a porta que levava ao hotel depois de desistirem alcançá-lo quando fugiu pela sala do elevador.

Alcançou a rampa, e os pneus emergiram. No alto, um portão metálico se encontrava fechado. Parecia dizer que dali ninguém sairia. *Tente me deter, bundão*, Conrado pensou, e pisou fundo. O carro gritou, avançando a toda. O bundão não pôde detê-lo, amassando e soltando-se das dobradiças ao choque do veículo.

Em seguida Conrado se viu fora do Maksouth. Contornou uma moto caída ao lado de um poste e foi recepcionado por uns poucos infectados vagando por ali. Ignorou-os, atropelou um – o pneu passou sobre seu peito, afundando a caixa torácica como isopor –, e então acelerou de novo, seguindo para longe.

Yulia sentiu a faringe arder, como se cacos de vidro em pó estivessem sendo aspirados involuntariamente pelos pulmões. Abriu os olhos e deparou-se com um manto líquido, negro. Não havia som, apenas a pressão em seus ouvidos. De supetão tudo – Conrado, Yerik, Sasha – tomou forma em sua mente, uma imagem assustadora, e ela se levantou, emergindo para a superfície.

Havia ficado desacordada por menos de um minuto, o bastante para ficar em desvantagem. Procurou ao redor. Nada de Conrado. Apoiou-se nos braços e pernas, a cabeça latejando. Seus miolos eram ovos mexidos com violência por uma cozinheira já cansada da vida medíocre. Forçou a vista, cuspiu a água empoçada que invadira sua boca e deixara o gosto ferroso impregnado na língua, e junto veio sangue. O lábio superior estava inchado, latejante.

Em cambaleios, seguiu em direção ao veículo mais próximo, onde se encostou e observou. Adiante havia algo acontecendo. Gritos disformes, som de vidro cedendo e um disparo na escuridão. Identificou de onde viera o clarão, rodeou o carro e seguiu em sua direção. Riscou a lataria dos veículos sem perceber; carregava na mão o canivete e o trazia entre os dedos como se fosse uma extensão dela mesma, um membro natural.

Faróis se acenderam, interrompendo o sono das sombras, e então o viu. Conrado ia embora calmamente, como se todo o acontecido no hotel tivesse sido apenas um passeio no zoológico, e agora, cansado, estivesse se dirigindo para casa, para um merecido descanso.

Tentou chamá-lo, implorar para que lhe devolvesse Yerik, pedir uma segunda chance de exterminá-lo do ventre da humanidade, mas a voz não obedeceu. Perdeu-se entre o peito e a garganta, como se engolida por um buraco negro.

Na medida em que o carro se afastava, Yulia forçava as pernas a funcionarem com mais agilidade. Era difícil harmonizar os passos em um andar preciso. A água agia como mãos saindo do Rio Estige e apertando-se em torno das canelas, atrasando-a. Viu-o subir a rampa da saída, sumir na escuridão. Ouviu o estrondo de metal retorcido, o canto do pneu no cimento. Quando alcançou o aclive, pôde vê-lo seguindo pela direita. Sentiu a força despertar e apertou o passo.

No alto da ladeira, encontrou-se fora do hotel. Foi açoitada pelo vento e pela chuva. Não sentiu frio; colaborando com a jaqueta de Pablo, a chama em seu peito queimava como uma caldeira flamotubular. Do outro lado, ao longe, viu bandos de infectados marchando em direção ao Maksouth. A rua onde se encontrava, no entanto, estava vazia de vida. Corpos espalhados pelas sarjetas eram a maior ameaça – caso algum decidisse pregar-lhe uma peça e ressuscitar. Os únicos que estiveram naquele ponto haviam seguido Conrado.

Yulia percebeu que o veículo mais próximo era uma Suzuki Intruder 800 caída ao lado de um poste. Não parecia danificada, exceto pela lataria arranhada pelo asfalto na lateral. Seu antigo dono não tivera tempo de estacioná-la propriamente, tampouco de retirar a chave do contato. Em tempos como aquele, a primeira opção dos covardes – e sensatos – era manter-se na segurança de automóveis com teto, portas e janelas, todos devidamente trancados. A moto abandonada não despertava seu interesse. Mas o de Yulia, sim.

Agarrou os guidões e puxou. O peso era como se estivesse puxando uma tonelada. Apesar de determinada, ainda sentia-se fraca. Encurvou os joelhos para dar maior sustentação ao corpo e puxou de uma vez. A moto veio como uma rocha. A sola das botas se arrastou no asfalto, mas encontrou um apoio antes que ambas caíssem. Yulia passou a pena sobre o tanque e sentou. Girou a chave. Não pegou de primeira; o motor reclamou três vezes antes de decidir cooperar. O farol trincado ainda tinha utilidade, o facho esbranquiçado irrompendo e iluminando a rua.

Pisou no pedal, jogou o cabelo de lado, uma comichão se iniciando no ferimento na nuca, e partiu em busca de vingança.

Oliver se precipita, avançando em direção à arma. Consigo ser mais ágil e a alcanço primeiro, fazendo-o rolar no carpete, repetindo meu movimento de segundos atrás. Ignorando-o por enquanto, miro e atiro no infectado contra quem Pablo mede forças. Certeiro na cabeça. O barulho é o que falta para trazer cada um dos infectados presentes no hotel à sua normalidade bestial.

– Vam'bora! Todos. Inclusive você – digo, lançando um olhar para Oliver.

Sem mais delongas, seguimos na direção contrária ao mar de aberrações que tenta entender para onde seguir. Daniela vem ao meu lado. Pablo e Oliver logo atrás. Thor solta o braço de Carla no último instante e nos segue.

Sobre o ombro, vejo-a escapando com sucesso. Nem se lembra da flauta; quer apenas sair dali e ir para o mais longe possível. Algo, porém, impede que ela empregue toda a sua disposição para sobreviver. O começo de sua fuga é decidido, mas espasmos tomam conta de seu corpo e impedem que ela consiga continuar. As bochechas se estufam e um jorro escuro escapa de sua boca. Ela cai de cara no próprio vômito de sangue. Segurando a barriga, contorcendo-se de dor, estapeia a cabeça, como se tentando afugentar insetos invasores dentro de seu cérebro. No fim, urra de fúria enquanto os infectados passam por ela, ignorando-a. Ela já faz parte deles, e não há por que convertê-la. Os descrentes somos nós.

Assim que alcançamos o segundo andar vejo algo conhecido. A lança de Yulia está atravessada em uma poltrona vermelha. Há uma porta ao lado, escancarada.

– Por aqui! – anuncio.

Seguimos e chegamos à porta, atravessando-a. Quando todos estão dentro, bato-a e giro a tranca. Não é das mais resistentes.

– Puta sorte – Oliver diz, gargalhando. – Olhe onde viemos parar.

– Onde? – Pablo pergunta.

Oliver aponta em direção aos fundos, onde uma portinhola metálica desponta na parede. O cômodo contém caixas de papelão fechadas, baldes abarrotados de bugigangas, como roupas e utensílios domésticos, e instrumentos de mecânica.

– Essa porta é um elevador de mão que leva ao estacionamento – ele diz.

– Acha que Yulia foi por ali? – pergunto.

– Yulia? – Pablo pergunta. – Como assim?

– Depois te conto – digo.

– É o único caminho seguro até o estacionamento. Eles já devem ter infestado o hotel.

– Então é por onde vamos também.

Sigo até a portinhola e aperto o botão. O som distante de um motor começa a soar.

– Essa coisa demora? – pergunto, preocupado. A porta da sala começa a ceder às investidas que vêm do outro lado.

– É um elevador de carga, não uma catapulta – Oliver caçoa. – Calma.

Aponto o revólver em sua direção.

– Ainda não terminei com você – digo. – Qual é a sua?

– Ei, calma!

– Calma é o cacete. O que você tinha com a Carla?

– Você não percebeu que era um plano? Do mesmo jeito que fiz com Conrado.

A passos pesados, vou até ele. Bem próximo, viro as costas da mão livre em seu rosto. Um gemido de dor, um corte em seu lábio inferior, e um fio de sangue desce por ele.

– E você não percebeu que eu não sou idiota? – pergunto, meu nariz a centímetros do dele. – Vi como vocês se entrosavam. Ela até te obedeceu quando você mandou que desse um fim a Daniela.

– Tiago... – ele diz, baixo, para que somente eu ouça. – Não menti quando disse que poderia te tirar daqui. Carla era apenas um detalhe. O plano era usá-la para nos escoltar até a LAQUARTZ, mas só isso. Ela não iria conosco. Em algum ponto eu arrumaria um jeito de descartá-la. Não seja burro para perder a chance de sair deste pesadelo.

– Não serei. Relaxa. Vamos sair daqui. Todos juntos.

– O helicóptero dos meus pais não tem espaço pra tanta gente.

– Damos um jeito. Se for preciso, deixamos alguém para trás.

Esboço um sorriso ameaçador. Um aviso. A arma em minha mão, mais uma vez, traz a antiga sensação de poder. Desta vez, tenho maturidade para saber lidar com ela. Há pessoas aqui com quem me importo, e Oliver e seus pais não estão na minha lista. Nunca quis ser um herói, mas, se tiver a chance, o serei para quem me interessa.

O som de metal tremendo vem de trás. O elevador chegou. Não é espaçoso, mas é preciso dar um jeito. Faço sinal para que todos entrem enquanto mantenho a arma apontada em direção à porta.

Ela treme violentamente, os gritos de uma torcida vindo do outro lado. Quando todos já estão dentro, amontoados, arrumo um jeito de entrar também. Sinto certo receio de ficar próximo de Thor depois de testemunhar o fim de Carla graças à sua mordida, mas não há tempo para discutir a respeito.

Rápido, aperto o botão do lado de fora e trago o braço de volta antes que a portinhola se feche. Sinto-me como uma sardinha enlatada enquanto ouvimos o rangido dos cabos nos levando para baixo.

– E então? – Elizabeth perguntou. – Vai nos ajudar?

Encostado na parede, os braços cruzados, Luiz mastigava as informações disponibilizadas por Lizzy. Sabia que havia algo de importante, segredos cabeludos ocultos, mas não esperava por nada do que ouviu.

– Por que não nos disse antes? – ele perguntou.

– LC, isso não é algo que se imprima num panfleto e distribua na 25 de Março.

– É, você tá certa. – Com os lábios cerrados, Luiz passou a língua nas gengivas, de cima a baixo, como se estivesse tirando restos de comida dos dentes. Então falou: – Tá bom. 'Tamos juntos.

Elizabeth soltou o ar, um pouco mais aliviada.

– Mas como vamos seguir com o seu plano? O hotel foi invadido. Não vamos sair daqui tão cedo.

– Se eu soubesse que eles continuam bem...

Lizzy voltou à janela. Procurou por um sinal dos amigos, mas nada havia mudado. Lá embaixo, a entrada do prédio em que eles haviam entrado estava vazia. Os infectados se dirigiam para o lado contrário, direto ao hotel, atraídos por algo que ela não soube o que era.

De repente, um movimento na cobertura do edifício chamou-lhe a atenção. Luiz se aproximou dela e seguiu seu olhar.

– Quem é? – ele perguntou.

Não precisou de resposta. Ambos reconheceram Ivan balançando um lençol. Havia certa dificuldade em mantê-lo no ar por causa da chuva, mas fazia o seu melhor. O pano ia de um lado para o outro, desenhando arcos no ar, destacando-se no crepúsculo.

LC quase não acreditou. Conseguia ver claramente as duas pessoas em cima do prédio e uma delas balançando os braços. Pooh.

Animado, respondeu de volta, acenando. Quando um helicóptero despontou detrás do mesmo prédio, ambos arfaram. Estavam salvos.

– Caraca! – LC vibrou.

Certo de que havia sido visto, Ivan abandonou o lençol e esperou. A aeronave se aproximou, as hélices invisíveis girando alucinadas, e uma escada de cordas foi jogada. Ivan levou um tempo para alcançá-la. Após várias tentativas, agarrou-se a ela, e, com dificuldade, começou a escalada.

Bem antes que chegasse à metade do caminho, o helicóptero deu uma guinada. A escada balançou no ar, um chicote em câmera lenta, e passou a balançar como um pêndulo.

– O que tá acontecendo? – Luiz perguntou. Elizabeth não conseguiu responder, atenta a cada movimento do inseto gigante mecânico.

De uma hora para a outra, a aeronave pareceu perder o controle. Encurvou para o lado e começou a descer. Então subiu de novo. Ivan escorregou, mas conseguiu se segurar em um degrau inferior. Para conseguir um melhor apoio, enroscou uma das pernas – a boa – entre dois degraus. Era levado de um lado ao outro como o brinquedo favorito de um bebê.

Elizabeth bateu as mãos na vidraça quando duas pessoas despencaram, agarradas uma à outra, e sumiram entre as silhuetas dos prédios. Foi quando o helicóptero perdeu de vez o controle. Girou três vezes no ar e afastou-se em alta velocidade. Ivan não pôde subir ou descer, obrigado a seguir junto. Por fim, a aeronave se chocou contra um prédio espelhado, seu reflexo juntando-se à realidade. A explosão iluminou toda a avenida. Uma chuva de estilhaços e destroços misturou-se à chuva impiedosa de água.

E Lizzy viu Pooh morrer.

Capítulo 28 - Caminhos alternativos

A escuridão se torna o menor dos problemas quando a cãibra toma conta de minha perna. Não há como mudar a posição, então aguento firme. Finalmente ouço o tranco do elevador, e a portinhola abre-se, por onde vejo uma saleta abafada. Saio primeiro, vacilando por causa da contração, e começo a pisar forte. É o único modo de mandá-la embora.

Oliver vai à frente. Segue até a porta escancarada adiante e espia, em seguida fazendo sinal de barra limpa. O corredor que segue é claustrofóbico, deserto e coberto por pegadas úmidas que levam a outro lance de escadas. Uma lâmpada falha ao longe, solitária.

Permanecemos calados enquanto o acompanhamos. Oliver parece saber exatamente onde está indo. Mantenho a arma preparada para ameaçá-lo caso tente algo esperto. Não sei se chegaria a atirar, mas não custa nada adotar uma postura mais ameaçadora.

Uma respiração ofegante domina Daniela. Percebo que está sentindo o pesadelo prestes a terminar, mas, assim como eu, teme que algo dê errado no último minuto. No fundo, não deixo que tal esperança domine por completo. Não quero me decepcionar. Preciso me manter forte caso seja necessário continuar lutando.

Pablo caminha alerta, mesmo com a fisionomia cansada. Olheiras roxas como hematomas circundam seus olhos. Thor não sai de seu lado por nada, sempre de orelha em pé. Fareja o caminho.

Na metade da escadaria, ouço o som de água. Logo chegamos ao estacionamento alagado. Cautelosos, andamos como que pisando em ovos. Costuramos um trajeto sinuoso entre os veículos, e chegamos a um Fox vermelho parado ao lado de uma vaga vazia.

Oliver abre a porta do motorista e, antes que entre, impeço-o, puxando-o pelo braço.

– Dá a chave.

– Tiago...

Não peço de novo, e puxo-a de sua mão. Ignoro sua expressão aborrecida e a estendo em direção a Pablo.

– Sabe dirigir? – pergunto.

– Claro.

Pablo aceita a chave e entra. Só fecha a porta depois que Thor se esgueira pela lateral e pula no banco traseiro. O motor nos cumprimenta com sua voz rouca. Abafado pelo motor, outro som se aproxima. Vem de trás, da escada de onde viemos. Vultos se projetam no escuro. Não demora para identificarmos os gritos encolerizados dos infectados. Vêm do hotel.

Ligeiros, Daniela e eu ocupamos o banco traseiro, Thor entre nós. Oliver vai ao lado de Pablo, acionando as travas. Thor late quando Pablo pisa fundo e dispara por entre os carros. Logo somos cercados.

Mais uma vez vejo seus dentes perto demais. Sangue mancha os vidros. Socos e cabeçadas são desferidos. O som das pancadas me lembra de quando estive preso num freezer. Estava sozinho, cercado por pessoas querendo me matar. A diferença é que hoje não estou mais sozinho.

Antes que consiga me segurar, sou jogado para cima de Daniela quando a lateral do Fox se choca contra uma pilastra. Ela grita quando o vidro do seu lado trinca. Pablo percebe que precisa ser mais rápido e cumpre bem sua função. A água impede que o carro alcance seu limite, mas ele consegue aumentar a velocidade.

Chegamos a uma rampa e subimos. O som da chuva batendo no teto é como o adeus do Maksouth.

Para a LAQUARTZ. Obrigado por tudo. Tiago Rodrigues.

A chuva continuava surrando a avenida, agora quase deserta. Todos os infectados haviam abandonado as ruas para invadir o hotel, agora repleto de vagas, ou para seguir o carro que acabara de sair. Elizabeth tinha quase certeza de quem eram seus ocupantes.

– Liz?

O nome ecoou pelo ouvido de Lizzy e se afogou num turbilhão de pensamentos emaranhados em sua cabeça. Sua visão aumentava e diminuía enquanto sentia a mente latejando, atordoada. Sentia-se como uma árvore pequena e frágil plantada no alto de uma colina, molestada pela ventania indecisa.

Em uma sala particular de cinema dentro de sua cabeça, revia o acidente, repetindo-se com detalhes. O helicóptero descontrolado se chocando contra o prédio, a explosão, as hélices partindo-se em mil pedaços e caindo sobre infectados que ficaram para trás, entretidos com a movimentação no céu. Via também a fumaça negra subindo, aos poucos se dissipando sob a chuva. Por último via Pooh indo em direção à morte, com a única opção de esperar. Imaginava o medo que devia ter sentido antes da colisão. A dor que sentira no último instante, perdendo-se entre os destroços distorcidos, queimados. Não conseguia acreditar. Não queria.

– Elizabeth, precisamos sair daqui.

Ela despertou à realidade.

– Tem razão. Precisamos... – Respirou fundo, sufocando a dor que subia pela garganta, que preenchia o peito. – Precisamos buscar Victor.

– O quê? – LC nem tentou parecer sutil. – Liz, o Victor tá...

Elizabeth encarou-o. Luiz sentiu em seu olhar que ela não aceitaria a óbvia verdade. Desde que vira apenas Ivan na cobertura, sozinho, teve certeza de que era o único sobrevivente. Por outro lado, sabia que não adiantaria discutir. Afinal, tinham todo o tempo do mundo para vagar por qualquer lugar que quisessem. Tinham São Paulo inteira para eles. Foram esquecidos. Abandonados. Já estavam mortos.

– Ok – ele disse. – Vamos buscar Victor.

LC foi até a porta e encostou a orelha, as mãos em concha contra a madeira. Com os olhos fixos em lugar nenhum, prestou atenção. Silêncio. Pela fresta, viu o corredor vazio. No fim dele jazia a escadaria. Olhou para trás, mas não precisou chamá-la. Elizabeth estava atrás dele, esperando.

Fora do quarto Luiz observou, o coração acelerado, e nada viu além das inúmeras pegadas vermelhas e rastros de mãos pelas paredes. Ao longe, uivos ecoavam. Distantes o bastante para não serem considerados perigosos.

Sem anunciar para onde ia, Elizabeth caminhou determinada em uma direção exata. Apavorado, desconfiando da própria sombra, LC a seguiu sem questionar.

A gritaria vinha de toda parte, mas seus ouvidos treinados sabiam precisar que os loucos ainda estavam longe. Dezuíno tinha a audição como aliada. Confiava nela tanto quanto confiava em Deus. O Senhor havia mostrado a ele que a cegueira adquirida não era o fim, mas seu renascimento como homem. O descolamento de retina havia começado com a sensação de insetos voando diante dos olhos; logo sua visão tornou-se turva, e, por fim, mergulhou para sempre num mar de piche. Em contrapartida, mesmo que solitário em seu mundo de negro eterno, foi somente após perder a visão que finalmente enxergou Deus.

Um zero à esquerda toda sua vida, nunca teve sucesso em nada. Não era bom de cama, e acreditava ser este o motivo pelo qual nenhuma namorada durava mais do que três meses – não a postura de perdedor. Não se firmava em nenhum emprego por ser extremamente acomodado e sem ambição. Constituir família estava longe de seus planos; via-se incapaz de ser um chefe de mulher e filhos. Não conseguiu educar nem mesmo um gato, Aristófoles, que se arriscou a arrumar: o bicho quase arrancou seus olhos antes de sumir de vez.

No começo da nova vida, na fase de adaptação à nova condição, passou um mês supervisionado por uma enfermeira. Mesmo sem ver sua expressão, sentia a impaciência emanando da moça, de cada palavra proferida por ela, de cada toque. Sentia-se como um retardado, vigiado por uma babá. Cansado do sentimento latente de incapacidade, expulsou-a e decidiu que aprenderia a cuidar de si mesmo. Contaria somente com a ajuda de Deus. Mais ninguém diria a ele o que fazer ou como fazer. Agarrado à Bíblia, usou suas páginas em braile para reaprender a ler, e nunca mais leu outra coisa senão o tomo sagrado. Leu-o, releu-o, e leu de novo. Decorou os salmos, ensinamentos, e creditou a eles a única verdade presente no Universo.

Apesar das novas crenças e deveres autoinduzidos, Dezuíno ainda era homem e tinha suas necessidades. Elas pulsavam dentro de seu corpo – na verdade, em um ponto específico abaixo do umbigo, entre as pernas. As bolas doíam. Nem mesmo as orações aliviavam o acúmulo de tensão no saco que gritava para explodir. Por conta própria descobriu o telefone de um puteiro próximo de seu bairro, e lá fez sua primeira mulher em anos vomitar de tanto esperma em sua boca. Tornou-se cliente assíduo. Era conhecido entre as putas como Mangueira ou Ceguinho.

Por muito tempo frequentou sem medo o local. Acreditava estar mantendo discrição, até que um dia um fiel do templo, em tom de cochicho, elogiou sua performance entre as garotas do puteiro. Havia-o visto lá e ouvido as conversas entre elas. Dezuíno sentiu um quê de zombaria em sua voz e desconversou. Nunca mais visitou o lugar. Passou meses refreando o desejo de voltar e afogar cada uma das putas com sua porra, que transformava as bolas em pedras doloridas. A dor falou mais alto e Dezuíno decidiu voltar à ativa, desta vez longe de sua casa. Contratando os serviços de uma garota de programa, reservou por quatro noites um quarto em um hotel da Zona Sul. No segundo dia, os ataques começaram.

Dezuíno se encontrava agora sozinho. Chamara pelos companheiros de sobrevivência, mas nenhum respondera. Ouviu o estrondo de madeira arrebentada por uma forte colisão, os gritos dos loucos invadindo o hotel, a vibração de centenas de pés sem rumo correndo pelos corredores vazios. Sabia que o grupo estava aprontando algo – alguns haviam saído em busca de uma garota –, mas ninguém se lembrara de colocá-lo a par das decisões. Mais uma vez viu-se amparado apenas por Deus. Deixou-se guiar por Sua presença, como que o segurando pela mão e o levando ao destino certo.

Tateou as paredes de toque áspero, sentindo quadros, luminárias, rachas, maçanetas, portas. Não entrou na primeira que encontrou; precisava chegar ao lugar certo. O sinal de Deus ainda não se manifestara. Mesmo com a algazarra se aproximando atrás, a energia pesada dos loucos ganhando amplitude, continuou. Então, em uma escolha fortuita, um *AQUI* se projetando em algum ponto no fundo de sua mente, encontrou uma porta e entrou.

Não mais que cinco segundos depois, ouviu-os invadindo o corredor, infestando-o. O demônio não o encontraria tão facilmente. Fez o sinal da cruz sobre os lábios. Antes de começar uma oração muda, dois sons se destacaram da confusão do outro lado. Estavam ali com ele, no quarto. Havia um choramingo abatido e havia um gemido abafado, como se alguém tentasse escarrar, mas algo impedisse. Mesmo sem ver, virou-se, o rosto apontando para o alto.

– Olá – disse.

– Favor ayudame...

O Honda Civic 2008 improvisava seu caminho por entre as carcaças de veículos queimados, batidos ou simplesmente deixados nas ruas de São Paulo. A janela do motorista estava semiaberta, uma fresta mediana permitindo a invasão do vento frio. Era necessário deixá-la assim. Precisava de um alcance maior, e o vidro fechado poderia atrapalhar.

Por onde passava havia caos. Corpos por toda parte. No alto dos prédios silhuetas se mantinham nas varandas, seus moradores assistindo ao inferno tomando conta. Eram os últimos sobreviventes. Ainda havia pessoas inteligentes o bastante para saber que sair só adiantaria a chegada da morte. Abrigados em seus apartamentos, corriam um risco menor de se deparar com os demônios que vinham às pencas. Precisavam apenas racionar comida e água. Aprender a viver com pouco. Enquanto conseguissem se manter assim, tinham uma chance.

Vários infectados vagavam sem destino enquanto outros surgiam de dentro dos estabelecimentos comerciais. Quando avistavam o carro em alta velocidade, passavam a persegui-lo, o que logo se revelava um ato inútil. Bastava que se aproximassem do veículo para diminuírem os passos e finalmente se paralisarem. Voltavam a mover-se novamente, desorientados, somente quando ele se afastava. Era como se houvesse uma aura com poucos quilômetros de diâmetro capaz de imobilizá-los. À medida que o carro prosseguia, os infectados mais próximos paravam e permaneciam presos no estranho transe até ele se distanciar.

Na quebra de uma esquina chegou à outra via, mais movimentada. Não por infectados, mas por outros carros. Era uma fuga em massa, uma fila indiana rumando a algum lugar que acreditavam ser seguro. Das janelas reforçadas por grades e placas de metal, armas de todos os tamanhos cuspiam seus projéteis. Os infectados caíam como dominós, mas muitos outros avançavam. Escalavam os carros, caminhonetes e caminhões sem pudor.

O Honda parou por um momento, infectados à sua volta como manequins em vitrines, expostos a quem quisesse admirá-los. Pelo para-brisa o motorista assistia à empreitada. Sabia qual seria o resultado – morte para cada um deles –, mas achou a cena curiosa. Brasileiros dão um jeito para tudo.

Acelerou novamente e retomou seu caminho, seguindo na direção contrária daquela para a qual a frota fugia, sempre mantendo a pequena flauta entre os lábios.

Os corpos atropelados davam uma ideia do caminho que devia seguir. A motocicleta os ontornava, nem muito rápido nem devagar demais. Por mais que desejasse girar o acelerador, Yulia não via como. As ruas haviam-se tornado um labirinto de carcaças retorcidas, humanas e mecânicas. Não havia caminhos totalmente livres. Quando se deparava com uma via mais espaçosa, decidia que devia ter sido por ali que Conrado havia seguido e tomava o caminho, convicta de estar no rumo certo. Poucas vezes fora surpreendida por infectados. Encontrou poucos – outro sinal de que Conrado havia passado por ali. Certamente haviam sido atraídos pelo veículo, e agora estavam em seu encalço com a mesma determinação que a sua.

Alcançou uma rua de mão dupla. Uma das vias se apresentava intransitável. Ônibus e carros se amontoavam, como os pertences de um garoto que não dá valor aos brinquedos que tem e deixa-os jogados de qualquer jeito em uma caixa empoeirada. A outra estava livre. Não totalmente, mas era possível seguir para ambos os lados. Para cima ou para baixo. Yulia procurou em seus instintos uma dica. Nada sentiu. Lá embaixo a rua se perdia após uma curva. Para o alto, divisou um cemitério próximo, e, mais distantes, arranha-céus. Estreitou o olhar; um corpo jazia no meio-fio, alguns metros adiante. Poderia ter sido atropelado por Conrado. Não havia pistas melhores.

Yulia leu a placa no alto – Rua Da Consolação – e seguiu pelo aclive. Os faróis lambiam o asfalto molhado.

O silêncio reinava dentro do carro. A única voz era a de Oliver, que mostrava o melhor caminho para Pablo. Era um motorista e tanto, mas não conseguia se recordar do trajeto feito por LC. A LAQUARTZ havia sido para ele apenas uma parada rápida, onde buscaram mais sobreviventes para entupir a van já lotada.

Daniela ouvira as orientações de Oliver, que agia como o guia mais experiente de São Paulo. Pablo obedecia sem questionar. Evitaram as vias mais movimentadas, cruzando-as e seguindo por ruas arborizadas, onde construções residenciais enfileiravam-se inexpressivas. A paisagem se transformava de forma drástica; não por causa da destruição, mas pela diferença evidente da divisão entre as classes sociais.

A Zona Sul abrigava as construções de acabamento mais refinado. Paredes espelhadas, jardins bem cuidados, árvores de folhas realmente verdes. Havia lixeiras em cada esquina, a pintura de cada uma delas reluzindo. Conforme se afastavam, a qualidade caía, como uma irmã menos bonita, sem tanto tempo para se cuidar como a irmã mais popular. A quantidade de lixeiras diminuiu, sacos de plástico negro amontoados em alguns pontos, esperando os lixeiros que não viriam mais. Quando alcançaram as imediações da Zona Leste – após atravessarem grandes avenidas, como a Avenida do Estado, Radial Leste e Salim Farah Maluf –, Daniela não viu mais lixeiras; o lixo estava nas sarjetas, espalhado, sem vergonha de mostrar sua cara. Era visível o descaso para com aquele lado da cidade. Em épocas de eleição eram aqueles cenários que brilhavam na TV como os pontos que receberiam atenção exclusiva dos candidatos, que eram vistos passeando em suas ruas esburacadas e comendo cachorro-quente nas barraquinhas de gente simples, enganando a todos (principalmente a si mesmos) com a mentira de que faziam parte daquele mundo. Quando conquistavam a cadeira tão cobiçada, esqueciam as promessas, como os juramentos que se fazem nas horas de desespero a ídolos de resina.

Durante toda a viagem, Pablo evitou, de cabeça fria, as investidas dos infectados. Mantinha foco total ao redor, escolhendo, junto com Oliver, os caminhos menos perigosos. Atropelava quando era necessário atropelar. Desviava sempre que possível.

Com a testa encostada no vidro, o corpo virado de lado, Daniela permaneceu calada. Poderiam pensar que estava dormindo; seria ainda melhor. Desse modo não perceberiam que ela digitava em um celular encontrado no Maksouth, concentrada. Pelo bate-papo do e-mail, avisou Joel sobre a mudança de planos. Felizmente deixou o aparelho no vibra, ou teriam notado a troca de mensagens. Levou algum tempo para convencê-lo. Rezou para que houvesse crédito suficiente na conta. Antes mesmo de chegarem à Zona Leste conseguira persuadi-lo a seguir para a LAQUARTZ. Ele encontraria sem dificuldade o endereço na internet.

Após o fim da conversa, Daniela esticou as pernas e mudou de posição, acomodando-se contra a porta. Lembrou-se de ter deixado, no hotel, seu e-mail aberto no notebook, a senha salva. Fechou os olhos. Nada daquilo importava. Logo o pesadelo acabaria.

– Onde eu deixei aquela droga?

Lizzy revirava as gavetas, irritada. Queria pegar suas coisas e sair logo daquele maldito hotel. Queria a ficha de Tiago e as seringas.

Havia procurado por todo o quarto. No armário, nas gavetas, debaixo da cama, mas não estava ali. Havia sido roubada. Pela primeira vez em muito tempo sentia-se indefesa. Haviam roubado a maleta com seus medicamentos contra a diabetes.

Desistiu de procurar, mesmo sabendo que logo precisaria de mais uma dose de insulina. Fora do quarto encontrou Luiz, a postos, guardando a porta. Estava mais alerta do que o sistema de segurança de um político.

– Encontrou o que precisava? – ele perguntou.

– Não é mais necessário.

Ela foi à frente a passos firmes. Por mais que tentasse não conseguia pensar no que fariam em seguida. Se ao menos soubesse para onde Tiago havia ido. Tentando não deixar-se levar pela sensação de perda que apertava seu coração, continuou decidida. Depois que buscassem Victor e quem mais tivesse sobrevivido, o objetivo primordial seria encontrar insulina.

Os berros que ecoaram fizeram ambos tremerem. Vinham de todos os lados.

Elizabeth pensou em chamar o elevador, mas não havia tempo. Sabia que eles seriam mais rápidos. Encaixando os dedos no vão da porta, forçou a abertura até que o vão ser espaçoso o bastante para que pudessem passar. Não precisou explicar o que era para ser feito em seguida. Mesmo com uma expressão desconfiada, Luiz aproximou-se e observou pelo buraco escuro. Esgueirando-se pelo vão, agarrou o cabo de aço e segurou do outro lado, onde havia uma escada na parede. Lizzy o seguiu. No momento em que saltou, a porta fechou e prendeu seu pé, fazendo-a desequilibrar-se. Por pouco conseguiu segurar o cabo e evitar a queda. Teria sido morte certa.

Logo ouviram os gritos, e as pancadas vieram contra a porta. Olharam para cima e viram o elevador. Não havia entrada por baixo dele. Conformados, abraçaram o capeta e desceram pela escada tão cuidadosos quanto puderam ser.

Lá embaixo viram um espelho d'água.

– Alô? – Oliver atende o celular. Observo-o todo o tempo, atento aos movimentos de seus lábios. Se sussurrar algo, até posso não escutar, mas farei com que fale alto. Com esse moleque é preciso manter olhos e ouvidos bem abertos. Ele continua: – Estamos chegando. Mais dez ou quinze minutos.

– Quem é? – pergunto.

Ele não responde, então o cutuco com o revólver. Irritado, vira-se para mim e diz:

– É minha mãe. – E volta à conversa. Após uma breve pausa, responde a algo que sua mãe pergunta: – Sim. São três ao todo. – Outra pausa, esta mais longa. – Ok.

E desliga. Mantém o corpo virado para a frente, sem dar espaço para que perguntemos qualquer coisa.

– Então quer dizer que vamos mesmo sair daqui? – Pablo pergunta, um ar de comemoração em sua voz, mas sem vigor. – Ouviu isso, amigo?

Thor late em resposta.

Pablo continua, atento. Não trocamos mais palavra alguma durante o resto da viagem.

– Lucio? – Veronika chamou, atravessando a porta com o celular na mão.

– Aqui. – A voz veio abafada.

No meio do heliporto, de dentro do helicóptero de lataria negra como petróleo, o emblema da LAQUARTZ na lateral, a cabeça de Lucio despontou. Vestia camisa branca e calça preta. A gravata vermelha estava jogada para trás. Passou a mão pelo topete castanho-escuro e perguntou:

– Conseguiu falar com ele?

– Sim. Eles estão chegando.

– Tiago também?

– Sim, e não somente Tiago.

– Carla?

– Pelo que percebi em seu tom, não. Há três pessoas com ele, Tiago e mais dois que ele não pôde falar.

– Acha que podem ser *eles*? – perguntou, de repente preocupado.

– Acredito e espero que não. Se forem, podemos dar um jeito.

Veronika tirou a arma da cintura no instante em que ouviu o motor. Correu até a sacada e olhou lá embaixo. Um carro preto acabara de chegar.

– Nossa! Chegaram rápido.

– Chegamos – Oliver anuncia. Não é preciso. Lembro-me deste lugar como se tivesse estado aqui ontem.

A rua em frente à LAQUARTZ está deserta. Como no resto da cidade, há carros batidos e corpos, mas em menor quantidade. A região é afastada. A única iluminação vem de um poste de luz próximo à entrada. Depois que o carro atravessa o gramado ouço o amassar do portão sob os pneus. Pablo guia devagar enquanto observamos o estacionamento. Vazio, exceto pelos carros estacionados. Não há infectados à vista. Saio do carro e sinto o coração disparar diante do edifício. Após tantas voltas acabei no mesmo lugar. Foi como andar em círculos. Espero que o próximo caminho seja em linha reta para longe daqui.

Daniela sai em seguida e para ao meu lado. Sinto sua respiração pesada. Permanece muda; não há o que dizer. Pablo e Thor saem juntos.

Oliver vai à frente olhando para cima. Sigo seu olhar e vejo a iluminação na cobertura. Alguém nos observa por um instante, mas desaparece em seguida.

– Vamos – Oliver diz.

Deixamos o carro abandonado e o seguimos.

A recepção está exatamente como a deixamos. Há cacos de vidro pelo chão e pouca iluminação. Entramos com cautela pelo corredor maior e continuamos apreensivos. Nossas respirações são mais audíveis do que nossos passos. O lugar está frio, tomado por uma leve brisa que lambe a pele.

Oliver aperta o mesmo botão do celular duas vezes e espera. Sem resposta.

Pablo vem por último seguido de Thor. O cão fareja, as orelhas erguidas enquanto prosseguimos. Parece pronto para dar o bote.

Alcançamos um elevador. Oliver aperta o botão, chamando-o. Conforme mostra o painel, está no último andar. Esperamos. O silêncio é total. O corredor se perde na escuridão. As paredes brancas parecem rir de nosso medo, apáticas. Meu peito começa a pular, o coração descompassado.

Após uma eternidade o elevador chega. Entramos e continuamos calados enquanto subimos. Estão todos tensos. Imagino o que deve estar passando pela cabeça de cada um. Traição, esperança, medo. O que virá em seguida?

Considerando que tudo corra bem, que possamos todos ir embora, provavelmente teremos que deixar o Brasil. Sempre tive vontade de ir para o exterior. Talvez tenhamos que ficar com Oliver e seus pais durante um tempo até que consigamos trabalho e um lugar para morar. Daniela e eu podemos ficar juntos. Sempre preferi ficar sozinho, mas estarei cercado por desconhecidos. Não tenho mais família. Precisarei de alguém ao meu lado. Quem melhor do que ela para ser esse alguém? Aliás, podemos ficar todos juntos, até Pablo e Thor. Depois de tudo o que passamos, somos uma família. Estamos juntos nessa, prestes a iniciar outra aventura.

Viajando em meus novos planos, quase não percebo que chegamos.

Saímos do elevador apenas para nos deparamos com outro corredor.

– É por aqui.

Oliver nos guia até uma porta de metal, que abre sozinha assim que nos aproximamos, e subimos por uma escada estreita. Quando a porta no alto é aberta, somos atacados mais uma vez pelo vento frio. Há holofotes iluminando todo o heliporto. O helicóptero prometido aguarda no centro dele.

– Mãe?

Silêncio.

Não sei por que, mas sinto que há algo errado. Pessimismo? Talvez. O problema é que tudo parece fácil demais. Desde que chegamos estou me preparando para os gritos ou para o ataque de uma horda de infectados. Uma mulher surge detrás do helicóptero e conforta a apreensão em meu peito.

– Oliver!

– Mãe!

Ambos correm felizes ao encontro um do outro, abraçando-se. Sinto inveja. Queria poder abraçar minha mãe também. Como estranhos, convidados na casa de estranhos, Pablo, Daniela e eu seguimos até eles. Mãe e filho rompem o abraço. Oliver nos apresenta. Há desconforto no olhar da mulher.

– Mãe, esses são Pablo e Daniela. – Sinto que o último nome sai com dificuldade, como um feto entalado. – E *este* é o Tiago.

É perceptível, talvez apenas para mim, a curiosidade da mulher quando ele diz meu nome. Encara-me de um modo estranho, como se estivesse diante de uma celebridade. Como se já me conhecesse.

– Muito prazer, Tiago. Meu nome é Veronika.

Daniela crava as unhas em meu braço. Por pouco não deixo que percebam, mas sei que ela não faria isso por nada, então finjo que nada aconteceu.

– O prazer é nosso – Pablo diz. – E então? Vamos caber todos aí?

O helicóptero não é grande. Há espaço para cinco pessoas, olhando de fora. Podemos nos apertar. Fizemos mágica naquele elevador de carga; o helicóptero será fichinha. Uma coisa é certa: nenhum dos meus amigos ficará para trás.

– Cadê o papai? – Oliver pergunta antes que sua mãe elabore uma resposta para dar a Pablo.

– Ele desceu assim que vocês chegaram. Por que não subiram de elevador?

– Mas nós subimos.

– Sério? Então por que demoraram tanto?

– Mãe, nós acabamos de chegar.

– Eu vi quando vocês chegaram naquele carro preto.

– Não. É vermelho.

Veronika e Oliver encaram-se, confusos. Depois a expressão muda para desconfiança; por fim, para medo.

– Há quanto tempo ele desceu? – Oliver pergunta.

– Logo depois que nos falamos. Uns cinco minutos.

Ficamos parados perto do helicóptero enquanto os dois se afastam. Daniela e eu nos encaramos. Algo não cheira bem.

Quando os vejo a uma distância segura, cochicho:

– Dani, pra que foi isso? – Mostro a marca da unhada no braço.

– Eu me lembrei dela. Veronika. Eu a vi quando pesquisei sobre a LAQUARTZ, lembra? Foi uma das sobreviventes no Chile.

– A que estava com Victor?

– Sim.

Hora de improvisar.

– Alguém aqui sabe pilotar? – pergunto.

– Por quê? – Daniela pergunta.

– Porque, se alguma coisa acontecer, subimos neste helicóptero e fugimos. Alguém sabe?

Pablo balança a cabeça em negativa. Deve estar confuso, alheio aos motivos pelos quais Daniela e eu discutimos.

– Droga – sussurro. Nem olho para Daniela. É óbvio que ela

também não sabe. Pela primeira vez não tenho uma carta na manga. Poderia improvisar, subir na aeronave e apertar os botões, mas acabaria matando todos.

Enquanto tento tecer algum plano, ouvimos o tiro. Olhamos assustados em volta, sem saber de onde veio. A porta por onde viemos é escancarada num supetão, e um homem surge. Há uma mancha de sangue em sua barriga.

– Papai! – Oliver grita.

– Fujam! Ela está aqui – ele diz, cuspindo sangue.

– Não! – Veronika pragueja.

Oliver recua e corre em nossa direção. Veronika vai chorando até o marido e consegue segurá-lo antes que vá ao chão.

É quando Abigail surge.

Capítulo 29 – Encaixando as peças

Abigail voltou a si ao sentir o corpo se chocar contra o chão gelado. O cotovelo foi de encontro ao piso, e a fisgada viajou por toda a extensão do braço. Atordoada pela pancada, apalpou a testa. Os urros dominando o ambiente funcionaram como amônia, despertando-a de vez.

Os agentes de segurança engalfinhavam-se em uma bola humana, braços e pernas atacando e defendendo. Alguns mordiam os companheiros, seus olhos injetados pela infecção raivosa. Mesmo investindo verdinhas o bastante para deixar o Tio Patinhas com inveja, a segurança não havia sido reforçada o suficiente. Sabia com o que estava lidando – nada daquilo era novidade para ela, havia tantos anos envolvida no Projeto –, e todos os dias preparava-se física e psicologicamente para o caso de o caldo entornar, mas ver que finalmente acontecera trazia uma sensação de incapacidade. O pior de tudo: nunca estivera tão perto de conseguir o que almejara sua vida inteira.

Avistou a dupla de adolescentes em fuga no fim do corredor. Buscou a pistola que sempre carregava consigo, mas devia tê-la perdido na confusão. Tiago viera com força total – o corte na maçã do rosto havia sido superficial, mas poderia ter-lhe custado um olho. Sentiu as costas doendo, a cabeça ainda mais. Onde está a educação dos jovens de hoje?

Levou a mão ao pescoço em busca da flauta que carregava no cordão. Sentiu apenas a pele repuxada por uma plástica não muito recente. Procurou ao redor. Nada. Rapidamente os agentes esqueciam suas funções como homens – proteger a empresa – e se entregavam à nova lei que retumbava em suas mentes corrompidas – trazer morte a tudo que pudessem tocar. Não podia se arriscar em uma perseguição a Tiago; já deviam estar longe. E sabia que não era mais nenhuma menininha. Conseguiria dar no máximo dois passos até que eles a alcançassem. Sua única opção foi arrastar-se até a sala que servira de prisão vigiada para Ricardo e trancar-se ali.

Uma vez dentro da saleta de paredes acolchoadas, descalçou os sapatos e se levantou. Certificou-se de que havia acionado a trava corretamente. Não haviam notado sua presença – estavam ocupados demais mordendo uns aos outros –, então não tentariam entrar. E, mesmo que tentassem, podiam unir forças e investir. Seria em vão. A porta de aço não seria vencida por uma dúzia de descerebrados.

Correu até a vidraça do outro lado no momento em que ouviu o alarme de emergência soar por todo o complexo. Viu cada um dos novos infectados disparar em direções opostas, atraídos pelos gritos dos que saíam de suas salas, despreocupados e de repente deparando-se com as cobaias livres ou, por outro lado, pelo instinto recém-adquirido. Seria uma carnificina. Fazia parte do treinamento de todos os funcionários aprender a lidar em situações de risco, exatamente como aquela, mas duvidava da capacidade de todos eles de raciocinar com a mesma qualidade no calor da situação. Os gritos de dor espocando de todos os lados davam-lhe razão de pensar assim. Amaldiçoou-se por estar certa.

O celular também não estava no bolso. Malditos moleques! Por acaso haviam feito dela um chocalho enquanto estava desacordada? Tudo que era importante não estava mais em sua posse. Quando as coisas podem dar errado, elas dão realmente errado. Te fodem legal.

Mais do que qualquer outra coisa, odiava surpresas. Especialmente quando interferiam em seus planos. Pela primeira vez em anos sentindo-se inútil, Abigail se conformou. Não havia o que fazer, exceto esperar. Logo eles dominaram os corredores, manchando as paredes de vermelho. Caminhou até o canto mais afastado, onde Ricardo havia estado encolhido poucos minutos antes, onde Daniela o encontrara, infectado. Apoiou-se na parede e abaixou-se. Sentiu uma pontada nas costelas. Sentou-se. Dali assistiu-os assolando sua LAQUARTZ, a vidraça servindo como uma TV gigante Full HD 3D. Infelizmente não havia controle remoto para mudar de canal.

Certa de que passaria horas esperando, a chance de agir veio a galope. Um estrondo não muito distante ecoou. Parecia uma explosão. O barulho os atraiu para uma direção específica. Era como o anúncio da hora do rango, os operários desesperados para aliviar a dor da fome em seus estômagos vazios. Não demorou e divisou o corredor vazio, ambos os lados livres de infectados ou não. Disparou até a porta e destrancou-a. Outra espiadela. Realmente estava sozinha – ao menos naquele ponto.

No local onde os seguranças haviam brigado, encontrou um

revólver caído num canto. Correu até ele e apanhou-o. Um brilho adiante lhe chamou a atenção: era sua flauta. Estava amassada. Seu material não era lá muito resistente. Não teve certeza de que sua serventia ainda era algo com que pudesse contar. Só havia uma forma de descobrir. Arma em punho, seguiu em direção ao seu escritório.

Da janela de vidro espelhado, assistiu ao desenrolar da cena na frente do prédio. Tiago e Daniela haviam escapado – um suspiro de alívio por vê-lo vivo – graças à ajuda de um homem e uma mulher. Não reconheceu nenhum dos dois. Tinha uma vaga ideia de quem poderiam ser, mas não havia provas. Não via a filha havia anos. A única imagem que tinha de Elizabeth era de uma menina de dez anos, mimada e chorona. Aquela bela mulher a apenas alguns metros, escalando uma árvore com uma agilidade quase anormal, não podia ser ela.

Ignorou a possível identidade de ambos e focou no que era importante. Tiago. Vira-o escondendo-se sob um carro estacionado. Era esperto, rápido. Não fora à toa que sobrevivera em Jaboticabal. Porém não podia deixá-lo nas mãos traiçoeiras da sorte. Levou a flauta danificada aos lábios. Torceu para que funcionasse. Assoprou.

Um a um os infectados foram privados de seus movimentos. Notou que alguns tremiam, outros apresentavam breves espasmos – sinal de que o efeito da flauta não estava alcançando seu potencial máximo. O som precisava sair nítido, transparente, deslizar como a delicadeza da superfície de um lago intocado pelo homem. As vibrações eram inexistentes para os seus ouvidos saudáveis, mas para os infectados funcionavam como choque térmico para uma paralisia facial.

Testemunhas do que havia acontecido, Daniela e a dupla de estranhos exibiam expressões de incredulidade. Notou que Tiago deixou seu esconderijo apenas quando teve certeza de que era seguro sair. Não podia mais esperar. Precisava reavê-lo.

Para sua surpresa, o homem decidiu que por algum motivo desconhecido seria esperto de sua parte fuzilar os infectados paralisados, e então descarregou saraivadas de tiros contra eles. Foi o que bastou para que a barulheira superasse as vibrações da flauta e os trouxesse de volta. Abigail praguejou, oculta para eles por causa do vidro com efeito espelhado do lado de fora. Num momento de raiva, atirou o instrumento contra a parede, espatifando-o de vez.

A porta de seu escritório passou a ser socada. Abigail mais uma vez sentiu-se na posição de uma reles telespectadora, assistindo à peça que ela própria criara, e que agora seguia sem sua direção.

A lua caçoava de Abigail, inalcançável. Parecia rir de sua desgraça.

Pelo celular conseguiu contatar quem era preciso. Peter a manteria informada do quão ruins estavam as coisas até que ela pudesse sair. A próxima era Carla.

Tentou ligar, mas o celular da comparsa parecia estar desligado, ou sem sinal. Enviou um SMS perguntando sobre Victor. Não demorou para que a resposta chegasse. Recebeu a confirmação de que a mulher que vira mais cedo era mesmo Elizabeth, sua filha. O homem era Ivan Boñagura. Victor havia voltado ao Brasil, e trazido as "crianças" junto. Carla contou que estavam em um hotel na Zona Sul, próximo à Paulista, e que Tiago estava com eles. Abigail pediu que ela protegesse o rapaz acima de tudo. Disse que estava momentaneamente incapacitada de sair da LAQUARTZ, mas que iria até eles tão logo fosse possível. Precisava apenas buscar mais flautas, suas armas, alcançar seu carro, e então partiria. Quando chegasse, avisaria, e elas poderiam planejar os próximos passos. Carla confirmou que ela podia continuar contando com sua ajuda.

No cair da noite do dia seguinte Abigail finalmente chegou ao local combinado. A viagem havia sido calma. A flauta nova fazia tudo fluir melhor. Por precaução, havia trazido algumas de reserva.

Refugiou-se em um prédio próximo ao hotel indicado, Maksouth, e logo recebeu de Carla a notícia de que o filho de Veronika Saragoça também estava no hotel, orientado pela mãe a seguir até lá e procurá-la, agora sob seus cuidados. Abigail pediu que mantivesse a discrição. Não podia confiar nos Saragoça.

Com certa aflição no olhar, Carla espiava pela fresta da porta. Embora o vão fosse mínimo, permitia-lhe ter uma ideia precisa de quão lotado estava o saguão. Não distinguia fisionomias, mas enxergava braços pendendo e cabeças de cabelos ensebados, incrustados de sangue, passando. Lançou um olhar para trás. Não via ninguém por toda a extensão do corredor. Aquele havia se tornado um dos pontos mais tranquilos do hotel. Se alguém desejasse um lugar calmo, para ler, por exemplo, podia arrastar uma cadeira até ali e curtir um silêncio moderado, embalado pela chuva na vidraça, grunhidos abafados e pés arrastando do outro lado.

Do bolso tirou uma ferramenta minúscula. Manuseando-o como se estivesse desarmando uma bomba, encaixou-o na fechadura e, com apenas três giros, ouviu-a destravar. O som não era nada em comparação aos outros. Ela podia dar um sonoro peido com a bunda encostada na porta e ainda assim os infectados não notariam – quanto ao cheiro, não tinha tanta certeza.

Assustou-se ao ouvir passos. Com a respiração presa, relaxou somente quando viu LC se aproximando.

– Pronto – ela disse, mantendo um tom mais baixo. – Destrancada.

– Essa criatura não pode entrar pelo elevador? – LC perguntou, uma expressão contrariada no rosto.

– É a ideia, mano. Mas vai que o elevador pifa. Você viu que um deles parou.

– Beleza. Sou apenas um pau-mandado aqui mesmo. Que opinião eu tenho? Mas cê não acha que é perigoso deixar essa daí destrancada? E se eles entrarem?

– Não, não. Olha isso.

Da cintura, oculto pela blusa, Carla puxou um objeto. Era um pedaço de madeira de formato triangular. Encaixou-o debaixo da porta e, com firmeza, pressionou-o com a sola da bota. Em seguida, agarrou a maçaneta e puxou. Não economizou na força; LC viu as veias estufando em seus pulsos. A porta não se moveu um milímetro.

– Se precisar entrar por aqui, só vai ser preciso enfiar alguma coisa por baixo pra empurrar isso. – Deu dois toques no objeto. Um sorriso de lado, presunçoso surgiu em seu rosto. – Sou preta, mano. Vai afrontar?

– Tá, pretinha. Presta atenção. Você precisa enviar um aviso agora. É sobre o Tiago.

O sorriso morreu.

– Que aviso? O que aconteceu?

– Ele saiu do hotel.

No mesmo dia, Carla alertou-a de que Tiago havia se aventurado em uma empreitada suicida e encontrava-se cercado na área de lazer do hotel. Como não podia ir até lá à luz do dia e correr o risco de topar com Victor ou Elizabeth, encontrou-se com Carla e entregou-lhe uma flauta. Explicou seu manuseio; precisava manter uma "música" contínua, caso contrário eles voltariam a mover-se e matar. Foi como Carla salvou Tiago – e, consequentemente, Ivan.

Longe do tumulto que se desenrolava no segundo andar, caminhando em silêncio, mas veloz, Carla contornou o restaurante. Avistou David preparando uma bebida, concentrado demais para notar qualquer coisa além do aroma alcoólico. Apressou-se em direção ao corredor estreito e rapidamente chegou à lavanderia. Pelo que percebera da estrutura do prédio, a parte de trás da área de serviço levava à lateral do hotel, uma via para funcionários descarregarem os montes de lixo produzidos entre aquelas paredes, uma imitação barata de luxo. Deduzira certo; a passagem estava ali, vazia. Um alagamento de dois centímetros estendia-se – um ralo havia entupido devido à falta de zelo típica que existe por trás dos bastidores. Atravessou o longo corredor, lançando borrifadas de água a cada passada em direção ao portão que se encontrava no fim, solitário. Alcançou-o. O trinco correu com dificuldade, travando três vezes antes de se abrir após uma pancada. Olhou pela fresta. Um grupo crescente de loucos aglomerava-se contra a parede, focados demais nas pessoas no alto para perceberem sua presença ali, a poucos metros. Do bolso, Carla tirou o pequeno instrumento. Levou-o aos lábios e esperou.

Após garantirem que Tiago estava a salvo, Carla e Abigail seguiram com o plano inicial. À noite, Abigail invadiria o hotel e o pegaria. Para isso precisava que Carla criasse um modo de ela poder entrar. A mulata o fez, deixando destrancada uma das portas que acessavam o saguão. Nada do que Abigail pretendia funcionou.

Graças a uma peça do destino, Tiago resolvera vagar pelos corredores justo na noite em que precisava ter ficado quietinho no quarto indicado por Carla. Abigail quase havia sido descoberta, mas conseguiu sair e voltar ao seu refúgio. Chegando lá, foi questionada pelos moradores a respeito da flauta e de seu efeito, o que gerou uma confusão enorme, acarretando a morte dos infelizes. Em vez de cooperar e lutar juntos pela sobrevivência, escolheram agir como bárbaros por causa de uma flautinha. Abigail não encostou um dedo neles.

O plano seguinte era mais arriscado. Carla e Luiz Carlos encenariam um ataque. A mulata se esconderia, e Luiz daria um jeito de fazer com que os homens deixassem o hotel para salvá-la de um suposto sequestro. Com o grupo enfraquecido, Carla encontraria um meio de raptar Tiago e entregá-lo a ela. Mais uma vez as coisas não saíram como o planejado: Abigail foi avisada por Peter que Veronika e Lucio planejavam fugir do Brasil. Não podia permitir que saíssem nem de São Paulo. Sabiam de coisas que poderiam destruir tudo o que ela havia conquistado.

Abigail ligou para Carla e pediu que ela continuasse com o combinado. Assim que raptasse Tiago, deveria levá-lo embora dali. Podia ser um prédio próximo, mas Elizabeth não podia encontrá-lo. Carla a questionou sobre Victor e soube que não precisava mais se preocupar com ele. Abigail pediu que ela levasse Oliver também. Deveriam esperá-la. Ela iria até a LAQUARTZ, onde encontraria Peter, e impediria Veronika e Lucio. Depois voltaria com o helicóptero para buscar Tiago, Oliver e ela.

Abigail estava como uma cega no meio do tiroteio: incerta para onde seguir. De um lado havia traidores com quem convivia diariamente. Veronika era inimiga, por isso mantinha ela e seu marido insosso por perto. Carla e Luiz eram apenas peões pequenos no grande tabuleiro. Guiava-os sem dificuldade. Bastava dinheiro para garantir sua fidelidade.

Numa reviravolta a seu favor, a primeira em muito tempo (estava começando a acreditar que sorte e azar realmente existiam, e que o segundo havia escolhido manter-se ao seu lado como um companheiro eterno), Abigail descobriu que Oliver trazia Tiago à LAQUARTZ. Temeu pelo que o percurso entre o hotel e a empresa pudesse reservar a eles, mas nada podia fazer. Esperaria. Conforme Oliver tinha dito pelo telefone, estavam chegando.

Logo Tiago voltaria ao lugar de onde não deveria ter saído.

Capítulo 30 - Não fique de luto. Lute

Lizzy estava sentada diante do corpo de Victor. Não precisava chorar para demonstrar sua dor. Seu coração estava em pedaços. As duas pessoas mais importantes de sua vida estavam mortas.

– Lizzy?

LC tentava apressá-la. Tão logo haviam entrado no prédio foram vistos por alguns infectados e tiveram que correr. Podia ouvi-los nos andares inferiores. Logo eles estariam ali, e não havia armas com as quais pudessem contar.

Não havia mais pelo que chorar. Lizzy agora estava sozinha. Era ela por si. Sentia que perdera ambos os braços. Era um toco de gente, amputada para sempre.

Levantou-se.

– Para onde vamos agora? – Luiz perguntou.

Ela não respondeu. Calada, seguiu em direção às escadas de emergência.

– Elizabeth?

Remexendo no bolso da calça, ela trouxe um papel dobrado e o entregou a Luiz. Ele o desdobrou. Era a página de um jornal.

<u>Polícia Militar apreende armamento pesado na Zona Leste</u>

– Conhece esse lugar? – ela perguntou.

– A favela?

Ele afirmou, calada.

– Há várias favelas na Zona Leste.

– Temos todo o tempo para procurar. – Lizzy desceu os degraus.

– Procurar o quê? – Luiz voltou a ler, e descobriu a resposta sozinho.

Entre as armas apreendidas foram localizadas metralhadoras calibre.30 (artilharia antiaérea), fuzis de vários calibres, escopetas, entre outras armas. Ainda que a operação tenha sido um sucesso, a PM tem certeza de que há mais desse tipo de artilharia na favela a qual era o destino das armas.

Meus olhos encontram os olhos de Abigail.

Por um momento sem tempo definido, talvez segundos, talvez séculos, não ouço e não sinto nada. Tudo pelo que passei me vem à mente num turbilhão de más recordações. Não importa o que Lizzy e seus parceiros planejavam: é tudo culpa dela.

Daniela permanece ao meu lado, tão imóvel e surpresa quanto eu. O mesmo sorriso arrogante de sempre se escancara na face da velha, uma cicatriz com dentes em um rosto de cera. Há um curativo abaixo do olho esquerdo. Lembro-me de quando a cortei com o bisturi. Se o golpe tivesse sido um pouco mais para baixo...

Volto a sentir o chão sob meus pés quando ela ergue uma arma. Acredito ser eu ou Daniela o destino da bala, mas seu alvo é outro.

– Mãe! – Oliver grita.

Veronika olha para trás a tempo de ver o brilho. Ela arfa, momentaneamente imóvel sobre as pernas que não obedecem. Lucio, apoiado em seus ombros, consegue ser mais rápido mesmo com a mancha crescente de sangue na barriga. O tiro acerta suas costas pouco depois de ele empurrar a esposa e usar o corpo como escudo, levando-o ao chão.

– Lucio!

Veronika corre até ele. Não parece estar respirando.

– Sua maldita!

Sacando uma arma da cintura, ela dispara contra Abigail. O tiro acerta seu peito, rasgando o jaleco, e faz com que a velha dê um passo para trás. E mais nada. Sem se abalar, Abigail atira novamente. Veronika se joga para o lado, rolando pelo chão úmido do heliporto, e consegue desviar. O trajeto da bala, livre, segue em nossa direção, e o choque provoca faíscas ao contato do projétil contra a lataria do helicóptero.

Oliver materializa-se em minha frente e invade a aeronave. Daniela me puxa pelo braço.

– Tiago, vamos.

Ouço as hélices começarem a girar, iniciando uma ventania, a chuva sendo atirada para toda parte como um irrigador descontrolado. Pablo tampa os olhos, dando os primeiros passos em direção ao helicóptero.

Abigail caminha a passos rápidos em direção ao casal, Veronika mantendo a cabeça de Lucio apoiada em seu braços. Ele diz algo, impossível de ouvir de onde estou, e ela se levanta, recuando indecisa. Ele olha em sua direção e faz um movimento brusco com a mão, como se mandando que ela corra. Ela obedece, virando-se e disparando em nossa direção. Abigail se aproxima de Lucio e dá o tiro definitivo. Sua cabeça chicoteia para trás e choca-se contra o chão. O homem não se move mais.

Veronika passa ao meu lado, entrando na aeronave, e é quando percebo estar petrificado. Não consigo fazer com que meu corpo obedeça às ordens de meu cérebro. Com uma força de vontade dos diabos, consigo arrastar os pés para trás. Abigail atira novamente. Daniela é seu alvo agora.

O controle sobre meu corpo volta de uma vez, e, num impulso, empurro Daniela. A bala raspa em meu braço. É como se o bêbado responsável pela churrasqueira tivesse pegado o espeto quente e deslizado em mim. Daniela se levanta, os joelhos ralados, e chama por mim. Sob o estardalhaço provocado pelas hélices ouço o latido de Thor. Daniela não espera por ordens e corre, fugindo das balas.

Thor dispara como uma flecha e vai em direção à velha louca, furioso. Ela mira no cão e atira.

– Thor!

Pablo, que estava prestes a subir no helicóptero, vai em seu auxílio. Por sorte o tiro só passa perto, eficiente em fazê-lo desistir e fugir, ganindo. Sem mais cão para salvar, Pablo muda a estratégia, mas não o rumo. Por um momento escorrega e quase vai ao chão. Equilibrando-se novamente, continua em direção à bruxa que parece ter saído de um conto de fadas moderno, onde a vilã deixa a varinha de lado e ataca as criancinhas com armas de fogo. Antes que Abigail possa recarregar o revólver, Pablo se atraca com ela, mas não percebe a faca surgindo sob o jaleco. O golpe acerta fundo na barriga.

– Não! – Daniela grita.

Merda! Tá tudo dando errado. Maldita seja!

Outra vez agindo pelo instinto, corro em direção à velha. Terei eu mesmo que acabar com isso. Ela não se move, tampouco dá indícios de que vai usar a arma contra mim. Sinto-me confiante. Antes que possa chegar mais perto, vejo-a apontando uma arma. Não é a mesma que tirou a vida de Lucio e Pablo. É diferente. Quando sinto algo perfurar meu peito, a dor se assemelhando à de uma mordida, procuro razões em seus olhos. Não há nenhuma. O sorriso presunçoso exibe uma mensagem clara. Ela conseguiu.

Minha visão embaça. Não, não posso desistir agora. Viro-me e vejo o helicóptero, um borrão negro sob a chuva. Daniela está longe, próxima a uma claraboia. Outro disparo estoura, e ela é puxada com violência para trás, como se agarrada por mãos feitas de sombras. Vejo seu corpo desaparecer através da claraboia, o som de vidro estilhaçado misturando-se ao grito ininterrupto da chuva.

Do outro lado uma mancha marrom late perto de um corpo caído. Um círculo vermelho aumenta ao seu redor.

Outra mordida em minhas costas, e minhas pernas cedem ao peso do meu corpo. O efeito é rápido, como eletricidade sendo desligada. Meus músculos se tornam algodão enquanto linhas imaginárias se enrolam em meus dedos e guiam-me para baixo, como uma marionete. Perco definitivamente o controle, e caio.

De rosto colado ao chão, pedrinhas minúsculas grudadas em minha bochecha, forço o corpo para o lado e giro. Ergo a cabeça a tempo de ver o helicóptero abandonando o solo. Faíscas explodem. Provavelmente são mais tiros disparados, Abigail tentando a todo custo manter todos nós neste pesadelo. Mesmo que sejam Oliver e sua mãe os únicos a terem escapado, sinto vontade de rir. Abigail falhou em algo. A aeronave se mescla à cortina da noite e some.

Tento levantar de novo, mas meus braços não têm força. Sinto a fraqueza dominar, e apago.

UM NOVO DIA

Capítulo 31 - Abrigados

Domingo

A **chuva finalmente se cansou** da estadia aparentemente definitiva em São Paulo e foi embora. O sol nasceu tímido, seus primeiros raios despontando no horizonte. Poucos sobreviveram para dar-lhe as boas-vindas.

A Marginal Tietê estava bloqueada por veículos tombados, dos quais vestígios de fumaça subiam e se dissipavam aos poucos. Corpos pendiam dos para-brisas arrebentados. Um deles tivera os olhos arrancados por um urubu em posição esnobe, ignorando tudo ao redor.

Ao longe infectados vagavam. Alguns caminhavam na ponte acima, alheios à presença da dupla metros abaixo, às margens do rio. Luiz tentava descobrir como fazer a draga funcionar.

– Consegui – ele anunciou, despontando no alto do barco, ao ouvir o som do motor.

Em terra firme, Lizzy vigiava para que ninguém se aproximasse, um facão nas mãos. Ao aviso do parceiro, subiu.

– Tem certeza de que quer fazer isso? – ele perguntou.

– É o único caminho que vejo – ela respondeu, inexpressiva.

– Podemos procurar armas na cidade. Não é possível que não tenha restado nenhuma. – Luiz apanhou a espingarda que descansava no assento.

– Você viu o que encontramos naquela loja. Foram todas saqueadas. Mesmo que encontremos alguma intacta, armas legais não são o bastante para lidar com o que nos espera. Precisamos de armamento pesado, e encontraremos somente *lá*.

– Você é quem sabe.

Luiz desistiu da discussão. Sabia que seus argumentos eram fracos. Dando de ombros, tomou o controle da lancha. Elizabeth acostou-se em um banco e fechou os olhos. Estava certa: era o único caminho.

A lancha deu um tranco. Luiz mexeu nos controles; não eram tão complicados. Encontrando-se entre eles, manejou-os da forma correta, e logo estavam deslizando suavemente pelo rio alagado, que pouco a pouco voltava ao seu nível original. O barco abria passagem por entre os inúmeros corpos que boiavam nas águas fedorentas.

Lizzy sentiu o calor do sol na face.

O rio Tietê os guiaria ao seu destino.

O infectado se chocou contra o container. Rosnou para ninguém, talvez irritado com a própria estupidez, e continuou seu trajeto indefinido, juntando-se aos companheiros. Havia uma dúzia deles. Sentiam que havia comida por perto. A questão era: Onde? Não parariam de procurar. Encontrariam e usariam seus dentes para dilacerá-la.

Por uma fresta próxima à tampa Yulia via-os passando. A praça estava empesteada de caminhantes em pedaços. Alguns passavam ao lado da moto, estacionada às pressas ao lado de uma árvore e bem próxima ao container, e continuavam. Era questão de tempo até descobrirem seu esconderijo. Seria questão de sorte continuar despercebida por muito mais tempo. O cheiro incomodava. Queimava as narinas. Havia algo azedo ali. Montinhos de bigatos se embolavam, roçando em seu braço. Sentiu algo maior deslizar pela panturrilha, mas se conteve. Não podia dar-se ao luxo de desistir do abrigo por causa do cheiro ou de seus moradores. Visitas precisam ter modos.

Buscou o canivete na bota quando outro infectado trombou contra a lixeira. Por sorte imitou o anterior, seguindo em frente. Não havia nada na bota. Apalpou mais fundo. Exceto pela perna, estava vazia. Num repente lembrou-se de tê-lo guardado na jaqueta. Um suspiro de alívio. Era melhor a faca anã que nada. Levou a mão ao bolso interno. Estava quente. O couro grosso havia protegido Yulia do frio da madrugada como o abraço de uma mãe. Pablo havia entregado-lhe a jaqueta em boa hora. Encontrou o canivete como um ratinho escondido na toca. Encontrou algo mais.

Era uma foto com marcas de que havia sido dobrada. A foto de um casal.

Meu bebê... A bolsa estourou.

Ter seu caminho cruzado por Conrado-Alexandre não havia sido por acaso. Cruzar com o de Pablo também não – era obra do destino. Na foto, ele e Regina sorriam, abraçados. Yulia arfou. O rostinho de Yerik estava guardado em sua memória, cada detalhe como se ela própria tivesse moldado seu nariz, olhos, boca. Agora, a semelhança com Pablo era clara como a luz que invadia pela fresta.

Um infectado percebeu Yulia se mexendo dentro do container.

Recostado nas almofadas da chaise, Conrado virou o copo e deu fim a mais um gole de uísque. A garganta estava amortecida. Foi como beber água.

Através da vidraça da varanda assistiu ao nascer do dia, o brilho do sol tocando a cidade após um merecido descanso. Não havia sido forte o bastante, e acabou fugindo, deixando a chuva sozinha testemunhar a destruição de São Paulo. A luz amarela vinha, um tapete acolhedor desenrolando-se sobre a selva – não mais somente de pedra.

Ao lado da garrafa vazia a seringa repousava. A agulha brilhou ao toque quente do astro que regressava. Conrado a encarou. Ponderou, calado, os olhos fixos no líquido em seu interior.

Casulo infectado.

Arrastou a mão sobre a superfície macia da chaise circular e alcançou-a. Trouxe-a para si. Colocou o copo sobre a mesinha de vidro ao lado, e com a mão livre puxou a manga da camisa social. A pele branca, carente de um bronzeado saudável, exibia as veias, pequenos fios verdes emaranhados sobre a carne. Aproximou a seringa do braço nu. Não pensou muito. Não havia mais nada a se pensar. Fizera sua escolha.

A agulha penetrou a pele. O líquido invadiu, tomando posse de seu organismo. Percorreu o novo hospedeiro, fazendo um caminho sem volta. Conrado sentiu-se renascer. Dali em diante começaria uma nova vida. Fechou os olhos e conseguiu visualizar a coisa fazendo de seu corpo seu novo lar. Um casulo.

No conforto da cama king size, em meio à uma manta antialérgica, recém-lavado e alimentado, Yerik dormia um sono profundo. Desde que viera ao mundo, pela primeira vez havia paz em seu semblante.

No heliporto o corpo de Pablo jazia, imóvel. Havia sangue ao seu redor, a poça rubra sendo dissipada pelas últimas lágrimas que caíam do céu. Thor permanecia ao seu lado, a cabeça apoiada em suas costas. Seu pelo estava encharcado. O cão tremia.

Adiante, o chuvisco invadia pelo rombo na claraboia. Da ponta de um vidro o sangue de Daniela escorria. Acumulou-se na ponta afiada e, desprendendo-se, caiu na forma de um pingo. A pequena bolha vermelha se chocou contra a folha escura, grossa. Era apenas uma entre as inúmeras na estufa de vegetação espessa, que exibia um emaranhado de caules grossos, o sibilo das plantas dominando o ambiente.

Daniela estava inconsciente, acolhida pelas raízes ao seu redor.

Epílogo

Quando desperto, levanto arfando. Onde estou?

A sala não passa de um cubículo mínimo. A cama onde me encontro é de metal, um colchão fino e branco como única proteção para minha pele. As barras de aço da grade afastam qualquer ideia de fuga. Há uma pequena entrada de ar no teto, lacrada por uma placa de metal com pequenos orifícios.

Zonzo, caminho até a grade e observo. O local lembra uma sala de cirurgia, uma mesa metálica no centro, cercada por objetos hospitalares. Num estalo o cenário volta à minha mente. Já estive aqui antes.

Em seguida, igual à outra vez, a porta se abre lentamente. Abigail entra, sorrindo. O sorriso é idêntico ao que decorava seu rosto na primeira vez em que a vi, na base. O estranho colar dourado com a insígnia em forma de flauta pende de seu pescoço, contrastando com o branco do ambiente. Déjà vu.

– Bom dia, Tiago.

O misto de sensações que toma conta de meu peito é um leque. Sinto fúria, medo, tristeza, surpresa. Sinto vontade de matar. Sinto vontade de morrer.

– Por que você fez isso? – pergunto.

– Isso o quê?

– Faltava pouco pra eu fugir daqui! O helicóptero estava bem atrás de mim. Bastava um minuto de atraso seu, e eu estaria longe daqui, sua... Sua...

Não consigo aguentar. Segurei por muito tempo. Dou alguns passos para trás, chocando-me contra a parede, e deslizo até o chão. Olho para baixo. As lágrimas escapam, quentes.

– Sua...

O choro é inevitável. Choro como nunca chorei, como precisava chorar. Sinto o coração minúsculo, encolhido em um canto escuro de meu peito. A cabeça lateja como se um grito estivesse preso em meu cérebro, pronto para escapar. Meus olhos ardem.

Acabou.

– Não chore, meu querido.

Ergo os olhos marejados e vejo Abigail encostada na grade. Encara-me com uma expressão estranha. Não consigo descrever, mas não é deboche ou arrogância. Não há hostilidade. É como se sentisse... Pena.

– Por que você fez isso?

– Você não podia ir com eles, Tiago. Eu preciso de você.

– Por quê? Pra quê?

Abigail suspira e se abaixa, seus olhos na altura dos meus.

– Vejo que está na hora de você saber de tudo. O que, por que e desde quando está acontecendo.

Enxugo os olhos com as costas da mão. A frustração ainda domina, mas sou pego por uma estranha curiosidade. A velha tira um livro de baixo do jaleco (parece cartola de mágico – sai de tudo de baixo desse jaleco). Um diário.

– Tudo começou em 1953, no Chile. Minha mãe foi a primeira a ter contato com a planta.

– Planta? Como assim?

Um sorriso descontraído, e Abigail começa a contar a história de sua vida.

A origem da infecção.

O último flashback depois dos créditos

Quando desperto, sinto diversos tipos de **dores**. Meu nariz lateja, como se uma bola de tênis estivesse sendo empurrada de dentro para fora, entupindo a entrada de ar. Há uma crosta grudada nos pelos das narinas. Poderia ser ranho, mas, mesmo sem ver, sei que é sangue seco. Forço a respiração, apenas para sentir a poeira do chão próxima ao meu rosto invadir as vias nasais. A coceira é instantânea. Tento trazer a mão para coçar, mas elas não obedecem. Levanto a cabeça e busco por elas. Estão amarradas em uma grade. É um pesadelo? Minha garganta, seca, dói. Uma poça de baba domina o ponto onde meu rosto estava, pequenos focos de sangue espalhados na pequena lagoa gosmenta. Passo a língua nos lábios. Sede. É como se meu crânio fosse de chumbo, pesado; ainda assim resisto à vontade de voltar à inconsciência e, de bruços, olho sobre o ombro.

Halley está sem camisa, uma lata de cerveja na mão. Há outras, vazias e amassadas, espalhadas pelo chão. Não parece perceber que acordei. Termina com a bebida, joga a lata em direção às outras, e pega uma nova sobre o balcão. Ouço o som do anel rompendo-se. Em uma golada ele bebe todo o líquido. Arrota. Então olha para mim, bêbado. Percebo que seu jeans está desabotoado. Ele coça o pau.

– Você tava no caminho certo, cara – diz, as palavras meio enroladas. – Parecia como eu. Atirou naqueles putos que foi uma maravilha. Mas não aguentou a pressão. Meu pai me mostrou que, pra ser digno de segurar um revólver, é preciso ser homem. E você não é. É uma marica chorona. Uma bicha.

Halley dá o primeiro passo trôpego. As pernas bambeiam, mas ele consegue manter-se de pé. Continua vindo e falando.

– Pensei que podíamos formar uma dupla foda. Dominaríamos o lugar que quiséssemos. Dois machos conquistando seu lugar no mundo. Mas não dá. Seu papel não é o de um conquistador. É o de uma mulherzinha. Todas elas são fracas, frouxas. Só servem pra aguentar isso aqui.

A mão retorna ao pau, numa forte apalpada, como se fosse arrancar as próprias bolas.

Abro a boca para mandá-lo afastar-se de mim, mas é como se minha língua tivesse se transformado em um pano enrolado. A voz fica presa na goela. Puxo as mãos, em vão; o nó foi bem feito.

Antes que eu possa voltar o rosto para encará-lo, sinto os chutes em minhas canelas, forçando minhas pernas a abrirem. Ele é rápido para um bebum. Cai de joelhos entre minhas pernas, e impede que eu as feche novamente. Puxo-as a fim de chutá-lo, mas suas mãos calejadas apertam a junção entre minhas panturrilhas e coxas.

– Já segurei o orgasmo por tempo demais. Tá na hora de perder o controle e meter bala.

A cusparada acerta meu rabo de fora. Somente agora percebi que estou sem as calças. A única roupa em meu corpo é a camiseta. Levo toda minha força aos membros inferiores e tento desvencilhar-me, mas o movimento só faz com que o cuspe meleque minha bunda ainda mais. Ele aproxima a mão e aperta minhas nádegas. A voz finalmente dá sinal de vida.

– Sai de cima de mim! – ordeno. Meus dentes quase trincam tamanha a força que emprego cerrando-os.

– Não luta que é pior, bichinha chorona.

Retraio o abdome e todos os músculos sobre os quais tenho controle quando sinto dois dedos deslizarem para dentro de mim. Arde. É como se uma fenda rasgasse minha pele, indo em direção à virilha. Ele força a entrada em um vai e vem desconfortável. Ergo o corpo, finalmente encontrando um apoio sobre os joelhos, mas o peso do corpo de Halley de repente sobre o meu leva-me de volta ao piso gelado, meu pau mole, encolhido beijando o chão.

Quando abro a boca para gritar novamente, prevendo que por mais alto que eu grite será inútil, sua mão vem e, num tapa, cala meu pedido de socorro. Tento morder seus dedos, mas não consigo. Focado em afastar o improviso de mordaça de meus lábios, um grito abafado de dor implode em meu peito quando o sinto entrando. Invade sem dó, um cavalo indomado montando um potro. Suas bolas acomodam-se entre minhas coxas e permanecem ali, como se dissessem que a dor já vai passar. Elas mentem. A dor prolonga-se para dentro e sobe até meu estômago. Antes que eu possa me acostumar com o membro grosso em um lugar onde ele não devia estar, a fricção começa. Halley sobe e desce o quadril, deixando o peso folgado sobre mim. Continua tapando-me a boca, e com a outra mantém uma de minhas nádegas para o lado, para facilitar a incursão.

Não adianta resistir. A corda em torno dos meus pulsos só faz machucar, criando vergões. Posso puxar o quanto quiser; conseguirei apenas trazer a carne viva à tona. Minha cabeça pende, apoiada pela mão de Halley, firme como ferro. Tento relaxar, embora meu rabo resista instintivamente. Está molhado de cuspe – e certamente sangue. Choro, e espero a tortura terminar.

Halley continua sobre mim por um tempo que parece não ter fim.

Meu corpo balança com violência. Ainda sinto a dor do movimento contínuo.

A respiração preenche meu peito quando o oxigênio retorna. Meu corpo não está mais tão prensado contra o chão. O peso sai de cima de mim. Tento levantar o rosto. Falho.

Meu rabo parece pegar fogo.

O barulho de vidro quebrando me traz de volta. Antes mesmo de abrir os olhos, puxo as pernas, um instinto de autoproteção. Doem, como se tivessem sido retorcidas pelas mãos do capeta. Ajoelhado, em uma posição de servo religioso pedindo perdão ao seu senhor pelos pecados, apoio a testa no soalho. Minha garganta é um deserto; a bunda, um vulcão. Queima. Sinto os cortes zombarem de mim, em uma mistura de comichão e ardência. Um gemido rouco vem de trás e faz com que, por um momento, eu ignore a dor. Quando vejo do que se trata, ela some por completo.

Com as mãos em concha contra a barriga, os dedos entrelaçados, Halley encurva o tronco. Parece estar sendo atacado por fortes dores abdominais. Encontra-se ainda nu, a calça até pouco abaixo do joelho. O pau está sujo de sangue. Ele percebe que não conseguirá caminhar, os passos impedidos pelo jeans, então se apoia na mesa. Derruba mais copos, o vidro se estilhaçando ao contato com a superfície rígida do piso e se espalhando. Um jorro de vômito escuro, espesso escapa de sua boca, o papo estufando-se como o de um sapo. O grito tenta sair junto, mas um guincho molhado é tudo o que consegue.

Num sobressalto, procuro em volta, minha bunda exposta. De algum jeito, eles entraram. Halley deve ter sido mordido enquanto estive inconsciente. Preciso desfazer a amarra antes que voltem. Porém, atentando-me aos detalhes, noto que não há ferimentos nele. Eu veria qualquer mordida, seu corpo ao natural todo à vista. Não exibe marcas, nem mesmo cicatrizes.

Halley não foi atacado por nenhum infectado.

Eu o infectei.

Petrificado pelo medo e pelo choque da verdade, vejo-o ceder à transformação. Halley agora é um deles. Ele nota minha presença. Seus olhos encontram os meus. Os dentes exibem-se num escárnio infame.

O rosnado torna-se berro.

E Halley vem em minha direção.

"Não pense que existe um homem
Sentado num trono de luz
Ditando as regras
Trazendo a merda
Livrando-te da culpa.

Não tema uma lenda
Supostamente pregada na cruz.
Não houve ressurreição
Desafiá-lo não faz mal
Não te trará a perdição.

Olhe à sua volta
Encare o caos nas ruas
O desrespeito à vida.
Vê deus?

Para que serviram as palavras
Escritas e modificadas
Ao longo dos tempos
Ao bel-prazer dos homens
E semeadas em sua mente
Como a única verdade?

Resista
Lute, conquiste
O mundo é teu, não deles.
Tema o homem
Mas nunca se curve a ele."

EXTRAS

Cena deletada – Lizzy nos dutos do hotel

Comentário do autor: *Originalmente, o infectado que ataca Conrado no banheiro viria dos dutos de ventilação do hotel, mas eu já havia escrito uma cena onde Tiago se esgueira em um duto, na LAQUARTZ, e acabaria dando ao leitor o gosto de comida repetida. Por isso, e aproveitando a inserção de Josélia na trama, acabei com os dutos do Maksouth (O hotel é velho pra dedéu e ainda tem dutos?). Eu tenho uma fixação muito estranha por dutos. Acho que preciso conversar com um psicólogo.*

Nota do autor: *Não revisei as cenas que seguem. Preferi deixá-las como no original. Assim, além de ler trechos que não fazem mais parte da história final, podem perceber o quanto evoluí como autor.*

O rastro de sangue que encontramos no corredor marca pegadas em uma linha quase reta. Saindo do quarto onde Yulia foi atacada, leva em direção ao próximo corredor e por outro mais adiante. Termina – ou melhor, começa – descendo num fio vermelho, já seco, na parede, saindo de uma entrada de ar destampada no alto. Clichê ao extremo.

Victor não faz muito esforço para alcançá-la, pois graças ao seu tamanho king size (ou seria King Kong?), não conseguiria passar nem o braço pelo buraco.

– Não é preciso perder tempo confirmando o óbvio – diz, e aponta para a passagem. – Alguém se habilita?

Lizzy acena com a cabeça e vai até ele. Puxando uma faca presa ao tornozelo, a loira sobe com o auxílio do parceiro, entrando com pouca dificuldade. Desliza para dentro do vão como uma felina, sumindo.

– Alguma coisa, gata? – pergunta Pooh, com um ar de preocupação no cenho.

Após um tenso e breve instante, a resposta vem abafada.

– Não, pelo menos por aqui. Há mais sangue lá no fundo. Vou checar.

– Melhor voltar – orienta Ivan.

– Fica tranquilo.

Pelo som do cabo da faca batendo no metal do duto, entendemos que Elizabeth se distanciou. Victor se volta a Pooh e nota a aflição em seus olhos.

– Você sabe que ela pode se virar.

Pooh ignora o comentário e se aproxima da entrada de ar, encostando-se à parede e cruzando os braços, esperando logo abaixo.

– Melhor vasculhar nos arredores – diz LC. – Nada impede que outro tenha saído sem deixar rastros.

– Ou outros – Daniela cochicha, quase consigo mesma de tão baixo.

LC empunha a arma e dispara até a esquina, sumindo no corredor adiante. Victor segue na direção oposta, mantendo-se a vista.

Lizzy ajeitou a franja com a faca, evitando que caísse novamente nos olhos; já estava difícil o bastante seguir em frente no estreito duto. O desconforto do metal frio contra a pele lhe trazia rápidas câibras. O silêncio, embora significasse que não havia nada nem ninguém por perto, era de matar. Os calafrios aumentaram.

– *Tô aqui em cima, presa. – A voz infantil era suplicante.*

– *Lizzy, no te preocupes. Voy ayudar-te! – A outra, de um menino, vinha de algum ponto abaixo.*

– *Ele vai me pegar. Me tira daqui!*

– *Calma! Ya voy.*

Resquícios de memórias há muito esquecidas – ou bloqueadas – oscilavam em sua cabeça. Sem piscar, tentou manter os olhos focados na amplidão escura do duto. O suor deslizava pela testa, contrastando com o vento frio que envolvia seu corpo.

– *Liz.*

– *Tô com medo.*

– *Te voy a salvar.*

– NÃO!

De olhos arregalados, Elizabeth afastou, com muito esforço, as lembranças ruins.

– Respira – disse consigo. – Você é forte agora. Você já venceu isso.

Esfregando a testa molhada, piscou uma vez, demoradamente, e continuou o trajeto. A trilha de sangue seguia rumo à boca negra da passagem. Em alguns pontos formava poças, enquanto em outros era possível enxergar apenas mãos vermelhas marcadas, distorcidas por manchas maiores.

Após quase um minuto exato, chegou a um trecho que se dirigia para cima. A subida não era muito íngreme, mas era escorregadia. Teria penado mais se não fosse habilidosa o suficiente para a situação. Precisava seguir o rastro até o fim. Não era mulher de desistir no meio do caminho.

No nível superior o rastro continuou. Adentrou um pouco mais, quando, de repente, ouviu algo.

Esperou.

Silêncio.

– Droga! – praguejou entredentes.

Percebendo vultos se movendo adiante, concluiu que havia mais de um. No espaço apertado seria quase impossível lutar. Era preciso voltar.

Na tentativa de não fazer barulho, virou-se com muito esforço, quase entalando. Infelizmente, descuidou-se por um breve momento, o suficiente para deixar a faca cair e colidir contra o metal. O som ecoou pela passagem, multiplicado em vinte vezes.

– Droga – resmungou mais alto do que deveria, embora sua presença já tivesse sido notada.

Sem perder tempo, refez o caminho. Sua missão era descobrir se havia mais algum infectado nos dutos, e não matá-lo. Os levaria para fora e lá os outros dariam um jeito com as armas.

Quando ouviu o barulho deles se aproximando, percebeu que precisava ser mais rápida. Estavam perto demais, e seus grunhidos pareciam mais assustadores ali. O som de suas mãos batendo no metal enquanto vinham dava mais gás para fugir.

Numa bifurcação, que havia ignorado há pouco, viu surgir um homem. Sangue escorria de sua boca, os dentes amarelados à mostra. Assim que a notou, berrou com selvageria e disparou em sua direção, impossivelmente veloz.

– Filho da puta.

Lizzy se viu obrigada a atracar-se com o maldito. Era ele ou sabe-se lá quantos logo atrás. Numa briga rápida, conseguiu degolá-lo, encharcando a passagem com seu sangue nojento.

Olhando para trás, descobriu que a briga a atrasara, pois foi possível notar alguns vultos disformes aproximando-se em meio às sombras, trazendo berros animalescos a tiracolo.

Deixando a cautela de lado, atirou-se em frente, não se preocupando em onde colocava as mãos. O caminho parecia ter aumentado. Onde estava a maldita saída?

– Droga.

Virou uma vez por outra passagem, depois por outra, e mais outra. Nada da saída. Era um labirinto escuro e frio.

Quase deitada em outra esquina, esta mais curta, sentiu o metal, de algum modo, mais fino embaixo, como se estivesse pendurado naquele ponto. Desconfiada, prosseguiu com cautela, mas os infectados aproximando-se com fúria não lhe davam escolha. Num impulso, continuou.

Ouviu pingos grossos caindo na parte de cima. Parecia... chuva. Onde estava afinal? Sabia que aquele tipo de duto, principalmente em hotéis, se estendia para o lado de fora para aproveitar a ventilação natural. De repente, sentiu o metal amassar sob seu peso. Se caísse, teria as mesmas chances de pousar centímetros abaixo sobre o carpete ou de quebrar o pescoço em uma queda de dez metros.

Virando mais uma vez, avistou a luz da saída. Um pouco longe demais, mas era a saída. Apressou-se fazendo mais barulho. Sentiu-os acompanhando-a, cada vez mais próximos.

No fim, descobriu-se presa: a passagem fora colocada de volta. Olhando pelas frestas, não viu ninguém. Haviam abandonado-a.

Estava presa, e, logo atrás, eles estavam chegando.

Algumas pancadas depois a grade da passagem, pouco resistente, despenca no assoalho.

A faca desponta primeiro, segura pela mão de pele clara e suada; em seguida, os braços torneados. Mechas de cabelo loiro vêm pouco antes do rosto de expressão urgente e assustada. Num impulso, Lizzy pendura-se na borda e se joga, passando as pernas por cima da cabeça e dando uma cambalhota no ar, caindo abaixada no carpete e levantando-se num pulo.

Após uma breve estudada ao redor, percebe que foi parar no andar de cima; deve ter sido no momento em que subiu a parte inclinada do duto. Sendo perseguida, nem prestou atenção para onde ia ou de onde havia vindo.

Lizzy corre em direção à escadaria no exato momento em que as mãos infectadas saem pela passagem. Assim que desce os degraus, chamando por Pooh, um homem está já se levantando do chão enquanto outro sai pelo mesmo buraco, quase caindo sobre o primeiro, seguido de mais outro.

– Lizzy! – Pooh surge ao pé da escada, a arma já empunhada. – Como você...?

– Depois. Melhor se preparar – diz ela, postando-se ao seu lado. Os outros vêm logo atrás, alarmados.

Do alto da escada ecoam berros roucos, intensificando-se; então despontam três homens, caindo um por cima do outro, numa competição para ver quem consegue matar primeiro.

Ivan dispara duas vezes, acertando o primeiro na cabeça e o outro no peito, fazendo-os rolar abaixo num amontoado disforme. O último pula por cima dos dois e se joga na direção dos agentes, que saem do caminho, deixando-o rolar pelo chão.

– E esse voador aí? – diz LC, assustado. – Quem pega?

O tiro de misericórdia, disparado por Victor, explode o olho esquerdo e parte da orelha do indivíduo.

– Há mais? – pergunta ele.

– Não tive tempo de contar, mas espero que não.

Provando estar errada, ouvimos uma algazarra no andar de cima. Agindo contra tudo que acredito, em vez de se afastarem, Victor e Pooh se adiantam escada acima. Antes que possamos tapar os ouvidos, o tiroteio começa. Clarões explodem sucessivamente, mas não duram muito.

Movido pela maldita curiosidade, subo depois de Lizzy e LC. É impossível contar a quantidade de corpos espalhados adiante, uma fina nuvem de fumaça dissipando-se no ambiente. As paredes parecem ter sido pintadas por bebês vindos do inferno, suas pequenas garras ainda descoordenadas, na tentativa de trazer ao mundo a mais nova e sádica obra de arte da história, em uma orgia de vermelhos.

No alto, outro infectado aparece saindo do buraco. Victor se aproxima sem medo, atira uma única vez, o puxa, jogando-o do outro lado, e, pegando a grade sob o corpo de uma mulher, bloqueia a passagem. LC corre para ajudá-lo.

Lizzy continua segurando firme a faca, a mão trêmula. A testa brilha de suor. Por um breve instante Pooh desliza os dedos nas costas da mão da parceira, fechando os olhos por um rápido momento e abrindo-os logo após um quase imperceptível suspiro.

– Não me assusta de novo, *chica* – sussurra.

Cena deletada – Carla x Conrado

Comentário do autor: *Esta cena foi criada para que Conrado fosse trancafiado em uma adega e encontrasse nela dezenas de garrafas de bebidas alcoólicas. Com elas, teria a ideia de criar Molotovs, as quais usaria para perseguir os sobreviventes no final. Carla teria sua vingança contra ele, mas acabaria fugindo da proposta inicial: criar o conflito entre Conrado e Yulia. Por isso resolvi deletá-la. No final das contas, Conrado tem conflito com deus e o mundo.*

(...) **Meu sorriso em resposta** ao comentário desaparece no mesmo instante em que a garrafa é arrebentada contra a cabeça da mulata. Os cacos do vidro esverdeado se espalham pela cozinha.

– Filho da...

Carla não consegue terminar o elogio devido ao soco que Conrado desfere em suas costas, fazendo-a cair de joelhos. O sangue escorre de sua nuca até o rosto desnorteado e mancha o piso.

– Porrada desse jeito, morena? – pergunta Conrado. Parece fora de si.

Todos na cozinha se levantam assustados com o ataque repentino. LC vai para cima do covarde, mas para no mesmo momento em que a pistola é mirada diretamente para sua testa.

– Não vai querer ser meu amigo também, loirinho?

Todos os presentes na cozinha, exceto Yulia que está em seu quarto cuidando de Yerik, parecem parar de respirar. Olhando de soslaio percebo Pooh com sua arma empunhada.

– Não vai querer brincar com essa aqui, parceiro! – orienta.

LC permanece imóvel olhando diretamente para o pequeno orifício na ponta da pistola. Evita ao máximo qualquer movimento.

Carla se apoia com a mão esquerda no chão enquanto a direita pressiona o corte em sua nuca, que dá passagem para o grosso fio de sangue descendo por sua pele, fazendo um caminho vertiginoso pelo braço travado.

– Pooh... LC... – diz ela, com certa dificuldade. – Não foi nada.

– Como não foi nada, Carla? – questiona o loiro, indignado.

– Rapaz, rapaz... – Conrado continua com os olhos arregalados de ódio.

– Já disse, não foi nada. – E se levanta devagar. – Ivan, abaixa a arma.

O grandalhão não faz menção alguma de obedecer.

– Ele só tá alterado pelo que aconteceu. Não foi nada! Abaixa a arma. – Enquanto dá a desculpa pelo ataque, a mulata sequer olha seu agressor. E sussurra: – Abaixa.

Pooh hesita por um breve momento, mas acaba cedendo, cautelosamente. Conrado se retira da cozinha tão rápido quanto surgiu. As respirações voltam.

– Gata, 'cê tá bem? – LC a apoia pelo braço, preocupado.

– Relaxa, Luiz. Já passei por piores que essa, e você sabe. Aqui não é lugar pra um tiroteio. – Carla vai até a pia e, abrindo a torneira, coloca a cabeça sob a água fria. O chiado que emite nos faz sentir sua dor. – Ele vai pagar.

Oliver, Dani e eu nos olhamos assustados.

Cena deletada – Pablo é infectado

Comentário do autor: *Depois de ser cercado na quadra, Pablo voltaria ao hotel, mas seria mordido na mão, e acabaria desmaiando. Desta forma, Victor aplicaria uma substância nele, o que transformaria o nosso amigo em um casulo infectado. Decidi mudar esse desfecho, pois a forma como seguiu no livro ficou melhor, proporcionando possibilidades para Thor, de um lado, e Conrado, de outro. A forma como foi explicado a Daniela o resultado da substância também não é oficial – acabei mudando, e a verdade será descoberta no próximo livro.*

Yulia seguiu Dani até chegarem onde estavam os outros.

– Eu disse que não era pra chamar ninguém, Dani! – Lizzy reclamou.

– Eu sei, mas ela precisava estar aqui! – Daniela respondeu.

– O que acha, Vic?

Lizzy olhava o líder, preocupada. Deitado no assoalho estava Pablo. Inconsciente. A mão sangrava. Havia sido mordida. Yulia recuou assustada. Ele se transformaria em pouco tempo.

– Quanto tempo temos?

Victor analisava Pablo, concentrado.

– Pouco. – E, respirando fundo, disse. – Vai!

– Tem certeza? – Lizzy hesitou diante de Daniela e Yulia.

– Vai.

Então a loira disparou pelo corredor.

– Onde ela foi? – perguntou Dani, confusa.

– Você vai ver. E não vai contar a ninguém, me ouviu? Nem mesmo ao Tiago.

– Mas...

– Entendeu, Daniela? – gritou Victor.

Surpresa, a garota consentiu. Yulia não emitia uma palavra.

De repente viram algo estranho. Algo deslizava pelas veias do braço esquerdo de Pablo. O lado onde fora mordido.

– Não! – Daniela cobriu a boca com as mãos.

Yulia disparava os olhos da garota para o homem estirado no chão, evitando que percebessem que ela entendia o que estava acontecendo.

Victor pressionou os joelhos contra os braços de Pablo, o imobilizando.

– Rápido, Lizzy! – sussurrou ele.

– Victor, não há mais o que fazer! – Daniela disse. – Há?

O grandalhão não tirava os olhos de Pablo, que começou a ter breves espasmos. Thor se assustou e correu pra longe. Victor mantinha Pablo preso a fim de evitar que atacasse caso Lizzy não fosse rápida o suficiente.

– Sim, há.

– Essa coisa tem cura? – Daniela não continha a estridência na voz.

– Não é uma cura. É como se amenizasse, entende?

– Não!

– Temos algo que conseguimos aplicar em quem é infectado. Esse soro faz com que a infecção não surta os efeitos que conhecemos como a fúria assassina, a raiva. Ele vai continuar consciente e aparentemente são.

– Aparentemente?

– Sim. A pessoa continua com... – respirou fundo. – "A coisa" no organismo. Isso não há como reverter.

– É incurável então? – Daniela perguntou incrédula.

Os passos surgiram num repente. Lizzy voltou com uma toalha e uma pequena caixa branca indo diretamente ao lado de Pablo.

– Dá tempo ainda?

– Espero que sim. – Victor respondeu pegando a caixa e retirando uma seringa de seu interior.

Dani assistiu os agentes injetando o líquido roxo diretamente no ferimento de Pablo. Dois segundos depois ele começou a se contorcer. E expressão era de estrema dor. As veias se movimentaram mais agitadas do que antes. Seus olhos reviraram e ele cuspiu sangue. Na verdade, vomitou.

Yulia tentava entender o que acabara de escutar enquanto via o cara mais legal do hotel agonizando. Lizzy limpou Pablo com a toalha tão cuidadosamente que, após terminado, ninguém perceberia que ele vomitara todo aquele sangue.

Do bolso Lizzy retirou um esparadrapo e fez um curativo no ferimento. Pouco depois Pablo parou de se debater e se acalmou, ainda inconsciente.

– E então? – Dani perguntou. – Ele tá curado?

– Ele vai sobreviver! – Victor respondeu.

Lizzy a olhou de relance sem dizer uma palavra. Não queria ter que explicar nada daquilo. Pegando a toalha e a caixa com a seringa, saiu.

Victor soltou Pablo e sentou em uma cadeira. O trio olhava o homem desmaiado preocupados. Thor continuava na soleira da porta.

Antes que Dani continuasse com suas perguntas, Victor falou.

– Tiago não pode saber disso!

– Por quê?

– Porque não. Vocês saberão na hora certa!

– Hora certa? – Dani não engolia aquela.

Sabia que não era uma cura definitiva, mas ajudava e muito. Por que não poderia compartilhar com Tiago?

– Olha, me desculpa, mas...

– Se você contar ao Tiago ele morre!

Diante da ameaça Daniela não perguntou mais nada. De algum modo sabia que eles podiam fazer isso. Yulia não conteve a expressão de surpresa. Por sorte, ninguém notara.

– E o que vão falar pra ele? – Dani se referia a Pablo.

– Ele não vai tirar o curativo pra admirar o ferimento. Diremos que foi um tiro perdido.

– Ele vai saber que está infectado?

– Esperamos que não.

Dani e Victor se encaravam em desafio.

Cena deletada – Carla e Pooh no helicóptero

Comentário do autor: *Na trama original, Carla não era uma traidora (pelo menos não do jeito que acabou sendo neste livro). O motivo para que Pooh, Pablo, Victor e Carla atravessassem juntos a avenida seria para ir em busca de telefones, pois alguém (Oliver) teria destruído todos os meios de comunicação do hotel para mantê-los lá. No final acabei achando o suspense bobo demais, cheio de falhas, buracos, e acabei procurando um modo de fazê-los abandonar a segurança do hotel. No outro prédio, Victor seria morto por um tiro na cabeça. Carla e Pooh chegariam à cobertura, onde o resgate chegaria. Então, Carla tentaria roubar o helicóptero, acarretando no acidente que mata Pooh – e consequentemente a ela mesma.*

A **porta da cobertura se** escancarou.

Lizzy e LC saíram apressados e a bateram, mas um braço impediu que fosse fechada por completo. A dupla tentou de todas as formas até que Lizzy se enfezou. Abrindo a porta deixou que a infectada saísse. Então LC conseguiu bloquear a porta usando sua submetralhadora sem munição na tranca.

Lizzy pegou a mulher pelo cabelo castanho e encaracolado. Era jovem e estava possuída. Usando de toda sua força colocou um de seus braços nas costas e ainda puxando pelo seu cabelo começou a correr. A infectada foi obrigada a acompanhar, berrando. Chegando ao parapeito Lizzy não parou e a jogou. Da borda assistiu à queda.

– O que vamos fazer, Liz?

LC estava quase chorando. Estavam cercados e desarmados. Estavam ferrados.

Não tendo resposta, Luiz foi até a loira que continuava parada na borda da cobertura. Olhava em um ponto fixo.

De princípio achou que ela estivesse olhando o corpo da

infectada espatifada lá embaixo, mas percebeu que seu olhar seguia a um ponto mais alto.

A cobertura do prédio onde seus amigos entraram.

– Quem são...?

LC quase não acreditou. Conseguia ver claramente as duas pessoas em cima do prédio e uma delas balançando os braços. Pooh. Animado respondeu de volta, acenando.

– Não é pra nós que eles estão sinalizando. – Lizzy falou. – Cadê o Vic?

– Hã?

Ao longe puderam ouvir um som que há muito desejavam ouvir. Quando o helicóptero despontou detrás de outro prédio maior ficou claro. Estavam salvos.

– Caraca! – LC vibrava.

Gritava e uivava expressando sua alegria.

Demorou menos de um minuto pra que o helicóptero chegasse acima do prédio e jogasse uma escada que se desenrolou pelo ar e chegou à cobertura.

Carla subiu na frente. Em seguida Pooh a acompanhou.

A mulata era mais ágil e conseguiu chegar ao helicóptero rapidamente, deixando Ivan que era bem mais pesado pra trás. Enfim... Acabara.

LC forçou a vista e estranhou algo.

– O que tá acontecendo?

Lizzy, que estava com os olhos fixos em seu amigo, não percebera a movimentação no alto. Pouco depois que Carla entrou o helicóptero pareceu perder o controle, se movimentando pra várias direções.

Pooh se agarrava com dificuldade na escada e por duas vezes quase escorregou. Quando o transporte se inclinou os olhos de Lizzy quase saltaram das órbitas. Perderam de vez o controle quando um dos passageiros caiu em direção à Avenida Paulista.

A dupla assistia à cena boquiaberta.

O helicóptero rodou três vezes no ar e começou a se afastar em alta velocidade. Pooh era arrastado sem poder subir ou descer.

Segundos depois se colidiram contra o mesmo prédio por onde surgiram.

A explosão acendeu toda a avenida. Destroços voaram por toda parte.

E Lizzy viu Pooh morrer.

Cena deletada - Yulia x Conrado

Comentário do autor: *Só tenho uma coisa a dizer: Conrado não poderia morrer ainda. Quando vi que havia N possibilidades para utilizá-lo na trama, esta cena foi para a lixeira. Era a que eu mais queria compartilhar com você, leitor, pois imagino o quanto você deseje ver Conrado sofrer. Bem, segue abaixo um aperitivo. Melhor que nada.*

A porta está quase cedendo às investidas de Conrado.

– Abram a porra dessa porta! – ele grita enquanto a chuta. – Quero pegar aquele pivete que achou que me enganaria.

– Mas eu te enganei.

Mesmo com medo Oliver não deixa de se gabar.

Yulia vai até Dani, dando um beijo em Yerik, e o entrega apontando o banheiro. Daniela entende e se protege lá. Também entendo o que ela pretende.

– Yulia... – chamo.

Ela me ignora completamente empunhando sua arma. Quatro fortes pancadas depois e a tranca da porta cede. Conrado está tomado pela loucura.

– Acharam que iam escapar de mim, seus moleques? – grita ele enquanto acende outra *Molotov*. Um movimento no outro lado do quarto chama sua atenção.

– Quase me esqueci da loira metida à líder. Por que você não vem aqui, gata? Lizzy, não é? Um belo nome de pu...

Conrado se cala quando o fogo em sua garrafa ilumina o ambiente o bastante pra que ele perceba não se tratar de Lizzy e sim de sua vítima. Yulia.

– Mas o quê...? – está confuso. – Eu não te acertei direto na cabeça, russa?

O infeliz ainda espera que ela responda.

– *Ty ubil moyu sestru.*[16]

É só o que ela diz antes de arremessar a Antena. A lâmina cravada na ponta perfura a coxa de Conrado como um presunto, o fazendo gritar de dor e cair.

– Sua piranha!

O maldito não perde a chance e atira a *Molotov* na direção da ruiva. O reflexo da garota é como o de um felino, pois ela consegue pegar a garrafa antes que se espatife no chão e provoque um estrago maior. Com as mãos aperta a chama e a apaga. Se doeu eu não sei, mas ela não demonstra sinal de dor. Apenas ódio.

Se aproximando de Conrado, que agoniza no chão, Yulia pisa no cabo e o aperta fazendo com que a lâmina corte um pouco mais de sua carne. Ele geme de dor.

– Agora podemos ir! – Oliver avisa já se dirigindo à porta.

Toma o máximo de cuidado pra não se aproximar de Conrado. O quarentão nem percebe; provavelmente está cegado momentaneamente pela dor. Dani o acompanha.

Vou em seguida e chego ao corredor. O fogo impediu que os infectados se aproximassem, os afugentando. Alguns ainda estão do outro lado e ficam agitados quando nos veem. Volto ao quarto.

– Vamos, Yulia!

A russa está abaixada perto de Conrado olhando em seus olhos. O sinal que faz é pra que eu me vá. Ela tem algo a fazer. E tenho certeza que não vai demorar.

– Tiago, vamos! – Dani me chama.

– Não podemos deixar Yulia aqui!

– Então a chame! – Oliver grita impaciente.

A resposta vem com um grito de Conrado. Mesmo temendo ver o que está acontecendo, volto ao quarto. A cena por mais merecida que seja é agonizante.

Yulia alisa o rosto de Conrado e se deleita com seu gemido. Com o indicador desliza pela sobrancelha grossa e já grisalha e encosta a ponta do dedo no canto de seu olho. Num movimento rápido o enfia e, enganchando atrás do globo, o puxa. O olho fica pendurado por uma veia, um fio, não sei. É nojento!

– Yulia! – mal consigo pronunciar seu nome. Meu estômago revira.

---

16 Você matou minha irmã.

A garota me lança um sorriso e uma piscadela pra logo em seguida voltar a dar atenção ao seu *amigo.*

De sua bota tira um canivete que estava escondido. Deve ter colocado ali quando "ressuscitou". O cabo de metal é todo trabalhado em tribais. Deve custar uma fortuna. Bom, caro ou não o que Conrado está sentindo é o mesmo. Dor. Muita dor. Ela encosta o gume debaixo das unhas do moribundo e empurra lenta em uma e rapidamente na outra. Concretiza o ritual nos dez dedos. Conrado perde a voz no começo da segunda mão, apenas se contorcendo ao sentir a lâmina desgrudando as unhas da carne.

– Que demora é essa? – Oliver se altera.

– Te aconselho a não vir aqui!

De repente vejo a feição de Yulia mudar. Algo chama sua atenção. Sem entender a vejo abrir o zíper da calça do infeliz. O filho da mãe está... Excitado!

O fogo do corredor reflete nos olhos da torturadora. Encolerizada ela agarra o pênis pela base com a mão esquerda. Em seguida encosta o indicador sujo de sangue na uretra. Vejo seu dedo deslizar pra dentro do minúsculo canal. Conrado não possui toda a voz que precisa pra gritar tão alto quanto a dor pede; apenas estica a cabeça pra trás com o olho direito e a boca abertos ao máximo. Quando o dedo está completamente dentro do membro, vejo Yulia o mexendo e sua unha saindo pela base. Num puxão violento o impossibilita de estuprar outra mulher novamente. Viro o rosto antes de ver os nervos e sangue escorrendo por sua calça.

Espero mais um instante emudecido encarando a dupla no corredor. Estão curiosos, mas percebem que não verão coisa boa só olhando minha cara.

Um último som me dá a certeza de que acabou. Os passos de Yulia se aproximam e ela sai do quarto ao meu lado com os olhos em lágrimas.

– Acabou? – pergunto.

A russa limpa as mãos em uma toalha que pegou no criado-mudo e vai até Dani tomando Yerik de volta. Antes de os seguir olho de relance para o quarto e vejo Conrado pela última vez...

Com a Antena cravada em sua mão e uma Molotov queimando lentamente ao seu lado.

Conrado sentia que faltava pouco pra que a dor fosse embora.

No fundo de sua alma conseguia sentir certo prazer. O cheiro do sangue e o gosto da violação em sua língua lhe diziam exatamente o que suas tantas vítimas sentiram.

Ele lhes dera um presente. Era uma puta última sensação!

Um quase que imperceptível sorriso se formou no canto de seus lábios ensanguentados. Mexia lentamente os dedos da mão cravada no chão pela lâmina. As unhas penduradas pelas cutículas.

O círculo de sangue que se formara à sua volta era como uma aura vermelha. A aura do anjo-demônio que sempre fora, encarregado de trazer o prazer pela dor. Uma missão que cumprira à perfeição por muitos anos.

Assistia a chama na boca da garrafa queimando e aguardava a explosão que daria fim a tudo. Achou que fechara os olhos devido à fraqueza quando a chama sumiu, mas se enganara. A chama realmente se extinguira.

Sem forças aceitou que a morte viria pela perda de sangue. Sussurrou pra si mesmo.

– Putinha...

Visualizou Yulia caminhando em sua direção como um sonho. A lingerie e as botas pretas lhe caíam perfeitamente bem. A pele clara reluzia à luz do fogo. Os cabelos vermelhos esvoaçavam por uma brisa invisível. Os olhos brilhavam como joias escondidas em um baú amaldiçoado. Suas unhas estavam mais compridas e afiadas que as de um felino selvagem. As sombras à sua volta se moldaram em asas negras brotando de suas costas, de início cobertas por penas negras como ébano pra depois se desprenderem e caírem no chão como gotas de sangue.

Retribuiu o sorriso sexy de Yulia e fechou os olhos. Aquele era seu céu, seu paraíso, sua eternidade.

Os abriu novamente pra aproveitar um pouco mais de sua dádiva... Mas Yulia sumira.

O que via agora era um vulto o olhando, curioso. Quando se aproximou, a primeira coisa que Conrado viu não foi um sorriso, mas sim dentes infectados se aproximando.

Cena deletada – Final alternativo

Comentário do autor: *Com Conrado morto, Yulia seguiria com Yerik, e Tiago e sua trupe até a LAQUARTZ. Ela sabe pilotar aeronaves (Ora, você ainda não sabe qual era a profissão dela!), e seria a única, junto com Yerik, a fugir do Brasil. Escapando, ela conseguiria contatar pessoas influentes na Rússia, e assim voltaria ao Brasil para buscar Pablo e os outros. Estava tudo rápido demais, sem um passo prazeroso para um clímax, então mudei (quase) tudo. Acredito que o material final tenha ficado melhor.*

Meus olhos encontram os olhos de Abigail. Não ouço e não sinto nada por um momento. Tudo pelo que passei me vêm à mente num flash. Tudo por culpa dela! Não importa o que Lizzy e seus parceiros planejavam – essa mulher não é melhor do que eles.

Daniela permanece tão imóvel e surpresa quanto eu. O mesmo sorriso arrogante de sempre se abre no rosto da velha. Há um curativo em seu rosto. Lembro de quando a cortei superficialmente com o bisturi. Se o golpe tivesse sido um pouco mais baixo...

Volto a sentir o chão sob meus pés quando a vejo erguer a arma. Por um momento acho que vai atirar em mim ou em Daniela, mas seu alvo é outro.

– Mãe! – Oliver grita em aviso.

Veronika tem tempo de olhar pra trás e ver o brilho. O tiro pega em cheio nas costas de Lucio. O homem desequilibra e cai.

– Lucio!

Veronika o agarra pela camisa, mas percebe que não há mais o que fazer.

– Sua maldita!

A mãe de Oliver saca uma arma da cintura e dispara contra Abigail. O tiro acerta seu peito e faz com que a velha dê um passo pra trás. E mais nada. Sem se abalar atira novamente. Veronika consegue desviar a tempo e a bala se choca contra o helicóptero. As faíscas que saltam nos assustam. Thor late e foge indo até Yulia. Pablo não sabe se entra onde está a russa ou se ajuda a mulher. Oliver entra correndo no veículo o ligando.

Dani me puxa pelo braço.

– Tiago, vamos!

Ouvindo as hélices começando a girar sinto o mundo também girar. Olho pra trás e vejo Oliver, Yulia e Thor nos olhando. Dani me puxa sem parar, mas não consigo sair dali.

Veronika passa correndo por nós e sobe no helicóptero.

Vejo Abigail se aproximar de Lucio e desferir outro tiro em sua cabeça. Assim que recuo Abigail atira em nossa direção. Daniela é seu alvo agora.

A empurro e sinto a bala raspando em meu braço sem me dar ao luxo de parar e apreciar a dor. Daniela se levanta e me chama, mas os tiros vêm sem pausa. Consigo ouvir Thor latindo enquanto corro para o outro lado com Daniela fugindo das balas. Vejo faíscas explodindo ao redor onde os tiros acertam.

Thor vai em direção à velha louca furioso. Num simples movimento ela mira no cão e atira.

– Thor!

Pablo, que estava prestes a subir no helicóptero, vai a socorro do animal. Por sorte o tiro não o acertou, o fazendo fugir ganindo. Em seguida Abigail mira em Pablo. Os dois se encaram.

– Quem é você? – Pablo grita.

Abigail sequer responde e aperta o gatilho, mas é atingida na mão. O sangue espirra e a arma rola pra longe enquanto ela grita de dor.

Olho pra trás e vejo Yulia apontando uma arma de dentro do helicóptero.

Como Dani e eu fomos obrigados a nos afastar ao fugir, tentamos voltar aproveitando a distração de Abigail buscando sua arma. Pablo se atraca com ela evitando que ela alcance, mas não percebe a faca surgindo de baixo do jaleco. O golpe acerta fundo em sua barriga.

– Não! – Dani grita.

Merda! Tá tudo dando errado! Maldita seja!

Vou correndo em direção aos dois. Terei eu mesmo que acabar com isso. Antes que possa chegar mais perto, vejo Abigail apontando a arma. Não é a pistola que pegou no chão. É diferente.

Quando sinto algo perfurar meu braço olho fundo em seus olhos. O sorriso presunçoso diz tudo. Ela conseguiu!

Num segundo sinto a vista embaçar. Não, não posso desistir agora! Me viro e vejo o helicóptero embaçado. Dani está mais afastada perto de uma claraboia. Outro disparo e ela é jogada com violência para trás caindo contra a vidraça da claraboia que se parte. Dani desaparece de vista caindo onde só Deus sabe. O eco de seu grito some gradativamente. Alguém chama seu nome, mas não consigo reconhecer a voz. Talvez seja Yulia.

Uma mancha marrom do outro lado continua latindo perto de um corpo caído. O círculo vermelho aumenta ao seu redor.

Outra pontada em minhas costas faz minhas pernas fraquejarem. O efeito é rápido. Meus músculos se tornam algodão enquanto linhas imaginárias se enrolam em meus dedos e me guiam como uma marionete. Perco o controle sobre minhas ações e caio.

Ergo a cabeça a tempo de ver o helicóptero subindo rápido. Faíscas surgem dele. Provavelmente sejam os tiros disparados por Abigail, ainda tentando evitar que alguém fuja, mas não consegue. Ele some no céu escuro.

Tento levantar de novo, mas meus braços não estão fortes o suficiente. A ponta do salto em minhas costas me faz voltar ao chão. Caído no piso molhado sinto a fraqueza dominar e apago.

Yulia olhava o mar escuro ficando pra trás e a cidade surgindo ao longe.

Mantinha o rosto encostado contra a vidraça ignorando os passageiros. Finalmente acabara. Mas e os outros? E Pablo?

Respirou fundo e olhou Yerik. Não conseguia sorrir mesmo diante dos olhinhos inocentes de seu filho. Ainda que não o desejasse, agora era sua mãe.

Lembrou de Pablo caído no heliporto e sentiu os olhos úmidos. Alisou a jaqueta que pertencia a ele e deitou o rosto no ombro. De repente sentiu algo no bolso. Curiosa o pegou. Era uma foto. A foto de um casal.

"Meu filho... A bolsa estourou."

Pablo e Regina sorriam felizes na foto. Yulia não conseguia acreditar. Não era possível! Olhou Yerik em seus braços e se assustou com o sorriso angelical do bebê. A semelhança com Pablo agora era gritante.

Oliver dormia enquanto Veronika guiava, ainda com os olhos inchados.

No heliporto Pablo permanecia imóvel. Havia sangue ao seu redor. Thor não se incomodava e continuava deitado ao lado do corpo desfalecido, com a cabeça apoiada em suas costas e as orelhas caídas. Um pouco adiante estava a claraboia arrebentada. Da ponta de um vidro escorria o sangue de Daniela.

Ah, um aviso. Os infectados de Terra Morta não são zumbis!

Há uma controvérsia muito grande em relação aos infectados de *Terra Morta*. Considerada uma história de zumbis, uma porcentagem generosa dos comentários, críticas e resenhas aponta como erro o fato de os infectados morrerem de qualquer maneira. Afinal, zumbis têm apenas o cérebro como ponto fraco, certo? Mire na cabeça, certo?

É aqui que entra a velha conhecida liberdade criativa.

Zumbis surgiram no cinema em 1932, em *White Zombie*, dirigido por Victor Halperin e estrelado por Bela Lugosi, que fazia o papel do maléfico Legendre, que, no Haiti, transformava pessoas saudáveis em trabalhadores zumbis com a ajuda de uma poção misteriosa. Não vou me aprofundar no enredo, pois acabaria mentindo – não o assisti.

Naquele tempo nem se imaginava um vírus que pudesse transmitir a praga. O filme contava a história de uma jovem que era transformada em zumbi por um mestre vodu. São coisas que realmente existiam na época. Um caso singular data de 1937, onde se diz que Zora Neale Hurston, folclorista, antropóloga e escritora pesquisava o folclore do Haiti e descobriu o caso de uma família que alegou que uma parente que havia morrido e sido enterrada em 1907 com a idade de 29 anos, chamada Felicia Felix-Mentor, havia retornado dos "mortos". Hurston supôs que a garota foi drogada com uma poderosa droga psicoativa, fazendo-a ficar sumida por todo o tempo.

De lá até 1968 foi um pulo, com o lançamento de *A Noite dos Mortos-Vivos*, de George Romero, que trazia um novo e mais assustador conceito sobre essas criaturas tão temidas e amadas.

Viram? Romero se deu o direito de criar seu próprio zumbi. Qual seria a graça se Barbara e seu irmão se vissem rodeados de um bando de mortos-vivos que obedeciam ao que lhes ordenavam? Considerando o que o diretor pretendia, nenhuma. Sua intenção era a de assustar o público, trazer um zumbi vilão, e não seres dignos de piedade por parte dos espectadores.

Não vou destrinchar o enredo dos filmes, tampouco as supostas críticas sociais ocultas nos filmes de Romero e alguns tantos outros. Continuando...

Segundo uma resenha de *Terra Morta: Fuga* publicada no **PsychoBooks**, li:

"Quanto aos zumbis – ou os seres humanos acometidos pela estranha doença -, também fiquei sem entender bem suas características. Talvez por já termos uma ideia pré-concebida a respeito das características desses seres, não me conformava quando algum deles morria com um simples tiro na barriga. Também não ficou claro quanto tempo demorava para um ser humano se transformar e como se dava a infecção."

É exatamente esta ideia pré-concebida que acarreta tantos argumentos sem fundamento. Em nenhum momento eu disse que *Terra Morta* era uma fanfic inspirada em Romero, ou que meus infectados eram os mesmos mortos-vivos da maioria das produções do gênero. Só o fato de eles correrem como o diabo deixa claro que não estão mortos, isso se considerarmos o lado mais realístico desse tipo de história.

Tentei sim dar um tom realista a *Terra Morta*. Não há zumbis superpoderosos carregando bazucas, nem cães com três cabeças, tampouco Lickers (os fortes entenderão) deslizando pelas paredes. Há correria, luta pela sobrevivência, planos secretos, uma infecção contagiosa, e tudo está nos conformes de **"Seria assim se realmente acontecesse"**. Não acredito que, algum dia, as salas do inferno ficarão tão cheias que não haverá mais espaço, resultando na vinda dos mortos para a nossa realidade. Aqui se encaixa uma longa discussão religiosa, e como não se tem certeza do que há entre o céu e a terra, deixemos pra lá.

Quando me questionam se acredito em uma pandemia zumbi na vida real, minha resposta é sempre sim; porém, não como é mostrado no cinema, como todos esperam que seja. Um exemplo perfeito de como seria é o filme *28 Days Later* (Extermínio), de Danny Boyle. Pessoas são infectadas por um vírus desconhecido, que pode ter vindo de qualquer lugar (nas HQs oficiais do filme, vem dos macacos), e atacam outras. Como a doença é contagiosa, basta uma mordida, arranhão ou o simples contato de fluidos infectados com mucosas de pessoas saudáveis para a infecção agir. Apesar de parecerem deveras mortos-vivos, os infectados continuam vivos.

Em *Terra Morta*, é quase a mesma coisa. Os infectados estão vivos, são pessoas vivas. Doentes, mas não mortas. Há uma explicação racional (claro que dentro dos conformes de uma história ficcional) para a infecção, o que será explicado no próximo livro. Por isso ferimentos graves em pontos vitais são tão eficientes quanto um tiro na cabeça. Os infectados mantêm as mesmas funções de um ser humano normal, apesar da agressividade incontrolável. Eles respiram, se alimentam, mas sua necessidade mais importante é, de algum modo, suprir a raiva eterna que pesa em seu âmago. A infecção de *Terra Morta* pode ser considerada um tipo de raiva humana.

Gostaria de poder me estender na explicação, falar tudo sobre meus infectados, mas acabaria estragando as surpresas que vêm aí. Enfim, é tudo o que precisam saber (por enquanto) sobre a diferença entre zumbis convencionais e os infectados de *Terra Morta*. É também meu ponto de vista sobre "zumbis reais". Só descobriremos quem está certo quando eles finalmente surgirem.

Você já está se preparando?

Um pedido do autor

E **aí, leitor? Então você** foi bem sucedido em chegar vivo ao final do meu livro. Parabéns. Espero que tenha valido a pena. Independentemente de ter gostado ou não, eu gostaria de agradecer-lhe por ter disposto a mim o seu precioso tempo, para que eu pudesse tentar entretê-lo. Eu sou verdadeiramente abençoado por ter esta oportunidade, por ser um autor de ficção, e afirmo que o sou graças a pessoas como você, gentis o bastante para dar aos meus livros uma chance e gastar seu dinheiro suado neles. Por isso sou eternamente grato, meu amigo.

Se quiser saber mais sobre meus livros e contos, por favor visite a Amazon ou meu website para maiores detalhes. Você pode encontrá-los em **http://terra-morta.blogspot.com**. Sinta-se à vontade para me contatar no Facebook, Twitter ou por e-mail (todos os detalhes estão na página). Vou adorar ler o que você tem a me dizer.

Se você curtiu este livro e gostaria de ajudar, eu agradeceria muito se pudesse indicá-lo aos seus amigos e nas redes sociais, ou deixar uma resenha ou opinião na Amazon, Goodreads, Skoob, em seu site, blog, ou quaisquer outros lugares que leitores visitem. A parte mais importante de quão bem um livro vende é a quantidade de comentários positivos sobre ele. Então, se você escrever um, estará me ajudando diretamente a continuar nesta jornada como um autor full-time, para que eu possa evoluir como profissional e trazer a você mais ótimas histórias.

Um obrigado adiantado a quem o fizer.

Agradecimentos

Eu não poderia deixá-lo fechar a última página sem citar as pessoas que contribuíram para que este livro se tornasse uma realidade.

Primeiro, ao meu editor Erick Sama, que foi quem me descobriu em meados de 2009 e me mostrou que *Terra Morta* tinha força para tornar-se uma série de livros viciantes. Agradeço a ele também pela paciência, não somente pelo tempo que teve que esperar para que eu concluísse *Terra Morta: Infecção*, mas por ter que trabalhar comigo. Sei o quanto sou chato e admiro quem consegue me aturar. Sério. Minha orelha queimou, a dele também deve ter queimado, mas o resultado final é que vale todo o caminho de pedras. Obrigado.

Segundo, à minha mãe, Lourdes, minha vó, Ivone, e meu pai, Benedito, que compraram o meu primeiro notebook para que eu pudesse escrever *Terra Morta: Fuga*, que me deram o segundo (é, o primeiro quebrou) para que pudesse concluir *Infecção*, e sempre me incentivaram a continuar, nunca desistir, mesmo quando eu não acreditava que pudesse. A todo o apoio e por acreditarem sempre em mim, obrigado. Tenho a melhor família do mundo. Amo vocês.

Terceiro, ao meu companheiro há cinco anos, Álvaro, por sua compreensão e paciência, por entender que eu precisava mesmo ficar o dia todo – e noites – no sofá, escrevendo, enquanto ele fazia o café da manhã, o almoço, o jantar, a faxina. Enfim. Homem como você não há, mesmo que ache o que eu escrevo uma porcaria (exceto pelas partes pornográficas), e agradeço por estar ao meu lado. Os opostos realmente se atraem. Te amo.

Agradeço também a alguém que nunca vi pessoalmente, mas que considero um amigo, título este que dou a pouquíssimos. Tênisson Filho AKA Gabriel Réquiem AKA Filho de Tênis. Obrigado pelos papos, por compartilhar suas ideias comigo sem medo de que eu pudesse roubá-las, pela confiança, pelo ombro virtual, por não ser aquele tipo de amigo chato que quer atenção a todo momento e que me aconselhou em diversas ocasiões a fazer o certo – mesmo que eu não tenha seguido seus conselhos. Quando eu chegar lá, pode ter certeza que te buscarei, cara. Seu talento precisa ser logo reconhecido.

Antes que me esqueça, obrigado à minha amiga Jane Kelly "Sarajane", pelo feedback em tempo integral do *Fuga* e pela cobrança, também em tempo integral, do *Infecção*. Ter uma leitora como ela no pé, de segunda a sexta pedindo spoilers, não é fácil, mas é muito legal.

Ao Celso Ludgero, pela disposição em trocar várias ideias até que conseguisse transportar às ilustrações exatamente o que eu queria. Não poderíamos ter escolhido artista melhor. Valeu, cara.

À Fabi Pinho, pelas dicas de como tornar as expressões sulistas da personagem Janaína mais... sulistas. Bah, guria, tu me ajudastes que é uma barbaridade, tche!

Ao Carlos Ubiratan "Dente", por iluminar minhas dúvidas (sobre diversos assuntos, de sistema de escoação de água a dutos de ar em hotéis antigos, de líquidos inflamáveis a um pouco de biologia) e impedir que eu reinventasse coisas que não precisavam de reinvenção. Thanks a lot.

À Kelly e ao Fausto do *The Walking Dead Brasil*, pela força na divulgação às centenas de walkers que os seguem nas redes. Nossa parceria prova que a união faz mesmo a força.

Por fim, agradeço a você, leitor, infectado, que me segue nas redes sociais, que fala dos meus livros para os amigos, que me cobra para escrever mais rápido, que contribuiu para que o projeto *Terra Morta* fosse trazido à luz e que teve a paciência para esperar todos esses anos por este livro que, nas próximas linhas, chega ao fim. Prometo que o terceiro não vai demorar tanto. Bem, eu prometi a mesma coisa sobre este, então... Obrigado assim mesmo. Você é o melhor. Espero que continue nesta jornada comigo. Prometo não desapontá-lo.

Ah, e um obrigado especial a Johnny Cash e Poets of the Fall. Escrever ao som deles torna a experiência de criar mundos através de palavras magnífica. Meus ouvidos também agradecem.

Os verdadeiros infectados

Agradeço também a todos que ajudaram esse projeto a sair do papel no financiamento coletivo, ganhando ilustrações e uma dimensão nunca imaginada quando ainda era uma série em um blog. Vocês me fizeram sobreviver à vinda para a capital e continuam me dando força enquanto corro sem olhar para trás. Obrigado Adenilson Moura, Adin Sousa, Alex Mir, Alexandre Correia, Alexandre Lima, Ana Lúcia Merege, Anderson Misson, André Galdino, André Pretto Haiske, Andréa Bistafa Alves, Arthur Duarte, Arthur Pera, Camila Maia, Carlos Seabra, Carlos Ubiratan Roesch Petry, Carolina Tavares de Azevedo, Cristiano Almudi, Cristiano Azevedo, Daniele Gama, Davi Guedes Barreto Junior, Deh Visnadi, Diego Bricoli, Diego Matioli, Diego P. Sousa, Eduardo Kasse, Eduardo Raphael Silva Panza, Eric Novello, Estephano Sant'Anna, Ester Bondezan, Everaldo Santos Cardoso, Fabi Deschamps, Fábio Aresi, Fabio Sena, Felipe Demartini, Felipe Henrique Marciano, Fernando de Oliveira Santurião, Fernando Santos, Gabriella Gheti, Guilherme Aurélio, Isilda Moraes, Iuri Iugue Beats, Ivone Pinheiro de Azevedo, Janaina Chervezan, Jandeilson Galvão, Janito Vaqueiro Ferreira Filho, Jefferson Araujo Dutra, Jéssica Sales, João Beraldo, Jonas Camilo Gomes, José Roberto Vieira, Juliana Zanatta, Junior Heyder, Karen Alvares, Karlo Gabriel, Kyanja Lee, ladytrelena, Laila Silva, Larissa Dantas, Lázaro Júnior, Luis Buttes, Leandro Rijo, Leo Carrion, Leonard Akira Ribeiro, Lucas Caramello, Luiz William, Marcelo A. Galvão, Marcelo Freitas Rodrigues, Maria de Fátima de Azevedo, Maria de Lourdes Azevedo Hilário, Matheus Henrique Silva, Noeli Gomes, Paulo Henrique Bodanese Bonan, Pedro André Trajano, Rafael Viana, Raquel Rocha, Renata Fonseca Prata Martins, Ricardo Domingos Pereira, Ricardo Sodré Andrade, Rodolfo Canato, Rodrigo de Oliveira, Rosinha Morais, Rossana Rios, Samuel Ponce, Shirley Vinhas, Sidnei Puzzine Carvalho, Silvia Sinner Onasis, Sonny ForDef, Succ Kammiekazzie, Taina Guimarães, Tainan Machado Silva, Thais Storino, Ton Messa, Toys ForFans, Vanessa Straioto, Victor Rocha, Vinícius Jareño, Vivian Lacerda Marreiro, Viviane Beatriz Costa, Walter Junior e Zé Wellington.

Este livro foi impresso em papel pólen bold
na Printing Solution & Internet s/a em novembro de 2014